Du même auteur, chez le même éditeur :

La Nuit de la Lune Bleue (2006)

Nightside
1. *Vieux Démons* (2007)
2. *L'envers vaut l'endroit* (2007)

Hawk & Fisher
1. *L'Intégrale de Hawk & Fisher* (2007)

Aux éditions L'Atalante :

Traquemort
1. *Le Proscrit* (2002)
2. *La Rébellion* (2003)
3. *La Guerre* (2004)
4. *L'Honneur* (2005)
5. *La Destinée* (2006)

www.bragelonne.fr

Simon R. Green

Les Épées de Haven

L'Intégrale de Hawk & Fisher – tome un

Bragelonne

Collection dirigée par Stéphane Marsan et Alain Névant

Le présent ouvrage est la réédition en un seul volume
des trois premiers tomes des aventures de Hawk & Fisher
parues de 2004 à 2005.

Titres originaux :
Hawk & Fisher

Traduit de l'anglais (Grande-Bretagne) par Isabelle Troin
Hawk & Fisher – Winner takes all

Traduit de l'anglais (Grande-Bretagne) par Cédric Perdereau
Hawk & Fisher – The God Killer

Traduit de l'anglais (Grande-Bretagne) par Cédric Perdereau

Illustration de couverture :
© Marc Simonetti

ISBN : 978-2-35294-070-8

Bragelonne
35, rue de la Bienfaisance – 75008 Paris

E-mail : info@bragelonne.fr
Site Internet : http://www.bragelonne.fr

Hawk & Fisher

Les aventures de Hawk & Fisher – livre premier

Traduit de l'anglais (Grande-Bretagne) par Isabelle Troin

Il est des choses qu'on ne peut pardonner.

1

Une noirceur cachée

Haven était une ville sombre.

Ses rues étroites se pressaient les unes contre les autres, leurs simples bâtiments de pierre et de bois se soutenant mutuellement. Les étages supérieurs saillants s'inclinaient au-dessus de la chaussée tels des vieillards fatigués, bloquant la lumière. Pourtant, même les ombres n'offraient que peu de protection contre la chaleur écrasante de ce milieu d'été. Le soleil aveuglant faisait frire la cité tentaculaire, absorbant toute l'humidité de l'atmosphère. Les rues étaient desséchées, poussiéreuses et envahies de mouches bourdonnantes.

En tant que port maritime, Haven recevait généralement toute la pluie qu'elle pouvait désirer, et plus encore, mais pas en cette saison. Les longues journées se traînaient dans une canicule suante, assoiffée et épuisante. Le jour, il faisait trop chaud pour travailler, et la nuit, il faisait trop chaud pour dormir. Des oiseaux planaient dans le ciel comme des ombres mouvantes, mais il n'y avait pas trace de nuages ou de la moindre brise. Bref, Haven au milieu de l'été était le berceau idéal de l'agitation. La chaleur troublait l'esprit des hommes et faisait remonter à la surface des maux enfouis. Chacun observait le ciel en priant pour qu'il pleuve, mais les dieux faisaient la sourde oreille.

Hawk et Fisher, capitaines de la Garde, déambulaient nonchalamment dans Chandler Lane, au plus profond du cœur pourri des quartiers nord. Il faisait trop chaud pour se presser. La ruelle crasseuse, plongée dans la pénombre, était un peu plus fraîche que la plupart, ce qui signifiait que la température y était à peine supportable. Des mouches grouillaient sur les piles de détritus et s'agglutinaient autour des bouches d'égout ouvertes. Les bâtiments trapus et hideux étaient noirs de la suie de la tannerie toute proche, et une odeur de fumée et de tanin planait dans l'air poisseux.

Hawk était grand, brun et plus tout à fait aussi séduisant qu'autrefois. Un bandeau de soie noire dissimulait son œil droit, et une série de vieilles cicatrices couraient sur le même côté, leur tracé pâle se détachant sur sa peau bronzée. Ce jour-là, il portait une simple chemise de coton et un pantalon de la même étoffe, mais ne s'était pas embarrassé de la pèlerine noire réglementaire des gardes. Il faisait trop chaud pour ça, et de toute façon il n'avait pas besoin de signaler son appartenance à la Garde. À Haven, tout le monde avait entendu parler du capitaine Hawk.

Avec sa silhouette mince, noueuse plutôt que musclée, et son début de bourrelet à la taille, il n'avait pas l'air bien redoutable. Ses cheveux noirs mi-longs, qui lui arrivaient aux épaules, étaient retenus par une barrette d'argent, découvrant son front. Il venait juste d'avoir trente ans mais quelques mèches grises striaient sa chevelure. Au premier abord, il ressemblait à n'importe quel spadassin ayant peut-être déjà laissé ses plus belles années derrière lui. Mais peu de gens s'en tenaient à leur première impression le concernant. Il y avait quelque chose en lui, dans son visage couturé et son unique œil froid, qui poussait même le plus imbibé des ivrognes à s'en méfier. Sur sa hanche droite, il portait une hache à manche court au lieu d'une épée : une arme qu'il maniait avec une précision diabolique.

Le capitaine Fisher marchait à ses côtés, reproduisant son allure et sa posture avec le naturel né d'un long partenariat. Isobel Fisher était grande – un mètre quatre-vingts au moins – et ses longs cheveux blonds lui tombaient jusqu'à la taille en une tresse épaisse. Âgée de vingt-cinq à trente ans environ, elle était plus jolie que belle. La dureté osseuse de son visage contrastait avec le bleu intense de ses yeux et la sensualité de ses lèvres pleines. Comme Hawk, elle ne portait qu'une chemise et un pantalon de coton. Sa chemise à demi déboutonnée laissait entrevoir une poitrine généreuse, et ses manches retroussées révélaient des bras aux muscles saillants, couverts de cicatrices anciennes. Sa main reposait confortablement sur le pommeau de l'épée pendue à sa hanche.

Hawk et Fisher. Partenaires, mari et femme, gardiens des lois de la cité. Connus, respectés et généralement craints dans tout Haven, y compris dans les quartiers nord inférieurs où même les rats se déplaçaient par paire pour leur sécurité. Hawk et Fisher étaient les meilleurs, et tout le monde le savait. Ils étaient honnêtes et durs à la tâche – une combinaison assez rare à Haven – mais, plus important, ils étaient dangereux.

Hawk promena son regard à la ronde et se rembrunit légèrement. Chandler Lane était déserte ; il n'y avait pas âme qui vive en vue, et cela était inhabituel. L'après-midi cédait rapidement la place à la soirée. Néanmoins, il aurait dû y avoir des gens dehors, en train de vendre, d'acheter ou de conclure des affaires. Dans les quartiers nord inférieurs, tout était à vendre, si vous saviez où regarder. Mais autour de lui les portes et les fenêtres étaient hermétiquement closes malgré la chaleur étouffante, et rien ne venait agiter les ombres immobiles et silencieuses. Comme si la ruelle avait été assiégée. Hawk esquissa un rictus. Si ses informations étaient correctes, c'était peut-être le cas.

— Ce soir, c'est la pleine lune, dit Fisher tout bas.

Hawk acquiesça.

— Ça va faire sortir les cinglés. Même si je ne comprends pas comment on peut avoir assez d'énergie, ne serait-ce que pour planifier un crime par cette chaleur.

— Tu réalises que c'est sans doute une fausse piste, n'est-ce pas ?

— Ne recommence pas, Isobel, s'il te plaît. D'après la rumeur, il se cache ici, au bout de cette rue. Nous devons vérifier.

— Trois mois, cracha Fisher d'un ton coléreux. Trois mois que nous enquêtons sur ce réseau de prostitution infantile. Et juste au moment où nous commençons à progresser, que se passe-t-il ? Un ordre arrive d'en haut, et on nous retire l'affaire pour nous envoyer à la chasse au vampire !

— Ouais, grogna Hawk. Et tout ça parce que nous avons fait une descente à *La Tête de Bourrin*. Peu importe : si c'était à refaire, je le referais.

Fisher hocha la tête d'un air résolu.

La Tête de Bourrin était une taverne du genre « trou dans le mur » située sur Salt Lane, à la limite des bas-fonds des quartiers est. L'étage du dessus abritait un bordel et, d'après la rumeur, celui-ci achetait des enfants. Il payait cash et ne posait pas de questions. La prostitution infantile était illégale à Haven depuis sept ans, mais il restait encore des gens qui avaient intérêt à ce que perdure ce répugnant commerce. Comme beaucoup d'autres établissements, *La Tête de Bourrin* assurait son existence en graissant les bonnes pattes, mais un homme avait commis l'erreur de tenter d'acheter Hawk et Fisher. Aussi lui avaient-ils rendu une petite visite sur son lieu de travail.

Le videur qui montait la garde à l'entrée avait voulu leur barrer le chemin. Ou bien il venait de débarquer en ville, ou alors il était particulièrement stupide. Hawk lui avait propulsé sa main, doigts tendus, sous le sternum. Le videur avait pâli d'un coup. Il s'était incliné lentement, comme pour saluer Hawk. Fisher avait attendu qu'il soit plié en deux pour lui assener un coup de poing sur la nuque. Il s'était écroulé sans un bruit. Hawk et Fisher l'avaient enjambé prudemment, puis ils avaient défoncé la porte d'un coup de pied et fait irruption dans l'établissement les armes à la main.

Les employés et les clients leur avaient jeté un coup d'œil, et un silence oppressant s'était aussitôt abattu sur la pièce bondée. Des volutes de fumée se recroquevillaient dans l'air lourd, et les yeux qui les fixaient étaient brillants de peur et de colère contenue. Hawk et Fisher s'étaient dirigés vers l'escalier au fond de la salle chichement éclairée, et une trouée s'était ouverte devant eux alors que les occupants s'écartaient précipitamment de leur chemin.

Trois autres videurs les attendaient au bas des marches, l'épée au clair. C'étaient des colosses au regard froid et calculateur, qui savaient se servir de leurs armes. Hawk en avait abattu deux avec sa hache tandis que Fisher transperçait proprement le cœur du troisième. Puis ils s'étaient rués dans l'escalier.

Un silence inquiétant régnait à l'étage supérieur. Ils avaient chargé le long de l'étroit couloir, ouvrant les portes à coups de pied sur leur passage, mais la plupart des occupants avaient disparu depuis longtemps, prenant la fuite par l'échelle d'incendie au premier signe de trouble.

L'une des prostituées n'avait pas pu en faire autant. Hawk l'avait trouvée dans l'avant-dernière chambre. Elle portait des vêtements de soie déchirés trop grands pour elle et un maquillage criard. Elle était enchaînée au mur par la gorge ; des sillons rouge vif encore frais couraient le long de son dos à l'endroit où elle avait été fouettée. Affaissée contre le mur, le visage pressé contre le bois mal dégrossi, elle sanglotait tout bas. Elle n'avait pas encore douze ans.

Fisher avait rejoint Hawk sur le seuil de la chambre et poussé un juron furieux en découvrant la scène. La chaîne était trop épaisse pour qu'ils puissent la briser, aussi Hawk avait-il fait sauter son attache à coups de hache. Fisher avait tenté de réconforter la fillette, mais celle-ci était trop terrorisée pour lui faire des révélations. Elle avait été enlevée dans la rue deux ans plus tôt et amenée dans cette chambre. Ses ravisseurs avaient mis une chaîne autour de son cou et l'avaient cadenassée ; depuis, elle n'était jamais sortie de la pièce.

Hawk et Fisher avaient eu beau lui certifier qu'elle était libre à présent, elle n'avait pas voulu les croire. « Il y a un homme qui vient me rendre visite, avait-elle murmuré. Il était là aujourd'hui. Il ne me laissera jamais partir. Vous ne pouvez pas me protéger contre lui. Personne ne peut. Il est trop important. » Elle ne connaissait pas son nom. Aucun de ses clients ne le lui disait jamais.

Hawk et Fisher n'avaient pas pu découvrir l'identité de l'homme, mais celui-ci devait effectivement avoir de l'influence. Deux jours plus tard, l'enfant avait été poignardée dans la rue. Son agresseur n'avait pas été retrouvé. Hawk et Fisher avaient été officiellement dessaisis de l'affaire et envoyés rejoindre les autres gardes, à la recherche du prétendu vampire qui terrorisait les quartiers nord. Ils avaient bruyamment protesté auprès de leurs supérieurs, menaçant même de démissionner, mais ça n'avait servi à rien. L'ordre était venu d'en haut, et personne ne pouvait le contester. Hawk et Fisher avaient juré tout ce qu'ils savaient, mais au final ils avaient dû s'incliner. Il y aurait d'autres occasions.

Et puis, il semblait bel et bien y avoir un vampire. Des hommes, des femmes et des enfants avaient été attaqués de nuit, et, de temps en temps, on retrouvait un cadavre entièrement vidé de son sang. Des dizaines de suspects avaient été arrêtés, des dizaines de pistes explorées, mais aucune n'avait mené à quoi que ce soit. Puis un allumeur de réverbères était venu voir Hawk et Fisher, et personne n'aurait pu se méprendre, à la terreur dans sa voix quand il avait décrit la silhouette noire qu'il avait vue escalader le mur extérieur d'une maison dans Chandler Lane.

— De tous les gardes qu'il y a dans cette ville, il a fallu que ce soit à nous que cet homme choisisse de raconter son histoire, maugréa Fisher. Pourquoi nous ?

— Parce que nous sommes les meilleurs, affirma Hawk. Donc, nous n'avons peur de rien. Pas même d'un vampire.

Fisher renifla.

— Nous aurions dû nous contenter de la deuxième position.

— Ce n'est pas dans ma nature, répliqua calmement Hawk. Ni dans la tienne.

Ils gloussèrent de concert. Ce bruit étouffé mais presque joyeux sonna étrangement dans le silence. Pour la première fois, Hawk réalisa à quel point la ruelle déserte était calme. Comme s'ils traversaient un village que sa population avait abandonné, mais que la végétation n'avait pas encore englouti. Le seul son était celui de leurs pas, dont les épais murs de pierre qui les entouraient leur renvoyaient le morne écho. Malgré la chaleur, Hawk sentit un frisson lui parcourir l'échine, et la sueur se glaça brusquement sur son front. Il secoua la tête. Ce n'était pas le moment de laisser sa nervosité prendre le dessus.

Fisher et lui s'arrêtèrent enfin devant un bâtiment décrépit à deux étages, situé pratiquement au bout de la ruelle. La peinture de la porte d'entrée s'écaillait, la maçonnerie était piquetée de trous et à demi effritée. Des volets de bois fermés dissimulaient les deux étroites fenêtres. Hawk détailla l'ensemble et fronça pensivement les sourcils. Cette maison avait quelque chose de dérangeant, quelque chose sur lequel il n'arrivait pas à mettre le doigt. Comme un son si discret qu'on ne l'entendait presque pas, ou une odeur si légère qu'on la sentait à peine. Il se rembrunit et porta la main à sa hache.

Vampire... Revenant... Ce qui revient...

Il n'avait jamais vu de mort-vivant, et ne connaissait personne qui ait vécu pareille expérience. Il n'était même pas sûr de croire à ces choses – d'un autre côté, il n'était pas non plus certain de ne pas y croire. Il avait déjà rencontré des démons, des loups-garous et des ondines, qu'il avait affrontés sans exception l'acier à la main. Le monde regorgeait de lieux sombres, beaucoup plus anciens que tout ce que l'homme avait jamais bâti. Et on ne pouvait nier que, dernièrement, nombre de gens avaient disparu dans les quartiers nord… Une personne en particulier.

—Alors ? s'impatienta Fisher.

Hawk lui jeta un regard irrité.

—Alors quoi ?

—Allons-nous rester plantés là tout l'après-midi, ou allons-nous faire quelque chose ? Au cas où tu ne l'aurais pas remarqué, le soleil est déjà foutrement bas dans le ciel. Il fera nuit dans une heure. Et s'il y a vraiment un vampire là-dedans…

—Très juste. Les morts-vivants quittent leur cercueil à la tombée de la nuit.

Hawk frissonna de nouveau, puis eut un léger sourire en apercevant la chair de poule sur les bras nus de Fisher. Aucun d'eux n'aimait beaucoup l'obscurité, et encore moins les créatures qui la peuplaient. Il prit une profonde inspiration, s'avança jusqu'à la porte close et toqua bruyamment avec le poing.

—Au nom de la Garde, ouvrez !

Il n'y eut pas de réponse. Le silence recouvrait la ruelle déserte telle une couverture étouffante, encore alourdie par la chaleur. Du dos de la main, Hawk essuya la sueur qui dégoulinait sur son visage et regretta de ne pas avoir emporté une gourde. Il regretta également de ne pas avoir, pour une fois, observé le règlement et attendu une équipe de renfort. Mais le temps leur avait manqué. Ils devaient atteindre le vampire pendant son sommeil.

De plus, la fille du conseiller Trask était toujours portée disparue. C'était la raison pour laquelle trouver le vampire était tout à coup devenu une priorité. Tant qu'il s'était cantonné aux quartiers les plus pauvres de la ville et n'avait choisi pour proies que des gens qui ne manqueraient à personne, les autorités ne lui avaient guère prêté attention. Mais depuis qu'il avait enlevé la fille d'un conseiller dans sa propre chambre, sous les yeux de sa mère hurlante... Hawk se mordilla la lèvre inférieure. Elle devait toujours être en vie. Les vampires étaient censés mettre deux à trois jours pour drainer complètement une victime, et elle ne pourrait pas devenir l'une d'entre eux avant de mourir et de se relever. Du moins était-ce ce qu'affirmaient les légendes. Hawk renifla. Il n'avait pas beaucoup foi en les légendes.

—Nous aurions dû nous arrêter en route pour acheter de l'ail, déclara-t-il brusquement. C'est censé nous protéger des vampires, n'est-ce pas ?

—De l'ail ? répéta Fisher. À cette époque de l'année ? Tu sais combien ça coûte sur le marché ? Il faut le faire venir de l'autre bout du pays, et les marchands établissent leur prix en conséquence.

—D'accord. C'était juste une idée en passant. Je suppose que l'aubépine est également exclue ?

—Définitivement.

—Puis-je au moins espérer que tu as apporté le pieu ? En fait, ça vaudrait mieux pour tout le monde, parce qu'il n'est pas question que j'entre là-dedans sans arme efficace.

—Détends-toi, mon cœur. Il est juste là.

Fisher sortit un épais pieu en bois de sa botte. Il mesurait plus de trente centimètres de long, et son extrémité soigneusement affûtée lui donnait une apparence d'efficacité brutale.

—D'après ce que j'ai compris, c'est très simple, déclara Fisher avec assurance. Je lui plante ça dans le cœur à coups de marteau, et tu n'as plus qu'à lui couper la tête. Nous brûlons les deux parties de son corps séparément, éparpillons les cendres, et c'est fini.

—Ben voyons, railla Hawk. Juste comme ça. (Il marqua une pause pour fixer la porte close devant lui.) As-tu déjà rencontré Trask ou sa fille ?

—J'ai vu Trask à la réunion d'hier, répondit Fisher en glissant de nouveau le pieu dans sa botte. Il avait l'air complètement brisé. Et toi, tu les connais ?

—J'ai rencontré sa fille il y a quelques mois. Très brièvement.

À l'époque, je servais de garde du corps au conseiller DeGeorge, révéla Hawk. La fille de Trask venait d'avoir seize ans. Elle semblait si heureuse et pleine de vitalité…

Fisher lui posa la main sur le bras.

—Nous la trouverons, Hawk. Nous la sauverons.

—Ouais. Pas de problème.

De nouveau, il martela la porte avec son poing. *Agis selon les règles…* Le son résonna dans le silence puis mourut rapidement. Il n'y eut aucune réaction à l'intérieur de la maison, ni depuis les bâtiments voisins. Hawk balaya la rue du regard. Il existait toujours une possibilité que ce soit un piège… Non. Son instinct l'aurait déjà averti. Après quatre ans passés dans la Garde, il avait développé un instinct à toute épreuve. Sinon, il n'aurait pas survécu aussi longtemps.

—Très bien, lâcha-t-il enfin. On y va. Mais surveille tes arrières sur ce coup-là, ma belle. On fouille une pièce à la fois, méthodiquement, et on garde les oreilles et les yeux ouverts. Pigé ?

—Pigé, acquiesça Fisher. Mais nous ne devrions pas avoir de problème tant que le soleil est encore présent. Le vampire ne peut pas quitter son cercueil avant la tombée de la nuit.

—Oui, mais il n'est peut-être pas seul, répliqua Hawk. Apparemment, la plupart des vampires ont un serviteur humain qui veille sur eux pendant leur sommeil. Une sorte de protecteur qui les aide également à attirer leurs victimes.

—Tu t'es renseigné à fond, pas vrai ? grimaça Fisher.

—Et comment ! Depuis les premières rumeurs. Je n'allais pas me faire prendre par surprise comme avec ce loup-garou, l'an dernier.

Hawk saisit la poignée de la porte. Celle-ci tourna avec difficulté dans sa main, et, comme il lui appliquait une légère pression, le battant pivota lentement. Les gonds émirent un grincement de protestation et, malgré lui, Hawk sursauta. Il ouvrit la porte en grand et scruta le hall plongé dans l'obscurité. Rien ne bougeait à l'intérieur, et seules les ombres muettes lui rendirent son regard. Fisher se rapprocha souplement de lui, la main posée sur le pommeau de son épée.

—Bizarre que la porte n'ait pas été verrouillée, commenta Hawk. Sauf si on nous attendait.

— Finissons-en, suggéra Fisher à voix basse. J'ai comme un mauvais pressentiment.

Ils pénétrèrent dans le hall et repoussèrent la porte d'entrée derrière eux, la laissant à peine entrebâillée. On ne sait jamais quand on peut avoir besoin de filer en vitesse.

Immobiles dans la pénombre, Hawk et Fisher attendirent que leur vision s'ajuste. Hawk avait un moignon de bougie dans sa poche, mais il ne voulait pas l'utiliser, à moins d'y être forcé. Il suffirait d'un courant d'air au mauvais moment pour que la flamme s'éteigne, le laissant aveugle et impuissant dans le noir. Mieux valait laisser sa vision s'adapter à l'obscurité pendant qu'il en avait la possibilité. Près de lui, il entendit Fisher s'agiter, mal à l'aise, et ne put réprimer un léger sourire. Il savait ce qu'elle ressentait. Attendre patiemment sans bouger n'était pas dans leur nature : ils se sentaient toujours mieux quand ils étaient en train d'agir. Quelle que soit la nature de l'action.

Hawk regarda autour de lui. Quelqu'un pouvait très bien se dissimuler dans l'ombre pour les observer, et ils ne s'en rendraient pas compte avant qu'il soit trop tard. Quelque chose se dirigeait peut-être déjà furtivement vers eux, les mains tendues et les crocs découverts… Hawk sentit ses épaules se raidir. Il se força à inspirer calmement et profondément. Peu importait ce qui les attendait dans cette maison ; il avait sa hache, et Fisher à ses côtés. Rien d'autre ne comptait.

Comme son œil s'accoutumait lentement à la pénombre, les contours d'un étroit couloir se dessinèrent. Il était complètement vide. Hawk se détendit légèrement.

— Ça va ? chuchota-t-il.

— Impeccable, répondit Fisher tout bas. Allons-y.

Le couloir se terminait par un escalier de bois nu qui conduisait à l'étage supérieur. Deux portes se dressaient sur les côtés : une à gauche, une à droite. Hawk empoigna sa hache. L'arme était lourde, mais la sensation de poids dans sa main le rassurait. Il jeta un coup d'œil à Fisher, et sourit en voyant qu'elle avait dégainé son épée. Captant son regard, il lui fit signe de prendre la porte de droite pendant qu'il s'occuperait de la gauche. La jeune femme acquiesça, et s'en approcha sur la pointe des pieds.

Hawk tendit l'oreille, mais il n'y avait pas de bruit de l'autre côté du battant. Il tourna la poignée, entrebâilla la porte de quelques centimètres, puis finit de l'ouvrir d'un coup de pied. Il bondit à l'intérieur et regarda rapidement autour de lui, hache brandie et prête à frapper. La pièce était vide. Il n'y avait pas de meubles, et les murs étaient nus. Un peu de lumière filtrait entre les volets clos, réduisant la pénombre. Le bois était piqueté de moisissure, et une épaisse couche de poussière recouvrait le sol. On aurait dit que personne n'avait jamais vécu ici.

Les lattes du plancher craquèrent sous les pieds de Hawk comme il s'avançait lentement. Une forte odeur de poussière et de bois pourri planait dans l'air ; en dessous, il distinguait un léger mais indéniable relent de décomposition, comme si une créature morte depuis longtemps gisait non loin de là. Il renifla, sans parvenir à déterminer si l'odeur était réelle ou juste le fruit de son imagination. Il fit rapidement le tour de la pièce, sondant les murs et écoutant le bruit produit. Mais il ne trouva nulle trace d'un panneau dissimulé ou d'un passage secret. Il promena un dernier regard à la ronde pour s'assurer qu'il n'avait rien oublié, puis ressortit dans le couloir.

Fisher l'attendait. Il secoua la tête, et elle eut un haussement d'épaules déçu qui lui arracha un imperceptible sourire. Il savait déjà qu'elle n'avait rien trouvé non plus ; sinon, il aurait entendu des bruits de combat. Fisher n'était pas réputée pour sa diplomatie.

Hawk se dirigea vers l'escalier, et Fisher lui emboîta le pas. Les marches de bois grincèrent et craquèrent sous leurs pieds. Hawk se renfrogna. Si un humain était là, en train de veiller sur le vampire, il les avait forcément entendus. Dans cette maison, il était impossible de poser le pied où que ce soit sans qu'une maudite latte trahisse votre position. Il se dépêcha de gravir le reste des marches et s'immobilisa sur le palier. Ici, il se sentait un peu moins vulnérable : s'il devait se battre, il aurait plus de place pour se mouvoir. Le sol était jonché de poussière et de crottes de rats, les murs de bois nus étaient ternes et couverts de marques. Deux portes se découpaient du côté droit du couloir. Ce dernier était aussi sombre que celui du rez-de-chaussée, et Hawk songea brièvement à allumer sa chandelle avant de repousser cette idée. Si le bruit ne les avait pas trahis, la lumière s'en chargerait.

Il s'approcha prudemment de la première porte et tendit l'oreille. Pas le moindre bruit. Il eut un léger sourire. Si cette maison se révélait vide, il allait se sentir foutrement ridicule. Il jeta un coup d'œil à Fisher et lui fit signe de protéger ses arrières. Elle hocha la tête. Il saisit la poignée de la porte, qui tourna facilement dans sa main. De nouveau, il entrebâilla le battant, prit une profonde inspiration et lui donna un coup de pied pour l'ouvrir. Puis il bondit à l'intérieur de la pièce, hache à la main. Là encore, il n'y avait personne. Il n'eut pas besoin de regarder derrière lui pour savoir que Fisher le fixait d'un air amusé.

Je t'avais bien dit que c'était une fausse piste, Hawk...

Il ne regarda pas derrière lui. Il ne lui donnerait pas cette satisfaction. En revanche, il examina minutieusement chaque recoin de la pièce plongée dans la pénombre. La maigre lumière qui suintait entre les volets clos lui révélait une penderie sur sa gauche et un lit sur sa droite. Il n'y avait pas de draps sur celui-ci, mais un gros coffre de bois se dressait à son pied. Hawk le scruta avec méfiance. Il devait mesurer un bon mètre vingt de long sur quatre-vingt-dix centimètres de large : autrement dit, il était assez grand pour abriter un corps.

Hawk se rembrunit. Que ça lui plaise ou non, il aurait besoin de lumière pour fouiller correctement la pièce. Il regarda de tous les côtés, et son regard se posa sur une vieille lampe à huile qui gisait sur le sol, près du lit. Il se pencha, la ramassa et la secoua doucement. Il sentait l'huile qui clapotait à l'intérieur du réservoir. Il se mordilla la lèvre inférieure. La maison semblait peut-être déserte, mais quelqu'un avait dû séjourner ici récemment... Il sortit son briquet à silex et alluma la mèche. La soudaine lueur dorée fit paraître la pièce plus petite et moins menaçante.

Hawk se dirigea vers le coffre et s'accroupit devant. Il ne semblait y avoir ni serrure ni cadenas. Il jeta un coup d'œil à Fisher, qui agrippa plus fermement le pieu dans sa main gauche et, d'un signe du menton, indiqua qu'elle était prête. Sans lâcher sa hache, il souleva brusquement le couvercle. Son souffle s'échappa de sa gorge en un long soupir de soulagement, et tous deux se détendirent quelque peu en découvrant la pile de vieux draps qui remplissait le coffre. Le tissu était piqueté par une vilaine moisissure et, de toute évidence, il croupissait là depuis un certain temps. Hawk fouilla consciencieusement ses replis au cas où quelque chose y aurait été dissimulé. Il ne trouva rien, et s'essuya longuement les mains sur son pantalon.

Toute cette prudence et cette lenteur lui tapaient sur les nerfs. Soudain, il brûlait d'envie de courir en tous sens et de démanteler cet endroit planche par planche jusqu'à ce qu'il retrouve l'adolescente disparue. Mais il savait qu'il ne pouvait pas le faire. D'abord, s'il n'y avait personne ici, les propriétaires de la maison le traîneraient devant le tribunal pour exiger réparation ; ensuite, s'il y avait un vampire, il devait être bien caché, et seule une fouille méthodique permettrait de le débusquer. Une pièce à la fois, une chose à la fois. Dans les règles. En suivant la procédure, Fisher et lui auraient une chance de sortir de là vivants.

Hawk s'approcha du lit et se mit à quatre pattes pour regarder en dessous. Une grosse araignée poilue jaillit de l'obscurité comme pour lui sauter à la figure, et il battit en retraite avec un glapissement de surprise. L'araignée disparut rapidement dans l'ombre derrière lui. Hawk reprit son équilibre et foudroya du regard Fisher, qui se donnait beaucoup de mal pour ne pas éclater de rire et y parvenait de justesse. Il marmonna quelque chose dans sa barbe, ramassa la lampe et la balança à bout de bras devant lui. Mais il n'y avait rien d'autre que de la poussière sous le lit.

Pas dans le coffre, et pas sous le lit. Ce qui ne laissait que la penderie, aussi évident que cela puisse paraître comme cachette. Hawk se redressa, posa la lampe sur le coffre et se dirigea vers le meuble massif, de plus de deux mètres de haut sur un mètre vingt de large. *Je me demande comment ils l'ont fait passer dans l'escalier...*, songea-t-il vaguement. Il saisit la poignée, fit signe à Fisher de se tenir prête et ouvrit la porte d'un coup sec.

À l'intérieur de la penderie, une adolescente nue était suspendue à un crochet de boucherie. Ses yeux grands ouverts étaient fixes, et elle était morte depuis un certain temps déjà. Deux perforations aux bords déchiquetés se détachaient sur sa gorge, rouge vif contre sa peau blanche. La pointe en acier du crochet saillait de son épaule droite, juste au-dessus de la clavicule. Pas une seule goutte de sang n'avait coulé de la plaie, ce qui signifiait qu'elle était déjà morte lorsqu'on l'avait suspendue. Hawk déglutit avec difficulté et tendit une main réticente vers la fille morte. Sa chair était glacée.

—Misère, souffla-t-il. Oh, misère.

—C'est elle, n'est-ce pas ? demanda Fisher, derrière lui. La fille du conseiller Trask.

—Oui. C'est elle.

—Le vampire devait être assoiffé. Ou peut-être juste glouton. Je doute qu'il reste une seule goutte de sang dans son corps.

—Regarde-la, dit amèrement Hawk. Seize ans, et on l'a abandonnée, suspendue dans le noir comme un vulgaire quartier de bœuf. Elle était si jolie, si vivante... Elle ne méritait pas de mourir ainsi. Personne ne mérite de mourir ainsi.

—Ne t'emballe pas, mon cœur, lui conseilla doucement Fisher. Nous pincerons le salaud qui lui a fait ça. Pour l'instant, occupons-nous de la décrocher.

—Pourquoi ?

Hawk la fixa sans comprendre.

—Nous n'avons pas le choix, Hawk. Elle a succombé à une morsure de vampire. Si nous la laissons là, elle se redressera en tant que morte-vivante. Nous pouvons au moins lui épargner cela.

Hawk acquiesça lentement.

—Bien sûr. Tu as raison.

En conjuguant leurs efforts, ils parvinrent à décrocher le cadavre et le sortir de la penderie. Ils déposèrent la malheureuse adolescente sur le lit, et Hawk tenta de lui fermer les yeux. Ses paupières ne voulaient pas rester closes, et au final Fisher posa deux pièces de monnaie dessus pour les maintenir en place.

—Je ne connais même pas son nom, réalisa Hawk. Je sais juste que c'était la fille de Trask.

Le hurlement le prit au dépourvu, et il avait à peine commencé à pivoter quand quelque chose de lourd le percuta par-derrière. Son agresseur et lui s'écroulèrent sur le sol, et la hache vola hors de sa main. Il enfonça violemment son coude dans les côtes de l'inconnu, se dégagea et rampa vers sa hache. Son agresseur se releva d'un bond, et

Fisher s'avança pour l'embrocher de son épée. L'homme plongea sur le côté au dernier moment et saisit le bras tendu de Fisher. Elle poussa un grognement de douleur alors que ses doigts lui meurtrissaient la chair, écrasant ses muscles contre ses os. Son épée s'échappa de ses doigts gourds. Elle lui griffa la main, mais ne put le contraindre à lâcher prise. Il était d'une force incroyable…

L'homme la projeta au loin. Fisher alla s'écraser contre le mur du fond et glissa à terre, sonnée. Hawk s'avança, la hache à la main, et se figea en reconnaissant enfin leur agresseur.

— Trask…

Bouche bée, il fixa l'homme d'âge mûr et d'apparence éminemment banale qui se tenait devant lui. Le conseiller était à peine plus grand que la moyenne et d'une maigreur presque douloureuse, mais ses yeux brûlaient sur son visage décharné.

— C'était votre fille, espèce de salaud ! s'exclama Hawk. Votre propre fille…

— Elle vivra éternellement, répliqua Trask d'un ton affreusement calme et raisonnable. Et moi aussi. Mon maître me l'a promis. Au début, ma fille avait peur ; elle ne comprenait pas. Mais ça viendra. Jamais nous ne deviendrons vieux et laids, jamais nous ne mourrons et ne reposerons dans la terre froide. Nous serons forts et puissants, et tout le monde nous craindra. Tout ce que j'ai à faire en échange, c'est protéger le maître contre les imbéciles dans votre genre.

Il bondit en avant. Hawk brandit sa hache et la balança à deux mains de toutes ses forces. La large lame métallique mordit dans les côtes de Trask comme dans du beurre. Le conseiller hurla de rage autant que de douleur, et recula vers le lit en titubant. Hawk dégagea son arme et s'apprêta à frapper de nouveau si nécessaire. Trask baissa les yeux vers sa cage thoracique, et vit le sang se déverser à gros bouillons de la plaie béante dans son flanc. Il plongea les doigts à l'intérieur, les porta à sa bouche et les lécha.

Hawk leva sa hache. Trask se jeta sur lui, et il lutta pour respirer tandis que les doigts osseux de son adversaire se refermaient sur sa gorge et serraient. Il tenta de lancer sa hache une nouvelle fois, mais il ne pouvait pas l'utiliser dans un combat aussi rapproché. Aussi la lâcha-t-il pour saisir les poignets de Trask. Le conseiller était trop fort. Le regard de Hawk se voila, et il entendit son sang lui marteler les tympans. Fisher s'avança et abattit son épée sur le bras droit du conseiller. La lame scintillante trancha les muscles, et le bras se détendit mollement.

Rassemblant ses dernières forces, Hawk repoussa Trask. Celui-ci fit mine d'attaquer Fisher de son bras indemne. Elle esquiva le coup et lui plongea son épée droit dans le cœur. Trask se figea, le regard fixé sur la lame d'acier qui dépassait de sa poitrine. Fisher la dégagea d'un geste brusque, et il s'effondra comme si l'épée avait été la seule chose qui le maintenait debout. Il tomba sur le dos, une flaque de sang se formant déjà sous son corps alors qu'il foudroyait du regard les deux capitaines penchés sur lui. Puis la lumière s'éteignit dans ses yeux, et sa respiration s'interrompit.

Hawk s'adossa au mur et palpa prudemment sa gorge meurtrie. Fisher poussa le corps de Trask du bout de sa botte. Comme il ne bougeait pas, elle s'agenouilla près de lui et chercha son pouls. Il n'en avait plus. Satisfaite, elle hocha la tête et se releva.

— C'est fini, Hawk. Ce salaud est mort.

— Tant mieux, dit Hawk.

Il fronça les sourcils en constatant combien sa voix était rauque. Ça ne l'aurait pas vraiment dérangé si la douleur n'avait pas été pire que le son.

— Ça va, ma belle ?

— Ça a déjà été pire. Crois-tu que Trask ait été le vampire que nous recherchions ? s'enquit Fisher.

Hawk secoua la tête.

— Non. Il n'avait pas les dents pour ça. Et puis, nous l'avons vu à la réunion hier matin, tu te souviens ?

— Exact. Il n'était que le serviteur humain. Mais mieux vaudrait l'empaler quand même, juste au cas où.

— Occupons-nous d'abord de la fille.

— D'accord.

Hawk lui planta le pieu dans le cœur. C'était un travail difficile, aussi bien physiquement que moralement. Il laissa Fisher se charger de Trask, pendant qu'il décapitait l'adolescente le plus proprement possible. Il n'y avait pas de sang mais, d'une certaine façon, c'était encore pire. Couper la tête de Trask, en revanche, ne leur posa pas le moindre problème.

Quand ils eurent terminé, Hawk et Fisher sortirent de la pièce et refermèrent doucement la porte derrière eux. Hawk avait espéré que l'air serait un peu moins vicié sur le palier, mais ce ne fut pas le cas. Il leva la lampe à huile qu'il avait apportée et étudia la porte d'en face dans sa lumière vacillante.

— Il doit forcément être quelque part là-dedans, dit Fisher tout bas.

Hawk acquiesça lentement. Il lui jeta un coup d'œil, et fronça les sourcils en voyant qu'elle tenait un autre pieu dans la main gauche.

— Combien de ces trucs as-tu emportés ?

— Trois, répondit calmement Fisher. J'en ai utilisé deux sur Trask et sa fille. S'il y a plus d'un vampire, nous sommes dans la merde.

Hawk sourit malgré lui.

— Tu as toujours eu un don pour les euphémismes.

Il entrebâilla la porte, recula d'un pas et l'ouvrit d'un coup de pied. Le battant alla claquer contre le mur intérieur, avec un bruit qui résonna comme un coup de tonnerre dans le silence ambiant. L'écho mit une éternité à mourir.

Hawk entra prudemment, la hache dans une main et la lampe dans l'autre. La pièce était vide, à l'exception d'un lourd lit métallique poussé contre le mur du fond. Fisher en fit lentement le tour, sondant les murs à la recherche de panneaux dissimulés tandis que Hawk promenait son regard à la ronde. *Il est quelque part ici. Il doit forcément être quelque part.* Il s'approcha du lit et inspecta l'espace entre sommier et plancher. Rien d'autre que des ombres et de la poussière. Il se redressa et fixa Fisher. Celle-ci secoua la tête et regarda autour d'elle, mal à l'aise. Hawk se renfrogna et reporta son attention sur le lit. Puis un sourire étira lentement ses lèvres alors qu'une idée lui traversait l'esprit.

— Isobel, donne-moi un coup de main.

À eux deux, ils écartèrent le lit du mur. À la lumière de sa lampe, Hawk étudia soigneusement le revêtement mural. Il grimaça en distinguant les contours d'un panneau coulissant, introduisit la pointe de sa lame dans une des fentes et appliqua progressivement de la pression. Le bois craqua et protesta bruyamment. Puis toute une section du mur pivota sur une charnière dissimulée.

Derrière le panneau se trouvait une cavité secrète, et à l'intérieur de celle-ci reposait un énorme cercueil. Rien que de le regarder, Hawk en eut la bouche sèche. Le cercueil mesurait plus de deux mètres de long sur près d'un mètre de large, et était taillé dans un bois rouge sombre qu'Hawk ne reconnut pas. Des glyphes et des runes avaient été sculptés sur les flancs et le couvercle. Hawk ne les reconnut pas non plus. Il jeta un coup d'œil à Fisher, qui se tenait tout près de lui. Son visage était très pâle, tout à coup.

—Aide-moi, lui dit-il tout bas. Sortons-le de là.

Le cercueil était encore plus lourd qu'il en avait l'air. Ils durent le traîner hors de la cavité, centimètre par centimètre. Il dégageait une odeur répugnante, une odeur de sang, de mort et de pourriture, et Hawk ne cessait de détourner la tête en quête d'air frais. Enfin, Fisher et lui parvinrent à l'extraire de sa cachette et reculèrent pour mieux le contempler.

—Il est sacrément gros, pas vrai ? murmura Fisher.

—Ouais. Écoute, dès que j'aurai ouvert le couvercle, tu l'empaleras. Et dès qu'il aura le pieu dans le cœur, je lui couperai la tête. Je refuse de courir le moindre risque avec cette créature.

—Je suis d'accord avec toi. Nous avons déjà fait plus que notre part de sales boulots dans le passé, Hawk, mais celui-ci les surpasse tous.

—Pense à la fille. Et maintenant, allons-y.

Ils se penchèrent sur le cercueil.

À cet instant, le couvercle s'ouvrit brusquement, les faisant reculer en chancelant. Le vampire s'assit dans son cercueil et grimaça, découvrant ses canines pointues. La main de Hawk se contracta autour du manche de sa hache jusqu'à ce que ses doigts lui fassent mal. Il avait pensé savoir à quoi ressemblerait leur proie, mais il s'était trompé. La créature qui leur faisait face avait peut-être été un homme autrefois, mais n'en avait plus du tout l'apparence. Elle ressemblait à ce qu'elle était depuis longtemps : une chose morte et enterrée, qui s'était frayé un chemin hors de sa tombe.

Son visage était flasque et décharné. Sa peau livide avait pris une teinte bleuâtre. Ses yeux étaient d'un jaune sale, dénués de pupille, comme si ses globes oculaires avaient roulé dans leurs orbites. Quelques longues mèches de cheveux blancs pendouillaient depuis son crâne osseux. Ses mains étaient horriblement maigres, ses doigts semblables à des griffes. Mais la véritable horreur de sa condition se tapissait dans des détails plus subtils. Ses robes noires pourrissantes se désagrégeaient. Des plaques de mousse et de lichen recouvraient partiellement sa peau morte. Sa poitrine ne se soulevait pas, parce qu'elle n'avait plus besoin de respirer. Et elle dégageait une odeur de viande pourrie que l'on a laissée dehors trop longtemps.

Le vampire se leva d'un mouvement fluide et fixa Hawk et Fisher de ses yeux jaunes et vides. Malgré lui, Hawk détourna la tête, et son regard se posa sur la fenêtre aux volets tirés. Aucune lumière ne filtrait plus par l'interstice. *Nous avons trop attendu*, réalisa-t-il. *Le soleil s'est couché...*

Le vampire sortit élégamment de son cercueil. Ses pieds nus ne firent pas le moindre bruit sur le plancher de bois. Fisher plissa le nez.

— Espèce de monstre puant. Couché ou debout, ça ne fait aucune différence. Allons-y, Hawk.

Hawk acquiesça et bondit en avant, brandissant sa hache à deux mains pour l'abattre sur le cou du vampire. Celui-ci leva un bras squelettique pour bloquer le coup, et la hache rebondit dessus en vibrant comme si elle avait heurté une barre métallique. L'impact engourdit les mains de Hawk, qui eut toutes les peines du monde à ne pas lâcher son arme.

Fisher se jeta sur le vampire comme si elle voulait le poignarder avec son pieu. La créature esquiva facilement son attaque, et l'envoya s'écrouler sur le sol d'un simple revers de la main. Elle resta allongée où elle était tombée, la tête lui tournant follement. La silhouette décharnée du vampire abritait une puissance inhumaine. Fisher agrippa désespérément son pieu et lutta pour se relever. La créature la toisa de toute sa hauteur en gloussant – un son sourd et dépravé.

De nouveau, Hawk tenta de la décapiter. Le vampire leva la tête et empoigna la lourde lame au milieu de sa trajectoire, l'arrachant aux mains de son adversaire. Il projeta la hache au loin et tendit ses mains osseuses vers Hawk. Celui-ci recula précipitamment et chercha une autre arme du regard.

Le vampire éclata de rire et se pencha vers Fisher. Il la saisit par l'épaule, et elle gémit, alors que ses griffes s'enfonçaient dans sa chair. Du sang coula le long de son bras. Elle tenta de se dégager, mais sans succès. Lentement, le vampire l'attira vers lui, grimaçant pour lui montrer ses crocs pointus. Fisher tenta une nouvelle fois de lui plonger son pieu dans le cœur. Il lui attrapa le poignet au vol et serra très fort. Toute sensation déserta les doigts de la jeune femme, qui lâcha le pieu. Celui-ci roula sur le sol et disparut dans l'ombre.

Hawk assistait à toute la scène, impuissant. Il avait récupéré sa hache, mais n'osait pas attaquer le vampire. L'acier ne servirait à rien contre lui. Il avait besoin d'un pieu de bois… Comme il promenait un regard désespéré à la ronde, il avisa le cercueil grand ouvert. D'après ce qu'il avait lu, un vampire devait regagner son cercueil avant le lever du soleil. Hawk eut un rictus carnassier alors que la solution à son problème s'imposait à lui. Brandissant sa hache au-dessus de sa tête, il l'abattit de toutes ses forces sur le flanc du cercueil. Le bois se fendit et éclata sous le coup. Hawk dégagea sa lame et frappa de nouveau. Le côté enfoncé du cercueil bascula à l'intérieur, et des échardes volèrent dans les airs.

Le vampire repoussa brutalement Fisher et se précipita vers Hawk. Ce dernier lâcha sa hache, saisit le plus gros morceau de bois du cercueil et l'enfonça dans la poitrine de la créature à l'instant où celle-ci tendait les mains vers lui. Un instant, ils demeurèrent face à face, les yeux jaunes et la bouche grimaçante à quelques centimètres seulement du visage de Hawk. Puis le vampire s'effondra mollement sur le sol. Il émit des miaulements surpris en agrippant le morceau de bois pointu qui dépassait de sa cage thoracique. Hawk se laissa tomber près de lui, ramassa sa hache et se servit du plat de celle-ci comme d'un marteau pour enfoncer plus profondément son pieu improvisé dans le cœur du vampire. La créature hurla et le griffa, mais il s'en fichait bien. Il frappa encore et encore et, chaque fois, il voyait le visage de la fille morte telle qu'il l'avait découverte, suspendue à un crochet de boucherie. Au bout d'un moment, il réalisa que le vampire avait cessé de se débattre, et que Fisher était agenouillée près de lui.

— Tout va bien, Hawk, dit-elle d'un ton apaisant. C'est terminé.

Il baissa le nez vers le vampire. Les yeux d'un jaune sale fixaient le plafond sans le voir, et les mains griffues reposaient, immobiles, contre ses flancs. Hawk leva sa hache une dernière fois et l'abattit sauvagement sur le cou de la créature. La lame le trancha net et se ficha dans les lattes du plancher. Le vampire parut se désagréger, et, quelques secondes plus tard, il ne restait de lui qu'un petit tas de poussière. Hawk poussa un gros soupir, dégagea sa hache du plancher et s'assit lourdement sur ses talons. Sa tension commençait à se relâcher. Il jeta un regard las à Fisher, toujours à genoux près de lui.

— Tu vas bien, ma belle ?

— Je survivrai.

Il eut un léger sourire.

— Bon, nous avons eu le vampire. Nous n'avons pas tout à fait respecté la procédure, mais peu importe. On ne peut pas tout avoir.

Tous deux se relevèrent péniblement et s'appuyèrent l'un sur l'autre pendant un moment, jusqu'à ce qu'ils se sentent assez remis de leurs émotions pour rebrousser chemin vers l'escalier. Ils laissèrent Trask et sa fille où ils étaient. Brûler les corps pouvait attendre. Que l'unité de renfort mérite son salaire, pour changer un peu.

Hawk et Fisher redescendirent lentement au rez-de-chaussée et sortirent dans Chandler Lane. Il faisait encore chaud et lourd, et l'air puait toujours la fumée et le tanin, mais, après ce qu'ils venaient de vivre dans cette maison, la ruelle ressemblait presque à un paradis.

— Tu sais, dit pensivement Hawk, il doit exister une meilleure façon de gagner notre vie.

2

Amis, ennemis et politiciens

Chez le sorcier appelé Gaunt, la soirée ne faisait que commencer.

Gaunt habitait une vieille maison, située dans l'un des plus beaux quartiers de la ville. Les réjouissances avaient lieu dans son salon, une pièce de bonne taille qui occupait la moitié du rez-de-chaussée. Ses murs étaient recouverts de grands panneaux de hêtre, fins, richement sculptés de frises et de motifs, et son plafond s'enorgueillissait d'une énorme fresque peinte par l'un des artistes les plus célèbres de Haven. Mais, même sans tout cela, la demeure aurait offert un spectacle impressionnant grâce à sa collection de mobilier antique hors de prix. Chaises, tables et buffets d'une élégante simplicité voisinaient avec des meubles baroques aux lignes extravagantes et chargées. La façon dont ces styles contrastés se mêlaient si harmonieusement était à attribuer au bon goût de leur propriétaire.

Les soirées de Gaunt étaient réputées dans tout Haven. Elles rassemblaient toujours les gens les plus intéressants, la nourriture la plus délicieuse et les vins les plus capiteux. Le gratin de la ville attendait avidement une invitation qu'il ne recevait que rarement. Depuis qu'il s'était installé dans l'ancienne maison DeFerrier quatre ans plus tôt, Gaunt avait gravi l'échelle sociale avec une rapidité que les autres parvenus ne pouvaient que lui envier. Non qu'il soit lui-même un snob. Dans ses petites fêtes sélectes, l'élite de la politique, des affaires et de la société se mêlait librement, à quelque branche qu'elle appartienne.

Mais cette soirée-là était très privée et ne rassemblait qu'une poignée de ses plus proches amis. Le conseiller William Blackstone fêtait ce jour-là le premier anniversaire de son mandat.

Blackstone était un colosse d'environ quarante-cinq ans. Toujours tiré à quatre épingles et étonnamment affable, il avait le sourire d'un politicien et le cœur d'un fanatique. Blackstone était un réformateur, et il n'avait pas de temps à perdre en compromis. En l'espace d'une seule année, il avait fait davantage pour nettoyer Haven que tout le reste des conseillers réunis. Cela l'avait rendu très populaire dans les quartiers pauvres, et lui avait valu l'inimitié mortelle des riches et des puissants qui asseyaient leur position sur la misère d'autrui. Malheureusement pour ces derniers, Blackstone possédait lui-même une fortune conséquente, et ne se gênait pas pour la mettre au service de ses convictions. Au terme de cette première année de mandat, ses chances de survivre à une deuxième année étaient grossièrement estimées à une sur quatre mille. Chaque fois qu'il entendait ça, il éclatait de rire et pariait un millier de pièces d'or sur lui.

Sa femme se tenait à ses côtés tandis qu'il devisait joyeusement avec leur hôte de sa prochaine croisade contre les réseaux de prostitution infantile. Katherine Blackstone était une ravissante petite brune d'environ vingt-cinq ans, à peine moins redoutée que son mari. Pendant un temps, elle avait été l'une des meilleures actrices qui soient jamais montées sur les planches à Haven et, bien qu'elle ait laissé cette vie derrière elle en épousant Blackstone, elle possédait encore une maîtrise du langage qui laissait ses ennemis balbutiants et rouges d'embarras. Katherine avait toujours été douée pour les bons mots cinglants et l'art de remettre les gens à leur place sans en avoir l'air. En outre, elle ne répugnait pas à colporter discrètement des rumeurs gênantes à leur sujet lorsqu'elle le jugeait nécessaire.

Gaunt, quant à lui, semblait avoir trente-cinq ans, mais avait la réputation d'être beaucoup plus âgé. Grand et large d'épaules, malgré son élégante minceur, il portait toujours les vêtements noirs traditionnels des sorciers. Ses robes sombres contrastaient avec son visage pâle et aquilin. Sa voix était riche et autoritaire, et rien n'échappait à ses yeux gris clair. Il se rasait le crâne, mais s'autorisait une fine moustache. Il était arrivé à Haven – les dieux seuls savaient d'où – quatre ans plus tôt, et s'était aussitôt fait un nom en nettoyant à lui seul la tristement célèbre zone du Crochet du Diable.

Le Crochet du Diable : deux kilomètres carrés de taudis et de ruelles adossés au port principal, le terrain d'élevage idéal pour la pauvreté et le désespoir. Hommes, femmes et enfants y travaillaient seize heures par jour pour une bouchée de pain, et, dans le quartier, les prix étaient soigneusement contrôlés pour que les habitants restent endettés en permanence. Ceux qui osaient se rebiffer contre leurs conditions de vie étaient ouvertement menacés, voire assassinés. La Garde évitait le Crochet plutôt que de risquer une guerre avec les gangs qui le tenaient. Puis Gaunt avait débarqué à Haven. Il s'était rendu au Crochet, seul et sans arme, pour constater la situation de ses propres yeux. Il en était ressorti deux heures plus tard. Peu de temps après, les gardes avaient été appelés pour évacuer les cadavres. Pas un seul membre de gang n'en avait réchappé. Pas un seul d'entre eux n'était mort rapidement et sans souffrances.

Les festivités avaient duré près d'une semaine. Certains hommes d'affaires avaient tenté d'envoyer de nouveaux émissaires au Crochet pour faire redémarrer leurs différents « commerces », mais Gaunt leur avait rendu visite pour leur expliquer qu'il considérerait comme une insulte personnelle toute tentative d'établissement d'un atelier clandestin. Les conditions de vie dans le quartier s'étaient améliorées pratiquement du jour au lendemain.

Gaunt se versa un autre verre de vin et ferma les yeux pour en savourer le bouquet.

— Mon cher, je ne comprends vraiment pas comment vous pouvez boire ça, déclara Katherine Blackstone. Hillsdown possède d'excellents vergers, mais son raisin ne vaut même pas la sueur des paysans qui le piétinent.

— Je n'ai aucun palais pour le vin, admit calmement Gaunt. Mais il y a toujours eu dans les crus nordiques quelque chose qui m'attire. Ils ne sont pas particulièrement subtils, mais personne ne pourrait se méprendre sur leur puissance. Si celui-là était plus agressif, il jaillirait de la bouteille pour vous dévaliser. Voudriez-vous le goûter, William ?

— Juste un petit peu, alors, grimaça Blackstone. J'avais espéré que le temps se rafraîchirait après le coucher du soleil, mais que je sois damné si j'arrive à faire la différence. On dirait que l'été va encore être long et sec.

Il avala avidement le vin que le sorcier lui avait servi et hocha la tête avec un claquement de langue approbateur. Katherine lui tapota gentiment le bras.

— Fais attention avec ça. Tu sais que tu ne tiens pas l'alcool.

Blackstone acquiesça à contrecœur.

— Un grave défaut pour un politicien. Néanmoins, il a aussi ses avantages. Parce que je passe la plupart de mes soirées un verre d'eau à la main, je suis toujours en train d'écouter quand les langues de mes chers collègues se délient.

— C'est exact, susurra Katherine. Parfois, je suis surprise que tu ne prennes pas de notes.

— J'ai une excellente mémoire, affirma Blackstone.

— Quand ça t'arrange, railla sa femme.

— Allons, allons, dit très vite Gaunt. Pas de dispute conjugale.

— Ne soyez pas stupide, mon cher. Nous adorons ça, grimaça Katherine.

Tous trois gloussèrent avec bonne humeur.

— Alors, William, reprit Gaunt. Où en est votre nouveau projet de loi ? Les débats sont-ils enfin terminés ?

— On le dirait, se réjouit Blackstone. Avec un peu de chance, il devrait être voté d'ici la fin du mois. Et ce ne sera pas trop tôt. Une grande partie de l'économie de Haven dépend des docks ; pourtant, certains propriétaires les ont laissés se dégrader à un point incroyable. Une fois mon projet de loi voté, ils seront forcés de les rénover, au lieu de se contenter de mettre le feu aux bâtiments les plus décrépits pour toucher la prime d'assurance.

— Évidemment, le Conseil les aidera en leur accordant des subventions pour financer les travaux, ajouta Katherine. Histoire d'adoucir la note.

— Ça, c'est l'une de tes idées les plus brillantes, la félicita Blackstone.

— Je suis impatient de voir ce que ça donnera, déclara Gaunt. Même si quelque chose me dit que ça ne sera pas aussi simple.

— Rien ne l'est jamais, répliqua Blackstone.

— Et vous, Gaunt ? Où en est votre dernier projet ? s'enquit Katherine. Si je suis autorisée à le demander, bien sûr.

Le sorcier haussa les épaules.

— Ce n'est pas un secret. Je crains de n'avoir pas fait beaucoup de progrès pour l'instant. Les sorts de vérité sont difficiles à élaborer, et les versions actuelles ne produisent rien d'autre que la vérité littérale. Ils ne tiennent pas compte des nuances, des demi-vérités et des esquives verbales. Sans compter que la vérité subjective est parfois bien différente de la vérité objective...

— Épargnez-nous les détails, mon cher, protesta Katherine en riant. Depuis le temps, je devrais pourtant savoir que ce n'est pas une bonne idée d'interroger un sorcier sur ses travaux. La magie doit être la seule chose au monde qui soit encore plus rasoir que la politique.

— De toute évidence, tu n'as jamais été obligée de passer toute une soirée à écouter un vétéran parler de tactique militaire, lâcha sèchement Blackstone. À ce propos, les Hightower sont-ils arrivés ? Vous aviez dit qu'ils viendraient...

— Ils viendront, le rassura Gaunt.

— Tant mieux. Je souhaite m'entretenir avec le seigneur Hightower, déclara Blackstone. Il est censé me soutenir pour mon prochain projet de loi, mais je ne l'ai pas vu depuis près d'un mois. Je ne serais pas étonné qu'il ait changé d'avis.

— Je ne pense pas, affirma Gaunt. Roderik est un brave type quand on le connaît. Ces vieux soldats peuvent être assez barbants quand ils relatent leurs batailles passées par le menu, mais ce sont des gens de parole. S'il a dit qu'il vous soutiendrait, il le fera. Vous pouvez compter là-dessus.

— Ce n'est pas tant de son soutien que de son argent que j'ai besoin, admit Blackstone. Les applaudissements ne suffisent pas à un politicien pour subsister, vous savez. Les campagnes que je mène sont toujours assez coûteuses. Elles ne peuvent fonctionner qu'au prix d'un investissement financier continu, et même mes ressources ne sont pas illimitées. À ce jour, l'or de Hightower serait vraiment le bienvenu.

— Tu n'es qu'un mercenaire, commenta affectueusement Katherine.

À l'autre bout de l'immense salon, Graham Dorimant et la sorcière appelée Visage se servaient généreusement dans un saladier en argent rempli de punch. En tant que rafraîchissement, le mélange n'était pas très au point : l'emphase avait été placée sur les différents vins capiteux qui le composaient plutôt que sur les fruits. Mais Dorimant était connu pour boire n'importe quoi, pourvu qu'il ait assez soif. Et l'actuelle vague de chaleur lui avait donné *très* soif.

Graham Dorimant approchait de la quarantaine. C'était un homme de taille moyenne, un peu trop corpulent. Il souriait beaucoup, et son regard sombre était aussi chaleureux qu'impartial. Il était le conseiller politique de Blackstone depuis près de trois ans, et excellait dans sa partie. Il possédait une connaissance quasi encyclopédique du système électoral de Haven, et savait où les cadavres étaient enterrés. Parfois au sens littéral du terme. Il tutoyait la plupart des membres du Conseil, et une grande partie des membres de leur équipe. Il savait qui pouvait être persuadé, qui pouvait être intimidé et qui pouvait être acheté. Il savait quand parler et quand insister ; mais surtout, il n'avait aucun intérêt politique personnel. Les idéologies le laissaient froid. Il se fichait bien que la loi aille dans un sens ou dans l'autre. Il ne travaillait pour Blackstone que parce qu'il l'admirait. Lui-même était paresseux, amoral, et ne s'intéressait à rien en dehors de Haven. En dépit de quoi, ou peut-être à cause de cela, il était très impressionné par un homme qui était tout son contraire et dévorait la vie avec un appétit enviable. Même s'il l'admettait rarement, Dorimant avait connu au service de Blackstone plus de satisfaction et d'excitation qu'à toute autre période de sa vie.

Il engloutit son punch et adressa un sourire charmeur à la sorcière Visage. Dorimant se considérait comme un homme à femmes, et aspirait à une élégance qu'il était trop paresseux pour atteindre véritablement. Il ne portait que les vêtements les plus chics et les plus à la mode, mais manquait du narcissisme inhérent au véritable dandy. Dans l'ensemble, il avait un sens de l'humour beaucoup trop développé pour prendre la mode au sérieux. Sa seule vanité était sa chevelure, toujours d'un noir de jais bien qu'il approchât de l'âge mûr. Simplement, elle n'était plus aussi fournie qu'autrefois.

La sorcière Visage rendit son sourire à Dorimant et sirota coquettement son punch. Âgée de vingt-deux ou vingt-trois ans, elle arborait une crinière rousse bouclée qui se répandait librement sur ses épaules. Sa peau était très pâle, et son large visage dominé par des yeux d'un vert intense. Il y avait en elle quelque chose de subtilement sauvage, comme chez un animal sylvestre récemment apprivoisé. Les hommes le percevaient, et cela les attirait, mais même le moins instinctif d'entre eux sentait que le léger sourire qu'elle affichait constamment dissimulait des dents très pointues.

Visage était grande pour une femme – près d'un mètre soixante-treize – mais d'une minceur presque douloureuse. Elle donnait envie à Dorimant de l'emmener au restaurant et de veiller à ce qu'elle ait l'estomac bien rempli avant de lui faire son affaire. Ce sentiment protecteur et paternel était nouveau pour lui, et il le repoussa fermement dans un coin de son esprit.

—Alors, très chère, lança-t-il avec entrain, comment va notre révéré maître ? Toujours sain et sauf grâce à vos pouvoirs ?

—Bien entendu, répondit Visage, d'une voix aussi basse et timide qu'à son habitude. Tant que je serai auprès de lui, aucune magie ne pourra le blesser. Et vous, monsieur, vos conseils préservent-ils ses intérêts comme je protège sa santé ?

—Je m'y efforce, sourit Dorimant. Évidemment, il est inévitable qu'un homme aussi honnête que William se fasse des ennemis. Il est trop franc et intègre pour son propre bien. Si seulement il voulait bien fermer les yeux de temps en temps…

—Il ne serait pas l'homme qu'il est, et ni vous ni moi ne souhaiterions le servir, coupa Visage. N'ai-je pas raison ?

—Comme toujours, ma chère, acquiesça Dorimant. Voulez-vous que je vous resserve un peu de punch ?

—Volontiers, merci. L'atmosphère est très étouffante ici. N'en reprendrez-vous pas également ?

— Plus tard, peut-être. Les fruits font terriblement grossir, et je dois surveiller ma ligne.

— Ça ne devrait pas être trop difficile, susurra Visage. Elle est assez large pour que vous ne puissiez pas la perdre de vue.

Dorimant lui jeta un regard plein de reproche.

Hawk et Fisher se tenaient devant la porte d'entrée du sorcier Gaunt, attendant que quelqu'un réponde à leur coup de sonnette.

La maison du sorcier était un bâtiment à deux étages de bonne taille, situé sur un vaste terrain près de la limite est de la ville. Un haut mur entourait la propriété, sa maçonnerie ancienne disparaissant à moitié sous une épaisse nappe de lierre. Le terrain avait été transformé en un jardin où des herbes étranges et des fleurs exotiques poussaient en dessinant des motifs complexes qui perturbaient subtilement le regard. La riche odeur d'une centaine de parfums mêlés alourdissait l'air, et le clair de pleine lune scintillait vivement sur l'unique allée de gravier. La maison elle-même n'avait rien de remarquable, architecturalement parlant. Elle se dressait, trapue et dénuée de prétention, à l'endroit où on l'avait bâtie des siècles plus tôt, et, bien que le passage des ans et les intempéries aient délavé ses pierres, sa simplicité même suggérait une robustesse qui la maintiendrait debout encore bien des années.

La porte d'entrée était large et solide. Hawk fixa le cordon de la sonnette d'un air dubitatif, en se demandant s'il devait l'actionner de nouveau, au cas où ça n'aurait pas marché la première fois. Il tira impatiemment sur son col montant et se dandina d'un pied sur l'autre. Fisher et lui portaient l'uniforme de cérémonie bleu marine et or de la Garde, sur lequel ils avaient jeté leur plus belle pèlerine noire. Les lourds vêtements étaient raides, inconfortables et leur tenaient trop chaud. Ils avaient protesté bruyamment avant de se mettre en route, mais en vain. Les gardes devaient être sur leur trente et un pour paraître devant la haute société. Faute de quoi, ils donneraient une mauvaise image de leur corps. Ils avaient finalement cédé.

— Cesse de tripoter ton col, le réprimanda Fisher. Ça ne changera rien.

— Je déteste cette tenue, grommela Hawk. Pourquoi a-t-il fallu qu'on nous refile cette mission ? Je pensais qu'après avoir empalé un vampire nous aurions droit à un peu de repos bien mérité. Mais non. C'est à peine si on nous a accordé cinq minutes pour un sort de guérison avant de nous renvoyer dehors.

Fisher eut un gloussement sec.

— Seuls les incompétents ont le droit de se reposer. Nous avons résolu l'affaire du vampire là où tous les autres avaient échoué, alors naturellement, c'est à nous qu'on confie la plus difficile des affaires suivantes : servir de gardes du corps à Blackstone.

Hawk secoua la tête d'un air affligé.

— Le seul conseiller vraiment honnête de la ville. Pas étonnant que tant de gens souhaitent sa mort.

— Tu l'as déjà rencontré ?

— Je lui ai serré la main une fois, durant une réunion électorale.

— As-tu voté pour lui ?

— À vrai dire, son adversaire distribuait de l'argent…

Fisher éclata de rire.

— Donc, en honnête garde, tu as voté pour celui qui t'avait acheté.

— Et puis quoi encore ? J'ai pris son fric, j'ai quand même voté pour Blackstone, et je l'ai mis au défi d'y trouver quelque chose à redire. Il n'a pas exactement été enchanté.

Ce souvenir arracha une grimace réjouie à Hawk.

— J'admire le courage de Blackstone, à défaut de son bon sens, déclara Fisher. Pour s'opposer à tous les intérêts souterrains de cette ville, il faut avoir un sacré cran. Nous serions beaucoup plus efficaces dans notre boulot si la moitié de nos supérieurs n'étaient pas ouvertement corrompus.

Hawk grogna et tira de nouveau sur son col.

— Que sais-tu de ce sorcier, Gaunt ?

— Pas grand-chose. Il est très puissant dans son genre, mais il ne fait pas étalage de ses dons. Il aime organiser des soirées ; le reste du temps, c'est plutôt un solitaire, énuméra Fisher. Il n'est pas marié, et ne court pas après les femmes. Ni les hommes, d'ailleurs. Personne ne sait d'où il vient exactement, mais, selon la rumeur, il était autrefois le sorcier du roi. Il a quitté la cour dans des circonstances assez troubles, puis est venu s'installer ici, à Haven. Où il s'est immédiatement fait un nom en nettoyant le Crochet. Tu t'en souviens ?

— Et comment ! s'exclama Hawk. Je faisais partie de l'équipe qui a dû aller là-bas pour nettoyer après coup. Une semaine plus tard, nous n'avions pas fini de déblayer les corps.

— C'est vrai. À l'époque, je bossais sur l'affaire du Lingot Brisé. (Fisher dévisagea pensivement Hawk.) Tu ne m'en avais encore jamais parlé. C'était si terrible que ça ? J'ai entendu des histoires...

— Aussi terrible, et plus encore, acquiesça Hawk. Il n'y a pas eu un seul survivant au sein des gangs – pas de blessés ou d'agonisants, rien que des morts. Nous ne savons toujours pas ce qui les a tués, mais ça n'a pas été très propre. La plupart des corps avaient été taillés en pièces. Il ne fait aucun doute que c'étaient des criminels, mais ce qui leur est arrivé... C'était encore pire que tout ce qu'ils avaient pu infliger à leurs victimes.

— Et c'est à la soirée de leur meurtrier que nous allons assister en tant que gardes du corps, soupira Fisher. Génial. Tout bonnement génial.

Elle s'interrompit alors que la porte d'entrée s'ouvrait brusquement devant eux. La lumière vive et gaie qui emplissait le couloir se déversa sur le seuil et dans l'obscurité nocturne. Hawk et Fisher clignèrent des yeux tandis que leur vision s'ajustait à la soudaine clarté. Puis ils s'inclinèrent poliment devant l'homme qui leur faisait face. Gaunt avisa leur pèlerine et inclina légèrement la tête en retour.

— Les gardes du corps de William. Entrez, je vous attendais.

Il s'effaça pour les laisser passer, puis referma soigneusement la porte derrière eux et pivota en tendant une main fine aux ongles manucurés. Hawk la serra, et grinça des dents comme le sorcier lui broyait quasiment les doigts. Il détestait les gens qui agissaient ainsi. Mais il parvint à conserver un sourire poli et fléchit subrepticement ses doigts engourdis tandis que Gaunt se tournait vers Fisher. Le sorcier prit la main de la jeune femme et la porta à ses lèvres. Hawk se rembrunit. Il n'aimait pas non plus les gens qui faisaient ça.

Fisher sourit poliment à leur hôte. Il ne ressemblait pas vraiment à ce qu'elle avait imaginé. Après que Hawk lui eut raconté ce qu'il avait vu dans le Crochet, elle s'était attendue à quelqu'un de plus… impressionnant. Avec ses yeux gris clair et son sourire affable, Gaunt paraissait presque trop civilisé. Il dévisagea pensivement les deux gardes.

—Le capitaine Hawk et le capitaine Fisher, dit-il enfin. J'ai beaucoup entendu parler de vous.

—En mal, j'espère, lança Fisher.

Gaunt gloussa.

—Vous avez fait du bon boulot avec le vampire de Chandler Lane. Je suis très impressionné.

Hawk haussa un sourcil.

—Les nouvelles voyagent vite à Haven.

Gaunt sourit.

—J'ai mes sources.

—Je n'en doute pas, acquiesça Hawk.

—Si vous voulez bien me suivre… Le conseiller Blackstone est déjà là, avec une partie de mes autres invités.

Gaunt les précéda dans le couloir jusqu'à une lourde porte de chêne sur la droite. Il la poussa, puis recula d'un pas en faisant signe aux deux gardes d'entrer.

Les invités leur jetèrent un bref coup d'œil, virent les pèlerines noires et retournèrent aussitôt à leurs conversations. Hawk promena un regard nonchalant à la ronde, afin de se familiariser avec les lieux. Malgré la chaleur, les volets en bois des deux grandes fenêtres étaient fermés. Il n'y avait pas d'autre porte que celle par laquelle ils étaient entrés. Hawk se détendit quelque peu. En cas de besoin, il ne leur serait pas trop difficile de défendre le salon. À supposer que quelqu'un soit assez fou pour attaquer le sorcier Gaunt dans sa propre demeure.

Gaunt s'approcha de Blackstone et lui dit quelques mots à voix basse. Le conseiller reporta son attention sur Hawk et Fisher, s'excusa auprès de la sorcière Visage et rebroussa chemin avec Gaunt pour les saluer. Il leur serra la main, avec la poigne rapide et ferme d'un politicien consommé.

— Ravi de vous voir, dit-il avec bonne humeur. Je suis sûr que je me sentirai beaucoup plus en sécurité avec vous deux à mes côtés. Ce ne sera que pour quelques jours, le temps que mon projet de loi soit voté. Après ça, tout danger sera écarté.

— Vraiment ? D'après ce que j'ai entendu dire, vous avez plus d'ennemis à Haven que le chancelier le jour du versement des impôts, contra Fisher.

Blackstone éclata de rire.

— Tout danger immédiat, du moins, corrigea-t-il. Si j'avais voulu un métier tranquille, je ne me serais pas lancé dans la politique.

— Très bien, conseiller. Que voulez-vous que nous fassions ? interrogea Hawk avec une brusquerie toute professionnelle.

— Pour ce soir, contentez-vous de vous mêler aux autres invités et de vous amuser, répondit aimablement Blackstone. Il ne risque pas de m'arriver quoi que ce soit ici, chez mon ami Gaunt. Même mes ennemis ne sont pas assez stupides pour le mettre en colère.

— Vous serez toujours en sécurité ici, William, intervint Gaunt à voix basse. Cette maison est protégée contre tous les types d'intrusion.

— Et maintenant, si vous voulez bien nous excuser, dit Blackstone en adressant un bref sourire aux deux gardes, Gaunt et moi devons parler affaires. Allez donc vous chercher quelque chose à boire et à manger.

Le politicien et le sorcier s'éloignèrent en parlant avec animation. Hawk et Fisher échangèrent un regard.

— De l'alcool gratos, commenta Fisher. En fin de compte, cette mission ne sera peut-être pas si désagréable.

— Ouais, acquiesça Hawk.

Ils se dirigèrent vers le saladier en argent et se servirent. Hawk plissa le nez en goûtant le punch, ce qui ne l'empêcha pas de vider son verre. Il faisait chaud, il avait soif, et de toute façon, c'était gratuit. Divers canapés avaient été disposés près du saladier, selon des motifs intéressants dans l'espoir que ça leur donnerait l'air plus appétissant. Hawk ne put reconnaître la moitié des aliments qui entraient dans leur composition, mais en essaya un pour montrer sa bonne volonté.

— Pas mauvais, commenta-t-il, la bouche pleine.

— Je suis ravie que vous le pensiez, lança Katherine Blackstone. Gaunt se flatte d'être un excellent cuisinier.

Hawk avala tout rond pour se vider la bouche tandis que la femme du conseiller Blackstone les détaillait de la tête aux pieds. Elle semblait assez amicale, dans le genre condescendant. Son regard s'attarda plus longuement sur Hawk que sur Fisher, et celui-ci se demanda s'il avait imaginé la soudaine étincelle dans ses yeux. Vu la façon dont elle se comportait, il s'attendait presque à ce qu'elle se penche vers lui pour épingler une rosette sur le revers de sa veste.

— Ainsi, vous êtes ce qui se fait de mieux dans la Garde, dit enfin Katherine. J'espère que vous êtes aussi redoutables que votre réputation le suggère.

— Nous essayons, déclara Hawk.

Katherine le dévisagea pensivement.

— En tout cas, vos cicatrices sont très impressionnantes, mon cher. Qu'est-il arrivé à votre œil ?

— Je l'ai perdu aux cartes.

Elle eut un sursaut d'étonnement, puis se mit à glousser. Cela la faisait paraître beaucoup plus jeune.

— Un à zéro pour vous, mon cher, concéda-t-elle gracieusement. Ne manquez pas de goûter l'agneau épicé : il est vraiment délicieux. Je crois même qu'il y a des asperges en accompagnement, bien que je ne voie pas du tout où Gaunt a pu s'en procurer en cette période de l'année. Connaître un sorcier a ses avantages, je suppose.

Il y eut une pause dans la conversation, durant laquelle tous trois s'affairèrent avec la nourriture. Fisher mordit dans une saucisse à l'ail et sourit.

— Dommage que nous n'ayons pas eu ça sous la main un peu plus tôt.

— De quoi parlez-vous ? Oh, l'ail, réalisa Katherine. Gaunt était justement en train de nous parler du vampire avant votre arrivée. Quelles répugnantes créatures ! Avez-vous vraiment tué celle-ci en lui plongeant un pieu dans le cœur ?

— Au final, oui, répondit Hawk.

— C'est tellement dommage pour Trask, reprit Katherine. Je

sais qu'il n'était pas un grand conseiller, mais il ne se débrouillait pas si mal, et au moins on savait où on en était avec lui. Sans compter qu'il occupait un siège marginal. Maintenant, il va falloir organiser de nouvelles élections, et je ne veux même pas penser à l'identité de son successeur.

Hawk et Fisher acquiescèrent poliment et se gardèrent de tout commentaire. Ils n'avaient dit à personne que Trask était le serviteur humain du vampire. Ils s'étaient contentés de l'ajouter à la liste des victimes de la créature, comme sa fille. D'une certaine façon, ils n'avaient pas menti. Et sa veuve allait déjà être bien assez embêtée comme ça.

Katherine Blackstone continua à leur parler de choses et d'autres d'un ton léger, puis, au bout d'un moment, elle prit congé d'eux et se dirigea vers Graham Dorimant. Hawk se tourna vers Fisher.

—Alors, qu'en as-tu pensé ?

—C'est bizarre. Katherine Blackstone, déblatérant comme une vulgaire cruche ? Ça ne ressemble pas au portrait qu'on m'a dressé d'elle.

—C'était peut-être un test, suggéra Hawk. Peut-être voulait-elle voir si nous serions assez malins pour la percer à jour.

Fisher eut une moue dubitative.

—Possible.

—En fait, c'est un peu plus compliqué que ça, déclara la sorcière Visage.

Tous deux firent volte-face. La jeune femme se tenait tout près d'eux. Instinctivement, Hawk porta la main à sa hache. Il ne l'avait pas entendue approcher… Visage surprit son geste et eut un léger sourire.

—Je ne suis pas votre ennemie, capitaine Hawk. Bien au contraire, votre présence ici me ravit. J'ai eu une prémonition au sujet de William.

Hawk et Fisher se regardèrent rapidement, puis reportèrent leur attention sur la rousse efflanquée qui leur faisait face.

—Une prémonition, répéta lentement Hawk. Vous croyez qu'il est en danger ?

—Oui. Je m'appelle Visage. Je suis une sorcière. Mon travail consiste à protéger William contre toutes les menaces magiques. Il devrait être en sécurité ici, chez Gaunt. Je n'avais encore jamais vu autant de sorts défensifs dans un même endroit. Cette maison en est remplie. Et pourtant… Je sens quelque chose dans l'air. Quelque chose qui me perturbe. J'ai donné une protection supplémentaire à William, mais…

— Avez-vous perçu quelque chose de particulier ? interrogea Fisher à voix basse.

Visage secoua la tête en fronçant les sourcils.

— Rien de précis. Une des personnes présentes, ou se trouvant non loin d'ici, prépare un assassinat, et sa cible est soit William, soit un membre de son entourage. C'est tout ce que je peux vous dire.

— En avez-vous parlé à Blackstone ? s'enquit Hawk.

— Évidemment. Il ne m'a pas prise au sérieux, ou du moins pas assez.

— Peut-être devrions-nous fouiller les lieux, avança Fisher.

— Je l'ai déjà suggéré à Gaunt, répliqua Visage. Il a dit que personne ne pouvait pénétrer dans sa propriété ou sa maison sans qu'il en soit averti. (Elle fixa Hawk sans ciller.) À moins que vous ne fassiez quelque chose pour l'empêcher, quelqu'un va mourir ici ce soir.

Elle se détourna brusquement et s'en fut. Hawk et Fisher la suivirent des yeux.

— Ça, c'est ce que j'appelle mettre de l'animation dans une fête, commenta Hawk.

— N'est-ce pas ? acquiesça sèchement Fisher.

— As-tu remarqué qu'elle ne s'est pas donné la peine de nous expliquer pourquoi Katherine Blackstone se comportait si étrangement ?

— Oui. Et j'ai trouvé ça intéressant.

Ils se regardèrent un moment, haussèrent les épaules et se resservirent du punch.

— Qui pourrait bien être assez désespéré pour attaquer Blackstone dans la demeure de Gaunt ? se demanda Hawk à voix haute. D'accord, ce n'est pas le sorcier le plus puissant que j'aie jamais connu, mais il figure certainement dans les dix premiers. En ce qui me concerne, je ne lui chercherais pas de noises sans une très bonne raison.

— Je suis d'accord avec toi, dit Fisher. À défaut d'autre chose, notre assassin potentiel doit être diablement confiant. Ou cinglé. Voire les deux.

— À moins qu'il sache quelque chose que nous ignorons, fit remarquer Hawk. (Il fronça les sourcils.) Crois-tu que nous devrions en discuter avec Blackstone ?

Fisher secoua la tête.

— Pas encore. Que pourrions-nous bien lui apprendre de plus ? Et puis, comme tu l'as dit, je vois mal qui pourrait attenter à sa vie ici.

— Il n'est pas d'endroit, si bien défendu soit-il, auquel une personne très déterminée ne puisse accéder, affirma Hawk. Après tout, ce ne sera peut-être pas une attaque directe. Il se peut qu'elle ait été planifiée.

Fisher acquiesça lentement.

— Un sort ou une malédiction à déclenchement retardé. De la nourriture empoisonnée…

— Ou de la boisson, ajouta Hawk.

Ils fixèrent leurs verres vides.

— Peu probable, décida Fisher. La sorcière a dit que quelqu'un planifiait un meurtre, pas plusieurs. Et de toute façon, Gaunt aurait détecté la présence d'un poison. Pareil pour un sort.

— Tu as sans doute raison, concéda Hawk. D'accord, nous pouvons écarter cette hypothèse. Mais une attaque directe semble encore plus improbable. Pour atteindre Blackstone, un assassin devrait franchir toutes les défenses de Gaunt et nous combattre tous les deux. Il existe dans les Bas Royaumes des tueurs professionnels assez bons pour réussir, mais je ne pense pas que Blackstone soit assez important pour susciter leur intérêt. Non, je pencherais plutôt pour une attaque magique.

— Mais, d'après la sorcière, cette maison est bourrée de sorts défensifs, lui rappela Fisher.

— Je sais. (Hawk secoua la tête d'un air dégoûté.) Rien n'est jamais simple, pas vrai ? Tu sais, Isobel, j'aimerais travailler sur un cas d'école, juste une fois. Pour changer un peu.

— Qu'allons-nous faire ?

— Coller aux basques de Blackstone et surveiller tous les autres de près.

— Ça me semble une excellente idée, approuva Dorimant.

Hawk et Fisher le toisèrent froidement, et la façon dont ils portèrent instinctivement la main à leurs armes ne lui échappa pas. Il sentit un frisson lui parcourir l'échine. En tant que conseiller politique, Dorimant avait frayé avec plus que son lot de gens peu recommandables, mais un seul regard à l'œil froid de Hawk suffit à le convaincre que tout ce qu'il avait entendu dire à son sujet et celui de Fisher était vrai. Ces gens étaient dangereux. Il leur sourit calmement et espéra qu'ils mettraient la sueur qui dégoulinait de son front sur le compte de la chaleur.

— Permettez-moi de me présenter. Je suis Graham Dorimant, le conseiller politique de William.

Hawk hocha poliment la tête.

— Et moi...

— Oh, je sais qui vous êtes, tous les deux, le coupa Dorimant. Tout le monde, à Haven, a entendu parler de Hawk et Fisher.

— La célébrité, enfin, lâcha sèchement Fisher.

Dorimant gloussa.

— Les gardes honnêtes sont aussi rares que les politiciens honnêtes. C'est pourquoi j'ai spécifiquement requis qu'on vous assigne cette mission.

— La sorcière affirme que Blackstone est en danger, lança Fisher tout de go. Selon elle, quelqu'un va essayer de le tuer ce soir.

Dorimant se rembrunit.

— À votre place, capitaine Fisher, je ne prendrais pas Visage trop au sérieux. Elle n'est pas mauvaise, mais elle voit des menaces partout.

— Blackstone ne doit pourtant pas manquer d'ennemis, insista Hawk.

— Certainement, convint Dorimant. C'est le cas de tous les politiciens. D'autant que ses projets de loi ne visent pas réellement à le rendre populaire auprès des gens qui ont intérêt à ce que cette ville reste un cloaque. Néanmoins, il est en sécurité ici. Gaunt me parlait tout à l'heure des défenses qu'il a mises en place, et je puis vous assurer que rien ni personne ne pénétrera dans cette demeure sans son autorisation. Croyez-moi, William n'a rien à redouter ce soir.

—À moins que l'un des invités se révèle être un assassin, contra Fisher.

Dorimant la fixa en plissant les yeux.

—Capitaine Fisher, toutes les personnes présentes dans cette pièce sont des amis de William – des amis de longue date. Sa mort n'apporterait rien à aucun d'eux. Les seuls dont je ne pourrais pas me porter personnellement garant sont vous et le capitaine Hawk. Et votre réputation suggère que vous n'êtes pas du bois dont on fait les assassins.

—Exact, admit Hawk. La paie est bonne, mais les conditions de travail ne nous agréent pas.

Fisher acquiesça solennellement. Le regard de Dorimant passa de l'un à l'autre, puis il eut un sourire forcé.

—Capitaine Hawk, capitaine Fisher... Pour le moment, William subit une grande pression. Ses adversaires politiques font de leur mieux pour saboter son nouveau projet de loi, et il a reçu quelques menaces de mort. Les crétineries anonymes habituelles. Je pensais qu'il se sentirait un peu plus en sécurité avec vous deux dans les parages durant les jours à venir. Tout ce que vous avez à faire, c'est de ne pas le lâcher d'une semelle et de ne laisser personne s'approcher à moins d'un mètre de lui à moins que je vous aie donné mon feu vert. Entendu ?

—Pas de problème. J'ai déjà bossé comme garde du corps, déclara Hawk.

—Bien, se réjouit Dorimant. Vous savez que vous allez passer la nuit ici avec nous ?

—Oui, dit Fisher. Nous n'avons pas eu le temps d'emporter nos affaires, mais je ne doute pas que Gaunt puisse nous fournir tout ce dont nous aurons besoin.

—Évidemment. Je vais lui en toucher deux mots, promit Dorimant.

Quelqu'un sonna à la porte d'entrée, et Gaunt sortit du salon. Hawk fronça les sourcils.

—Pourquoi un grand sorcier comme Gaunt n'a-t-il pas de majordome ?

Dorimant sourit.

— Il ne fait pas confiance aux domestiques. Il craint qu'ils en veuillent à ses secrets, je présume. L'espionnage industriel est un passe-temps très en vogue chez les magiciens.

— Des secrets, hein ? lança Fisher. Que savez-vous de Gaunt, au juste ?

— Pas grand-chose, reconnut Dorimant. Il n'est guère expansif. William le connaît beaucoup mieux que moi. D'après la rumeur, il était le sorcier du roi, jusqu'à ce qu'une querelle éclate entre eux – mais à propos de quoi ? Mystère. Gaunt est un homme très calme. Je ne crois pas l'avoir jamais vu s'emporter, ou entendu hausser la voix. D'un autre côté, vous savez sans doute ce qu'il a fait au Crochet…

— Oui. (Fisher se renfrogna et caressa machinalement le pommeau de son épée.) Je ne fais pas confiance aux sorciers.

— Comme beaucoup de gens, lâcha sèchement Dorimant. Mais Gaunt ne constitue pas une menace pour William. Ils sont amis depuis des années.

Il s'interrompit comme Gaunt revenait dans le salon, accompagné par un grand homme noueux qui devait avoir entre vingt-cinq et trente ans. Une longue chevelure noire et une épaisse barbe bouclée masquaient une bonne partie de son visage. Il arborait un sourire affable que ses yeux démentaient. Il portait des vêtements à la dernière mode dans lesquels il semblait tout à fait à l'aise. Ce qui n'était pas une mince affaire, considérant que son pantalon le moulait comme une seconde peau et que le col empesé de son pourpoint matelassé l'engonçait. Il eût été facile de le qualifier de dandy et de s'en tenir là, sans l'épée qui pendait à sa hanche gauche dans un fourreau usé. Blackstone et sa femme s'avancèrent pour le saluer.

— Voilà un homme dont vous pouvez vous méfier, dit Dorimant à voix basse. Edward Bowman. Le bras droit de William. Un brillant politicien doté d'un esprit de tout premier ordre. Surveillez-le bien. C'est un rat.

Hawk fronça les sourcils et voulut lui réclamer des précisions. Mais Dorimant s'éloignait déjà, retournant auprès de la sorcière Visage.

Hawk reporta son attention sur Bowman. Comme Gaunt et

Blackstone avaient repris leur conversation, le nouveau venu en engagea une avec Katherine. Hawk plissa l'œil. Il n'aurait pas pu mettre le doigt dessus, mais il y avait quelque chose dans la façon dont Bowman et Katherine parlaient ensemble... Ils semblaient trop familiers. Ils souriaient trop, leur regard était trop brillant, et ils se touchaient poliment mais beaucoup trop souvent.

— Je sais à quoi tu penses, murmura Fisher. Ils ont vraiment l'air ravis de se voir, n'est-ce pas ?

— Sans doute sont-ils juste bons amis, dit Hawk sans conviction.

— Bien sûr. Bien sûr...

La sonnette se fit de nouveau entendre, et Gaunt disparut dans le couloir. Blackstone se rapprocha de Bowman et Katherine. Hawk eut beau les observer soigneusement, il ne décela aucun signe de tension entre eux. Tous trois souriaient un peu trop largement et trop souvent mais, après tout, c'étaient des politiciens. Hawk soupira et détourna le regard.

— J'imagine que la sonnette signale l'arrivée de nouveaux invités, dit-il d'un ton las. C'est tout ce dont nous avions besoin : davantage de suspects à surveiller...

— Tu te fais trop de mouron, répliqua Fisher en se servant un autre verre de punch. Écoute, tout ce que nous avons à faire, c'est garder le bonhomme en vie pendant les trois prochains jours, jusqu'à ce que son projet de loi soit voté. Après ça, la tension se relâchera, et il n'aura plus besoin de nous. Nous pouvons sûrement lui éviter des ennuis pendant trois jours.

Hawk haussa les épaules avec une moue dubitative.

— Je déteste débarquer sur une affaire sans avoir eu le temps de me préparer. Nous n'en savons pas suffisamment sur ce qui se passe ici, et encore moins sur les personnes impliquées. Katherine Blackstone se comporte bizarrement. Visage sait pourquoi, mais elle ne veut pas nous le dire. Au lieu de ça, elle nous raconte que son employeur est en danger, dans l'une des maisons les mieux protégées de la ville. Le conseiller politique de Blackstone nous met en garde contre son bras droit, qui se révèle être en termes plus qu'amicaux avec sa femme. J'ai un mauvais pressentiment, Isobel. Tout ça va mal finir.

— Tu as toujours de mauvais pressentiments.

— Et en général ils sont fondés.

Fisher eut un gloussement affectueux.

— Notre journée a été longue et difficile, mon cœur. C'est la fatigue qui parle, voilà tout. Blackstone est parfaitement en sécurité ici. Nous ne sommes là que pour l'apparat. Maintenant, bois un coup et détends-toi. D'accord ?

— D'accord. (Hawk lui sourit tendrement.) Tu as toujours été la plus sensée de nous deux. Que ferais-je sans toi, ma belle ?

— Je me le demande, acquiesça Fisher en lui rendant son sourire. Ne t'en fais pas. Tout va bien se passer.

Gaunt revint dans le salon, et le cœur de Hawk se serra. Il ne connaissait que trop bien le couple d'âge mûr qui accompagnait le sorcier. Le seigneur et la dame Hightower appartenaient à la haute société de Haven. Ils évoluaient dans tous les cercles où il fallait être vu et connaissaient tous les gens en vue. Bref, ils étaient l'incarnation de l'élite financière et sociale qui contrôlait la ville. Et aussi, curieusement, deux des supporters les plus ardents de Blackstone.

Le seigneur Roderik Hightower était un quinquagénaire trapu, de taille moyenne. Il portait ses cheveux gris fer coupés très court, et ses yeux noirs perçants fixaient les gens sans ciller sur son visage dur et buriné. Quelques années plus tôt, il était encore le commandant en chef de l'armée des Bas Royaumes, ce qui lui avait valu d'accéder de son vivant au statut de légende. Il avait toujours mené ses hommes au combat personnellement et été le dernier à battre en retraite. Sa maîtrise stratégique était sans égale, et il avait des tripes d'acier. Un soldat comme on en faisait peu.

À présent, bien qu'il ait conservé une silhouette musclée, il commençait à donner des signes de lassitude. Il n'était plus aussi vif qu'autrefois, et ses vieilles blessures le tiraillaient par temps de pluie. Il avait préféré prendre sa retraite plutôt que d'accepter le poste administratif qu'on lui avait proposé, et avait immédiatement cherché de nouveaux défis à relever pour ne pas tomber dans l'oisiveté. Son choix s'était porté sur la politique. Il s'était lancé dans la campagne pour le nettoyage de Haven avec la même détermination inébranlable dont il avait fait preuve durant sa carrière militaire.

Hawk le connaissait depuis un peu plus d'un an. À l'époque, une série de meurtres avait été perpétrée par un loup-garou dans le quartier nord inférieur, et Hawk appartenait à l'équipe des gardes chargés de l'enquête. Ça avait été une affaire aussi sale que compliquée. Il avait fini par identifier et détruire le métamorphe, mais pas avant que celui-ci ait fait trois victimes supplémentaires. L'une d'elles était le fils unique de Hightower. Les supérieurs de Hawk l'avaient soutenu, mais Hightower le tenait toujours responsable de la mort de son fils.

Génial, songea-t-il. *C'est juste ce dont j'avais besoin : encore des complications.*

Il dévisagea avec curiosité la femme de Hightower, dame Elaine. La cinquantaine bien conservée, celle-ci portait des vêtements à la dernière mode avec style et dignité. Malgré le temps étouffant, elle avait choisi une robe longue aux larges jupons, brodée de pierres semi-précieuses. Elle ne cessait d'agiter un éventail de papier délicatement peint, mais, excepté ce détail, elle ne semblait pas affectée par la chaleur. Sa coiffure mettait en valeur sa longue chevelure d'une blancheur de neige. Son visage doté d'une structure osseuse robuste était toujours d'une grande beauté malgré son âge. Bref, elle était stupéfiante, et elle le savait. Une main protectrice passée autour du bras de son époux, elle promena autour d'elle un regard dont la fierté et la hauteur semblaient suggérer qu'elle s'abaissait gravement en daignant honorer ces lieux de sa présence. Hawk fut pris d'une envie presque irrépressible de se faufiler derrière elle pour lui lancer son pied au derrière. Fisher se pencha vers lui.

— Hightower, dit-elle tout bas. N'est-ce pas lui qui… ?

— Si, acquiesça Hawk.

— Peut-être qu'il a oublié, depuis le temps.

— J'en doute fort.

Hightower balaya la pièce du regard, aperçut les deux gardes et se raidit imperceptiblement. Il murmura quelques mots à sa femme, qui fixa Hawk et Fisher comme s'ils venaient juste de ramper hors des égouts de la ville. À contrecœur, elle lui lâcha le bras et s'avança pour saluer Blackstone. Resté seul, le seigneur Hightower foudroya Hawk du regard pendant un long moment, puis se dirigea vers lui d'un pas lent et mesuré. Hawk et Fisher s'inclinèrent poliment devant le politicien qui, de son côté, demeura droit et raide comme la justice. Il attendit que Hawk se redresse et le détailla froidement.

—Ainsi, vous êtes les gardes du corps de William…

—C'est exact, mon seigneur, acquiesça Hawk.

—J'aurais dû vous faire chasser de la Garde quand j'en ai eu l'opportunité, cracha Hightower.

—Ce n'est pas faute d'avoir essayé, mon seigneur, lui rappela Hawk. Par chance, mes supérieurs connaissaient les faits. La mort de votre fils était un tragique accident.

—Il serait toujours vivant si vous aviez fait votre travail correctement !

—Peut-être. J'ai fait de mon mieux, mon seigneur.

Hightower se raidit et jeta un regard méprisant à Fisher.

—J'imagine que c'est votre donzelle ?

—Ma partenaire et ma femme, corrigea Hawk. Le capitaine Fisher.

—Et si vous élevez de nouveau la voix sur mon mari, ajouta calmement Fisher, je vous flanque mon pied au cul, ici et maintenant.

Hightower s'empourpra de rage et ouvrit la bouche pour lui faire une réponse cinglante. Puis sa voix mourut sur ses lèvres comme il avisait le regard de Fisher et réalisait qu'elle ne bluffait pas. Sa connaissance intime des gens d'armes lui disait sans l'ombre d'un doute que Fisher le tuerait si elle pensait qu'il constituait une menace pour son mari. Hightower se souvint de certaines des choses qu'il avait entendues au sujet de Hawk et Fisher, et soudain elles ne lui semblèrent plus si difficiles à croire. Il renifla une nouvelle fois, tourna le dos aux deux gardes et revint vers sa femme avec toute la dignité qu'il put.

—Comment se faire des amis et influencer les gens, railla Hawk.

—Qu'il aille se faire foutre, grogna Fisher. Toute personne qui voudra te chercher des noises aura d'abord affaire à moi.

Hawk lui adressa un sourire affectueux.

—Je savais bien que je devais avoir une raison de te supporter. (Son sourire s'évanouit.) J'aimais bien le fils de Hightower. Il n'était pas dans la Garde depuis longtemps, mais il était plein de bonne volonté, et faisait beaucoup d'efforts pour se montrer à la hauteur. Il s'est juste trouvé au mauvais endroit au mauvais moment, et il en est mort.

— Qu'est-il arrivé pendant cette affaire de loup-garou ? interrogea Fisher. C'est encore une histoire dont tu ne m'as pas beaucoup parlé…

— Parce qu'il n'y a pas grand-chose à dire. Ça a mal commencé, et ça a rapidement empiré. Nous n'avions quasiment pas d'indices, et le peu que nous pensions savoir sur les loups-garous s'est révélé en grande partie inexact, indiqua Hawk. Selon les légendes, sous sa forme humaine, le loup-garou est excessivement poilu, a deux doigts de la même longueur et un pentacle sur la paume. Mais ce ne sont que des foutaises. Toujours selon les légendes, il se change en animal la première nuit de la pleine lune, et ne reprend son apparence initiale que lorsqu'elle se couche.

» Mais notre métamorphe pouvait se transformer à volonté, du moment que la lune était pleine. Du coup, il nous a été plutôt difficile de le trouver. Nous avons quand même fini par lui mettre la main dessus. C'était un type tout à fait ordinaire : tu aurais pu passer à côté de lui dans la rue sans lui prêter la moindre attention. Je l'ai tué avec une épée en argent. Il s'est écroulé sur le sol, son sang se déversant à gros bouillons de la plaie, et a pleuré comme s'il ne comprenait pas ce qui lui arrivait. Il n'avait voulu tuer personne, c'était la malédiction de sa lycanthropie qui l'y avait forcé. Il ne voulait pas non plus mourir, et à la fin il sanglotait comme un petit enfant que l'on a puni et qui ne sait même pas pourquoi.

Fisher passa un bras autour des épaules de Hawk et l'étreignit.

— Comme c'est touchant, lança une voix amusée.

Hawk et Fisher pivotèrent. Edward Bowman se tenait sur leur droite, un sourire sardonique aux lèvres. Fisher s'écarta de Hawk sans hâte. Bowman tendit la main, et Hawk la serra avec méfiance. Comme Blackstone, Bowman avait la poigne rapide et impersonnelle d'un politicien. Il serra également la main de Fisher.

— Vous vous amusez bien, j'espère ? demanda-t-il.

— La soirée a ses hauts et ses bas, répondit sèchement Hawk.

— Ah, oui, acquiesça Bowman. Je vous ai vus avec Hightower.

C'est vraiment regrettable, ce qui est arrivé à son fils. Vous feriez bien de vous méfier de lui, capitaine Hawk. Le seigneur Roderik a la réputation d'être rancunier.

— Quels sont ses liens avec le conseiller Blackstone ? s'enquit Fisher. J'aurais pensé qu'un homme comme Hightower, ancien militaire et membre de la haute société, serait de nature conservatrice plutôt que réformiste.

Bowman eut un sourire entendu.

— En temps normal, vous auriez raison. Il y a quelques années encore, le seigneur Roderik était un fervent partisan du *statu quo*. Selon lui, tout changement ne pouvait être que négatif, et ceux qui militaient pour des réformes n'étaient que des fauteurs de troubles et des traîtres. Puis le roi l'a convoqué à la cour, et lui a dit que l'Assemblée avait décidé qu'il était trop vieux pour continuer à diriger l'armée, qu'il devrait se retirer et céder la place à un homme plus jeune. D'après mes espions, Hightower est resté planté devant lui, à le fixer comme s'il n'en croyait pas ses oreilles. Apparemment, il n'avait pas cru que la retraite obligatoire du terrain à cinquante ans s'appliquerait à quelqu'un d'aussi important que lui. Le roi s'est montré extrêmement poli – il a même offert de le prendre à son service comme conseiller militaire, mais Hightower n'a pas voulu en entendre parler. S'il ne pouvait plus être un véritable soldat, il préférait donner sa démission. À mon avis, il ne pensait pas que les choses iraient jusque-là. Jusqu'à ce qu'elles y aillent.

» Après ça, il n'a plus jamais été le même. Il avait donné trente ans de sa vie à l'armée, et il n'a même pas eu droit à une pension, parce qu'il avait démissionné. Non qu'il en ait eu besoin, évidemment, mais c'était une question de principe. Il est revenu ici, auprès de sa famille, mais n'a pas pu se résoudre à mener une vie tranquille. Il a tenté de mettre son expertise au service des membres du Conseil, mais ceux-ci n'en ont pas voulu. Je pense qu'à l'origine il s'est allié avec Blackstone uniquement pour les embêter. Je vous ai bien dit qu'il était rancunier. Puis il a découvert la Réforme, et il est devenu insupportable. Il n'existe pas de pires fanatiques que les nouveaux convertis à une cause. Néanmoins, je ne peux nier qu'il nous ait été très utile. Son nom nous a ouvert de nombreuses portes à Haven.

— C'est bien normal : sa famille possède une grande partie de la ville, acquiesça Hawk. Et celle de sa femme est l'une des plus anciennes de Haven. (Il fixa pensivement Bowman.) Comment en êtes-vous venu à travailler pour Blackstone ?

Son interlocuteur haussa les épaules.

— J'aimais son style. C'était l'un des rares politiciens que j'aie jamais rencontrés qui souhaitât vraiment faire quelque chose pour améliorer l'existence des habitants de ce trou à rats. J'ai fait de la politique toute ma vie ; mon père était encore conseiller le jour de sa mort, mais en réalité, seul, je n'allais nulle part. Dans notre métier, il ne suffit pas d'avoir un esprit vif et des intentions louables : il faut aussi une bonne image. Je n'ai jamais été très doué pour me rendre populaire. William, en revanche… Dès notre première rencontre, j'ai su qu'il ferait de grandes choses. Mais, à l'époque, il n'avait aucune expérience. Il gaspillait des opportunités parce qu'il n'avait même pas conscience qu'elles se présentaient à lui. Aussi avons-nous décidé de collaborer. Je fournirais l'expérience, il fournirait le style. Ça n'a pas trop mal fonctionné, jusqu'ici. Nous nous entendons bien, et nous sommes efficaces.

— Mais c'est lui qui récolte tout le pouvoir et tous les lauriers, fit remarquer Fisher.

— Je ne suis pas ambitieux, affirma Bowman. Il y a autre chose dans la vie que les lauriers.

— En effet, approuva Katherine Blackstone.

Elle s'approcha d'eux, et la façon dont elle se planta au côté de Bowman n'échappa ni à Hawk ni à Fisher.

— Dites-moi, poursuivit-elle en sirotant coquettement sa boisson. Votre femme et vous, capitaine Hawk, d'où venez-vous à l'origine ? Je n'arrive pas à situer votre accent.

— Nous sommes originaires du Nord, répondit évasivement Hawk. Du côté de Hillsdown.

— Hillsdown, répéta pensivement Katherine. C'est une monarchie, n'est-ce pas ?

— Plus ou moins, répondit Fisher.

— Les Bas Royaumes doivent vous paraître très étranges, sourit

Bowman. Je suppose que le concept de démocratie ne s'est pas encore propagé jusque dans le Nord.

— Pas encore, convint Hawk. Le monde est vaste, et les changements se propagent lentement. Lorsque j'ai découvert que les Bas Royaumes étaient gouvernés par une assemblée d'élus, présidée par un monarque constitutionnel ne possédant que des pouvoirs limités, j'ai cru que le ciel me tombait sur la tête. Comment peut-on être roi si on ne gouverne pas ? Mais l'idée que chaque homme et chaque femme puisse avoir son mot à dire dans la façon dont le pays est dirigé… Cette idée était renversante. On ne peut nier que le système possède des inconvénients, et j'ai vu la plupart d'entre eux à l'œuvre ici, à Haven. Mais il me semble que les avantages les compensent largement.

— C'est la voie de l'avenir, déclara Bowman.

— Vous avez peut-être raison.

Quelqu'un sonna à la porte d'entrée et, une fois de plus, Gaunt alla ouvrir lui-même. Bowman et Katherine bavardèrent encore quelques minutes avec Hawk et Fisher, puis s'éloignèrent pour deviser à voix basse. Fisher les suivit pensivement du regard.

— Bowman ne m'inspire pas confiance. Il sourit trop.

Hawk haussa les épaules.

— C'est son boulot. Il est politicien, tu te souviens ? Mais as-tu vu la façon dont le visage de Katherine s'éclairait chaque fois qu'il la regardait ?

— Ouais, grimaça Fisher. Je suis persuadée qu'il y a quelque chose entre eux.

— Tu adores les ragots, hein ?

— Absolument pas. Je suis une romantique, voilà tout.

Gaunt revint au salon flanqué d'un grand homme musclé qui devait avoir entre quarante-cinq et cinquante ans. Hawk jeta un coup d'œil au nouveau venu et faillit renverser son verre. C'était Adam Stalker, sans doute le plus connu de tous les héros que les Bas Royaumes aient jamais produits. Plus jeune, il avait combattu tous les monstres imaginables – même quelques autres. Il avait à lui seul renversé le maléfique baron Cade et libéré les centaines de prisonniers qui croupissaient dans les sinistres donjons de sa forteresse perchée au sommet d'une montagne. Il avait été le confident des rois et le champion des oppressés. Il avait servi dans une douzaine d'armées, pour une cause ou une autre, apportant aide et secours à ceux qui ne pouvaient en espérer aucun. Ses exploits audacieux avaient fait le tour du monde connu, et donné naissance à d'innombrables chansons et récits épiques. Adam Stalker, redresseur de torts et tueur de démons…

Il dépassait tous les autres occupants de la pièce de la tête et des épaules et était presque deux fois plus large que certains d'entre eux. Malgré les mèches grises qui striaient désormais ses cheveux noirs mi-longs, il demeurait très impressionnant. Il portait des vêtements simples, mais d'une coupe élégante. Il balaya la pièce du regard tel un soldat prenant la mesure du champ de bataille, saluant d'un signe de tête les visages familiers. Puis ses yeux bleus et froids se posèrent sur Hawk et Fisher. Il se dirigea rapidement vers eux, broya la main de Hawk dans la sienne et lui assena dans le dos une grande claque qui le fit vaciller.

—J'ai entendu parler de votre bagarre contre le vampire de Chandler Lane, lança-t-il d'un ton bourru. Vous avez fait du bon boulot, capitaine Hawk. Du sacré bon boulot.

—Merci, articula Hawk, légèrement essoufflé. Ma partenaire m'a beaucoup aidé.

—Évidemment. (Stalker adressa un bref signe de tête à Fisher.) Bien joué, très chère. (Il reporta son attention sur Hawk.) J'ai entendu toutes sortes de choses flatteuses sur vous, Hawk. Cette ville vous doit beaucoup.

—C'est vrai. D'ailleurs, nous songeons à réclamer une augmentation, grinça Fisher.

—Merci, sire guerrier, dit très vite Hawk. Nous faisons de notre mieux, mais nous avons encore beaucoup de chemin à parcourir avant de devenir aussi célèbres qu'Adam Stalker.

Stalker sourit et eut un geste insouciant.

—Les ménestrels exagèrent toujours. J'imagine que vous êtes ici en tant que gardes du corps de William. Vous ne devriez pas avoir de problème, dans la mesure où Gaunt et moi veillons déjà sur lui. Néanmoins, les renforts ne sont jamais superflus. Nous nous reparlerons plus tard ; je veux que vous me racontiez tout sur cette affaire de vampire. Une fois, je suis tombé sur un nid de ces créatures, dans la cordillère du Pic Brisé. Ça a fait du vilain.

Il les salua d'un hochement de tête, puis s'éloigna pour parler avec Blackstone. Hawk et Fisher le suivirent des yeux.

— Balèze, hein ? commenta Hawk.

— Tu l'as dit, approuva Fisher. Il ne doit pas mesurer loin de deux mètres dix. Et tu as vu la taille de ses muscles ?

— Ouais. (Hawk plissa les yeux.) Je t'ai trouvée un peu sèche avec lui, non ?

— Il a été un peu sec avec moi, répliqua Fisher. Visiblement, c'est l'un de ces hommes qui pensent que les femmes devraient rester à la maison pendant que leur mari va faire la guerre et se couvrir de gloire. Tu l'avais déjà rencontré ?

— Non. Mais j'ai entendu les chansons à son sujet. Si seulement la moitié d'entre elles disent vrai, c'est un homme remarquable. Je n'étais pas certain de les croire toutes, mais, maintenant que j'ai fait sa connaissance… je ne sais plus, avoua Hawk. En tout cas, il est très impressionnant.

— Mmmh. (Fisher sirota pensivement son punch.) Et sans doute très dangereux quand on le contrarie.

Hawk la fixa, incrédule.

— Qu'est-ce que tu racontes ? Tu imagines Stalker en assassin ? Ce serait ridicule, voyons ! Quelle raison un grand héros comme lui aurait-il d'éliminer un petit politicien comme Blackstone ? Nous parlons d'un homme qui est censé avoir renversé des rois !

Fisher haussa les épaules.

— Je ne sais pas. Je le trouve un peu trop beau pour être vrai, voilà tout.

— Tu es juste jalouse parce qu'il m'a félicité, et pas toi, l'accusa Hawk.

Fisher éclata de rire et vida son verre.

— Peut-être.

— Combien de verres as-tu déjà bus ? s'enquit soudain Hawk.

— Deux ou trois. J'ai soif.

—Dans ce cas, réclame de l'eau. Ce n'est pas le moment de voir double et d'avoir les jambes en coton. Hightower n'attend qu'une occasion de nous mettre dans l'embarras.

—Rabat-joie.

Fisher reposa son verre vide et regarda autour d'elle. La soirée s'animait peu à peu. Des bavardages entrecoupés de rires sonores résonnaient dans le salon. Tous les invités tenaient un verre à la main, et les premières bouteilles de vin étaient déjà vides.

Hawk s'éloigna pour s'entretenir avec Blackstone des arrangements pris pour sa sécurité, laissant Fisher seule près du buffet. La jeune femme promena un regard morne à la ronde. Elle n'avait aucun goût pour les petites sauteries dont la haute société était si friande. Plaisanteries d'initiés, ragots malveillants et vins trop sucrés ne remplaceraient jamais un bon ragoût et une chope de bière en compagnie d'amis proches. Non qu'elle aimât davantage ce genre de soirée. *Il faut te rendre à l'évidence, ma vieille : tu es complètement asociale*, songea-t-elle, sardonique. Elle haussa les épaules et sourit, puis se raidit légèrement comme Edward Bowman s'approchait d'elle. Elle s'inclina poliment, et il lui répondit par un signe de tête.

—Capitaine Fisher. Vous êtes seule ?

—Pour le moment.

—C'est inacceptable, affirma Bowman. Une femme aussi séduisante que vous ne devrait jamais manquer de compagnie.

Fisher haussa un sourcil. Son physique était spectaculaire plutôt que joli, et elle le savait. *Il veut quelque chose…*

—Je ne suis pas très portée sur la compagnie, dit-elle prudemment.

—Moi-même, je n'affectionne pas la foule, acquiesça Bowman avec un sourire engageant. Pourquoi n'irions-nous pas dans un endroit plus intime, rien que tous les deux ?

—Je ne crois pas que Gaunt apprécierait, objecta Fisher. Nous sommes ses invités. Et après tout, je suis ici à titre professionnel.

—Gaunt ne dira rien. (Bowman se rapprocha encore, et sa voix se fit murmure.) Personne ne dira rien. Je suis un homme important, ma chère.

Fisher le fixa droit dans les yeux.

— Vous ne perdez jamais de temps, hein ?

Bowman haussa les épaules.

— La vie est courte. Pourquoi sommes-nous encore en train de parler ? Nous pourrions faire tant d'autres choses infiniment plus plaisantes…

— Ça m'étonnerait, répliqua calmement Fisher.

— Pardon ? sursauta Bowman. (Il la dévisagea durement.) Je ne crois pas que vous compreniez, ma chère. Personne ne me repousse. Personne.

Fisher sourit froidement.

— Vous voulez parier ?

Bowman se renfrogna, toute trace d'amabilité désertant son visage comme si elle n'avait jamais existé.

— Vous oubliez votre rang, capitaine. J'ai des amis parmi vos officiers supérieurs. Tout ce que j'aurais à faire, c'est lâcher un mot dans la bonne oreille…

— Vous feriez vraiment ça ?

— Oh, que oui. Je pourrais saboter votre carrière, capitaine, ou même vous faire jeter en prison. Vous n'avez aucune idée de ce qui pourrait vous arriver. À moins, évidemment…

Il tendit une main vers elle, puis se figea brusquement et baissa les yeux. Fisher tenait dans sa main gauche une dague dont la pointe était pressée sur son ventre. Bowman se raidit.

— Menacez-moi encore une fois, dit Fisher à voix basse, et je vous fais une cicatrice que vous garderez jusqu'à la fin de vos jours. Et réjouissez-vous que mon mari n'ait rien remarqué. Il vous tuerait sur-le-champ, sans se soucier le moins du monde des conséquences. Maintenant, fichez le camp, et n'y revenez pas. C'est compris ?

Bowman acquiesça avec raideur, et Fisher fit disparaître la dague. Il se détourna et s'éloigna. Fisher se laissa aller contre la table du buffet et secoua la tête avec résignation. *Je crois que je préférais cette soirée quand elle était ennuyeuse…*

Gaunt se tenait seul près de la porte, un œil rivé à la pendule. L'entrée serait bientôt prête, et il ne voulait pas qu'elle soit trop cuite :

elle était censée établir l'atmosphère du repas. Il balaya ses invités du regard et frémit imperceptiblement en voyant Stalker se diriger vers lui à grandes enjambées déterminées. Il soupira et s'inclina poliment devant lui. Le colosse hocha la tête en réponse.

— J'aimerais vous dire deux mots, sorcier.

— Bien entendu, Adam. Que puis-je faire pour vous ?

— Vendez-moi cette maison.

Gaunt secoua fermement la tête.

— Adam, je vous l'ai déjà dit : vendre ne m'intéresse pas. Cette maison me convient parfaitement, et j'ai passé beaucoup de temps à y installer mes propres protections magiques. Outre le fait que déménager serait coûteux et pénible, il faudrait au moins six mois de dur labeur pour désamorcer tous ces sorts avant que quelqu'un d'autre puisse s'installer ici.

— L'argent n'est pas un problème, affirma Stalker. Je suis un homme riche, à présent. Votre prix sera le mien.

— Ce n'est pas une question d'argent, Adam, le détrompa Gaunt. Cette maison me convient. J'y suis très heureux, et je ne veux pas la quitter. Sans vouloir vous offenser, il est donc inutile que vous continuiez à me harceler à ce sujet. Votre or ne me tente pas du tout, j'en ai déjà bien plus qu'il ne m'en faut. Je ne vois pas pourquoi vous tenez tellement à cette maison, Adam. Il y en a beaucoup d'autres semblables dans toute la ville. Pourquoi êtes-vous obsédé par la mienne ?

— Pour des raisons personnelles, répondit sèchement Stalker. Si jamais vous changiez d'avis, puis-je espérer que j'en serais le premier averti ?

— Bien entendu, acquiesça Gaunt. Et puisque vous êtes là, moi aussi, je voulais vous parler.

— De quoi ?

— Que s'est-il passé entre vous et William ? Vous seriez-vous querellés ?

— Non. (Stalker le fixa sans ciller.) Pourquoi me posez-vous cette question ?

— Allons, Adam… Je ne suis pas aveugle. Je ne crois pas que vous ayez échangé deux mots sans y être obligés durant les dernières semaines. Je pensais que vous vous étiez peut-être disputés, ou quelque chose de ce genre, avança Gaunt.

Stalker secoua la tête.

—Pas vraiment. Je suis ici, n'est-ce pas ? Ce n'était qu'un petit différend quant au choix de notre prochain projet. Ça finira par s'arranger. Et maintenant, si vous voulez bien m'excuser...

Il salua Gaunt avec raideur et s'éloigna. Le sorcier le suivit des yeux avec une impassibilité soigneusement contrôlée. Quelque chose clochait, il le sentait. Stalker s'exprimait assez calmement, mais il était sur les nerfs. Néanmoins, il semblait peu probable qu'il cause le moindre problème. Pas ici, pas pendant la soirée de William. Gaunt fronça les sourcils. Tout de même, peut-être ferait-il mieux d'en toucher deux mots à Bowman, et voir s'il en savait un peu plus. Si quelque chose perturbait Stalker, celui-ci risquait de devenir un dangereux ennemi.

Le seigneur et la dame Hightower se tenaient l'un près de l'autre, un peu à l'écart du reste des invités. Le regard de Roderik était flou, comme perdu dans le vide. Elaine lui posa gentiment la main sur le bras.

—Je te trouve un peu pâle, mon chéri. Tu te sens bien ? s'inquiéta-t-elle.

—Oui, oui.

—Tu n'en as pas l'air.

—C'est la chaleur, voilà tout. Je déteste être coincé en ville pendant l'été. Ce maudit endroit est pareil à un four, on n'y respire jamais la moindre goulée d'air frais. Ça va aller, Elaine. Ne t'en fais pas.

Sa femme hésita.

—Je t'ai vu parler aux gardes. C'est *lui*, n'est-ce pas ?

—Oui. Il a laissé mourir notre fils.

—Non, Rod. Ce n'était pas la faute de ce Hawk, et tu le sais. Tu ne peux pas continuer à le tenir responsable de ce qui s'est passé. Te tiens-tu responsable de la mort de chaque soldat qui a péri au combat sous ton commandement, parce que tu n'avais pas pu prévoir tout ce qui irait de travers ? Bien sûr que non.

—Ce n'était pas un soldat. C'était notre fils.

—Oui, Rod. Je sais.

— J'étais si fier de lui, Elaine. Il n'allait pas gaspiller sa vie à livrer les batailles d'autrui : il allait faire quelque chose de bien de son existence. J'étais si fier de lui…

— Il me manque autant qu'à toi, mon chéri. Mais il n'est plus là, à présent, et nous devons continuer sans lui. Tu as des choses plus importantes à faire que de perdre ton temps à te quereller avec un capitaine de la Garde.

Le seigneur Roderik soupira et regarda réellement sa femme pour la première fois. L'espace d'un instant, il parut sur le point de dire quelque chose, puis il se ravisa. Il baissa les yeux vers la main délicate posée sur son bras et la couvrit de la sienne.

— Tu as raison, chérie. Comme toujours. Fais en sorte de garder cet homme hors de ma vue. Je ne veux plus jamais avoir à parler au capitaine Hawk.

Stalker saisit un canapé et l'examina d'un air dubitatif. La bouchée de pâte feuilletée fourrée à la viande semblait encore plus minuscule dans sa grosse main. Il la renifla avec méfiance, haussa les épaules et l'engloutit quand même. Quand vous arpentez la campagne pendant des jours, vous ne savez jamais d'où viendra votre prochain repas. Donc, vous mangez tout ce qui vous tombe sous la main – quand ça vous tombe sous la main – pour ne pas risquer d'avoir faim plus tard. Les vieilles habitudes ont la vie dure.

Stalker regarda autour de lui et avisa Graham Dorimant, qui discutait avec la sorcière Visage. Sa lèvre supérieure se retroussa. Dorimant. Conseiller politique. Ce type n'avait probablement jamais dégainé une épée sous le coup de la colère de toute sa vie. Tout dans la gueule et rien dans les muscles. Bien entendu, il possédait des compétences utiles… Stalker secoua la tête, résigné. C'était le genre de gens avec lesquels il devait traiter, maintenant qu'il avait pénétré dans l'arène politique. Il grimaça. Il avait pensé que la vie sur les routes était dure, jusqu'à ce qu'il se lance dans cette nouvelle carrière. Les gens qui gravitaient dans les cercles du pouvoir vous mangeraient tout cru si vous leur laissiez l'ombre d'une opportunité.

Et il faudrait bien que la politique fasse partie intégrante de sa vie, désormais. Il était trop vieux pour l'aventure. Il ne se sentait pas vieux, mais il devait accepter le fait qu'il n'était plus aussi robuste ni aussi rapide qu'autrefois. Mieux valait quitter le jeu maintenant, pendant qu'il avait des points d'avance. Il n'avait pas tenu jusque là en se montrant stupide. Et puis, la politique avait ses propres récompenses, ses propres plaisirs. La quête du pouvoir… Bien des années auparavant, lorsqu'il était encore jeune et idiot, la princesse d'un lointain royaume lui avait offert de l'épouser et de le faire roi, mais il avait décliné sa proposition. Il n'avait pas voulu se laisser mettre la corde au cou, se retrouver prisonnier d'une fonction.

Les choses étaient différentes, à présent. Il avait de l'argent. Il avait du prestige. Que lui restait-il à désirer, sinon le pouvoir ? La dernière grande partie, le dernier grand défi. Stalker fronça les sourcils. Tout se passait à merveille. William et lui formaient une équipe imbattable, jusqu'à ce que… Maudit soit cet homme. Si seulement il ne s'était pas révélé aussi entêté… Tant pis. Après ce soir, il n'y aurait plus de disputes. Il serait libre de tracer son propre chemin, et que William Blackstone aille au diable.

Stalker reporta son attention sur la sorcière Visage et eut un léger sourire. Elle n'était pas vilaine. Pas vilaine du tout. Ce n'était pas tout à fait son genre de femme, mais il y avait dans sa bouche timide et son regard baissé une innocence qui l'excitait. *C'est ton jour de chance, fillette.* Il s'avança pour les rejoindre, elle et Dorimant. Tous deux s'inclinèrent poliment devant lui, mais la colère mal contenue, dans les yeux de Dorimant, n'échappa pas à Stalker.

— Bonsoir, sire guerrier, dit Dorimant d'un ton neutre. Votre présence nous honore.

— C'est bon de vous revoir aussi, déclara Stalker. J'imagine que vous êtes toujours très occupé à déterrer des secrets et extraire des cadavres de leur placard ?

— Chacun de nous fait ce pour quoi il est le plus doué, répliqua Dorimant.

— Et vous, ma chère, comment allez-vous ? s'enquit Stalker en se tournant vers Visage. Vous êtes très en beauté, ce soir.

— Merci, murmura la jeune femme.

Elle lui jeta un bref regard et baissa de nouveau les yeux.

— Vous ne buvez pas ? s'étonna Stalker, constatant qu'elle avait les mains vides. Laissez-moi vous apporter un verre de vin.

— Non, merci, déclina Visage. Je n'aime pas trop ça. Ça trouble ma concentration.

— C'est justement pour ça que la plupart des gens en boivent, mon enfant, grimaça Stalker. Mais l'alcool n'est pas nécessairement un problème. Regardez.

Il saisit une carafe posée sur la table voisine, se versa un grand verre de vin blanc et leva celui-ci. Puis il prononça une demi-douzaine de mots dans un murmure rauque et rapide. Le liquide remua brièvement, comme agité par un doigt invisible. Quand sa surface redevint lisse, il avait son apparence d'origine.

— Goûtez-le, ordonna Stalker en tendant le verre à Visage. Tout le goût du vin, sans l'alcool.

Visage hésita, puis obtempéra, du bout des lèvres.

— Un tour très pratique, commenta Hawk.

Stalker fit volte-face. Il n'avait pas entendu le capitaine de la Garde approcher. *Je me fais vieux*, songea-t-il amèrement. *Et imprudent.* Il s'inclina poliment devant Hawk.

— Un simple sort de transformation, expliqua-t-il. Il ne modifie pas la nature basique du vin, bien entendu ; cela dépasserait mes modestes capacités. L'alcool est toujours là, mais il ne peut plus affecter celui qui le boit. Comme vous venez de le faire remarquer, c'est parfois très pratique. En certaines circonstances, la survie d'un homme dépend de sa capacité à garder l'esprit clair.

— J'imagine très bien, acquiesça Hawk. Mais j'ai toujours pensé que vous vous méfiiez de la magie, sire guerrier. C'est apparemment le seul point sur lequel s'accordent toutes les chansons qui parlent de vous.

— Oh, ça… (Stalker eut un haussement d'épaules insouciant.) Ce n'est pas moi qui les ai écrites. Dans le fond, la magie n'est qu'un outil comme les autres – juste un peu plus complexe que la plupart. Ce n'est pas de la magie que je me méfie, mais des gens qui se fient trop à elle. Contrairement à une épée ou une lance, la sorcellerie peut vous trahir. Je me méfie aussi des accords que passent certains de ses pratiquants pour acquérir leurs connaissances et leur pouvoir.

Il tourna la tête vers Gaunt, qui se tenait de l'autre côté de la pièce, et le fixa d'un œil très froid. Hawk dévisagea pensivement Stalker, tandis que Dorimant et Visage échangeaient un regard.

— Merci pour le vin, sire guerrier, dit la sorcière. C'est vraiment très gentil à vous. À présent, si vous voulez bien nous excuser, Graham et moi devons parler avec les Hightower.

— Et je dois rejoindre ma partenaire, ajouta Hawk.

Ils s'inclinèrent poliment et s'éloignèrent, laissant Stalker planté seul au milieu de la pièce, à suivre Visage des yeux. *Petite garce*, songea-t-il. *Bah! de toute façon, elle n'était pas mon genre.*

Le sorcier Gaunt éleva la voix pour se faire entendre par-dessus le brouhaha des conversations et réclama l'attention générale. Le bruit s'éteignit rapidement alors que tous ses invités se tournaient vers lui.

— Mes amis, le dîner sera bientôt prêt. Si vous voulez monter dans vos chambres pour vous changer, je servirai l'entrée dans trente minutes.

Les invités sortirent du salon sans se presser et se déversèrent dans le couloir en continuant à bavarder avec animation. Gaunt disparut à leur suite, sans doute pour vérifier où en étaient les préparatifs du repas. Hawk et Fisher restèrent seuls dans la pièce.

— Ils se changent pour le dîner? s'étonna Hawk.

— Évidemment. Nous fréquentons la haute société, à présent, lui rappela Fisher.

— Ça change un peu, acquiesça sèchement Hawk.

Ils éclatèrent de rire.

— J'enlève cette fichue pèlerine, déclara Fisher. Je me moque que nous représentions la Garde ou pas, il fait beaucoup trop chaud pour porter ce truc.

Elle ôta le vêtement et en drapa négligemment le dossier de la chaise la plus proche. Hawk grimaça et en fit autant. Ils fixèrent avec convoitise la grande table dressée au fond du salon, avec sa nappe d'un blanc immaculé et son argenterie scintillante. Un candélabre massif se dressait en son milieu, et toutes les bougies étaient déjà allumées.

— Joli, commenta Hawk.

— Très joli, renchérit Fisher. Je me demande si nous sommes invités à dîner.

— Ne rêve pas. Nous aurons sans doute droit aux restes, dans la cuisine, quand les autres auront terminé. À moins que Blackstone décide qu'il a besoin d'un goûteur, et je pense que Gaunt prendrait ça pour une insulte à ses talents culinaires.

— Tant pis. Du moins pouvons-nous nous asseoir un moment avant qu'ils redescendent. Mes pieds me font un mal de chien.

— Les miens aussi. La journée a été longue…

Ils tirèrent deux chaises près de l'âtre vide, s'y laissèrent tomber et étendirent leurs jambes. Les sièges étaient d'un confort presque indécent, et ils restèrent assis sans parler, au bord de l'assoupissement. La chaleur implacable et étouffante continuait à les accabler. Ils se seraient volontiers endormis là.

Les minutes passèrent dans un silence plaisant. Hawk s'étira paresseusement. Puis Katherine Blackstone pénétra dans la pièce d'un pas vif, et Hawk se redressa dans un sursaut en voyant son expression inquiète.

— Je suis désolée de vous déranger…, commença-t-elle, hésitante.

— Pas du tout. Nous sommes là pour ça, lui assura Hawk.

— C'est mon mari. Il est allé se changer dans notre chambre pendant que je me rendais à la salle de bains. Lorsque j'ai voulu le rejoindre, la porte était fermée à clé de l'intérieur. J'ai frappé et appelé, mais il ne m'a pas répondu. J'ai peur qu'il ait eu un malaise, ou quelque chose comme ça.

Hawk et Fisher se lancèrent un bref regard et se levèrent.

— Il vaudrait mieux que nous allions jeter un coup d'œil, juste au cas où. Si vous voulez bien nous montrer le chemin…

Katherine Blackstone hocha la tête et rebroussa chemin à la hâte. Hawk la suivit, une main posée sur le manche de sa hache. Il avait un mauvais pressentiment. Katherine sortit du salon, longea le couloir et monta l'escalier qui se dressait au bout, en empoignant la rampe comme pour se propulser plus vite vers le haut des marches. Hawk et Fisher durent presser le pas pour ne pas se laisser distancer. En arrivant à l'étage, Katherine s'élança sur le palier vers la troisième porte à gauche. Elle martela le battant de ses poings et secoua la poignée, puis jeta un regard angoissé à Hawk.

— C'est toujours verrouillé, capitaine. William ! William, tu m'entends ?

Il n'y eut pas de réponse. Katherine recula.

— Servez-vous de votre hache, demanda-t-elle à Hawk d'un ton suppliant. Faites sauter la serrure. J'en prends la responsabilité.

Hawk dégaina son arme, les sourcils froncés.

— Nous devrions peut-être en parler d'abord avec Gaunt...

— Je refuse d'attendre ! s'emporta Katherine. William est peut-être malade. Défoncez cette porte tout de suite. C'est un ordre, capitaine !

Hawk acquiesça et empoigna sa hache à deux mains.

— Dans ce cas, écartez-vous.

— Que diable se passe-t-il ici ? interrogea Gaunt depuis le sommet de l'escalier. Capitaine, posez cette hache.

Hawk soutint le regard du sorcier sans ciller.

— Le conseiller Blackstone ne répond pas à nos appels, et sa porte est verrouillée de l'intérieur. Avez-vous une clé de rechange ?

Gaunt les rejoignit en quelques enjambées rapides.

— Non, dit-il lentement. Je n'en ai jamais eu besoin. (Il fixa la porte close et pinça les lèvres.) William pourrait être blessé. Allez-y. Défoncez la porte.

Hawk hocha la tête et, de toutes ses forces, abattit sa hache sur la serrure de laiton. La lame s'enfonça profondément dans le bois, et son tranchant mordit dans le métal. Le lourd battant tressauta violemment dans le chambranle, mais ne s'ouvrit pas. Hawk dégagea sa hache et frappa de nouveau. Cette fois, la lame coupa la serrure en deux. Il eut un léger sourire. C'était une bonne hache. Il poussa le battant d'un coup de pied ; puis Fisher et lui se ruèrent dans la pièce, Katherine et Gaunt sur leurs talons.

William Blackstone gisait par terre sur le dos, fixant le plafond sans le voir. Le manche d'un couteau dépassait de sa poitrine, et le devant de sa chemise était rouge de sang.

3

Questions et réponses

Bousculant Hawk et Fisher, Katherine Blackstone se précipita vers son mari et se laissa tomber à genoux près de lui. Sa main se posa brièvement sur sa poitrine, puis sur son visage. Quand elle jeta un coup d'œil à Hawk par-dessus son épaule, son expression était hébétée.

— Il est mort. Il est vraiment mort. Qui… ? Qui… ?

Soudain, elle se mit à pleurer, de gros sanglots qui secouèrent tout son corps. Fisher s'avança et s'agenouilla près d'elle pour lui passer un bras autour des épaules et l'aider à se relever. Elle conduisit Katherine à l'écart du cadavre et la fit asseoir sur le lit. La jeune femme se laissa faire docilement. Des larmes inondaient ses joues, mais elle ne fit aucun geste pour les essuyer. Elle était sous le choc. Hawk avait déjà vu ça. Il reporta son attention sur Gaunt, qui se tenait à ses côtés sur le seuil de la chambre. Le sorcier semblait ébranlé et perplexe, incapable de comprendre ce qui venait d'arriver.

— Sire Gaunt, lui dit Hawk à voix basse. Vous êtes son ami. Faites-la sortir d'ici. Fisher et moi devons examiner le corps.

— Bien sûr, acquiesça Gaunt. Je suis désolé, je… Bien sûr.

— Encore une chose.

— Oui ?

— Emmenez-la en bas, demandez à quelqu'un de rester auprès d'elle, puis lancez un sort d'isolement. À compter de cet instant, je veux que rien ni personne ne puisse entrer ou sortir de cette maison.

— Entendu. Je comprends.

Gaunt s'approcha de Katherine et lui parla doucement. La jeune femme commença par secouer la tête, mais, comme il insistait d'un ton calme et persuasif, elle finit par se lever. Ils quittèrent la pièce ensemble, et Hawk referma la porte derrière eux. Fisher et lui fixèrent le cadavre, puis se regardèrent.

— Pas de doute, nous sommes de fameux gardes du corps, soupira Hawk.

Fisher acquiesça d'un air dégoûté.

— C'est une véritable catastrophe, Hawk. Blackstone était la meilleure chose qui soit arrivée à cette ville depuis des années. Que va-t-il se passer, maintenant qu'il n'est plus là ?

— Si nous ne découvrons pas qui l'a assassiné, et vite, il va y avoir des émeutes, déclara Hawk d'un ton lugubre. Miséricorde. J'appréciais cet homme, Isobel. Il nous a fait confiance pour le protéger, et nous avons manqué à tous nos devoirs.

— Nous lamenter ne nous servira à rien. Nous avons un travail à faire, lui rappela Fisher. Examine le corps, je me charge de fouiller la chambre.

Hawk hocha la tête et s'agenouilla près de Blackstone. Il commença par détailler le cadavre de la tête aux pieds, en prenant bien garde de ne rien toucher. Le visage de Blackstone était calme et détendu. Ses yeux grands ouverts fixaient le plafond. Une de ses jambes s'était repliée sous lui quand il était tombé, et elle était coincée sous l'autre. Son assassin l'avait frappé avec une telle force que le couteau était enfoncé dans son cœur jusqu'à la garde. Hawk observa soigneusement l'arme du crime, mais celle-ci semblait parfaitement ordinaire. Le corps ne présentait pas d'autre blessure, ni aucun signe indiquant que Blackstone avait tenté de se défendre. Autour de la plaie, sa chemise était imbibée de sang. Hawk fronça les sourcils. La victime avait été touchée au cœur. Il aurait dû y avoir beaucoup plus de sang.

— Regarde ça, appela Fisher.

Hawk leva les yeux. Fisher était accroupie près du lit, fixant un verre à vin renversé sur le sol. Il restait encore un peu de vin rouge à l'intérieur, et quelques gouttes de liquide étaient tombées sur l'épaisse moquette. La tache écarlate présentait une ressemblance troublante avec du sang. Fisher trempa un doigt dans le résidu de vin au fond du verre et le porta à sa bouche.

—Ne fais pas ça, protesta Hawk. Il pourrait être empoisonné.

Fisher renifla son doigt.

—À l'odeur, ça a l'air d'aller.

—Peu importe. N'y touche pas jusqu'à ce que nous en soyons certains.

—Allons, Hawk. Pourquoi aurait-on empoisonné Blackstone avant de le poignarder ?

—D'accord, je reconnais que c'est très improbable. Mais on ne sait jamais. Essuie-toi bien, tu veux ?

—Entendu.

Fisher s'essuya le doigt sur le couvre-lit, puis rejoignit Hawk près du cadavre. Elle fixa celui-ci d'un air sombre et secoua lentement la tête.

—Alors, comment crois-tu que ça se soit passé ?

Hawk plissa le front.

—La porte était verrouillée de l'intérieur, et Blackstone en détenait l'unique clé. Du moins, je le suppose. Je vérifierai dans une minute, pour plus de sûreté. Quoi qu'il en soit, nous pouvons sans doute rejeter l'hypothèse d'un suicide. D'abord, parce qu'il avait toutes les raisons du monde de vivre. Ensuite, parce qu'il avait reçu des menaces de mort. Enfin, parce qu'il aurait eu beaucoup de mal à se planter lui-même un couteau dans le cœur. À défaut d'autre chose, l'angle n'est pas bon. Non, ça ne peut pas être un suicide.

—Très bien. Donc, quelqu'un est entré ici, a poignardé Blackstone et est reparti en laissant la porte verrouillée de l'intérieur, résuma Fisher. Balèze. Blackstone aurait-il pu verrouiller la porte lui-même après avoir été poignardé ?

—Non. Avec une blessure pareille, il a dû mourir instantanément.

—C'est aussi ce que je pensais. Alors, qui aurait pu le tuer ? C'est forcément l'un des invités. Un étranger aurait eu un mal de chien à s'introduire dans la maison de Gaunt, et, même s'il y était parvenu,

Blackstone aurait hurlé pour donner l'alerte dès qu'il l'aurait aperçu. Comme il a été frappé à la poitrine, il a forcément vu son agresseur.

— Exact, acquiesça Hawk. Si Blackstone a vu son agresseur et qu'il n'a pas réagi, ça signifie qu'il le connaissait, et qu'il ne l'a pas considéré comme une menace jusqu'à ce qu'il soit trop tard.

— C'est encore plus terrible, commenta Fisher.

— En effet. Je ferais mieux de m'assurer que Gaunt a bien lancé son sort d'isolement. Pas question qu'un seul des invités disparaisse avant que j'aie pu les interroger. Tu restes avec le corps. Et que personne ne touche à quoi que ce soit, compris ?

— Compris.

Hawk se releva et s'étira lentement.

— Tu sais, Isobel, ça va être une affaire compliquée. Je le sens jusque dans mes os.

Il quitta la chambre de Blackstone et referma la porte derrière lui. Massés sur le palier, les autres invités l'attendaient. Le seigneur Hightower s'avança pour lui barrer la route.

— Vous. Garde ! Que se passe-t-il ?

— Mon seigneur…

— Pourquoi avez-vous défoncé la porte de William ? interrogea Bowman. Gaunt a emmené Katherine, en larmes, mais il a refusé de nous expliquer pourquoi elle pleurait. Il s'est contenté de nous dire que nous ne devions pas entrer dans cette chambre. Que s'est-il passé ?

— William Blackstone vient d'être assassiné, révéla Hawk avec raideur.

Les invités le fixèrent en silence, tous apparemment choqués et stupéfaits.

— J'ai demandé au sorcier Gaunt de sceller cette maison, poursuivit-il. L'un de vous a-t-il vu ou entendu quoi que ce soit de suspect ?

Comme il s'y était plus ou moins attendu, tout le monde secoua la tête. Il poussa un soupir.

— Je dois m'entretenir avec le sorcier. Ma partenaire monte la garde auprès du corps. Je vous demande de ne pas pénétrer dans la chambre du conseiller Blackstone, pour quelque raison que ce soit, jusqu'à ce que notre enquête soit terminée. Je vous suggère de redescendre et d'attendre dans le salon. Je vous y rejoindrai dès que possible pour vous donner plus de détails.

Puis il se détourna avant que les invités puissent commencer à le bombarder de questions et regagna rapidement le rez-de-chaussée en quête de Gaunt.

Fisher parcourait lentement la chambre de Blackstone, cherchant tout ce qui pourrait sortir de l'ordinaire. Elle avait déjà fait le plus évident, comme fouiller la penderie et regarder sous le lit, mais jusqu'ici elle n'avait pas trouvé d'autre indice que le verre à vin. Elle se rembrunit. Le problème quand on cherche des indices, c'est que, la moitié du temps, on ne sait pas ce qu'on cherche jusqu'à ce qu'on le trouve. Et même alors, on ne peut jamais être sûr.

Fisher s'immobilisa au milieu de la pièce et regarda autour d'elle. La décoration était un peu criarde à son goût, mais elle ne pouvait nier que tout le mobilier et les accessoires étaient de la meilleure qualité possible. Rien ne semblait avoir été déplacé ou bousculé de quelque façon que ce soit. Fisher baissa les yeux vers le corps de Blackstone et fronça pensivement les sourcils. L'assassin devait être l'un des invités, mais ceux-ci étaient tous censés être des amis de la victime. L'un d'eux devait avoir un mobile. Trouvez le mobile, et vous trouverez l'assassin... Fisher s'assit sur le bord du lit et passa méthodiquement en revue la liste des suspects.

Katherine Blackstone semblait s'être entichée d'Edward Bowman. Peut-être s'était-elle lassée d'un époux presque deux fois plus vieux qu'elle, et avait-elle décidé de se débarrasser de lui pour pouvoir le remplacer par un homme plus jeune.

Le seigneur Hightower affirmait s'être allié avec Blackstone à cause de la façon dont il avait été traité par les autres membres du Conseil, mais ce n'était peut-être qu'une couverture, un moyen pour lui de se rapprocher de Blackstone. Roderik était un ancien militaire, il savait comment tuer vite et en silence. D'un autre côté, pourquoi l'aurait-il souhaité ? À l'extérieur de Haven, Blackstone n'était pas si important que ça. Et puis, il y avait la blessure elle-même. Il avait fallu beaucoup de force pour enfoncer ce couteau dans la poitrine de Blackstone jusqu'à la garde. Beaucoup de force, ou de désespoir.

Fisher secoua la tête. À ce stade des investigations, échafauder des hypothèses ne servirait à rien. Elle n'avait pas encore assez d'éléments sur lesquels s'appuyer. La porte émit un craquement de protestation comme quelqu'un l'ouvrait à la volée, et Fisher bondit sur ses pieds, l'épée à la main, alors que le seigneur Hightower pénétrait dans la chambre.

— N'avancez pas, mon seigneur.

Hightower la toisa froidement.

— Surveillez vos manières, fillette. Je suis ici pour examiner le corps.

— Je crains de ne pouvoir vous y autoriser, mon seigneur.

— Vous ferez ce qu'on vous dira, un point c'est tout. J'ai toujours le grade de général…

— Et ça ne vous donne aucune autorité sur moi, répliqua poliment Fisher. En tant que seuls gardes présents, Hawk et moi avons pris l'enquête en main. Sur la scène du crime, nous ne répondons de nos actes que devant nos supérieurs. Telle est la loi de la ville, mon seigneur. À présent, je dois vous demander de quitter cette pièce. Je ne peux courir le risque que vous détruisiez accidentellement une preuve.

Hightower fit un pas en avant et se figea comme Fisher levait son épée. Il avisa sa posture toute professionnelle et les cicatrices déjà anciennes qui couturaient ses bras musclés. La pointe de son épée ne tremblait pas, et son regard calme non plus. Hightower la foudroya du regard et recula d'un pas.

— Vous le regretterez, garde, dit-il doucement. J'y veillerai.

Puis il se détourna et sortit, claquant la porte derrière lui. Fisher baissa son épée. Certains jours, il vaudrait mieux ne pas quitter son lit.

Au rez-de-chaussée, Hawk s'immobilisa dans le couloir et regarda autour de lui, mais il n'y avait aucun signe de Gaunt. Katherine Blackstone était seule dans le salon. Elle tenait à la main un verre de vin auquel elle n'avait pas touché. Assise dans un fauteuil près de la cheminée, elle fixait le vide. Une porte s'ouvrit derrière Hawk. Il fit volte-face, hache à la main. Gaunt venait de sortir de la pièce située en face du salon.

— Où diable étiez-vous ? lui demanda Hawk à voix basse, afin de ne pas déranger Katherine.

— Je vérifiais juste mes défenses, répondit le sorcier. Je puis vous assurer que, mes invités mis à part, personne n'est entré ni sorti de cette maison avant ou après le meurtre. À présent, je suis prêt à lancer le sort d'isolement. Êtes-vous certain de vouloir faire ça, capitaine ? Une fois le sort en place, cette maison et tous ses occupants seront coupés du reste du monde jusqu'à l'aube. C'est-à-dire pendant sept bonnes heures.

— Faites-le, ordonna Hawk. Je sais que ce sont des gens importants, et qu'ils n'apprécieront pas d'être retenus ici contre leur gré, mais je ne peux courir le risque de laisser l'assassin s'échapper. Entre-temps, je pense vraiment que nous ne devrions pas laisser Katherine seule. Je croyais vous avoir demandé de trouver quelqu'un pour lui tenir compagnie…

— Je n'ai pas eu le temps, se défendit Gaunt. Il me semblait qu'il était plus important de vérifier mes défenses, au cas où l'assassin serait venu de l'extérieur et n'aurait pas encore eu l'occasion de quitter les lieux. Croyez-moi, Katherine peut très bien rester seule quelques minutes. Je lui ai administré une décoction de ma confection : ça devrait l'aider à surmonter le choc.

Hawk fronça les sourcils.

— Ça ne va pas l'assommer ou la faire dormir, n'est-ce pas ? Je vais devoir l'interroger dans un petit moment.

— Non, rassurez-vous : ce n'est qu'un sédatif léger. Maintenant, si vous n'avez plus besoin de moi pour le moment, je ferais mieux de lancer ce sort d'isolement. (La bouche du sorcier se tordit en un rictus de colère.) Je n'arrive toujours pas à croire qu'un de mes invités ait assassiné William. Mais je suppose qu'il le faut bien…

Il traversa le couloir et se planta devant la porte d'entrée fermée. Il resta immobile pendant quelques instants, puis prononça un unique mot à voix haute. Le son résonna bruyamment dans l'espace clos, et la main de Hawk se convulsa sur le manche de sa hache tandis qu'une étrange lueur bleue enveloppait celles de Gaunt. Dans le couloir, l'atmosphère se fit tendue, et Hawk sentit la pression de l'air augmenter autour de lui. Gaunt leva les bras au ciel dans une posture de conjuration, et ses mains brillaient si fort que Hawk ne put les regarder en face. Ses lèvres remuèrent en silence, et ses paupières closes se crispèrent comme il se concentrait.

Hawk frémit, alors qu'une vibration intense parcourait soudain ses os et faisait claquer ses dents. Le sorcier prononça un Mot de Pouvoir, et un rugissement assourdissant emplit toute la maison. Le plancher trembla sous les pieds de Hawk, le faisant tituber. Puis ce fut terminé. Hawk reprit son équilibre et regarda autour de lui. Tout était redevenu normal. Le sorcier revint vers lui. Hawk jeta un bref coup d'œil à ses mains, mais la lueur bleue avait disparu.

— Le sort est en place, annonça Gaunt. Et il ne peut être brisé. S'il y a un assassin dans ma maison, nous sommes enfermés avec lui jusqu'à l'aube. J'espère que vous savez ce que vous faites, capitaine Hawk.

— Il y a un assassin dans votre maison, et je le démasquerai, affirma calmement Hawk. À présent, remontons à l'étage. Je veux que vous examiniez en détail le corps de Blackstone.

Gaunt acquiesça. Hawk remit sa hache au fourreau et se dirigea vers l'escalier. Les invités s'étaient rassemblés dans le salon, mais il ne s'arrêta pas pour leur parler. Ils pouvaient bien attendre un peu. Gaunt et lui gravirent les marches et mirent pied sur le palier. Le sorcier s'immobilisa devant la porte de la chambre de Blackstone et fixa Hawk avec désapprobation. Celui-ci avisa le bois entaillé et la serrure brisée par ses soins. Il haussa les épaules. Gaunt poussa un soupir audible et détourna la tête. Hawk ouvrit la porte et entra, le sorcier sur ses talons. Fisher leva brusquement les yeux vers les nouveaux arrivants, puis baissa son épée en les reconnaissant. Hawk haussa un sourcil.

— Des problèmes pendant mon absence ?

— Pas vraiment. Mais j'ai dû jeter le seigneur Hightower dehors, révéla Fisher. Il voulait examiner le corps.

— Vous l'avez jeté dehors ? répéta Gaunt, incrédule.

— Évidemment. Sur la scène d'un crime, nous représentons l'ordre, expliqua Hawk. C'est la loi de Haven. En de telles occasions, quiconque refuse d'obéir aux ordres d'un garde ou de répondre à ses questions encourt une lourde amende, voire une peine de prison.

— Ça ressemblait beaucoup à une menace, fit remarquer Gaunt.

— Je m'efforçais juste de clarifier la situation, sire sorcier, répliqua Hawk.

Gaunt acquiesça avec raideur.

— Évidemment. Je suis désolé ; je suis un peu chamboulé en ce moment. Comme tout le monde, j'imagine. La mort de William est une tragédie pour nous tous.

— Pas pour nous tous, non, contra Fisher. Il faut bien qu'elle profite à quelqu'un. Lorsque nous aurons découvert de quelle façon, nous tiendrons notre assassin. Du moins, en théorie.

— Je vois.

Hawk se rembrunit légèrement. Il avait surveillé le sorcier de près, et son calme perpétuel commençait à l'agacer. Gaunt affirmait être bouleversé par la mort de son ami, mais, si tel était le cas, il le cachait drôlement bien. En fait, s'il était aussi proche de William Blackstone qu'il le prétendait, il faisait preuve d'une retenue et d'une présence d'esprit assez louches. D'un autre côté, les sorciers n'étaient pas réputés pour leur comportement normal. S'ils étaient normaux, ils ne seraient pas des sorciers.

— Bon. Je suis là. Qu'attendez-vous de moi, capitaine Hawk ? s'enquit Gaunt.

— Je ne sais pas exactement. Je n'y connais pas grand-chose en sorcellerie, avoua Hawk. Votre magie peut-elle nous aider à détecter ou à recréer les événements ayant conduit au meurtre de William Blackstone ?

Gaunt se rembrunit.

— Je crains que non. Ma magie n'est pas adaptée à ce genre de tâche. Voyez-vous, tous les sorciers se spécialisent dans le type de magie qui les intéresse le plus. Certains sont versés dans la métamorphose, d'autres dans le contrôle du temps, la conjuration ou la création d'homoncules. Au départ, nous recevons tous la même éducation, basée sur la manipulation des quatre éléments, mais après ça… La Haute Magie peut revêtir bien des formes.

— Quelle est votre spécialité ? interrogea patiemment Fisher.

— L'alchimie. La fabrication de remèdes, ce genre de choses.

— Et de poisons ? voulut savoir Hawk.

— Parfois. (Gaunt le fixa durement.) Avez-vous une raison de me poser cette question ?

— Peut-être. (Hawk indiqua le verre qui gisait sur le tapis.) Il semble que Blackstone était en train de boire dans ce verre juste avant d'être attaqué. Pouvez-vous ou non me dire si le vin était empoisonné ?

— J'aurai besoin d'un échantillon à tester pour en être sûr. Mais je peux vous dire tout de suite s'il contenait quoi que ce soit de nocif. C'est un sort très simple.

Gaunt tendit sa main gauche vers le verre et marmonna quelque chose entre ses dents. Un courant d'air froid traversa la pièce et disparut aussi vite qu'il était arrivé. Le sorcier secoua la tête et baissa le bras.

— Il est parfaitement inoffensif.

Il s'agenouilla près du verre, trempa un doigt dans les gouttes qui restaient à l'intérieur et le lécha.

— Un de mes meilleurs vins, commenta-t-il. Je procéderai à des analyses dans mon laboratoire, histoire de m'assurer qu'il n'y a rien d'autre dedans – un léger soporifique, par exemple. Mais je suis presque certain que mon sort l'aurait détecté aussi. Puis-je prendre ce verre ?

— Je crains que non, répondit Hawk. Tous les éléments de la scène du crime doivent rester où ils se trouvent pour le moment. Nous en aurons peut-être besoin comme preuve plus tard. Mais si vous voulez prélever un échantillon de vin, vous pouvez. Contentez-vous de ne pas bouger le verre.

Gaunt hésita.

— Capitaine Hawk, il y a autre chose… autre chose d'inhabituel dans cette pièce.

— Quoi donc ?

— Je ne sais pas exactement, mais c'est sans aucun doute de nature magique. (Le sorcier fronça les sourcils et examina le cadavre de Blackstone.) William portait peut-être une sorte de charme protecteur.

Hawk jeta un coup d'œil à Fisher.

— As-tu fouillé le corps ?

— Pas encore. J'attendais ton retour.

— Très bien. Faisons-le maintenant.

Hawk s'agenouilla près du cadavre, prit une profonde inspiration afin de se calmer et commença par les poches de son pourpoint. Il y trouva deux mouchoirs, dont un avait salement besoin d'être lavé, et une poignée de menue monnaie. Il posa tout cela sur la moquette près de lui, puis passa aux poches de pantalon. Quelques autres pièces et une demi-douzaine de cartes de visite allèrent rejoindre ses trouvailles précédentes. Hawk réfléchit quelques instants, puis déboutonna prudemment le haut col de Blackstone. Il hocha la tête alors que les deux pans de tissu empesé s'écartaient, révélant une chaîne en argent autour du cou de la victime. Il tira dessus du bout des doigts, jusqu'à ce que l'amulette qui y était accrochée émerge de la chemise de Blackstone. Elle était en os, couverte de runes minuscules sculptées à même le matériau et du sang de l'homme mort. Hawk la tendit devant lui pour que Gaunt puisse la voir.

— Savez-vous de quoi il s'agit ?

— Oui. C'est une amulette de protection. La sorcière Visage l'a fabriquée pour William. Je l'ai personnellement testée il y a quelques jours, afin de m'assurer qu'elle fonctionnerait. Elle était conçue pour protéger son porteur contre les attaques magiques. Tout sort visant William aurait cessé de fonctionner à son approche. C'est une défense très utile.

— Donc, les malédictions et les enchantements n'auraient produit aucun effet sur lui ? s'enquit Fisher.

— Pas tant qu'il portait l'amulette, acquiesça Gaunt. Même les objets magiques auraient cessé de l'être à proximité de William. Évidemment, ils auraient recouvré leurs propriétés dès qu'ils seraient sortis de la sphère d'influence de l'amulette.

— Évidemment. (Hawk laissa retomber l'amulette sur la poitrine de Blackstone.) Et quelle est donc la taille de cette sphère d'influence ?

— Pas plus de quelques centimètres. Elle n'est pas très puissante, mais elle n'a pas besoin de l'être.

— Donc, nous pouvons partir du principe que le conseiller Blackstone n'a pas été tué par magie ? résuma Fisher.

— Je ne vois pas comment il aurait pu.

— Merci, sire sorcier. Vous nous avez été très utile, affirma Hawk. Et maintenant, si vous vouliez bien avoir l'amabilité de rejoindre vos invités au salon… Ma partenaire et moi vous y retrouverons sous peu.

— Entendu.

Le regard de Gaunt passa de l'un à l'autre avant de s'arrêter sur Hawk. Ses yeux noirs étaient calmes et étrangement froids.

— William était mon ami. Je ne pense pas avoir jamais connu d'homme que j'admirais davantage. Je ferai tout ce qui sera en mon pouvoir pour vous aider à identifier son assassin. Je vous en donne ma parole.

Il leur adressa un brusque signe de tête, tourna les talons et sortit. Hawk s'assit sur le bord du lit et baissa un regard maussade vers l'homme mort. Fisher s'adossa languissamment au mur.

— Joli discours, commenta-t-elle d'un ton neutre.

— Très joli, approuva Hawk. J'espère que ce n'est pas lui le coupable. Arrêter un sorcier aussi puissant que Gaunt est censé l'être risque de s'avérer extrêmement périlleux. D'un autre côté, si ce n'est pas lui, nous ferions mieux de trouver le véritable coupable avant lui. Au moins, avec nous, notre homme vivra assez longtemps pour comparaître devant la justice.

— Ouais. (Fisher laissa aller sa tête en arrière contre le mur et fixa le plafond en fronçant les sourcils.) Alors ? Supposons-nous que Gaunt a raison, et que Blackstone n'a pas été tué par magie ?

— Le choix est très simple. Ou bien l'amulette possède les pouvoirs qu'il nous a décrits, ou bien elle ne les possède pas. Si elle les possède, Blackstone n'a pas pu être tué par magie. En revanche, si Gaunt nous a menti…

Hawk laissa la fin de sa phrase en suspens.

— C'est peu probable, contra Fisher. Il devait se douter que nous vérifierions auprès de Visage.

— À moins qu'ils ne soient de mèche, suggéra Hawk.

— Je déteste les conspirations, soupira Fisher.

— Ouais, grogna Hawk. Et moi, je déteste avoir affaire à de la magie. Ça complique toujours notre boulot.

— Au fait, as-tu trouvé la clé ? demanda brusquement Fisher en regardant autour d'elle.

— Misère. Je savais bien que j'oubliais quelque chose. (Hawk fixa l'homme mort en fronçant les sourcils.) Elle n'était pas dans ses poches.

Il se leva. Fisher et lui firent de nouveau le tour de la pièce, mais ne virent rien qui ressemblât de près ou de loin à une clé. En désespoir de cause, ils se mirent à quatre pattes et entreprirent de ratisser avec les doigts les poils épais de la moquette.

— Là ! s'exclama soudain Fisher. (Elle se releva maladroitement, brandissant une clé qu'elle avait trouvée non loin de la porte.) Elle avait dû rester dans la serrure, et elle sera tombée quand tu l'as défoncée.

— À supposer que ce soit la bonne, tempéra Hawk en se redressant.

— Allons, Hawk ! le rabroua Fisher. Quelles sont les chances qu'une autre clé traîne par terre près de la porte ?

Hawk sourit et haussa les épaules.

— Désolé, ma belle. C'est le problème avec des cas comme celui-là : on finit par douter de tout. Nous allons la montrer à Gaunt ; il saura bien nous le dire.

— Pourquoi ne pas tout simplement l'essayer ?

— Parce que, après ce que j'ai fait à la serrure, aucune clé ne pourrait l'actionner.

Fisher jeta un coup d'œil à la porte et hocha la tête à contrecœur.

— Je vois ce que tu veux dire. Nous demanderons à Gaunt.

Et elle glissa la clé dans la poche de son pantalon.

— Très bien. Maintenant, essayons de reconstituer le crime. Blackstone a été poignardé avec un couteau. La porte était verrouillée de l'intérieur. Alors, comment l'assassin est-il entré et sorti ? se demanda Hawk à voix haute.

— En se téléportant ? suggéra Fisher.

Hawk fronça les sourcils.

— Je suppose que c'est possible, mais ce genre de sort réclame beaucoup de pouvoir et encore plus d'expertise. La seule personne qui possède les deux, ici…

— C'est Gaunt, acheva Fisher.

— Visage n'en aurait pas été capable, n'est-ce pas ?

— Jusqu'ici, cette affaire ne nous a apporté que des questions, et aucune réponse fiable. Je sens qu'elle va nous donner du fil à retordre. Et je déteste ça. Franchement, je préférais encore chasser le vampire. Avec lui, au moins, nous savions où nous en étions.

— Viens, allons affronter nos suspects dans le salon. Peut-être parviendrons-nous à leur extorquer des réponses.

— Je l'espère. Mais je ne compte pas beaucoup là-dessus.

Ils quittèrent la pièce, et Hawk referma la porte derrière lui. Le battant ne voulait pas rester fermé. Rien d'étonnant, vu l'état du chambranle et de la serrure.

— Tu as toujours été efficace, sourit Fisher. Mais si nous ne pouvons pas verrouiller la porte, comment allons-nous empêcher les gens d'entrer ?

— Va savoir. En leur demandant gentiment, peut-être ? lança Hawk. Pour ce que j'ai pu en voir, il n'y a pas grand-chose d'intéressant là-dedans. Sans compter que toute tentative de modifier la scène du crime trahirait forcément le coupable. Contentons-nous de laisser la porte ouverte et nous verrons ce qui se passera.

— J'adore quand tu es retors.

Hawk et Fisher gloussèrent tout bas et redescendirent l'escalier. Ils s'immobilisèrent un instant sur le seuil du salon pour observer les suspects rassemblés devant eux. Le sorcier Gaunt se tenait au fond de la pièce, près de la grande table. Son visage était serein, mais un voile assombrissait son regard. Katherine Blackstone était toujours assise dans son fauteuil, près de la cheminée. Ses yeux étaient rouges et boursouflés d'avoir trop pleuré, et elle présentait une expression vaincue, anéantie. Non loin d'elle, Bowman semblait toujours aussi calme et maître de lui-même qu'à son habitude.

Le seigneur Hightower et son épouse étaient plantés devant le buffet, le dos très droit et le menton fièrement levé, tout près l'un de l'autre comme pour se protéger mutuellement. Hawk jeta un coup d'œil aux mains de dame Elaine. Elles étaient pressées l'une contre l'autre, si fort que leurs jointures avaient pâli, comme pour les empêcher de trembler. De colère ou de peur ? À quelques pas des Hightower, Dorimant se servait un autre verre de punch. Son visage normalement rougeaud était livide, ses traits tirés, et ses gestes peu assurés. La sorcière Visage se tenait près de lui, l'air perdu, effrayé et très jeune. Pendant que Hawk la fixait, Dorimant lui passa un bras autour des épaules. Visage se laissa aller contre lui avec gratitude, comme si toutes ses forces l'avaient désertée. Enfin, Adam Stalker était seul au milieu de la pièce. Il toisa Hawk et Fisher avec un regard impatient.

— Alors ? Que s'est-il passé ? Et pourquoi nous a-t-on fait attendre tout ce temps ? demanda-t-il d'un ton sec.

— Le conseiller Blackstone est mort, révéla Hawk.

Il attendit un moment, mais aucun ne pipa mot. Il s'avança, flanqué de Fisher, et Stalker s'écarta de mauvaise grâce pour les laisser prendre sa place au centre de la pièce. Hawk balaya lentement les invités du regard pour s'assurer qu'il avait toute leur attention, puis reprit :

— William Blackstone a été poignardé dans sa chambre. Pour le moment, nous n'avons aucune idée de l'identité de son assassin. Sur ma demande, le sorcier Gaunt a scellé cette maison à l'aide d'un sort d'isolement. Plus personne ne peut y entrer ou en sortir.

Les invités s'agitèrent, mal à l'aise, mais aucun d'eux n'osa protester. L'espace d'un instant, Hawk crut que Hightower allait le faire. Le visage du seigneur Roderik avait perdu toute couleur, et il avait serré les poings. Puis l'instant passa, et Hightower garda le silence. Hawk prit une profonde inspiration et poursuivit :

— En tant que gardes, ma partenaire et moi allons vous interroger chacun à votre tour, pour nous faire une idée de ce qui se passait dans cette maison au moment du meurtre. Jusqu'à nouvel ordre, nous vous interdisons d'approcher du cadavre.

— Attendez une minute, s'exclama Bowman. Nous interroger ? Insinueriez-vous que l'un de nous est l'assassin ?

— C'est ridicule ! aboya Hightower. Et que je sois damné si je réponds aux questions d'un vulgaire capitaine de la Garde !

— Tout refus de nous assister dans nos investigations serait un crime en soi, répliqua calmement Fisher. Je suis certaine que vous connaissez tous les pénalités encourues par quiconque ferait obstruction à un garde dans l'exercice de ses fonctions.

— Vous n'oseriez pas…, s'étrangla Hightower.

— Vraiment ? susurra Hawk.

Il soutint le regard de Hightower, et celui-ci fut le premier à détourner les yeux. Stalker s'avança.

— J'ai une certaine expérience des affaires de meurtre, capitaine. Si je puis vous aider de quelque façon que ce soit, vous n'avez qu'à demander.

— Merci, sire guerrier, dit poliment Hawk. Je n'y manquerai pas. (Il se tourna vers Gaunt.) Y a-t-il une pièce où ma partenaire et moi pourrions nous installer pour nous entretenir en privé avec chacun de vos invités ?

— Bien sûr, capitaine, acquiesça le sorcier. Ma bibliothèque, de l'autre côté du couloir.

La bibliothèque était petite, mais très confortable. Gaunt y fit entrer Hawk et Fisher. D'un geste, il alluma deux lampes à huile avant de refermer la porte derrière lui. Les quatre murs de la pièce étaient recouverts d'étagères croulant sous le poids de livres de formes et de tailles variées. Les ouvrages étaient rangés proprement, par dimension autant que par sujet. Il y avait deux chaises confortables près de la cheminée, et deux autres portes : une sur la droite, une sur la gauche.

— Où conduisent-elles ? s'enquit Hawk en les désignant.

— Celle de droite mène à la cuisine, répondit Gaunt, et celle de gauche donne sur mon laboratoire. Elle est verrouillée et magiquement protégée en permanence.

— Parfait. Cette pièce devrait nous convenir, déclara Hawk. Si ça ne vous ennuie pas, et puisque vous êtes là, nous allons commencer par vous, sire sorcier.

— Bien entendu. Mais nous aurons besoin d'une autre chaise.

Gaunt fit un geste tranchant. La porte de la bibliothèque se rouvrit, et une chaise sortit du salon en glissant sur le sol. Elle traversa le couloir et pénétra dans la bibliothèque, dont la porte se referma derrière elle. Gaunt la positionna soigneusement devant l'âtre vide et s'assit. Hawk et Fisher firent pivoter les deux autres sièges de manière à lui faire face.

— C'était très impressionnant, commenta Hawk.

— Pas vraiment, non, le détrompa Gaunt. Alors, que faisons-nous ? Je n'ai encore jamais été impliqué dans une enquête criminelle. Quel genre de questions allez-vous me poser ?

— Rien de très difficile, le rassura Hawk. Pour commencer, connaissez-vous cette clé ?

Il adressa un signe de tête à Fisher, qui sortit la clé de sa poche et la tendit à Gaunt. Le sorcier l'examina et la fit tourner deux ou trois fois dans sa main.

— On dirait l'une des miennes. Est-ce celle de la chambre de William ?

— C'est justement ce que nous aimerions savoir, répliqua Hawk.

Gaunt haussa les épaules.

— Toutes les clés se ressemblent, pour moi. Comme je vis seul la plupart du temps, je ne me sers pas beaucoup des chambres de l'étage. En général, je garde mes clés sur le même trousseau, dans l'ordre exact pour pouvoir les identifier. Maintenant qu'elles ont été séparées... Néanmoins, il ne devrait pas être trop difficile de déterminer quelle porte elle ouvre. Où l'avez-vous trouvée ?

— Dans la chambre de Blackstone, répondit Fisher. Par terre, non loin de la porte.

Gaunt reporta son attention sur Hawk.

— Dans ce cas, pourquoi me demander si c'est la clé de William ?

— Parce que, dans un cas comme celui-ci, nous devons être sûrs à cent pour cent du moindre détail, expliqua Hawk. On ne sait jamais ce qui pourra se révéler significatif. Faites-moi savoir quand vous serez certain que c'est bien la clé de Blackstone. À présent, sire sorcier, qu'avez-vous fait plus tôt dans la soirée, après avoir envoyé vos invités se changer dans leurs chambres ?

— Je suis allé à la cuisine. Le repas était presque prêt. Il ne me restait plus qu'à verser la soupe dans les bols et arroser la viande une dernière fois. Ce que j'ai fait. Ensuite, j'ai voulu vérifier que le couvert était bien dressé. Je suis sorti dans le couloir, et c'est là que j'ai senti le meurtre.

Fisher se pencha en avant sur sa chaise.

— Vous avez *senti* le meurtre ? répéta-t-elle.

— Oh, oui, acquiesça Gaunt. Mais, sur le coup, je n'ai pas su ce que c'était. J'ai seulement perçu une perturbation à l'intérieur de la maison, comme si quelque chose de terrible venait de se produire. Je suis monté en courant pour m'assurer que mes invités allaient bien, et c'est à ce moment que j'ai vu le capitaine Hawk, sur le point de défoncer ma porte à coups de hache. Vous connaissez la suite.

— Oui, murmura pensivement Hawk. Dites-moi, quelqu'un pourrait-il employer un sort de téléportation dans cette maison sans que vous vous en rendiez compte ?

— Certainement pas ! Il faut beaucoup de pouvoir et de talent pour réussir une téléportation. Une seule minuscule erreur dans les coordonnées d'arrivée, et vous auriez un très fâcheux accident sur les bras. Je vois où vous voulez en venir, capitaine Hawk, mais l'assassin n'a en aucun cas pu entrer et ressortir de la chambre de William de cette façon. Si j'ai installé des protections dans toute la maison, c'est justement pour empêcher cela. Moi aussi, j'ai des ennemis, vous savez. Dans l'état actuel des choses, je ne pourrais pas me téléporter moi-même d'une pièce à l'autre sans commencer par désactiver mes protections.

— Je vois, acquiesça Hawk. Peut-être pourrions-nous discuter des ennemis de Blackstone. Tout le monde sait qu'il était assez impopulaire dans certains cercles, mais auriez-vous des noms précis à me soumettre ? Des noms de personnes à qui sa mort aurait bénéficié ?

Gaunt réfléchit, les sourcils froncés.

— Je ne vois personne en particulier. Nombre de gens à Haven respireront mieux en sachant William mort, mais je n'en connais pas un seul qui soit assez fou pour avoir tenté de l'assassiner dans ma maison. Ils devaient savoir que je considérerais ça comme une insulte personnelle.

— Je vois, lâcha sèchement Hawk.

— Il y a quand même une petite chose…

Gaunt hésita. Hawk attendit patiemment. Au bout de quelques instants, le sorcier planta son regard dans le sien.

— Je ne sais pas si ça a le moindre rapport avec votre affaire, et c'est sans doute idiot de ma part de le mentionner, mais… William s'était récemment disputé avec Adam Stalker. Je ne sais pas à quel sujet, mais ça devait être sérieux. Ça faisait des semaines qu'ils ne se parlaient pratiquement plus.

— Vous avez bien fait de nous le dire, approuva Hawk. C'est peut-être insignifiant, mais nous vérifierons quand même, juste au cas où. Ce sera tout pour le moment, sire Gaunt. Vous pouvez rejoindre les autres dans le salon. Et dites à la sorcière Visage que nous voudrions l'interroger.

— Bien sûr. Je vous l'envoie.

Gaunt se leva et se dirigea vers la porte. Celle-ci s'ouvrit devant lui sans qu'il l'ait touchée. Sur le seuil, il hésita et jeta un coup d'œil à Hawk par-dessus son épaule.

— Que dois-je faire, pour le dîner ?

— Servez-le si ça vous chante, répondit Fisher. Mais à mon avis, la plupart de vos invités ont dû perdre l'appétit.

Gaunt acquiesça et sortit. La porte se referma derrière lui. Hawk fixa Fisher.

— Comment je m'en sors ?

— Pas trop mal. Le bon dosage d'autorité et de politesse. Tu crois ce qu'il nous a raconté au sujet de ses protections anti-téléportation ?

— Ça semble plausible. Tous les sorciers ont des ennemis. Et là encore, nous pourrons le vérifier auprès de Visage. Si de telles protections sont bien en place dans la maison, elle devrait être capable de les détecter.

— Exact. Et en ce qui concerne les clés ? Gaunt a dit qu'il n'avait pas de double, mais il se peut qu'il ait menti. S'il en a un, il a facilement pu s'introduire dans la chambre de Blackstone, le tuer et refermer la porte derrière lui en sortant.

— Non, contra fermement Hawk. Je n'y crois pas. Ce serait trop évident.

— Et alors ? De toute façon, quelque chose me chiffonne dans sa déposition, déclara Fisher. Il a dit qu'il avait quitté le salon en même temps que les invités et s'était rendu dans la cuisine. Il a servi la soupe et arrosé la viande, et c'est alors qu'il a senti la mort de Blackstone. Ça ne colle pas, Hawk. Entre le moment où tout le monde a quitté le salon et celui où nous avons enfoncé la porte, il s'est écoulé au moins quinze à vingt minutes. Je me souviens d'avoir regardé la pendule. Il ne faut pas si longtemps pour servir de la soupe et arroser un rôti. Alors, qu'a-t-il bien pu faire d'autre ?

— Bonne remarque, acquiesça Hawk. Mais j'ai du mal à imaginer Gaunt en assassin. S'il avait voulu tuer Blackstone, il aurait trouvé un moyen plus subtil que de le poignarder sous son propre toit. Souviens-toi du Crochet. Deux cent quarante-sept morts, et rien qui puisse les relier à lui. Les magiciens du service des autopsies n'ont rien trouvé qui prouve sa culpabilité, et ce n'est pas faute d'avoir essayé. Je crois qu'ils étaient vraiment vexés.

— Oui, je vois ce que tu veux dire. (Fisher s'agita sur son siège, perplexe.) Mais il pourrait l'avoir fait exprès, justement pour que nous ne le soupçonnions pas. Nous l'avons vu déplacer cette chaise sans la toucher, à l'aide de sa magie. Peut-être qu'il peut utiliser un couteau de la même façon. Ou déverrouiller une serrure rien qu'en la regardant, comme il a ouvert et refermé la porte de cette pièce. Si, par le plus grand des hasards, nous trouvions une preuve de sa culpabilité, nous ferions mieux de surveiller nos arrières. Si nous commençons à trop nous rapprocher de la vérité, il décidera peut-être de se débarrasser de nous. Subtilement.

— Génial, soupira Hawk. Vraiment génial. Cette affaire devient plus drôle à chaque minute qui passe.

Des coups hésitants se firent entendre, puis la sorcière Visage entra dans la bibliothèque. Elle referma doucement la porte derrière elle. Son regard incertain passa de Hawk à Fisher et vice versa. Hawk lui désigna la chaise vide d'un signe du menton. Elle s'y laissa tomber comme si ses jambes avaient du mal à la soutenir. Son teint était toujours d'une pâleur mortelle, et elle gardait les yeux timidement baissés. Fisher consulta du regard son partenaire, qui hocha la tête.

— Nous avons quelques questions à vous poser, lança-t-elle.

— Je comprends, murmura Visage.

— Où étiez-vous lorsque Blackstone a été tué ? s'enquit Fisher sans ambages.

— Dans ma chambre, je pense. Je ne sais pas exactement quand William est mort.

— Gaunt dit qu'il a senti le meurtre, intervint Hawk. N'est-ce pas votre cas ?

— Non. (Pour la première fois, la jeune femme releva la tête et soutint son regard.) Gaunt est beaucoup plus puissant que je ne le serai jamais.

— Très bien. Vous étiez dans votre chambre. Quelqu'un vous y a-t-il vue ? interrogea Fisher.

— Non. J'étais seule.

— Donc, vous ne pouvez pas prouver que vous dites la vérité.

— Non, admit Visage.

— En début de soirée, vous avez prétendu savoir pourquoi Katherine Blackstone se comportait si bizarrement, lui rappela Hawk. Mais vous ne nous l'avez pas expliqué. Faites-le maintenant.

— Pourquoi ne posez-vous pas la question à Bowman ? répliqua Visage.

Hawk et Fisher se regardèrent brièvement.

— Pourquoi Bowman ? demanda Hawk.

Visage eut un léger sourire, qui laissa ses yeux verts de glace.

— Vous avez dû les voir ensemble, Katherine et lui. Ils ne sont pas franchement discrets.

— Ils semblaient très… amicaux, acquiesça prudemment Hawk.

— Ils sont amants depuis six mois, révéla Visage d'une voix atone. C'est pour ça qu'elle rit tout le temps et qu'elle se conduit comme une écervelée. Elle s'est trouvé un autre pigeon.

— Blackstone était-il au courant ?

— Je ne le pense pas. William était très doué pour ne pas voir les choses qu'il préférait ignorer.

Hawk fronça pensivement les sourcils.

— Depuis combien de temps travailliez-vous pour Blackstone ?

— Quatre ou cinq ans. Depuis sa première campagne dans la région des Hauteurs. Je le protégeais contre les menaces magiques. Il a toujours eu des ennemis. Comme tous les hommes intègres et courageux.

— C'est vous qui lui avez donné l'amulette qu'il portait ?

— Oui. Tant qu'il l'avait sur lui, aucune magie ne pouvait lui faire de mal.

— Vous avez mentionné des ennemis, lui rappela Fisher. Pouvez-vous nous donner des noms ?

Visage secoua la tête.

— William n'a pas été tué par un assassin professionnel. Les seuls occupants de cette maison sont Gaunt, ses invités et vous. Il n'y a personne d'autre. Je l'aurais su.

— En êtes-vous sûre ? insista Hawk.

— Oui. Du moins… (Visage se rembrunit légèrement.) Une partie de cette maison est fermée à mes perceptions. Je n'arrive pas à voir à l'intérieur.

— Quelle partie ? s'enquit Fisher en se penchant en avant.

Visage jeta un coup d'œil à la porte de gauche.

— Le laboratoire de Gaunt. Il est entouré par un bouclier très puissant. Gaunt a toujours été très jaloux de ses secrets.

— Se pourrait-il que quelqu'un se cache là-dedans ? suggéra Hawk.

Visage fit un signe de dénégation.

— Personne n'aurait pu quitter cette pièce sans que je le sache.

— Dans ce cas, pourquoi l'avoir mentionnée ? demanda Hawk.

— Parce qu'elle me perturbe.

Pendant un long moment, personne ne parla. Les mots de Visage semblaient suspendus dans l'air. Enfin, Hawk se racla la gorge.

— Gaunt a dit que cette maison était protégée contre les sorts de téléportation. Est-ce vrai ?

Visage acquiesça.

— Évidemment. C'est l'une des premières choses que j'aie vérifiées en arrivant ici. Ça n'a rien d'inhabituel : tous les sorciers possèdent de telles protections. Pourquoi perdez-vous votre temps à poser toutes ces questions ? Edward Bowman a tué William. N'est-ce pas évident ? Bowman voulait Katherine, et ils savaient tous les deux que William ne consentirait jamais à divorcer. Ça aurait détruit sa carrière politique.

— C'est une théorie intéressante, concéda Hawk, mais nous ne pouvons pas arrêter un homme sans preuve. Pour le moment, tous les occupants de cette maison sont aussi suspects les uns que les autres.

— Moi y compris ?

— Oui.

— Je n'aurais jamais pu faire de mal à William, dit Visage d'une voix atone.

Hawk la dévisagea pensivement.

— Un peu plus tôt, nous avons vu Gaunt amener une chaise dans cette pièce par magie. Il l'a simplement regardée, et elle a bougé. Aurait-il pu manier un couteau de la même façon ?

— À travers une porte fermée, vous voulez dire ? (Visage secoua la tête.) Ce type de magie est assez simple, mais, pour qu'elle fonctionne, il faut un contact visuel avec l'objet à déplacer.

— Très bien. Dans ce cas, Gaunt aurait-il pu utiliser cette magie pour crocheter la serrure ?

— Non. Il a installé des protections pour éviter ce genre de chose.

— Évidemment, soupira Hawk. Miséricorde…

— Je pense que ce sera tout pour le moment, conclut Fisher. Veuillez retourner dans le salon et nous envoyer Bowman, je vous prie.

Mais Visage ne bougea pas d'un pouce, se contentant de foudroyer du regard ses deux interlocuteurs.

— Vous n'allez rien faire, n'est-ce pas ? Bowman est trop important. Il a beaucoup d'influence. Je vous préviens : je ne le laisserai pas s'en tirer comme ça. Je préférerais le tuer de mes propres mains !

Elle se releva d'un bond, sortit de la bibliothèque en courant et claqua la porte derrière elle. Fisher haussa un sourcil.

— Si elle est prête à tuer un homme, elle a pu en tuer un autre.

— Exact, acquiesça Hawk. Un feu ardent brûle sous cette surface calme et tranquille. De toute évidence, elle avait beaucoup d'affection pour Blackstone… Peut-être avait-elle une liaison avec lui. Mais tout ne s'est pas passé comme elle le souhaitait – elle voulait qu'il divorce d'avec sa femme pour l'épouser, et il a refusé, alors elle l'a tué pour se venger. Ou peut-être lui a-t-elle fait des avances, qu'il a repoussées, et elle l'a tué parce qu'il l'avait blessée dans son amour-propre.

—C'est un peu tiré par les cheveux, non ? lança Fisher.

Hawk haussa les épaules.

—À ce stade de la partie, comment en être sûrs ?

—Tout de même, ça semble peu probable, s'obstina Fisher. S'il y avait eu un malaise entre eux, Blackstone ne l'aurait pas conservée comme garde du corps. Parce que telle est la fonction qu'elle occupait, dans le fond. De toute façon, Visage est une sorcière. Si elle voulait tuer quelqu'un, elle n'aurait pas besoin d'un couteau pour le faire… À moins, évidemment, qu'elle ne cherche à brouiller les pistes…

—Il me semble que nous avons déjà eu cette conversation, lâcha sèchement Hawk.

La porte s'ouvrit, et Bowman entra. Il adressa un bref sourire aux deux gardes, puis s'assit sur la chaise vide sans attendre qu'on l'y invite. Hawk se rembrunit. Pour un homme dont l'ami et employeur venait juste d'être assassiné, Bowman semblait fort calme. D'un autre côté, il l'était toujours.

—Vous étiez le bras droit de Blackstone, attaqua Fisher.

—C'est exact, acquiesça aimablement Bowman.

—Pourriez-vous nous dire où vous vous trouviez au moment du meurtre ?

—Dans ma chambre, en train de me changer pour le dîner.

—Quelqu'un pourra-t-il nous le confirmer ? s'enquit Hawk.

Bowman le fixa sans ciller.

—Non.

—Donc, vous n'avez pas vraiment d'alibi ?

Il sourit.

—En aurais-je besoin ?

—Depuis combien de temps connaissiez-vous William Blackstone ? enchaîna Fisher.

—Sept ou huit ans.

— Depuis combien de temps connaissez-vous Katherine Blackstone ?

— À peu près pareil.

Hawk et Fisher dévisagèrent Bowman en silence, mais celui-ci ne se troubla pas, ni ne se départit de son sourire affable. Le silence s'éternisa.

— À votre avis, qui a tué Blackstone ? demanda enfin Hawk.

— Il avait de nombreux ennemis, déclara évasivement Bowman.

— Connaissez-vous les pénalités encourues par quiconque refuse de coopérer avec la Garde durant une investigation ? lança Fisher.

— Bien entendu. Je fais de mon mieux pour vous aider, capitaine Fisher. J'ai répondu à toutes les questions que vous m'avez posées.

— Très bien, dit Hawk. Ce sera tout pour le moment. Allez nous attendre au salon avec les autres, et envoyez-nous Graham Dorimant.

Bowman s'inclina tour à tour devant ses deux interlocuteurs, se releva sans précipitation et sortit de la bibliothèque en refermant doucement la porte derrière lui.

— Les politiciens, cracha Hawk d'un ton dégoûté. Leur extorquer des informations, c'est comme leur arracher une dent. Le problème, c'est que, techniquement, il a raison. Il a répondu à toutes nos questions ; simplement, nous ne connaissions pas les bonnes questions à lui poser. Nous ne pouvons pas l'accuser tout de go de coucher avec la femme de son employeur. D'abord parce qu'il nierait probablement, ensuite parce qu'il nous ferait renvoyer de la Garde, si jamais nous nous trompions.

— Ouais, grogna Fisher. Mais pour moi, ça ne fait aucun doute. Tu les as vus ensemble, tu as vu comment chacun d'eux réagissait à la présence de l'autre. C'est aussi évident que le nez au milieu de sa figure. Je n'arrive pas à croire que Blackstone ne l'ait pas su. Ou, du moins, qu'il ne s'en soit pas douté...

Hawk haussa les épaules.

— Tu as entendu Visage. Peut-être ne voulait-il pas savoir. Il ne pouvait pas prendre le risque de divorcer, et Bowman lui était très utile...

— Seulement tant que Bowman se montrait discret, et d'après

mon expérience, il ne l'est pas beaucoup quand il s'agit d'aborder les femmes, grinça Fisher.

Hawk la fixa durement.

—Ah oui ? Dois-je en déduire qu'il t'a abordée à un moment de la soirée ?

—Oui. Ne t'inquiète pas, ça a été vite réglé, déclara Fisher. Je lui ai expliqué que je n'étais pas intéressée, et il a battu en retraite.

—Juste comme ça ?

—Plus ou moins. Évidemment, je lui ai expliqué que tu le tuerais lentement et dans d'atroces souffrances s'il insistait, et je lui ai un tout petit peu enfoncé mon couteau dans le ventre, mais...

—Je vois, grimaça Hawk. Tu as toujours été très... persuasive, Isobel.

—Merci. Revenons à nos moutons. Si Bowman s'était montré imprudent au sujet de sa liaison avec Katherine, et si ce fait était parvenu aux oreilles de Blackstone..., suggéra Fisher.

—Aucun homme n'a envie d'entendre que ses sentiments pour sa femme ne sont plus réciproques, acquiesça Hawk. Un mari âgé, une femme beaucoup plus jeune... C'est toujours la même histoire. Mais même si Katherine et Bowman avaient une liaison, ça ne signifie pas pour autant qu'ils ont commis le meurtre. Ce n'est pas une preuve.

—Non, mais c'est un mobile, fit remarquer Fisher. Et c'est Katherine qui est venue nous dire qu'il était arrivé quelque chose à son mari...

Quelqu'un frappa à la porte, et Dorimant entra. Il hésita un instant sur le seuil de la bibliothèque, comme s'il n'était pas sûr de l'accueil qu'il allait recevoir, puis s'avança rapidement dans la pièce et referma la porte derrière lui. Hawk lui désigna la chaise vide du menton. Il se dirigea vers elle et s'y laissa tomber lourdement. Ses traits étaient pâles et tirés, ses mouvements maladroits comme si toutes ses forces l'avaient abandonné. Mais quand il leva enfin la tête vers Hawk, ni sa bouche ni son regard ne tremblaient.

—Alors, ça s'est bien passé avec Bowman ? demanda-t-il à voix basse.

—Pas trop mal, répondit Hawk, évasif.

Dorimant eut un sourire pincé.

—Je vous parierais à vingt contre un qu'il vous a déjà dit un mensonge. Vous lui avez demandé où il était au moment du meurtre, et il a répondu qu'il était seul dans sa chambre, n'est-ce pas ? C'est bien ce qu'il me semblait. Mais je sais que c'est faux. J'ai vu Katherine entrer dans sa chambre, juste après que nous étions tous montés nous changer. Je sortais de la salle de bains, et elle ne m'a pas vu.

—Merci de nous en parler, dit Fisher. Nous en tiendrons compte. À présent, où étiez-vous au moment du meurtre ?

—Dans ma chambre.

—Seul ?

—Non. Visage était avec moi.

Hawk haussa un sourcil.

—C'est étrange, articula-t-il lentement. Elle nous a dit qu'elle était dans sa chambre, *seule*. Pourquoi nous aurait-elle menti ?

—Parce qu'elle veut me protéger, répondit Dorimant en fixant ses mains. Actuellement, je suis séparé de ma femme, mais pas encore divorcé. Nous sommes loin d'être en bons termes, et ma chère femme adorerait trouver un scandale à utiliser comme arme contre moi.

—Alors, pourquoi nous en parlez-vous ? s'étonna Fisher.

—Pour vous prouver que je n'ai rien à cacher.

—Vous étiez le conseiller politique de Blackstone. Nous avons beaucoup entendu parler de ses nombreux ennemis, mais jusqu'ici personne n'a été fichu de les nommer, déclara Hawk. Et vous ?

Dorimant haussa les épaules.

—Ce n'est pas un secret, capitaine Hawk. Il y a Geoffrey Tobias, qui représentait les Hauteurs au Conseil avant que William s'empare de son siège aux dernières élections. Les frères DeWitt, qui perdront beaucoup d'argent si le projet de loi de William est voté. Ils possèdent des biens immobiliers sur les docks ; leurs bâtiments sont dans un état lamentable, et ils n'ont ni l'argent ni le désir d'effectuer les réparations qu'exigera la nouvelle loi. Il y a également Hugh Carnell, le chef des Conservateurs : un vieux bougre acariâtre, mauvais comme une teigne, qui déteste les changements en général et les changements instaurés par William en particulier. Je pourrais continuer longtemps comme ça, mais pourquoi me donner cette peine ? Tout à l'heure, vous avez dit vous-même que personne n'avait pu s'introduire dans la maison pour tuer William. L'assassin est forcément l'un de nous.

— C'est vrai, convint Hawk. Mais il pourrait avoir été payé par un des ennemis de William.

— Je suppose que c'est possible, dit Dorimant, l'air peu convaincu.

— Parlons de Katherine et Bowman. Croyez-vous qu'ils soient capables d'avoir commis un meurtre ? interrogea Fisher.

— Nous sommes tous capables de commettre un meurtre, si nous y sommes incités par quelque chose que nous désirons ou craignons suffisamment, affirma Dorimant. Edward Bowman vivait dans l'ombre de William depuis des années, et il a toujours été ambitieux. Il savait aussi que Katherine ne quitterait jamais son époux. Elle aime trop l'argent et le prestige et, à sa façon, elle aimait aussi William. Même si elle le trompait.

— Supposons un instant que Bowman ait tué Blackstone. Katherine l'aurait-elle aidé, ou aurait-il dû se débrouiller seul, en espérant qu'elle ne découvrirait jamais qu'il était le coupable ? s'enquit Hawk.

— Je ne sais pas. (Dorimant eut un haussement d'épaules rageur.) Je ne lis pas dans les esprits. Les gens se conduisent bizarrement quand ils sont amoureux.

— Et les autres invités ? insista Fisher. Y a-t-il dans cette maison une autre personne qui ait eu un mobile pour tuer Blackstone ?

— Un mobile, je l'ignore, répondit lentement Dorimant. Mais je sais que William s'était récemment disputé avec Adam Stalker.

— Vraiment ? C'est intéressant, commenta Hawk. À propos de quoi ?

— Je ne sais pas. Je ne crois pas que quiconque le sache. Ni l'un ni l'autre ne voulaient en parler. Mais ce devait être assez sérieux. William était furieux contre Stalker ; ça se voyait.

— Avez-vous quelque chose à ajouter ? demanda Fisher.

— Pas vraiment. Nous admirions tous William : nous croyions tous en lui. Et la plupart d'entre nous avaient de l'affection pour lui.

— Et vous ? Que pensiez-vous de lui ?

Dorimant la fixa sans ciller.

— William Blackstone était l'homme le plus courageux et le plus intègre que j'aie jamais rencontré.

— Merci, dit Hawk. Ce sera tout pour le moment. Retournez nous attendre au salon, et envoyez-nous Katherine Blackstone.

Dorimant acquiesça et se leva. Il sortit sans le moindre regard en arrière.

— Il semblait très désireux de rejeter la faute sur Bowman, murmura Hawk. Presque trop.

— Ouais. Je ne sais pas pour toi, Hawk, mais ma tête commence à me faire mal. Plus nous interrogeons de gens, plus cette affaire devient compliquée et impossible à résoudre. Nous avons plus de suspects que nous n'en voudrions, et toujours pas le moindre indice sur la façon dont le meurtre a été commis, grogna Fisher.

— Tiens bon, ma belle, l'encouragea Hawk en souriant malgré lui. Après tout, nous avons une bonne expérience des intrigues de cour et, si nous avons pu les résoudre, nous arriverons certainement à débrouiller cette affaire. Regardons la vérité en face : comparés à certains courtisans que nous avons connus, ces gens ne sont que des amateurs. Maintenant, dis-moi ce que tu as pensé de Dorimant. Il m'a paru assez sincère…

— Oui. Mais nous n'avons que sa parole pour attester que Visage était avec lui au moment du meurtre. Il aurait pu mentir.

— Possible. Sauf que je ne vois pas pourquoi il l'aurait admis si ce n'était pas vrai.

— Tu as raison. (Fisher fronça pensivement les sourcils.) Et si Dorimant et Visage ont une liaison, ça supprime le mobile de Visage, n'est-ce pas ? Elle ne pouvait pas coucher à la fois avec Dorimant et Blackstone, si ?

— Ça paraît peu probable. Mais nous ne sommes pas sûrs que Dorimant et Visage aient une liaison, fit remarquer Hawk. D'accord, ils étaient tous les deux dans sa chambre, mais Dorimant ne nous a pas dit pourquoi. Ils avaient peut-être une autre raison…

— Et voilà, maugréa Fisher. Ma tête recommence à me faire mal…

La porte s'ouvrit, et Katherine Blackstone entra. Bien que toujours très pâle, elle semblait avoir recouvré son calme. Elle ferma soigneusement la porte derrière elle et promena un regard rapide à la ronde, comme si elle cherchait quelqu'un qui se serait caché là pour l'espionner. Elle fixa Hawk et Fisher droit dans les yeux et s'assit gracieusement sur la chaise vide face à eux.

— Alors ? demanda-t-elle d'un ton sec. Qui a tué mon mari ?

— Nous ne le savons pas encore, mais nous y travaillons, répondit poliment Hawk. La résolution d'une enquête criminelle est toujours un processus long et délicat, mais en général nous arrivons à nos fins. Nous avons quelques questions à vous poser.

— Très bien. Allez-y.

— Commençons par les événements qui ont précédé le meurtre. Vous et votre mari êtes montés à l'étage pour vous changer avant le dîner. Il est allé dans votre chambre, et vous vous êtes rendue à la salle de bains. À votre retour, vous avez trouvé la porte de votre chambre verrouillée. Vous avez appelé votre mari, mais il ne vous a pas répondu. Inquiète, vous êtes redescendue nous chercher. Nous sommes remontés avec vous, avons enfoncé la porte et découvert le cadavre de votre époux. C'est exact ?

— Tout à fait.

— Manque-t-il le moindre élément à ce récit ?

— Non.

— Quelqu'un vous a-t-il parlé ou vue sur le palier ?

— Non.

— On nous a suggéré, intervint prudemment Fisher, que vous aviez rendu visite à Edward Bowman dans sa chambre.

— C'est un mensonge, répondit Katherine d'un ton neutre. Je suppose qu'on vous a également raconté que nous avions une liaison ? Je m'en doutais. Les ennemis de William tentent d'utiliser ce genre de ragots contre lui depuis des années. Qui a dit ça, cette fois ? Graham ? Non, il était trop loyal envers William. Visage. Je parie que c'est cette petite pleurnicheuse de Visage. Elle a toujours eu un faible pour William, mais c'était à peine s'il avait conscience de son existence. Edward et moi sommes amis depuis longtemps, mais ça n'est jamais allé plus loin. J'aimais mon mari, et personne d'autre. À présent qu'il est mort, tous ses ennemis vont ramper hors de leur trou pour tenter de salir sa réputation avec leurs sempiternels mensonges éhontés, dans l'espoir de détruire ce qu'il avait bâti !

— À votre avis, qui l'a tué ? interrogea Fisher.

— Je ne sais pas.

Katherine parut tout à coup très lasse, comme si toute bravade l'avait désertée tandis que ses paroles s'adoucissaient. Elle s'affaissa dans sa chaise, le regard vague et lointain.

— Je n'arrive plus à réfléchir. William avait tant d'ennemis…

— S'était-il querellé avec quelqu'un récemment ? insista Fisher.

Katherine haussa les épaules.

— Pas à ma connaissance. Je sais qu'il en voulait à Adam pour quelque chose, mais ça ne devait pas être très important, parce qu'il ne m'en a jamais parlé lui-même.

— Qui a invité Stalker à cette soirée ?

— Moi. William ne s'occupait pas de ce genre de besogne triviale. Mais il savait qu'Adam serait là. Ne pas l'inviter eût constitué un affront impardonnable.

— Merci, dit Hawk. Ce sera tout pour le moment. Voulez-vous bien retourner au salon et nous envoyer le seigneur Hightower ?

— C'est tout ? s'étonna Katherine. Vous n'aviez rien d'autre à me demander ?

— Pas dans l'immédiat, répondit Fisher. Mais il se peut que nous vous interrogions encore ultérieurement.

Katherine Blackstone hocha la tête et se leva.

— Trouvez l'assassin de mon mari, dit-elle tout bas. Peu m'importe comment vous vous y prendrez, mais trouvez-le.

Elle sortit de la bibliothèque sans un regard en arrière. Hawk grimaça.

— Si elle ment, c'est une sacrément bonne comédienne.

— D'après ce que j'ai entendu dire, c'était la meilleure actrice de Haven, à l'époque. Elle est peut-être un peu rouillée après tout ce temps passé loin des planches, mais raconter quelques mensonges d'un air sincère ne devrait pas encore être trop difficile pour elle, fit remarquer Fisher.

— Et si elle nous disait la vérité ? Dorimant pourrait avoir ses propres raisons de mentir.

— C'est vrai. Mais l'une des règles déplaisantes des enquêtes criminelles, c'est que, lorsqu'un homme ou une femme périt de mort violente, sa femme ou son mari est considéré comme le suspect numéro un. Katherine aurait pu avoir de bonnes raisons de souhaiter la mort de son mari. Blackstone aurait pu ignorer les infidélités de sa femme plutôt que de risquer un scandale susceptible de nuire à sa carrière politique, mais, si sa liaison était devenue trop flagrante, il aurait été forcé de divorcer pour ne pas perdre le respect de ses électeurs. Tu as entendu ce qu'a dit Dorimant. Katherine aimait son mari, mais elle aimait surtout l'argent et le prestige de sa position d'épouse de conseiller. En tant que veuve de Blackstone, elle conserverait les deux, et elle aurait son amant en prime.

— Exact, acquiesça Hawk. Et j'ai repéré quelques incohérences dans sa version des faits. Elle prétend être montée à l'étage, s'être rendue à la salle de bains, avoir rebroussé chemin vers leur chambre et trouvé la porte verrouillée. Puis elle serait immédiatement descendue nous chercher. Or, comme tu l'as souligné tout à l'heure, il s'est écoulé près de vingt minutes entre le moment où les invités ont quitté le salon et celui où nous sommes montés avec elle. Ça fait un sacré bout de temps pour se rafraîchir… Et si elle a vraiment frappé à la porte et appelé son mari, comment se fait-il que personne ne l'ait entendue ? Personne n'en a fait mention. On aurait pu croire que, si tel était le cas, quelqu'un serait sorti dans le couloir pour voir ce qui se passait…

— Ouais. D'un autre côté, si tu cherches un suspect de rechange, la seule chose sur laquelle ils sont presque tous d'accord, c'est que Blackstone s'était disputé avec Adam Stalker peu de temps auparavant, lui rappela Fisher.

— Ça ne tient pas debout, protesta Hawk. Adam Stalker ?

La porte de la bibliothèque s'ouvrit à la volée, et les Hightower entrèrent. Le seigneur Roderik claqua violemment la porte derrière eux. Sa femme et lui se plantèrent ensemble devant Hawk et Fisher, les toisant avec une expression de défi non dissimulée.

— J'ai demandé à vous voir seul, mon seigneur, dit Hawk.

—Je me fiche royalement de ce que vous avez demandé, répliqua Hightower. Il n'est rien que vous puissiez avoir à me dire qui ne puisse être dit devant ma femme.

—Très bien, capitula Hawk. Où étiez-vous au moment du meurtre, mon seigneur ?

—Dans ma chambre. Avec ma femme.

—Est-ce exact, ma dame ? s'enquit Fisher.

—Bien entendu, répondit Elaine d'un ton dédaigneux.

—Merci, dit Hawk. Ce sera tout pour le moment.

Hightower eut l'air surpris l'espace d'un instant, puis son expression redevint dure et hautaine.

—J'exige de savoir pourquoi vous m'avez empêché d'examiner le corps. Qu'essayez-vous de nous cacher ?

—J'ai dit : ce sera tout pour le moment, mon seigneur, répéta poliment Hawk. Vous pouvez rejoindre les autres dans le salon. Et demandez à Adam Stalker de venir nous voir, je vous prie.

Hightower le foudroya du regard. Hawk soutint son regard sans ciller et, au bout d'un moment, le vieux militaire se détourna. Il prit sa femme par le bras, ouvrit la porte et l'entraîna dans le couloir. Il claqua violemment la porte derrière eux, et le son se répercuta comme un coup de tonnerre dans la petite pièce. Fisher se tourna vers Hawk.

—C'est tout ? s'étonna-t-elle. Et les autres questions que nous aurions dû leur poser ?

Hawk haussa les épaules.

—Quel intérêt ? Ils se servent mutuellement d'alibi, et Hightower ne risque pas de fournir la moindre information pertinente à des gens comme nous. Quoi que nous lui demandions, il nous répondra que ça ne nous regarde pas. S'il a quelque chose à dire, il le gardera en réserve pour nos supérieurs. Il veut que nous échouions, ma belle. Ça le confortera dans sa conviction que je suis responsable de la mort de son fils.

—Crois-tu vraiment qu'il prendrait le risque de laisser échapper l'assassin de son ami ?

—Il sait qu'une équipe d'investigation au grand complet

débarquera ici demain matin, dès que le sort d'isolement se sera dissipé et que nous aurons fait notre rapport. S'il a quelque chose à dire – ce dont je doute – c'est à eux qu'il le dira.

Fisher fronça les sourcils.

—La loi est de notre côté. Nous devrions le forcer à parler.

—Je ne suis pas de cet avis. Hightower est un homme important dans cette ville. Il n'est peut-être plus commandant en chef de notre armée, mais il a encore beaucoup d'amis haut placés. (Hawk secoua la tête.) Non, Isobel. Si nous devons apprendre quelque chose de lui, ce sera par l'intermédiaire d'autres personnes. Il ne nous donnerait même pas l'heure si nous la lui demandions en lui plaquant une épée sur la gorge.

Fisher poussa un soupir mécontent.

—Je suppose que tu as raison. Mais dame Elaine ne me semble pas aussi bornée que lui. J'essaierai de la prendre à part, un peu plus tard. Peut-être arriverai-je à lui soutirer des informations, d'une femme à une autre.

—Ça vaut le coup d'essayer, convint Hawk. Mais ne compte quand même pas trop là-dessus.

La porte s'ouvrit à nouveau, et Stalker se découpa dans l'encadrement. Il s'immobilisa un instant, puis entra dans la bibliothèque en penchant la tête pour ne pas se cogner contre le linteau. Quand il s'assit face à eux, la chaise craqua bruyamment sous son poids. Même dans cette position, il dépassait encore ses interlocuteurs d'une bonne tête.

—D'accord, dit-il avec une grimace résolue. Vous avez interrogé tous les autres. Alors, qui a tué William ?

—Il est encore trop tôt pour le dire, répondit Hawk.

—Vous devez bien avoir découvert quelque chose !

—Oui. Des tas de choses, même, et la plupart d'entre elles sont contradictoires. Où étiez-vous au moment du meurtre, sire guerrier ?

—Dans ma chambre. Seul. Je n'ai ni témoin ni alibi. Mais je n'ai pas tué William.

—Aurions-nous des raisons de penser le contraire ? interrogea Fisher.

Stalker eut un bref sourire.

—Quelqu'un a bien dû vous dire que William et moi ne nous entendions plus trop ces derniers temps.

—En effet, on nous a rapporté que vous vous étiez disputés, reconnut Hawk.

—Nous avions décidé que le moment était venu pour nos chemins de se séparer, révéla Stalker. William a toujours été trop lent, trop prudent pour moi. Je voulais agir au lieu de parler, faire quelque chose pour changer tout ce qui n'allait pas dans cette ville. Depuis le début, nous passions notre temps à nous quereller. Nous voulions plus ou moins les mêmes choses, mais nous ne tombions jamais d'accord sur la meilleure façon de les obtenir. Avec le recul, c'est un miracle que nous ayons collaboré aussi longtemps. Bref, j'ai décidé de partir de mon côté et de voir si ma réputation suffirait à m'obtenir un siège aux prochaines élections. Je pense que je ferai un assez bon conseiller. Haven pourrait tomber sur pire. C'est souvent arrivé, dans le passé. Voilà : ce n'était pas tant une dispute qu'une séparation à l'amiable. Je n'avais rien contre William. Je l'admirais toujours autant. C'était l'homme le plus droit que j'aie jamais rencontré.

—À votre avis, qui a tué le conseiller Blackstone ? demanda Fisher.

Stalker la toisa d'un air plein de pitié.

—N'est-ce pas évident ? William est mort seul, dans une pièce fermée de l'intérieur. C'était forcément de la sorcellerie.

—Gaunt ne le pense pas, objecta Hawk.

Stalker haussa les épaules.

—Je ne fais confiance à aucun sorcier ; lui, pas plus que les autres.

—Depuis combien de temps connaissiez-vous Blackstone ? interrogea Fisher.

Stalker s'agita sur sa chaise et lui jeta un coup d'œil irrité.

—Pas très longtemps. Deux ans, peut-être.

—Gaunt mis à part, voyez-vous quelqu'un qui aurait eu une raison de vouloir la mort de Blackstone ? s'enquit Hawk.

Stalker eut un sourire grimaçant.

—Je suppose que vous avez entendu parler de Katherine et Edward ?

—Oui, acquiesça Fisher. Est-il vrai qu'ils ont une liaison ?

—Je ne sais pas. Peut-être. Les femmes sont des créatures volages. Sans vouloir vous offenser.

—Et ses ennemis politiques ? demanda Hawk.

—Il en avait plus que sa part. Mais je ne vois personne en particulier.

—Très bien. Je vous remercie, sire guerrier. Ce sera tout pour le moment. Si vous voulez bien retourner au salon, ma partenaire et moi vous y rejoindrons dans quelques minutes. Oh, pendant que j'y suis, j'ai donné des ordres pour que personne ne s'approche du corps. Peut-être pourriez-vous le rappeler aux autres, et insister sur le fait que je ne plaisantais pas…

—Bien entendu. Ravi de pouvoir vous aider, capitaine Hawk.

Stalker adressa un bref signe de tête à Fisher, se leva et quitta la bibliothèque. Hawk et Fisher restèrent assis en silence pendant quelques instants, le regard dans le vide et remuant leurs méninges.

—Tu sais, soupira enfin Fisher, je crois que les choses étaient moins compliquées avant qu'on commence à poser des questions.

Hawk éclata de rire.

—Tu as peut-être raison, ma belle. Tâchons de séparer le bon grain de l'ivraie. Quels sont les suspects les plus plausibles ? Il me semble que Katherine Blackstone arrive en tête de liste, et Bowman n'est pas loin derrière. Ensemble ou séparément, ils avaient de bonnes raisons de souhaiter la mort de Blackstone. En admettant qu'ils aient bel et bien une liaison. Malheureusement, nous n'en avons pas la preuve formelle. Les ragots n'en constituent pas une.

—Dorimant dit avoir vu Katherine entrer dans la chambre de Bowman, lui rappela Fisher. Mais il pourrait avoir des raisons personnelles de mentir. Ce qui nous ramène à notre point de départ. Qui d'autre pourrions-nous accuser ? Nous ne pouvons pas écarter Gaunt pour le moment, ne serait-ce que parce qu'il semble être le seul à avoir eu les moyens matériels de commettre le crime.

—D'un autre côté, contra Hawk, il n'aurait pas pu faire usage de ses pouvoirs pour entrer dans la chambre de Blackstone sans que Visage s'en aperçoive.

— Elle a bien dit qu'elle n'était pas aussi puissante que lui, et de loin, fit remarquer Fisher.

— Exact. Et il se peut aussi qu'ils soient de mèche.

— Non, Hawk, je n'y crois toujours pas. Tu as vu la sorcière, quand elle parlait de Blackstone ; elle vénérait le sol qu'il foulait de ses pieds.

Hawk se rembrunit.

— Ce genre de vénération peut être dangereux. Si quelque chose est venu briser les illusions de Visage, elle a pu vouloir tuer Blackstone par pure amertume...

— Mmmh. Tu as raison, concéda Fisher. Nous sommes obligés de la considérer comme suspecte.

— Et merde, soupira Hawk. Tant que nous ne disposerons pas de plus d'éléments, nous serons obligés de les considérer tous comme suspects.

— Y compris Stalker ?

— Je ne sais pas trop, ma belle. Adam Stalker est un héros et une légende... Mais, comme Dorimant l'a dit, nous sommes tous capables de meurtre si les circonstances nous y poussent. Et Stalker était sur les nerfs durant son interrogatoire.

— Donc, nous ne le rayons pas de notre liste ? insista Fisher.

— Je crains que non. Il a souvent tué par le passé, généralement avec de bonnes raisons. Peut-être en a-t-il trouvé une mauvaise, cette fois. (De nouveau, Hawk soupira et étira ses jambes devant lui.) Je crois que nous avons fait tout ce que nous pouvions, pour le moment. Le sort d'isolement de Gaunt ne se dissipera pas avant les premières lueurs de l'aube, aussi sommes-nous tous coincés ici cette nuit. Nous n'avons plus qu'à remballer notre curiosité jusqu'à demain. Dès que possible, nous ferons venir une équipe d'experts. Un magicien pourra nous apporter les réponses que nous cherchons, même s'il doit pour ça lancer un sort de vérité.

— Gaunt pourrait lancer un sort de vérité, fit remarquer Fisher.

— Je suppose que oui, mais nous n'avons pas l'autorité nécessaire pour forcer tous les invités à s'y soumettre et, curieusement, je les vois mal se porter volontaires. Il y a parmi eux des gens très puissants, Isobel. Nous aurons besoin de solides renforts pour pouvoir nous permettre de les bousculer.

— C'est vrai. Viens, sortons d'ici. Plus tôt nous affronterons notre joyeuse bande de suspects, plus tôt nous pourrons tous les envoyer au lit et jouir d'un peu de calme.

Hawk acquiesça d'un air las. Tous deux se levèrent. La jeune femme se dirigea vers la porte, puis s'arrêta en réalisant que Hawk ne l'avait pas suivie. Planté au milieu de la pièce, la tête penchée sur le côté, il écoutait.

— Qu'y a-t-il ? s'enquit Fisher.

— Je n'en suis pas sûr, répondit lentement Hawk. Il me semble avoir entendu quelque chose. Quelque chose d'étrange.

Il regarda autour de lui, les sourcils froncés, et fixa son attention sur la porte de gauche.

— Oublie ça, Hawk, dit vivement Fisher. C'est le laboratoire de Gaunt. C'est privé, et c'est fermé.

— Ouais. Et Visage a dit que cette pièce la perturbait.

Il s'approcha prudemment de la porte et colla son oreille contre le bois. Fisher regarda rapidement autour d'elle, puis le rejoignit.

— Tu entends quelque chose ? demanda-t-elle tout bas.

— Non.

— Que crois-tu avoir entendu à l'instant ?

— Je ne sais pas trop.

Hawk se redressa, s'écarta du battant et en considéra la poignée avec une mine pensive.

— On aurait dit un grognement.

Il saisit la poignée. Celle-ci tourna sans problème, mais la porte ne s'ouvrit pas pour autant. Hawk laissa retomber son bras.

— Hawk, dit lentement Fisher. Cette porte a quelque chose de bizarre. Elle me donne la chair de poule. Tu devrais t'écarter.

— Tu n'as pas à t'en faire, ma belle. Elle est verrouillée.

— Peu m'importe. Écarte-toi quand même.

Hawk acquiesça avec raideur. Il sentait ses cheveux se hérisser sur sa nuque. Quoi qu'il ait entendu quelques secondes plus tôt, le bruit s'était tu, mais il avait la certitude absolue que quelque chose d'affreux se tenait de l'autre côté de la porte du laboratoire. Quelque chose qui écoutait, qui attendait avidement qu'il ouvre et pénètre dans la pièce... Puis il recula d'un pas, et son malaise s'évanouit. Il déglutit avec difficulté et détourna les yeux.

— Je suppose qu'il est inévitable de tomber sur des phénomènes étranges, dans la maison d'un sorcier, déclara-t-il lentement. Sortons d'ici.

— Je n'attendais que ça, répliqua Fisher.

Hawk se dirigea vers la porte principale, l'ouvrit et passa rapidement dans le couloir. Fisher le suivit de près, une main posée sur la poignée de son épée. Une fois sortis de la bibliothèque, ils se sentirent tous les deux vaguement ridicules. Hawk se reprit très vite et referma la porte derrière eux. Dès que l'occasion se présenterait, il faudrait qu'il en touche un mot à Gaunt... Il jeta un coup d'œil à Fisher, qui hocha la tête. Il lui adressa un sourire grimaçant, puis s'avança d'un pas assuré dans le salon, sa partenaire à ses côtés. Le sorcier et ses invités les dévisagèrent avec un mélange de politesse et d'hostilité mal dissimulée.

— Merci pour votre patience, commença Hawk. Cette partie de l'enquête est maintenant terminée. Le reste devra attendre jusqu'à ce que nous puissions faire venir des experts, demain matin.

Bowman fit un pas vers eux.

— Gaunt nous a dit qu'à cause du sort d'isolement, nous ne pourrions pas quitter la maison avant l'aube. Est-ce vous qui lui avez ordonné de lancer ce sort ?

— En effet. Je ne pouvais courir le risque que l'assassin nous file entre les doigts, et je n'avais aucun autre moyen de l'en empêcher à coup sûr.

— Mais ça signifie que nous sommes tous coincés ici !

— Exact. Je vous suggère de vous retirer dans vos chambres respectives et de dormir un peu, si vous y arrivez.

— Êtes-vous en train de dire, articula lentement Hightower, qu'à cause de vous, nous devons passer la nuit ici, alors que l'un de nous est peut-être un assassin ?

— Rien ne vous empêche de verrouiller votre porte, suggéra Fisher.

— Ça n'a pas sauvé William, lui rappela Dorimant.

— Ça suffit, dit sèchement Hawk. Je sais que la situation n'est pas idéale, mais nous n'y pouvons rien. Si vous avez des doléances, vous pourrez les présenter à nos supérieurs demain matin. D'ici là, je ne pense pas que l'un de nous coure un quelconque danger, du moment que nous faisons preuve de bon sens. Fisher et moi resterons dans ce salon toute la nuit, pour monter la garde. Si l'un de vous éprouve la moindre inquiétude, il n'aura qu'à nous appeler, et nous accourrons. Si quelqu'un se déplace à l'intérieur de la maison, nous le saurons. Aussi je vous suggère de ne pas bouger de votre chambre dès l'instant où vous l'aurez regagnée.

— Et si j'ai besoin d'aller à la salle de bains ? demanda Bowman.

— Vous n'aurez qu'à utiliser le pot de chambre placé sous votre lit, répondit Fisher.

Il y eut une pause, alors que les invités se regardaient d'un air hésitant. Puis Katherine se dirigea vers la porte, et le groupe se dispersa. Quelques « bonne nuit » furent marmonnés ; après quoi, les invités quittèrent le salon un par un et prirent le chemin de l'escalier pour remonter dans leurs chambres. Hawk fit signe à Gaunt de rester, et le sorcier obtempéra. Lorsque tous les autres furent partis, les deux gardes le fixèrent sans ciller.

— Que gardez-vous dans votre laboratoire, sire sorcier ? interrogea Hawk tout de go.

— Tout un tas de bric-à-brac. Essentiellement des produits chimiques, répondit Gaunt. Pourquoi ?

Hawk fronça les sourcils.

— J'ai senti quelque chose... Quelque chose de bizarre.

— Oh, évidemment. (Gaunt eut un léger sourire.) J'aurais dû vous prévenir. À titre de précaution, j'ai placé un sort d'évitement sur la porte. Si quelqu'un s'en approche trop, il se sent si mal à l'aise et inquiet qu'il n'ose pas la forcer. C'est simple, mais efficace.

— Ah, je vois, acquiesça Hawk en s'efforçant de ne pas manifester son soulagement. Eh bien, sire sorcier, je pense que ce sera tout.

Fisher et moi passerons la nuit ici. L'un de nous montera la garde en permanence.

— C'est très rassurant. Pour ma part, je dormirai dans mon laboratoire. Si vous avez besoin de moi pour quoi que ce soit, appelez-moi. Je vous entendrai. Bien. Je vous verrai tous les deux demain matin. Bonne nuit, capitaine Hawk, capitaine Fisher.

Gaunt s'inclina poliment et sortit du salon. Hawk et Fisher balayèrent du regard la pièce vide.

— Avec tout ça, nous n'avons pas mangé, soupira la jeune femme.

— Ouais, grimaça son compagnon. La vie est dure dans la Garde.

— On joue le premier tour de garde à pile ou face ?

— Ta pièce ou la mienne ?

— Comme tu me connais bien, sourit Fisher.

4

Secrets

Edward Bowman s'assit dans le fauteuil près de son lit et balaya du regard la chambre que Gaunt lui avait attribuée. L'un dans l'autre, elle était assez confortable, mais la couleur dominante était un mauve foncé assez sinistre qui donnait l'impression que la pièce était morte. Bowman se demanda vaguement pourquoi le sorcier avait choisi une couleur pareille. En général, il faisait preuve d'un goût si sûr pour ces choses-là... D'un autre côté, il devait rarement se servir de cette chambre. Peut-être l'avait-il laissée telle qu'elle était quand il avait racheté la maison à la famille DeFerrier. Oui, à bien y réfléchir, c'était l'explication la plus plausible. Les DeFerrier avaient toujours été des gens étranges. Bowman consulta la pendule posée sur la cheminée. Malgré son tic-tac agressif, les aiguilles semblaient se traîner autour du cadran. Il s'agita impatiemment dans son fauteuil. Il allait attendre encore trois quarts d'heure, pour être sûr que tout le monde dorme ; alors, il pourrait enfin rejoindre Katherine.

Il fronça pensivement les sourcils. Katherine avait été très choquée par la mort de son mari. Bowman avait toujours su qu'elle gardait beaucoup d'affection pour lui, même si leur mariage n'était plus qu'une façade, mais il avait été surpris par l'intensité de son chagrin. Il se demanda si elle aurait aussi mal réagi à sa propre mort. Irrité, il secoua la tête. Il n'avait pas été jaloux de William du vivant de celui-ci et n'allait pas commencer maintenant que son employeur était mort. Katherine était à lui, comme elle l'avait toujours été. Il irait la voir dans un petit moment ; il la prendrait dans ses bras, et tout s'arrangerait. Encore trois quarts d'heure… Mais il devrait se montrer prudent, pour que Hawk et Fisher ne l'entendent pas. Ce serait par trop embarrassant.

Hawk et Fisher… Bowman pinça les lèvres. Ils allaient leur mettre des bâtons dans les roues, il en avait la certitude. Maudite soit leur impertinence ! De tous les gens que Dorimant aurait pu choisir pour veiller sur William, il avait fallu qu'il choisisse ces deux-là : les seuls gardes vraiment honnêtes dans toute la ville. À leur place, n'importe qui d'autre aurait eu assez de bon sens pour poser quelques questions polies, pour la forme ; puis se serait effacé et aurait laissé ses supérieurs – des hommes conscients des enjeux politiques – prendre l'enquête en main. Mais pas eux. Ils semblaient se ficher comme d'une guigne de la boue qu'ils pourraient remuer, ou des gens qu'ils risquaient de blesser. D'accord, démasquer l'assassin de William était important, mais la cause qu'avait défendue William l'était davantage encore. Si un scandale éclatait à présent, il pourrait retarder l'accomplissement de la Réforme d'une bonne dizaine d'années.

Bowman plissa pensivement le front. Peut-être n'aurait-il pas dû essayer de séduire le capitaine Fisher, en fin de compte. Sur le coup, ça lui avait paru une bonne idée. Cela aurait détourné l'attention de Katherine et lui, et de plus il avait toujours eu un faible pour les grandes blondes… Mais actuellement il était suspecté de meurtre, et un des officiers chargés de l'enquête avait une dent contre lui. Génial. Comme s'il avait besoin de ça ! Les plis de son front s'accentuèrent tandis qu'il s'efforçait de se rappeler quels officiers supérieurs de la Garde lui devaient une ou deux faveurs. Il devait bien y avoir quelqu'un, il y avait toujours quelqu'un. En fin de compte, Bowman secoua la tête et abandonna. Il était tard, et il était fatigué. Il n'arrivait même plus à réfléchir correctement. Et puis, il ne ferait jouer ses relations qu'en dernier recours. Tant que Katherine et lui nieraient tout en bloc, personne ne pourrait rien prouver contre eux. Que les gens pensent ce qu'ils veulent : sans preuve, ils n'oseraient rien dire.

Bowman consulta de nouveau la pendule. Il ferait mieux de ne pas rester trop longtemps auprès de Katherine, ce soir. Il fallait qu'il dorme, s'il voulait être en état de travailler le lendemain. Si quelqu'un ne montait pas au créneau très rapidement pour remplacer William, la Réforme risquait de perdre toute la zone des Hauteurs. Tobias n'avait jamais caché qu'il voulait récupérer son siège au Conseil, et avec le dernier projet de loi de William toujours en attente… Nombreux étaient les groupes de pression concernés par ce projet ; ensemble, ils avaient le pouvoir d'élever ou de briser l'homme qui succéderait à William. Bowman secoua la tête avec colère. Quoi qu'il puisse se passer, il ne fallait surtout pas que Tobias revienne au Conseil. À lui seul, ce truand hypocrite et comploteur pourrait défaire tout ce que la Réforme avait accompli jusque-là. Quelqu'un devrait se dresser contre lui aux prochaines élections, et qui était mieux placé pour ça que le loyal et fidèle bras droit de William Blackstone ?

Mais il ne pourrait pas annoncer lui-même sa candidature. Si tôt après la mort de William, ça lui donnerait l'air d'un arriviste dénué de sentiments. Non, il aurait besoin que quelqu'un d'autre propose son nom. Quelqu'un comme Katherine, par exemple. Sauf que ça ne passerait pas nécessairement mieux auprès de l'opinion publique… Il sourit et secoua la tête. Il devait y avoir un moyen. Il y avait toujours un moyen, à condition de le vouloir assez fort.

Bowman se laissa aller dans son fauteuil, en faisant bien attention à ne pas regarder la pendule. Il savait être patient lorsque les circonstances l'exigeaient. Il avait beaucoup appris en la matière, durant ces longues années passées dans l'ombre de William. Il fronça les sourcils. Ça allait lui faire bizarre de travailler sans William. Ils avaient été partenaires si longtemps… Mais maintenant, il tenait enfin sa chance d'occuper le devant de la scène, et il ne pouvait nier que cette perspective l'excitait. La mort de William était une regrettable tragédie, mais la vie continuait. Bowman pensa à Katherine, qui l'attendait dans sa chambre, et il sourit. La vie continuait.

Adam Stalker ôta lentement sa chemise et la laissa tomber sur le fauteuil près de son lit. Il était fatigué, et son dos le lançait impitoyablement. Comme il s'asseyait sur le bord du lit, il sentit le matelas s'enfoncer sous son poids. Beaucoup trop mou à son goût.

Il préférait avoir les reins mieux soutenus. À cause des volets fermés, il régnait une chaleur étouffante dans la pièce, mais Stalker n'essaya même pas de les ouvrir. Il se doutait que Gaunt avait dû leur jeter un sort pour les sceller. Le sorcier redoutait les assassins.

Stalker s'étira lentement et examina son propre corps. Ses épaules étaient toujours musclées, son ventre dur et plat, mais ses cicatrices le déprimaient. Leurs minces lignes blanches zébraient sa poitrine et son estomac, et se répandaient le long de ses bras, creusant des sillons pâles sur sa peau bronzée. Il en avait d'autres dans le dos. Et il les détestait. Chacune d'elles était un rappel constant de toutes les fois où il avait frôlé la mort. Le souvenir d'une blessure qui aurait pu le tuer s'il avait été un peu plus lent ou un peu moins chanceux. Adam Stalker haïssait tout ce qui lui rappelait sa propre mortalité.

Il embrassa du regard la chambre que Gaunt lui avait assignée. Pas mal. Les tons rouge terne avaient quelque chose de sinistre et de perturbant dans la lumière de l'unique chandelle, mais ça ne le dérangeait pas. Il avait connu bien pire dans son temps, durant ses voyages. Il s'allongea sur le lit et s'étira de tout son long, sans prendre la peine d'ôter son pantalon ou ses bottes. Ce ne serait pas la première fois qu'il dormirait habillé ; il l'avait souvent fait dans le passé, lorsqu'il campait à la belle étoile. Et il était fatigué. Si fatigué... La journée avait été longue.

Il fixa le plafond d'un regard ensommeillé, en laissant vagabonder son esprit. Hawk et Fisher... Ces deux-là formaient une bonne équipe, et, d'après ce que Stalker avait entendu dire, ils avaient remarquablement bien géré l'affaire du vampire de Chandler Lane. Il poussa un soupir plein de regret. Empaler des vampires : ça, c'était du travail d'homme. Rien à voir avec toutes ces réunions politiques auxquelles il avait dû s'habituer à assister. Il aurait mille fois préféré affronter un mort-vivant plutôt que d'en subir une seule de plus. Peut-être devrait-il prendre des vacances, quitter la ville et regagner les étendues sauvages qui étaient son domaine.

Stalker fronça les sourcils et fit une grimace résignée. Non, c'étaient là les paroles d'un homme plus jeune. Cette époque était révolue pour lui. Même par ce temps, dormir à la dure lui flanquerait un terrible lumbago. Et puis, il avait une bonne chance de succéder à William comme candidat officiel de la Réforme aux prochaines élections, s'il savait utiliser les cartes qu'il avait en main. Ça ne devrait pas être trop difficile. Avec son nom et sa réputation, l'opposition n'aurait pas la moindre chance.

Stalker bâilla la bouche grande ouverte et se tortilla à la recherche d'une position plus confortable. S'il voulait prendre la place de William, il devrait discuter avec les bonnes personnes. Pas tout de suite: ça passerait mal. D'un autre côté, s'il attendait trop, d'autres personnes risquaient de le prendre de vitesse. Il commencerait par Katherine. Elle aurait besoin de soutien durant les mois à venir. Même si elle devait le trouver plus que probablement auprès de Bowman. La lèvre supérieure de Stalker se retroussa en un rictus méprisant. William aurait dû faire quelque chose, ne pas laisser cette situation traîner aussi longtemps. Un homme doit défendre ce qui lui appartient en toutes circonstances. William aurait dû se montrer plus dur envers sa femme, lui faire entendre raison, par la force au besoin, lui démontrer qui portait la culotte dans leur ménage. Stalker soupira. Il avait été tenté de mettre son grain de sel dans cette histoire, mais s'était abstenu. Mieux vaut ne pas interférer avec les problèmes domestiques d'autrui: il l'avait appris à ses dépens.

Néanmoins, Katherine allait avoir besoin de lui bien davantage que de Bowman – du moins, pour le moment. Dès que les diverses factions du Conseil apprendraient la mort de William, les choses risquaient de devenir houleuses. Et il était prêt à parier qu'en outre d'autres factions lutteraient pour se positionner à l'intérieur du mouvement de la Réforme. Katherine aurait besoin d'un garde du corps. Stalker grimaça. Bowman se prenait pour un duelliste, mais il ne serait pas bon à grand-chose dans une bagarre de rue. Et Visage était peut-être douée pour repousser les attaques magiques, mais elle ne saurait pas arrêter une dague jaillissant de la foule. Plus il y réfléchissait, plus il était certain que Katherine aurait besoin de lui un bon moment. Et il pourrait certainement se servir d'elle à ses propres fins…

À moins qu'elle décide d'entrer à son tour en politique. Stalker se rembrunit. C'était bien possible. Ces jours-ci, les femmes ne savaient plus rester à leur place. Le capitaine Fisher avait peut-être l'air d'une dure à cuire, et elle parlait certainement comme telle, mais il aurait parié qu'elle battrait en retraite en pleurnichant si la pression ou le danger devenaient trop grands. Les femmes faisaient toujours ça.

Stalker s'agita nerveusement sur son lit. La chaleur était si étouffante qu'il envisagea sérieusement d'essayer d'ouvrir les volets. Mais il y renonça. Connaissant Gaunt, même s'il y arrivait, il déclencherait probablement une alarme ou quelque chose de ce genre. Toute cette maison crépitait de sorcellerie. Stalker eut un ricanement silencieux. La magie… Il n'avait jamais fait confiance à ceux qui l'employaient. Un homme devait se frayer un chemin dans le monde à la force de son épée, pas en se calfeutrant dans des pièces closes pour déchiffrer de vieux bouquins poussiéreux et préparer des décoctions puantes. Tout le prétendu pouvoir de Gaunt n'avait pas suffi à protéger William. Stalker soupira. Si seulement il ne s'était pas querellé avec William… Tant de choses auraient tourné différemment.

« Si seulement… » : c'était bien l'expression la plus futile du langage humain. Stalker fixa le plafond plongé dans la pénombre. Ça faisait bien longtemps qu'il n'avait pas dormi sous ce toit. Au moins une trentaine d'années, voire plus. Il se demanda si Gaunt savait que cette chambre avait autrefois été la sienne, quand il n'était qu'un petit garçon. Probablement pas. Encore une des petites ironies de la vie. Il ne restait plus personne qui sache qu'Adam Stalker avait été un DeFerrier, et qu'il avait habité là. Jusqu'à ce qu'il s'enfuie, dégoûté par ce que sa famille était devenue. Ils étaient tous morts, à présent : ses parents, ses frères, ses sœurs, ses oncles et ses tantes. Tous disparus. Les DeFerrier n'étaient plus, et Adam Stalker se satisfaisait parfaitement du nom qu'il s'était inventé. Qu'il avait gagné. Stalker, le chasseur…

Il ferma les yeux et inspira profondément. Il devait dormir. Demain matin, il y aurait beaucoup à faire.

Graham Dorimant arpentait sa chambre de long en large, se demandant ce qu'il y avait de mieux à faire. William était mort, et les gardes n'avaient aucune idée de l'identité de son assassin. Très bientôt, cette limace gluante de Bowman viserait le siège de William au Conseil.

Le corps de son ami et employeur était à peine froid que, déjà, les vautours se rassemblaient. Certes, il fallait bien que quelqu'un prenne sa place, mais il ne fallait pas nécessairement que ce soit Bowman. Et ça ne le serait pas, si Dorimant avait son mot à dire.

Il cessa de faire les cent pas et fronça pensivement les sourcils. Il n'avait aucune garantie d'être sur la liste des successeurs potentiels de William. À présent que son patron était mort, Katherine pourrait très bien décider qu'elle n'avait pas besoin de ses services et engager d'autres conseillers. Dorimant se mordilla la lèvre. Perdre son travail ne l'inquiétait guère en soi ; même après son divorce, il devrait lui rester plus qu'assez d'argent pour vivre confortablement. Mais renoncer aux plaisirs excitants de la politique, retomber dans le tourbillon des soirées interminables dans des endroits à la mode, des intrigues mesquines et des jeux sociaux infantiles…

Le seigneur Hightower pourrait peut-être lui offrir un poste ; après tout, il avait l'intention de s'impliquer plus avant dans le gouvernement de Haven, et il aurait besoin d'un conseiller fiable. Oui, c'était peut-être la solution. Roderik n'arrivait pas à la cheville de William, mais il était honnête et sincère : deux qualités qui ne couraient pas les rues ces temps-ci. Dorimant s'entretiendrait avec lui dès le lendemain matin. À supposer que l'assassin de William ne frappe pas une nouvelle fois et ne massacre pas tous les autres invités dans leur lit. Il jeta un coup d'œil nerveux vers la porte de sa chambre. Il l'avait soigneusement fermée et verrouillée, allant même jusqu'à coincer une chaise sous la poignée pour faire bonne mesure. Il devrait être en sécurité. Les deux gardes veillaient dans le salon, et, après l'affaire du vampire de Chandler Lane, un vulgaire assassin ne devrait pas leur donner trop de fil à retordre.

Dorimant fronça les sourcils. Il ne savait plus où il en était. Peut-être aurait-il dû leur parler de Visage et de ce qu'elle avait vu. Il avait failli le faire, mais la jeune femme l'avait supplié de garder le silence. À présent, ils étaient tous deux coupables d'avoir menti à des officiers mandatés. Si jamais ceux-ci venaient à le découvrir… Le visage froid et couturé de cicatrices de Hawk s'imposa à l'esprit de Dorimant, et un frisson le parcourut. Non. Il ne laisserait pas le capitaine de la Garde l'impressionner, songea-t-il dans un sursaut de défi. Il avait agi comme il le fallait. Visage était venue lui réclamer de l'aide, et il la lui avait apportée. Rien d'autre n'avait d'importance.

Jusque-là, il n'avait jamais réalisé à quel point la jeune femme comptait pour lui.

Avec un soupir, il se laissa tomber dans le fauteuil près du lit. Il savait qu'il aurait dû se coucher et essayer de dormir, mais il n'avait pas sommeil. Il avait encore du mal à croire que William était mort. Il l'avait admiré si longtemps, et côtoyé si peu de temps... Et maintenant, voilà qu'il aidait à dissimuler des indices qui auraient peut-être permis de démasquer son assassin. *Je suis désolé, William. Mais je crois que je suis amoureux d'elle, et je ne veux pas qu'elle ait des ennuis.*

Le seigneur et la dame Hightower se préparaient à se coucher en silence. Assis dans le fauteuil près du lit, Roderik regardait sa femme se brosser les cheveux devant le miroir de la coiffeuse. Détachées, ses longues mèches blanches lui tombaient jusqu'au milieu du dos. Il avait toujours aimé la regarder quand elle les brossait : un geste simple mais intime, qu'elle ne partageait avec nul autre. Il se demanda avec nostalgie quand ses cheveux étaient devenus blancs. Il ne s'en souvenait plus. À l'époque où ils s'étaient mariés, ils avaient la splendide blondeur du miel, mais c'était longtemps auparavant, quand lui-même était encore capitaine. Choqué, il réalisa que près de trente ans s'étaient écoulés depuis. Trente ans... Où était donc passé tout ce temps ?

Dans le miroir, Elaine capta son regard. Elle sourit, mais Roderik détourna les yeux. Alors, elle reposa sa brosse et pivota pour lui faire face. Elle portait la chemise de nuit en soie blanche qu'il lui avait offerte pour son dernier anniversaire. Ainsi vêtue, elle était ravissante et semblait si vulnérable... *Ne m'interroge pas, Elaine. Par pitié. Je ne peux pas t'en parler. Je ne peux en parler à personne...*

—Que se passe-t-il, Rod ? demanda-t-elle tout bas. Quelque chose te préoccupe depuis des mois. Pourquoi ne m'en parles-tu pas ?

—Je n'ai rien à dire, répondit-il d'un ton bourru.

—Sottises. Je te connais depuis assez longtemps pour deviner quand quelque chose te ronge. Est-ce encore Paul ? Je croyais que tu avais fini par te remettre de sa mort. Tu n'aurais jamais dû participer à ces stupides campagnes, ces chasses au loup-garou. Je n'aurais pas dû te laisser partir.

—Ça m'a aidé…

—Vraiment ? répliqua Elaine d'un ton sec. Chaque fois qu'un imbécile sursautait à la vue de sa propre ombre et criait au loup, tu partais à sa recherche en courant. Et combien en as-tu réellement trouvé ? Un. Un seul, sur plusieurs dizaines d'expéditions. C'est pour ça que le roi t'a poussé à démissionner, n'est-ce pas ? Pas seulement parce que tu avais atteint l'âge de la retraite, mais parce que tu n'étais jamais là quand il avait besoin de toi !

—Ne dis pas ça, chuchota Roderik en fermant les yeux.

Elaine se leva de sa chaise, s'approcha précipitamment de lui et s'agenouilla à ses pieds. Elle posa une main sur son bras, et il la pressa très fort à l'aveuglette.

—Ce n'est rien, mon chéri, dit-elle doucement. Je ne suis pas en colère contre toi : je me fais juste du souci. Du souci pour toi. Je te trouve si… différent, ces derniers temps.

—Différent ? (Roderik rouvrit les yeux et la fixa d'un air hésitant.) Que veux-tu dire par là ?

—Je ne sais pas trop, avoua sa femme. Tu es lunatique, irritable, facilement troublé. Je ne suis pas aveugle, tu sais. Et ce n'est pas tout…

—Elaine…

—Une fois par mois, tu disparais pendant plusieurs jours. Et, quand tu finis par revenir, tu refuses de me dire où tu es allé et ce que tu as fait.

—J'ai mes raisons, bougonna Roderik.

—Oui. Je comprends. Tu ne dois pas te tourmenter à ce propos, Rod, dit tendrement sa femme. Je sais que les hommes de ton âge ont tendance à… à douter d'eux-mêmes. Je veux juste que tu saches que ça n'a pas d'importance pour moi, tant que tu finis par me revenir.

—Ça n'a pas d'importance pour toi ? répéta lentement Roderik. Elaine, de quoi parles-tu ?

—Je me moque que tu aies une maîtresse, déclara sa femme d'un ton égal. N'aie pas l'air si étonné, mon chéri. Ce n'était pas si difficile à deviner. Tu fréquentes une autre femme. Je t'assure que je ne t'en veux pas.

Roderik se leva, prit Elaine par les épaules et la força à se redresser. Il tenta de dire quelque chose et n'y parvint pas. Alors, il la prit dans ses bras et la serra très fort contre lui.

— Elaine, ma chérie. Je te jure que je n'ai pas de maîtresse. Tu es la seule femme que j'aie jamais voulue, la seule que j'aie jamais aimée. Je t'en fais le serment : il n'y a jamais eu personne d'autre que toi dans ma vie, et il n'y aura jamais personne d'autre.

— Dans ce cas, où étais-tu pendant tous ces mois ? s'étonna Elaine.

Roderik soupira et la repoussa légèrement pour pouvoir la regarder.

— Je regrette, mais je ne peux pas te le dire. Il faut que tu me croies. Je ne pars pas parce que j'en ai envie, mais parce que je le dois. C'est très important.

— Tu veux dire que c'est… politique ?

— D'une certaine façon. Je ne peux pas t'en parler, Elaine. Je ne peux pas.

— Très bien, mon chéri. (Sa femme se pencha en avant et déposa un baiser sur sa joue.) Tu m'en parleras quand tu pourras. Et maintenant, allons au lit. La journée a été longue.

— Je crois que je vais rester assis un moment. Je n'ai pas sommeil. Mais couche-toi donc. Je te rejoindrai bientôt, promit Roderik.

Elaine acquiesça et se détourna pour rabattre les draps. Elle ne vit pas les larmes qui brillèrent dans les yeux de son époux, l'espace d'un instant. Quand elle reporta son attention sur lui après s'être glissée dans leur lit, il était assis dans le fauteuil et fixait un point dans le vide.

— Rod…

— Oui ?

— À ton avis, qui a tué William ?

— Je ne sais pas. Je ne comprends déjà pas comment il a été assassiné, alors encore moins qui a pu le faire et pour quelle raison.

— Crois-tu que nous soyons en danger ?

— Je ne pense pas. Gaunt monte la garde, à présent ; il ne laissera rien passer. Et il y a deux officiers en faction au rez-de-chaussée. Je dois reconnaître qu'ils sont assez efficaces pour ce qui est des tâches simples. Tu n'as aucune raison de t'inquiéter, ma chérie. Endors-toi.

— D'accord. Éteins la lampe quand tu viendras te coucher.

— Elaine…

— Oui ?

— Je t'aime. Quoi qu'il puisse arriver, n'en doute jamais.

Allongée sur le dos, la sorcière Visage fixait le plafond. Ce lit ne lui plaisait pas. Il était très confortable, mais beaucoup trop grand. Elle se sentait perdue à l'intérieur. Elle s'agita nerveusement sous le drap mince qui la recouvrait. Elle avait chaud et transpirait, mais elle n'osait pas dormir sans rien sur elle dans la maison d'un étranger. Elle se serait sentie trop nue, trop vulnérable. Non qu'elle coure le moindre danger. Elle avait verrouillé la porte et y avait placé des protections magiques. Rien ni personne ne pourrait l'atteindre à présent. Elle était en sécurité.

Mais ça ne durerait pas. Visage avait travaillé pour William Blackstone durant toute sa vie d'adulte, et elle ignorait ce qu'il adviendrait d'elle maintenant qu'il était mort. Elle l'avait toujours considéré comme bien plus qu'un employeur : à ses yeux, il était un dieu. Il était sage et bon, et il combattait les forces du mal à Haven. Il savait toujours quoi faire ; il avait toujours raison, et, s'il remarquait à peine la petite sorcière timide qui le protégeait, elle ne lui en avait jamais voulu. Il avait tant de choses plus importantes en tête…

Mais Graham Dorimant, lui, l'avait remarquée. Il était toujours gentil avec elle et lui faisait des compliments chaque fois qu'elle portait une robe neuve. Peut-être qu'il veillerait sur elle, qu'il prendrait soin d'elle. C'était une idée réconfortante.

Visage songea aux deux gardes qui l'avaient interrogée et se rembrunit. Oh, ils s'étaient montrés assez polis, mais elle avait bien vu qu'elle ne leur plaisait pas. Elle sentait toujours ces choses-là. Et Hawk, celui qui avait tant de cicatrices et un seul œil… Il l'avait effrayée. Visage n'aimait pas être effrayée. Dans le noir, elle fit une moue boudeuse. Elle avait parlé aux gardes de Katherine et Edward, mais ils ne l'avaient pas crue. Pas vraiment. Pourtant, ils n'avaient qu'à creuser un peu et ils mettraient la vérité à jour. Alors, tout le monde comprendrait ce qui s'était réellement passé.

Du moins, si les gardes étaient autorisés à tout révéler. La jeune femme grimaça. Beaucoup de gens n'avaient pas intérêt à ce que ça se produise. Après tout, ça risquait de salir la mémoire de William. Visage ne le souhaitait pas, mais elle ne pouvait pas laisser Katherine et Edward s'en tirer comme ça. Elle ne pouvait tout simplement pas. Ils avaient assassiné son William et le paieraient d'une façon ou d'une autre. Elle porta la main à l'amulette d'os pendue à une chaîne d'argent autour de son cou. Elle n'était peut-être qu'une humble sorcière, mais elle avait des pouvoirs et s'en servirait si on l'y forçait. S'il n'y avait pas d'autre moyen pour que justice soit rendue à William.

Visage poussa un soupir las. Pauvre William. Il lui manquerait beaucoup. Elle l'avait suivi si longtemps... Et maintenant, elle devrait trouver quelqu'un d'autre à suivre. Quelqu'un d'autre pour lui dire quoi faire. Elle en parlerait à Graham Dorimant dès le lendemain matin. Il l'aimait bien. Elle le sentait.

Le sorcier Gaunt gisait sur son lit, dans son laboratoire. Grâce à ses sorts qui maintenaient la chaleur estivale à distance, l'air était délicieusement frais. Une demi-douzaine de lampes à huile baignaient la pièce d'une vive clarté. Pour de nombreuses raisons, dont certaines d'ordre pratique, Gaunt évitait de dormir dans le noir. Allongé sur le dos, il balaya lentement du regard la pièce familière et encombrée : ses paillasses de bois ordinaires, couvertes d'équipement alchimique ; ses étagères, sur lesquelles s'alignaient des ingrédients proprement étiquetés... Il se sentait chez lui dans son laboratoire, plus que n'importe où ailleurs dans la maison. En vérité, il n'aimait pas beaucoup cette maison, mais il avait besoin d'elle. Besoin de la sécurité et de l'intimité qu'elle lui offrait, même s'il avait souvent l'impression de s'y agiter comme un unique petit pois dans sa cosse. Par moments, il était tenté de céder à Stalker et de la lui vendre, mais il ne le faisait jamais. Il ne pouvait pas.

Projetant son esprit, il testa les protections intérieures et extérieures de sa demeure, telle une araignée vérifiant la solidité de chacun des fils de sa toile. Tout était en ordre. Tout était tranquille. Gaunt fronça les sourcils. Ça l'inquiétait de n'avoir toujours pas la moindre idée sur la façon dont William était mort. Ça l'inquiétait encore plus que l'assassin soit forcément l'un de ses invités. Aucun intrus n'aurait pu franchir ses défenses sans qu'il s'en aperçoive. Pourtant, il connaissait ces gens depuis des années ; il les connaissait et leur faisait confiance. Cela lui semblait tout bonnement impossible que l'un d'eux ait pu commettre un meurtre.

Gaunt poussa un soupir las. Chacun avait ses secrets, sa propre noirceur cachée. Il était bien placé pour le savoir…

— Chéri…

La voix était douce, légèrement rauque et très séduisante. Gaunt déglutit avec difficulté. Rien que de l'entendre, il était parcouru de vagues de plaisir, mais il refusait de regarder sa propriétaire. Cette fois, il tiendrait bon.

— Pourquoi ne m'appelles-tu pas, chéri ? Tu n'as qu'à m'appeler, et je viendrai. Tu aimerais ça, n'est-ce pas ?

Gaunt ne répondit pas. Il était un sorcier et maîtrisait la situation.

— C'est toujours pareil. Tu me veux, mais tu refuses de l'admettre. Tu me désires, mais tu résistes. Je ne vois vraiment pas pourquoi. Si tu ne me veux pas, pourquoi m'as-tu conjurée ?

— Parce que j'étais faible ! aboya-t-il. Parce que j'étais idiot !

— Parce que tu étais humain, ronronna la voix. Est-ce si terrible ? Tu es puissant, mon cher et tendre, très puissant, mais tu as quand même des besoins et des faiblesses humaines. Il n'y a rien de honteux à t'y abandonner.

— Que sais-tu de la honte ? ricana amèrement Gaunt.

— Rien. Rien du tout, reconnut la voix. (Elle glousse doucement, et ce son fit frissonner Gaunt.) Regarde-moi, chéri. Regarde-moi.

Gaunt tourna la tête vers le pentacle tracé à même le sol de l'autre côté de son laboratoire. Une lueur surnaturelle émanait des lignes de craie bleue. Le succube était assis à l'intérieur. Elle le fixa de ses yeux d'un noir de jais et eut un sourire moqueur. Elle était nue, et d'une beauté presque douloureuse. Elle ne mesurait pas plus d'un mètre cinquante, mais ses courbes étaient voluptueuses et son visage d'une sensualité effrayante. La lumière des lampes projetait des reflets dorés sur sa peau parfaite. Deux petites cornes saillaient sur son front, presque dissimulées par son abondante chevelure noire. Sans se départir de son sourire, elle s'étira languissamment, et Gaunt ne put réprimer un grognement en sentant la pulsion familière s'éveiller en lui. Il n'avait pourtant pas de quoi être surpris : chaque fois, c'était la même chose.

— Oui, susurra le succube. Je suis magnifique, n'est-ce pas ? Et je suis tienne, si tu me veux. Tu n'as qu'à m'appeler et je viendrai à toi. Tu n'as qu'à m'appeler...

— Viens à moi, aboya Gaunt. Viens à moi et sois damnée !

Le succube éclata d'un rire joyeux et se redressa d'un mouvement fluide. Elle sortit du pentacle, les lignes de craie bleue s'embrasant brièvement comme elle les enjambait, et s'approcha sans hâte du lit du sorcier. De sa main fine, elle tira le drap et se coula près de lui.

— Tu te trompes, chéri, roucoula-t-elle. C'est toi qui es damné. N'est-ce pas délicieux ?

Gaunt la prit dans ses bras et, une fois de plus, la douce et familière folie le submergea.

Assise dans le fauteuil près de son lit, Katherine Blackstone parcourait nerveusement des yeux la chambre d'amis que venait de lui attribuer Gaunt. L'atmosphère était poussiéreuse et sentait le renfermé ; le lit n'avait pas été aéré, mais elle s'en moquait. Du moins se trouvait-elle à bonne distance de la pièce où son mari était mort, de la pièce où son cadavre gisait encore... Le cadavre. Pas son mari, ni même feu son mari : juste le cadavre. William n'était plus, et ce qui restait de lui ne pouvait être appelé autrement.

Le regard de Katherine se posa sur le lit et s'en détourna immédiatement. Un peu de repos lui aurait fait du bien, mais elle ne parvenait pas à rassembler l'énergie nécessaire pour se lever, se déshabiller et se coucher. De toute façon, si elle attendait assez longtemps, elle était sûre qu'Edward finirait par venir. Elle avait pensé qu'il viendrait plus tôt, mais il préférait sans doute se montrer prudent. Ça n'arrangerait pas du tout leurs affaires, qu'on les surprenne ensemble, cette nuit entre toutes les autres. Il serait bientôt là. Alors, peut-être saurait-elle quoi dire, quoi faire. Pour le moment, tout ce qu'elle voulait, c'était rester assise sans bouger.

Elle avait été mariée moins de sept ans, et elle était déjà veuve. Veuve. Ce mot avait quelque chose d'affreusement définitif. *Voilà, c'est terminé; il ne reviendra plus jamais.* Les pensées de Katherine dérivaient, tournant autour de la mort de son époux sans parvenir à s'arrêter dessus. Impossible de penser que le grand William Blackstone était bel et bien mort. Il avait été quelqu'un de si important, avait signifié tant de choses pour tant de gens...

Katherine aurait voulu pleurer. Elle se serait sentie mieux si c'était possible. Mais à l'intérieur d'elle, il ne restait qu'une lassitude infinie. Comment avait-il pu lui faire ça? Comment avait-il pu la mettre dans une telle situation? Comment William avait-il pu se suicider?

Les gardes pensaient que c'était un meurtre. Et les autres invités aussi. Katherine était la seule à savoir qu'il s'agissait d'un suicide. Les gardes cherchaient déjà des mobiles et des preuves. Elle s'était douté qu'ils aborderaient le sujet d'Edward Bowman; aussi avait-elle réagi à cette attaque comme elle le faisait toujours, en la leur renvoyant au visage comme si c'était un mensonge et en les mettant au défi de prouver le contraire. *On nous a suggéré...* Oh, oui, elle n'en doutait pas. Cette petite garce de Visage n'avait pas dû attendre longtemps avant de répandre son poison. Edward et elle devraient se montrer très prudents à l'avenir. Du moins, pendant un certain temps.

Hawk et Fisher étaient affalés de tout leur long dans deux confortables fauteuils, qu'ils avaient tournés en direction de la porte du salon. Ils avaient éteint toutes les lampes à l'exception de deux, afin que leurs yeux puissent se reposer tout en gardant quand même assez de lumière pour y voir. La maison était silencieuse, l'air moite et accablant. Hawk bâilla à s'en décrocher les mâchoires.

— Ne fais pas ça, protesta Fisher. Tu vas me donner sommeil.

— Désolé, s'excusa Hawk. Je n'arrive pas à dormir. Je pense à trop de choses.

— Dans ce cas, tu n'as qu'à prendre le premier tour de garde à ma place.

— Si tu veux. De toute façon, je ne pense pas que nous ayons d'autres problèmes ce soir.

— Tu as peut-être raison, acquiesça Fisher en se tortillant pour trouver une position plus agréable et en regrettant de ne pas avoir un oreiller. Quel que soit l'assassin, il n'a pas agi sur l'impulsion du moment. Il a dû préparer son coup longtemps à l'avance, et dans les moindres détails. Ce que nous devons déterminer, à présent, c'est s'il avait une raison spécifique d'en vouloir à Blackstone, ou si Blackstone n'était que la première victime de toute une série.

— Dans le fond, murmura Hawk, nous ne sommes même pas certains que Blackstone ait été personnellement visé. Peut-être qu'il a juste vu quelqu'un au mauvais endroit, au mauvais moment, et que cette personne ne voulait pas de témoin. Qui sait ? L'assassin n'attend peut-être qu'une occasion de s'attaquer à sa véritable victime.

— Ne dis pas ça, gémit pitoyablement Fisher. Tu ne trouves pas que cette affaire est déjà bien assez compliquée comme ça ?

— Désolé. Je réfléchissais juste à voix haute.

— Tu as une idée sur l'identité possible de l'assassin ?

— Toujours pas. Bowman et Katherine Blackstone sont les suspects les plus évidents : ce sont eux qui avaient le plus à gagner. Mais je bloque sur la façon dont le meurtre a été commis. Il y a quelque chose, dans cette chambre fermée à clé, qui me tracasse, déclara Hawk. Je n'arrive pas vraiment à mettre le doigt dessus, mais je sais qu'il y a quelque chose. Bah ! je finirai bien par trouver quoi.

— Ma tête recommence à me faire mal, se plaignit Fisher. Je ne suis pas douée pour résoudre les énigmes. Je ne l'ai jamais été. Tu sais, Hawk, ce qui me perturbe le plus, c'est la façon si soudaine dont ça s'est produit. L'assassin a fait preuve d'une telle désinvolture ! Je veux dire… Nous étions tous tranquillement ici, en train de descendre le punch et jacasser à qui mieux mieux ; puis tout le monde est monté se changer, et, la minute d'après, Blackstone était mort. Si l'assassin est bien l'un des invités, il doit avoir des nerfs d'acier.

— Tout juste.

Ils restèrent assis un moment, dans le calme qui était retombé sur la maison. Celle-ci craquait et grognait autour d'eux comme le font toutes les vieilles bâtisses. L'air était toujours aussi chaud et lourd. Hawk porta machinalement la main au manche de sa hache, qu'il avait appuyée contre l'accoudoir de son fauteuil. Trop de choses dans cette affaire lui déplaisaient, trop de choses qui ne collaient pas les unes avec les autres. Et il avait le pressentiment que la nuit leur réservait encore bien des surprises.

Le temps passa, et le silence gagna la vieille maison. Tous ses occupants dormaient ou étaient assis, immobiles dans leur chambre, attendant le matin. Les couloirs et l'escalier étaient déserts, et rien ne venait agiter les ombres.

Puis une porte s'ouvrit, et Edward Bowman passa la tête sur le palier. Une unique lampe à huile brillait faiblement le long du mur de droite, projetant une douce lumière orangée. Il n'y avait personne en vue, et Bowman se détendit légèrement. Non que ça ait la moindre importance, si quelqu'un le voyait. Il pourrait toujours prétendre qu'il allait à la salle de bains. D'un autre côté, pourquoi se créer des complications ? Il ne voulait rien faire qui puisse attirer l'attention des deux gardes. Il sortit sur le palier et referma la porte derrière lui sans faire de bruit. Il attendit un instant, l'ouïe en éveil, puis se dirigea d'un pas furtif vers la chambre de Katherine. Il saisit la poignée, mais la porte était verrouillée. Il promena un regard rapide autour de lui, puis toqua au battant. Le son parut résonner dans le silence. Il y eut une longue pause, puis il entendit une clé tourner dans la serrure. La porte s'ouvrit, et Bowman se faufila vivement à l'intérieur. La porte se referma derrière lui.

Katherine se jeta au cou de Bowman, le serrant si fort contre elle qu'il pouvait à peine respirer. Elle enfouit son visage dans le creux de son épaule comme pour se cacher des événements tragiques de la soirée. Il lui murmura des paroles apaisantes, et au bout d'un moment elle se calma et relâcha quelque peu son étreinte. Il lui sourit.

— Contente de me voir, Kath ?

Elle leva la tête vers lui et l'embrassa avec fougue.

— J'avais si peur que tu ne viennes pas ce soir ! J'ai besoin de toi, Edward. J'ai besoin de toi, maintenant plus que jamais.

— Tout va bien, Kath. Je suis là.

— Mais si on nous surprend ensemble…

— Ça n'arrivera pas, promit très vite Bowman. Pas tant que nous serons prudents.

Katherine le lâcha enfin et s'assit sur le bord du lit.

— *Prudents*… Je déteste ce mot, cracha-t-elle. Nous devons toujours être prudents, réfléchir à deux fois avant de faire le moindre geste ou prononcer le moindre mot. Combien de temps cela va-t-il encore durer, Edward ? Combien de temps avant que nous puissions nous afficher ensemble ? Je te veux, mon amour. Je te veux toujours avec moi, dans mes bras, dans mon lit !

— Nous n'aurons plus besoin de faire semblant très longtemps, affirma Bowman. Juste un petit moment, jusqu'à ce que les choses se soient calmées. Encore un peu de patience, et…

— J'en ai assez d'être patiente ! s'emporta Katherine.

Bowman désigna le mur d'un geste désapprobateur. Katherine hocha la tête à contrecœur et baissa la voix avant de reprendre. Mieux valait que personne ne les entende, et elle n'aurait pas su dire si les murs étaient assez épais pour étouffer le bruit de leur conversation.

— Edward, est-ce que les gardes t'ont dit qui, à leur avis, avait tué William ?

— Pas vraiment, mais ils seraient bien sots de ne pas nous considérer comme les suspects numéro un. Les gens ont toujours colporté des ragots à notre sujet, et sa mort va nous arranger tous les deux. Nous aurions pu le tuer…

— D'une certaine façon, nous l'avons peut-être fait.

— Quoi ? sursauta Bowman. (Il la fixa d'un air alarmé.) Katherine, tu n'as pas… ?

— William s'est suicidé, bredouilla Katherine. Je… je lui ai tout dit, pour nous.

— Tu as fait quoi ?

— Je le devais ! Je ne pouvais pas continuer à vivre ainsi dans le mensonge. Je lui ai dit que j'avais encore beaucoup d'affection pour lui, et que ça ne changerait jamais, mais que j'étais amoureuse de toi et que je voulais t'épouser. Je lui ai dit que je ferais comme il voudrait, n'importe quoi pour protéger sa carrière politique, mais que, d'une façon ou d'une autre, j'étais déterminée à obtenir le divorce. Il a commencé par refuser de m'écouter, et puis… et puis il a dit qu'il m'aimait et qu'il ne renoncerait jamais à moi. J'ai dit que je partirais de la maison s'il m'y obligeait, et il a répondu que, si je faisais ça, il se tuerait.

— Grands dieux, souffla Bowman. Et tu crois qu'il a…

— Oui. Je crois qu'il s'est suicidé. Je crois qu'il est mort par notre faute.

— En as-tu parlé à quiconque ?

— Bien sûr que non ! Mais ce n'est pas tout, Edward. Je…

Katherine s'interrompit brusquement et fixa la porte. Dehors, quelqu'un était en train de longer le palier. La jeune femme se leva d'un bond et s'accrocha au bras de son amant. Tous deux se figèrent, l'oreille tendue. Le bruit se fit entendre de nouveau : des pas furtifs et hésitants, qui battirent très vite en retraite. Bowman fronça les sourcils. Ces pas avaient quelque chose d'étrange… Katherine ouvrit la bouche pour parler, et Bowman la fit taire en lui posant un doigt sur les lèvres. Ils continuèrent à écouter un moment, mais le silence était retombé à l'extérieur.

— Quelqu'un t'a vu entrer ici ? demanda Katherine tout bas.

— Je ne pense pas, répondit Bowman. J'ai été très prudent. Ça pourrait être un des gardes qui patrouille à l'étage pour s'assurer que tout va bien. Ou quelqu'un qui allait à la salle de bains. Quoi qu'il en soit, il n'est plus là. Je ferais mieux de regagner ma chambre.

— Edward…

— Je ne peux pas rester, Katherine. Pas ce soir, pas dans cette maison. Ce serait trop risqué. Je te verrai demain matin.

— Oui, demain matin.

Katherine embrassa Bowman, puis s'écarta de lui pour entrebâiller la porte. Le palier était complètement désert. Elle ouvrit grand le battant, et Bowman se glissa à l'extérieur en silence. Elle referma doucement derrière lui, et il attendit un instant que ses yeux s'accoutument à la pénombre. Puis il se dirigea vers sa propre chambre. Et se figea en entendant un frottement derrière lui. Il fit volte-face, mais il n'y avait personne. Le palier s'étendait devant lui, vide, jusqu'au sommet de l'escalier où les ombres l'engloutissaient.

Ce fut alors que l'odeur lui parvint aux narines – une odeur âcre et musquée qui fit se hérisser ses cheveux sur sa nuque. Bowman se pencha et sortit une longue dague effilée de sa botte. Le contact de la poignée de métal froid dans sa main le réconforta quelque peu. Il était en danger, il le sentait. Il eut un sourire grimaçant. Si tout cela était censé l'effrayer, son ennemi allait avoir une très mauvaise surprise. De toute sa vie, jamais il ne s'était dérobé à un duel, et jamais il n'avait perdu. Il se demanda si c'était l'assassin de William. D'une certaine façon, il l'espérait : il adorerait venger la mort de William. Il ne s'était pas toujours très bien entendu avec lui, mais il l'avait toujours admiré. Il s'avança, la dague à la main.

Quelque chose d'affreux jaillit hors des ombres, au sommet de l'escalier. Bowman eut le temps de hurler une fois. Puis il n'y eut plus que la douleur, le sang et les grognements de son agresseur.

Hawk se redressa en sursaut dans son fauteuil alors qu'un hurlement résonnait à l'étage et s'interrompait abruptement. Il bondit sur ses pieds, empoigna sa hache et se rua hors du salon, suivi de près par Fisher, l'épée à la main. Ensemble, ils foncèrent dans le couloir et montèrent les marches de l'escalier quatre à quatre. Le premier hurlement avait été celui d'un homme, mais à présent une voix de femme avait pris le relais, et s'époumonait à s'en déchirer les cordes vocales. Hawk accéléra. Il déboula sur le palier et freina net en cherchant une cible du regard.

Edward Bowman gisait, le corps tordu sur le sol, les yeux grands ouverts et le regard fixe. Ses vêtements étaient éclaboussés de sang, et une flaque sombre imbibait déjà la moquette autour de lui. Debout près de son cadavre, Katherine Blackstone poussait des hurlements hystériques, les deux mains plaquées sur son visage, l'expression horrifiée. Fisher la prit par les épaules et la força à se détourner du corps. Katherine commença par résister, puis toutes ses forces parurent l'abandonner. Elle referma la bouche et laissa retomber ses bras, fixant le mur sans le voir tandis que des larmes ruisselaient silencieusement le long de ses joues.

Les autres invités sortirent de leur chambre, plus ou moins dévêtus, et exigèrent qu'on leur explique ce qui s'était passé. Hawk s'agenouilla près du cadavre. Une dague reposait sur la moquette, non loin du corps de Bowman, mais il n'y avait pas de sang sur la lame. L'attaque avait dû être si rapide que le malheureux n'avait même pas eu le temps de se défendre. Hawk examina sa gorge et jura tout bas. Ce meurtre-là n'avait pas été commis aussi proprement que celui de Blackstone. Il s'assit sur ses talons et fixa pensivement le cadavre, les sourcils froncés. Des pas se firent entendre sur le palier. Il se redressa rapidement et pivota, hache à la main, pour trouver Gaunt derrière lui. Le sorcier ne portait qu'une robe de chambre ; il était rouge et essoufflé.

— Qu'est-ce que c'est ? haleta-t-il d'une voix rauque en se tordant le cou pour regarder par-dessus l'épaule de Hawk. Que s'est-il passé ?

— Bowman est mort. Il a été assassiné.

Hawk promena un regard rapide à la ronde pour voir si quelqu'un manquait à l'appel, mais tous les invités étaient là, maintenus à une distance respectueuse du cadavre par l'épée tendue de Fisher. Dorimant était le plus proche. La sorcière Visage se tenait à ses côtés, aussi choquée et livide que lui. Le seigneur et la dame Hightower s'étaient immobilisés sur le seuil de leur chambre. Tous deux portaient leurs vêtements de nuit, et Roderik serrait sa femme contre lui comme pour la protéger. Stalker s'était avancé dans le couloir, une expression résolue sur le visage et une épée à la main. Bien que torse nu, il avait gardé ses bottes et son pantalon. Hawk jeta un coup d'œil à son épée, mais ne vit pas de sang sur la lame. Il détailla la silhouette robuste de Stalker, les douzaines de cicatrices qui s'entrecroisaient sur sa peau bronzée, et détourna la tête en frémissant.

— Très bien, dit-il d'une voix dure. Tout le monde en bas. Je ne peux pas travailler convenablement dans un endroit aussi bondé. Restez en groupe, et ne vous éloignez seuls sous aucun prétexte. Ne discutez pas, bougez-vous ! Vous pouvez nous attendre dans le salon. Il ne vous arrivera rien tant que vous ne vous séparerez pas. Gaunt, vous restez ici. J'ai deux mots à vous dire.

Il attendit impatiemment, alors que les invités longeaient le couloir en direction de l'escalier, en prenant bien garde de ne pas s'approcher du corps. Le seigneur et la dame Hightower aidèrent Katherine à descendre. La jeune femme avait cessé de pleurer, mais son visage était très pâle et son regard vide. Hawk arrêta Stalker au passage.

— Je vais devoir confisquer votre épée, sire guerrier.

Stalker le fixa sans ciller, le regard glacial. Fisher s'avança et leva son épée d'un centimètre à peine. Stalker lui jeta un coup d'œil et eut un léger sourire. Il reporta son attention sur Hawk et lui tendit son épée, poignée en avant.

— Bien sûr, capitaine Hawk. J'imagine que vous aurez des tests à effectuer.

— Merci, sire guerrier, dit Hawk en glissant l'épée à sa ceinture. Nous vous la rendrons dès que possible.

— Oh, ne vous en faites pas pour ça. J'en ai d'autres.

Stalker suivit les autres invités dans l'escalier. Hawk et Fisher se regardèrent, puis se détendirent légèrement.

— L'espace d'une minute, murmura Hawk, je me suis demandé...

— Ouais, acquiesça Fisher. Moi aussi.

Hawk pivota vers Gaunt, qui s'était agenouillé près du corps.

— Attention, sire sorcier. Nous ne voudrions surtout pas détruire accidentellement une preuve.

Gaunt hocha la tête et se releva.

— On lui a déchiré la gorge. Impossible de déterminer la nature de l'arme du crime : la plaie est beaucoup trop vilaine.

— Ça peut attendre, affirma Hawk. Votre sort d'isolement est-il toujours effectif ?

— Oui. Si quelqu'un s'était introduit dans la maison, je l'aurais senti. Cela ne fait plus le moindre doute : l'assassin est forcément l'un d'entre nous.

— Très bien. Descendez et attendez-nous au salon avec les autres. Je vous suggère d'examiner Katherine Blackstone. Elle est très choquée, et ça fait deux fois en peu de temps.

— Entendu.

Gaunt adressa un rapide signe de tête aux deux gardes, puis rebroussa chemin vers l'escalier. Hawk et Fisher considérèrent pensivement le cadavre.

— Nous ne pouvons pas nous permettre d'attendre l'arrivée des experts, déclara Fisher. Nous devons trouver l'assassin nous-mêmes.

— Exact, acquiesça Hawk. Parce que, si nous ne le faisons pas, à cette allure-là, il ne restera peut-être plus personne pour appeler les experts demain matin.

5

Du sang dans la nuit

— Commençons par le commencement, suggéra Hawk. Examinons la victime.

Ils rengainèrent leurs armes, s'agenouillèrent près de Bowman et étudièrent soigneusement son corps. Sa gorge avait été lacérée. Hawk grimaça en détaillant la blessure.

— Elle n'a pas été faite avec une épée, dit-il lentement. Les bords sont trop déchiquetés et inégaux. Ça pourrait être l'œuvre d'un couteau à lame dentelée… Tu vois comme la peau est déchirée ? Un vrai carnage. Bien que ce soit impossible, je jurerais que Bowman a été attaqué par un animal sauvage.

— Mmmh, acquiesça Fisher. Regarde sa poitrine et ses bras.

De longs sillons sanglants couraient sur le devant de la chemise de Bowman et sur ses deux avant-bras, comme s'il les avait levés pour tenter de protéger sa gorge.

— Étrange, commenta Hawk. S'il a eu le temps de lever les bras, il aurait dû avoir l'occasion d'utiliser sa dague. Mais il n'y a pas une seule goutte de sang sur la lame.

— Peut-être qu'il l'a lâchée en se débattant, suggéra Fisher. Ça a dû se produire très vite. Bowman n'a pas eu la moindre chance. Pauvre bougre… (Elle s'assit sur ses talons et fixa tristement le corps.) Tu sais, Hawk, je me sentirais mieux si je n'avais pas éprouvé une telle antipathie pour lui. Par moments, j'aurais pu l'embrocher moi-même sans aucun remords. J'étais tellement sûre que c'était lui l'assassin…

— Je comprends ce que tu veux dire, approuva Hawk. Moi aussi, j'étais presque convaincu que c'était lui. Ça aurait été logique. Il avait à la fois le mobile et l'opportunité... Et je ne l'aimais pas non plus. (Il secoua la tête avec lassitude.) Il est trop tard pour lui présenter nos excuses, ma belle. Mais nous pouvons peut-être traîner son meurtrier devant la justice. Bon. Bowman n'étant plus en cause, qui devient notre suspect numéro un ?

Fisher se frotta pensivement la mâchoire.

— Katherine ? Elle était la première présente sur les lieux pour chacun des deux meurtres.

— Ça m'étonnerait, répliqua Hawk. Un couteau dans la poitrine, c'est une chose, mais ça... Quelle que soit la façon dont ces blessures ont été provoquées, il a fallu beaucoup de force pour causer autant de dommages en si peu de temps. Un loup affamé n'aurait pas fait mieux. Et souviens-toi : Katherine était tout près du corps quand nous sommes montés, mais il n'y avait pas la moindre goutte de sang sur ses vêtements.

— Bien vu, acquiesça Fisher d'un ton approbateur. La personne qui a tué Bowman doit s'être mis du sang partout. As-tu remarqué... ?

— Non. Je les ai tous soigneusement observés pendant qu'ils passaient devant moi, et aucun d'eux n'avait de tache suspecte sur ses vêtements. L'assassin a dû avoir le temps de se changer, supputa Hawk.

— Misère, grogna Fisher. Ça nous aurait simplifié le travail.

— Rien n'est simple dans cette affaire, lui rappela amèrement Hawk. Nous ferions mieux de fouiller toutes les chambres au cas où l'une d'elles contiendrait des vêtements tachés, mais je te parie que nous ne trouverons rien. Notre assassin est trop malin pour avoir laissé traîner des preuves.

— Et l'épée de Stalker ? demanda brusquement Fisher.

— Quoi, l'épée de Stalker ?

— Tu avais vraiment l'intention de faire des tests dessus ?

— Non, la détrompa Hawk. Ça ne me plaisait pas de le voir en face de moi une arme à la main, voilà tout. En effet, souviens-toi : il ne portait qu'un pantalon et des bottes. Où était sa chemise ? J'ai pensé qu'il avait peut-être été obligé de l'enlever parce qu'il y avait du sang dessus.

—Je vois. (Fisher secoua la tête.) Tu sais, Hawk, nous avons déjà bossé sur des affaires plutôt sales, mais celle-ci doit être la pire de toutes. Elle n'a rien de logique. Je veux dire... Je comprends que quelqu'un ait voulu la mort de Blackstone : il avait plus d'ennemis que la plupart d'entre nous ne nous en faisons en l'espace de toute une vie. Mais pourquoi Bowman ? Et pourquoi le massacrer de cette façon ?

—Si seulement je le savais...

Hawk se releva, puis se pencha pour ramasser la dague de Bowman. Il l'étudia un moment avant de la glisser à l'intérieur de sa botte. Fisher se redressa et regarda autour d'elle. Le fait que sa main était posée sur le pommeau de son épée n'échappa pas à Hawk. Il baissa le nez vers le corps de Bowman.

—Peut-être que...

—Oui ?

—Peut-être qu'il s'est juste trouvé au mauvais endroit au mauvais moment. Il est sorti sur le palier, disons pour aller à la salle de bains, et il a vu quelque chose ou quelqu'un qu'il n'aurait pas dû voir. Alors l'assassin s'est jeté sur lui. Pas le temps de faire dans la propreté ou la subtilité : juste le temps de l'éliminer par n'importe quel moyen.

Fisher réfléchit.

—Ça n'explique pas la sauvagerie de l'attaque. Ni la nature des blessures. Je ne sais pas pour ce qui est de la gorge, mais les lacérations sur ses bras et sa poitrine ressemblent fort à des traces de griffes, si tu veux mon avis.

—Qu'est-ce que ça peut bien signifier ? Qu'il a été tué par un animal ?

—Pas nécessairement. Tu te rappelles le tueur de la Vallée, il y a deux ou trois ans ? Tout le monde pensait que c'était un ours, et il s'est avéré que le coupable était un homme utilisant une patte d'ours empaillée fixée au bout d'une massue.

—Ouais, je me souviens de cette affaire, acquiesça Hawk. Mais pourquoi l'assassin recourrait-il à une arme aussi étrange, alors qu'un couteau lui a suffi pour Blackstone ? À moins que...

— À moins que quoi ? demanda Fisher, comme il hésitait.

— À moins qu'il s'agisse de quelqu'un d'autre, dit lentement Hawk. Souviens-toi : Visage a juré qu'elle tuerait Bowman pour venger le meurtre de Blackstone.

— Deux assassins sous le même toit ? s'exclama Fisher, incrédule. Allons, Hawk ! Ça semble plutôt improbable, non ? Je sais que Visage a dit ça, mais c'était sous le coup du chagrin et de la colère. Tu as vu comment elle est gaulée ? Honnêtement, tu imagines une timide petite souris comme elle déchiqueter un homme de la sorte ?

— Je suppose que non, admit Hawk. (Il se rembrunit.) À bien y réfléchir, j'ai déjà vu des victimes dans cet état…

— Vraiment ? s'étonna Fisher. Où ?

— Dans le Crochet, répondit Hawk d'un ton lugubre. (Il fixa le corps et secoua la tête avec colère.) Cette affaire devient de plus en plus compliquée. Viens, allons fouiller les chambres. Nous aurons peut-être de la chance…

— Ouais. Ça nous changera un peu, grommela Fisher.

Ils commencèrent par la première porte sur la gauche au sommet de l'escalier, celle de la chambre d'amis que Gaunt avait attribuée à Katherine Blackstone après la mort de son époux. La pièce était poussiéreuse et vide. L'unique lampe à huile brûlait toujours, et, de toute évidence, personne n'avait dormi dans le lit. Les draps n'avaient même pas été rabattus.

— Curieux, déclara Hawk. Elle venait de subir un terrible choc, et Gaunt lui avait administré un sédatif, mais elle ne s'est pas couchée. Elle aurait littéralement dû dormir debout ; pourtant, lorsque nous l'avons vue, elle n'avait même pas enfilé sa chemise de nuit.

— Peut-être qu'elle attendait quelqu'un, suggéra Fisher. Bowman, par exemple.

— Ouais, acquiesça Hawk. Ça expliquerait ce qu'il fichait sur le palier. On jette quand même un coup d'œil avant de passer à la chambre suivante.

— Qu'est-ce qu'on cherche, à part des vêtements tachés de sang ?

— Tout et n'importe quoi. Nous le saurons en le voyant.

— Ça m'aide vraiment beaucoup, railla Fisher. Merci.

— De rien.

Ils fouillèrent méthodiquement la pièce. Cela ne leur prit pas très longtemps. La penderie était vide, tout comme la plupart des tiroirs de la coiffeuse. Et il n'y avait aucun autre endroit où dissimuler des affaires. Pour le principe, Hawk jeta un coup d'œil sous le lit, mais il ne découvrit rien d'autre que quelques moutons de poussière et un vieux pot de chambre ébréché. Il se redressa et regarda autour de lui en quête d'inspiration. Fisher était penchée sur la coiffeuse.

— Tu as trouvé quelque chose, ma belle ?

— Je ne sais pas trop. Peut-être. Viens voir.

Hawk la rejoignit. Du tiroir gauche de la coiffeuse, Fisher avait sorti un petit coffret. Le bois en était joliment teinté et poli, mais, cela mis à part, il n'avait rien de remarquable. Hawk haussa un sourcil interrogateur. Fisher grimaça et souleva le couvercle. Un enchevêtrement de bagues, de boucles d'oreilles et de colliers scintilla de mille feux dans la lumière de la lampe : or, argent, émeraudes, rubis et diamants, fourrés là sans le moindre soin. Hawk saisit une bague et l'examina de plus près.

— Joli caillou, commenta-t-il d'un ton approbateur. (Il laissa retomber le bijou dans le coffret et étudia le reste de la collection.) Il doit y en avoir pour plus cher que nos deux salaires annuels combinés. Et elle ne s'est même pas donné la peine de fermer le coffret à clé.

— Ça ne peut signifier que deux choses : ou elle est vraiment négligente, ou elle en a beaucoup d'autres comme ça chez elle.

— Ça ne me surprendrait pas. Où veux-tu en venir ?

— Réfléchis une minute, Hawk, le rabroua Fisher. Suppose que Katherine et Bowman aient décidé de tuer Blackstone pour les raisons que nous avons déjà évoquées. Puis Katherine décide qu'elle veut toujours le prestige et le fric, mais qu'elle n'a plus besoin de Bowman. Il vient dans sa chambre, elle se dispute avec lui, ils en viennent aux mains, et elle le tue.

— Avec quoi ? protesta Hawk. Où est l'arme du crime ? Elle se tenait tout près du corps quand nous sommes montés, elle n'a pas dû avoir beaucoup de temps pour cacher quoi que ce soit. Et elle portait toujours les mêmes vêtements, mais il n'y avait pas une seule goutte de sang dessus. Sans compter que tes objections au sujet de Visage s'appliquent également à elle : comment aurait-elle pu infliger de telles blessures ? À supposer qu'elle dispose de l'arme adéquate, où aurait-elle trouvé la force de la manier ainsi ? Elle n'est pas franchement costaud...

— Tu serais surpris par ce que les gens peuvent faire quand ils sont vraiment en colère, dit Fisher d'un air sombre.

— Peut-être. Passons à la pièce suivante.

C'était la salle de bains. Hawk et Fisher restèrent bouche bée en découvrant les carreaux étincelants et la monstrueuse baignoire en émail. Celle-ci mesurait presque deux mètres de long sur un de large. Elle voisinait avec un délicat évier surplombé d'un miroir, et de ravissantes commodités en bois ouvragé.

— Ça, c'est ce que j'appelle du luxe, dit Fisher en se penchant pour laisser amoureusement courir ses doigts sur la surface lisse de la baignoire. Plus de bassine de cuivre devant le feu pour moi, Hawk. Je veux la même.

— Tu plaisantes, j'espère ? sursauta Hawk. As-tu la moindre idée de ce que ça peut coûter ? Et puis, d'après ce que j'ai entendu dire, ce n'est pas très sain.

— Pas très sain ? Comment une baignoire pourrait-elle ne pas être saine ?

— Pense à toute cette eau et toute cette vapeur dans un espace aussi confiné. Tu risquerais de choper des rhumatismes.

— Mais ce doit être si agréable, insista Fisher. Sens comme c'est lisse. Imagine-toi en train de t'étirer là-dedans, avec de l'eau brûlante jusqu'au menton, et de mariner aussi longtemps que ça te chante... (Elle lui coula un regard en biais.) Je suis à peu près sûre qu'on peut y tenir à deux.

— J'en commanderai une dès demain, capitula Hawk. Mais c'est toi qui demanderas à nos supérieurs l'augmentation nécessaire pour la payer.

Ils gloussèrent, puis entreprirent de fouiller la salle de bains. Ce fut l'affaire d'une minute : il n'y avait aucun endroit où dissimuler des indices compromettants.

— Tu crois que le coupable aurait pu fourrer quelque chose dans les commodités ? interrogea Hawk.

— Ça m'étonnerait, répondit immédiatement Fisher. Si elles étaient bloquées, elles auraient déjà débordé. Évidemment, il n'y a qu'un seul moyen de nous en assurer…

— Si tu crois que je vais plonger mon bras là-dedans, tu es complètement marteau, déclara Hawk avec véhémence. Ce n'était qu'une idée, de toute façon. Viens, passons à la pièce suivante.

— C'est la chambre où nous avons laissé Blackstone, lui rappela Fisher.

— Je préfère jeter un rapide coup d'œil, au cas où.

— Et Bowman ?

— Quoi, Bowman ?

— Nous ne pouvons pas le laisser sur le palier. Je pensais que nous pourrions peut-être le… stocker avec Blackstone. Au moins, il ne nous gênerait plus.

— Bonne idée, acquiesça Hawk. Occupons-nous de lui tout de suite.

Ils sortirent de la salle de bains et revinrent vers l'endroit où gisait le cadavre. Bowman semblait plus petit à présent qu'il était mort. Hawk l'empoigna sous les aisselles pendant que Fisher lui saisissait les jambes, et à eux deux ils parvinrent à le soulever. La moquette resta collée un instant au dos de la victime, à cause du sang séché, puis s'en détacha avec un bruit de déchirure.

— Il est plus lourd qu'il en a l'air, se plaignit Fisher, haletant légèrement comme elle reculait vers la porte de la chambre de Blackstone.

— Et encore, tu as de la veine, répliqua Hawk. Tu as pris le bout le plus léger, et j'ai comme l'impression qu'il me regarde.

Fisher heurta la porte close et l'ouvrit d'un coup de pied. Hawk et elle manœuvrèrent le corps de Bowman pour lui faire franchir le seuil de la pièce et le déposèrent sans cérémonie sur le plancher à côté de Blackstone. Ils s'accordèrent quelques instants pour reprendre leur souffle, puis regardèrent autour d'eux. Hawk avisa la traînée sanglante que le cadavre avait laissée sur la moquette du palier. Il frémit. Gaunt n'allait pas être content. *Bah ! dommage pour lui. J'ai bien assez de mes propres problèmes*, songea-t-il.

— À première vue, je n'ai pas l'impression que quelque chose ait été déplacé, dit Fisher.

— Oui, mais je préfère vérifier. Ça ne prendra pas longtemps.

Ils regardèrent à l'intérieur de la penderie et dans les tiroirs de la coiffeuse, puis sous le lit, sans trouver la moindre trace d'une arme ou de vêtements ensanglantés.

— Bon. Ça valait le coup d'essayer, soupira Hawk comme Fisher et lui ressortaient sur le palier.

— Ouais, acquiesça la jeune femme en refermant la porte derrière elle. On ne s'en sort pas très bien, hein ?

— Pas trop, non. À notre décharge, il faut dire que ce n'est pas notre boulot habituel. Ce genre d'affaire de meurtre est généralement réservé aux experts. Mais…

— Ouais. *Mais.* Nous devons nous débrouiller, parce qu'il n'y a personne d'autre, grimaça Fisher. À qui appartient la chambre suivante ?

— C'est celle de Bowman.

La pièce était propre et bien rangée, le lit n'avait pas été défait. L'épée de Bowman était toujours dans son fourreau, suspendue à la tête du lit. Hawk la dégaina, s'assura que la lame était propre et la soupesa pour tester son équilibre. Il hocha la tête. C'était une bonne lame, longue, mince et légère.

— Une épée de duel, commenta Fisher. D'après ce que j'ai entendu dire, Bowman avait acquis une certaine réputation en tant que duelliste.

— Ça ne l'a pas beaucoup aidé, fit remarquer Hawk. En fait, maintenant que j'y pense, pourquoi ne portait-il pas son épée ? Après tout, il était prisonnier d'une maison inconnue en compagnie d'un assassin…

— Oui, mais on n'emporte pas une arme quand on va retrouver sa maîtresse, répliqua Fisher.

— Si c'est bien là qu'il allait.

— Ça paraît probable, non ?

Hawk haussa les épaules.

—Je suppose que oui.

Il rengaina l'épée de Bowman et la déposa sur le lit. Fisher et lui fouillèrent la pièce rapidement – mais en vain, une fois de plus.

—C'est une perte de temps, se plaignit Fisher. Nous ne trouverons rien.

—Sans doute, mais nous devons le faire quand même, déclara Hawk. De quoi aurions-nous l'air si nous passions à côté d'un indice important, juste parce que nous ne nous sommes pas donné la peine de le chercher ?

—Ouais, je sais. Et maintenant, on va où ?

—De l'autre côté du couloir. Dans la chambre de Stalker.

Fisher le regarda, mal à l'aise.

—Tu es sérieux, Hawk ? Je veux dire... Pouvons-nous vraiment traiter le grand Adam Stalker comme un suspect ? C'est un héros, un vrai de vrai, l'un des plus grands hommes que cette ville ait jamais produits. On chantait déjà ses louanges alors que je n'étais qu'une gamine.

—Je n'ai pas confiance dans les chansons, et encore moins dans les légendes, répliqua Hawk. Nous devons fouiller sa chambre.

—Pourquoi ? Juste parce qu'il ne portait pas de chemise ?

—En partie. Et aussi parce qu'il a été l'un des derniers à arriver sur les lieux.

La chambre de Stalker était plus vivante que les autres. Les vêtements du guerrier étaient éparpillés sur le sol, comme s'il les avait laissés tomber à l'endroit où il s'en était défait. Une épée large dans un fourreau de cuir usé reposait au pied du lit. Hawk s'en saisit et poussa un grognement de surprise, tant elle était lourde. Il la dégaina avec quelque difficulté et examina la lame. Celle-ci était propre. Il referma ses doigts autour de la poignée et brandit maladroitement l'arme.

—Je ne comprends pas comment il arrive à manier pareil catafalque, même à deux mains, lâcha-t-il enfin.

—Ça doit l'aider, d'être bâti comme une montagne, fit remarquer Fisher.

—Probablement.

Hawk remit l'épée dans son fourreau et la laissa tomber sur le lit. Les draps de celui-ci étaient rabattus, et une dépression creusait l'oreiller. Hawk eut un léger sourire.

—Enfin quelqu'un qui a dormi ce soir...

—Le privilège d'une conscience tranquille, j'imagine, déclara Fisher en ouvrant les tiroirs de la coiffeuse.

—Tu trouves quelque chose ?

—Non, et toi ?

—Non plus. Je commence à croire que je ne reconnaîtrais pas un indice s'il venait me pisser sur la jambe.

Ils inspectèrent tous les endroits habituels. Mais il n'y avait pas d'arme du crime, ni même de vêtements tachés de sang.

—Passons à la chambre suivante, suggéra Fisher. C'est celle de Dorimant, n'est-ce pas ?

—Ouais.

La pièce était propre et bien rangée, et le lit n'avait pas été défait. Ils regardèrent partout sans rien découvrir.

—Je pourrais faire ça en dormant, lâcha Fisher d'un air dégoûté. Et si j'étais à peine plus fatiguée, je ne m'en priverais pas.

—Plus que deux chambres, et on aura terminé pour la journée.

—Tu veux dire, pour la nuit.

—Peu importe. La chambre suivante est celle des Hightower.

—Génial. Foutons un maximum de bordel.

Hawk gloussa.

—Tu deviens vindicative, tu sais.

—Comment ça, je *deviens* ? fit mine de s'indigner Fisher.

La chambre des Hightower était tout aussi propre et bien rangée que celle de Dorimant, mais de toute évidence quelqu'un avait dormi dans le lit. Hawk et Fisher en fouillèrent les moindres recoins sans rien trouver. Ils remirent tout en place scrupuleusement, et ce fut avec un plaisant sentiment de vertu qu'ils passèrent à la dernière pièce de l'étage.

Ils se sentirent encore mieux lorsque la fouille habituelle mit à jour un coffret de bois dissimulé sous l'oreiller de Visage. Hawk le sortit prudemment de sa cachette et le déposa sur le drap froissé.

C'était un rectangle d'environ vingt centimètres de long sur dix de large et autant en hauteur, taillé dans un bois jaune sombre qu'aucun des deux gardes ne put identifier. Le couvercle était sculpté de glyphes et de runes énigmatiques qui se déversaient sur les côtés. Hawk fit mine de l'ouvrir, mais Fisher le retint.

—À ta place, je ne ferais pas ça. Si c'est une cassette de sorcière, elle pourrait être piégée avec toutes sortes de sorts.

Hawk acquiesça brièvement. Fisher sortit une dague de sa botte et introduisit prudemment la pointe de la lame dans l'étroite fente sous le couvercle. Elle prit une profonde inspiration, souleva le couvercle et recula vivement. Rien ne se produisit. Hawk et elle s'avancèrent pour regarder à l'intérieur du coffret. Il y avait là une demi-douzaine d'amulettes en os, deux mèches de cheveux noirs attachées avec un ruban vert, et de minuscules fagots d'herbes séchées. Fisher en saisit un et le renifla avec méfiance. Il sentait le foin fraîchement coupé. Elle le laissa retomber dans le coffret.

—L'un de ces trucs te dit quelque chose? demanda-t-elle tout bas.

Hawk acquiesça lentement.

—Ces amulettes sont semblables à celle que portait Blackstone. Je pense que nous tenons peut-être une piste, Isobel. Si ces amulettes-là étaient vraiment des talismans de protection, et que celle de Blackstone était un faux? Tout le monde aurait pensé qu'il était protégé contre la magie, alors qu'en réalité ce n'était pas le cas.

—S'il avait pu être attaqué par magie, contra patiemment Fisher, pourquoi son assassin se serait-il donné la peine de le poignarder? Et puis, nous savons que son amulette était magique. Gaunt nous l'a confirmé, souviens-toi.

—Ah! C'est vrai. Misère.

Hawk referma le coffret et le remit sous l'oreiller. Fisher et lui firent une dernière fois le tour de la pièce, puis ressortirent dans le couloir en refermant la porte derrière eux. Ils restèrent immobiles un instant, réfléchissant.

—Bon. Eh bien, c'était une perte de temps, déclara enfin Hawk.

—Je te l'avais dit.

— Ça n'a pas de sens. Comment quelqu'un a-t-il pu tuer deux hommes en l'espace de quelques heures et disparaître sans laisser de trace ?

— Je voudrais bien le savoir. Peut-être qu'il existe un vieux passage secret, ou quelque chose dans le genre, suggéra Fisher.

Leurs regards se croisèrent.

— Ça, c'est une idée, approuva Hawk. Un passage secret expliquerait beaucoup de choses... Je pense que nous ferions bien d'en toucher deux mots à Gaunt.

— Ça vaut le coup d'essayer, mais, s'il était au courant, il nous en aurait déjà parlé, objecta Fisher. À moins qu'il soit l'assassin, auquel cas, il mentirait de toute façon.

— Exact. On va quand même jeter un coup d'œil dans la chambre de Blackstone, par acquit de conscience.

Fisher poussa un grognement las, mais le suivit sans rechigner comme il rebroussait chemin dans le couloir. Ils sondèrent lentement les murs de la chambre de Blackstone, toquant contre les lambris à intervalles de cinquante centimètres et tendant l'oreille au cas où ils auraient sonné creux. Puis ils se mirent à quatre pattes et répétèrent la procédure avec le plancher. Même le plafond n'échappa pas à leur examen minutieux. Mais nulle part ils ne découvrirent le moindre panneau coulissant ou la moindre trappe. Debout près de la porte, ils regardèrent une dernière fois autour d'eux. Hawk secoua la tête d'un air irrité.

— S'il y a un passage secret dans cette pièce, il doit être foutrement bien caché.

— Les passages secrets le sont généralement, répliqua Fisher d'un ton sec. Sinon, ils ne seraient pas secrets, pas vrai ?

— Ton esprit est si aiguisé que tu finiras par te couper un jour, railla Hawk. (Soudain, il fronça les sourcils.) Attends une minute. Quelque chose cloche.

— Comment ça ? s'étonna Fisher.

— Je ne sais pas, mais quelque chose a changé depuis que nous avons fouillé cette pièce pour la première fois, juste après la mort de Blackstone.

Hawk promena un regard scrutateur à la ronde, s'efforçant de déterminer ce qui était différent. Puis il avisa le cadavre du conseiller, et la réponse s'imposa à lui.

— Le verre à vin ! Il n'est plus là !

Il s'agenouilla près du corps. La tache rouge foncé était toujours là, mais le verre qui l'avait causée avait disparu. Hawk regarda sous le lit, au cas où le verre aurait roulé sur la moquette, mais n'aperçut rien d'autre que de la poussière.

— Il était encore là, tout à l'heure, quand nous avons fouillé la chambre ? interrogea Fisher.

— Je ne sais pas. Je n'ai pas fait attention, avoua Hawk. Et toi ?

— Moi non plus. Je ne me serais même pas aperçue qu'il avait disparu si tu ne l'avais pas remarqué.

Hawk se redressa lentement.

— Son absence nous révèle un fait très intéressant.

— Lequel ?

— Ce verre était un indice. Sinon, pourquoi se serait-on donné la peine de l'enlever ? D'une façon ou d'une autre, il a dû jouer un rôle dans la mort de Blackstone.

— Le vin n'était pas empoisonné, rappela Fisher. Gaunt nous l'a dit.

— Ouais. Il a également dit qu'il allait en prélever un échantillon pour faire des tests. Nous ferions mieux de vérifier qu'il n'a pas oublié.

— S'il a oublié, on est dans la merde.

— Tu l'as dit. (Hawk se rembrunit.) Pourquoi ce vin serait-il si important ? Quelque chose m'échappe, Isobel, je le sens. C'est important, et je n'arrive pas à mettre le doigt dessus.

Fisher attendit patiemment tandis qu'il se concentrait, s'efforçant de saisir la pensée qui se dérobait à lui. Mais pour finir, il secoua la tête.

— Non. Quoi que ce soit, je ne trouve pas. Pas encore, du moins. Redescendons. Je veux fouiller les pièces du bas avant de parler à Gaunt au sujet de l'échantillon de vin.

— Et s'il n'en a pas prélevé ?

— On gérera le problème quand il se présentera. (Hawk contempla les deux corps qui gisaient côte à côte sur le plancher.) J'ai un mauvais pressentiment, Isobel. Je ne crois pas que l'assassin en ait terminé avec nous.

Hawk réfléchit furieusement pendant que Fisher et lui rebroussaient chemin vers l'escalier pour regagner le rez-de-chaussée. Seul, il ne pouvait pas aller plus loin. Pour progresser dans son enquête, il devrait soutirer des informations supplémentaires à Gaunt et ses invités, à condition que ceux-ci veuillent bien coopérer. Certains le feraient volontiers, d'autres peut-être, et d'autres encore refuseraient catégoriquement. En théorie, il pouvait leur ordonner de faire n'importe quoi, et ils seraient légalement obligés de lui obéir. En pratique, il devrait se montrer extrêmement prudent quant à la formulation de ses ordres. La plupart des suspects étaient des gens très importants à Haven. Ils jouissaient d'une grande influence, s'ils choisissaient de l'exercer. Hawk se mordilla la lèvre inférieure. S'il se sentait en mesure d'accuser quelqu'un, il ferait mieux d'avoir des preuves accablantes à présenter. Rien d'autre ne suffirait.

Malheureusement, les preuves, même douteuses, étaient en rupture de stock pour le moment. Il ne disposait que d'une multitude de théories toutes plus bancales les unes que les autres. Il n'était plus sûr de rien. Il s'arrêta subitement en bas des marches et fixa la porte d'entrée fermée, à l'autre bout du couloir. Fisher s'immobilisa près de lui et lui jeta un regard curieux.

— Hawk, qu'y a-t-il ?

— Je viens d'avoir une idée. Nous avons supposé que personne ne pouvait entrer ou sortir de cette maison à cause du sort d'isolement, n'est-ce pas ?

— Oui.

— Comment pouvons-nous savoir qu'il y a bien un sort d'isolement ?

— Parce que Gaunt nous l'a dit. Et parce que nous l'avons senti quand il l'a lancé.

Hawk secoua la tête.

— Gaunt a dit beaucoup de choses. Nous l'avons senti lancer un sort, je ne le nie pas, mais comment être sûrs que c'était bien un sort d'isolement ? Ç'aurait pu être n'importe quoi. Va dans le salon et parle avec Gaunt. Occupe-le une minute. Moi, je vais ouvrir la porte d'entrée et vérifier que nous sommes vraiment coupés du monde extérieur.

Fisher acquiesça à contrecœur.

— D'accord. Mais sois prudent.

Hawk grimaça et se dirigea vers la porte d'entrée tandis que Fisher pénétrait dans le salon. Le couloir était large et obscur, rempli d'ombres qui semblaient impénétrables. L'écho de ses pas se répercutait bruyamment dans le silence. Il s'immobilisa enfin devant le battant fermé et l'examina soigneusement. Tout avait l'air normal. Il tendit sa main gauche et la posa doucement sur le bois. Celui-ci était étrangement froid au toucher, et paraissait pulser sous ses doigts. Hawk retira vivement sa main et se frotta le bout des doigts. Ils étaient encore glacés. Il redressa les épaules, prit une profonde inspiration et saisit fermement la poignée de la porte. Comme celle-ci semblait se tortiller dans sa main, il serra un peu plus fort. Il la fit tourner et entrebâilla le battant. Un froid intense s'abattit sur le couloir. Hawk ouvrit un peu plus la porte et regarda à l'extérieur. De l'autre côté, il n'y avait rien. Rien du tout.

Hawk s'accrocha désespérément à la poignée. C'était comme s'il se tenait sur une étroite corniche surplombant un abîme sans fond. Où que se portât son regard, tout n'était que ténèbres, comme si la maison chutait dans une nuit infinie. Un vent froid soufflait de nulle part, brûlant son visage et ses mains nues. Hawk ravala sa nausée et, au prix d'un gros effort, s'arracha à la contemplation du vide. Il recula, claqua la porte et s'en écarta précipitamment pour aller s'adosser contre le mur le plus proche, le temps de reprendre son souffle. Ses mains et son visage étaient encore engourdis, mais la chaleur qui régnait dans la maison lui restitua très vite ses sensations. Il eut un léger sourire. À défaut d'autre chose, il avait établi que la maison était certainement coupée du monde extérieur. Il se demanda comment Fisher s'en sortait de son côté.

Lorsque Fisher était entrée dans le salon, les invités l'avaient accueillie par un silence glacial. Ils se tenaient les uns près des autres, ayant apparemment réalisé que rester ensemble était aussi réconfortant que sécurisant. Ils formaient un groupe hétéroclite, dont certains membres étaient encore habillés pour la soirée et d'autres en tenue de nuit. Katherine Blackstone s'était rassise près de l'âtre vide. Elle s'était quelque peu ressaisie, mais son visage était encore très pâle, ses yeux rouges et gonflés. Dans une main, elle tenait un mouchoir dont elle semblait avoir oublié l'existence. Stalker occupait le fauteuil voisin, engloutissant avidement un verre de vin. Serrés l'un contre l'autre, le seigneur et la dame Hightower fixaient la cheminée, le regard perdu dans le vide. Visage avait tiré sa chaise près de celle de Dorimant et s'était laissée aller contre lui avec lassitude, un des bras de Dorimant passé autour de ses épaules. Elle avait l'air effrayé et perplexe, tandis que Dorimant affichait une expression protectrice. Gaunt était le plus près de la porte, il se leva à l'entrée de Fisher.

—Alors, capitaine Fisher, qu'avez-vous découvert?

—Rien qui puisse nous être très utile, sire sorcier. À en juger par l'étendue de ses blessures, il semble qu'Edward Bowman ait été attaqué par un fou ou par un animal. Ou par quelqu'un qui voulait que ça ressemble à l'attaque d'un animal.

Gaunt haussa un sourcil.

—Pourquoi aurait-on voulu faire cela?

—J'aimerais bien le savoir, soupira Fisher. Rien dans cette affaire n'a le moindre sens.

—Certaines choses n'en ont jamais, fillette, déclara Stalker. Vous l'apprendrez en vieillissant.

Fisher le fixa avec acuité. Elle avait entendu quelque chose dans sa voix, quelque chose... d'amer. Stalker avala ses dernières gouttes de vin et observa le fond de son verre d'un air maussade. Fisher reporta son attention sur Gaunt.

—Plus tôt dans la soirée, Hawk vous a demandé d'effectuer certains tests sur le vin que Blackstone était en train de boire juste avant sa mort, lui rappela-t-elle tout bas. En avez-vous prélevé un échantillon?

—Je crains que non. Je comptais le faire demain matin à la première heure.

— Misère.

— Y a-t-il un problème, capitaine Fisher ?

— Vous pouvez le dire. Quelqu'un a fait disparaître le verre de la chambre de Blackstone.

— Vous auriez dû monter la garde devant la porte, intervint le seigneur Hightower d'un ton dur.

— Nous aurions pu, mon seigneur, convint Fisher. Mais nous jugions plus important de vous protéger contre une autre éventuelle attaque.

— Et là encore, vous avez échoué, aboya Hightower. Vous paierez cette incompétence de votre tête, j'y veillerai !

Fisher ouvrit la bouche pour répliquer, puis se ravisa comme Gaunt tournait brusquement la tête vers le couloir.

— Quelqu'un essaie d'ouvrir la porte d'entrée !

— Ce n'est rien, sire sorcier, dit-elle très vite. Ce n'est que Hawk. Il vérifie que la maison est bien sécurisée.

Gaunt se détendit légèrement et la fixa d'un œil sardonique.

— Vous voulez dire qu'il vérifie mon sort d'isolement. Que se passe-t-il, capitaine ? Vous ne me faites plus confiance ?

— Nous ne faisons confiance à personne, sire sorcier, répondit Fisher d'un ton neutre. Ça fait partie de notre travail.

Gaunt acquiesça avec raideur.

— Bien sûr, capitaine. Je comprends.

— Dans ce cas, vous comprendrez également que nous devons fouiller toutes les pièces du rez-de-chaussée.

Il se rembrunit.

— Vous les avez déjà visitées.

— Pas toutes, contra Fisher. Nous ne sommes pas allés dans la cuisine, ni dans votre laboratoire.

— Mon laboratoire est strictement privé. Personne d'autre que moi n'y pénètre jamais, déclara Gaunt. Il n'est nul besoin que vous le fouilliez. Vous avez vous-mêmes senti mon sort d'évitement : il serait impossible à quiconque d'en forcer l'entrée.

— Nous devons quand même le fouiller.

— Je ne peux pas vous y autoriser.

— Je crains de devoir insister.

— La réponse est non.

— Dans ce cas, nous devrons vous arrêter.

— Pour quel motif ?

— Oh, nous trouverons bien quelque chose, promit Fisher.

Gaunt eut un sourire froid.

— Croyez-vous vraiment avoir le pouvoir de m'arrêter ? demanda-t-il doucement.

— À tout le moins, nous pouvons essayer, répliqua Hawk.

Tous les occupants du salon tournèrent la tête vers lui. Il se tenait sur le seuil de la pièce, hache à la main. Gaunt fit mine de lever sa main gauche et se figea comme Fisher dégainait son épée en un mouvement fluide qui amena la pointe de sa lame contre ses côtes. L'espace de quelques secondes, il demeura absolument immobile. Les invités observaient toute la scène dans un silence fasciné. Hawk agrippa sa hache plus fermement, et la tension qui régnait déjà dans la pièce monta jusqu'à atteindre quasiment son point de rupture. Puis Gaunt prit une profonde inspiration et la relâcha ; une partie de ses forces sembla le quitter en même temps que son souffle.

— Je pourrais vous tuer tous les deux, dit-il calmement, mais à quoi cela servirait-il ? Vos supérieurs se contenteraient d'envoyer quelqu'un d'autre. Et quelque mal que cela me fasse de l'avouer, vous êtes ma meilleure chance de démasquer l'assassin de William. Je vous montrerai mon laboratoire. Mais si jamais l'un de vous tire encore son arme pour me menacer, je vous abattrai sur place. Est-ce bien clair ?

— Très clair, acquiesça Hawk. Allons donc jeter un coup d'œil à ce fameux laboratoire. Fisher, tu viens avec nous. Tous les autres, vous restez ici. Nous n'en aurons pas pour longtemps.

— Un moment, intervint Stalker en se levant sans se presser. Vous avez toujours mon épée, capitaine Hawk. Je crains de devoir exiger sa restitution. Il y a un meurtrier dans cette maison, et il faut bien que quelqu'un soit en mesure de protéger ces gens.

Hawk acquiesça à contrecœur. Il tira l'épée de Stalker de sa ceinture et s'avança pour la lui tendre, poignée la première. Même si elle n'était pas aussi massive que son épée à deux mains, l'arme pesait presque trop lourd pour qu'il puisse la tenir d'une seule. Pourtant, Stalker la lui prit comme si c'était un vulgaire jouet. Hawk s'inclina poliment devant lui et se tourna vers Gaunt.

—Y allons-nous, sire sorcier ?

Gaunt les précéda dans le couloir, puis à l'intérieur de la bibliothèque dans un silence glacial. Hawk et Fisher le suivirent de près. Ni l'un ni l'autre n'avaient rengainé leurs armes. Gaunt ouvrit la porte qui conduisait à la cuisine et s'effaça pour les laisser entrer. Les deux gardes promenèrent un rapide regard à la ronde, mais la pièce ressemblait à n'importe quelle autre cuisine bien équipée, même si elle était étonnamment en ordre vu qu'elle appartenait à un homme vivant seul. Ils rebroussèrent chemin jusqu'à la bibliothèque, où ils trouvèrent Gaunt debout face à la porte de son laboratoire.

—Votre partenaire m'a interrogé au sujet de l'échantillon de vin, lança le sorcier à Hawk sans se retourner. Je crains d'avoir négligé de faire un prélèvement. Mais je puis vous assurer qu'il était parfaitement inoffensif. S'il avait été empoisonné, ma magie m'en aurait informé. Souvenez-vous, j'en ai même goûté un peu.

—La question n'est pas là, dit patiemment Hawk. Le verre devait avoir une importance quelconque, sans quoi on ne l'aurait pas fait disparaître. Fisher vous a-t-elle interrogé au sujet des passages secrets ?

—Non. Je vois où vous voulez en venir, capitaine, mais il n'y a ni passages secrets ni portes dissimulées dans cette maison. S'il y en avait, ma magie les aurait détectés, affirma Gaunt.

—Très bien. C'est tout ce dont nous voulions vous parler. À présent, sire sorcier, voudriez-vous bien dissiper le sort d'évitement et ouvrir cette porte ? réclama Hawk.

—Je ne peux pas, murmura Gaunt. Il n'y a pas de sort d'évitement.

Hawk et Fisher échangèrent un regard, surpris, puis reportèrent leur attention sur le sorcier.

—Dans ce cas, que diable ai-je senti tout à l'heure ? interrogea Hawk.

Gaunt pivota vers eux. Son port de tête était toujours aussi fier, mais un désespoir résigné emplissait ses yeux.

— C'est ma dame, dit-il simplement. Personne ne sait qu'elle est ici. Personne d'autre que moi, et vous, à présent. Si jamais vous parlez d'elle à qui que ce soit, je vous tuerai. Vous comprendrez pourquoi quand vous la verrez.

Il se tourna à nouveau vers la porte et sortit une clé d'une des poches intérieures de sa robe. Hawk et Fisher se regardèrent, perplexes, et haussèrent les épaules. Gaunt déverrouilla la porte, l'ouvrit et pénétra dans son laboratoire. Hawk et Fisher firent mine de le suivre, mais s'arrêtèrent net à peine le seuil franchi. Hawk agrippa sa hache, et Fisher brandit son épée.

Le succube leur adressa un sourire charmeur. Elle était paresseusement allongée à l'intérieur du pentacle, ses pieds effleurant le tracé des lignes de craie bleue. Hawk déglutit avec difficulté. Il n'avait jamais vu de femme aussi belle. Il la voulait, il la lui fallait, il tuerait quiconque tenterait de l'arrêter. Il fit un pas en avant, et Fisher lui saisit le bras. Il essaya de se dégager et, n'y arrivant pas, pivota furieusement vers Fisher en levant sa hache pour lui fendre le crâne.

Leurs regards se croisèrent, et il hésita. La réalité reprit le dessus. Il baissa lentement sa hache, horrifié par ce qu'il avait failli faire. Puis il reporta son attention sur le succube, et de nouveau le même désir fou s'agita en lui. Il le combattit sans pitié, se forçant à ne pas détourner l'œil jusqu'à ce qu'il soit certain que la créature n'avait plus aucune emprise sur lui. Alors seulement, il fixa Gaunt, qui se tenait près de lui tête baissée.

— Imbécile, dit-il doucement. Fieffé imbécile.

— Oui, acquiesça Gaunt. Oui, je suis un imbécile.

Le succube éclata d'un rire sucré comme du miel.

— Des visiteurs. Je n'y ai pas souvent droit.

Fisher se dandina, mal à l'aise.

— C'est bien ce que je pense ?

— Oui, grogna Hawk. Un succube. Un démon femelle, l'incarnation du désir sexuel.

Fisher détailla la créature dans le pentacle et frissonna. Elle sentait une étrange attirance brûler tout au fond d'elle, et sa peau la chatouiller comme si un millier de fourmis couraient dessus. Elle secoua la tête avec force, et la sensation se dissipa. Elle dévisagea froidement Gaunt.

—Maintenant, je comprends pourquoi vous ne vouliez pas nous montrer votre laboratoire. Vos amis vous désavoueraient dans la seconde s'ils apprenaient que vous gardez un succube sous votre toit. Quand l'avez-vous conjurée hors des ténèbres ?

—Il y a très longtemps. Je vous en prie. Elle ne constitue un danger pour personne. Elle ne peut pas quitter le pentacle à moins que je l'appelle, et elle ne peut pas quitter la maison du tout. Mes protections l'en empêchent.

—Mais vous l'avez laissée sortir une fois, n'est-ce pas ? réalisa Hawk. Vous l'avez lâchée dans le Crochet, et elle a tué sous vos ordres.

—Oui, admit Gaunt. Mais c'était la seule fois. Elle était sous mon contrôle…

—J'étais là, coupa sèchement Hawk. J'ai vu ce qu'elle a fait à ces hommes. Plusieurs semaines après, l'odeur de leur sang empuantissait encore les rues. Elle est trop dangereuse, Gaunt. À la moindre erreur de votre part, elle sera libre. Avec son pouvoir, elle pourrait détruire Haven en une seule nuit. Vous devez vous séparer d'elle. Vous devez la renvoyer dans les ténèbres.

—Je ne peux pas, souffla Gaunt d'un air misérable. Croyez-vous que je n'aie pas essayé ? Au début, je ne pouvais pas, parce qu'elle était la source de mon pouvoir. Sans elle, je n'étais qu'un alchimiste comme les autres, avec juste une once de Haute Magie. Et puis… j'ai fini par avoir besoin d'elle. Elle est pareille à une drogue dont il me faut ma dose. Les femmes n'existent plus pour moi, car elles ne sauraient se comparer à elle. Il faut que je l'aie. Je ne peux pas renoncer à elle. Je ne le ferai pas. Si vous tentez de m'y forcer, je vous tuerai.

Sa voix était inégale et fiévreuse, et une lueur étrange brûlait dans ses yeux. Fisher leva imperceptiblement son épée.

—Ne fais pas ça, dit Hawk très vite. (Fisher le regarda, et il grimaça.) Malheureusement, si Gaunt meurt, son emprise sur le démon disparaîtra, et elle sera libre de toute contrainte. Pour le moment au moins, nous devons le garder en vie.

— Suis-je donc si terrible ? demanda le succube d'une voix douce et profonde. Je suis joie, amour et plaisir…

— Et sans ce pentacle, tu nous tuerais tous, coupa Hawk. J'ai déjà rencontré des démons. Vous vivez pour tuer et tuez pour vivre. Vous ne connaissez rien d'autre que la destruction.

Il soutint son regard sans ciller de son œil unique, et le succube fut la première à se détourner.

— Tu es fort, constata-t-elle. C'est dommage. Néanmoins, je crois que ça m'amusera beaucoup de te tuer, le moment venu. Après tout, Gaunt ne peut rien me refuser. N'est-ce pas, chéri ?

— Ces menaces de mort commencent à me courir sur les nerfs, gronda Fisher. La prochaine personne qui s'avisera d'en proférer une – que ce soit à l'encontre de Hawk ou à la mienne – le regrettera amèrement, parce que je la transformerai en steak haché. La lame d'une épée se moque bien de ta puissance, succube. Tâche de ne pas l'oublier.

Pour toute réponse, la créature lui sourit.

— S'il vous plaît, intervint Gaunt. Il n'est pas nécessaire d'en arriver là. Comme vous pouvez le voir, il n'y a ici nul endroit où un assassin pourrait se dissimuler. Vous devez partir. Maintenant.

Hawk regarda autour de lui, refusant de se presser. Le laboratoire était encombré de paillasses de bois, à moitié ensevelies sous divers instruments d'alchimie. Les quatre murs disparaissaient sous des étagères chargées de récipients en verre de tailles et de formes variées. Fisher s'avança pour en examiner quelques-uns. Une tête de singe décapitée reposait dans un gros bocal. Comme elle la fixait, la tête ouvrit brusquement les yeux et lui sourit. Fisher recula, surprise. La tête de singe lui adressa un clin d'œil, puis referma les paupières.

— Fichons le camp d'ici, Hawk.

Hawk acquiesça. Ils sortirent du laboratoire à reculons, aucun d'eux n'osant tourner le dos au succube. Gaunt les suivit. La créature lui souffla un baiser et se mit à glousser. Il claqua la porte sur elle et la verrouilla. Quand il pivota pour faire face à Hawk et Fisher, une pellicule de sueur recouvrait son visage. Il se redressa et fit de son mieux pour soutenir leur regard accusateur.

— Je sais que je dois me débarrasser d'elle, dit-il tout bas. Quand tout ceci sera terminé, peut-être...

— Oui, peut-être. Nous en reparlerons plus tard, promit Hawk. D'ici là, je voudrais que vous fassiez quelque chose pour moi.

— Si c'est en mon pouvoir. De quoi s'agit-il ?

— Je voudrais que vous lanciez un sort de vérité.

Gaunt se rembrunit.

— Êtes-vous sûr que ce soit bien sage, capitaine ?

— Vous en êtes capable, n'est-ce pas ?

— Évidemment ! Ce n'est pas un sort très compliqué et, pour tout vous dire, il s'agit même d'une de mes marottes. Mais il n'a qu'une durée limitée, et, si vous ne formulez pas très soigneusement vos questions, vous n'obtiendrez que des réponses inexploitables. Il existe différentes formes de vérité, capitaine Hawk. Et si je puis me permettre, certaines des personnes présentes ici ne vont guère apprécier l'idée d'être interrogées de la sorte.

— Je m'en occupe. Tout ce que vous avez à faire, c'est lancer le sort. J'en prends l'entière responsabilité.

— Très bien. Où voulez-vous que je procède à l'incantation ?

— Dans le salon. Pourquoi n'allez-vous pas rejoindre vos invités pour leur annoncer la nouvelle ? Ils réagiront peut-être mieux si ça vient de vous. Fisher et moi arrivons dans une minute.

Gaunt s'inclina poliment et sortit de la bibliothèque. Hawk attendit que la porte se soit refermée derrière lui, puis se laissa tomber avec lassitude sur la chaise la plus proche. Fisher en tira une autre et s'assit près de lui.

— Un succube, dit lentement Hawk. J'avais entendu parler de ces créatures, mais je n'aurais jamais cru en rencontrer un un jour...

— Ouais. Rien que d'avoir été dans la même pièce qu'elle, ça me donne envie de prendre un bain, grommela Fisher. D'accord, elle était magnifique, mais elle me donnait la chair de poule chaque fois qu'elle me regardait.

— Je vois ce que tu veux dire.

Pendant un moment, ils réfléchirent en silence.

— Hawk, crois-tu vraiment que Gaunt ait lâché le succube dans le Crochet ?

— Ça semble probable.

— Les corps que vous avez trouvés là-bas… Tu m'as dit qu'ils avaient été déchiquetés. Comme celui de Bowman ? insinua Fisher.

Hawk fronça les sourcils.

— Pas vraiment. Au Crochet, c'était bien pire. Mais je vois où tu veux en venir, Isobel. Nous devons considérer le succube comme suspecte, soit en tant que meurtrière, soit en tant qu'arme du crime. Gaunt peut la laisser sortir du pentacle quand ça lui chante. Au moment de la mort de Blackstone, il dit qu'il était dans la cuisine, mais il aurait très bien pu s'en échapper assez longtemps pour libérer le succube. Il n'avait qu'à passer par la bibliothèque pour que personne ne le voie. À l'intérieur de la maison, les pouvoirs du succube sont sans doute limités par les protections, mais elle aurait quand même pu tuer Blackstone et Bowman pendant que Gaunt restait sous notre nez, avec un parfait alibi.

— Sauf qu'il n'était pas sous notre nez : ni au moment du premier meurtre, ni pendant le second, lui rappela Fisher. Et puis, comment un succube aurait-elle pu se déplacer dans la maison sans que Visage la sente ?

— Je ne sais pas. Elle a dit qu'elle sentait quelque chose de bizarre dans la bibliothèque, alors que le démon était protégé par le pentacle. D'un autre côté, elle ne joue pas dans la même catégorie que Gaunt…

— Un succube, soupira Fisher. Il ne nous manquait plus que ça : un autre suspect doté de pouvoirs magiques.

Hawk éclata de rire.

— Ce n'est pas si terrible, ma belle. Si le succube avait voulu tuer quelqu'un, je ne pense pas qu'elle l'aurait poignardé proprement en plein cœur et qu'elle serait revenue ensuite s'emparer de son verre à vin. Ça n'aurait pas de sens.

— Quand cette affaire a-t-elle eu le moindre sens ? répliqua Fisher.

— Sur ce point, tu n'as pas tort. Viens, retournons au salon. Peut-être que le sort de vérité nous permettra d'y voir un peu plus clair.

— Je crains que nous ne rencontrions une certaine résistance. Ces gens ne vont pas être contents que nous les forcions à se soumettre à un sort de vérité.

— Je m'en fiche comme de l'an quarante. D'une façon ou d'une autre, je vais leur extorquer des réponses, et au diable les conséquences ! maugréa Hawk.

Fisher le regarda affectueusement.

— Oui, nous sommes encore jeunes. Nous pourrons trouver un autre boulot, au besoin. Allons-y.

Ils quittèrent la bibliothèque et regagnèrent le salon, où les invités étaient en train de se quereller avec Gaunt. Hawk éleva la voix et réclama l'attention générale. Un brusque silence s'abattit sur la pièce alors que tous lui faisaient face. Il observa l'un après l'autre les visages hostiles et comprit que Gaunt n'avait pas réussi à les persuader. Non pas qu'il y ait cru une seule seconde.

— Au cas où vous en douteriez encore, Edward Bowman est mort, dit-il calmement. D'après la nature de ses blessures, ce fut une attaque frénétique et vicieuse. À cause de ce second meurtre, je n'ai pas d'autre choix que de procéder immédiatement à l'investigation officielle, au lieu d'attendre l'arrivée de mes supérieurs demain matin. Par conséquent, j'ai demandé au sorcier Gaunt de lancer un sort de vérité.

Il s'attendait à des protestations furieuses et outrées, mais n'eut droit pour toute réaction qu'à un silence borné. De toute évidence, les suspects avaient décidé de ne pas coopérer. *C'est le problème avec la politique*, songea-t-il amèrement. *Tout le monde a quelque chose à cacher.*

— Je suis désolé, mais je dois insister.

— Insistez autant que vous voudrez, répliqua platement le seigneur Hightower. Je ne répondrai à aucune de vos maudites questions.

— La loi est très claire, mon seigneur…

— Au diable la loi, et vous aussi, par la même occasion !

Hawk poussa un soupir.

— Dans ce cas, mon seigneur, je devrai vous y contraindre. Je vais ordonner au sorcier Gaunt de préparer une potion de vérité. Puis je vous plaquerai à terre, et Fisher s'agenouillera sur votre poitrine pendant que je vous forcerai à boire.

Hightower en resta bouche bée.

— Vous n'oseriez pas !

— Oh, que si, dit Fisher en s'avançant pour se planter au côté de Hawk. Et moi de même. D'une façon ou d'une autre, mon seigneur, vous répondrez à nos questions, comme les autres. À votre place, j'opterais pour le sort de vérité. Ce sera beaucoup plus digne.

Hightower fixa alternativement Hawk et Fisher, et comprit qu'ils ne bluffaient pas. L'espace d'un instant, il envisagea de les défier quand même, mais cet instant passa. Il agrippa la main de sa femme. Il y avait toujours moyen de contourner un sort de vérité. Pour commencer, celui-ci ne pouvait pas forcer les gens à parler.

Hawk prit le silence de Hightower pour un consentement, et promena un regard à la ronde pour voir si quelqu'un avait d'autres objections. Si les yeux de dame Elaine avaient été des dagues, il se serait écroulé raide mort, et Stalker fronçait les sourcils pensivement, mais personne n'ajouta rien. Gaunt s'avança.

— Tout est prêt, capitaine Hawk. Nous pourrons commencer quand vous le désirerez.

— Je ne connais pas grand-chose sur les sorts de vérité, déclara Dorimant d'un ton hésitant. En quoi cela consiste-t-il, au juste ?

— C'est très simple, répondit Gaunt. Une fois que j'aurai incanté, aucun des occupants de cette pièce ne pourra mentir pendant environ vingt à vingt-cinq minutes. La durée du sort est limitée par le nombre de personnes impliquées. Bien entendu, vous pouvez refuser de parler ou même esquiver les questions que l'on vous posera, mais ce seul fait vous rendra suspect aux yeux de la loi. Car, tant que le sort sera efficace, rien d'autre ne pourra être dit ici que la stricte vérité.

— Avant de nous lancer dans toutes ces parlotes, que diriez-vous de nous humecter le gosier ? suggéra Stalker en levant la bouteille de vin blanc dont il s'était servi pour remplir son verre.

— Attendez une seconde, contra Hawk. Nous avons déjà eu de mauvaises surprises avec ce vin. Gaunt, pourriez-vous vérifier que personne ne l'a altéré ?

— Bien sûr. (Le sorcier fit un geste de la main gauche, et le liquide parut s'agiter brièvement dans la bouteille.) Il est intact, capitaine. Ce n'est pas l'un de mes meilleurs crus, mais…

Stalker haussa les épaules.

— Étant donné votre manque de goût légendaire en la matière, c'est difficile à dire. Alors, qui veut boire un coup ?

Apparemment, tout le monde le voulait. Gaunt fit passer des verres à la ronde, et Stalker servit les autres invités. Ceux-ci se détendirent légèrement. Stalker garda Hawk pour la fin et, d'un signe du menton, indiqua qu'il souhaitait le prendre à part pour s'entretenir avec lui. Ils s'écartèrent du reste du groupe.

— Je viens d'avoir une idée au sujet de la chambre fermée à clé, révéla Stalker tout bas. Un peu plus tôt dans la journée, vous avez empalé un vampire, n'est-ce pas ?

— En effet. Quel rapport avec le meurtre de Blackstone ?

— Réfléchissez une seconde. Les vampires sont des métamorphes, vous vous en souvenez ? Ils peuvent se changer en chauve-souris, ou même en brume.

Hawk acquiesça lentement.

— Exact. Une porte verrouillée n'arrêterait pas un vampire, du moins, pas après qu'il a été invité dans cette maison. Il pourrait se changer en brume et s'infiltrer par l'interstice entre porte et chambranle… Non, attendez une minute. Ça ne colle pas.

— Pourquoi donc ?

— Les morts-vivants n'ont généralement pas besoin de poignarder leurs victimes. En outre, les vampires ne mangent ni ne boivent : ils en sont incapables. Mais toutes les personnes présentes ici ont été invitées à dîner, et j'ai vu chacune d'elles avec un verre à la main à un moment ou un autre. Non. C'est une bonne idée, mais il existe trop de façons dont un vampire se serait trahi depuis le début de la soirée. Merci quand même, sire guerrier.

— De rien.

Stalker se détourna et rejoignit les autres.

— Si vous voulez bien vous asseoir, invita Gaunt, nous allons commencer.

Tous disposèrent leurs chaises en demi-cercle face au sorcier. Celui-ci attendit patiemment qu'ils se soient installés ; alors, il fit un large geste de la main gauche, comme pour les englober tous. Le temps parut ralentir et s'arrêter. Gaunt prononça un Mot de Pouvoir, et il y eut une brusque secousse tandis que toute la pièce tremblait. Une vague tension fit vibrer l'air, puis tout redevint normal.

— Qui va poser les questions ? s'enquit Gaunt.

— Moi, déclara Hawk. Je suppose que nous devrions commencer par une petite vérification. Ma partenaire est…

Il tenta de dire « petite », et s'aperçut qu'il ne pouvait pas. Ses lèvres refusaient tout simplement de former le mot.

— … Grande, lâcha-t-il enfin. Votre sort semble fonctionner à merveille, sire sorcier.

Gaunt acquiesça calmement. Fisher jeta un regard dur à Hawk, qui eut un sourire gêné. Il examina rapidement chacun des invités et redressa les épaules. *D'accord, on y va.*

— Sire Gaunt, commençons par vous.

— Comme vous voudrez.

— Vous êtes un sorcier.

— Oui.

— Avez-vous tué Blackstone et Bowman ?

— Non.

— Avez-vous indirectement provoqué leur décès, grâce à votre magie ?

— Non.

— Vous avez une… relation qui vous a aidé dans le Crochet. Cette personne est-elle d'une quelconque façon impliquée dans les deux meurtres ?

— C'est… hautement improbable.

Il n'a pas dit que c'était impossible, songea Hawk. *Poussons notre investigation un peu plus loin.*

— Autrefois, vous étiez le sorcier du roi, énonça-t-il prudemment.

— Oui.

— Puis vous vous êtes querellé avec lui.

— Oui.

— Était-ce à propos de votre relation ?

— D'une certaine façon.

— Que s'est-il passé ? Pourquoi avez-vous quitté la cour pour venir vous installer ici, à Haven ?

Gaunt hésita, puis poussa un soupir tremblant.

— Le roi la voulait pour lui, et je ne pouvais pas renoncer à elle. Je ne pouvais pas. Aussi suis-je venu ici pour… régler ce problème par moi-même.

— Une minute, intervint le seigneur Hightower. De quoi parlez-vous, tous les deux ? Qu'est-ce que cette femme a à voir avec les événements de ce soir ?

— Apparemment, rien, répondit Hawk. Détendez-vous, mon seigneur ; nous nous occuperons bientôt de vous. Ce sera tout pour le moment, sire sorcier. À présent, sire Dorimant…

— Je ne les ai pas tués, dit très vite l'interpellé.

— Il faut quand même que je pose la question, répliqua poliment Hawk. Sans cela, votre réponse ne signifiera rien. Avez-vous tué Blackstone et Bowman ?

— Non. Non, ce n'était pas moi.

Hawk le fixa en plissant les yeux. Dorimant se dandinait dans sa chaise. Son sourire était faux, son regard fuyant. *Il nous cache quelque chose*, réalisa Hawk. *Je me demande bien quoi…*

— Plus tôt, vous avez dit que Visage était avec vous au moment du premier meurtre, dit-il lentement. Était-ce vrai ?

— Oui, acquiesça Dorimant, l'air contrarié de devoir l'avouer en public.

— Pourquoi était-elle avec vous ? interrogea Hawk.

Dorimant jeta un coup d'œil à Visage, qui se mordit la lèvre et hocha la tête à contrecœur. Il reporta son attention sur Hawk.

— C'est elle qui a trouvé le corps de William la première, révéla-t-il. Elle était allée dans sa chambre pour lui parler, et elle l'a découvert gisant sur le sol, mort. Elle est venue quérir mon aide.

Tous les autres sursautèrent. Hawk sentit l'excitation le gagner alors qu'il additionnait enfin deux et deux. Il dévisagea la jeune sorcière.

—La porte n'était pas verrouillée quand vous l'avez trouvé? Vous avez pu entrer sans problème?

—Oui, confirma Visage.

—Évidemment! s'exclama Hawk, tout joyeux. C'est ça! C'est ce qui me titillait depuis le début!

Fisher lui jeta un regard dubitatif.

—De quoi parles-tu, Hawk?

Son partenaire grimaça.

—Je viens de comprendre comment le meurtre a pu être commis dans une pièce fermée de l'intérieur. C'est tout simple: elle n'a jamais vraiment été fermée!

—Bien sûr que si, protesta Fisher. Tu as dû défoncer la porte à coups de hache. Je l'ai vu de mes propres yeux!

—Mais comment sais-tu que la porte était bien verrouillée? répliqua Hawk. As-tu tenté de l'ouvrir?

—Euh… Non.

—Exactement. Et moi non plus. Katherine est descendue et nous a dit que la porte était fermée à clé de l'intérieur. Nous sommes montés avec elle, mais elle a bien veillé à nous précéder. Elle a secoué la poignée d'une façon assez convaincante, nous a dit que la porte ne voulait pas s'ouvrir et m'a ordonné de la défoncer. Après coup, la serrure était dans un tel état que personne n'aurait pu dire si elle avait été verrouillée ou non. C'est pour ça que nous avons trouvé la clé par terre, et non dans la serrure.

Tous les regards se portèrent vers Katherine Blackstone qui, tête baissée, fixait obstinément le plancher.

—Est-ce vrai? demanda Gaunt.

Katherine acquiesça d'un air las.

—Oui. J'ai menti au sujet de la porte. Mais je n'ai pas tué William.

—Si ce n'est pas vous, dans ce cas, qui l'a fait? interrogea Stalker.

—Personne. (Katherine leva la tête.) Il s'est suicidé.

—Quoi? s'étrangla Fisher. Vous plaisantez!

Tout le monde se mit à parler en même temps. Hawk réclama le silence en hurlant et continua à hurler jusqu'à ce qu'il l'obtienne. Les voix se turent à contrecœur. Il promena un regard froid à la ronde.

— Reprenons depuis le début, exigea-t-il. Visage, vous avez découvert le corps de Blackstone. Racontez-nous ce qui s'est passé.

La jeune femme jeta un rapide coup d'œil à Dorimant, comme pour réclamer son soutien, puis elle se lança dans un murmure.

— Je voulais parler à William. Il y avait quelque chose dans cette maison qui me mettait mal à l'aise, et je voulais m'assurer qu'il portait bien son amulette de protection.

— Celle que vous aviez fabriquée pour lui.

— C'est ça. C'est Stalker qui m'en a donné l'idée. Il avait eu affaire à un talisman semblable au cours de ses voyages.

Hawk reporta son attention sur Stalker, qui acquiesça.

— C'est exact, capitaine. Ces amulettes sont très répandues dans l'Est, et, avec toutes les menaces dont William avait fait l'objet récemment, j'ai pensé que ce serait une bonne idée. J'ai expliqué la théorie à Visage, qui en a fabriqué une pour William.

— Très bien. Continuez, Visage, intima Hawk.

— J'ai toqué à la porte de William. Il ne m'a pas répondu. Comme le battant était entrebâillé, je l'ai poussé. William gisait immobile sur le sol. Je me suis précipitée vers lui pour voir s'il respirait encore, mais il était déjà mort.

— Avez-vous touché au couteau ? s'enquit Fisher.

— Il n'y avait pas de couteau, répondit calmement Visage. Lorsque j'ai découvert le cadavre de William, il ne portait pas la moindre blessure. J'ai vu le verre à vin à côté de sa main et j'ai supposé qu'un de ses ennemis l'avait empoisonné. Je ne savais pas quoi faire. J'ai conscience que j'aurais dû venir vous trouver, capitaine Hawk, mais j'avais peur de le faire. Peur que l'on m'accuse... J'ai paniqué, c'est tout. J'ai couru dans la chambre de Graham pour tout lui raconter. Il a été très gentil. Il m'a dit qu'il viendrait vous en parler avec moi, et que nous affirmerions avoir découvert le cadavre ensemble. Nous nous apprêtions à descendre lorsque nous vous avons entendus défoncer la porte. Ensuite... Nous avons appris pour le couteau et la porte verrouillée et n'avons pas su quoi en penser. Graham n'a jamais douté de moi, mais… Au final, nous avons décidé de ne rien dire. Je craignais que vous ne me croyiez pas, et je ne voulais pas que Graham ait des ennuis pour m'avoir soutenue.

Hawk attendit un moment, mais Visage n'ajouta rien. Il se tourna vers Dorimant.

— Est-ce vrai ? demanda-t-il sévèrement. Avez-vous conspiré pour dissimuler des éléments dans une affaire de meurtre ? Bien que la victime ait été votre ami ?

— Je n'avais pas le choix, se défendit Dorimant. Votre partenaire et vous avez la réputation d'être violents. Je devais protéger Visage. William aurait compris.

— Voyons si j'ai bien tout saisi, intervint Fisher. Visage a découvert le cadavre de Blackstone avant Katherine. Sauf qu'à ce moment-là la porte n'était pas fermée à clé, et la victime n'avait pas été poignardée. Plus tard, Katherine a découvert le corps à son tour. Elle est venue nous chercher et nous a fait croire que la porte était verrouillée alors que ça n'était pas le cas – que ça ne l'avait jamais été. Et quand nous avons fait irruption dans la chambre, un couteau était planté dans la poitrine de son mari. (Elle dévisagea Katherine.) Je crois que vous nous devez des explications.

Katherine Blackstone fixa le verre de vin qu'elle tenait à la main. Elle n'y avait pas touché.

— Le capitaine Hawk a raison au sujet de la porte, dit-elle enfin. Mais je n'avais pas le choix. Lorsque nous avons quitté le salon et sommes montés à l'étage pour nous changer, je suis allée voir Edward Bowman dans sa chambre. Nous étions amants. Quelques minutes plus tard, j'ai regagné ma propre chambre. En poussant la porte, j'ai trouvé mon mari mort sur le sol, un verre de vin à moitié vide près de sa main. Comme Visage, j'ai immédiatement pensé à du poison, mais j'ai su que ce n'était pas un meurtre. C'était un suicide. Il y a quelques jours, j'avais enfin confessé à William que j'étais amoureuse d'Edward et que je voulais divorcer pour l'épouser. William a menacé de se tuer si je le quittais.

Elle leur jeta un regard implorant.

— Ne comprenez-vous pas ? Je ne pouvais pas laisser dire qu'il s'était suicidé ! Ç'aurait ruiné sa réputation. Les gens croyaient en William ; pour eux, il incarnait la Réforme. La vérité au sujet d'Edward et moi aurait fini par se savoir, et les ennemis de William se seraient servis de ce scandale pour détruire tout ce qu'il avait accompli. Ma vie serait devenue un enfer, et la carrière politique d'Edward aurait été terminée. Je devais protéger la réputation de mon mari, pour notre bien à tous. J'ai donc sorti le couteau de William de sa botte, et je le lui ai planté dans la poitrine pour que ça ressemble à un meurtre. En tant que martyr, William pouvait encore servir le parti qu'il avait fondé. Surtout si on ne retrouvait jamais son assassin. Et comment aurait-on pu retrouver le coupable d'un meurtre qui n'avait pas été commis ?

Il y eut un long silence. Hightower s'agita sur sa chaise.

— C'est l'histoire la plus absurde que j'aie jamais entendue, lâcha-t-il enfin.

— Mais elle est vraie, contra Gaunt. Jusque dans le moindre détail. Mon sort de vérité fonctionne encore.

— Ainsi, William s'est suicidé, murmura Dorimant.

— Non. Je comprends que vous ayez pu le croire, Katherine, mais je continue de penser que votre mari a été assassiné, déclara Hawk. Voyez-vous, le verre à vin a mystérieusement disparu de sa chambre.

— Le vin n'était pas empoisonné, lui rappela Gaunt. J'ai vérifié. Je l'ai goûté moi-même.

— Il doit quand même avoir une signification, s'entêta Hawk. Sans quoi, on ne l'aurait pas enlevé. Mais nous pourrons y revenir plus tard. Katherine, y a-t-il autre chose que vous ayez omis de nous dire au sujet de la mort de votre mari ? Autre chose que vous nous ayez dissimulé ?

— Non. Rien de plus. Je n'ai pas tué William, et je n'ai pas tué Edward.

Hawk réfléchit un moment, puis reporta son attention sur Visage.

— Avez-vous tué Blackstone et Bowman ?

— Non, répondit tout bas la jeune sorcière. William était déjà mort quand je l'ai trouvé. Et j'ignore ce qui est arrivé à Edward. Bien que…

—Oui ? l'encouragea Hawk.

Visage fronça les sourcils.

—Il y avait une drôle d'odeur sur le palier…

Hawk attendit, mais elle n'ajouta rien. Il pivota vers Roderik Hightower.

—Mon seigneur…

—Je m'oppose à toute cette procédure.

—Contentez-vous de répondre à mes questions, mon seigneur. Avez-vous tué Blackstone et Bowman ?

—Non. Je ne les ai pas tués, affirma Roderik.

Hawk le dévisagea pensivement. Il ne voyait pas d'autre question à lui poser et avait le sentiment que toutes les réponses qu'il lui soutirerait seraient aussi peu exploitables que Hightower pourrait les rendre. Il soupira discrètement. Il voyait que son interlocuteur était nerveux – son expression et son attitude le trahissaient – mais il ne pouvait rien y faire pour le moment. S'il lui mettait la pression et ne découvrait rien qui justifie ses actions… Il se tourna vers dame Elaine.

—Ma dame, avez-vous tué Blackstone et Bowman ?

—Non.

Il attendit quelques secondes, mais le regard fixe d'Elaine et ses lèvres pincées indiquaient clairement qu'il n'obtiendrait rien d'elle non plus. Il se renfrogna. Le sort de vérité avait semblé une si bonne idée à l'origine… Il reporta son attention sur Stalker.

—Sire guerrier, avez-vous tué Blackstone et Bowman ?

—Non.

Hawk se laissa aller contre le dossier de sa chaise en réfléchissant. Il avait posé la question à toutes les personnes présentes, et chacune d'elles avait nié être l'assassin. C'était impossible. L'une d'entre elles devait être le coupable, donc, l'une d'elles mentait. Sauf que le sort de vérité était toujours effectif… Une nouvelle fois, quelque chose lui échappait : il le sentait.

—Sire Stalker…

—Oui, capitaine ?

—Qui que soit l'assassin, il doit connaître cette maison extrêmement bien, pour être capable de s'y déplacer avec une telle discrétion. Un peu plus tôt, Gaunt m'a dit que vous lui aviez proposé plusieurs fois de lui racheter sa maison, et que vous vous étiez montré fort insistant. Peut-être pourriez-vous nous dire pourquoi ça a tant d'importance pour vous…

Stalker hésita.

— Je vous assure que mes raisons n'ont rien à voir avec les deux meurtres.

— Je vous saurais gré de répondre à ma question, sire guerrier, insista Hawk.

— Très bien. Cette maison était la mienne autrefois. Je suis né ici, révéla Stalker à voix basse.

Tous les autres le dévisagèrent, bouche bée. Dorimant fut le premier à retrouver l'usage de la parole.

— Vous voulez dire que vous êtes en réalité un DeFerrier ? Je croyais qu'ils étaient tous morts !

— Ils le sont. Je suis le dernier, à présent. Et je préfère utiliser le nom que je me suis inventé, déclara Stalker avec raideur. Je me suis enfui de chez moi à l'âge de quatorze ans. Ma famille était devenue… corrompue, et je ne le supportais plus. Mais cette maison est toujours la mienne, et je la veux.

Hawk réfléchit à toute vitesse. Fisher et lui ne vivaient à Haven que depuis quelques années, mais il avait entendu parler des DeFerrier. Comme tout le monde. C'étaient des gens arrogants et maléfiques, des pervers sexuels qui pratiquaient la plus noire des magies. Il avait fallu longtemps pour prouver quoi que ce soit à leur encontre, car après tout leur famille était très ancienne, et ils avaient des tas d'amis haut placés. Puis des enfants avaient commencé à disparaître. La Garde avait fini par perquisitionner chez eux, et ce qu'elle y avait découvert avait choqué même les plus endurcis de ses membres. Trois DeFerrier avaient été pendus pour meurtres, deux autres avaient été taillés en pièces dans la rue en tentant de s'échapper. Les autres étaient tous morts en prison, d'une façon ou d'une autre. Et c'était là la famille qui avait donné le jour au légendaire Adam Stalker, héros sans peur et sans reproche !

— Ce sera tout ? J'aimerais vraiment ne pas être obligé d'en dire plus sur ce sujet.

— Oui, acquiesça Hawk en s'arrachant à sa rêverie. Je pense en avoir terminé. Je n'ai plus de questions à vous poser.

— Vous, peut-être. Mais moi, j'en ai. (Le seigneur Hightower regarda autour de lui.) Deux des personnes ici présentes n'ont pas été interrogées sous sort de vérité. Aucun de vous ne trouve-t-il étrange que les meurtres aient commencé après l'arrivée de Hawk et Fisher dans cette maison ?

— Vous plaisantez ? s'exclama Fisher, incrédule.

— Attendez une minute, intervint Dorimant. Nous savons tous que William avait des ennemis. Quel meilleur moyen de l'atteindre qu'à travers ceux qui étaient censés le protéger ? Qui aurait soupçonné ses propres gardes du corps ?

— C'est ridicule, protesta Hawk.

— Vraiment ? insinua Visage. Nous avons tous dû nous justifier sous sort de vérité. Pourquoi en seriez-vous dispensés ?

— Très bien, dit Fisher. Je n'ai pas tué William Blackstone ni Edward Bowman. Hawk, les as-tu tués ?

— Non.

De nouveau, il y eut un long silence.

— Bon, eh bien, voilà un honnête sort de vérité qui a été gaspillé, commenta Stalker.

— Exact, acquiesça Dorimant. Nous ne sommes toujours pas plus avancés.

— Il n'a pas été totalement gaspillé, contra Hawk. Au moins, maintenant, nous savons comment Blackstone est mort.

— Et nous savons que l'assassin n'est pas l'un de nous, ajouta Visage.

— Il n'y a personne d'autre dans cette maison, rappela Gaunt. C'est impossible. L'un de nous doit être l'assassin.

— Pourtant, chacun de nous a nié l'être, riposta Hawk. Vous avez entendu.

Gaunt se rembrunit.

— Peut-être avez-vous mal formulé vos questions.

— Vous vous raccrochez aux branches, grommela le seigneur Hightower.

— Si l'assassin n'est pas l'un de nous, il doit se cacher quelque part dans la maison, déclara Dorimant. C'est la seule explication.

— Il n'y a personne d'autre ici ! aboya Fisher. Hawk et moi avons soigneusement fouillé chacune des pièces et toutes les cachettes possibles. Croyez-moi, il ne peut y avoir personne d'autre.

— Exact, confirma Gaunt. Mes protections sont toujours en place et elles n'ont pas été violées. Personne n'aurait pu s'introduire dans ma demeure sans que j'en sois averti, et encore moins s'y déplacer sans déclencher une douzaine de sorts de sécurité. Il ne peut y avoir personne d'autre que nous.

— Dans ce cas, votre sort de vérité était peut-être défectueux, suggéra Hawk. C'est la seule autre explication.

— Je n'ai pas pour habitude de lancer des sorts défectueux, répliqua froidement Gaunt. Mon sort de vérité était tout à fait efficace, tant qu'il a duré.

Fisher lui jeta un coup d'œil.

— Tant qu'il a duré ? Vous voulez dire qu'il est terminé ? Je croyais que nous disposions de vingt-cinq minutes.

Gaunt haussa les épaules.

— Comme je vous l'ai déjà expliqué, la durée d'un sort de vérité est inversement proportionnelle au nombre de personnes impliquées. Celui-ci est terminé.

— Pouvez-vous en lancer un autre ? s'enquit Dorimant.

— Certainement. Mais pas dans les prochaines vingt-quatre heures.

— Génial, grogna Hawk. Vraiment génial.

— Très bien. Que faisons-nous, maintenant ? demanda Stalker.

— Il reste un endroit que nous n'avons pas inspecté aussi soigneusement que les autres, réalisa soudain Fisher. La cuisine.

— Tu l'as vu toi-même : il n'y avait aucune cachette assez grande pour dissimuler un adulte, fit remarquer Hawk.

— Nous devrions quand même vérifier, juste au cas où, s'entêta Fisher.

Hawk jeta un coup d'œil à Gaunt, qui haussa les épaules. Il soupira et se leva.

— D'accord, Fisher, on y va.

La jeune femme acquiesça et se leva à son tour. Hawk dévisagea sévèrement les autres invités.

— Vous, vous restez ici. C'est un ordre. Je veux que personne ne quitte cette pièce avant notre retour. Viens, Fisher.

Ils sortirent du salon et refermèrent la porte derrière eux. Gaunt et ses invités restèrent assis en silence, chacun perdu dans ses propres pensées. Au bout d'un moment, Visage s'agita sur sa chaise comme si quelque chose la gênait et se leva brusquement.

— Je crois vraiment que nous devrions lui obéir, objecta Gaunt. Ce serait plus sûr.

— Il faut que j'aille à la salle de bains, murmura Visage, les joues écarlates. Et, non : ça ne peut pas attendre.

— Vous ne devriez pas y aller seule, dit Dorimant.

— Vous avez raison. (Le seigneur Hightower se tourna vers sa femme.) Nous pourrions monter avec elle, qu'en dis-tu ? Histoire de lui tenir compagnie – si je puis m'exprimer ainsi.

— Bien sûr, acquiesça Elaine. Ça ne vous ennuie pas, ma chère ?

Visage sourit et secoua la tête.

— Bien au contraire. Je me sentirai plus en sécurité.

— Ne traînez pas trop, leur recommanda Gaunt. Nous ne voudrions pas provoquer la colère du capitaine Hawk, n'est-ce pas ?

Le seigneur Hightower ricana bruyamment mais ne dit rien. Sa femme et lui se levèrent et suivirent Visage hors du salon. Dorimant s'agita sur sa chaise. Lui aussi aurait aimé accompagner la jeune femme pour veiller sur elle, mais elle n'aurait sans doute pas apprécié que toute une procession l'accompagne aux toilettes. Et puis, le seigneur Hightower était parfaitement capable de la protéger. Dorimant s'affala sur son siège et tenta de penser à autre chose. Il se sentait un peu mieux, à présent que Hawk et Fisher étaient au courant de ce que Visage et lui avaient tenté de dissimuler. Même si cela ne les avait pas beaucoup aidés. Il jeta subrepticement un coup d'œil à Katherine. Comment avait-elle pu faire ça ? S'agenouiller près de son époux mort et lui plonger sa propre dague dans la poitrine… Dorimant frissonna.

—Cette histoire de vin me perturbe, déclara-t-il tout à coup. Si le vin n'était pas empoisonné…

—Il ne l'était pas, affirma Gaunt. Je l'ai goûté moi-même.

—Le vin, murmura Katherine.

Tous les regards se tournèrent vers elle. Elle fixait l'âtre vide en fronçant les sourcils.

—William ne buvait jamais beaucoup, même dans les soirées entre amis. C'était une de ses règles. Il m'a dit qu'il avait assez bu pour la soirée… Mais il avait un autre verre à la main quand il est monté se changer. Qui le lui a donné ?

—Je ne sais pas, déclara Dorimant. Je ne l'observais pas vraiment.

Il interrogea du regard Gaunt et Stalker, qui secouèrent la tête.

—Je suis certaine d'avoir vu qui c'était, insista Katherine en se rembrunissant. Mais je n'arrive pas à me souvenir. Je ne…

—Du calme, lui enjoignit Stalker. Ça vous reviendra quand vous ne chercherez plus.

—De toute façon, ce n'est sans doute pas si important, dit Dorimant.

Hawk et Fisher fouillèrent la cuisine de fond en comble, sans découvrir rien ni personne. Il n'y avait pas de passage secret, pas de cachette, et aucun objet qui ait l'air louche, même de loin. Non qu'ils se soient attendus à trouver quoi que ce soit. Ils avaient juste besoin d'un prétexte pour s'isoler afin de parler en privé. Adossés à l'évier, ils promenèrent un regard morne à la ronde.

—Hightower avait raison, déclara Fisher. Bien que ça me peine de l'admettre. Le sort de vérité ne nous a menés nulle part. Les nouvelles informations que nous avons obtenues sur la mort de Blackstone sont très intéressantes, mais nous ne sommes pas plus près d'identifier son assassin.

—Peut-être, et peut-être pas. Je ne reconnaîtrais pas une preuve si je trébuchais dessus, mais je sais reconnaître le visage d'un coupable quand j'en vois un. Hightower nous cache quelque chose. Il était archinerveux quand il a réalisé que nous étions tous coincés ici pour la nuit, et l'idée que nous le soumettions à un sort de vérité l'a quasiment paniqué. Il doit y avoir un sujet dont il ne voulait pas être forcé de parler…

— Tu ne lui as pas posé beaucoup de questions.

— Il n'aurait pas répondu si je l'avais fait.

— Nous aurions pu insister lourdement.

Hawk sourit.

— Franchement, crois-tu que nous puissions forcer le seigneur Roderik Hightower à nous dire une seule chose qu'il veuille nous cacher ?

Fisher grimaça.

— Je suppose que non. Et puis, il n'est absolument pas dit que ce qu'il nous dissimule ait le moindre rapport avec les meurtres. Les vieux soldats et les politiciens ont toujours des cadavres dans leur placard… au sens figuré, bien sûr. Après tout, tu lui as demandé s'il avait tué Blackstone et Bowman, et il a répondu « non » sans hésiter.

Hawk réfléchit, les sourcils froncés.

— Comment pouvons-nous être certains que Gaunt a bien lancé un sort de vérité ? Peut-être que… Non. Non, ça fonctionnait ; j'en ai moi-même fait l'expérience.

— Peut-être ne l'a-t-il lancé que sur toi, suggéra Fisher.

— Peut-être. Et peut-être que nous devenons paranos, tous les deux.

— Ce n'est pas impossible.

— Retournons au salon. Je ne veux pas les laisser seuls trop longtemps. Je vais leur poser encore quelques questions, essayer de trouver la faille dans le récit de l'un d'eux. Hightower nous cache quelque chose, affirma Hawk. Je parierais ma carrière dessus.

— C'est ce que nous sommes déjà en train de faire, répliqua sèchement Fisher.

Visage attendait seule sur le palier. Dame Elaine lui avait succédé dans la salle de bains, pendant que le seigneur Roderik regagnait leur chambre pour passer une tenue plus convenable. L'étage n'était toujours éclairé que par une unique lampe, et les ombres paraissaient très profondes. La sorcière promena un regard nerveux autour d'elle. Elle aurait aimé que le seigneur Hightower et sa femme se dépêchent.

Soudain, elle frissonna et s'enveloppa de ses bras. Il régnait toujours une chaleur étouffante à l'intérieur de la maison, mais Visage ne cessait de trouver des endroits froids. Elle se mordit la lèvre et se renfrogna. Elle n'aimait pas la maison de Gaunt. Celle-ci lui avait déplu dès l'instant où elle en avait franchi le seuil pour la première fois, et à présent elle savait pourquoi. Les DeFerrier étaient peut-être morts et enterrés depuis belle lurette, mais le bois et la pierre recelaient encore les noirs souvenirs qu'ils avaient laissés derrière eux. Il paraissait incroyable qu'un homme tel qu'Adam Stalker puisse être l'un d'eux ; pourtant, Visage n'en doutait pas le moins du monde. Malgré toutes les chansons et les légendes, et bien qu'il se soit toujours montré d'une extrême politesse envers elle, elle n'avait jamais compris ce que William lui trouvait. Il ne lui inspirait pas la moindre affection. Ses yeux étaient trop froids.

Visage tourna la tête vers la chambre de son ancien employeur. Pauvre William. Il avait nourri tant d'espoirs, entretenu tant de rêves... Et pauvre Edward, qui était mort ici même sur ce palier, au sommet de l'escalier. Le regard de la jeune femme se posa sur les taches sombres de la moquette, et elle détourna les yeux. Edward lui faisait de la peine, maintenant qu'il était mort. Elle n'aurait pas dû dire toutes ces affreuses choses sur lui. Ce n'était que la stricte vérité, mais elle n'aurait pas dû les dire quand même.

Entendant des bruits de pas derrière elle, Visage fit volte-face. Elle s'attendait à voir le seigneur Roderik, mais ce ne fut pas le cas. Son sourire s'évanouit.

— Je suis désolé, gronda une voix basse. Mais vous pourriez leur dire ce que je suis. Je ne peux pas vous y autoriser. Je suis vraiment désolé, Visage.

La jeune femme recula en balbutiant les premiers mots d'un sort défensif. Mais elle n'eut pas le temps de l'achever. Quelque chose de terrible surgit des ombres dans sa direction, et du sang jaillit dans l'air chaud et immobile.

Hawk et Fisher se ruèrent dans l'escalier, l'arme à la main. Le temps qu'ils atteignent le premier étage, les hurlements qui les avaient alertés s'étaient déjà tus, et Hawk eut le mauvais pressentiment qu'ils arrivaient trop tard, une fois de plus. *Faites qu'il n'y ait pas de nouvelle victime. Je vous en prie, faites qu'il n'y en ait pas une autre.* Il s'immobilisa au sommet des marches, et Fisher lui rentra dedans par-derrière. La sorcière Visage gisait, face contre terre, sur le palier.

Hawk s'approcha prudemment, Fisher à ses côtés. Ils promenèrent un regard rapide autour d'eux, mais il ne restait pas le moindre signe de l'agresseur. Hawk s'agenouilla près de la jeune femme tandis que Fisher montait la garde. Il y avait du sang tout autour de son corps. Hawk saisit une poignée de ses longs cheveux et lui souleva doucement la tête. Les yeux de Visage étaient ouverts et fixes. Sa gorge avait été lacérée. Hawk reposa sa tête sur la moquette.

— Et de trois, commenta-t-il d'un ton las. Nous en avons encore perdu une.

— Vous devriez être habitués, depuis le temps, lança le seigneur Hightower.

Hawk et Fisher se redressèrent rapidement. Hightower les observait depuis le seuil de sa chambre. Hawk ouvrit la bouche pour dire quelque chose, puis se ravisa en entendant un léger craquement derrière lui. Fisher et lui firent volte-face en brandissant leur arme et découvrirent dame Elaine, plantée sur le seuil de la salle de bains, le visage pâle et l'air choqué. Elle s'avança lentement pour rejoindre son mari, sans toutefois quitter du regard le corps de Visage.

— Que diable faites-vous tous en haut ? aboya Hawk en baissant sa hache. Je vous avais dit de rester dans le salon !

— La sorcière devait aller à la salle de bains, expliqua Roderik. Nous l'avons accompagnée pour la protéger.

— Et vous n'avez pas fait du très bon boulot, n'est-ce pas ? répliqua Fisher.

— Où étiez-vous lorsque Visage est morte ? interrogea Hawk.

— Dans la salle de bains, répondit Elaine.

— Dans notre chambre, en train de me changer, répondit son mari.

Hawk les fixa, incrédule.

— Vous l'avez laissée seule dans le couloir ?

— Nous n'en avions que pour quelques instants, se défendit Roderik.

Des pas se firent entendre derrière eux, et Dorimant s'agenouilla près du cadavre. Il tendit une main pour lui toucher le visage et retira ses doigts maculés de sang.

— Elle avait si peur, murmura-t-il. Je lui ai dit qu'elle n'avait pas de raison de s'inquiéter. Je lui ai dit que je veillerais sur elle, et elle m'a fait confiance.

Derrière lui, Gaunt et Stalker apparurent en haut des marches. Hawk promena un regard furieux à la ronde.

— Où diable étiez-vous tous ? Pourquoi avez-vous mis si longtemps à arriver ?

Personne ne dit mot. Tous détournèrent les yeux plutôt que de soutenir son regard, mais Hawk avait déjà lu la réponse sur leurs visages. Aucun d'eux n'avait voulu être le premier sur les lieux, de crainte qu'on l'accuse. *Votre partenaire et vous avez la réputation d'être violents…*

— L'un d'entre vous a-t-il vu ou entendu quelque chose ? demanda Hawk.

— Juste ses hurlements, répondit Stalker. Je savais que nous n'aurions pas dû la laisser partir, mais nous avons pensé qu'elle serait en sécurité avec les Hightower.

— Vous l'avez laissée seule, articula Dorimant. (Il leva lentement la tête et fixa Roderik.) Elle mourait de peur, et vous êtes parti en la laissant seule dans le noir. Espèce de salaud !

Il se jeta sur Hightower, et tous deux tombèrent lourdement sur le sol. Dorimant bourra Hightower de coups de poing désordonnés, puis le saisit par la gorge. Hightower toussa et s'étrangla, agrippant ses mains pour tenter de se dégager. Hawk fit un pas en avant. Soudain, Hightower s'arc-bouta et projeta Dorimant loin de lui. Dorimant vola en arrière et alla s'écraser contre le mur opposé. Hawk et Fisher le maîtrisèrent avant qu'il puisse de nouveau assaillir Hightower.

— Ça suffit ! lui intima Hawk. Je comprends ce que vous ressentez, mais ça n'arrangera rien.

Dorimant se mit à pleurer, de gros sanglots qui lui secouèrent tout le corps. Fisher lui tapota l'épaule, mais il ne s'en aperçut même pas. Hawk secoua lentement la tête. *Quel gâchis…* Hightower se releva avec l'aide de sa femme et se tâta prudemment la gorge.

— Alors ? lança-t-il d'une voix forte. N'allez-vous pas l'arrêter ? Il m'a agressé ! J'ai des témoins.

— La ferme, aboya Hawk. Il n'a fait que me prendre de vitesse. (Il tourna le dos aux Hightower et regarda autour de lui.) Attendez une minute. Où est Katherine ?

Les autres aussi regardèrent autour d'eux, mais la jeune femme ne se trouvait nulle part en vue. Gaunt fronça les sourcils.

— Elle était avec nous, dans le salon, quand nous avons entendu les hurlements. Je croyais qu'elle arrivait.

Une boule se forma dans la gorge de Hawk. Il pivota et se rua dans l'escalier, Fisher sur ses talons. Il courut dans le couloir du rez-de-chaussée, ouvrit la porte du salon d'un coup de pied et se figea sur le seuil. Katherine Blackstone était assise près de la cheminée, dans la même position que lorsqu'il l'avait vue pour la dernière fois. Mais à présent un couteau était planté dans sa cage thoracique, son manche saillant entre ses seins. Le devant de sa robe était imbibé de sang. Sa tête avait roulé sur sa poitrine, et ses yeux fixes ne voyaient plus rien. Plus rien du tout.

6

Une rage meurtrière

Hawk regarda très vite autour de lui, mais il n'y avait pas la moindre trace d'un agresseur. Fisher s'avança et se pencha sur Katherine. Elle chercha son pouls, puis jeta un coup d'œil à Hawk par-dessus son épaule et secoua la tête. Hawk jura entre ses dents. Comme un bruit de pas précipités résonnait dans le couloir, il pivota en direction de la porte.

— Ça suffit ! N'approchez plus !

Gaunt et ses invités freinèrent précipitamment en avisant la hache d'acier étincelant dans sa main.

— Qu'y a-t-il ? interrogea le sorcier. Que s'est-il passé ?

— Katherine Blackstone est morte, répondit Hawk. Elle a été assassinée. Je veux que vous entriez tous en file indienne, en gardant vos mains bien en évidence.

— À qui croyez-vous vous adresser ? s'offusqua dame Elaine.

— La ferme. Bougez-vous.

Elle détailla le visage froid et l'expression déterminée de Hawk et fit ce qu'il lui demandait. Les autres la suivirent à l'intérieur de la pièce, faisant un large écart pour éviter la hache de Hawk. Celui-ci recula lentement alors qu'ils pénétraient dans le salon. Un murmure horrifié s'éleva de leur petit groupe comme ils découvraient le corps de Katherine.

— Elle n'a pas pu être tuée, murmura le seigneur Hightower. C'est impossible.

— Vraiment ? Je suppose qu'elle s'est suicidée, elle aussi ? railla Fisher.

— Mais comment l'assassin a-t-il pu redescendre sans que nous le voyions ? s'exclama Gaunt. Nous n'avons croisé personne dans l'escalier, et c'est le seul moyen de revenir ici depuis l'étage ! Katherine allait parfaitement bien quand nous sommes sortis en courant pour voir ce qui était arrivé à Visage.

— Néanmoins, elle est morte, déclara Hawk.

— Peut-être bien qu'elle s'est suicidée, dit brusquement Stalker. Son mari et son amant venaient tous deux d'être assassinés…

— Non, coupa sèchement Dorimant. Ce n'était pas son genre. Katherine était une combattante, elle l'avait toujours été. Une fois passé le choc de la mort d'Edward, elle ne pensait plus qu'à le venger. Elle avait déjà commencé à réfléchir à la façon dont William avait pu être tué… (Il s'interrompit, l'air confus, porta une main à son front et vacilla légèrement.) Pensez-vous que je pourrais m'asseoir, capitaine Hawk ? Je ne me sens pas très bien.

— D'accord. Que chacun prenne une chaise et s'assoie, mais gardez vos mains bien en vue. Sire Stalker, posez votre épée sur le sol, à vos pieds, et ne la touchez pas avant que je vous le dise.

Stalker le dévisagea un instant, puis acquiesça et obtempéra. Fisher ne le quitta pas des yeux jusqu'à ce qu'il soit assis sur sa chaise, l'épée à ses pieds. Alors seulement, elle baissa son arme. Stalker ne lui accorda pas un seul regard. Bientôt, tout le monde fut assis à l'exception de Hawk et Fisher. Les deux gardes se tenaient debout de chaque côté du cadavre de Katherine Blackstone.

— Maintenant, dit Hawk, voyons si j'ai bien suivi. Le seigneur et la dame Hightower étaient à l'étage avec Visage. Stalker, Gaunt, Dorimant et Katherine étaient ici dans le salon. Dame Elaine est allée à la salle de bains, le seigneur Roderik s'est rendu dans leur chambre, et Visage est restée seule sur le palier. Peu de temps après, elle a été attaquée et tuée. Fisher et moi l'avons entendue hurler au moment où nous sortions de la cuisine. Quand nous sommes arrivés en haut de l'escalier, Visage était déjà morte, et son agresseur avait disparu. Le seigneur et la dame Hightower sont sortis dans le couloir pour voir ce qui se passait. Dorimant, Stalker et Gaunt nous ont rejoints en courant. Pendant qu'ils quittaient le salon, ou peu après, Katherine a été poignardée à mort.

—Nous avons dû louper un truc, déclara Fisher. Si on présente les choses ainsi, les deux meurtres n'auraient pas dû pouvoir se produire. Ce n'était tout simplement pas possible.

—Il faut bien que ça le soit! (Hawk brandit sa hache dans un geste de colère.) Je n'arrive pas à y croire. Quatre personnes se sont fait assassiner dans une maison pleine de témoins, et personne n'a rien vu!

Il promena un regard furieux à la ronde, puis se détourna d'un air dégoûté pour observer le cadavre de Katherine. Un pli pensif barra son front. Il avait d'abord cru que la jeune femme avait été poignardée ailleurs, puis ramenée là et déposée sur sa chaise. Mais, si le devant de sa robe était imbibé de sang, il n'y en avait pas la moindre goutte sur la moquette. Donc, l'assassin avait dû frapper quelques secondes seulement après que les autres eurent quitté le salon. Hawk fronça les sourcils. C'était possible. Les invités étaient tellement focalisés sur ce qui venait de se passer à l'étage qu'ils n'auraient pas remarqué une personne se faufilant dans le salon. Mais comment l'assassin avait-il pu rebrousser chemin depuis l'étage jusqu'au rez-de-chaussée?

Hawk secoua la tête et se pencha sur le corps de Katherine pour examiner la dague qui l'avait tuée. Le manche saillait entre ses seins d'une manière obscène. Hawk remarqua que le coup avait été porté avec une précision toute professionnelle: sous le sternum, et en plein cœur. Le manche était en métal ordinaire, enveloppé de cuir, sans rien qui permette de le distinguer d'un millier de couteaux semblables. Hawk se redressa et, à contrecœur, reporta son attention sur Gaunt et ses invités.

—Certains d'entre vous ont dû être témoins de quelque chose, même si vous ne vous en rendez pas compte. Avez-vous vu ou entendu quoi que ce soit qui sorte de l'ordinaire, aussi idiot ou trivial que cela puisse vous paraître?

Il y eut un long silence tandis qu'ils se regardaient. Puis Stalker s'agita sur sa chaise.

— Ce n'est peut-être pas important, dit-il pensivement, mais, sur le palier, j'aurais juré avoir senti quelque chose.

— Quelque chose ? Quoi donc ?

— Une sorte d'odeur musquée, comme celle d'un animal.

Fisher acquiesça lentement.

— Visage aussi a dit qu'elle avait senti quelque chose, juste après la mort de Bowman. Elle n'avait pas l'air de savoir de quoi il s'agissait.

— Je ne le sais pas non plus, mais je jurerais que c'était un animal.

— Un loup, par exemple ? lança brusquement Hawk.

Stalker le fixa et hocha la tête d'un air sombre.

— Oui.

— C'est ridicule, protesta Gaunt. Il n'y a pas de loups à Haven. De toute façon, comment l'un d'eux aurait-il pu s'introduire dans ma demeure ? Comment aurait-il pu franchir mes protections sans les déclencher ?

— C'est très simple : vous l'avez invité chez vous, répondit Hawk.

— Oh, mon dieu, souffla dame Elaine. Un loup-garou !

— Oui, acquiesça Hawk. Un métamorphe. C'est logique, si on y réfléchit deux minutes. Quel genre d'assassin tue tantôt avec un couteau, tantôt comme un animal sauvage ? Un homme qui est parfois un loup. Un loup-garou.

— Et c'est la pleine lune ce soir, ajouta Fisher.

— Vous avez une certaine expérience de la chasse aux loups-garous, je crois ? s'enquit Dorimant.

— Une certaine expérience, répéta amèrement Hightower. Oh, oui, le capitaine Hawk est incollable sur les loups-garous, n'est-ce pas, capitaine ? Combien y aura-t-il de victimes, cette fois ? Combien d'entre nous vont encore mourir à cause de votre incompétence ?

Sa femme lui posa gentiment la main sur le bras et il se tut, à contrecœur, sans cesser toutefois de foudroyer Hawk du regard.

— Je ne comprends pas, intervint Gaunt. Êtes-vous sérieux en suggérant que l'un d'entre nous est un loup-garou ?

— Oui, acquiesça platement Hawk. C'est la seule explication possible.

Ils se regardèrent les uns les autres, comme si chacun d'eux s'attendait à découvrir des poils, des griffes et des crocs sur son voisin. Dorimant fixa Gaunt.

— Votre magie ne pourrait-elle nous dire de qui il s'agit ?

Gaunt s'agita, mal à l'aise.

— Pas vraiment. Ce genre de sort existe, mais il ne fait pas partie de mon domaine d'expertise.

— Il y a d'autres moyens de détecter un loup-garou, déclara Hawk.

— Oh, bien sûr, dit très vite Gaunt. L'aconit, par exemple. Un lycanthrope réagirait très vivement à sa proximité.

— Je pensais plutôt à l'argent, contra Hawk. Auriez-vous par hasard une arme en argent dans cette maison, sire sorcier ?

— Il doit y avoir une dague en argent quelque part dans mon laboratoire. Du moins, je le crois. Je ne m'en suis pas servi depuis longtemps.

— Très bien. Allez donc la chercher. Non, attendez une minute. Je ne veux pas que quiconque s'éloigne du groupe, seul. Fisher et moi allons vous accompagner.

— Non, aboya le seigneur Hightower. Je ne vous fais pas confiance, Hawk. Vous avez déjà eu affaire à un loup-garou. Comment pouvons-nous savoir que vous n'avez pas été mordu et infecté par la malédiction de la lycanthropie ?

— C'est absurde ! s'exclama Fisher d'un ton coléreux. Hawk n'est pas un loup-garou !

— Du calme, lui enjoignit Hawk. Le seigneur Hightower a raison. Jusqu'à ce que nous puissions prouver le contraire, aucun de nous n'est au-dessus de tout soupçon. J'ai bien dit : aucun de nous.

Hightower se raidit.

— Suggéreriez-vous… ?

— Pourquoi pas ? lança Hawk. N'importe qui peut devenir un loup-garou.

— Comment osez-vous ? gronda Hightower à voix basse. De toutes les personnes présentes ici, vous êtes pourtant le mieux placé pour savoir que j'ai d'excellentes raisons de haïr les métamorphes.

Pendant un moment, personne ne dit mot.

— Pourquoi ne m'accompagneriez-vous pas, Rod ? suggéra enfin Gaunt. Je me sentirais beaucoup plus en sécurité avec un vieux soldat comme vous pour surveiller mes arrières.

— Volontiers, acquiesça Hightower d'un ton bourru. Viens avec nous, Elaine. Tu seras plus en sécurité qu'ici.

Sa femme hocha la tête. Le couple suivit Gaunt hors du salon et dans le couloir. La porte se referma doucement derrière eux.

— Un loup-garou, dit lentement Dorimant. Je n'ai jamais vraiment cru à l'existence de ces créatures.

— Je n'étais pas sûre de croire à l'existence des vampires, déclara Fisher. Jusqu'à ce que j'en rencontre un.

— Les loups-garous sont des créatures magiques, lança Stalker. Et il ne reste parmi nous qu'une seule personne possédant des pouvoirs magiques. Ne trouvez-vous pas que c'est intéressant ?

Hawk le fixa.

— Êtes-vous en train de suggérer que Gaunt… ?

— Pourquoi pas ? Je n'ai jamais eu confiance dans les sorciers, affirma Stalker. Vous avez entendu parler de la façon dont ces gens sont morts dans le Crochet, n'est-ce pas ?

Hawk et Fisher échangèrent un regard pensif. Fisher haussa un sourcil, et Hawk se mordilla la lèvre. Il savait qu'elle pensait au succube. Il tenta d'envisager la question d'un point de vue objectif. Il avait supposé que le succube était responsable des morts survenues dans le Crochet, mais celles-ci auraient aussi bien pu être l'œuvre d'un loup-garou en maraude. Et Gaunt était un alchimiste : il devait s'y connaître en poisons. Ils n'avaient que sa parole pour attester que le vin de Blackstone n'avait pas été empoisonné. En fait, si le sorcier était bel et bien un loup-garou, il aurait pu goûter le vin empoisonné sans en souffrir. Plus important encore, Gaunt avait été l'une des dernières personnes à quitter le salon avant qu'on y retrouve Katherine, morte…

Hawk se rembrunit. En effet, ça aurait pu coller. Il jeta un coup d'œil à la porte fermée du salon et se demanda s'il devait rattraper Gaunt et les Hightower. Non, mieux valait s'abstenir. Pour le moment, du moins. Hightower était capable de se défendre, et ce n'était pas comme s'ils avaient des preuves irréfutables contre le sorcier... Hawk se laissa aller sur sa chaise en maudissant son indécision. Il était un garde, il ne pouvait procéder à une arrestation sans un début de preuve.

Le seigneur et la dame Hightower attendirent impatiemment dans la bibliothèque pendant que Gaunt fouillait son laboratoire, en quête de la fameuse dague en argent. Le sorcier avait poliment mais fermement refusé de les laisser l'accompagner dans son laboratoire. Elaine le comprenait. Tous les hommes aimaient avoir une pièce à eux, un endroit privé où se réfugier quand ils avaient des problèmes difficiles à gérer.

Regardant son mari faire les cent pas près d'elle, elle souhaita être capable de trouver les mots pour le calmer. Elle ne l'avait encore jamais vu aussi nerveux. C'était à cause du loup-garou, évidemment. Depuis la mort de Paul, Roderik était littéralement obsédé par ces créatures. Il n'avait plus qu'une idée en tête : leur faire payer le prix du sang. Malgré ses chasses interminables, il n'en avait jamais débusqué qu'un seul, qui s'était enfui après avoir tué trois de ses hommes. À présent, il tenait enfin une chance d'en affronter un face à face, et ce serait probablement un de ses amis. Pas étonnant qu'il se sente tiraillé...

Elaine soupira discrètement. Elle aussi commençait à pâtir de la pression. La chaleur accablante l'affectait, et le moindre bruit la faisait sursauter. Elle était fatiguée et ses muscles lui faisaient mal, mais elle ne pouvait pas se détendre, ne fût-ce qu'une minute. Ce n'était pas seulement à cause des meurtres. Bien entendu, ceux-ci la perturbaient, mais moins que l'horrible sentiment d'impuissance qui s'était emparé d'elle. Quoi que ses compagnons d'infortune disent ou fassent, de quelque théorie qu'ils accouchent, des gens continuaient à mourir. Il était donc bien compréhensible qu'une migraine lancinante la tourmente, et que la patience de Rod s'amenuise de seconde en seconde. Elaine soupira de nouveau, un peu plus fort cette fois, et s'assit sur l'une des chaises. Elle tenta de prendre un air calme et détendu, dans l'espoir que Roderik suivrait son exemple, mais ce ne fut pas le cas.

Elaine espéra qu'ils avaient vu juste cette fois, et que l'assassin était vraiment un loup-garou. Roderik avait tellement besoin d'en tuer un… Peut-être que, lorsqu'il verrait la créature morte et brisée à ses pieds, il arriverait enfin à oublier la disparition de Paul et recommencerait à penser à sa propre vie. Peut-être…

Soudain, Roderik cessa de faire les cent pas et s'immobilisa. Ses épaules étaient voûtées et sa tête baissée, et Elaine distingua une pellicule de sueur luisante sur son visage. Il serrait les poings.

— Pourquoi ne revient-il pas ? marmonna Roderik. Pourquoi met-il si longtemps ?

— Nous ne l'attendons que depuis quelques minutes, mon chéri, dit doucement Elaine. Ne t'en fais pas, il ne tardera plus.

— Il fait chaud. (Roderik ne lui jeta pas un regard, ne paraissant même pas l'avoir entendue.) Si chaud… Et ce confinement… Je ne le supporte pas. Ces pièces sont beaucoup trop petites…

— Rod ?

— Il faut que je sorte d'ici. Il faut que je sorte de cette maison.

Elaine se leva et s'approcha rapidement de son époux pour lui prendre le bras. Roderik la dévisagea, les sourcils froncés, comme si elle lui disait quelque chose qu'il n'arrivait pas à replacer. Puis une lueur de lucidité passa dans ses yeux, et il tapota gentiment la main posée sur son bras.

— Je suis désolé, ma chérie. C'est la chaleur et l'attente. Je déteste être enfermé ici, dans cette maison.

— Ça ne durera que jusqu'à l'aube, Rod, lui rappela Elaine d'un ton rassurant. Ensuite, le sort se dissipera, et nous pourrons nous en aller.

— Je ne crois pas pouvoir attendre aussi longtemps. (Son mari la fixa d'un regard tendre mais étrangement distant.) Elaine, ma chérie… Quoi qu'il advienne, tu dois savoir que je t'aime. N'en doute jamais.

— Moi aussi, je t'aime, Rod. Ne dis plus rien. C'est la chaleur qui te travaille.

— Non. Ce n'est pas seulement la chaleur.

Soudain, une grimace tordit les traits de Roderik, et il ferma les yeux. Il se pencha brusquement en avant et s'enveloppa de ses bras. Elaine le saisit par les épaules pour l'empêcher de tomber.

— Rod, qu'y a-t-il ? s'affola-t-elle. Tu es malade ?

Il la repoussa avec force, et elle tituba en arrière. Plié en deux, il vacilla comme s'il allait s'écrouler.

— Fiche le camp d'ici ! Éloigne-toi de moi ! Je t'en prie !

— Rod, que se passe-t-il ?

— Ça fait mal… Ça fait si mal, Elaine ! Le clair de lune, dans ma tête… Fuis, Elaine, fuis !

— Non ! protesta sa femme. Je ne peux pas t'abandonner ainsi !

Alors, il tourna la tête vers elle et la fixa. Les yeux d'Elaine s'écarquillèrent, et sa bouche devint sèche. Roderik poussa un grognement sourd. Une odeur de fourrure âcre et musquée planait dans l'air. Elaine fit volte-face et s'élança vers la porte. Le loup-garou la rattrapa bien avant qu'elle l'atteigne.

Dans le salon, Stalker se versa un autre verre de vin et jeta un regard pensif à la pendule posée sur la cheminée.

— Ils ne se pressent pas beaucoup, hein ? Combien de temps faut-il pour trouver une dague et un bocal d'herbes ?

Hawk acquiesça.

— Pas si longtemps. Nous allons leur laisser encore quelques minutes et, s'ils ne reviennent pas, nous irons les chercher tous ensemble.

Stalker hocha la tête et sirota son vin en silence. Fisher continua à faire les cent pas devant la porte fermée du salon. Hawk ne put réprimer un léger sourire. Elle avait toujours eu un tempérament impatient. Dorimant s'était affalé sur une chaise, aussi loin que possible de Katherine. Il se tordait les mains dans son giron. De temps en temps, il jetait un coup d'œil au corps recouvert d'une nappe, puis détournait très vite la tête. Hawk fronça les sourcils. Dorimant ne tenait pas très bien le choc, mais qui aurait pu l'en blâmer ? La tension et l'incertitude commençaient à affecter tout le monde, et la nuit semblait ne jamais vouloir finir. Il fallait s'attendre à ce que quelqu'un craque d'un moment à l'autre. Hawk consulta la pendule et, inquiet, se mordit la lèvre inférieure. Gaunt aurait déjà dû revenir.

— Très bien, lança-t-il d'un ton brusque. Ça suffit. Allons voir ce qu'ils fichent. Tout le monde reste groupé. Quoi qu'il arrive, que personne ne s'éloigne seul.

Avant de se lever, Stalker ramassa son épée. Hawk ouvrit la bouche pour protester, puis se ravisa. Si les autres avaient été attaqués, il aurait besoin des talents de bretteur du héros pour maîtriser leur agresseur. Il se dirigea vers la porte, et Fisher l'ouvrit pour lui. De nouveau, il sourit en constatant qu'elle avait déjà son épée à la main. Lui-même dégaina sa hache et sortit du salon. La porte de la bibliothèque était entrebâillée, et le couloir complètement désert. Hawk le traversa, les autres sur ses talons. Il poussa la porte de la bibliothèque et se figea. Elaine Hightower gisait en une masse pitoyable sur le sol. Sa gorge avait été lacérée. Il n'y avait aucun signe de Gaunt ou de Roderik.

Hawk s'avança prudemment, en promenant son regard à la ronde. Fisher se plaça sur sa gauche en silence, la lumière de la lampe projetant des reflets dorés sur la lame de son épée. Stalker et Dorimant se positionnèrent derrière eux. Hawk se dirigea vers la porte du laboratoire et sentit ses poils se hérisser, comme il réalisait que le battant était entrouvert. Gaunt ne l'aurait jamais laissé ainsi de son plein gré... Soudain, un hurlement de loup s'éleva depuis l'intérieur de la pièce, suivi par un bruit de verre brisé et un craquement de bois. Hawk s'élança, ouvrit la porte d'un coup de pied et se rua dans le laboratoire.

Le loup-garou se jeta sur le succube. Ils roulèrent à terre, grognant et griffant. Dans leur lutte, ils heurtèrent une paillasse, qui se renversa sur eux. Des instruments d'alchimie tombèrent et se brisèrent. Hawk reporta très vite son attention sur le pentacle, à l'autre bout de la pièce. Ses lignes de craie bleue étaient brouillées, à demi effacées par endroits. Non loin de là, Gaunt gisait immobile sur le sol. Hawk se précipita vers lui et se laissa tomber à genoux, tout en surveillant du coin de l'œil le loup-garou et le succube, qui continuaient à se battre comme des enragés. Fisher et Stalker s'étaient immobilisés sur le seuil, l'épée à la main, bloquant la seule issue. Derrière eux, Dorimant observait toute la scène, les yeux écarquillés.

Le succube abattit ses griffes sur le loup-garou. De longues déchirures apparurent dans les flancs de celui-ci puis se refermèrent en quelques secondes. Soudain, une lumière dorée embrasa les yeux du succube, et des flammes rugirent autour du loup-garou. Mais même ce feu magique ne pouvait le consumer. Il se jeta de nouveau sur son adversaire, ses crocs et ses griffes creusant des sillons ensanglantés dans la peau parfaite. Le succube inclina brusquement la tête en avant et plongea ses crocs dans la gorge du loup-garou. Avec un hurlement de colère et de douleur, celui-ci la projeta au loin. Tous deux se redressèrent d'un bond et commencèrent à se tourner autour, cherchant une ouverture.

Fisher brandit son épée et voulut s'interposer, mais Hawk lui fit signe de rester où elle était. L'acier ne pouvait causer aucun dommage significatif à un loup-garou, et encore moins à un succube enragé. Près de lui, Gaunt s'agita faiblement. Hawk le saisit par l'épaule et le retourna sur le dos. Le sorcier présentait de vilaines coupures, mais, cela mis à part, il ne semblait pas trop mal en point. Hawk le secoua sans douceur. Il grogna et tenta de s'asseoir.

Le succube hurla. Hawk se retourna juste à temps pour voir le loup-garou lui arracher la gorge d'un claquement de mâchoires vicieux. Le plus horrible fut que le succube ne mourut pas. Elle resta debout où elle était, adossée au mur du laboratoire, tandis qu'un flot de sang dégoulinait le long de sa poitrine. Le loup-garou frappa de nouveau, et du sang vola dans les airs, mais le succube était toujours en vie. Alors, Gaunt prononça un Mot de Pouvoir. Elle s'affaissa en avant et tomba sans vie sur le sol. Le loup-garou renifla son corps immobile avec méfiance, puis pivota en grondant vers Fisher et Stalker, qui bloquaient toujours la seule issue.

— Il fallait que je le fasse, se justifia Gaunt. Elle était liée à moi. Elle ne pouvait pas mourir, à moins que je la laisse partir. Je ne supportais pas l'idée de la perdre, mais encore moins de la voir souffrir…

Des larmes coulaient sur ses joues, mais il ne parut pas les remarquer. Hawk le saisit par le bras et le força à se relever.

— La dague en argent, siffla-t-il. Avez-vous trouvé la dague en argent ?

Gaunt secoua la tête d'un air hébété.

— Non… Pas encore.

— Vous devez la trouver ! le pressa Hawk. Pendant ce temps, nous tâcherons d'occuper la bête.

— Oui. La dague. Je vais tuer cette créature.

Enfin, le regard du sorcier se focalisa comme il se ressaisissait. Il fixa durement le loup-garou accroupi près du succube mort.

— Qui est-ce ? Qui porte la marque de la bête ?

— Hightower, répondit Hawk. Le seigneur Roderik Hightower. Je reconnais ce qui reste de ses vêtements.

Gaunt acquiesça lentement et s'éloigna pour farfouiller dans les tiroirs d'une table toute proche. Le loup-garou le suivit des yeux, mais ne fit pas mine de l'attaquer. Sa fourrure hérissée était maculée de sang, une pellicule écarlate brillante recouvrait ses griffes et ses crocs.

— Mais comment… ? balbutia Dorimant. Comment Roderik peut-il être le loup-garou ? Il les hait : l'un d'eux a tué son fils…

— Exactement, acquiesça Hawk. Il les haïssait tant qu'il a consacré le reste de son existence à les traquer et les abattre. Au final, c'est devenu une obsession. C'est pour ça que l'armée l'a forcé à démissionner. D'après ce que j'ai compris, il n'en a jamais débusqué qu'un seul, mais ça a dû suffire. La créature l'aura probablement mordu.

— Et quiconque subit la morsure d'un loup-garou se changera en loup à la pleine lune suivante, récita Fisher. Pauvre bougre.

— Quelle ironie, commenta Stalker.

Il brandit son épée, et le loup-garou découvrit ses crocs.

— Mais pourquoi Roderik a-t-il voulu tuer tous ces gens ? protesta Dorimant. Ils étaient ses amis !

— Les loups-garous tuent parce qu'ils y sont obligés, expliqua Hawk. Lorsque la lune est pleine, une rage meurtrière emplit leur esprit jusqu'à ce qu'il ne reste plus que la bête. Les dieux seuls savent comment Hightower a réussi à se cacher aussi longtemps. Peut-être qu'il s'enfermait dans un endroit sûr chaque mois, jusqu'à ce que la lune soit entrée dans sa phase descendante et que ses accès de folie soient terminés.

— Puis nous l'avons emprisonné ici, ajouta Fisher. Avec quantité de victimes potentielles et sans aucun moyen de s'échapper.

— Ce n'est pas votre faute, déclara Stalker. Vous ne pouviez pas savoir. Maintenant, nous devons l'arrêter avant qu'il tue de nouveau.

— L'arrêter ? répéta Hawk. Il n'existe qu'une seule chose capable d'arrêter un loup-garou, et Gaunt n'est même pas sûr d'en avoir une. Le mieux que nous puissions espérer, c'est de le ralentir.

— Laissez-moi lui parler. Je le connais depuis plus de vingt ans. Peut-être m'écoutera-t-il.

Stalker baissa son épée et fit un pas en avant. Le loup-garou se ramassa sur lui-même et le fixa sans ciller. Il se tenait sur ses deux pattes postérieures comme un homme, enveloppé de lambeaux de vêtements d'homme, mais sa posture n'avait rien d'humain. Son corps mince et noueux était recouvert de poils drus et rêches. Ses pattes étaient des mains allongées, terminées par des griffes incurvées. Son museau étroit était garni de crocs acérés, et du sang dégoulinait du coin de ses babines. Ses yeux étaient d'un bleu saisissant, mais le regard non plus n'avait rien d'humain. Il poussa un grognement menaçant, et Stalker s'immobilisa.

— Pourquoi n'êtes-vous pas venu me parler ? demanda-t-il tout bas. J'aurais pu vous aider, Rod. J'aurais trouvé quelqu'un qui soit capable de lever la malédiction qui pesait sur vous.

Le loup-garou se redressa et s'avança en fléchissant avidement ses mains.

— Il ne vous entend pas, déclara Hawk. Il ne reste plus rien en lui que la bête.

Le loup-garou bondit. Stalker fit décrire un arc de cercle à son épée : la longue lame d'acier mordit dans la poitrine de la créature et en ressortit sans même la ralentir. La bête renversa Stalker et lui arracha son arme. Stalker la saisit par la gorge et lutta pour maintenir les redoutables mâchoires à l'écart de son cou. Les halètements rapides du loup-garou lui giflaient la figure, charriant une dense puanteur de sang frais et de viande pourrie. Fisher s'avança et plongea son épée entre les côtes de la créature. Celle-ci hurla de rage et de douleur. Fisher dégagea son épée pour lui porter un nouveau coup, et jura en voyant la plaie se refermer aussitôt.

Hawk se rua sur le loup-garou en brandissant sa hache à deux mains. La lourde lame s'enfonça profondément dans l'épaule de la bête, pulvérisant sa clavicule. Le loup-garou tenta de reculer, mais Stalker s'accrochait à lui de toutes ses forces. Fisher frappa encore et encore. La bête enfouit ses griffes dans la poitrine de Stalker pour lui faire lâcher prise. Hawk ramena sa hache en arrière. À cet instant, le loup-garou parvint à se dégager et recula d'un bond, hors de portée de ses adversaires. Une plaie déchiquetée balafrait son épaule, mais elle ne saignait pas. Il y eut une série de légers craquements alors que les os brisés se ressoudaient, puis la blessure se referma et disparut. *Nous ne parviendrons pas à l'arrêter*, songea Hawk comme dans un brouillard. *Nous ne pouvons absolument rien faire pour l'arrêter.*

Le loup-garou baissa sa tête poilue et bondit. Hawk et Fisher se raidirent, prêts à frapper. Stalker chercha son épée du regard, mais elle avait glissé trop loin de lui. Le loup-garou visait sa gorge. Stalker plongea sous lui avant qu'il atterrisse et l'éventra avec une dague tirée de sa botte au dernier moment. La bête s'écrasa lourdement sur le sol, en hurlant d'une voix presque humaine.

Avant que la plaie puisse se refermer, Stalker laissa tomber sa dague, se pencha sur la créature, la saisit fermement par le cou et la queue et la souleva au-dessus de sa tête. Le loup-garou rua et se débattit, mais ne parvint pas à se libérer. Stalker le tint en l'air, ses muscles saillant sous l'effort. De la sueur dégoulinait sur son visage, mais il ne lâcha pas la bête. Tant que celle-ci ne pouvait atteindre personne, elle ne constituait pas un danger. Une vive douleur transperça les bras et la poitrine de Stalker, qui refusa pourtant de céder. Il ne lâcherait pas. Hawk et Fisher le fixaient avec une expression où se mêlaient stupeur et respect. C'était le Stalker dont on chantait les louanges dans tout le pays, le légendaire héros qui n'avait jamais connu la défaite.

Puis Gaunt s'avança, une dague d'argent brillant dans sa main. Stalker mobilisa ses dernières forces pour projeter le loup-garou à terre. Sonnée par l'impact, la bête ne put se ressaisir tout de suite, et Gaunt en profita pour lui plonger sa dague dans la poitrine, sous le sternum. Il recula vivement, tandis que le loup-garou se tordait sur le sol.

La créature se traîna péniblement sur quelques dizaines de centimètres et se mit soudain à cracher du sang – un son discret et presque embarrassé, pareil à une excuse. Enfin, elle s'immobilisa et ferma les yeux. Sa chair ondula. Sa fourrure, ses crocs et ses griffes se rétractèrent lentement, et ses os craquèrent tandis qu'elle reprenait sa forme originelle. Lorsque tout fut terminé, il ne resta que le seigneur Roderik Hightower recroquevillé autour de la dague plantée dans son cœur. Gaunt s'agenouilla près de lui.

— Pourquoi ne nous avez-vous rien dit, Rod ? demanda-t-il doucement. Nous étions vos amis, nous aurions trouvé un moyen de vous aider.

Hightower ouvrit les yeux et fixa le sorcier. Il esquissa un léger sourire. Il avait encore du sang sur les lèvres.

— J'aimais être un loup. Je me sentais à nouveau jeune et fort. Elaine est-elle morte ?

— Oui. Vous l'avez tuée.

— Ma pauvre Elaine. Je n'ai jamais réussi à lui dire…

— Vous auriez dû nous en parler, Rod, insista Gaunt.

Hightower haussa un sourcil avec lassitude.

— Vous auriez dû nous parler de votre succube, mais vous ne l'avez pas fait. Nous avons tous nos secrets, Gaunt. Certains sont plus faciles à gérer que d'autres.

Le sorcier acquiesça lentement.

— Pourquoi avez-vous tué William, Rod ?

Hightower eut un rire silencieux.

— Ce n'était pas moi, dit-il à voix basse.

Puis il mourut.

Gaunt se redressa péniblement et dévisagea les autres.

— Je ne comprends pas, murmura-t-il. Pourquoi nous a-t-il menti ? Il savait qu'il allait mourir.

— Il n'a pas menti, affirma Hawk. (Tous les regards se tournèrent vers lui, et il eut un sourire grimaçant.) Depuis le début, je répétais que cette affaire n'avait pas de sens et j'avais raison. Les faits ne collaient pas parce qu'il n'y avait pas un seul assassin, mais deux.

7

Un mal caché

Le salon paraissait plus grand, à présent qu'il restait si peu de gens pour l'occuper. La chaise sur laquelle reposait le corps de Katherine avait été poussée dans le fond de la pièce. La silhouette immobile, recouverte d'une nappe, était affaissée sur elle-même tel un fantôme endormi. Les deux gardes et leurs suspects s'étaient assis en demi-cercle devant l'âtre vide. Ils s'observaient les uns les autres en silence, d'un regard las et méfiant. Hawk et Fisher s'étaient placés côte à côte. Hawk fronçait pensivement les sourcils tandis que Fisher dévisageait tour à tour chacun des hommes, son épée posée en travers des genoux.

Assis sur le bord de sa chaise, Dorimant s'épongeait le visage avec un mouchoir. La chaleur semblait avoir empiré, et il régnait dans le salon une atmosphère étouffante. Gaunt se tenait très droit sur son siège, fixant le vide. Il n'avait pas prononcé un mot depuis qu'ils étaient ressortis du laboratoire. Stalker lui tendit un verre de vin, qu'il contempla d'un air morne. Stalker dut l'encourager pour qu'il avale la première gorgée, mais ensuite le sorcier continua à boire mécaniquement jusqu'à ce que son verre soit vide. Stalker remarqua la mine désapprobatrice de Hawk et se pencha vers lui avec une mine de conspirateur.

— Ne vous inquiétez pas, dit-il tout bas. Le vin contient un sédatif puissant. Laissons-le dormir, ce sera le meilleur moyen pour lui de surmonter le choc.

Hawk acquiesça lentement.

—Vous devez être très doué pour les tours de passe-passe, sire guerrier. Je ne vous ai pas vu verser quoi que ce soit dans son verre.

Stalker grimaça.

—Normal : je n'ai rien versé. C'est une variante de mon sort de transformation de l'alcool, sauf que, cette fois, je m'en suis servi pour changer une partie du vin en sédatif. Simple, mais efficace.

Hawk hocha la tête pensivement, et Stalker se radossa à sa chaise. Il jeta un coup d'œil à la pendule posée sur la cheminée, puis reporta son attention sur Hawk.

—Le temps qui vous était imparti touche à sa fin, capitaine. Dans moins d'une demi-heure, l'aube se lèvera, et le sort d'isolement se dissipera. Si Hightower a dit la vérité, vous n'avez plus beaucoup de temps pour démasquer le second assassin.

—Je n'en ai pas besoin, répliqua calmement Hawk. Je connais son identité.

Tous les autres sursautèrent et le fixèrent, Fisher la première.

—Tu es sûr de toi, Hawk ? s'inquiéta-t-elle. Nous ne pouvons pas nous permettre de nous tromper.

—Oui, je suis sûr de moi. Les pièces du puzzle se sont enfin mises en place. J'avais plus ou moins deviné le qui et le pourquoi depuis un moment, mais je ne comprenais pas le comment… Et sans ça, je ne pouvais pas porter d'accusation.

—Mais maintenant, tu sais ?

—Oui.

Hawk regarda autour de lui sans se presser, laissant croître la tension qui régnait déjà dans la pièce. Stalker le dévisageait avec intérêt, une main posée sur le pommeau de son épée. Perché sur le bord de sa chaise, Dorimant se pencha avidement en avant. Gaunt resta affalé sur son siège, les paupières déjà lourdes du sédatif que Stalker venait de lui administrer. Fisher fixait impatiemment son partenaire, et Hawk décida qu'il vaudrait mieux ne pas la faire trop attendre.

—Commençons par récapituler les faits, suggéra-t-il. Cette affaire a été très compliquée, d'autant plus que nous étions dès le début en présence de deux assassins, qui travaillaient séparément et possédaient des mobiles bien distincts. C'est pour cela que le sort de vérité n'a pas fonctionné. J'ai demandé à chacun des suspects s'il avait tué Blackstone et Bowman. Et bien entendu, chaque assassin a pu répondre non sans mentir, puisqu'il n'avait tué qu'un seul des deux hommes.

» Le premier assassin était évidemment le seigneur Hightower. Sous l'influence de la pleine lune, sa rage meurtrière l'a poussé à se changer en loup et égorger Edward Bowman. Le choix de sa victime fut un pur hasard. S'il n'avait pas croisé Bowman sur le palier, il aurait sans aucun doute trouvé quelqu'un d'autre à attaquer. Il a tué sa seconde victime, la sorcière Visage, pendant que sa femme était dans la salle de bains. Je pense qu'il l'a fait délibérément. Visage avait senti quelque chose de bizarre après le meurtre de Bowman, et, s'il lui avait laissé le temps d'y réfléchir, elle aurait peut-être fini par identifier cette odeur. Donc, il s'est débarrassé d'elle quand il en a eu l'occasion. Le temps qu'il se retrouve seul avec sa femme, dame Elaine, dans la bibliothèque, sa rage meurtrière avait pris une telle ampleur qu'il ne pouvait plus la contrôler. Elle a dû le submerger. C'est déjà un miracle qu'il ait pu la combattre et rester humain aussi longtemps.

» Mais, simultanément, un autre assassin se mouvait parmi nous : l'homme qui avait tué William Blackstone et sa femme Katherine. Là encore, l'affaire a été compliquée par des facteurs extérieurs. Pour commencer, nous nous sommes laissé égarer par le fait que la porte avait apparemment été verrouillée de l'intérieur. Une fois que Katherine a avoué avoir menti à ce sujet et poignardé le cadavre de son mari pour nous induire en erreur sur la cause de sa mort, la situation s'est quelque peu éclaircie. Le verre trouvé dans la chambre de Blackstone m'intriguait. Le vin qu'il contenait devait avoir été empoisonné, mais Gaunt nous a juré qu'il était inoffensif. Il en a même goûté un peu pour nous le prouver. Puis quelqu'un a fait disparaître ce verre, prouvant qu'il avait contribué d'une façon ou d'une autre à la mort de Blackstone. Sinon, pourquoi se serait-on donné la peine de revenir le chercher ?

— Donc, William a bien été empoisonné ? interrogea Dorimant.

— D'une certaine façon. Le poison l'a tué, mais en réalité il est mort par magie.

—C'est impossible ! aboya Gaunt. (Il lutta pour se redresser et foudroya Hawk du regard.) William portait toujours l'amulette que Visage avait fabriquée pour lui. C'était une amulette fonctionnelle, je l'ai testée personnellement. Tant qu'il la portait, aucune magie ne pouvait produire d'effet autour de lui.

—Exactement, acquiesça Hawk. Et c'est pour ça qu'il est mort.

Gaunt le fixa d'un air confus, et les flammes diminuèrent dans ses yeux comme le sédatif reprenait son emprise sur lui. Hawk dévisagea rapidement ses autres auditeurs. Dorimant était tellement penché en avant que c'était un miracle qu'il ne soit pas encore tombé de sa chaise. Stalker fronçait pensivement les sourcils. Et Fisher l'observait avec l'air de vouloir le tailler en pièces s'il ne poursuivait pas très vite son récit.

—C'était un plan très astucieux, reprit-il. Comme il n'y avait aucune trace de poison, nous aurions sans doute imputé le décès de Blackstone à des causes naturelles si Katherine n'était pas intervenue. Comment est-il donc mort, me demanderez-vous ? La clé du mystère réside dans l'amulette et le verre de vin. L'assassin a pris un verre de poison et jeté un sort de transformation dessus, de sorte qu'il devienne un verre de vin ordinaire. Puis il l'a donné à Blackstone. Mais dès que celui-ci a porté le verre à ses lèvres, son amulette a annulé la transformation, et le vin est revenu à son état naturel et létal.

» Blackstone a dû mourir peu de temps après avoir pénétré dans sa chambre. Il s'est effondré en lâchant son verre. Celui-ci a roulé sur le sol ; ce faisant, il est sorti de la zone d'influence de l'amulette, et le poison est redevenu du vin. Voilà pourquoi Gaunt a pu le goûter sans en être affecté. Plus tard, l'assassin s'est rendu dans la chambre de Blackstone et a fait disparaître le verre. Il savait qu'un examen poussé révélerait la véritable nature du vin. Si tout s'était passé comme prévu, et si nous avions conclu que Blackstone était mort d'une crise cardiaque, il aurait probablement échangé le verre originel contre un autre, contenant du vin ordinaire. Mais en les circonstances, le temps a dû lui manquer.

—Très ingénieux, commenta Gaunt en clignant des paupières tel un hibou.

—En théorie, oui, acquiesça Dorimant. Mais en pratique, cela aurait-il pu marcher ?

—Oh, que oui, déclara Gaunt. Ç'aurait marché. Et c'est pour ça que Katherine devait mourir. Juste avant que Visage soit attaquée, elle tentait de se rappeler qui avait donné son dernier verre de vin à William. Elle était sûre d'avoir vu la personne, mais elle ne se souvenait pas de qui il s'agissait. Elle devait mourir, parce que l'assassin craignait qu'elle l'identifie.

—Tout à fait. Donc, nous avons établi de quelle manière William Blackstone est mort, résuma Hawk. Venons-en maintenant aux suspects. Gaunt, Dorimant, Stalker. Trois hommes, mais un seul d'entre eux disposait à la fois des moyens, de l'opportunité et d'un mobile.

» Gaunt aurait pu lancer le sort de transformation sur le vin. Il était au courant pour l'amulette, et il est à la fois sorcier et alchimiste. Mais il avait aussi un succube, avec tout le pouvoir et les capacités qu'elle lui octroyait. S'il avait voulu tuer Blackstone, il aurait pu le faire sans courir le risque qu'on remonte jusqu'à lui. Il n'aurait certainement pas commis le meurtre sous son propre toit ; une enquête aurait révélé la présence de son succube, et c'était bien la dernière chose qu'il souhaitait.

» Dorimant… Je me suis longtemps interrogé à votre sujet. De toute évidence, vous étiez très attaché à Visage, et la jalousie peut constituer un mobile puissant. Si vous aviez cru que Blackstone se dressait entre elle et vous… Mais vous n'y connaissez rien en magie. Vous ne saviez même pas comment fonctionne un sort de vérité.

Hawk se tourna lentement vers Stalker.

—Ça ne pouvait être que vous, Stalker. Vous avez utilisé votre tour de transformation du vin une fois de trop. Neutraliser l'alcool était une chose. J'aurais pu la laisser passer, mais changer le vin en sédatif pour Gaunt fut une erreur. Lorsque j'ai vu ça, toutes les pièces du puzzle se sont soudain emboîtées. Je me demandais pourquoi Blackstone avait accepté ce dernier verre de vin, après avoir déclaré qu'il avait assez bu pour la soirée. Il l'a pris parce que vous lui avez assuré que vous aviez lancé votre sort pour en neutraliser l'alcool. Par ailleurs, lorsque Visage a été tuée sur le palier, vous avez été l'un des derniers à quitter le salon. Autrement dit, vous avez eu tout le temps de tuer Katherine pendant que l'attention des autres était distraite.

» C'est l'absence de mobile qui m'a longtemps perturbé, jusqu'à ce que j'apprenne que vous étiez un DeFerrier. Le prochain projet de Blackstone aurait consisté à s'attaquer à la prostitution infantile et ses partisans. Fisher et moi nous efforcions justement de démanteler un de ces réseaux, avant qu'on nous rappelle pour nous lancer à la poursuite du vampire de Chandler Lane. D'après la rumeur, on nous a dessaisis de l'affaire parce que nous nous rapprochions trop d'un des principaux clients, un homme influent et hautement respectable qui adorait abuser des enfants. Les DeFerrier ont toujours été portés là-dessus, n'est-ce pas ? Nous ne saurons jamais exactement combien d'enfants ils ont torturés et tués au cours de leurs rituels de magie noire.

» C'était vous le client, Stalker. Vous, qui nous avez fait enlever l'affaire. Et c'est pourquoi vous avez dû tuer Blackstone. Durant ses investigations, il avait découvert votre goût pour la prostitution infantile et il allait vous dénoncer à la Garde, dès qu'il aurait eu des preuves concrètes contre vous. Et il aurait fini par en trouver. Oh, vous avez essayé de discuter avec lui ; vous lui avez promis tout ce qu'il voudrait, mais Blackstone était un homme honnête. Vous ne pouviez pas l'acheter et vous ne pouviez pas l'intimider. Alors, vous l'avez éliminé. Vous ne pouviez pas lui laisser révéler au monde quel genre d'homme vous étiez réellement. Ça aurait détruit votre réputation et votre légende – les seules raisons de vivre qui vous restent.

» Vous avez dû beaucoup vous casser la tête pour planifier ce meurtre, n'est-ce pas ? C'est vous qui avez indiqué à Visage de quelle façon fabriquer l'amulette. Quelle ironie… En la portant, Blackstone a involontairement collaboré avec son propre assassin. Sans Katherine, vous auriez pu vous en tirer, et votre sale petit secret serait resté enfoui à jamais. Adam Stalker, je vous arrête pour le meurtre de William et Katherine Blackstone.

Pendant un long moment, personne ne dit mot. Puis Stalker se mit à glousser.

— J'avais bien dit que vous étiez bon. Vous avez tout décortiqué du début jusqu'à la fin. Sans cette garce de Katherine... J'avais oublié combien elle était coriace. Elle a toujours eu un esprit supérieur, et elle était diablement bonne comme actrice. Si elle n'avait pas essayé de brouiller les pistes, vous ne m'auriez jamais soupçonné. Mais peu importe. Il est hors de question que je passe en jugement.

Hawk plongea sur le côté alors que Stalker se jetait brusquement sur lui, l'épée à la main. Il roula sur lui-même à l'instant où l'épée de son agresseur fendait le dos de sa chaise et se redressa d'un bond en dégainant sa hache. Fisher aussi s'était levée et elle brandissait son épée. Gaunt et Dorimant ne purent que regarder, bouche bée, tandis que Stalker dégageait son arme, renversait sa chaise d'un coup de pied et reculait rapidement.

— Vous avez de bons réflexes, Hawk, le félicita-t-il. Mais ça ne vous servira à rien contre moi. Le seul qui aurait pu m'arrêter était Gaunt, et mon sédatif l'en empêchera. Dans quelques minutes, le sort d'isolement va se dissiper, et je pourrai m'en aller. La Garde ne trouvera rien d'autre qu'une maison pleine de cadavres, et je serai déjà loin. Ce ne sera qu'un mystère non résolu de plus. Haven en regorge.

— Vous n'irez nulle part, cracha Fisher en agitant son épée.

— Vous croyez pouvoir m'arrêter, fillette ?

— Pourquoi pas ? J'ai déjà réglé leur compte à des adversaires plus redoutables que vous.

Stalker lui adressa un sourire condescendant et s'avança, son épée longue étincelant tandis qu'elle dessinait un arc de cercle dans les airs. Fisher campa ses pieds dans le sol et para le coup, qui lui arracha un grognement. L'épée de Stalker était lourde, et Stalker lui-même, aussi costaud que l'affirmaient les légendes. Elle voulut entailler sa jambe découverte, mais il contra aisément. Hawk s'approcha à son tour en brandissant sa hache. De sa main libre, Stalker empoigna une chaise et la lui jeta à la tête. Un des pieds de la chaise l'atteignit à la tempe et il s'effondra, sonné. Fisher bondit sur Stalker. Celui-ci ne fit pas un geste de recul ; pire encore, il prit rapidement l'avantage, et ce fut Fisher qui dut battre en retraite à travers la pièce, bloquant ses coups avec difficulté et guettant une ouverture dans sa défense qui ne se présenta jamais. Elle était douée pour le maniement de l'épée, mais Stalker était meilleur.

Des étincelles jaillirent et moururent dans l'air immobile, tandis que le fracas de l'acier contre l'acier emplissait le salon. Hawk se releva et secoua la tête pour s'éclaircir les esprits. Stalker se rembrunit. Il ne pouvait pas les combattre tous les deux à la fois, et il le savait. Soudain, il pivota et fit mine d'attaquer Dorimant. Le malheureux se recroquevilla sur sa chaise. Fisher se jeta entre eux pour bloquer le coup. Au dernier moment, Stalker fit volte-face et lui lança son pied dans le creux du genou. Fisher s'écroula alors que sa jambe cédait sous elle. Elle poussa un grognement de douleur. Stalker ramena son épée en arrière pour l'achever. À cet instant, Hawk se jeta sur lui en brandissant sa hache, et Stalker fut forcé de reculer.

Stalker et Hawk se battaient pied à pied, leurs lames dansant si vite que l'œil ne parvenait pas à les suivre dans la lumière des lampes. Épée et hache se levaient et s'abattaient, tranchaient, paraient et ripostaient, sans que quiconque réclame ou fasse de quartier. Le rythme était trop infernal pour qu'ils puissent le soutenir longtemps. Stalker essaya tous les sales tours et les bottes traîtresses qu'il connaissait, mais aucun d'eux ne fonctionna sur Hawk. À la fin, il se sentit ralentir, et le désespoir le gagna. Comme il recourait à la même feinte une fois de trop, Hawk pénétra sa garde et fit voler son épée de sa main. Stalker tituba en arrière, serrant contre lui sa main blessée. Il s'adossa au mur, haletant.

— J'avais dit que vous étiez bon, Hawk. Il y a dix ans, vous n'auriez pas pu me toucher… Mais c'était il y a dix ans. (Il marqua une pause, le temps de reprendre son souffle.) Ce n'est pas vraiment ma faute, vous savez. Vous ne pouvez pas imaginer ce que c'était de grandir dans cette maison, de voir les choses que faisait ma famille… Quelle chance ai-je jamais eue ? Ils étaient tous vils, pourris jusqu'à la moelle, et ils ont tenté de me corrompre aussi. Je n'ai pas pu les en empêcher : je n'étais qu'un enfant. Alors, je me suis enfui. Et je suis devenu un héros pour aider les autres, parce qu'il n'y avait eu personne pour m'aider lorsque j'en avais eu besoin. Mais j'étais quand même souillé. J'ai lutté, lutté pendant des années. Mais la corruption était trop forte, et moi trop faible. J'ai même tenté d'acheter cette maison, afin de la brûler et rompre l'emprise qu'elle avait sur moi. Mais Gaunt a refusé de me la vendre. Ce n'est pas ma faute. Rien de tout cela n'est ma faute. Je n'ai pas choisi d'être… ce que je suis.

— J'ai vu ce que vous avez fait à cette gamine, dans le bordel au-dessus de *La Tête de Bourrin*, répliqua Hawk. Je me serais suicidé plutôt que d'en arriver là.

Stalker acquiesça lentement.

— Je n'ai jamais eu ce courage. Jusqu'à maintenant. Je vous ai dit que je ne passerais pas en jugement.

Avant que Hawk puisse réagir, il tira une dague de sa botte, la retourna contre lui et se la plongea profondément dans le cœur. Il tomba à genoux, leva un regard triomphant vers Hawk, puis bascula en avant et cessa de bouger. Hawk s'avança prudemment et le poussa du bout de sa botte. Il n'y eut aucune réaction. Il s'accroupit et chercha le pouls de Stalker. Il n'y en avait pas. Le héros légendaire était mort.

— C'est fini, dit Dorimant. C'est fini.

— Oui, acquiesça Hawk en se relevant avec lassitude. Je pense que oui. (Il jeta un coup d'œil à Fisher.) Ça va, ma belle ?

— Je survivrai, répondit Fisher d'un ton sec, en fléchissant sa jambe endolorie.

— C'était l'un des meilleurs, lâcha Dorimant en fixant tristement le cadavre de Stalker. Je ne l'ai jamais aimé, mais je l'ai toujours admiré. C'était l'un des plus grands héros que les Bas Royaumes aient jamais produits. Il a vraiment fait la plupart des choses que décrivent les légendes.

— Je sais. C'est pour cela que nous allons dire que Hightower est responsable de toutes les morts survenues ici. Personne ne pourrait blâmer un loup-garou. Haven a besoin de légendes comme Stalker plus qu'elle n'a besoin de la vérité, déclara Hawk.

Dorimant hocha la tête.

— Je suppose que vous avez raison. Le passé d'un homme devrait être enterré avec lui.

Il y eut un brusque soubresaut comme la maison semblait s'enfoncer de quelques centimètres. La tension subtile qui planait dans l'air s'évanouit.

— Le sort d'isolement, devina Fisher. Il a pris fin. Fichons le camp d'ici.

Ils se tournèrent vers Gaunt, qui dormait paisiblement dans sa chaise.

— Allez-y, enjoignit Dorimant aux deux gardes. Je vais rester jusqu'à ce qu'il se réveille. Il faut bien que quelqu'un le mette au courant de l'histoire que nous allons tous raconter. Et puis… (Il soutint les regards de Hawk et Fisher.) J'avais promis à Visage de veiller sur elle. Je ne veux pas la laisser seule ici en compagnie de tous ces étrangers.

— Très bien, acquiesça Hawk. Nous n'en aurons pas pour longtemps. Qu'allez-vous faire, maintenant que Blackstone est mort ?

— Je trouverai bien quelque chose, grimaça Dorimant. À défaut d'un travail, cette histoire devrait me valoir des invitations à dîner pendant plusieurs mois.

Ils rirent, puis Hawk et Fisher firent leurs adieux et sortirent du salon. Ils longèrent le couloir sans se presser. Hawk hésita un moment, puis ouvrit la porte d'entrée. Une brise fraîche s'engouffra dans la maison, dissipant la chaleur de cette longue nuit. Le soleil s'était levé ; des nuages au ventre chargé de pluie planaient dans le ciel matinal, et on décelait même un semblant d'humidité dans l'air. Pendant un moment, Hawk et Fisher demeurèrent immobiles sur le seuil, savourant la fraîcheur de la brise.

— C'était en partie la faute de la chaleur, déclara Fisher. Elle fait ressortir le pire des gens.

— Ouais. Mais seulement s'il y a un pire à faire ressortir, répliqua Hawk. Viens, ma belle, allons-y.

Ils refermèrent la porte derrière eux, sortirent de la propriété et descendirent la pente raide qui allait les ramener dans le cœur obscur de la ville. Même dans la lumière d'un jour nouveau, Haven était une ville sombre.

Les jeux sont faits

Les aventures de Hawk & Fisher – livre deux

Traduit de l'anglais (Grande-Bretagne) par Cédric Perdereau

1

Les hommes creux

Toutes les villes ont besoin de sang. Certaines, conservatrices, se satisfont en pratiquant la chasse à l'ours ou le combat de coqs. D'autres emploient des gladiateurs et des arènes. La distraction favorite de Haven est bien plus sale et sanglante. Il s'agit de politique.

La veille des élections, Haven baignait dans l'excitation. L'heure était aux banderoles et aux défilés, aux discours et aux festivités, avec parfois une belle émeute traditionnelle pour clore la journée. Dans les rues bondées, les tire-laine et autres détrousseurs s'en donnaient à cœur joie. Les taverniers remplissaient leur bourse et leur établissement sans discontinuer. Cette épidémie de fièvre électorale avait interrompu le travail pour tout le monde. Tout le monde sauf les gardes, qui devaient travailler double pour empêcher Haven de se transformer en bataille rangée. Ou au moins retarder l'inévitable.

L'automne était des plus cléments, avec des journées tièdes et des nuits délicieusement fraîches. Une petite brise d'océan apportait juste assez de pluie pour que les gens apprécient les moments de beau temps. L'idéal pour se détendre au grand air.

La conjonction électorale et climatique donnait des rues encore plus surpeuplées que pour une élection normale. Les paris donnaient l'effondrement total de la loi et de l'ordre avant le soir. Heureusement, la ville ne prévoyait que vingt-quatre heures pour ces élections. Plus, ça aurait été la porte ouverte aux problèmes. Sans parler de la guerre civile.

Hawk et Fisher, mari et femme, capitaines de la Garde, descendaient Market Street d'un pas assuré, et la foule s'écartait précipitamment devant eux. Malgré les nerfs surmenés et les humeurs échauffées, personne à Haven n'était assez stupide pour chercher des noises à Hawk et Fisher. Il existait des façons plus rapides et moins douloureuses d'en finir avec la vie.

Hawk était grand, brun et plus tout à fait aussi séduisant qu'autrefois. Un bandeau de soie noire dissimulait son œil droit, et une série de vieilles cicatrices courait sur le même côté, leur tracé pâle se détachant sur sa peau bronzée. Il portait une simple chemise de coton et un pantalon de la même étoffe. Et pour une fois, par-dessus, il s'était encombré de la pèlerine noire réglementaire. En règle générale, il préférait se passer de cette gêne, en cas de combat. Mais il y avait tant d'étrangers en ville pour les élections… Il la portait – avec peu de grâce et encore moins d'élégance – comme un insigne pour les prévenir. Hawk paraissait toujours un peu débraillé, et ses bottes en particulier étaient mal en point, mais un œil averti aurait remarqué qu'elles avaient été autrefois de fort belle facture. Il y avait beaucoup de rumeurs sur le passé de Hawk, et beaucoup de doutes quant à la légitimité de sa naissance, mais personne ne savait vraiment quoi que ce soit. Son passé était un mystère, ce qui lui convenait fort bien.

Dans l'ensemble, il ne ressemblait à rien. Il était tout en hauteur, noueux plutôt que musclé, et sa taille commençait à s'alourdir. Ses cheveux noirs lui arrivaient aux épaules, écartés de son front par une barrette d'argent. À tout juste trente ans, quelques mèches grises commençaient déjà à strier sa chevelure. Au premier abord, il ressemblait à n'importe quel spadassin sur le retour. Pourtant, peu de gens s'en tenaient à cette première impression. Tout son air, jusqu'à son visage couturé et son unique œil froid, rappelait à la prudence même le plus imbibé des ivrognes. Au lieu d'une épée, sa hanche droite portait une hache à manche court : une arme qu'il maniait avec une précision diabolique. Son passé lui avait donné de nombreuses occasions de s'entraîner.

Le capitaine Fisher marchait à ses côtés, reproduisant son allure et sa posture avec le naturel né d'un long partenariat. Isobel Fisher était grande – un mètre quatre-vingts au moins – et ses longs cheveux blonds lui tombaient jusqu'à la taille en une tresse épaisse, lestée à son extrémité par une boule d'acier poli. Entre vingt-cinq et trente ans, elle était plus jolie que belle. La dureté osseuse de son visage contrastait avec le bleu intense de ses yeux et la sensualité de ses lèvres pleines. Quelque chose dans son passé avait éliminé en elle toute faiblesse humaine, et cela se voyait. Comme Hawk, elle portait sous sa pèlerine le pantalon et la chemise réglementaires. Cette dernière, à moitié déboutonnée et aux manches retroussées, laissait entrevoir une poitrine généreuse et des bras aux muscles saillants couverts de cicatrices anciennes. Ses bottes élimées n'avaient pas dû être nettoyées depuis des années. Sa main reposait confortablement sur le pommeau de l'épée pendue à sa hanche.

Hawk et Fisher étaient connus dans tout Haven. D'une part, ils étaient honnêtes. Cela aurait suffi à les distinguer au sein de la Garde exploitée et sous-payée. Mais surtout, ils maintenaient l'ordre à tout prix. Hawk et Fisher arrêtaient les méchants, morts ou vifs. Surtout morts.

La présence de Hawk et Fisher rendaient les gens très respectueux des lois.

Ils savouraient la tiédeur du petit matin, tout en gardant un œil sur les vendeurs ambulants de Market Street. Pour les marchands de nourriture, ces élections étaient une aubaine. La clientèle ne tarissait pas non plus chez les vendeurs de souvenirs en tous genres et les conjurateurs plus ou moins louches, avec leurs charmes et amulettes bon marché. Les étals se succédaient sur les trottoirs, installations de bric et de broc ou affaires de famille avec tentures de soie et auvent perlé. Au milieu du brouhaha, les marchands les plus douteux rivalisaient de harangues extravagantes.

Partout, des vendeurs de boissons alcoolisées concurrençaient les tavernes avec l'enseigne traditionnelle : « Ivre pour un penny, ivre mort pour deux. » Les moins aventureux pouvaient préférer la bière offerte gracieusement par les Conservateurs. Dans l'ensemble, ils préféraient que les électeurs soient un peu éméchés le jour du vote – cela permettait de gagner des faveurs et d'enivrer des électeurs adverses. De son côté, la

Garde était très contente que la populace soit trop imbibée pour faire des émeutes.

Où que Hawk et Fisher regardent, les étals débordaient dans les ruelles transversales. Des drapeaux, des feux d'artifice, des masques et toutes sortes de curiosités à vendre, de qualité uniformément déplorable. Pour des souvenirs plus délicats, comme de la porcelaine fine ou des objets de verre artistiquement gravés de slogans, il fallait aller plus loin. Plus personne ne se rappelait l'époque où le Quartier Nord était chic. C'était à présent la partie la plus pauvre, la plus délabrée et la plus dangereuse de Haven. C'est pourquoi on y avait affecté Hawk et Fisher. À force d'honnêteté, ils s'étaient fait autant d'ennemis dans la Garde qu'en dehors.

Hawk considéra avec envie un étal de saucisses épicées. Si on oubliait les mouches, ça paraissait très appétissant. Fisher l'en détourna fermement.

— Non, Hawk. On ne sait pas avec quelle viande elles ont été faites. Tu ne peux pas te permettre de passer la journée accroupi avec le pantalon autour des chevilles.

Hawk éclata de rire.

— Tu as sans doute raison, Isobel. Tant pis. Si je me souviens bien, il y a une taverne, un peu plus loin à droite, qui fait un excellent homard pour deux.

— Il est trop tôt pour dîner.

— Bien, alors nous déjeunerons de homard.

— Tu grignotes trop, en ce moment, le tança Fisher. C'est merveilleux que tu puisses encore fermer ta ceinture.

— Tout le monde a besoin d'un passe-temps.

Ils avancèrent un moment en silence, à regarder autour d'eux. Les passants leur faisaient signe et souriaient, ou les ignoraient complètement. À tous, Hawk et Fisher adressaient le même hochement de tête détaché. Ils ne pouvaient pas se fier aux sourires, et le reste n'importait pas. L'attention de Hawk commença à vagabonder. Ils étaient à Haven depuis cinq ans, mais certains jours il avait l'impression d'y vivre depuis toujours. Son pays natal lui manquait, surtout en automne. Tout le Royaume de la Forêt devait se teinter de bronze et d'or. Les arbres se transformaient, les sons, les odeurs et les couleurs accompagnant les préparatifs de l'hiver. Hawk soupira et revint à la réalité : les maisons de pierre sales et les rues pleines d'immondices de Haven. Pour le meilleur ou pour le pire, il était devenu citadin.

Surpris par des explosions devant eux, Hawk porta la main à sa hache avant de comprendre. Des feux d'artifice, simplement. Les électeurs de Haven adoraient leur vacarme et leur démesure. De grandes traînées de couleurs ravivées par magie s'étalèrent dans le ciel, déployant sur les nuages les teintes d'une palette enfiévrée. Plusieurs feux d'artifice tentèrent même d'écrire dans le ciel, mais chaque lettre se retrouvait mêlée aux autres jusqu'à ne plus former que des lignes de charabia entrelacées. Les différentes factions se lassèrent bientôt et transformèrent ces feux d'artifice en artillerie. Il y eut des cris, un ou deux hurlements, mais heureusement les charges n'étaient pas assez puissantes pour occasionner de réels dégâts. Amusés, Hawk et Fisher les laissèrent se défouler. La foule, elle, n'y voyait qu'un autre type de distraction.

Un mouvement soudain attira le regard de Hawk. Au bout de la rue, la populace s'était détournée pour observer un autre spectacle. Déjà, les insultes et les encouragements fusaient.

— On dirait qu'il y a du vilain, soupira Hawk.

— En effet, confirma sa partenaire. Allons jouer les trouble-fête.

La masse humaine s'ouvrit à contrecœur devant eux, uniquement parce que les deux gardes brandissaient leurs lames d'acier. Hawk fronça les sourcils en voyant ce qui avait retenu l'attention de la foule. À l'intersection de deux rues, deux bandes rivales de colleurs d'affiches se battaient à coups de poing, de gourdins, ou de tout ce qui leur tombait sous la main. Les gens encourageaient les deux partis sans distinction et pariaient sur le résultat.

Pour un électorat massivement illettré, les grands partis politiques ne pouvaient pas exposer leur programme par écrit. Au lieu des pamphlets ou entretiens donnés à la presse, ils avaient recours à des réunions en plein air, des annonceurs publics et beaucoup d'affiches. Celles-ci étaient généralement simples, avec un slogan ou une insulte en très gros caractères. « Le conseiller Hardcastle fait son affaire avec les commerçants» était l'une des affiches les plus populaires du moment. Personne ne savait si c'était un slogan ou une insulte.

Ces affiches pouvaient apparaître n'importe où : sur les murs, les façades de boutiques, voire les passants les plus lents. Avec une bonne colle et sans incident, une bande d'afficheurs pouvait couvrir tout Haven en moins de deux heures. Malheureusement pour eux, les afficheurs passaient plus de temps à déchirer ou dégrader les affiches posées par les bandes rivales. De temps à autre, il fallait bien que deux bandes se croisent, et l'opposition politique s'exprimait de façon plus virile, au grand ravissement des passants. Haven aimait que sa politique soit simple et directe, voire brutale.

Devant les badauds, Hawk et Fisher observaient le combat. C'était une affaire d'amateurs, et l'on se poussait plus qu'on ne se frappait. Hawk avait comme une envie de les laisser faire et de passer son chemin. Les spectateurs restaient bon enfant, et la rixe ne risquait pas de se généraliser. Même, une bonne empoignade aidait à libérer un peu de pression. Mais quand quelques colleurs d'affiches tirèrent des couteaux, Hawk soupira, déçu. Ça changeait tout.

Il fit un pas en avant et précipita un type armé dans le mur. Il y eut un choc sourd, humide, et l'afficheur glissa à terre. Le suivant se retourna vers Hawk, prêt à frapper. Fisher l'assomma d'un coup de poing. Plusieurs amis des deux afficheurs s'avancèrent, puis se figèrent sur place en voyant le sourire mauvais et la hache de Hawk. Certains firent demi-tour et se retrouvèrent nez à nez avec Fisher, épée dressée. La rixe se dispersa d'elle-même à mesure que les adversaires se rendaient compte du problème. Hawk fit taire les quolibets de la foule d'un regard noir, et se retourna vers les afficheurs.

— Vous connaissez les règles, lança-t-il de but en blanc. Pas de couteaux. Maintenant, vous allez tous me vider vos poches. Allez, on se bouge, sinon c'est Fisher qui s'en charge.

Dans la bousculade, ce fut à qui retournerait ses poches le plus vite. Un tas de couteaux, de coups-de-poing et de petites matraques se forma sur le pavé. Et aussi un bon nombre de charmes, de porte-bonheur et babioles en tout genre, jusqu'à une tête rétrécie passée sur un lacet. Hawk regarda les afficheurs, dégoûté.

— Si vous ne voulez pas jouer gentiment, on ne vous laissera pas jouer du tout, c'est clair ? Et maintenant, foutez-moi le camp avant que je vous coffre pour vous apprendre à vivre. Un groupe part au nord, l'autre au sud. Si vous me refaites du grabuge aujourd'hui, je vous renvoie chez vous dans une urne. Allez, ouste !

Les afficheurs s'évaporèrent, emportant leurs blessés. La rixe n'avait fait comme victimes que quelques affiches froissées. Hawk envoya les armes dans l'égout en quelques coups de pied. Puis l'air aimable de Fisher dispersa la foule. L'incident clos, les deux gardes rangèrent leur arme et reprirent leur patrouille.

— Tu as une belle droite, Isobel.

— J'ai la force de dix hommes car mon cœur est pur.

— Ah bon ? Rien à voir avec le coup-de-poing sous ton gant, alors ?

— Je trouve qu'on a réglé tout ça de façon plutôt diplomatique, répondit la jeune femme avec un haussement d'épaules.

— Diplomatique ? s'étonna Hawk en haussant les sourcils.

— Bien sûr. Nous n'avons tué personne, après tout… (Hawk sourit, carnassier.) Si nous n'étions pas intervenus, cette bagarre aurait très bien pu dégénérer en émeute. Imagine le nombre de victimes… Depuis qu'on a annoncé la date de l'élection, il y a déjà eu cinq émeutes. Cinq, en deux jours ! Cette ville part à vau-l'eau, Hawk.

— Tu vois une grosse différence avec la semaine dernière, toi ?

Fisher eut un rire étranglé. Hawk sourit à son tour, sans humour.

— Je ne pense pas qu'ils auraient cherché l'émeute. Ils avaient déjà du mal à atteindre le niveau de trouble de l'ordre public. Il n'était pas *nécessaire* de leur rentrer dedans comme nous l'avons fait.

— Mais si, enfin. À Haven, la ville la plus violente et la moins civilisée des Bas Royaumes, si on veut maintenir le calme, il faut être plus dur que les autres.

— Je ne suis plus si certain d'y croire.

Ils marchèrent un moment en silence.

— C'est l'affaire Blackstone, hein ? finit par demander Fisher.

— Oui. La sorcière Visage serait sans doute en vie si Dorimant nous avait parlé plus tôt. Mais personne ne nous faisait confiance. Ils se sont tus parce qu'on leur faisait peur. Nous sommes depuis trop longtemps dans cette ville, Isobel. Je n'aime pas ce qu'elle nous a fait.

Fisher le prit par le bras.

— Cette ville n'est pas si différente des autres endroits où nous avons vécu, mon amour. Simplement, les gens se cachent moins.

Hawk soupira lentement.

— Tu as peut-être raison. Si nous avions arrêté ces colleurs d'affiches, je ne sais pas ce que nous en aurions fait. Les geôles sont pleines à craquer.

— Et il reste plus d'une demi-journée avant le vote. (Fisher secoua la tête.) À leur place, je remplacerais les élections par une vraie guerre civile, ça irait plus vite.

— Ha ! C'est ce qu'ils ont fait, il y a une quarantaine d'années. Ce sont les Réformateurs qui ont gagné. Du coup, suffrage universel dans tous les Bas Royaumes. De nos jours, la préparation des élections sert de soupape de sécurité. Une sorte de folie contrôlée, tolérée. Ils lâchent la pression, et la ville évite l'accumulation des tensions. Les vainqueurs de l'élection déclarent une amnistie générale et tout le monde retourne travailler normalement.

— C'est complètement dingue.

— Ça se passe comme ça, à Haven.

Ils marchèrent en silence, s'arrêtant parfois pour intimider un éventuel pickpocket ou prévenir un ivrogne qu'il commençait à faire trop de bruit. La foule s'affairait autour d'eux, chantant, riant et profitant au maximum de cette fête à moitié officielle. L'air était lourd d'épices, de vin et de feux de Bengale. Hawk et Fisher s'écartèrent pour laisser passer une fanfare conservatrice et ses banderoles militantes. Un homme massif, en cotte de mailles et portant un gourdin, s'approcha d'eux avec un seau pour la collecte. Les regardant de plus près, il changea d'avis et se dépêcha de suivre la fanfare. De son côté, la foule exprimait tout son amour de la liberté d'expression en lapidant le défilé à grands coups de fruits pourris et de crottin de cheval. Hawk regarda le groupe poursuivre sa route, le sourire inaltérable et les dents serrées. Où les Conservateurs avaient-ils pu dénicher ces idiots, prêts à risquer la traversée du Quartier Nord au mépris de leur vie ?

Enfin, les bannières étaient jolies.

— Je serai contente quand les élections se termineront, dit Fisher quand ils reprirent leur patrouille. Ça faisait des années que je n'avais pas travaillé aussi dur. Je ne pense pas avoir jamais vu autant de soudards, de bagarres et de harangueurs publics de ma vie. Ni autant de jeux de hasard truqués, d'ailleurs.

— N'importe quelle personne assez bête pour jouer à « Cherchez la Dame » dans cette ville avec un parfait inconnu mérite largement ce qui lui arrive, trancha Hawk. Et si l'on réfléchit, ce n'est pas si grave. Il faut bien quelques bagarres avant une élection. Mais, ici, presque personne ne porte d'épée ou de couteau. Tu sais, Isobel, je m'amuse presque. C'est tellement *fascinant*. J'avais déjà entendu parler des élections précédentes, mais je n'y croyais pas vraiment jusqu'à aujourd'hui. Les gens qui décident de leur propre avenir.

Fisher renifla avec dédain.

— Tout ça va mal finir. Le peuple peut voter tout ce qu'il veut, le pouvoir reviendra toujours aux mêmes personnes. Rien ne change jamais vraiment, Hawk. Tu devrais le savoir.

— C'est différent, ici, s'entêta Hawk. La Cause de la Réforme n'a jamais été si forte. Il y a une véritable chance pour qu'ils se retrouvent majoritaires au Conseil de Haven cette fois, s'ils arrivent à récupérer quelques sièges de la Marge.

Fisher le regarda.

— Tu t'es documenté, on dirait ?

— Bien sûr. C'est important.

— Non. Pas pour nous. Demain, nous aurons toujours les mêmes voleurs, les mêmes souteneurs et les mêmes usuriers dans le Quartier Nord. Quel que soit le vainqueur, les ateliers clandestins, le racket et les meurtres crapuleux perdureront. Nous sommes dans le cloaque de Haven, là où échoue la lie parce qu'elle ne peut pas tomber plus bas. Toutes les élections au Conseil ne résoudront jamais les problèmes de la ville.

Hawk se tourna vers elle, étonné.

— Tu m'as l'air fatiguée, ma fille.

— La journée a été longue, c'est tout…

— Isobel...

— Laisse tomber, Hawk. (Fisher lui décocha un sourire soudain.) Au moins, tant que le Quartier Nord sera debout, on ne manquera pas de travail.

Hawk et Fisher partirent vers Harbourside Promenade, via Martyr's Alley. Les élégantes devantures aux portes ouvragées et aux montants de fenêtres décorés remplacèrent rapidement les étals du marché. La qualité de la foule s'améliorait dans le même temps. La Promenade avait été « découverte » par la haute société et sa fortune prospérait à l'avenant. La petite aristocratie aimait prendre l'air sur la Promenade et s'y encanailler de façon mesurée. On pouvait acheter à la lisière de quoi rassasier les palais les plus blasés, et un gentleman avait tout à gagner à s'entourer de secret. Les jeunes filles rougissaient dès qu'elles sentaient l'arôme du scandale. Non qu'un gentleman osât jamais s'aventurer seul dans le Quartier Nord. Chaque membre de la haute société avait un petit groupe de gardes du corps et faisait bien attention à quitter le quartier avant la nuit.

Pendant la journée, la Promenade était un lieu de rencontre réputé pour les membres les plus aventureux de la haute société et attirait donc toutes sortes de parasites aux tenues voyantes. Tout cela permettait aux vendeurs de scandales et aux embobineurs en tout genre de prospérer. Hawk et Fisher les connaissaient presque tous de vue, mais ne firent rien pour intervenir. Si les gens étaient assez sots pour confier leur argent à de soi-disant entrepreneurs aux projets fantasques qui les regardaient comme un requin contemple un banc de poissons, c'était leur affaire. Hawk et Fisher étaient là pour s'assurer que tout se passait sans turbulence indue.

Pour sa part, l'aristocratie ignorait ostensiblement Hawk et Fisher. Ces deux gardes étaient connus dans Haven pour leur habitude de s'écarter souvent du rang où ils devraient rester. Les notables qui, par le passé, avaient essayé de leur rappeler leur place avaient été accueillis par des moqueries, voire par des coups. Ce qui expliquait sans doute que Hawk et Fisher aient passé ces cinq dernières années à patrouiller dans le pire quartier de Haven.

Le soleil brillait sur la Promenade, et la haute société avait éclos sous sa chaleur, comme autant de fleurs aux teintes excentriques. Des jeunes arborant les couleurs de tel ou tel parti aboyaient pour vendre la dernière édition des différents journaux locaux. Au programme, de nouveaux détails du passé des candidats, de nouvelles calomnies et des rumeurs sur leurs préférences intimes. Une brigade de jeunes garçons armés de pipeaux et de percussions remontait la Promenade derrière une banderole des Conservateurs haute en couleur. Hawk s'arrêta un moment pour écouter la musique, mais Fisher se lassa bientôt et ils reprirent leur marche. La Promenade et son activité guillerette cédèrent bientôt la place aux maisons élégantes et bien gardées de Cheape Side, où s'intercalaient les marchands de deuxième ordre. Attirés en bordure du Quartier Nord par les prix de l'immobilier, ils imprimaient peu à peu leur marque au quartier.

Les rues étaient assez propres, et les passants sobrement vêtus. Les maisons se dressaient en retrait de la rue elle-même, protégées par de hauts murs de pierre et des grilles de fer. Et bien sûr, une quantité raisonnable de gardes en armes. Les pires aspects du Quartier Nord n'étaient pas loin. Le coin était en général calme et réservé, mais même les marchands n'étaient pas immunisés contre la fièvre des élections. Partout, des affiches et des annonceurs publics expliquaient comment guérir tous les maux de Haven sans augmenter les taxes.

Hawk et Fisher s'arrêtèrent net au son d'un gong qui résonnait sous leur crâne. Le bruit mourut, remplacé par la voix sèche du sorcier qui se chargeait des communications pour la Garde.

— *Capitaine Hawk, capitaine Fisher, présentez-vous immédiatement au candidat de la Réforme James Adamant, au quartier général de sa campagne sur la Foire. Vous êtes affectés à la protection de sa personne et de son équipe pour la durée de l'élection.*

Une carte indiquant l'emplacement du quartier général s'imprima rapidement dans leur esprit, puis disparut avec la voix. Hawk secoua la tête.

— J'aimerais qu'ils cessent d'utiliser ce satané gong. Ça me transperce à chaque fois.

— Ils pourraient même se passer du sorcier, tant qu'à faire, renchérit Fisher. Je n'aime pas qu'on entre dans ma tête.

— Ça fait partie du boulot, ma fille.

— Pourquoi n'a-t-on pas gardé l'ancien système des coureurs qui portaient les messages ?

— Parce qu'on savait trop bien les éviter, ma chérie.

Fisher lui rendit son sourire. Ils remontèrent tranquillement Cheape Side et le dédale de ruelles appelé La Pagaille. On prévoyait régulièrement de rénover ce cœur historique de la ville. Pourtant, quand arrivait la période du budget, on l'oubliait systématiquement. L'endroit avait un certain charme désuet, si l'on faisait abstraction des mendiants et des estropiés. La Pagaille n'était pas plus pauvre que le reste du quartier, mais elle le montrait plus volontiers. Des silhouettes louches disparaissaient prestement derrière des portes neutres à mesure que Hawk et Fisher approchaient.

— Adamant, dit Fisher. Je connais ce nom-là…

— J'espère bien, répondit Hawk. La jeune étoile montante de la Réforme. Il se présente dans le quartier des Hauteurs, contre un Conservateur pur et dur, et il pourrait bien gagner. Le conseiller Hardcastle n'est pas vraiment populaire.

Fisher renifla, guère impressionnée.

— Si Adamant est si important, pourquoi nous le confie-t-on à nous ?

Hawk grogna. La dernière fois que Fisher et lui avaient été nommés gardes du corps, tout s'était passé de travers. Leur présence n'avait pas empêché qu'on commette sept meurtres, leur protégé étant du nombre des victimes. Hawk et Fisher avaient fini par coincer le tueur, mais cela n'avait pas suffi à sauver leur réputation auprès de leurs supérieurs. Non pas que Hawk ou Fisher s'en soucient. Les reproches de leur hiérarchie n'étaient rien par rapport à leurs propres remords. D'autant qu'ils vouaient une certaine affection à Blackstone.

— Eh bien, finit par dire Fisher. Toi qui voulais assister à une élection de près, on dirait que tu vas en avoir l'occasion.

— Oui. Et attends de voir Adamant à l'œuvre, Isobel. Il va te convertir.

— Tout ça finira mal, répondit Fisher.

Ils étaient à mi-chemin de Lower Bridge Street, non loin de l'entrée des Hautes Marches, quand Hawk remarqua le calme qui régnait autour d'eux. Il lui fallut un moment pour s'en rendre compte, mais le choc le sortit de ses pensées – il était déjà plongé dans leur nouvelle mission. Tout paraissait normal. Les mêmes étals qu'à l'habitude le long des murs, et la foule pressée et désordonnée. Mais les bruits atteignaient à peine le murmure. Les commerçants restaient sagement à leur place, attendant patiemment le client au lieu de lancer leurs harangues habituelles. Les passants allaient d'un étal à l'autre la tête penchée, les yeux baissés. Personne ne marchandait ou ne tentait d'intimider les vendeurs. Et surtout, plus étrange et plus inquiétant que tout, personne ne discutait. Les gens ne parlaient que lorsqu'il le fallait, à voix basse, comme s'ils avaient l'esprit ailleurs. Hawk s'arrêta, et Fisher se rangea à ses côtés.

— Oui, dit-elle. J'ai remarqué aussi. Qu'est-ce que c'est que ce manège ? J'ai déjà vu des enterrements où l'on s'amusait plus.

Hawk acquiesça, posant une main nerveuse sur sa hache. Plus il étudiait la scène qui se déroulait devant lui, plus elle devenait troublante. Pas d'orateurs aux coins des rues, pas d'annonceurs publics, et les rares bannières et affiches visibles claquaient timidement dans la brise, ignorées par la foule. Il aurait dû y avoir des conjurateurs de rue, des rémouleurs et des rétameurs ambulants, et tous les autres énergumènes qu'un marché attire. Mais il ne voyait que des badauds calmes et passifs, passant d'étal en étal d'un pas tranquille. Hawk regarda dans toute la rue, et, tout autour de lui, les fenêtres se répondaient comme autant d'yeux vides et idiots.

— Il s'est passé quelque chose, ici. Quelque chose de moche, commenta Fisher.

— Ça ne doit pas être si grave que ça, répondit Hawk. On en aurait entendu parler. Les nouvelles vont vite à Haven. Surtout quand elles sont mauvaises.

— Et pourtant il y a un problème. Un gros problème.

Hawk hocha la tête lentement. Ils reprirent leur progression dans la rue, la pèlerine rejetée sur l'épaule pour dégager leurs bras. Les gens s'écartaient devant eux sans croiser leur regard. Leurs mouvements étaient lents, imprécis, et étrangement synchronisés, comme si toute la population se déplaçait en rythme. Les poils se hérissèrent sur la nuque de Hawk. Il regarda tout autour de lui et se sentit soulagé en apercevant un visage familier.

Tom-les-Quilles était un monument de Lower Bridge Street. Les autres étals allaient et venaient, mais le sien était toujours là, au même endroit, proposant les meilleurs couteaux qu'on puisse trouver. Il vendait de tout, du couteau de cuisine à la paire de couteaux de duel, et se spécialisait dans les couteaux militaires, sous toutes leurs formes. Tom-les-Quilles avait perdu les deux jambes à l'armée et se déplaçait sur deux lourdes prothèses de bois qui ajoutaient au moins vingt-cinq centimètres à sa taille originelle. Hawk s'était mis en quatre pour s'en faire une bonne relation. Tom-les-Quilles savait toujours ce qui se préparait.

Hawk approcha avec une parole amicale qui mourut quand Tom-les-Quilles leva la tête et croisa son regard. Hawk crut un instant qu'un inconnu avait repris l'étal. Il reconnut rapidement le visage devant lui, mais les yeux de Tom-les-Quilles, d'un bleu calme et apaisant, étaient à présent sombres et perçants. Hawk ne l'avait jamais vu arborer un sourire aussi amer. Il se tenait même différemment, comme si son poids et sa corpulence avaient changé dans la nuit. Un autre n'aurait peut-être pas remarqué ces petites différences, mais Hawk ne s'y trompa pas. Il eut un signe de tête détaché pour Tom-les-Quilles et passa son chemin sans rien dire.

— Qu'est-ce que tu fabriques ? demanda Fisher.

— Tu n'as rien remarqué de différent chez lui ? répondit Hawk en regardant tout autour, l'air de rien.

— Il avait l'air un peu contrarié, admit la femme en fronçant les sourcils, mais il a peut-être eu une journée difficile, lui aussi.

— C'est pire que ça. Regarde autour de toi. Regarde leurs visages.

Les deux gardes traversèrent la foule silencieuse d'un pas prudent, et Fisher se sentit prise d'une impression d'irréalité en remarquant enfin ce dont Hawk parlait. Tous avaient les mêmes yeux sombres et perçants, le même sourire amer. Si le reste des visages était normal, tous se déplaçaient au même rythme, comme s'ils écoutaient la même chanson. C'était un vrai cauchemar, celui où l'on voit ses amis et ses proches se transformer soudain en inconnus froids et menaçants. Hawk passa la main discrètement sous sa chemise, pour toucher l'amulette d'os qu'il portait au cou sur une chaîne en argent. Ce simple charme appartenait au matériel réglementaire pendant une élection. Il détectait la présence de la magie et pouvait vous mener au responsable. Il était infaillible, mais d'une portée limitée. Hawk referma la main sur l'os sculpté, qui vibra comme un gong. Le garde jura dans sa barbe en retirant la main. Il savait à présent pourquoi tous ces gens avaient le même regard.

—Ils sont possédés. Tous.

—Oh, super, railla Fisher. Tu es bon en exorcisme ?

—Je n'ai jamais été très doué pour le latin…

—Sensationnel !

Ils avaient parlé à voix basse, presque en murmurant, mais la foule paraissait déjà remarquer qu'il y avait un problème. Les têtes se tournaient vers les gardes, et les gens commençaient à s'approcher. Tom-les-Quilles sortit de derrière son étal, un couteau dans chaque main. Fisher commença à reculer et découvrit qu'il y avait autant de gens derrière eux que devant. Elle tira son épée, mais Hawk posa la main sur le bras de sa partenaire.

—On ne peut pas utiliser nos armes, Isobel. Ces gens sont innocents. Ils sont victimes d'un sort.

—D'accord. Alors on fait quoi ?

—Je ne sais pas ! Je réfléchis.

—Alors réfléchis plus vite. Ils se rapprochent.

—Bon, ça ne peut pas être un démon, ou quelque chose qui se serait échappé de la rue des Dieux. Nos amulettes nous auraient prévenus bien avant si c'était si puissant. Non, ça doit être un sorcier étranger à la ville, amené pour faire pencher les votes dans le quartier.

—Je pense que nous avons un problème, Hawk. Ils ont bouché les deux extrémités de la rue.

—Nous ne pouvons pas les combattre, Isobel.

—Ah oui ? Pourtant, il va bien falloir…

La foule se referma autour d'eux. Les mêmes yeux sombres brillaient sur tous les visages, et chaque main tenait une arme. Hawk tira sa hache à contrecœur, réfléchissant à toute allure. Le sorcier devait être très près, pour contrôler tant de gens. Quand il y reposa la main, le morceau d'os taillé était brûlant. Hawk décrivit un cercle complet sur lui-même, et l'amulette se fit plus cuisante encore pendant un instant. Hawk sourit. Il suffirait de suivre la piste indiquée par l'amulette. Il se déplaça encore un peu pour tenter de déterminer la bonne direction, puis chargea, écartant la foule devant lui. Fisher lui emboîta le pas.

La foule tenta de résister, frappant avec des couteaux ou des gourdins ou des morceaux de verre brisé. Hawk parait la plupart des coups, mais ne pouvait pas les arrêter tous. Il siffla de douleur quand un couteau frotta contre ses côtes, mais résista au réflexe de riposter. Où qu'il regardât, il voyait le même sourire tordu, les mêmes yeux furieux. Les possédés s'écrasaient contre Hawk et Fisher en une marée sans fin d'hommes et de femmes creux. Les couteaux et les gourdins se levaient et retombaient avec une rage étrangère, et le sang mouchetait l'air calme du matin.

Hawk détala dans la rue, l'amulette de plus en plus chaude. Fisher le suivait et fit basculer une pile de tonneaux pour boucher l'entrée de la ruelle. À bout de souffle, les gardes s'adossèrent à un mur de briques. Hawk essuya d'une main hésitante la sueur et le sang qui lui maculaient le visage. Il sourcilla en voyant les coupures et les contusions que Fisher avait gagnées dans leur courte fuite.

— J'espère que tu réfléchis encore, dit Fisher d'une voix calme et posée. Ces tonneaux ne vont pas les retenir très longtemps.

— Le sorcier est dans les parages, dit Hawk. J'en suis sûr. L'amulette est presque en train de me rôtir la main.

Il y eut un grand tumulte au bout de la ruelle, quand les hommes creux écartèrent les tonneaux écroulés. La lumière se refléta sur les couteaux et les tessons de bouteilles. Hawk regarda autour de lui. Il y avait une porte sur sa droite, si jointive avec les briques qu'il faillit ne pas la voir. Il tenta de l'ouvrir, en vain. Il lança un coup d'œil à Fisher.

— J'y vais. Retiens-les aussi longtemps que tu pourras.

— Pas de problème. Mais tu sais, il va falloir que j'en tue un ou deux, pour ça.

— Fais comme tu le sens. Mais ne bouge pas de cette porte.

Fisher s'avança pour boucher la ruelle, et Hawk frappa la porte de sa hache. Elle mordit profondément dans le bois vermoulu, et Hawk dut utiliser toute sa force pour dégager la lame. Il entendait des pas traînants se rapprocher, et le bruit mat de l'acier qui mord dans la chair, mais ne se retourna pas. Passant toute sa colère et sa frustration sur la porte, il frappa de nouveau. Elle finit par s'écrouler vers l'intérieur, et il s'enfonça dans les ténèbres d'un couloir. Une faible lumière filtrait par la porte, mais elle disparaissait rapidement dans une noirceur insondable.

Hawk s'écarta rapidement de la porte. La lumière faisait de lui une cible facile. Il s'accroupit dans le noir et attendit nerveusement que ses yeux s'adaptent à la pénombre. Il entendait encore le combat dans la ruelle, et ses mains se serrèrent autour du manche de sa hache. Il se concentra sur le couloir pour tenter de détecter le moindre son. Il n'y avait que l'ombre et le silence. Hawk n'avait jamais aimé l'obscurité. Il essuya ses mains moites sur son pantalon. Il finit par distinguer un grand escalier au bout du couloir. Hawk avança, à l'affût d'un piège éventuel.

Il venait d'atteindre sans encombre le pied des marches quand il entendit un bruit sur le palier. Hawk se figea. Quatre hommes en armes descendaient vers lui. Il souleva sa hache d'un air menaçant, mais il savait d'avance qu'ils auraient tous les quatre le même sourire, le même regard noir. Hawk hésita un moment. Ces innocents étaient victimes du sorcier, mais il ne pouvait pas leur permettre de l'arrêter. Il se passa la langue sur les lèvres et partit à leur rencontre.

Le premier frappa en direction de la gorge de Hawk d'un coup d'épée vicieux. Le garde esquiva le coup et lui enfonça sa hache dans les tripes. La force du coup projeta l'homme contre la rampe. Hawk dégagea son arme, libérant à sa suite un jet de sang et d'entrailles. Le possédé ignora le choc et attaqua de plus belle. Hawk para le coup et abattit sa hache en un petit arc serré qui s'arrêta dans la gorge de son adversaire, manquant lui décoller la tête des épaules. Il retomba en arrière en lançant un dernier coup d'épée dans le vide, et Hawk le dépassa pour faire face aux trois autres qui descendaient l'escalier à sa rencontre.

Malgré leur détermination surnaturelle, ce n'étaient pas de très bons combattants. Hawk para presque tous leurs coups, et sa hache les taillada sans pitié. Mais ils continuaient de le presser, pissant le sang par bien des blessures, sans douleur ni hésitation. Même la silhouette brisée dans l'escalier tenta de l'agripper par la cheville pour le faire tomber. Hawk abattit sa hache à deux mains, saignant déjà par une demi-douzaine de blessures mineures. La force de son attaque lui dégagea un instant une issue, et il s'y engouffra. Il dépassa les hommes creux et atteignit le palier. Il s'arrêta un instant pour se repérer. Par-dessus le bruit de sa respiration rauque, il entendait ses adversaires monter à sa poursuite. De la lumière filtrait par l'encadrement d'une porte à l'autre bout du couloir. Hawk s'y précipita, les hommes creux sur ses talons.

Il percuta la porte sans ralentir, et elle s'ouvrit à la volée. D'étranges lumières virevoltaient dans la pièce, et Hawk sourcilla, blessé par un éclat si soudain. Le pentagramme dessiné à la va-vite sur le plancher brillait d'une lumière vive et sauvage. Dans le symbole tracé à la craie bleue se tenait un homme élancé, enveloppé d'un manteau gris miteux. Surpris par l'irruption du garde, il se retourna et Hawk reconnut le sourire et le regard dont il venait de voir tant d'exemplaires. Sentant l'amulette brûlante contre sa poitrine, Hawk s'approcha de lui.

Sur un geste du sorcier, les lignes du pentagramme se firent soudain plus lumineuses. Hawk percuta un mur invisible et recula en chancelant. Un bras s'enroula par-derrière autour de sa gorge, lui coupant le souffle. Hawk se plia en deux d'un coup, projetant l'homme creux par-dessus son épaule contre la barrière magique. Le possédé glissa au sol, momentanément sonné. Hawk entendit d'autres pas sur le palier. Il jura brièvement et martela la barrière invisible de ses poings. En vain. Il la frappa de sa hache, et la grande lame passa au travers sans rencontrer d'obstacle. Hawk sourit de toutes ses dents. Cet acier spécial était à l'épreuve de la plupart des protections magiques. Il souleva son arme et la lança sur le sorcier.

La hache transperça la barrière comme si elle n'existait pas. Le sorcier se jeta de côté pour esquiver l'arme, mais l'une de ses mains balaya par mégarde le pentagramme. La lumière bleue s'évanouit en un instant. On entendit un bruit de chute derrière la porte. Devant Hawk, l'homme creux resta immobile dans une mare de sang. Le sorcier se remit sur pied, fébrile. Hawk tira un couteau de sa botte et s'avança vers l'homme. Faisant volte-face, l'autre courut vers un miroir en pied posé contre le mur opposé.

Hawk se sentit soudain inquiet et courut à sa suite. Le sorcier se lança dans le miroir et disparut. Hawk s'arrêta tant bien que mal et resta un moment devant son propre reflet. Il tendit une main hésitante et toucha la surface réfléchissante. Le verre était dur et froid. Il se détourna, reprit sa hache et brisa le miroir. On ne sait jamais.

Dans l'allée, Fisher était assise sur l'un des tonneaux, en train d'essuyer son épée. Elle avait du sang sur le visage et sur les vêtements, et une partie de ce sang était le sien. Elle leva des yeux fatigués sur Hawk quand il émergea de la maison, mais parvint tout de même à lui sourire. Il y avait des cadavres tout le long de l'allée. Hawk soupira et détourna le regard.

— Dix-sept, annonça Fisher. Je les ai comptés.

— Et les autres ?

— Ils sont revenus à eux quand tu as tué le sorcier, et ils ont filé à toutes jambes. (Elle vit l'expression de Hawk et fronça les sourcils.) Il n'est pas mort ?

— Malheureusement, non. Il a filé.

— Alors tout ça, soupira Fisher en regardant la ruelle, n'a servi à rien.

— Allez, ma belle, ça pourrait être pire. (Il s'assit sur le tonneau à côté d'elle et elle se laissa aller contre lui). D'accord, il a filé. Mais une fois qu'on aura parlé de tout ça, il ne pourra plus recommencer avant quelques années.

— Qu'est-ce qu'il cherchait ?

— C'est simple. Il possédait plein de gens, autant que possible. Un sorcier de première classe pourrait sans doute en contrôler un bon millier, pour des actions simples. Quand le vote commence, ils vont tous voter bien sagement pour celui qui emploie le sorcier. Après cela, le sorcier les tue tous, pour qu'ils se taisent. Le cerveau de l'affaire devient conseiller, et il ne reste personne pour dire que l'élection n'était pas légale. Tu n'as rien à te reprocher, Isobel. On a peut-être tué quelques personnes ce soir, mais on en a sauvé beaucoup plus.

—Oui, c'est ça.

—Allez, reprit Hawk. On a tout juste le temps pour un sort de soins avant d'aller retrouver Adamant.

Ils se remirent debout et sortirent de la ruelle. Les mouches s'étaient déjà posées sur les cadavres.

2

Regroupement de forces

Les Hauteurs n'étaient pas le pire endroit de Haven. Cet honneur douteux revenait au Crochet du Diable. Deux kilomètres carrés et demi, remplis de taudis immondes et de ruelles, et donnant sur les docks. Le Crochet était pris en tenaille entre sa pauvreté abjecte d'un côté, et l'exploitation de l'autre. Certains disaient que les rats pestiférés venaient y mourir, parce qu'ils s'y sentaient chez eux. Ceux qui vivaient dans les Hauteurs pensaient beaucoup au Crochet – on est toujours content de trouver plus pauvre que soi.

Le temps où les Hauteurs étaient un quartier respectable était révolu depuis longtemps. Il n'en restait que quelques statues usées, des bains publics fermés pour cause d'insalubrité, et quelques rues au nom prétentieux. Les anciennes demeures familiales s'étaient depuis longtemps converties en appartements ou studios, et les longues rues souffraient gravement du manque d'entretien. Les prédateurs y chassaient de jour comme de nuit, sous n'importe quel déguisement. Attirés par les prix bas, quelques petits marchands s'étaient aventurés à acheter une maison en bordure du quartier. Pour l'instant, leurs efforts pour améliorer le quartier restaient vains. Comme souvent à Haven, trop de personnes avaient intérêt à ce que les choses restent en l'état. Au niveau politique, les Hauteurs étaient neutres depuis toujours. Les Conservateurs gagnaient les élections parce qu'ils versaient les plus gros pots-de-vin, et parce qu'il était dangereux de voter contre eux.

James Adamant pouvait changer tout cela.

Né d'une lignée aristocratique mineure, il l'avait vue s'écrouler dans son enfance quand l'argent était venu à manquer. Les Adamant avaient fini par se refaire grâce au commerce, ce qui leur avait valu le mépris de la haute société : une famille bien née ne s'abaisse pas à faire commerce, fût-ce pour survivre. Le père d'Adamant était mort jeune. À cause d'un cœur faible selon certains, ou de la honte pour d'autres. Tout cela, plus une expérience directe de la vraie pauvreté, avait donné à James Adamant quelques idées peu courantes chez les gens de son extraction. À l'âge adulte, il avait découvert la politique, et surtout la Réforme. Le reste était venu naturellement.

Pour sa première candidature, à bientôt trente ans, il se retrouvait en lice pour le siège des Hauteurs. Et il comptait bien le remporter.

James Adamant était un homme grand à la stature puissante. Vêtu avec goût et discrétion, il préférait les couleurs neutres. Ses cheveux noirs étaient assez longs pour être à la mode, et assez courts pour ne pas lui tomber dans les yeux. Pourtant, même des séances de peignage assidu ne parvenaient pas à les discipliner tout à fait. Ses traits honnêtes et son sourire lui valaient de nombreux amis. Il fallait un certain temps avant de reconnaître, derrière ce sourire, un menton volontaire, un regard froid et posé. Bien que politicien, c'était un idéaliste romantique. Pourtant, il ne s'était jamais départi de son caractère impitoyable, qui lui avait permis d'arriver où il en était, et lui servirait sans doute de nouveau. Adamant appréciait trop ses rêves pour risquer de les perdre par faiblesse ou compromission.

Son conseiller politique, Stefan Medley, était tout son opposé. De taille et de corpulence moyennes, Medley possédait des traits ordinaires sauvés par des cheveux d'un roux flamboyant et des yeux verts qui ne rataient rien. Il brûlait d'une énergie nerveuse et, même immobile, il paraissait sur le point de bondir. Plus vieux qu'Adamant, il connaissait la vie politique depuis bien plus longtemps. Peut-être trop longtemps, d'ailleurs, puisqu'il y avait passé toute sa vie adulte, pour un employeur ou un autre. Il s'en tenait strictement aux coulisses et, s'il travaillait dans la politique, c'était simplement parce qu'il y faisait merveille. Ni plus ni moins. Il n'avait nulle cause, nul rêve, nulle illusion. Il avait mené des élections des deux côtés de la balance politique. En conséquence, les deux camps le respectaient et se méfiaient de lui.

Quand il avait rencontré Adamant, il avait cru en lui, sinon à sa Cause. Amis et alliés, ils trouvaient chez l'autre ce qui leur faisait défaut en propre. C'est pourquoi la Réforme présentait ce tandem invincible au siège le plus difficile. Adamant faisait confiance à Medley malgré son passé. Medley lui faisait confiance *à cause* de ce même passé. On a tous besoin de croire en quelque chose. Surtout quand on ne croit pas en soi.

Adamant était assis à son bureau, face à Medley qui s'était perché sur le bord d'une grande chaise au dossier haut. La pièce était agréable, les meubles étaient patinés et les sièges moelleux. Des portraits et des tentures de maîtres ajoutaient une touche de couleur aux murs lambrissés de bois sombre. D'épais tapis en poils d'animaux exotiques recouvraient les sols. La desserte proposait des vins et cordiaux, ainsi que quelques viandes froides sur des plateaux d'argent. Adamant aimait ces petits luxes, sans doute parce qu'il avait dû s'en passer dans son enfance. Il regarda la lettre de crédit qu'il avait sous les yeux – la dernière d'une longue lignée – et la signa en soupirant. Il n'aimait pas distribuer des pots-de-vin.

Medley rangea ces billets dans son portefeuille sans les regarder.

— Il te faut autre chose, Stefan ? demanda Adamant en s'étirant. Sans cela, je vais faire une pause. Je n'ai fait que de la paperasse ce matin.

— Je pense que tout est prêt, répondit Medley. Tu devrais vraiment aborder ces formalités avec une approche plus positive, James. C'est en prêtant attention aux détails qu'on gagne une élection.

— Peut-être. Mais je préfère quand même mener ma campagne dans la rue. Toi, tu travailles mieux avec le papier. Moi, c'est avec les gens. Et puis, quand je reste assis ici, j'ai l'impression que Hardcastle nous tend des pièges à tout bout de champ.

— Je te l'ai déjà dit, James. C'est à moi de m'inquiéter de ce genre de choses. Tu es complètement protégé. Mortice et moi y veillons.

Adamant opina d'un air pensif, sans trop écouter.

— Combien de temps avant que l'équipe arrive ?

— Environ une heure.

— Je devrais peut-être peaufiner un peu mon discours.

— N'y touche plus. On l'a déjà réécrit en long et en large, et on l'a répété jusqu'à plus soif. Contente-toi de le dire, en agitant les bras au bon moment et en souriant autant que tu peux. Le discours fera le reste. C'est du bon, James. Un de tes meilleurs. Tu n'as rien à craindre.

Adamant croisa les mains et les regarda un long moment, pensif, avant de se tourner vers Medley.

— Ça m'ennuie quand même de savoir combien on dépense en pots-de-vin et en… primes, Stefan. Je n'arrive pas à croire que ce soit vraiment nécessaire. Hardcastle est un animal, un voleur, tout le monde le sait. Aucun être sensé n'irait voter pour lui.

— Ce n'est pas si simple, James. Hardcastle a toujours été très bon pour maintenir le *statu quo*, et c'est tout le principe du conservatisme. La plupart des Conservateurs votent comme leur supérieur le leur ordonne, quel que soit le nom sur le bulletin. Et puis, Hardcastle défend vaillamment la loi et l'ordre, il s'oppose aux trois guildes. Ces deux aspects-là lui ont valu de très bons amis dans la classe des marchands. Il y en a toujours pour préférer les vieux adversaires, ceux qu'ils connaissent, plutôt que de risquer l'inconnu. Cela laisse beaucoup de gens qui peuvent voter pour toi, mais, pour les persuader de le faire, nous devons avoir les mains libres. Et donc, graisser les pattes qu'il faut.

— Mais quand même, sept mille cinq cents ducats ! Je pourrais lever une petite armée pour cette somme-là.

— Et cela deviendrait nécessaire si je n'abordais pas les bonnes personnes. Il y a des sorciers à payer pour qu'ils n'interviennent pas. Des officiers de la Garde à amadouer pour recevoir la protection à laquelle nous avons droit. Et puis, les donations à la rue des Dieux, aux guildes de commerce. Tu veux vraiment que je continue ? Je sais ce que je fais, James. Occupe-toi des idéaux, et laisse-moi faire de la politique.

Adamant le fixa.

— Si on fait quelque chose en mon nom, je veux savoir de quoi il retourne. Entièrement. Par exemple, engager des mercenaires pour me protéger. Apparemment, nous avons trente-sept hommes qui travaillent pour nous. C'est vraiment ce qu'on peut faire de mieux ? Aux dernières élections, Hardcastle avait plus de quatre cents mercenaires sous ses ordres.

— Oui. Les mercenaires sont une denrée plutôt rare, cette année. On dirait qu'il se prépare une grande guerre dans les pays du Nord. Et la guerre, ça paie mieux que les politiciens. La plupart de ceux qui sont restés avaient des contrats à long terme avec les Conservateurs. On a eu de la chance d'en trouver trente-sept.

Adamant le foudroya du regard.

— J'ai la nette impression que je connais la réponse, mais... pourquoi ces trente-sept-là n'étaient-ils pas encore sous contrat ?

Medley haussa les épaules, maussade.

— Personne d'autre ne voulait d'eux.

Adamant repoussa sa chaise et soupira de nouveau.

— Magnifique. Vraiment, magnifique. Il y a autre chose qui pourrait mal tourner ?

— C'est moi, ou il fait de plus en plus chaud, ici ? demanda Medley en tirant sur son col.

Adamant voulut répondre, puis s'arrêta en voyant que son conseiller regardait juste derrière lui. Adamant se retourna d'un bloc et vit que la grande fenêtre de son bureau était couverte de buée, qui coulait en fines rigoles le long du verre. Sous ses yeux, ces lignes dessinèrent un visage dans la buée, avec des yeux fixes et un sourire tordu. Une voix épaisse et graillonneuse s'insinua dans l'esprit des deux hommes, comme un ver dans la boue chaude.

— Je connais vos noms, et ils sont écrits au sang sur une chair à peine froide. Je vous briserai les os avant de boire votre sang et je regarderai la vie vous quitter.

La voix mourut. Les yeux s'écarquillèrent soudain, détruisant le visage, et l'air retrouva sa fraîcheur. Adamant tourna le dos à la fenêtre.

— Inquiétant, dit-il d'un ton brusque. Je croyais que les charmes de Mortice nous protégeaient contre ce genre de chose ?

— Ce n'était qu'une illusion, expliqua précipitamment Medley. Très faible. Il a sans doute pu contourner les défenses. Crois-moi, rien de dangereux n'aurait pu nous atteindre ici. On essaie juste de te secouer.

— Et c'est plutôt réussi, à voir vos têtes.

Dannielle Adamant venait d'entrer dans le bureau de son pas glissant. Adamant se leva et salua sa femme avec chaleur. Medley fit un signe de tête poli et détourna le regard. Adamant prit la main de son épouse.

— Bonjour, Dannielle. Je ne t'attendais pas si tôt.

— J'ai été obligée d'abandonner les boutiques, chéri. Les rues sont tout bonnement impossibles, même avec les charmants hommes que tu m'avais fournis pour m'ouvrir la route. Oh, d'ailleurs. L'un d'eux fait la tête parce qu'il a lâché quelques paquets et que j'ai été grossière avec lui. Je ne savais pas que les gardes du corps étaient si sensibles. Enfin, cette foule insupportable m'a poussée à rentrer en avance. Les Hauteurs doivent être sur le point d'éclater. Je n'ai jamais vu autant de gens dans la rue.

— Je sais que tu n'aimes pas le quartier, dit Adamant. Mais il est nécessaire, d'un point de vue politique, qu'on vive dans la région que je veux représenter.

— Oh, je comprends tout à fait, chéri. Vraiment.

Elle se laissa tomber sur la chaise la plus confortable et eut un petit signe de la tête pour Medley. À part devant Adamant, ils ne s'entendaient pas vraiment. Ce n'était pas très étonnant : le candidat était leur seul point commun.

Fille d'une famille en vue de la haute société, Dannielle n'avait jamais pensé à la politique avant de rencontrer Adamant. Elle votait Conservateur parce que son père le faisait depuis toujours. Adamant lui avait ouvert les yeux sur bien des injustices, mais, comme Medley, elle s'intéressait plus à l'homme qu'à la politique. Toutefois, son amour féroce de la compétition faisait d'elle une militante aussi enthousiaste que son mari. Même si ce retournement lui valait la désaffection de sa famille.

La silhouette de Dannielle possédait toute la fermeté à laquelle ses vingt et un ans pouvaient donner droit. La taille fine, le dos droit et le cou longiligne, elle portait la dernière mode avec un charme merveilleux. Malgré toutes ses protestations, le bustier lui allait à ravir et la robe bleu nuit qui lui tombait jusqu'aux chevilles la rendait étourdissante. Elle aimait particulièrement la façon dont l'étoffe contrastait avec ses épaules poudrées de blanc et ses cheveux noirs coupés court.

Son visage était connu dans tout Haven, immortalisé par plusieurs grands portraitistes. Ses pommettes hautes et ses yeux noirs où plus d'un aurait aimé se noyer évoquaient un cœur fin et délicat. Un sourire d'elle, et les hommes se sentaient uniques, privilégiés. James Adamant aurait été d'accord avec eux pour la considérer comme la plus belle femme au monde. Toute la jeune aristocratie avait adopté Dannielle à l'instant même de son entrée dans la haute société. Après son mariage, Adamant devint même la cible d'une vendetta, plusieurs jeunes fines lames de la haute société lui reprochant de les avoir privés de cette présence enchanteresse. Leurs velléités retombèrent après qu'Adamant eut tué les trois premiers en duel.

— Eh bien, dit Dannielle avec un grand sourire. Comment vont les choses, mon chéri ? Stefan et toi avez fini de parler affaires ?

— Pour le moment, répondit Adamant en se rasseyant. Je ne t'ai pas accordé beaucoup de temps, récemment, n'est-ce pas ? Je regrette, Danny, mais, ces dernières semaines, j'ai cru devenir fou. Enfin, il nous reste bien une heure ou deux avant le grand discours. Tu devrais te reposer pendant qu'il est temps, ma chérie. Après le discours, il faudra descendre dans la rue pour serrer des mains et embrasser des bébés. Ou l'inverse.

— Cela peut attendre, dit Dannielle. Pour l'instant, ton ami Mortice veut te parler.

Adamant regarda Medley.

— Vous avez déjà remarqué comme, chaque fois que Mortice fait quelque chose d'agaçant, il devient subitement *mon* ami ?

Medley opina, solennel.

La Foire avait mauvaise réputation, même pour le Quartier Nord, ce qui n'était pas une mince affaire. On pouvait tout acheter, à la

Foire, si on y mettait le prix. Une malédiction, voire un assassinat. On pouvait placer un pari ou acheter une drogue rare, choisir un partenaire pour la soirée ou arranger un incendie malheureux chez un concurrent. Des juges vivaient là, ainsi que des membres haut placés de la Garde, aux côtés de criminels, de nécromants et d'anarchistes. La Foire était un lieu de rencontre, un endroit où l'on concluait des accords. Hawk se demandait pourquoi Adamant avait choisi d'y placer son quartier général de campagne.

Malgré ses façades aux couleurs vives, la Foire était une zone ancienne, assez mal en point. Les murs de pierre étaient usés et décolorés, et l'odeur semblait indiquer que les égouts refoulaient de nouveau. Au moins, la Foire avait un égout. Le couple de gardes rejoignit Main Street sans se presser, et la foule s'écarta devant eux. Hawk et Fisher saluèrent poliment les visages connus, mais leurs mains ne s'éloignèrent jamais de leur arme. Des fanfarons fendaient la foule, les pouces calés dans leur ceinturon, guettant tout ce qu'ils pourraient prendre pour une insulte. Aucun ne fut assez bête pour soutenir le regard de Hawk ni celui de Fisher.

La maison d'Adamant était au milieu de Main Street, à l'abri de hauts murs de pierre, garnis de tessons de bouteilles et de grandes grilles de fer surmontées de pointes acérées. Deux hommes en armes et en cotte de mailles montaient la garde devant les portes. Le plus jeune s'avança pour bloquer le chemin à Hawk et Fisher quand ils approchèrent. Hawk lui adressa un sourire bonhomme.

— Capitaines Hawk et Fisher, de la Garde de ville. Nous sommes attendus par James Adamant.

Le jeune garde ne lui rendit pas son sourire.

— N'importe qui peut affirmer être un capitaine de la Garde. Vous avez des papiers ?

— Vous n'êtes pas en ville depuis longtemps, hein ? demanda Fisher.

Hawk leva la main gauche, dévoilant le torque d'argent des capitaines passé à son poignet.

— Il ne fait que son travail, Isobel.

— Les choses sont un peu incertaines par ici, ces derniers temps, expliqua l'autre garde, plus ancien. Je vous connais, capitaine Hawk, capitaine Fisher. Heureux que vous soyez avec nous. Adamant va avoir besoin d'une vraie protection avant la fin des élections.

Le plus jeune renifla avec emphase. Hawk croisa son regard insolent.

— Un souci ?

— Vous êtes beaucoup plus vieux que je pensais. Vous êtes vraiment aussi bons qu'on le dit ?

L'épée de Fisher lui bondit dans la main, et, une fraction de seconde plus tard, la pointe flottait juste devant l'œil gauche du garde.

— Non, répondit-elle. Nous sommes meilleurs.

Elle recula et rengaina en un seul mouvement fluide. Le jeune garde déglutit avec peine. Son collègue sourit, déverrouilla les lourdes portes et les écarta. Hawk le salua d'un geste de la tête, et Fisher entra dans la propriété d'Adamant à sa suite.

— Frimeuse, souffla Hawk.

Sa compagne sourit.

Les portes se refermèrent derrière eux avec un claquement lourd et emphatique. La maison au bout de l'allée était une demeure traditionnelle à deux étages, avec des fenêtres à pignon et un porche assez profond pour accueillir une petite armée. Partout ailleurs dans les Hauteurs, un endroit pareil aurait abrité une famille entière par pièce. Presque toute la façade était couverte de lierre, si épais qu'il devait à lui seul maintenir les briques de l'édifice. Les quatre cheminées, côte à côte à un bout du toit, émettaient chacune un panache de fumée. Hawk regarda autour de lui d'un air contrarié. Les vastes pelouses étaient sèches et sans fleurs. L'air lui-même était vicié, oppressant. L'unique arbre de la propriété était noir et tordu, ses branches nues. On aurait dit qu'il avait été empoisonné puis frappé par la foudre.

— C'est un taudis, dit Fisher avec force. Tu es sûr que c'est ici ?

— Malheureusement, oui. (Hawk inspira prudemment.) Il n'a rien dû pousser ici depuis des années. Enfin, tout le monde n'aime pas jardiner.

Ils parcoururent le reste de distance en silence. Hawk tendit l'oreille à l'affût d'un son autre que celui de leurs bottes sur le chemin de gravier. Tout était calme. *Trop* calme, peut-être. Le temps qu'ils arrivent à la grande porte d'entrée, Hawk avait réussi à se crisper complètement. On aurait au moins dû entendre les foules à l'extérieur, la clameur quotidienne de la ville. Au lieu de cela, la maison et la propriété d'Adamant étaient sombres, silencieuses, comme prises dans leur petite flaque de silence.

Un large marteau de porte en bronze en forme de tête de lion tenant dans sa gueule un cerceau de métal ornait la porte. Hawk frappa deux fois, faisant naître de forts échos, puis lâcha rapidement le heurtoir. Il avait la désagréable impression que la tête de lion le regardait.

— Oui, moi aussi je le sens. Cet endroit me file les jetons, Hawk.

— On a vu pire. Enfin, on ne peut pas juger quelqu'un d'après l'endroit où il vit. Même s'il a un cimetière en guise de jardin.

Ils se turent en voyant la lourde porte s'ouvrir en silence. D'après son uniforme, l'individu grand et large d'épaules qui se tenait là devait être le majordome. Il paraissait âgé d'un peu plus de cinquante ans, avec une expression inquisitrice. Son crâne chauve était cerné de quelques touffes blanches assez risibles au-dessus des oreilles. Il se tenait avec beaucoup de dignité, et son regard disait qu'il avait déjà tout vu, et que rien ne l'avait impressionné. Il s'inclina très poliment devant Hawk puis, après une légère hésitation, devant Fisher.

— Bonjour Madame, Monsieur. Je suis Villiers, le majordome de maître Adamant. Si vous voulez bien me suivre, maître Adamant vous attend.

Il recula de deux pas, puis resta au garde-à-vous tandis que Hawk et Fisher pénétraient dans la demeure. Il referma la porte en silence, et Hawk et Fisher en profitèrent pour regarder autour d'eux. L'entrée était spacieuse sans paraître écrasante, et les murs lambrissés brillaient légèrement à la lueur des lampes. Satisfait, Hawk constata qu'il ne s'agissait pas d'un de ces halls grands et mal éclairés qu'on trouvait si souvent dans la haute société. Il se rendit compte que Villiers se tenait poliment à son côté, et se tourna sans hâte de façon à lui faire face.

— Villiers, vous êtes trop près. Je n'aime pas que les gens soient si pressants avec moi.

— Je regrette, Monsieur. Je me demandais simplement si vous et votre… partenaire vouliez enlever vos pèlerines. C'est la coutume.

— Pas pour le moment, répondit Hawk. Peut-être plus tard.

Villiers s'inclina légèrement, son visage impassible parvenant par miracle à faire comprendre que bien entendu il respectait leur décision, mais qu'ils avaient tort. Il s'engagea dans le hall, sans regarder s'ils le suivaient, et les fit entrer dans une grande bibliothèque confortablement aménagée. Les quatre murs étaient couverts d'étagères encombrées, et les reliures plein cuir brillaient faiblement de toutes parts. Fisher s'appropria immédiatement le fauteuil près de la cheminée, étendant ses jambes devant elle. Villiers se racla poliment la gorge.

— Si vous voulez bien attendre ici, je vais prévenir maître Adamant de votre arrivée.

Il s'inclina de nouveau, juste un peu, et quitta la pièce en refermant la porte derrière lui en silence, mais fermement.

— Je n'ai jamais aimé les majordomes. Ils sont toujours terriblement méprisants. Pires que leurs maîtres, en général. (Fisher regarda l'âtre vide et frissonna.) C'est moi, ou il fait terriblement froid ici ?

— C'est sans doute une idée, avec la chaleur qu'il fait dehors. Les grandes maisons comme ça, ça retient le froid.

Fisher opina, regardant autour d'elle avec un air absent.

— Tu penses qu'il a lu tous ces livres ?

— À mon avis, non, répondit Hawk. Il a dû les acheter au mètre. C'est très à la mode d'avoir sa propre bibliothèque, de nos jours.

— Pourquoi ?

— Va savoir. Je n'ai jamais compris la mode.

Fisher le regarda d'un œil acerbe. Il avait quelque chose dans la voix…

— Tu ne t'attendais pas à ça, hein ? demanda-t-elle.

— Non. Pas du tout. James Adamant est censé être un homme du peuple, représenter les pauvres et les opprimés. Ce genre de vie, c'est tout ce contre quoi il a toujours fait campagne. Une grande maison, un majordome, des livres qu'il n'a jamais lus. Bon sang, il ne s'ennuie même pas à prendre soin de cette bicoque.

—Ne vous en prenez pas à moi, ce n'est pas moi qui ai choisi cette horreur, se défendit Adamant.

Hawk se retourna d'un bloc, et Fisher se leva d'un mouvement élégant quand Adamant entra dans la bibliothèque, suivi de Medley et de Dannielle.

—Pardon de vous avoir fait attendre, dit Adamant. Capitaines Hawk et Fisher, puis-je vous présenter mon épouse, Dannielle, et mon conseiller, Stefan Medley ?

Il y eut un rapide échange de révérences et de poignées de main. Dannielle tendit la main à Hawk pour qu'il la baise. Après un rapide regard à Fisher, celui-ci opta plutôt pour une poignée de main.

—Je pense que nous serons tous bien plus à l'aise dans mon étude, dit Adamant. Venez.

Il les précéda dans le hall, puis les fit entrer dans l'étude, devisant gaiement tout du long.

—Mes supérieurs ont insisté pour que j'élise mon quartier général dans cette folie pleine de courants d'air. Et dans un moment de faiblesse, j'ai accepté. Elle est tout sauf pratique, bien sûr, mais on pense actuellement que la Réforme doit faire bonne figure, sans quoi les électeurs ne nous prendront pas au sérieux. Je pense pour ma part que, si la Réforme a perdu sa crédibilité, cela vient plutôt de quelques âneries irréfléchies. Mais ma voix est trop jeune pour vraiment porter dans la Cause.

Medley apporta quelques chaises, et Dannielle s'affaira pour que chacun soit confortablement installé, un grand verre de vin à la main.

—Que pensez-vous de cet endroit? lui demanda Hawk poliment.

—Une vieille bicoque insupportable. Elle pue l'humidité, et, la moitié du temps, les toilettes ne fonctionnent pas comme il faut.

—Votre jardin n'a pas fière allure non plus, ajouta Fisher.

Hawk sourcilla.

Dannielle et Adamant échangèrent un regard, le visage soudain sombre.

—Nous avons des ennemis, capitaine Fisher, répondit Adamant d'une voix égale. Des ennemis qui ne rechignent pas à utiliser la sorcellerie quand ils peuvent le faire sans risque. Il y a trois jours, le jardin était impeccable. Pelouses, parterres de fleurs, et un magnifique pommier centenaire. À présent, tout a disparu, plus rien ne pousse, et il n'est pas prudent de s'écarter de l'allée. Cette terre morte abrite des choses… inconnues. Je crois qu'elles sortent la nuit, parfois. Personne ne les a jamais vues, mais, au matin, on retrouve des traces de griffes sur la porte et les volets. Des traces qui n'y étaient pas la veille.

Le silence s'éternisa.

—La sorcellerie est illégale, sous quelque forme que ce soit, pour des candidats politiques, finit par rappeler Hawk. Directement ou indirectement. Si vous pouvez prouver que Hardcastle était responsable…

—Il est trop intelligent pour cela, répondit Dannielle.

Le silence se répéta.

—Vous avez fait très vite pour venir jusqu'ici, remarqua Medley. Je ne vous ai demandés que ce matin.

Hawk le regarda.

—Vous nous avez demandés personnellement ?

—Eh bien, oui. Voyez-vous, James a beaucoup d'ennemis. Je voulais les meilleurs pour le protéger. Votre partenaire et vous avez une excellente réputation, capitaine Hawk.

—Ça ne suffit pas toujours, répondit Fisher. La dernière fois que nous avons voulu protéger un politicien, il est mort.

—Nous sommes au courant, pour le conseiller Blackstone, répondit Medley. Ce n'était pas votre faute. Vous aviez fait tout votre possible pour le protéger. Et vous avez retrouvé son meurtrier, bien après que n'importe quel autre garde aurait abandonné.

Hawk regarda le candidat.

—Cet arrangement vous convient-il, messire Adamant ? Il n'est pas trop tard pour trouver quelqu'un d'autre.

—J'ai confiance en mon conseiller, répondit Adamant. Quand il s'agit de choisir la bonne personne pour tel ou tel emploi, son jugement est impeccable. Stefan sait tout ce qu'il y a à savoir dans ce domaine.

À présent, puisque votre partenaire et vous allez passer du temps avec nous, je préférerais vous tenir au courant de la campagne. Que devez-vous savoir, capitaine Hawk ?

— Tout, répondit simplement Hawk. Qui sont vos ennemis, le genre d'opposition que vous avez en face de vous. Tout ce qui peut nous donner un avantage.

Dannielle se leva.

— Si vous commencez à discuter technique, je vais aller voir comment le dîner se prépare.

— Danny, tu m'avais promis de ne plus embêter la cuisinière, rappela Adamant. Elle a horreur qu'on la surveille.

— Vu ce qu'on la paie, elle peut bien supporter quelques critiques.

Avec un sourire gracieux pour Hawk et Fisher, elle quitta la pièce et referma la porte derrière elle.

— Bien, reprit Adamant en se laissant aller dans son fauteuil. En fin de compte, il n'y a que deux grands partis : les Conservateurs et les Réformateurs. Mais il y a aussi une poignée de marginaux, quelques indépendants bien soutenus, pour compliquer les choses. Il y a le Libre-Échange, la confrérie de l'acier, Pas de Taxe sur l'Alcool (aussi appelé Qui veut faire la Fête), et plusieurs groupes de pression, comme les guildes de commerce ou les religions militantes les plus organisées.

— La menace principale vient des Conservateurs, intervint Medley. Ce sont eux qui ont le plus d'argent. Le Libre-Échange est avant tout un parti de marchands. Ils font beaucoup de discours, mais pas beaucoup de soutien populaire. En général, ils finissent par soutenir les Conservateurs. Pas de Taxe sur l'Alcool est le parti personnel de lord Sinclair. Il le finance et le gère presque tout seul. Il trouve toujours des partisans, ne serait-ce que pour l'alcool qu'il distribue gratuitement. Il est inoffensif, si ce n'est cette lubie. Les guildes de marchands sont bien intentionnées, mais trop désorganisées pour être le moins du monde dangereuses pour les Conservateurs, et elles le savent. En général, elles finissent par travailler main dans la main avec la Réforme. C'est de là que vient une grande partie de notre financement.

— Et la confrérie de l'acier ? demanda Fisher. J'ai toujours pensé qu'ils étaient plus mystiques que politiques.

— À Haven, c'est presque la même chose, répondit Adamant. Le pouvoir et la religion ont toujours été unis. Heureusement, la plupart des Êtres de la rue des Dieux ont plus envie de se faire la guerre entre eux que de s'impliquer dans la politique quotidienne de Haven. Les Êtres ont toujours été forts pour les guerres intestines. Mais au cours de ces dernières années, la confrérie de l'acier a changé sa façon de faire. Moins isolés qu'avant, ses membres sont beaucoup mieux organisés, et un groupuscule militant a récemment étiré ses ailes politiques. Ils ont même un candidat dans cette élection. Il ne gagnera pas, faute d'appuis. Mais ce pourrait être un facteur décisif dans la victoire.

Hawk fronça les sourcils.

— Avec qui ce candidat serait-il le plus susceptible de s'allier ?

— Bonne question, capitaine Hawk, répondit Medley. Je connais plusieurs bookmakers politiques qui paieraient cher pour le savoir. En temps normal, les Conservateurs, mais l'inclination mystique de la confrérie me fait douter. Je me méfie des fanatiques. On ne sait jamais comment ils peuvent réagir sous la pression.

— Très bien, dit Hawk. À présent que c'est réglé…

— Parle pour toi, murmura Fisher.

— … vous pourriez peut-être nous expliquer ce qui est en jeu dans cette élection. Beaucoup de gens disent que la Réforme pourrait se retrouver dominante au Conseil, même si les Conservateurs regroupent la plupart des sièges. Je comprends mal.

— C'est très simple, commença Adamant.

Hawk soupira. Chaque fois que quelqu'un disait cela, c'était pour annoncer que les choses allaient se compliquer. Adamant joignit ses mains ouvertes, extrémités des doigts collés, et les étudia longuement.

— Il y a vingt et un sièges au Conseil, représentant les différents quartiers de Haven. Depuis la dernière élection, la Réforme avait quatre sièges, les Conservateurs en avaient onze, et les six derniers étaient sans affiliation. Ce qui signifie que, en pratique, les Conservateurs avaient toute liberté pour gérer le Conseil comme ils l'entendaient. Mais cette fois, il y a au moins trois sièges qui pourraient basculer. Il suffit que la Réforme gagne un siège de plus, et avec les six indépendants nous pourrions prendre le contrôle du Conseil. C'est pourquoi cette élection est encore plus impitoyable et les combats politiques plus cruels et plus retors que jamais.

— Fabuleux, soupira Fisher. C'est bien ce dont les habitants avaient besoin : une nouvelle excuse pour devenir fous, faire éclater des émeutes et mettre le feu à tout ce qu'ils trouveront. Combien de temps cette folie va-t-elle durer ?

— Pas très longtemps, la rassura Medley avec un sourire. Après l'annonce du résultat ce soir, il y aura des endroits où l'on dansera, des endroits où l'on se battra, puis ce sera le feu d'artifice traditionnel et le règlement de vieilles dettes par le parti victorieux. Après cela, à Haven tout le monde se retirera pour panser ses blessures, dormir et soigner sa gueule de bois. Selon la priorité. Tout est clair, à présent ?

— Presque. Que faisons-nous ici ? demanda Hawk.

Adamant regarda Medley, puis de nouveau Hawk.

— Je croyais qu'on vous l'aurait dit. Votre partenaire et vous êtes ici pour me servir de gardes du corps jusqu'à la fin de l'élection.

— Vous n'avez pas besoin de nous pour cela, répondit Hawk. Vous avez des hommes en armes à la porte. Et sans doute d'autres dans la maison. Et si vous avez encore besoin d'un garde du corps professionnel, un bon nombre d'agences à Haven pourraient vous en fournir un. Mais vous nous avez demandés en personne, malgré nos états de service. Pourquoi nous, Adamant ? Que pouvons-nous faire pour vous que d'autres n'auraient pas pu faire ?

Adamant s'enfonça dans son fauteuil, et une partie de sa force parut le quitter un instant, revenant aussitôt quand il leva les yeux pour croiser le regard de Hawk.

— Deux raisons principales, capitaine Hawk. D'abord, on a proféré des menaces de mort envers mon épouse et moi. Des menaces assez déplaisantes. En temps normal, je ne m'inquiéterais pas plus que cela, les élections réveillent souvent les désaxés. Mais j'ai des raisons de croire que ces menaces pourraient être sérieuses. Par trois fois, on a attenté à ma vie de façon assez professionnelle. D'après Stefan, ces attaques avaient été autorisées par le conseiller Hardcastle lui-même.

» De plus, il semblerait qu'il y ait un traître dans mon équipe. Quelqu'un a transmis des informations importantes sur mes allées et venues et mon dispositif de sécurité. Cette personne a aussi détourné de l'argent de mes fonds de campagne. D'après l'enquête de Stefan, cela dure depuis des mois. De petits montants pour commencer, mais qui ne cessent d'augmenter. Les maigres preuves que nous avons pu réunir suggèrent que le traître est assez proche de moi. Un ami, un serviteur, un collègue de campagne. Quelqu'un à qui je fais confiance m'a trahi. Je veux que vous soyez mes gardes du corps, mais également que vous identifiiez le traître.

Dans le hall, une femme cria. Hawk et Fisher bondirent, tendant la main vers leur arme. Le cri retentit de nouveau et fut interrompu brutalement.

— Danny !

Adamant se leva d'un bond. Hawk arriva à la porte avant lui et l'ouvrit d'un geste vif. Dans le hall, il pleuvait du sang. De grosses gouttes écarlates se matérialisaient près du plafond et tombaient avec force. Les murs dégouttaient, les tapis étaient trempés. La puanteur était étouffante.

Dannielle était à mi-chemin dans l'escalier quand cela avait commencé. Elle était trempée, et d'épais filets de sang dégoulinaient de ses cheveux collés jusque sur son visage. Elle descendit les marches en courant vers son mari. Celui-ci la serra dans ses bras, regardant autour de lui malgré le sang qui teintait la scène. Hawk et Fisher se tenaient dos à dos au milieu du couloir, les armes levées. Mais il n'y avait que le sang, épais et lourd. Medley tournait autour d'eux en battant des bras, comme pour chasser des nuées de mouches.

— Sortez votre femme d'ici, cria Hawk à Adamant. C'est l'œuvre d'un sorcier !

Adamant entraîna Dannielle vers la porte d'entrée et s'arrêta net en voyant une silhouette noire se matérialiser entre l'issue et lui. Les ruisseaux de sang commencèrent à confluer, goutte à goutte, pour former l'ébauche d'une silhouette. En quelques instants, il poussa à celle-ci des bras et des jambes, et un corps voûté et malformé. Le tout se tenait à peu près comme un homme, mais les proportions étaient mauvaises. La chose avait des crocs et des griffes, et le sang tourbillonnait dans ses orbites. Elle se déplaça lentement vers sa proie, son corps grossissant à chaque pas.

Hawk fit un pas en avant et le coupa avec sa hache. La lourde lame d'acier trancha net le cou de la créature et ressortit du corps sans ralentir, éclaboussant le mur d'une giclée de sang. L'aberration resta sur place, pas plus affectée que cela. Elle n'était faite que de sang, et rien d'autre. Elle se répandait sur le sol, mais se reconstituait grâce à ce qui tombait du plafond.

Hawk et Fisher se jetèrent sur la créature qui rit silencieusement en les voyant approcher. Hawk para son coup, mais l'impact le fit tout de même reculer de quelques pas. La créature pouvait prendre substance, avoir un poids, quand elle le désirait. Elle s'avança vers Hawk, ignorant les tentatives de Fisher pour attirer son attention. La créature frappa de nouveau, et Hawk esquiva au dernier moment. Les griffes creusèrent des sillons grossiers dans le mur. Le capitaine s'écarta, maudissant la créature qui faisait mine de le suivre.

— Bon, souffla-t-il. Nous ne sommes pas de taille. Adamant, rassemblez vos gens et faites-les sortir par-derrière. Nous allons essayer de gagner du temps. La plupart des créatures invoquées ne peuvent pas vraiment s'éloigner de l'endroit où on les envoie. Nous pourrons peut-être semer cette abomination.

Adamant opina et poussa sa femme devant lui pour l'éloigner du monstre. La pluie de sang s'intensifia soudain. Dans ce brouillard écarlate, Hawk devina une deuxième silhouette qui commençait à se matérialiser devant l'autre porte. Hawk essuya le sang qui lui maculait le visage et raffermit sa prise sur le manche de sa hache.

Il entendit le cri d'alarme de Fisher derrière lui. À peine avait-il commencé à se retourner que la première créature de sang lui déferla dessus comme une vague. Le monde devint rouge. Quand la créature l'enveloppa, il recula d'un pas, battant frénétiquement le sang qui lui couvrait le visage et l'étouffait. Fisher le rejoignit, tentant de lui dégager le nez et la bouche. Mais la créature résistait, et le sang collait à son visage. Hawk tomba à genoux, puis à quatre pattes, secouant la tête en tous sens pour tenter de remplir ses poumons. Il aperçut Adamant, resté pétrifié devant lui, et fit un geste faible pour le pousser vers la porte d'entrée pendant qu'il restait encore une chance. Adamant hésita. Puis, levant la tête, il cria :

— Mortice ! Aide-nous !

Un courant d'air froid envahit soudain le hall, et le sang gela en cristaux écarlates. La créature enveloppant Hawk se craquela autour de lui et s'écroula en centaines d'éclats pourpres. Le capitaine resta à genoux un moment, heureux de sentir ses poumons se remplir d'air. Puis il se releva et regarda autour de lui. La pluie de sang s'était interrompue, et le hall était couvert d'une glace rouge. Fisher se tenait non loin de lui, secouant sa cape pour en déloger les derniers cristaux de glace. Adamant, Medley et Dannielle paraissaient choqués mais indemnes. À côté d'eux, la deuxième créature s'était gelée avant d'être entièrement formée, comme une sculpture folle de glace rougeâtre. Hawk s'avança vers elle et la frappa une fois de sa hache. Elle s'émietta sur le sol. Hawk éparpilla les fragments du bout du pied, histoire de ne pas prendre de risque, puis se retourna vers Adamant.

— Bien, sire Adamant. Je pense qu'il nous reste quelques questions à régler. Par exemple, que vient-il de se passer ? Et qui est Mortice ? Si c'est bien une personne, s'entend…

Adamant soupira :

— Oui. Mais j'espérais qu'il ne serait pas nécessaire de vous parler de lui. Enfin, j'imagine que, maintenant, vous feriez aussi bien de le rencontrer.

— Puis-je suggérer que nous changions d'abord de vêtements ? demanda Dannielle. Je suis trempée, à demi gelée, et ma robe est fichue.

— Elle n'a pas tort, confirma Fisher. On dirait que j'ai pris un bain de minuit dans un abattoir.

— Je suis certaine que nous pourrons trouver des vêtements pour vous et votre partenaire, sourit Dannielle. Venez avec moi, capitaine Fisher, et je vais voir ce que je peux vous trouver. James, occupe-toi du capitaine Hawk.

Fisher et Dannielle montèrent l'escalier ensemble. Hawk regarda Adamant.

— Bien, j'accepte de me changer, mais ensuite je veux rencontrer Mortice. Plus d'atermoiements, compris ?

— Bien sûr, capitaine, confirma Adamant. Mais… d'avance, veuillez excuser le tempérament de Mortice. Il est mort depuis près de cinq mois, et cela n'a pas beaucoup arrangé son caractère.

Hawk étudia son reflet dans le miroir en pied. Plus il se regardait, plus il se trouvait une tête de parent pauvre au bout du rouleau. Bien qu'Adamant et lui fassent à peu près la même taille, le candidat était bien plus large d'épaules. Hawk nageait dans ses vêtements comme s'il avait rétréci au lavage. La tenue n'était même pas particulièrement belle. Collant gris, chausses saumon et une chemise à dentelles blanche. Quelle que soit la mode actuelle, Hawk était à peu près certain d'en être très éloigné. C'était la chemise qui l'inquiétait le plus. La dernière fois qu'il avait vu tant de dentelles, c'était sur une serveuse de taverne. Et quoi qu'en dise Adamant, il préférerait mourir que porter ce tricorne ridicule.

Un dernier coup d'œil au miroir lui tira un gros soupir. Il avait porté pire. Au moins, il avait encore sa cape de la Garde. Il la remit, se drapant de son mieux pour cacher ses vêtements. Heureusement, toutes les capes de la Garde étaient munies d'un sort qui les gardait propres et immaculées en toutes circonstances. Cela faisait partie de l'image de la Garde, et, avec les sorts de soins de temps à autre, des avantages en nature du métier.

Il était temps de rejoindre les autres, mais cela pourrait attendre encore un peu. Autant profiter du calme pour réfléchir… Son regard fit le tour de la chambre d'amis. Elle était propre, bien rangée, et très confortablement meublée. Au centre trônait un grand lit à baldaquin, avec tentures. Très élégant et encore plus cher. Qu'est-ce qu'un champion de la Réforme pouvait chercher, à vivre comme un roi ? Certes, personne ne lui demandait de vivre dans la rue juste pour s'attirer des sympathies, mais tout ce luxe inquiétait Hawk. D'après Adamant, la maison était une idée des autorités de la Réforme. Alors d'où venait leur argent? Qui finançait leur Cause? Les guildes de commerce, à l'évidence, et les donations des fidèles. Des mécènes riches comme Adamant. Mais cela ne suffirait pas à payer des maisons pareilles. Hawk fronça les sourcils. Cela ne le regardait pas vraiment. Il venait simplement protéger Adamant.

Et pour l'instant, le résultat n'était pas fameux. Il s'était laissé surprendre par les créatures de sang. Si Mortice ne les avait pas sauvés avec sa sorcellerie, les élections auraient été finies avant même d'avoir commencé. Encore des mystères. Mortice était sans doute une sorte de sorcier. Adamant devait bien savoir que cette association avec un sorcier pouvait lui valoir la disqualification. Alors pourquoi acceptait-il que Hawk et Fisher le rencontrent? Et qu'est-ce que c'était que cette histoire? *«Mort depuis cinq mois»*? Un fantôme? Hawk soupira. Il n'était sur cette affaire que depuis une heure, et il avait déjà trop de questions sans réponse. Ça allait recommencer comme l'affaire Blackstone. Il cala sa hache contre sa hanche gauche et sortit sur le palier.

Le hall était propre comme un sou neuf, sans aucune trace de sang ni de glace. L'œuvre de Mortice, sans doute. Fisher attendait son partenaire au pied de l'escalier, enveloppée de sa cape de la Garde. Un coup d'œil aux nuages d'orage qui moutonnaient dans son regard, et il comprit qu'elle avait vécu le même calvaire que lui en se changeant. Il la rejoignit, regardant bien autour de lui pour s'assurer qu'ils étaient seuls, et murmura:

—Je te montre les miens si tu me montres les tiens.

Fisher rit, plus un hoquet qu'un éclat, et sourit malgré elle:

—Toi d'abord.

Hawk ouvrit sa cape d'un grand geste et garda la pose de l'exhibitionniste. Fisher secoua la tête.

—Hawk, tu ressembles à l'un des invertis de Charcoal Street, et tu t'en tires mieux que moi.

Elle ouvrit sa cape, et Hawk dut se mordre la lèvre pour ne pas rire. Apparemment, Dannielle n'avait aucun habit qui allait à Fisher, et elle avait dû compléter sa tenue avec des vêtements d'homme, très vieux et très fatigués. Blancs à l'origine, la chemise et le pantalon s'étaient parés d'un gris inégal au fil des années. Les poignets étaient élimés, il y avait des reprises de couleur différente aux coudes et aux genoux, et plusieurs boutons importants en moins.

—Apparemment, ils étaient au jardinier, à l'origine, dit Fisher derrière ses dents serrées. Enfin bon, je ne peux pas me montrer comme ça. Les gens vont mourir de rire.

—Alors il faudra qu'on laisse nos capes fermées et qu'on garde ce qu'il y a en dessous comme arme de dernier recours, annonça Hawk avec solennité.

—Ah, capitaine Hawk, dit Medley en passant la tête par la porte de l'étude. Il me semblait bien avoir entendu des voix. Tout va bien ?

—Très bien, répondit Hawk. Très bien.

Medley sortit dans le couloir, suivi d'Adamant et Dannielle. Tous portaient des vêtements neufs, très élégants.

—Si vous êtes prêts, nous pourrions peut-être reprendre ? dit Medley. Mortice sait que nous allons passer et il déteste qu'on le fasse attendre. La dernière fois qu'il s'est impatienté, il a invoqué une invasion de grenouilles. Il nous a fallu des heures pour sortir ces horreurs de la maison.

—Si votre ami est comme ça, dit Fisher avec rudesse, je n'aimerais pas voir vos ennemis.

—Je ne vous le fais pas dire, confirma Adamant. Si vous voulez bien me suivre…

Il les conduisit vers l'autre extrémité du hall et jusqu'à une enfilade de couloirs qui débouchaient sur une simple salle de lessive aux murs de pierre. Il y avait des tables et des serviettes et un sol fraîchement lavé. Hawk fouilla la pièce du regard, se demandant si on attendait le moindre commentaire de sa part. Tandis qu'il hésitait, Medley se plaça au milieu de la pièce et se baissa. Il agrippa un gros anneau d'acier rivé au sol, et pour la première fois Hawk repéra le contour d'une trappe. Fisher lança un regard à Adamant.

—Vous gardez votre sorcier à la cave ?

—C'est lui qui a choisi, répondit Medley. Il se sent mieux dans le noir.

—Vous avez dit que Mortice était mort, rappela Hawk. Vous pourriez expliquer ?

Sur un signe d'Adamant, Medley s'écarta de la trappe. Quand le candidat parla, il avait la voix basse, les sourcils froncés, et il choisit ses mots avec prudence.

— Mortice est mon plus vieil ami. Nous avons affronté de nombreux problèmes ensemble. Je lui fais la confiance la plus totale, d'autant que c'est un sorcier de premier ordre. L'un des plus puissants de la ville. Il est mort il y a tout juste cinq mois. Je suis même allé à son enterrement.

— Mais s'il est mort, s'étonna Fisher, qu'est-ce que vous avez à la cave ?

— Une liche, répondit Medley. Un cadavre, animé par la volonté d'un sorcier. Nous ne savons pas exactement ce qui s'est passé, mais Mortice nous défendait de l'attaque d'un sorcier quand il y a eu un problème. Un gros problème. Le sort l'a tué, mais Mortice est parvenu à prendre son propre esprit au piège dans son corps. Dans un sens, il est à la fois mort et vivant. Malheureusement, son corps continue de se décomposer peu à peu, malgré tous ses efforts pour l'en empêcher. La douleur et la pourriture l'accompagnent partout. Cela le rend assez… impatient.

— Il hante son propre corps, ajouta Adamant. Pris au piège dans une prison de chair en putréfaction, parce qu'il ne voulait pas me laisser sans défense.

— Il s'appelait Masque, mais se fait à présent appeler Mortice, précisa Dannielle avec une légère moue de dégoût. Igor Mortice. C'est une sorte de plaisanterie.

Hawk et Fisher échangèrent un regard.

— Bon, montrez-nous le corps.

— Je vois que vous allez vous entendre comme chèvre et chou, sourit Medley.

Il reprit l'anneau en acier, banda ses muscles et tira. La trappe se souleva sur des gonds bien huilés et un souffle d'air glacé s'engouffra dans la buanderie. Hawk frissonna soudain, les bras couverts de chair de poule. Adamant alluma une lampe, puis s'engagea dans l'étroit escalier qui s'enfonçait dans les ténèbres. Dannielle releva ses jupes et le suivit. Après un regard pour Fisher, Hawk haussa les épaules et partit à la suite de leur employeur, sa partenaire sur les talons. Medley fermait la marche, refermant d'un coup sec la trappe derrière eux.

Il faisait très sombre et incroyablement froid, dans cette cave. Hawk resserra davantage sa cape. L'escalier parut descendre une éternité. La lampe d'Adamant révéla une grande pièce carrée, pleine de blocs de glace. Toutes les surfaces étincelaient sous une couche de givre. La lampe était nimbée d'un halo. Au milieu de la pièce, dans un petit espace entouré de glace, se tenait une petite silhouette enveloppée dans une cape blanche. Elle se tenait immobile, assise sur une chaise de bois simple. Il était impossible de l'approcher, aussi Hawk l'étudia-t-il de son mieux à distance. La chair desséchée collait aux os, transformant les mains en serres osseuses. Sur le visage – à peine plus qu'un masque de cuir – les paupières étaient fermées sur des orbites apparemment vides. Hawk s'estima heureux que le reste du corps soit caché par la cape.

— J'imagine que la glace est là pour conserver son corps, finit-il par dire d'une voix troublée.

— Cela ralentit le processus, confirma Adamant, mais c'est tout.

— À mon avis, il serait plus généreux de le laisser partir une bonne fois pour toutes, intervint Fisher avec une grimace.

— Vous ne comprenez pas, dit Medley. Il ne peut pas mourir. Avec ce qu'il a fait, son esprit est lié à son corps tant qu'il existe. Quel que soit l'état de ce corps ou ce qu'il en reste.

— C'est pour moi qu'il a fait cela, rappela Adamant. Parce que j'avais besoin de lui.

La voix d'Adamant se brisa. Dannielle lui entoura les épaules d'un bras rassurant.

Hawk frissonna, pas seulement de froid.

— Et vous êtes sûrs qu'il est encore… là ? Il nous entend ?

Le corps momifié bougea sur la chaise. Les paupières s'écartèrent, révélant des yeux pisseux.

— Je suis peut-être mort, capitaine Hawk, mais je ne suis pas sourd.

La voix était basse, rauque, mais étonnamment ferme. Son regard se posa sur Hawk et Fisher et sa bouche esquissa un sourire.

— Hawk et Fisher. Les deux seuls gardes honnêtes de tout Haven. J'ai beaucoup entendu parler de vous.

— Pas en bien, j'espère, lança Fisher.

Le mort eut un ricanement sec, comme un papier fin qui se froisse dans le silence.

— James, je pense que tu seras en très bonnes mains avec ces deux-là. Ils ont une réputation formidable.

— Hormis pour l'affaire Blackstone, rappela Dannielle.

— Tout le monde peut avoir un jour sans, riposta Hawk d'un ton neutre. Faites-nous confiance, sieur Adamant. Ceux qui voudront vous tuer devront nous passer d'abord sur le corps.

— Vous faisiez moins le fier face aux créatures de sang. Si Mortice ne nous avait pas sauvés, nous serions tous morts.

— Allons, Danny, intervint Adamant. La sorcellerie peut venir à bout de n'importe qui. C'est pour cela que Mortice est avec nous. Pour s'occuper de ce genre de choses. Pendant que nous sommes ici, il te faut quelque chose, Mortice ? Tu sais que nous ne pouvons pas supporter ce froid très longtemps.

— Je n'ai plus besoin de rien, James. Mais tu devrais te méfier davantage. Le conseiller Hardcastle semble plus inquiet qu'il veut bien le dire en public. Il a lancé à tes trousses un sorcier de première classe. Les créatures de sang n'étaient qu'une des dizaines de créatures qu'il a invoquées depuis les ténèbres. J'avais réussi à repousser les autres, mais même mes protections ne sont pas à toute épreuve. Je ne reconnais pas le style de mon adversaire, mais il est bon. Très bon. Si j'étais vivant, je m'inquiéterais presque.

— Hardcastle doit savoir qu'il n'a pas le droit d'utiliser la sorcellerie dans une élection, sourcilla Adamant.

— Pas plus que nous, soit dit en passant, rappela Medley.

— Mais c'est différent, intervint Dannielle avec un rapide regard pour Hawk et Fisher. Mortice n'est là que pour nous protéger.

— Le Conseil ne s'arrête pas à ce genre de distinction, dit Mortice. Techniquement, ma simple présence dans la maison est illégale. Ce genre de détail technique ne m'intéresse pas vraiment, mais le Conseil a toujours eu une dent contre les utilisateurs de magie. N'est-ce pas, capitaine Hawk ?

— Tout à fait. C'est à force de vivre si près de la rue des Dieux.

— Tant pis, rétorqua la liche. Tous les candidats ont recours à une sorcellerie ou une autre. Sans cela, ils n'auraient pas la moindre chance. Au même titre que la corruption et les pots-de-vin, tout le monde est au courant de la sorcellerie, mais tout le monde détourne le regard. Je ne sais pas pourquoi je dis ça d'un air si dégoûté. Après tout, nous sommes à Haven.

— Apparemment, la mort n'a pas altéré vos facultés, remarqua Hawk.

La bouche de Mortice tressauta.

— En fait, la mort dégage merveilleusement l'esprit.

— Et que pensez-vous de la sorcellerie, capitaine Hawk ? demanda Dannielle. Allez-vous nous dénoncer et faire perdre à James cette élection ?

Hawk haussa les épaules.

— Mes ordres sont de protéger la vie de James Adamant. En ce qui me concerne, c'est la priorité. Je suis prêt à accepter tout ce qui pourra me faciliter la tâche.

— Eh bien, puisque nous sommes tous d'accord, nous devrions remonter, annonça Adamant. Il nous reste fort à faire, en très peu de temps.

— Tu es vraiment obligé de partir, James ? Tu ne peux pas rester discuter un moment ?

— Je regrette, Mortice. Tout se précipite. Je redescendrai te voir dès que j'aurai le temps. Et je continue de chercher quelqu'un qui pourrait t'aider. Même si cela prend du temps, il doit bien y avoir quelqu'un.

— Oui, répondit Mortice. J'en suis sûr. Ne t'inquiète pas pour le sorcier de Hardcastle, James. Il m'a pris par surprise une fois, mais je suis prêt, maintenant. Rien ne pourra te nuire tant que je serai là. Je te le promets, mon ami.

Ses yeux se refermèrent lentement, et tout parut indiquer qu'il était mort. Dannielle frissonna et tira sur le bras d'Adamant.

— Sortons d'ici, James. Je ne suis pas habillée pour une telle température.

— Bien sûr, ma chérie.

Il adressa un signe de tête à Medley, qui passa en premier dans l'escalier. Après le froid de la cave, la journée d'automne paraissait presque étouffante. Ils avaient du givre dans les cheveux et les sourcils, et tous s'essuyèrent le visage quand il commença à fondre. Adamant laissa retomber la trappe et souffla la lampe. Hawk le regarda.

— C'est tout ? Vous n'allez pas la refermer ? Si Hardcastle est aussi déterminé et sans pitié que vous le dites, qu'est-ce qui l'empêche d'envoyer des gens détruire le corps de Mortice ?

Medley eut un rire sans joie.

— Si quelqu'un était assez stupide pour descendre là-dedans, il ne remonterait pas. Mortice avait un sale caractère de son vivant, mais depuis sa mort il a développé un sens de l'humour assez particulier.

L'étude d'Adamant était rassurante, après le froid mordant et les ténèbres de la cave de Mortice. Hawk choisit le fauteuil le plus confortable, l'orienta pour ne pas tourner le dos à la porte et s'y enfonça. Adamant voulut dire quelque chose, puis se ravisa. Il fit signe aux autres de s'asseoir et s'occupa des décanteurs à vin. Dannielle allait s'asseoir à côté de Hawk quand un regard de Fisher l'en dissuada. Medley rejoignit dame Adamant qui l'ignora. Hawk, les jambes allongées, se reposait. Première règle de la Garde : quand on peut s'asseoir, on en profite. Les gardes passent beaucoup de temps debout, et la fatigue ne les aide pas à être efficaces.

Soulagé, Hawk sentit le froid de la cave refluer. Adamant lui versa un verre, qu'il sirota avec un murmure appréciateur. On aurait dit un bon cru, mais Fisher lui disait tout le temps qu'il n'y connaissait rien. Ce qui était aussi bien, vu ce qu'on les payait. Il reposa son verre et attendit qu'Adamant ait fini de servir tout le monde. Il restait beaucoup à dire.

— Sire Adamant, jusqu'à quel point faites-vous confiance à Mortice ?

Adamant rangea le décanteur avant de répondre.

—Avant sa mort, beaucoup. À présent… Je l'ignore. Après tout ce qu'il a traversé, je suis étonné qu'il reste cohérent. Et même sain d'esprit. Une telle expérience aurait pu briser un homme moins résistant. Je pense qu'il n'est pas à l'abri. Aujourd'hui, sa vie est faite avant tout de douleur et de désespoir. Il n'a aucun avenir, et il le sait. Son amitié pour moi est tout ce qui le retient dans le monde normal.

—Et sa magie? demanda Fisher. Est-il aussi puissant qu'auparavant?

—On dirait.

Adamant vida son verre et se resservit d'une main parfaitement sûre.

—De son vivant, Mortice était un sorcier très puissant. Il dit qu'il est toujours aussi fort à présent, mais on ne peut nier que son esprit se laisse parfois aller au vagabondage. C'est certainement comme ça que les créatures de sang ont pu entrer. Je lui avais conseillé de ne pas révéler sa présence sauf nécessité absolue. Ce n'est qu'en vous le présentant, en le voyant par vos yeux, que je me suis rendu compte à quel point il a changé depuis sa mort. Il était tellement puissant…

—Mais en l'état, nous ne risquons rien, coupa Medley. Vous avez vu comme il est calme et rationnel. Vous serez avec nous pendant toutes les élections. Vous pourrez garder un œil sur lui. S'il paraît sur le point de craquer, vous pourrez le dénoncer. Ce n'est pas comme s'il était dangereux. Certes, il est très fort, mais il n'aurait aucune chance contre la puissance combinée de tous les sorciers de la Garde. Après tout, ils s'attaquent même aux Errants de la rue des Dieux. Et Mortice n'est tout de même pas Grand Sorcier. Entre-temps, nous avons besoin de lui. Adamant ne survivrait pas sans Mortice.

Hawk regarda Fisher, qui opina du chef.

—Très bien, finit-il par dire. Nous verrons comment cela se passe. Mais une fois l'élection terminée…

—Alors nous pourrons en reparler, interrompit Adamant.

—Et s'il devient dangereux? demanda Fisher.

—Alors vous ferez ce qui s'impose, dit Adamant. Je connais mes devoirs, capitaine.

Un silence tendu s'installa dans la pièce. Dannielle s'éclaircit la voix, et tout le monde la regarda.

— Ce n'est pas la première fois que vous travaillez avec une personne qui use de magie, n'est-ce pas, capitaine Hawk ? Gaunt était impliqué dans l'affaire Blackstone, il me semble...

— Seulement par hasard, répondit Hawk. Je n'ai guère eu le temps de le connaître, il a quitté la ville peu de temps après.

— Quel dommage, pesta Medley. Sa perte fut douloureuse pour la Cause de la Réforme. Gaunt et Mortice étaient les seuls sorciers d'importance à s'allier ouvertement avec les Réformateurs.

— Vous pouvez vous passer d'eux. On ne peut pas faire confiance à la magie ou à ceux qui la pratiquent, affirma Hawk.

Dannielle souleva un sourcil peint.

— On dirait que vous avez eu quelques ennuis avec la sorcellerie, capitaine Hawk.

— Hawk a très bonne mémoire, expliqua Fisher. Et il est plutôt rancunier.

— Et vous, capitaine Fisher ? demanda Adamant.

— Moi, je me contente de régler mes comptes, rétorqua le garde avec un sourire. Sans haine ni passion.

— Ben voyons, souffla Hawk.

— Nous n'avons pas encore parlé de politique, commença Adamant. Quelles sont vos convictions, si vous en avez ? D'après mon expérience, les gardes s'intéressent peu à la politique, si ce n'est pour les faveurs et pots-de-vin que cela peut représenter. La plupart du temps, ils encouragent plutôt le *statu quo*.

— C'est notre travail, confirma Hawk. Nous ne décidons pas les lois, mais nous les faisons respecter. Même celles avec lesquelles nous ne sommes pas d'accord. Tous les gardes de Haven ne sont pas à vendre. Bien sûr, la corruption est la règle, à Haven. Mais, dans l'ensemble, la Garde prend son travail au sérieux. Trop de malversations seraient mauvaises pour les affaires, et le Conseil veille à ce qu'on ne dérange pas la haute société.

— Mais en quoi croyez-vous ? insista Medley. Le capitaine Fisher et vous-même ?

— Ma femme se désintéresse complètement de la politique, répondit Hawk avec un haussement d'épaules. N'est-ce pas, Isobel ?

— Exactement. La seule chose plus pourrie qu'un politicien, c'est une charogne d'une semaine, une fois que les mouches sont passées dessus. Sans vouloir vous froisser, sire Adamant.

— Naturellement.

— Quant à moi..., reprit Hawk en plissant les lèvres. Isobel et moi avons grandi dans les monarchies absolues des Royaumes du Nord. Il nous a fallu un peu de temps pour nous adapter aux changements que la démocratie a apportés à Haven et dans les Bas Royaumes, notamment l'idée d'un monarque constitutionnel. Dans l'ensemble, j'ai l'impression que le pouvoir reste toujours aux mains des mêmes personnes, quel que soit le système qu'on adopte. Mais au moins, la démocratie permet un certain changement. C'est pour ça que je préfère la Réforme. Les Conservateurs refusent le changement parce qu'ils veulent conserver richesse et privilèges. Les pauvres devraient se satisfaire de leur sort sans moufter. Et ça, je n'ai jamais réussi à le faire.

— Mais en ce qui concerne cette élection, nous sommes parfaitement neutres, précisa Fisher. Notre travail est de vous protéger, et nous le ferons de notre mieux. Personne ne vous dérangera tant que nous serons dans les parages. Pas ouvertement, en tout cas. Mais ne perdez pas votre temps à faire du prosélytisme avec nous, nous ne sommes pas là pour ça.

— Bien entendu, dit Medley. Nous comprenons tout à fait. Mais vous allez prendre beaucoup de risques pour nous. Votre présence ici suffit à faire de vous des cibles. En conséquence, vous permettrez peut-être à James et moi-même de vous témoigner notre appréciation en vous remettant un peu d'argent, pour vos frais. Disons cinq cents ducats ? Chacun, s'entend.

Il tendit la main vers l'intérieur de son manteau pour prendre son portefeuille, puis se figea en voyant le visage de Hawk. Le silence retomba dans la pièce, Medley regardant tour à tour le visage des deux gardes. Il frissonna. Hawk et Fisher avaient changé. Leurs visages trahissaient une rage froide, une violence sourde et tout juste contenue.

Pour la première fois, Medley comprit comment les deux gardes avaient acquis leur sinistre réputation et crut chaque mot de ce qu'on lui avait rapporté. Il voulait regarder Adamant, chercher son soutien, mais ne parvenait pas à détourner le regard.

—Vous voulez nous acheter ? demanda Fisher, froide.

—Pas nécessairement, sourit Medley.

La plaisanterie tomba à plat. Medley sentait la sueur poindre à son front.

—Lâchez ce portefeuille tout de suite, conseilla Hawk, ou nous ferons quelque chose de très déplaisant à votre main. Ne me demandez pas quoi.

—Nous ne sommes pas à vendre. Jamais. Les gens nous font confiance parce qu'ils savent que personne ne peut nous acheter. *Personne.*

—Mon conseiller ne voulait pas vous froisser, intervint rapidement Adamant. Il n'a simplement pas l'habitude des gens honnêtes.

—Que voulez-vous, c'est cela la politique, minauda Dannielle.

—Et il faut reconnaître que vous êtes assez… exceptionnels, pour une ville comme Haven, reprit Adamant.

—Vous voulez dire uniques, corrigea Fisher.

—On peut dire ça comme ça, confirma Hawk avec un sourire dur.

Medley rajusta inutilement sa veste et regarda l'horloge de bronze ciselé sur la cheminée.

—Nous sommes en retard, James. Les militants seront bientôt là pour ton discours.

—Bien sûr, Stefan. (Adamant se leva et sourit à Hawk et Fisher.) Venez, chers gardes du corps. La suite va sans doute vous intéresser.

—On peut dire ça comme ça, souffla Dannielle.

Morose, Hawk appelait de ses vœux une émeute. Les militants d'Adamant remplissaient la salle de bal en contrebas, enjoués et impatients. Ils étaient si disciplinés et suivaient si bien les consignes des domestiques d'Adamant que Hawk peinait à y croire. En général, les meetings politiques de Haven se reconnaissaient à leur sillage de bouteilles brisées et de corps mutilés. Les membres du parti d'Adamant étaient très enthousiastes, mais pas plus intéressés que ça par les passe-temps traditionnels qu'étaient les insultes lancées à l'adversaire et la planification de sa destruction. Apparemment, ils avaient plus envie d'aborder les problèmes à résoudre. Hawk secoua la tête. Comme si les élections de Haven avaient le moindre rapport avec la vie quotidienne. Il était prêt à parier que les gens de Hardcastle ne perdaient pas leur temps en palabres, mais planifiaient plutôt la mort, le bain de sang et le chaos. Pour commencer. Fisher paraissait s'ennuyer autant que son mari. Il se consola en espérant que quelqu'un s'évanouirait dans la chaleur. N'importe quoi pourvu qu'il se passe quelque chose. Hawk aurait accueilli avec joie une épidémie de peste, juste pour soulager son ennui.

Il eut un regard plein d'espoir pour Adamant, mais ce dernier ne paraissait pas pressé de faire son apparition. Il était tranquillement assis sur sa chaise, caché à ses fidèles par d'épais rideaux de velours, pour qu'il puisse faire une entrée dramatique. Il paraissait à l'aise, les mains jointes sur ses genoux et les yeux dans le vague. Medley, quant à lui, faisait les cent pas comme un chat angoissé. Il tenait en main une épaisse liasse de feuilles et passait son temps à les reclasser, comme des cartes à jouer. Il marmonnait sans cesse un commentaire sur le discours, alors que personne ne l'écoutait. Dannielle le regardait d'un air courroucé de temps à autre, mais passait le plus clair du temps à étudier son reflet dans le miroir en pied face à elle.

En dessous, la foule commençait à faire du bruit. Malgré l'ambiance disciplinée, certains paraissaient s'impatienter. Hawk se déplaça un peu pour voir plus clairement le miroir en face de lui. C'était le dernier de toute une série de miroirs, arrangés pour qu'il puisse surveiller la foule sans être vu. L'une des meilleures idées de Medley.

La salle de bal n'était pas très vaste, mais la foule changeait tout. Les lampes et chandelles faisaient briller le tout de mille feux et alourdissaient l'air. Les portraits sévères des ancêtres des propriétaires jalonnaient le pourtour de la pièce. À voir leur air si respectable, ils feraient sans doute tous une attaque en voyant à quoi leur maison servait. Les militants d'Adamant occupaient toute la salle de bal, serrés en rangs étroits. Ils paraissaient se fondre en une foule de visages luisants et d'yeux impatients. Les premiers avaient annexé les marches les plus basses de l'escalier, contenus par une poignée de valets, tandis que d'autres domestiques fendaient doucement la foule, à la recherche de visages connus ou de saboteurs à gages. Ils paraissaient très seuls et très vulnérables dans la foule. Même si chacun ici était censé être un ami de la Cause, Hawk ne pouvait faire confiance à tant de personnes. Il avait vu suffisamment de foules pour savoir à quel point elles pouvaient s'agiter rapidement. En cas de mouvement de panique, les hommes d'Adamant seraient impuissants. Ils ne portaient même pas d'épée. Hawk renifla. Il fallait plus que de bonnes intentions pour contenir une foule.

Un mouvement d'Adamant attira l'attention de Hawk, mais le candidat changeait juste de position. Il paraissait toujours aussi calme, comme s'il attendait sa deuxième tasse de thé du petit déjeuner, et non son premier véritable test de popularité. Hawk y avait d'abord vu une façade derrière laquelle Adamant cachait sa nervosité, mais le garde ne voyait pas cet excès d'immobilité qui trahit souvent la tension. Il lança un regard à Fisher, qui opina pour montrer qu'elle l'avait également remarqué. Adamant faisait peut-être son entrée dans le monde de la politique, mais il connaissait déjà la première règle : les politiciens inspirent la ferveur, mais n'y succombent pas eux-mêmes. Autrement dit, Adamant était assez professionnel pour être un salaud glacial et impitoyable quand c'était nécessaire. C'était bon à savoir.

Medley, d'un autre côté, paraissait proche de l'implosion. En nage, il passait ses doigts tremblants dans ses cheveux en bataille quand il pensait que personne ne le regardait. De temps en temps, il jetait un regard dans le miroir, pour surveiller la foule de plus en plus bruyante. Son monologue se précipitait à mesure qu'il récapitulait tout ce dont Adamant devrait se souvenir une fois face à la foule.

Medley commença à se répéter, et Dannielle le foudroya de nouveau du regard avant de rajuster pour la énième fois sa toilette. Sa robe était élégante, son maquillage impeccable, mais elle paraissait en douter dès qu'elle ne s'admirait pas. Hawk sourit. Chacun sa méthode pour calmer ses nerfs. En général, lui préférait s'affairer. Il étudia la scène du miroir et se tendit. La foule commençait vraiment à s'agiter. Certains scandaient le nom d'Adamant. Le rang de valets au pied de l'escalier paraissait plus petit que jamais.

Hawk eut un sourire. Ça lui apprendrait à espérer de l'action.

Medley fit un commentaire de trop, et Dannielle lui lança une remarque désobligeante. Ils croisèrent le regard un moment, puis l'épouse se tourna vers Adamant pour chercher son soutien. Il leur sourit à tous deux et se leva. Il échangea avec chacun quelques paroles rassurantes, juste assez longtemps pour que son calme les contamine. Dans la salle de bal, la foule réclamait Adamant à cor et à cri. Et plus ou moins à l'unisson. Le candidat sourit à Hawk et Fisher.

— C'est un art, vous savez. Plus on les fait attendre, plus ils réagissent quand je finis par apparaître. Bien sûr, si j'attends trop longtemps, ils craquent. Tout est une question de timing.

Il écarta les pans du rideau, et la foule se déchaîna.

Les partisans criaient, tapaient des pieds et agitaient leurs bannières, libérant leurs émotions contenues en un grand rugissement d'amour et d'acclamation. Le bruit enfla et enfla, rebondissant contre les murs et le plafond. Adamant sourit, agita la main, et Dannielle et Medley le rejoignirent. Les cris se firent encore plus sauvages, si c'était possible. Dannielle avait pour la foule un sourire enchanteur. Medley, de son côté, saluait de la tête, de façon brusque, le visage grave et impassible.

Sur la partie cachée du palier, le regard de Hawk balayait son miroir de surveillance, cherchant le moindre mauvais signe. Autant d'émotion en un seul endroit, c'était risqué. Il suffirait d'un incident malheureux pour que tout dérape. D'après Medley, il fallait concentrer toute l'émotion sur Adamant, par une combinaison de discours et de théâtre, puis envoyer les gens dans la ville pendant qu'ils étaient encore pleins d'enthousiasme. Quand on y arrive, c'est très payant. Adamant en était sans doute capable. Il était doué avec les mots. Au bon moment, cela pouvait suffire pour renverser des trônes ou bâtir des empires. Ou susciter la rébellion, la guerre civile. Faire mourir des hommes dans les champs.

Fisher s'agita à côté de Hawk, mal à l'aise, sentant sa tension. Il se força à se détendre. Il n'allait rien se passer. Adamant et Medley avaient tout prévu, jusqu'au dernier détail. Les gens de Hardcastle ne pointeraient pas le bout de leur nez. Ils avaient beau ignorer les détails, ils savaient qu'Adamant était protégé par un sorcier. Hawk se mordilla la lèvre inférieure et regarda Adamant. Il souriait toujours, continuait de saluer la foule, étirant le moment autant que possible. À son côté, Dannielle, sereine, le soutenait sans lui faire d'ombre. Medley paraissait mal à l'aise sous les feux de la rampe, mais personne ne lui demandait d'être charismatique. Il lui suffisait d'être ici, allié à Adamant.

Hawk regarda à nouveau la foule, qui ne semblait pas vouloir se calmer. Tout le monde avait un drapeau, une banderole ou une pancarte, et tous arboraient le ruban bleu de la Cause de la Réforme. Le public présent mélangeait tous les types et les classes. Beaucoup portaient une tenue pauvre. Mais d'autres se distinguaient par leur port et leurs vêtements – marchands, négociants et même quelques membres de la haute société. Hors d'ici, on n'aurait vu ces gens se côtoyer qu'à la morgue, ou à la prison des débiteurs. Et pourtant, épaule contre épaule, ils communiaient dans une amitié et un but insufflés par l'homme qu'ils acclamaient. La politique créait de bien étranges alliances. Adamant leva les mains, et les vivats moururent rapidement, remplacés par un silence lourd d'attente.

Adamant paraissait différent, plus puissant, plus grand, en stature comme en autorité. On aurait pu croire que la foi de la foule avait fait de lui le héros dont elle avait besoin. L'homme que Hawk avait rencontré était agréable, et même charmant. Mais ce nouvel Adamant possédait un pouvoir et un charisme qui le faisaient briller. Sa présence emplissait la salle de bal. Pour la première fois, Hawk comprit ce que Hardcastle redoutait chez cet homme.

Tous les regards étaient braqués sur Adamant dans un silence affamé, déterminé, qui déplaisait souverainement à Hawk. La relation entre Adamant et ses militants n'était pas à sens unique. Ces gens l'adoraient et pourraient même mourir pour lui. Mais ils le possédaient tout autant. Ils définissaient ce qu'il était et ce qu'il pouvait devenir.

Le discours d'Adamant dura près d'une heure, et la foule en but chaque intonation. Il parla du côté obscur de Haven, des ateliers clandestins et des gangs, des sociétés qui s'assuraient que leurs employés restent pauvres, et les gros bras des sociétés qui rendaient visite à ceux qui attiraient trop l'attention. Il parla de nourriture avariée, d'eau croupie, de maisons au toit percé et de rats dans les murs – et la foule réagit avec outrage, comme si personne n'avait jamais soupçonné pareille infamie. Adamant leur faisait voir le monde avec un regard nouveau et leur montrait à quel point il était mauvais.

Il leur parla des privilégiés qui méprisaient les pauvres parce qu'ils étaient nés dans la mauvaise classe et n'étaient donc que des animaux à utiliser à sa guise. Il leur parla des nobles qui se gavaient de festins gargantuesques dans des demeures somptueuses tandis que des enfants mouraient de faim et de froid dans la rue. Et la haine de la foule devint une présence palpable dans la salle.

Alors, il leur dit que les choses pouvaient changer.

Il leur parla de la Cause. La Réforme. La façon dont on pourrait éradiquer les maux de Haven. Pas par la violence ou la révolution, mais par un changement lent et continu. En faisant travailler les gens ensemble, et non les uns contre les autres, quels que soient leur classe, leur richesse et leur rang. Ce ne serait pas facile. Certains à Haven préféreraient mourir plutôt que d'accepter un tel changement. La Réforme serait un combat long et dur, mais elle finirait par l'emporter. Parce qu'en travaillant ensemble le peuple était plus fort, et de loin, que les privilégiés qui cherchaient à le maintenir dans l'oppression. Adamant sourit fièrement aux hommes et femmes qui l'écoutaient :

— Laissez nos adversaires nous traiter d'anarchistes et de fauteurs de troubles, dit-il. Nous montrerons la vérité au peuple de Haven. Nous sommes simplement des hommes et des femmes qui veulent ramener la justice à tout prix.

» Ils ne pourront pas tous nous tuer.

Adamant finit par se taire, et le silence plana un instant. Puis ses militants regroupés rugirent leur soutien d'une seule voix. Adamant avait pris une foule et en avait fait une armée. Ils le savaient. Il ne leur manquait plus qu'un ennemi, et ils le trouveraient bien assez vite.

Hawk regarda la foule dans le miroir, impressionné mais troublé. Il était dangereux de susciter des émotions aussi fortes, pour tout le monde. Si Hardcastle pouvait faire naître les mêmes sentiments chez ses militants, les deux groupes se croiseraient dans le sang.

Adamant leva de nouveau les mains, et la foule se tut. Il marqua une pause, comme s'il cherchait les mots justes, puis leur dit lentement, calmement, ce qu'il fallait faire de l'ennemi. La violence était la façon de Hardcastle, pas la leur. Autant laisser les électeurs voir qui avait assez peur pour recourir à la violence. Alors, tout le monde saurait qui redoutait ces vérités. Adamant passa ses militants en revue. Les prochaines heures amèneraient leur quota de blessés, voire de morts. Mais quoi qu'il arrive, ils devraient se contenter de se défendre, sans excès. Il était facile de tomber dans un piège de haine et de violence, mais la Réforme proposait le changement, pas la destruction.

Il marqua une nouvelle pause, pour laisser à l'idée le temps de s'installer. Puis soudain sa voix s'éleva, pleine de joie et de bonheur. Il emplit le cœur de la foule d'espoir, de détermination, leur souhaita bonne chance, s'inclina une fois, puis repartit d'un pas tranquille dans les ombres du palier, suivi de Dannielle et Medley. Son public applaudit jusqu'à ce que leur cœur fût à vif, puis sortit en rang de la salle de bal, riant et discutant de la journée qui les attendait. Dans les ombres du palier, Adamant s'écroula sur une chaise, fatigué, et poussa un long soupir de soulagement.

—Ça s'est plutôt bien passé, finit-il par dire.

Il tendit la main à Dannielle, qui la serra fermement entre les siennes.

—Ça pouvait. On l'a suffisamment répété, tempéra Medley.

—Oh, ne fais pas attention à lui, mon chéri. Tu étais merveilleux ! Écoute-les, James. Ils t'acclament encore !

—Dure est la vie du politicien, soupira Adamant. Tout ce pouvoir, cette adulation… Comment résister à la pression ?

Medley renifla.

—Attends qu'on aille dans la rue, James. C'est là que le travail commence vraiment. Ça ne se passe pas de la même façon, dehors.

Une demi-heure plus tard, après le départ du dernier militant, Adamant et compagnie étaient de retour dans l'étude. Le candidat recevait des visiteurs. Garrett Walpole et Lucien Sykes étaient des hommes d'affaires si prospères que même Hawk et Fisher avaient entendu parler d'eux. Leurs familles étaient aussi anciennes que Haven, et, s'ils n'avaient pas tiré leur argent du commerce, ils auraient pu appartenir à la haute société. En l'état, même la lie de la haute société ne se serait pas rabaissée à leur lancer fût-ce un regard de mépris. Quelle que soit leur richesse, les négociants étaient priés d'emprunter la porte de service. Ce qui expliquait d'ailleurs la visite de Walpole et Sykes. Aucun des deux n'aurait accepté de le reconnaître, bien entendu. Ils serrèrent la main d'Adamant et firent quelques signes de tête tandis qu'Adamant faisait les présentations.

— Votre conseiller peut rester, dit Sykes avec brusquerie, mais les autres doivent sortir. Nos affaires sont confidentielles, Adamant.

Hawk sourit et secoua la tête.

— Nous sommes gardes du corps. Nous restons avec sire Adamant.

Walpole regarda Hawk et Fisher, amusé.

— Rappelez vos chiens, James, voulez-vous ? Votre femme pourrait peut-être les amener à la cuisine pour une tasse de thé, ou je ne sais quoi, jusqu'à ce que nos affaires ici soient réglées.

— Je n'aime pas trop le thé, répondit Fisher. On reste.

— Vous allez faire ce qu'on vous dit ! cracha Sykes. Maintenant, sortez et ne revenez que quand on vous appellera. Dites-leur, James !

Hawk sourit, et Sykes pâlit soudain en retenant son souffle. Sans bouger le moindre muscle, Hawk avait changé. Il paraissait à présent… dangereux. Le visage couturé était froid et impassible, et Sykes remarqua malgré lui la façon dont le garde posait la main sur sa hache. La pièce parut soudain très petite. Sans issue.

— Nous sommes des gardes du corps, souffla Hawk. On reste.

— Messieurs, je vous en prie ! intervint Adamant. Nul besoin de tout ceci. Nous sommes tous amis, ici. Hawk, Fisher, ces messieurs sont mes invités. Je vous saurai gré de leur montrer toute la courtoisie possible tant qu'ils seront sous mon toit.

— Bien sûr, répondit Hawk.

Son ton était poli à l'extrême, mais le regard de son œil unique était toujours aussi froid. Sykes se tourna vers Fisher, mais son sourire était encore pire.

— Aucune raison de vous inquiéter, mes amis, reprit Adamant. Mes gardes du corps comprennent tout à fait le besoin de confidentialité. Je vous garantis que rien de ce qui se dira ici ne sortira des murs de cette pièce.

Walpole regarda Sykes, qui opina de mauvaise grâce. Hawk sourit. Adossée à la cheminée, Fisher croisa les bras.

— Mais votre femme devra tout de même nous laisser, s'entêta Sykes. Ce n'est pas une affaire pour une femme.

Dannielle rougit sous la colère et chercha le soutien d'Adamant. Mais celui-ci hocha la tête.

— Très bien, Lucien. Si tu insistes. Danny, tu veux bien...

Dannielle lui lança un regard trahi puis se reprit suffisamment pour sourire avant de sortir. Elle ne claqua pas la porte derrière elle, mais en donna pourtant l'impression. Adamant fit signe à Walpole et Sykes de s'asseoir et attendit qu'ils s'installent avant de leur verser de son meilleur vin. Hawk et Fisher tendirent leurs verres pour être resservis, et Adamant leur laissa le décanteur. Il tira une chaise devant ses deux visiteurs. Les deux gardes restèrent debout. Hawk étudiait les deux hommes d'affaires par-dessus le rebord de son verre. Il ne fréquentait pas les mêmes cercles sociaux, mais il les connaissait de réputation. Les gardes s'efforçaient de reconnaître les gens influents de la communauté au premier coup d'œil. Ça évitait beaucoup de problèmes.

Garrett Walpole était un ancien militaire de carrière, et il en avait conservé la carrure. Après vingt ans de service dans l'armée des Bas Royaumes, il avait pris sa retraite et la tête de l'affaire familiale. Il avait encore la coupe réglementaire, et son dos était aussi droit qu'une lame. Il portait des vêtements sobres et classiques. Assis sur sa chaise, détendu comme il l'était, il aurait aussi bien pu être chez lui.

Lucien Sykes était gros, rougeaud et très près de la cinquantaine. Il portait des vêtements à la dernière mode, avec plus de détermination que d'élégance, et paraissait un peu mal à l'aise. Sykes était très important dans tout ce qui concernait l'import-export, et c'était pour cette raison qu'il se rapprochait d'Adamant. La guilde des dockers était dans sa deuxième semaine de grève, et les quais étaient comme morts. Rien n'y entrait, rien n'en sortait. Les frères DeWitt, appuyés par les Conservateurs, essayaient de briser la grève avec des ouvriers zombies mais, pour l'instant, ça ne donnait rien. Les zombies avaient besoin d'une supervision constante et n'étaient pas des ouvriers très efficaces. Plus remontés que d'habitude contre les Conservateurs, les dockers avaient fini par se ranger derrière les Réformateurs. Pour que ses navires entrent ou sortent des docks, Sykes aurait besoin de l'aide des Réformateurs.

Hawk sourit. Il était peut-être novice en politique, mais pas ignare pour autant.

— Eh bien, finit par dire Adamant après que tout le monde eut bu son verre et que le silence se fut un peu éternisé. Que puis-je faire pour vous, mes amis ? En temps normal, je serais ravi de discuter un moment avec vous, mais j'ai une élection à remporter, et cela me laisse très peu de temps. Si vous voulez bien me dire ce qu'il vous faut, je serai ravi de vous dire combien il vous en coûtera.

— L'honnêteté est une vertu, James, mais à votre place je la garderais pour moi. Elle n'a rien à faire en politique ou dans les affaires.

— Si vous le dites, répondit Medley, faisant rire Walpole.

— James, je n'ai guère d'espoir pour vous. Les Hauteurs sont acquises aux Conservateurs depuis plus de trente ans. D'accord, Hardcastle est on ne peut plus pourri, mais les gens préfèrent garder les problèmes qu'ils connaissent déjà, plutôt que de prendre le risque d'une nouvelle cause inconnue.

— Même si ces problèmes les maintiennent dans la misère depuis des années, et si la Cause de la Réforme propose de se battre pour eux ? sourit Adamant. À moins que tu ne croies pas à la Réforme ?

— Mon vieux, tu n'as aucune chance. (Walpole sortit un cigare de sa poche, le regarda avec envie et le rangea.) Un seul par jour, a dit le docteur. Si ça ne tenait qu'à moi, je changerais de docteur, mais c'est mon beau-frère. James, la Réforme est une belle idée, mais ça s'arrête là. Ces modes finissent toujours par lasser. Trop de gens ont intérêt à ce que tu échoues.

— C'est pour ça que vous êtes venus ? Pour me dire que je n'avais aucune chance ?

Walpole eut un rire bref.

— Pas du tout. Tu m'as demandé de l'argent, James, et je te l'apporte. Qui sait ? Tu vas peut-être gagner, et ça ne peut pas me faire de mal si tu me dois un service. Et puis, je suis un ami de ta famille depuis toujours ou presque. J'ai combattu aux côtés de ton père dans la campagne des Crêtes brisées. C'était un type bien. Je suis plus qu'aisé ces jours-ci, et je peux me permettre de jeter quelques milliers de ducats par la fenêtre. (Il sortit un billet de banquier de sa poche et le tendit à Medley.) Fais-en bon usage, James, et n'hésite pas à me dire s'il t'en faut davantage. Et quand ces âneries seront finies, viens me voir. Je suis sûr qu'on pourra te trouver quelque chose à faire. À présent, il faut que je parte. J'ai plein de choses à faire, tu t'en doutes. Bonne chance pour l'élection.

Il n'avait pas dit : « Tu en auras besoin. » Mais son ton le laissait entendre.

Il se leva lentement et s'étira tandis qu'Adamant se mettait sur pied et sonnait pour appeler le majordome. Medley rangea l'argent dans son portefeuille avant de se lever. Le majordome arrivé, Walpole serra toutes les mains et se laissa guider jusqu'à la sortie. La pièce fut soudain très calme. Adamant et Medley se rassirent avant de tourner leur attention vers Lucien Sykes. Ce dernier jeta un coup d'œil aux deux gardes, fronça les sourcils et se pencha vers Adamant, la voix basse, le ton conspirateur.

— Tu sais où j'en suis. Il faut que mes navires aient bientôt accès aux docks, sinon je vais perdre tout ce que j'ai. J'ai donné de l'argent à la Cause, je suis même un de tes principaux financiers. Et maintenant, j'ai besoin de ton aide. Il me faut ta parole que ton premier geste de conseiller sera de mettre la pression sur ces salauds de la guilde des dockers pour qu'ils arrêtent leur grève. Au moins un petit moment.

— J'ai peur que ce ne soit pas possible, répondit Adamant, mais je pourrais inciter les frères DeWitt à être plus raisonnables. Après tout, ce sont eux qui ont provoqué la grève, en refusant de rendre les docks plus sûrs pour ceux qui y travaillent.

Le froncement de sourcils de Sykes s'accentua encore.

— Ça ne servira à rien. J'ai déjà parlé à Marcus et David DeWitt. Ils s'en fichent. Ils se font un principe de ne pas céder aux ouvriers. S'ils veulent creuser leur propre tombe financière, c'est très bien, mais je refuse de me laisser entraîner avec eux.

— Vous pourriez aller voir Hardcastle, proposa Medley.

— J'ai essayé, répondit Sykes. Il n'a même pas voulu me recevoir. Trois mille ducats, Adamant. C'est ce que je te propose. J'ai la lettre de change ici même.

— Je vais parler à la guilde et voir ce que je peux faire contre les DeWitt, annonça Adamant. C'est tout ce que je peux te promettre. Si ça ne suffit pas, alors nous nous passerons de ton argent.

Sykes prit une lettre de change, pliée dans la poche de son manteau, la soupesa, puis la lança sur le bureau.

— Nous nous reverrons bientôt, Adamant – si tu gagnes l'élection.

Il resserra son manteau autour de lui, lança un regard à Hawk et Fisher, puis quitta l'étude. La porte se referma derrière lui. Hawk se tourna vers Adamant.

— C'est toujours aussi évident ? Enfin, si on réfléchit bien, ces deux hommes vous proposaient un pot-de-vin pour leur rendre un service à l'avenir. La Réforme a toujours fait campagne contre ce genre de corruption, par le passé.

— Pour mener une élection, il faut de l'argent, expliqua Medley. Beaucoup d'argent. James ne pourrait pas tout payer seul, et la Cause ne peut pas grand-chose pour lui. Leur argent sert surtout aux candidats les plus pauvres. Ils n'ont pu nous donner que cette maison. Alors nous prenons les fonds là où nous les trouvons. Hardcastle n'a pas à se soucier de ce genre de choses, lui. Si ses militants ne lui font pas assez de dons, il menace d'augmenter les impôts sur la propriété. Et nous n'avons rien promis qui aille à l'encontre de nos principes. Au final, la politique est une question de services mutuellement rendus. C'est cela qui fait tourner le système. Certes, c'est un système déplaisant, mais c'est justement ce que nous espérons changer.

La porte s'ouvrit à la volée, et Dannielle entra. Elle les regarda tous sans tendresse, puis s'écroula sur sa chaise préférée.

— J'ai presque envie d'ouvrir toutes les fenêtres et de brûler de l'encens. Cette pièce empeste la politique.

— Je regrette, Danny, dit Adamant. Mais ils n'auraient pas parlé aussi librement si tu avais été ici, et nous avions besoin de leur argent.

— Changeons de sujet, répondit Dannielle en se raidissant.

— Avec joie, accepta Medley. Avez-vous besoin de savoir autre chose avant que nous partions en campagne, capitaine Hawk ? Capitaine Fisher ?

— Oui, répondit Hawk. Il me faut plus d'informations sur les autres candidats. Hardcastle, par exemple. J'ai cru comprendre qu'il n'était pas très populaire, même chez ses propres militants.

— C'est une brute, confirma Adamant. Il gère les Hauteurs comme sa propre baronnie. Il lève même ses propres taxes, sans leur donner ce nom bien évidemment. C'est une police d'assurance. Et les gens qui ne paient pas, par choix ou par pauvreté, se rendent compte qu'ils attirent tout à coup la malchance. Cela commence par des coups, des incendies, et cela se termine par le meurtre. Personne ne se plaint. Même la Garde ferme les yeux.

Hawk eut un sourire froid.

— La Garde, vous l'avez devant vous. Parlez-moi de Hardcastle lui-même.

— C'est un ogre sans cœur ni honneur, déclara Medley d'une voix neutre. Il accepte des pots-de-vin de tout le monde, puis trahit ceux qui l'ont payé si cela lui chante. Ses affaires se portent très bien, et on raconte qu'il sait où sont enterrés quelques cadavres très importants. Il entretient sa propre armée de gens d'armes et de gros bras. Si quelqu'un essaie de s'élever contre lui, il lui fait casser les jambes pour lui apprendre à marcher droit. Je pense qu'il n'a pas d'amis, mais il a des connaissances très haut placées.

— Autre chose ? demanda Fisher.

— Il est marié, ajouta Dannielle. Mais je n'ai jamais rencontré son épouse.

— Rares sont ceux qui en ont eu l'occasion, confirma Medley. Elle sort très peu. À ce qu'on m'a dit, c'était un mariage arrangé, pour affaires. Ils sont mariés depuis sept ans, sans enfants.

— Quand vous parlez de gens d'armes, vous voulez dire des mercenaires ? demanda Hawk, pensif.

— Bien sûr. Il est difficile de se faire une idée précise, mais il compte au moins trois cents hommes armés sous ses ordres. Sans doute davantage.

— Et c'est contre un homme pareil que vous vous présentez ? s'étonna Fisher. Vous devez être fou. Il va vous falloir une armée juste pour sortir dans la rue sans risque.

— Une armée ? Pour quoi faire ? J'ai le capitaine Hawk et vous, n'est-ce pas ? Détendez-vous, capitaine Fisher. Nous avons également quelques mercenaires. Pas autant que Hardcastle, mais cela suffira. Ils nous protégeront du pire. Et pour le reste… nous improviserons.

— Fantastique, soupira Fisher.

— Parlez-moi des autres candidats, insista Hawk.

Adamant regarda Medley, qui fronça les sourcils et parut réfléchir avant de parler.

— Eh bien, d'abord, le seigneur Arthur Sinclair. Un gars assez jeune. Il a hérité du titre il y a quelques années, dans des circonstances assez louches, mais c'est normal à Haven. Il joue à la politique par plaisir autant que par conviction. Il aime qu'on fasse attention à lui, et ça lui fait plaisir de se ridiculiser en public. Il est indépendant parce que personne n'a voulu de lui, et il veut mettre fin à l'impôt sur l'alcool, sous quelque forme que ce soit. Malgré le soutien de l'industrie de la bière, du vin et des spiritueux et les votes qu'il peut acheter, il faudrait que tous les candidats meurent pour qu'il soit élu. Et même là, il faudrait sans doute recompter les voix.

— Ses intentions sont bonnes, tempéra Adamant. Mais il n'est dangereux que pour lui-même. Il boit comme un trou, à ce qu'on m'a dit.

— Et puis il y a Megan O'Brien, dit Medley ayant attendu qu'Adamant finisse. C'est un marchand d'épices, indépendant lui aussi, qui représente le Libre-Échange. Puisqu'une grande partie du revenu de Haven vient des impôts que O'Brien veut supprimer, je ne donne pas cher de son avenir. Il aura de la chance s'il ne se fait pas assassiner avant l'élection.

» Et bien sûr, il y a le général Longarm. Autrefois membre de l'armée des Bas Royaumes, il appartient aujourd'hui à un mouvement militant au sein de la confrérie de l'acier, dont il a été officiellement débouté. Ce qui ne veut peut-être rien dire. Il fait sa campagne avec un beau programme : la loi et l'ordre. Il croit que tous ceux qui enfreignent la loi devraient être décapités sur place. Il veut instaurer un service militaire obligatoire pour tous les hommes de plus de quatorze ans. Il est fou comme un rat de brasserie, et à peu près aussi charismatique. Ses liens avec la confrérie lui vaudront peut-être quelques votes, mais à part ça, il n'est pas très dangereux.

— Je ne pense pas qu'il faille l'éliminer complètement, contredit Adamant. Les militants de la confrérie ont pris les Fonds aux Conservateurs à la dernière élection. Je pense qu'il serait sage de garder l'œil sur le général Longarm.

— D'autres candidats ? demanda Fisher, se servant un nouveau verre de vin du décanteur le plus proche.

— Un seul, reprit Medley. Un candidat mystère. Un sorcier, appelé le Voile Gris. Personne ne l'a jamais vu ou n'a entendu parler de lui, mais son nom est sur la liste officielle. Les magiciens ont le droit de se présenter, mais les règles contre l'utilisation de la magie sont si strictement appliquées que la plupart se découragent. Ils disent que c'est de la discrimination et ils ont peut-être raison. Mortice n'a jamais entendu parler du Voile Gris, alors il ne doit pas être bien puissant.

Hawk fronça les sourcils.

— Nous avons eu à faire à un sorcier, un peu plus tôt. C'était peut-être lui.

— Ça ne change rien, trancha Fisher. On l'a mis en fuite. Si c'était le Voile Gris, nous pouvons estimer qu'il n'est plus dans la course. Mais j'espère qu'il court encore, avec le rapport qu'on a remis…

—Donc je résume. À part nous, il y a Hardcastle et ses mercenaires, des frères de l'acier militants, et quelques indépendants avec les gros bras et provocateurs qu'ils ont pu trouver. Adamant, ce n'est pas une élection, c'est un conflit armé. J'ai mené des batailles qui s'annonçaient moins redoutables.

—Et voilà, vous commencez à comprendre, sourit Dannielle.

—Je pense que nous avons tout couvert, confirma Adamant. À présent, si quelqu'un a faim, c'est le moment. Ensuite, nous ne pourrons plus nous arrêter.

Hawk jeta un coup d'œil plein d'espoir à Fisher, mais elle secoua la tête.

—Je pense que ça ira, répondit Hawk. Merci quand même.

—Pas de problème, assura Dannielle. Il ne nous faudra que quelques minutes pour appeler les cuisines et le goûteur.

—Le goûteur ? demanda Hawk.

—Il y a toujours quelqu'un pour essayer de m'empoisonner, expliqua Adamant en haussant les épaules. La Réforme a beaucoup d'ennemis à Haven, et notamment dans les Hauteurs. Mortice fait en sorte qu'aucune tentative ne puisse dépasser la cuisine, et le goûteur n'est là que comme seconde précaution. Mais vous seriez étonnés de savoir ce que me coûte sa prime de risque !

—Je pense que nous allons nous passer de collation.

Fisher regarda le fond de son verre d'un œil mauvais.

—Restez avec nous, Hawk, lui lança Medley, et nous vous donnerons une bonne formation politique pour faire carrière à Haven. C'est beaucoup plus compliqué qu'on croit.

—C'est ce que je vois, répondit Hawk.

3

Des loups dans la bergerie

Brimstone Hall se dressait au milieu de la propriété, entouré d'un haut mur de pierre frappé de runes protectrices. Des hommes en armes montaient la garde derrière de lourdes portes de fer, et les chiens patrouillaient. La rumeur voulait qu'on les ait nourris de viande humaine, juste assez longtemps pour qu'ils y prennent goût. Hardcastle avait fait déraciner tous les pommiers du jardin : des assassins potentiels auraient pu s'y abriter.

Cameron Hardcastle était un homme très prudent. Il ne faisait confiance à rien ni personne. À juste titre. Il avait détruit bien des hommes en son temps, et avait aidé à en ruiner bien plus encore. On racontait qu'il avait plus d'ennemis que quiconque à Haven. Hardcastle le croyait volontiers, et il en était fier. Dans une cité d'hommes durs et cruels, il était une légende. Les constantes menaces de mort étaient un faible prix à payer.

La demeure elle-même était une monstruosité de pierre à moitié effondrée, retenue par d'anciens sorts et des restaurations sans fin. Il y régnait une chaleur étouffante en été, et le froid envahissait tout en hiver, mais les Hardcastle y étaient chez eux depuis aussi longtemps qu'on se souvenait, et Cameron refusait de partir. Les Hardcastle n'abandonnaient jamais ce qui leur appartenait. Ils avaient, paraît-il, participé à la fondation de Haven. C'est sans doute pour cette raison qu'ils se croyaient si souvent autorisés à la diriger.

Cameron Hardcastle avait commencé sa carrière dans l'armée

des Bas Royaumes. C'était ce qu'on avait attendu de lui, de sa classe, de sa famille, et ça avait été un enfer constant. Il avait quitté l'armée après seulement sept ans, prenant sa retraite en hâte avant qu'on puisse le faire passer en cour martiale. On avait failli l'accuser d'extrême cruauté, mais personne n'y croyait vraiment. La cruauté était un moyen d'avancer, dans l'armée des Bas Royaumes. Si les hommes combattaient aussi bien, c'est qu'ils avaient plus peur de leurs officiers que de l'ennemi.

Surtout, on évoquait des sacrifices de sang menés dans le secret du mess des officiers. Mais personne n'en parlait ouvertement. Ce n'était pas sain.

Hardcastle était de taille moyenne, un peu épais, avec une poitrine large et des bras très musclés. Il avait un certain charme, quoique très dur et ténébreux. Une masse de cheveux noirs et une moustache à la taille inégale encadraient son visage. On lisait dans son regard chacune de ses quarante et quelques années, mais il suffisait de lui parler quelques instants pour sentir la force et le pouvoir qu'il irradiait. Quoi qu'on dise de lui – et l'on disait beaucoup de choses, rarement flatteuses – tout le monde reconnaissait sa présence. Son entrée imposait le silence même dans les salles les plus combles.

Il avait un rire tonitruant, éclatant, mais son sens de l'humour était plutôt indélicat. Là où la plupart des gens se distrayaient en allant au théâtre, Hardcastle se divertissait avec les pendaisons publiques. Il aimait la chasse à l'ours, les combats d'animaux, et gardait une demi-douzaine de chiens pour chasser le rat. Quand la journée était bonne, il clouait la queue des rongeurs à la porte de derrière pour montrer son tableau de chasse.

Il était Conservateur parce que sa famille l'était depuis toujours, et parce que cela arrangeait ses affaires. Nul ne devait oublier que les Hardcastle étaient des aristocrates. Ces derniers temps, presque tout leur argent venait de rentes et de la banque. Mais personne n'était assez sot pour traiter Hardcastle de marchand ou d'homme d'affaires. Même à titre de plaisanterie, c'eût été mauvais pour la santé. Aux rares moments où il pensait à la politique, Hardcastle estimait que chacun devait rester à sa place. À ses yeux, le suffrage universel était une erreur tragique, qu'il comptait bien réparer à la première occasion. Quant à la Réforme, c'était une maladie du corps politique, à éradiquer au plus vite. À commencer par cette peste de James Adamant.

Assis dans son fauteuil préféré, Hardcastle regardait par la grande porte-fenêtre de son étude, les sourcils froncés. Adamant allait lui poser un problème. Il avait un plus fort soutien populaire que les précédents candidats de la Réforme. Son élimination serait délicate et coûteuse. Heureusement, il disposait d'autres solutions moins onéreuses. Il se détourna de la fenêtre et regarda son sorcier, Wulf.

Cet homme au port altier était grand, et peut-être trop large d'épaules pour le reste de son corps. D'épais cheveux auburn tombaient en boucles emmêlées sur ses épaules. Son visage était long, étroit, et ses yeux sombres paraissaient perpétuellement songeurs. Il s'habillait toujours de noir, avec une cape et une capuche. Il veillait constamment à avoir une allure de sorcier.

Wulf était nouveau à Haven et n'avait pour l'instant pas apporté beaucoup de preuves de son pouvoir. Mais personne ne doutait de lui pour autant. Quelques semaines plus tôt, quatre bandits l'avaient attaqué dans la rue. Il avait fallu une semaine à la Garde pour trouver un cheval et une charrette assez solides pour emporter les quatre statues de pierre. Elles avaient fini dans la rue des Dieux. Les touristes brûlaient des bâtonnets d'encens devant elles, mais elles restaient figées en un cri muet.

Assise sur sa chaise, immobile, la tête baissée, les mains jointes sur les genoux, Jillian Hardcastle, l'épouse de Cameron, vieillissait. Elle avait un peu plus de vingt ans, mais paraissait le double. Elle avait été belle, autrefois, quoique jamais superbe. Mais la vie aux côtés de Hardcastle l'avait usée jusqu'à ce que son visage perde tout caractère. Il ne lui restait qu'une silhouette et des traits qu'on oubliait sitôt qu'on ne les voyait plus. Elle revêtait des habits luxueux et à la mode parce que c'était ce que son mari attendait d'elle, mais elle ressemblait malgré cela à ce qu'elle était : une pauvre souris des champs, perdue dans la cité et écrasée jusqu'à n'être même plus un individu. Ceux qui passaient du temps en compagnie de Hardcastle apprenaient à ne pas parler des bleus qui ornaient parfois le visage de Jillian, ou des matinées qu'elle passait à se reposer au lit.

Ils étaient mariés depuis sept ans. Un mariage arrangé. Par Hardcastle.

Le Conservateur fixa Wulf un long moment et finit par parler d'une voix faussement calme.

— Vous m'aviez dit que votre magie pourrait traverser n'importe quel rempart érigé par Adamant. Pourquoi est-il encore en vie ?

Wulf haussa les épaules.

— Il a dû trouver un nouveau sorcier. Je suis étonné que quelqu'un ait accepté de travailler pour lui, après ce que j'ai fait au dernier, mais que voulez-vous… Ainsi va la vie, à Haven. Il y a toujours quelqu'un qui a besoin d'argent. Au final, cela ne changera rien. Il me faudra peut-être un peu de temps pour trouver la bonne ouverture. Mais je doute que ce sorcier soit plus difficile à éliminer que le précédent.

— Encore des retards, soupira Hardcastle. Je n'aime pas les retards, sorcier. Ni les excuses. Je veux que James Adamant meure avant que les gens votent. Peu importe ce que cela me coûtera ou ce qu'il vous faudra faire. Je veux qu'il meure ! C'est compris ?

— Bien sûr, Cameron. Je vous assure qu'il n'y a aucune raison de vous inquiéter. Je m'occupe de tout. Le reste de votre campagne se passe bien, j'espère ?

— Pour l'instant, répondit Hardcastle de mauvaise grâce. Les colleurs d'affiches sont partis à l'aube, et mes mercenaires se sont bien occupés des hommes d'Adamant, malgré la Garde. Si Adamant est assez bête pour vouloir faire quelques discours dans la rue, mes hommes feront en sorte qu'ils ne durent pas longtemps. Les gens du peuple n'ont pas le courage de se défendre. Dès qu'il y a un peu de sang sur le pavé, tout le monde prend ses jambes à son cou.

— Tout à fait, Cameron. Rien à craindre. Nous avons pensé à tout, tout prévu. Rien ne peut nous échapper.

— Ne me prenez pas pour un imbécile, sorcier. Il peut toujours y avoir un problème. Adamant n'est pas idiot non plus. Il n'investirait pas encore tout ce temps et cet argent dans sa campagne s'il ne pensait pas avoir une bonne chance de me vaincre. Il sait quelque chose, Wulf. Quelque chose que nous ignorons. Je le sens, dans mes os.

— Si vous le dites, Cameron. Je vais encore chercher. D'ici là, il y a quelqu'un qui attend de vous rencontrer.

— Je n'ai pas oublié, rétorqua Hardcastle. Votre chef des mercenaires. Celui sur qui vous faites tant de mystères. De qui s'agit-il ?

— Roxanne, répondit Wulf en se crispant.

Hardcastle se redressa d'un coup sur sa chaise.

— Roxanne ? Vous avez amené cette femme dans ma maison ? Faites-la sortir immédiatement !

— Il n'y a rien à craindre, Cameron. Je la fais surveiller par deux de mes meilleurs hommes. Sa réputation est un peu exagérée. C'est la meilleure épée à louer que j'aie pu rencontrer. Invincible et excellente stratège. Elle travaille aussi bien seule qu'à la tête de troupes. Son travail pour nous a été irréprochable jusqu'à maintenant, et a fait très peu de morts. C'est un véritable phénomène.

— Elle est aussi complètement folle !

— Oui, bien sûr. Mais tant que cela ne l'empêche pas de travailler…

Hardcastle se détendit peu à peu, mais ses sourcils ne s'étaient toujours pas décontractés.

— Très bien, je vais la voir. Où est-elle ?

— Dans la bibliothèque.

— Au moins, là, elle ne peut pas faire de victime, cracha Hardcastle. Jillian, va la chercher.

Sa femme opina lentement, se leva et quitta l'étude, prenant soin d'empêcher la porte de claquer.

Hardcastle se détourna de la porte-fenêtre et regarda le portrait de son père, accroché au mur opposé. Image sombre et sinistre d'un homme sombre et sinistre. Gideon Hardcastle n'avait pas été un très bon père, et Cameron n'avait pas versé une larme à son enterrement. Mais il était resté conseiller de Haven pendant trente-quatre ans. Cameron Hardcastle était décidé à faire mieux. Conseiller, ce ne serait qu'un début. Grâce à lui, le nom des Hardcastle serait craint et respecté dans tous les Bas Royaumes.

À tout prix.

Roxanne faisait les cent pas dans la bibliothèque de Hardcastle. Ses bottes s'enfonçaient sans bruit dans l'épais tapis. Les deux mercenaires affectés à sa surveillance la regardaient à bonne distance d'un œil nerveux. Roxanne leur souriait de temps en temps, histoire de les inquiéter davantage. Elle était grande, presque un mètre quatre-vingt-dix sans ses bottes, avec un corps musclé et mince. Elle était vêtue d'une chemise et d'un pantalon jaune vif, ainsi que d'une veste en cuir usée. L'un dans l'autre, on aurait dit un canari pervers. Elle portait une épée longue à la hanche gauche, dans un fourreau bien abîmé.

Au premier coup d'œil, elle était plutôt attirante. Un peu plus de vingt ans, une ossature fine et des yeux noirs brillants. Ses cheveux frisés, noirs eux aussi, étaient retenus par un serre-tête de cuir. Mais son regard fixe et son sourire dérangeant mettaient mal à l'aise les plus aguerris des mercenaires. De toute façon, sa réputation la précédait.

Roxanne avait commencé par se faire un nom à quinze ans. À l'époque, elle louait ses services de combattante pour les vendettas de la route de la Soie. Le reste de sa compagnie s'était fait éliminer lors d'une embuscade, et elle dut rentrer seule depuis le territoire ennemi. Elle tua dix-sept hommes et femmes ce soir-là et ramena leurs oreilles pour le prouver. Les gens qui la virent rentrer au camp, chantant et riant, couverte d'un sang qui n'était pas le sien et portant un collier d'oreilles humaines, jurèrent qu'ils n'avaient jamais rien vu de plus effrayant de leur vie.

Elle s'engagea dans une dizaine de compagnies de mercenaires en moins de trois ans et, malgré son habileté à l'épée, on se réjouissait toujours de la voir partir. Elle était courageuse, loyale, et, tant qu'on la payait régulièrement, elle était la première à mener l'attaque. Mais rien ne pouvait faire oublier qu'elle était complètement folle. Quand il n'y avait pas d'ennemi à combattre, elle cherchait querelle à ses propres compagnons pour s'occuper. Elle était pire quand elle avait bu. On apprenait vite à reconnaître les signes avant-coureurs et à se diriger vers la sortie la plus proche. Roxanne avait mauvais caractère et un sens de l'humour plutôt étrange. Pour passer une bonne soirée, elle aimait se battre au couteau, terroriser les habitants du coin (quel que soit le coin) et brûler les auberges où l'on insistait pour qu'elle paie sa note.

Et elle ne se limitait pas aux auberges. Elle mettait souvent le feu à une ou deux tentes dans son propre camp, pour des raisons qu'elle était la seule à connaître. Roxanne aimait regarder un bon feu. Elle aimait aussi parier tout ce qu'elle avait sur un coup de dés. Puis refusait de payer quand elle perdait. Elle adorait un Dieu dont personne n'avait jamais entendu parler et se battait avec les bonnes sœurs. Elles étaient, paraît-il, une offense à l'ordre juste des choses, tel qu'il devait être. Si Roxanne avait un sens de ce qui était juste, personne n'était au courant.

Tout le monde s'accordait : Roxanne irait loin. Avec un peu de chance, elle y resterait.

Elle se retrouva à Haven après un désaccord avec un capitaine de la Garde au sujet des prix dans un magasin de Jasperstown. Quand quelqu'un lui expliqua qu'elle venait de tuer le fils du maire, elle décida qu'il était temps de trouver un nouvel emploi. Elle lança donc la tête du fils du maire par la fenêtre, mit le feu à un bureau de poste pour faire diversion et partit vers Haven aussi vite que son cheval volé pouvait la porter.

Roxanne continuait de faire les cent pas. Elle soulevait des objets, les reposait. Elle n'avait jamais vu autant de porcelaines ornementales aussi laides en un seul endroit. Et rien à voler. Elle cassa quelques porcelaines par principe, et parce qu'elles faisaient un très joli bruit en se fracassant contre le mur. Les deux mercenaires parurent s'agiter un peu, mais ne dirent rien. En théorie, ils étaient là pour s'assurer qu'elle ne faisait pas de problèmes et ne brûlait rien. Roxanne savait qu'ils n'agiraient qu'en dernière extrémité. Ils avaient peur d'elle. Comme tout le monde, surtout quand elle souriait. Devant son dernier rictus, ses deux gardes pâlirent. Quel bonheur ! Elle reprit sa déambulation, caressant la ceinture qui maintenait son épée. Elle ne tenait jamais en place. Elle avait trop d'énergie à brûler.

Elle se retourna d'un bloc en entendant la porte s'ouvrir. Sa main s'écarta de son épée en voyant entrer une femme pâle et ordinaire. Au début, Roxanne crut qu'il s'agissait d'une servante. Mais un coup d'œil à la qualité de ses vêtements la fit changer d'avis. Elle devait être de la très haute, même si elle n'en avait pas l'attitude. Elle ignora les deux mercenaires et s'adressa à Roxanne, sans décoller le regard du tapis.

— Mon mari va vous recevoir, dit-elle calmement, d'une voix parfaitement atone. Veuillez me suivre, je vais vous conduire jusqu'à lui.

Les deux mercenaires échangèrent un regard, et l'un d'eux s'éclaircit la gorge.

— Pardonnez-moi, Madame, mais nous sommes censés rester avec elle.

Jillian Hardcastle le regarda à la sauvette.

— Mon mari veut voir Roxanne. Il n'a pas parlé de vous.

— Je ne pense pas que nous devrions…

— Restez ici, trancha Roxanne. Ne touchez pas à l'alcool et ne cassez rien, surtout. Compris ?

— Compris ! On ne bouge pas d'un poil.

L'autre mercenaire hocha rapidement la tête.

Roxanne suivit Jillian Hardcastle dans le hall. Il était grand et résonnait énormément. Roxanne fit de son mieux pour paraître indifférente. Elle se rendit compte que c'était inutile, puisque Jillian gardait les yeux baissés en permanence. Roxanne la fixa, songeuse. Cette petite souris brisée, la femme de Hardcastle ? Peut-être que ce qu'on racontait sur lui était vrai, finalement.

Jillian ouvrit la porte de l'étude et fit signe à Roxanne d'entrer. Elle le fit, d'un pas crâne, les pouces passés dans sa ceinture. Hardcastle et Wulf se levèrent. Hardcastle l'étudia attentivement. Roxanne leur sourit et remarqua le petit malaise qui traversa leur visage. Elle connaissait l'effet de son sourire. C'est bien pour cette raison qu'elle en était si généreuse. Elle jeta un œil à l'étude elle-même. Pas mal. Assez luxueux, même. Elle s'efforça de paraître habituée à plus de confort.

— Bienvenue chez moi, Roxanne, commença Hardcastle. Wulf m'a dit que vous avez bien travaillé pour moi. En récompense, j'ai une mission spéciale pour vous. Vous travaillerez seule, mais vous gagnerez cinq cents ducats de plus.

— Ça commence bien. Où est le piège ?

Hardcastle fronça les sourcils. Du coin de l'œil, Roxanne vit Jillian sourciller, puis son visage redevenir vide. Roxanne se laissa tomber dans le fauteuil le plus confortable, et passa une jambe sur l'accoudoir. Hardcastle la regarda un instant, puis s'assit en face d'elle. Wulf et Jillian restaient debout. Hardcastle soutint le regard de Roxanne un moment, puis le détourna malgré lui.

— James Adamant se présente contre moi à l'élection, finit-il par dire. Je veux qu'il se retire de la course. Blessez-le, tuez-le... Dépensez tout ce que vous voulez, utilisez la tactique que vous voulez. S'il y a des répercussions, je vous ferai quitter Haven bien avant.

— Le piège, insista Roxanne.

— Adamant a deux capitaines de la Garde civile comme gardes du corps. Hawk et Fisher.

Roxanne sourit.

— J'ai entendu parler d'eux. Il paraît qu'ils sont très bons. (Elle rit de bon cœur, et ce n'était pas un son très agréable.) Hardcastle, je serais presque tentée de le faire gratuitement, juste pour pouvoir me battre contre eux.

— Ils ne sont pas votre cible, rappela Hardcastle. Si vous avez quelque chose à faire avec eux, occupez-vous sur votre temps libre.

— Bien sûr.

— Même sans eux, Adamant ne sera pas facile à approcher. Il a ses propres mercenaires et un nouveau sorcier. Je vous laisse régler les détails, on m'a dit que vous avez un contact dans sa maison. Mais faites vite. (Il prit son verre vide.) Jillian, du vin.

Son épouse s'avança rapidement, prit le verre de sa main et se dirigea vers la rangée de décanteurs sur la table voisine.

— J'aurai de l'aide, sur ce coup-là ? Ou je me retrouve toute seule ?

— Utilisez les gens que vous voudrez, mais sans qu'on puisse faire le lien avec moi. Officiellement, vous êtes une de mes mercenaires parmi tant d'autres.

Jillian lui donna son verre de vin. Hardcastle le regarda sans y toucher.

— Jillian, qu'est-ce que c'est que ça ?

— Votre vin, Cameron.

— Quel genre de vin ?

— Du vin rouge.

— Et quel est le vin que je bois quand j'ai des invités ?

— Du vin blanc.

— Alors pourquoi m'as-tu donné du vin rouge ?

— Je ne sais pas.

La bouche de Jillian avait commencé à trembler légèrement, mais son visage restait toujours aussi inerte.

— C'est parce que tu es stupide, n'est-ce pas ?

— Oui, Cameron.

— Alors va me chercher du vin blanc.

Jillian retourna aux décanteurs. Hardcastle regarda Roxanne, qui l'étudiait attentivement.

— Vous avez quelque chose à dire, mercenaire ?

— C'est votre femme.

— En effet.

Jillian revint avec un verre de vin blanc. Hardcastle le prit et le posa sur son bureau sans y goûter.

— Nous en reparlerons plus tard, Jillian.

Elle hocha la tête et resta à côté de sa chaise. Elle serrait les mains si fort que les phalanges étaient blanches.

— Il est temps que vous parliez à vos partisans, Cameron, souffla Wulf. Il faut les envoyer dans les rues au plus vite, et vous devez leur parler avant cela.

Hardcastle opina de mauvaise grâce et se leva. Il regarda Roxanne une dernière fois.

— Vous feriez aussi bien de venir avec moi. Vous pourriez apprendre quelque chose.

— Je ne raterais ça pour rien au monde.

La grande salle de Brimstone Hall était trop vaste. Malgré les deux chandeliers et les lampes à huile le long des murs, les ombres se massaient en bordure. Dans le silence lourd, le moindre bruit semblait se répercuter à l'infini. Des hommes en armes se tenaient à intervalles réguliers le long des murs, le regard dans le vide. Cette immobilité les rendait presque plus menaçants. Un escalier imposant montait jusqu'à une galerie en surplomb. Hardcastle y souriait légèrement, comme réjoui par les événements futurs. Jillian se tenait à ses côtés – calme, docile, la tête baissée et les yeux perdus, comme si elle essayait de croire qu'elle n'était pas vraiment là.

Roxanne se tenait un peu en retrait dans l'ombre à côté de Wulf. Celui-ci s'était assis, les jambes croisées, les mains sur les genoux. Mais son expression d'expectative avait un aspect dérangeant, presque... malsain. Roxanne le garda à l'œil, discrètement. Elle ne faisait pas confiance aux sorciers. Bien sûr, elle ne faisait confiance à personne, mais, d'après son expérience, les utilisateurs de magie étaient encore plus pernicieux que les autres.

Hardcastle finit par faire un signe de tête aux deux mercenaires armés au bout du couloir. Ils firent coulisser les verrous et ouvrirent les grandes portes. La foule des militants conservateurs se déversa dans la salle, encadrée par des valets fermes mais polis. Il y avait des drapeaux, des banderoles et un murmure d'anticipation, mais la foule ne paraissait pas ravie d'être là. Roxanne se demanda malgré elle si les gardes devaient empêcher les gens d'entrer ou de sortir. La porte se referma avec un claquement. Hardcastle jaugea la foule et s'éclaircit la voix avec bruit. Le silence se fit immédiatement.

Après coup, Roxanne fut incapable de se rappeler la teneur du discours. Il était excellent, cela ne faisait aucun doute, mais elle ne se souvenait pas vraiment de ce qu'il avait de si captivant. Simplement, dès qu'il avait ouvert la bouche, Hardcastle était devenu magnétique. Elle ne parvenait pas à détourner le regard et s'efforçait d'entendre le moindre de ses mots. En contrebas, la foule était folle de lui, criant et applaudissant à tout rompre, agitant les drapeaux chaque fois qu'il marquait une pause. Même les valets et les mercenaires paraissaient fascinés. Le discours finit par s'arrêter, salué par des applaudissements frénétiques. Hardcastle regarda la foule extatique avec un petit sourire, puis demanda le silence d'un geste. Les vivats moururent peu à peu.

— Mes amis, il en est un parmi vous qui a mérité mon attention particulière. Joshua Steele, avancez-vous.

Il y eut un silence, et un jeune homme vêtu des habits tape-à-l'œil de la bourgeoisie modeste se tint au pied de l'escalier. Même de là où elle se trouvait, Roxanne voyait bien qu'il avait peur. Ses poings étaient serrés, et son visage pâle comme la mort. Le sourire de Hardcastle s'élargit un peu.

— Steele, je vous avais confié une tâche. Rien de très difficile. Vous deviez utiliser vos contacts pour apprendre si Adamant bénéficiait encore d'une protection magique. Vous m'avez dit que non, mais c'est faux, n'est-ce pas, Steele ?

Le jeune homme se passa rapidement la langue sur les lèvres et se dandina d'un pied sur l'autre.

— J'ai fait tout ce que je pouvais, conseiller. Je vous jure ! Son ancien sorcier, Masque… il est mort. Et Adamant ne l'a pas fait remplacer. Mes informateurs sont très précis.

Hardcastle secoua la tête, triste.

— Vous m'avez menti, Steele. Vous m'avez trahi.

Steele fit demi-tour et tenta de prendre la fuite en fendant la foule. Hardcastle regarda Wulf et lui fit un signe de tête. Le sorcier fronça les sourcils et se concentra. Steele cria, et la foule recula, horrifiée. Tombé à terre, le jeune homme se tordait en tous sens. Le sang lui coula par le nez et les oreilles, puis par les yeux. Il se griffa le visage et l'estomac quand des fleurs de sang commencèrent à éclore sur sa tunique. Les petites bouches dentées des vers de sang percèrent sa peau depuis l'intérieur, et les créatures rampèrent jusque sur le sol. L'une d'entre elles trancha la carotide, et le sang se mit à bouillonner, aspergeant les spectateurs les plus proches. Ils gémirent de dégoût, mais ne parvinrent pas à détourner le regard. Après quelques tressautements spasmodiques, Steele laissa échapper un long soupir. La foule écrasa quelques vers, mais ils étaient de toute façon mourants. Hors de leur hôte, ils ne pouvaient pas survivre très longtemps.

Roxanne regarda le dos de Hardcastle d'un air pensif, puis se tourna vers Wulf. C'était une leçon à retenir. Si elle devait un jour s'opposer à Hardcastle, elle tuerait le sorcier en premier. Elle se retourna vers la foule. Choqués, silencieux, les militants restaient hagards. Leur bonne humeur était envolée. Hardcastle demanda leur attention, puis recommença à parler.

Devant ses merveilleux talents d'orateur, la foule fut de nouveau conquise en quelques instants. Elle recommença de taper des pieds et de scander son nom, le cadavre oublié à leurs pieds. Hardcastle les emplit de joie et les envoya dans la rue faire campagne à sa place. La foule sortit en rangs, riant et bavardant. La salle fut bientôt vide, à l'exception des valets et des mercenaires. Hardcastle baissa les yeux vers le cadavre encore étendu au sol.

— Que quelqu'un me nettoie tout ça, dit-il froidement avant de repartir suivi de Wulf et Jillian.

Roxanne, elle, regardait le cadavre mutilé en contrebas.

De retour dans son étude, Hardcastle se versa un grand verre. Le discours s'était bien passé, et ce sale petit Steele avait eu ce qu'il méritait. Finalement, il y avait peut-être une certaine justice en ce monde. Il allait juste s'asseoir quand l'agitation commença. Quelqu'un criait dans le couloir. On entendait courir, et des gens paniquaient. Hardcastle se releva rapidement, et son regard se posa tout de suite sur l'épée longue accrochée au-dessus de la cheminée. Bien qu'inutilisée depuis quelques années, il s'était douté qu'elle reprendrait du service pendant la campagne. Puisque la guerre que Wulf menait à Adamant commençait à s'intensifier, ce dernier devait forcément finir par riposter. Hardcastle eut une grimace d'humeur en posant son verre. Au temps pour les déclarations d'Adamant sur le respect des règles. Il n'existait qu'une seule règle, en politique : gagner à tout prix.

Il était agréable d'avoir de nouveau une épée en main. Il avait passé trop de temps dans des pièces enfumées, à se disputer avec des idiots pour obtenir un argent et un soutien qui lui revenaient de droit. Les cris se faisaient de plus en plus véhéments dans le hall. Hardcastle opina pour lui-même. Qu'ils viennent. Qu'ils viennent tous. Il leur montrerait qu'il pouvait encore se défendre. Il eut un regard rapide pour son épouse. Près de la porte, elle restait tétanisée, une main devant la bouche. Sale petite mijaurée inutile. Il avait essayé de lui inculquer un peu de fermeté, et il s'était simplement fait mal aux mains. D'un geste, il lui ordonna de s'éloigner, et elle alla se cacher derrière la chaise la plus proche. Le sorcier Wulf restait à côté de la porte, esquissant quelques gestes précipités en marmonnant dans sa barbe.

— Alors ? demanda Hardcastle, impatient. Qu'est-ce qu'il y a ? On nous attaque ?

— Pas par magie, Cameron. Mes protections sont encore debout. L'attaque doit se trouver sur le plan physique. Des mercenaires, peut-être. (Il s'arrêta soudain et inspira.) Vous ne sentez pas de la fumée ?

Ils échangèrent un regard, traversés en même temps par la même idée. Hardcastle se précipita dans le hall, l'épée en main, suivi de Wulf. Dos au mur, Roxanne faisait face à deux mercenaires de Hardcastle. Les deux hommes paraissaient effrayés par son sourire, mais déterminés. Un peu plus loin dans le hall, une grande tapisserie murale flambait. Plusieurs serviteurs s'efforçaient de l'éteindre avec des seaux d'eau.

Le visage de Hardcastle s'empourpra dangereusement.

— Roxanne ! Que signifie ceci ?

— Je m'amuse un peu, c'est tout ! répondit Roxanne. Tout se passait bien jusqu'à ce que ces deux rabat-joie s'en mêlent. Je suis à vous dans un instant, le temps de me débarrasser d'eux.

— Roxanne, intervint Wulf avant que Hardcastle dise quelque chose d'irréparable. Rangez votre épée. Ces hommes appartiennent à votre employeur, le conseiller Hardcastle. Ils sont sous sa protection.

Roxanne eut un reniflement de mépris et rengaina l'épée. Les mercenaires firent de même, apparemment soulagés. Wulf leur fit signe de partir et ils obtempérèrent rapidement, de crainte qu'il change d'avis. Le sorcier eut un regard lourd de reproche pour Roxanne.

— Quand vous avez signé votre contrat pour travailler pour le conseiller Hardcastle, il y avait une clause spécifique, assurant que vous n'allumeriez pas d'autres feux que ceux que nous vous demanderions d'allumer.

— Je ne sais pas lire, tout le monde sait ça, répondit Roxanne en haussant les épaules.

— Je vous l'ai lu moi-même.

— De toute façon elle était moche, cette tapisserie.

— C'est fort possible. Mais tant que vous travaillerez pour le conseiller, vous respecterez votre contrat. À moins que votre parole ne vaille rien ?

Roxane le foudroya du regard. L'estomac de Wulf fit un bond, mais le sorcier ne bougea pas. Il connaissait beaucoup de sorts qui arrêteraient la jeune femme net, mais il était persuadé qu'elle aurait quand même le temps de le tuer, quoi qu'il fasse. Aussi nécessaire que fût Roxanne, une confrontation aussi précoce s'imposait. Si elle n'accordait aucune valeur à sa parole, elle était trop dangereuse pour qu'on l'emploie. Il devrait se séparer d'elle et essayer de la tuer à bonne distance.

Roxane se mit à bouder et s'appuya contre le mur, les bras croisés.

— Bon, d'accord, plus de feu. Vous ne savez pas vous amuser.

— Bien sûr que non, répondit Wulf. Nous faisons de la politique.

— Si vous avez fini, interrompit Hardcastle d'un ton acide, vous pourrez peut-être m'accompagner à mon étude. J'attends quelques invités très importants, et je voudrais que vous soyez présents tous les deux. Si vous avez le temps.

— Bien sûr, répondit Roxanne avec un sourire. C'est vous le patron.

Hardcastle la tança du regard, puis retourna à son étude. Les frères DeWitt étaient déjà là. Hardcastle se promit de donner à son majordome une mort lente et douloureuse pour ne pas l'avoir prévenu. Puis il adressa un sourire poli aux deux frères et s'avança pour leur serrer la main. Au dernier moment, il se rendit compte qu'il tenait encore son épée et la tendit à Wulf pour qu'il la remette en place. Au moins, Jillian avait eu l'intelligence de servir aux DeWitt un verre de vin. La situation n'était sans doute pas perdue.

Marcus et David DeWitt avaient tous les deux dépassé la quarantaine depuis plusieurs années. Au premier coup d'œil, ils paraissaient très semblables : grands, fins, élégants et arrogants. Leurs cheveux et leurs yeux sombres donnaient à leur visage une pâleur presque maladive. Leurs traits étaient impassibles au point de passer pour un masque. La façon dont ils se tenaient était presque menaçante, même quand ils ne faisaient rien, comme si rien au monde n'aurait dû oser les déranger. Ils avaient laissé leur épée à l'entrée, ainsi que leurs gardes du corps, en signe de confiance, mais Hardcastle n'était pas assez naïf pour les croire désarmés. Les DeWitt avaient beaucoup d'ennemis et refusaient de courir le moindre risque. Même chez un supposé allié.

À eux deux, Marcus et David DeWitt contrôlaient un tiers des docks de Haven. Conformément à leur principe d'un investissement minimal pour un bénéfice maximal, leur partie des docks était la plus mal entretenue et la plus dangereuse. Si les frères en avaient cure, ils le cachaient à merveille. La vie ne valait pas grand-chose à Haven, et la main-d'œuvre encore moins. Ce parti pris leur assurait des charges basses, et donc un flux constant de clients. Mais cette grève dans les docks leur faisait beaucoup de tort, malgré les zombies qu'on avait fait venir. Les morts coûtaient trois fois rien et ne se fatiguaient jamais, mais ils n'étaient pas très intelligents et il fallait les surveiller en permanence. Ils faisaient aussi des cibles faciles pour les unités de guérilla des dockers, armées de sel et de feu.

Un Conseil à majorité conservatrice soutiendrait les DeWitt contre la guilde des dockers, même s'il fallait en arriver à la violence. La Réforme, elle, soutiendrait la guilde. Aussi les DeWitt battaient-ils le rappel avant l'élection, s'achetant quelques conseillers. Malheureusement pour eux, ils avaient davantage besoin de Hardcastle que lui n'avait besoin d'eux. S'ils voulaient son soutien, ils allaient devoir le payer au prix fort.

Wulf s'enfonça dans son fauteuil et étudia les deux hommes. Ils étaient assez désagréables, mais il avait travaillé avec des gens encore plus déplaisants. Hardcastle, par exemple. Une brute, beaucoup moins intelligent qu'il croyait. Wulf avait commis pas mal d'indélicatesses depuis toutes ces années. C'était normal, avec son style de magie, mais il l'avait toujours fait dans une optique commerciale, par obligation. Hardcastle, lui, y trouvait du plaisir. Il faisait partie de ceux qui s'assurent de leur importance en écrasant autrui. Et Wulf trouvait de tels hommes aussi dangereux pour eux-mêmes que pour leur entourage.

Mais il avait le pouvoir, et pourrait bien le garder un moment.

Wulf pouvait aller loin, s'il arrivait à s'y attacher, et à s'en détacher avant le déclin. Hardcastle n'était qu'un marchepied vers ses propres ambitions.

—Vingt mille ducats, dit Marcus DeWitt de sa voix plate et froide. (Il sortit une lettre de change de sa poche et la posa prudemment devant lui sur la table.) J'imagine que ce sera suffisant ?

—Pour l'instant, oui, confirma Hardcastle.

Il fit un geste vers Wulf, qui se pencha en avant et ramassa la lettre de change.

—James Adamant a beaucoup de militants dans la rue, dit David DeWitt en ouvrant une petite boîte de poudre blanche.

Il en prisa une petite pincée, puis soupira quand la poudre fit son effet. Il sourit et regarda Hardcastle.

—Comment comptez-vous régler le cas de ce Réformateur si populaire, sieur Hardcastle ?

—De la façon traditionnelle, répondit Hardcastle. Par l'argent ou la force des armes. La carotte et le bâton. Mes propres hommes sont déjà dans les rues.

—Adamant a de l'argent. Et il a aussi Hawk et Fisher, rappela Marcus.

—Ils ne sont pas infaillibles. Ils n'ont pas empêché la mort de Blackstone.

—Ils ont attrapé le tueur. Sans qu'on puisse le juger.

—Ne nous inquiétons pas, intervint Wulf. Nous avons notre propre atout. Messieurs, j'aimerais vous présenter la légendaire Roxanne…

Elle sourit aux frères DeWitt, et ils sourcillèrent tous les deux.

—Ah oui, fit Marcus. Il m'avait semblé sentir une odeur de brûlé en entrant.

—J'aurais cru qu'elle serait plus grande. Plus grande, et couverte de sang frais, commenta David.

—Sa légende n'est pas usurpée, les rassura Wulf. En fait, elle est même en dessous de la vérité.

—Adamant sait-il qu'elle travaille pour vous ? demanda Marcus DeWitt.

—Non, assura Hardcastle. Pas encore. Ce sera une surprise.

Le sorcier appelé le Voile Gris se blottissait dans un coin de l'église abandonnée, frissonnant de froid. Il était là depuis des heures, rassemblant ce qui lui restait de magie. Il n'arrivait pas à croire que tout s'était effondré. Et à quelle vitesse! À un moment, il commandait à des centaines d'esprits inférieurs. Et l'instant d'après, son sort était rompu. Les gardes l'avaient mis en fuite, comme un voleur dans la nuit. Ses esclaves étaient de nouveau libres, et il y avait une prime pour sa capture.

Tout avait paru si simple, au commencement. Se présenter à l'élection, puis posséder assez de gens pour lever une armée d'électeurs. Une fois au Conseil, tous ces hommes puissants auraient été exposés à sa possession. Le plan paraissait simple, et sans risque. Il aurait dû savoir que ça ne marcherait pas. Rien ne marchait jamais. Voile serrait ses genoux contre sa poitrine et se balançait d'avant en arrière. Il ne savait pas comment les gardes l'avaient trouvé. Peu importait. Il avait tout risqué sur un coup de dés, et il ne lui restait rien pour recommencer. Il aurait de la chance s'il quittait Haven en vie.

Il resserra sa fine cape autour de lui. Il aurait dû se douter que les choses en arriveraient là. Depuis toujours, tout ce qu'il entreprenait échouait. Né dans une famille criblée de dettes qui n'avait fait que s'enfoncer dans la pauvreté, on l'avait mis au travail à sept ans. Après une enfance dans les ateliers du Crochet du Diable, il avait accumulé les petits emplois sordides, cherchant toujours le coup de chance qui le sortirait de là. L'argent qu'il gagnait disparaissait toujours dans des coups de dés désespérés, des plans ou des projets fumeux. Même la fille qu'il aimait avait fini avec un autre homme.

Quand un vieil homme avait senti en Voile un talent pour la magie, celui-ci avait travaillé jusqu'à l'épuisement pour payer ses leçons de sorcellerie. Et quand ça ne suffisait pas, il volait à ses amis ce dont il avait besoin. Une fois assez puissant, il avait tué le vieil homme pour s'approprier ses grimoires et ses objets de pouvoir. Il était devenu le Voile Gris et avait juré sur son propre sang qu'il ne serait plus jamais pauvre. Quoi qu'il arrive, quoi qu'il doive faire pour cela.

Voile eut un sourire amer. Il aurait dû se douter que ce ne serait pas si simple. Il ne suffit pas de changer de nom pour se mettre à gagner. Il souffla sur ses mains pour les réchauffer. En vain. Ses doigts étaient engourdis. Il faisait froid, dans le temple de l'Abomination.

Il y avait beaucoup d'églises abandonnées dans la rue des Dieux. Soit que le pouvoir de leur Être tutélaire s'était affaibli, ou que ses disciples s'étaient montrés volages ou encore que la mode avait changé. Une autre congrégation finissait toujours par reprendre le bâtiment pour y vénérer un autre Dieu, et les affaires reprenaient. Mais il était des églises auxquelles personne ne touchait, par crainte de ce qui y restait tapi dans le silence.

Le temple de l'Abomination était vide depuis un siècle. Ce simple bâtiment cubique sur la partie basse de la rue des Dieux évoquait davantage un mausolée qu'une église. Il n'y avait aucune fenêtre, et une seule porte, toujours ouverte. Le temple de l'Abomination avait mauvaise réputation, même pour la rue des Dieux. Ceux qui y entraient avaient tendance à ne jamais en ressortir. Voile s'en moquait. L'important, c'était qu'il se trouve une cachette où personne ne penserait à le chercher.

Il se rendit compte que l'église n'était plus aussi sombre qu'à son arrivée. Il avait refermé la porte derrière lui, empêchant la lumière d'entrer. Ces ténèbres rassurantes le cachaient aux yeux inquisiteurs. Mais à présent, il voyait clairement l'intérieur de l'église. Pour ce qu'il y avait à voir… Rien que de la pierre nue, un autel de pierre brisé, à peu près au centre de la pièce. Voile fronça les sourcils. D'où venait donc cette lumière ?

La curiosité finit par le déloger de sa cachette dans le coin, et il se mit lentement sur pied. Il s'avança, sourcillant quand ses articulations protestèrent. Les petits craquements de sa carcasse paraissaient très forts dans le silence. Dehors, dans la rue des Dieux, les clameurs d'une centaine de prêtres emplissaient l'air du matin au soir, augmentées par les hymnes, et les hurlements des fidèles. Mais rien de tout cela ne traversait les murs de pierre.

Voile regarda autour de lui. La lueur bleue qui sourdait ne paraissait avoir aucune origine. Il regarda ses pieds pour voir où pointait son ombre. Son cœur manqua un battement. Pas d'ombre.

Il avait forcément une ombre ! Il y avait des ombres partout autour de lui ! Une main froide se referma sur son cœur, et son souffle se bloqua dans sa poitrine. Certaines ombres se déplaçaient, même. Voile recula et regarda rapidement alentour, mais il n'y avait personne. Rien ne venait troubler le silence. Il prit une grande inspiration et la retint avant d'expirer. Ce n'était pas le moment de paniquer. Après tout, ce n'était que de la lumière, pas de quoi s'inquiéter. Un endroit pareil comportait forcément des vestiges de magie.

Il se força à marcher jusqu'à l'autel de pierre. Pas très impressionnant, de près. Rien qu'un bloc de pierre de la taille d'un cercueil. La comparaison le dérangeait, et il fit le tour d'un pas lent. Le bloc était couvert de fissures, et quelqu'un avait gravé des runes de pouvoir dans la pierre. Les lèvres de Voile bougeaient tandis qu'il tentait d'en déchiffrer le sens. Les runes appartenaient à un sort d'entrave censé retenir quelque chose.

Voile fronça les sourcils. Il ne savait rien de plus que les autres sur ce temple. Des centaines d'années plus tôt, quand la cité était encore jeune, une secte adorant la mort et pire que la mort avait éclos dans la rue des Dieux, jusqu'à ce que les autres Êtres s'allient pour détruire l'Abomination et ses adorateurs. C'était arrivé il y a si longtemps que personne ne se rappelait ce qu'était l'Abomination. Sur un coup de tête, Voile posa les mains sur l'autel et fit appel à sa magie pour tenter de recueillir une impression quelconque de ce qui se trouvait dedans.

Le pouvoir l'engloutit comme un raz-de-marée, horrible et magnifique, aveuglant et assourdissant d'intensité. Il vacilla, ivre de pensées et d'émotions étranges. Des souvenirs de prêtres et de porteurs le traversèrent de façon fugitive, surgissant puis disparaissant comme autant de chandelles soufflées par des ténèbres écrasantes. Les souvenirs étaient trop nombreux pour qu'il les comptât, et surtout, ils ne lui appartenaient pas. Tous ces êtres avaient servi l'Abomination, et elle leur avait donné un pouvoir sur la terre et ce qui s'y mouvait.

Voile leva lentement la tête pour regarder autour de lui. L'église était éclairée comme en plein jour. Il sentait le pouvoir qui baignait son être, impatient d'être libéré. Il l'utiliserait pour rassembler des fidèles et les amènerait à ce qui se mouvait en lui. Et la chose que les hommes appelaient autrefois l'Abomination retrouverait sa force et sa splendeur.

Bien sûr, ce n'était pas son vrai nom. Voile savait ce qu'était l'Abomination. Il l'avait toujours su. Il rit à gorge déployée, et ce son horrible rebondit sans fin dans le silence.

4

Différentes sortes de vérités

Hawk et Fisher attendaient Adamant dans l'étude. Dès qu'il les aurait rejoints, la journée pourrait démarrer. Après quelques négociations, le candidat avait accepté que les deux gardes parlent à l'équipe avant que la troupe parte faire campagne dans la rue. Hawk et Fisher se voyaient encore comme des gardes du corps, mais il restait le problème du traître éventuel et de celui qui pratiquait tous les détournements de fonds. Hawk était décidé à en avoir le cœur net. Il n'aimait pas les traîtres.

Fisher se resservit un grand verre de vin et consulta Hawk du regard.

— Non merci. Et tu ne devrais pas non plus, Isobel. Pour voir le soleil les coucher, il faudra garder les idées claires.

Fisher haussa les épaules et reversa la moitié de son verre dans le décanteur.

— Mais qu'est-ce qu'il fabrique ? Il nous a promis au moins une heure pour ces entretiens.

— On fera avec, répondit Hawk. On devrait peut-être commencer par quelqu'un d'autre. Adamant a beaucoup de choses en tête, pour l'instant.

— Tu l'aimes bien, hein ? demanda Fisher.

— Oui. Il me rappelle Blackstone. Intelligent, humain et dévoué à la Cause. Je ne veux pas le perdre. Une fois, ça suffit.

— Ne te laisse pas embarquer, dit Fisher. En tant que gardes, nous sommes strictement neutres. Nous sommes là pour protéger l'homme, et pas la Cause. Si tu veux t'engager pour la Réforme, fais-le pendant ton temps libre.

— Oh, enfin, Isobel. Adamant ne te fait pas un peu battre le cœur ? Pense à tout ce qu'il pourra faire quand il sera élu.

— S'il est élu.

La porte s'ouvrit et les fit taire. Adamant leur adressa un signe de tête et fit semblant de ne pas remarquer le verre entre les mains de Fisher.

— Pardonnez mon retard, mais Medley n'arrête pas de soulever des problèmes que je suis paraît-il seul à pouvoir régler. Que puis-je pour vous ?

— Nous avons besoin de détails sur les menaces de mort, les fuites de renseignements et le détournement de fonds, énuméra Hawk. Commençons par les menaces.

Assis sur le bord de son bureau, Adamant se concentra.

— Au début, je n'ai pas vraiment fait attention. On reçoit toujours ce genre de lettres, et ça ne veut rien dire. La Réforme a de nombreux ennemis. Mais les menaces ont commencé à se faire plus spécifiques. Elles disaient que mon jardin allait mourir, et ce fut le cas. D'autres attaques magiques suivirent, dont celle qui a tué Mortice. La dernière communication disait que je mourrais si je ne me retirais pas. Rien de très subtil, donc.

» Au niveau du détournement de fonds, je ne peux pas vous dire grand-chose. Mes comptables l'ont découvert par hasard. C'est Medley qui a les détails. Ils ont accepté de garder le silence jusqu'à ce que nous ayons découvert le traître, mais ils ne se tairont plus très longtemps. Ils travaillent pour la Cause, pas pour moi.

— L'information circule, insista Fisher.

— Après le détournement de fonds, j'ai commencé à vérifier mes archives. Ce que j'avais pris pour une série de coups du sort était plus grave que cela. Quelque chose de plus sinistre. Quelqu'un avait livré mes plans de bataille aux Conservateurs. On dispersait les foules avant que je puisse leur parler, on intimidait mes alliés potentiels et des incidents musclés venaient perturber les réunions.

Pour avoir accès à autant de détails, il doit s'agir d'une personne proche de moi.

— Et si nous identifions le traître ? demanda Hawk doucement. Que se passera-t-il si c'est bien l'un de vos proches ?

— Nous laisserons la justice suivre son cours, répondit Adamant d'un ton plat.

— Même si c'est un ami ?

— Surtout si c'est un ami.

Dans les ténèbres de la cave, le sorcier Mortice était seul au milieu de ses blocs de glace. Il sentait son corps se décomposer. La douleur hurlait dans ses membres, horrible et sans fin, rongeant son courage et son esprit. Au début, la concentration nécessaire aux protections d'Adamant l'avait aidé à se prémunir contre la douleur et l'horreur de sa situation. Cela ne suffisait plus. Dans les jours et les nuits interminables, la sensation était sa seule existence.

Il avait connu la colère, l'acceptation et l'horreur. À présent, il s'enfonçait dans la résignation. Il avait depuis longtemps abandonné l'espoir. C'est avec joie qu'il aurait accueilli la folie s'il n'avait pas eu besoin de protéger Adamant, constamment. Mais la folie pouvait encore venir. Ses pensées avaient de plus en plus tendance à se déliter.

Cela faisait longtemps que personne n'était venu le voir. Il le comprenait. Il faisait froid, dans cette cave, et tout le monde avait des choses importantes à faire. Mais le temps passait lentement dans le noir. Et Adamant, son bon ami James Adamant, venait encore moins souvent que les autres.

Mortice, dans le froid, dans le noir, dans la douleur, perdait peu à peu la raison et savait qu'il n'y pouvait rien.

Medley entra en coup de vent dans l'étude, une poignée de papiers à la main, et s'arrêta net devant Hawk et Fisher.

— Oh mince ! Vous vouliez me voir, n'est-ce pas ? Je regrette, mais James m'a fait courir de tous les côtés ce matin. Que puis-je faire pour vous ?

—Pour commencer, parlez-nous du détournement de fonds, commença Hawk. Quelle somme cela représente-t-il, exactement ?

—Une belle somme, répondit Medley en s'asseyant d'un air décontracté sur le bord du bureau. Environ trois mille ducats en tout, sur une période de trois mois. Des petites sommes au début, qui sont devenues de plus en plus importantes.

—Qui a accès à l'argent ? demanda Fisher.

Medley fronça les sourcils.

—C'est tout le problème. Plusieurs personnes. James et moi, bien entendu. Dannielle, le majordome Villiers et une demi-douzaine d'autres serviteurs. Et, bien sûr, plusieurs personnes de la Réforme qui ont travaillé avec nous sur la campagne.

—Il va nous falloir une liste des noms, annonça Hawk.

—Je m'en occupe.

—Comment l'argent a-t-il été détourné ? reprit Fisher.

—Je n'en suis pas certain. Ce sont les comptables qui ont remarqué le problème. Vous voulez jeter un œil aux livres de comptes ?

—Peut-être plus tard, répondit Hawk en échangeant un regard avec sa partenaire. Comment James Adamant a-t-il réagi aux menaces de mort ?

—Assez bien. Ce ne sont ni ses premières, ni ses dernières. Cela fait partie de la politique, à Haven. Les attaques magiques l'inquiètent, bien sûr. Mortice n'est plus aussi fiable qu'avant.

—Alors pourquoi James n'engage-t-il pas un nouveau sorcier ?

—Mortice est l'ami de James. Et il a perdu la vie en défendant James. Il ne peut pas l'abandonner. Et puis, quand il est en forme, Mortice reste l'un des sorciers les plus puissants de Haven.

Le silence reprit ses droits un moment.

—Si c'est tout… commença Medley.

—Vous êtes responsable des affaires d'Adamant, coupa Hawk. À votre avis, qui a transmis les renseignements ?

—Je ne sais pas, soupira Medley. Sans doute quelqu'un qui en veut à James, mais je ne vois vraiment pas qui. James est l'un des hommes les plus justes et honorables que je connaisse. Bon, si vous voulez bien m'excuser…

Il déposa ses papiers sur le bureau, fit un petit signe de tête aux gardes pour leur signifier que la conversation était terminée et quitta l'étude. Hawk le laissa partir. Il feuilleta les documents sur le bureau, mais n'y apprit rien.

— Pour un conseiller politique, il est soit très délicat, soit stupide, estima Fisher. Je vois plusieurs ennemis potentiels dans l'entourage d'Adamant. Mortice, pour commencer. Il sauve Adamant et se retrouve à pourrir dans une cave. Quant à son épouse, ce ne serait pas la première à en vouloir à son mari parce qu'il la délaisse pour son travail. Et puis, Medley, non ? Il gère le quotidien de la campagne. Qui mieux que lui pourrait détourner l'argent sans qu'on le voie ?

— Attends un peu. Mortice et Dannielle, je veux bien, mais Medley ? Pourquoi ?

— Si je comprends bien, il a travaillé pour les deux camps politiques, avant de se faire recruter par Adamant. Il pourrait être un agent infiltré des Conservateurs.

Hawk fronça les sourcils, mécontent.

— Eh bien, ça s'annonce encore simple, cette histoire. Si nous accusons la mauvaise personne, ou même la bonne sans les preuves suffisantes, nous pourrions nous attirer pas mal d'ennuis.

— On peut dire ça comme ça, confirma Fisher.

Dans la chambre des Adamant, Dannielle était assise au bord du lit, très élégante, et regardait la chemise que James tenait contre sa poitrine. Elle ne lui plaisait pas plus que les deux précédentes, mais elle ferait bien d'accepter celle-ci, ou il finirait par s'emporter. S'il s'énervait et qu'il lui criait dessus, ça ne l'aurait pas dérangée. Mais James avait tendance à prendre un air terriblement triste et accablé, et à afficher une politesse glacée. Quand il ne boudait pas. Dannielle se retrouvait parfois à chercher querelle aux serviteurs juste pour pouvoir crier après quelqu'un. Au moins, certains répondaient. Elle se rendit compte que James attendait toujours. Elle sourit rapidement et approuva la chemise. Il sourit à son tour et enfila l'habit.

Dannielle se mordit la lèvre. Mieux valait le dire tout de suite, pendant qu'il était encore de bonne humeur.

— James, que penses-tu de Hawk et Fisher ?

— Ils ont l'air plutôt compétents. Et d'une intelligence étonnante, pour des gardes.

— Mais tu penses qu'ils feront bien leur travail ? En tant que gardes du corps ?

— Oh, certainement.

— Alors nous n'aurons plus besoin de nous appuyer autant sur Mortice, n'est-ce pas ? (Le regard de James la décida à continuer.) Il faut faire quelque chose pour lui, James. Ça ne peut pas durer, il nous faut de vraies protections magiques. C'était différent quand nous ne pouvions nous fier à personne d'autre, mais à présent nous avons Hawk et Fisher.

— Mortice est l'un des sorciers les plus puissants de tout Haven, déclara Adamant froidement.

— Il *l'était.* À présent, ce n'est qu'un cadavre qui se prend pour un sorcier. Son esprit se détériore, James. Ces créatures de sang n'étaient pas les premières à passer ses protections, n'est-ce pas ?

— C'est mon ami, rappela Adamant d'une voix douce. Il a donné sa vie pour moi. Je ne peux pas l'abandonner.

— Depuis quand n'étais-tu pas descendu le voir ?

Adamant s'assit à côté de son épouse. Il paraissait soudain très fatigué.

— C'est trop dur, Danny. Sa seule vue me remplit de colère et de culpabilité. S'il était mort, simplement, je pourrais le pleurer une bonne fois pour toutes. Mais il n'est ni vivant ni mort… Le seul fait de me retrouver dans la cave avec lui me donne des frissons. Mon ami, c'était le sorcier Masque, pas cette chose qui se décompose dans le noir ! Mais, sans lui, je serais mort. Oh, Danny, je ne sais plus où j'en suis !

Dannielle enlaça son mari et le berça doucement.

— Là… Je sais… Je sais.

Dannielle entra dans l'étude quelques minutes à peine après que Hawk l'eut fait demander. Avec un grand sourire, elle se posa gracieusement sur sa chaise préférée.

— J'espère que ceci ne prendra pas trop de temps. James est presque prêt à partir.

— Nous avons juste besoin de clarifier deux ou trois petites choses, très chère, la rassura Hawk. Rien de très difficile. À quel point êtes-vous impliquée dans la gestion quotidienne de la campagne d'Adamant ?

— Pas beaucoup. C'est Stefan qui s'occupe de tout cela. Je ne suis pas d'une nature très organisée, alors je ne m'en mêle pas. Mon travail est de me tenir aux côtés de James et de sourire à toute personne qui pourrait voter pour lui. Je suis très douée pour ça.

— Et l'aspect financier ? demanda Fisher.

— J'ai peur de n'être pas non plus très douée pour les chiffres. J'ai déjà du mal à tenir les comptes de la maison. Une fois, j'ai dépassé le budget de quelques centaines de ducats, et James a été absolument odieux avec moi. Stefan gère tout l'argent pour la campagne. Cela fait partie de son travail.

— Bien, et maintenant, parlons ragots, proposa Hawk.

Dannielle le regarda sans comprendre.

— Quels ragots ?

— Allons, l'encouragea Fisher. Il y a toujours des histoires, et vous êtes la mieux placée pour en entendre parler. Les serviteurs vous confient ce qu'ils n'iraient pas raconter à Adamant ou Medley. Ou à nous.

Dannielle réfléchit un moment, puis haussa les épaules.

— Très bien. Mais je ne peux pas vous garantir que ce que je vais vous dire est vrai. Stefan est un peu… distrait, ces derniers temps. Apparemment, il a une nouvelle petite amie qu'il aime beaucoup. Mais il essaie de rester discret, de crainte que James n'approuve pas. Apparemment, elle appartient à une famille mineure de la haute société, avec des liens très forts avec Hardcastle. Imaginez les gorges chaudes qu'en feraient les colporteurs et crieurs de nouvelles.

— Depuis combien de temps cela dure-t-il ?

— Je ne sais pas vraiment. Environ un mois, je dirais.

— Après le début du détournement de fonds ?

— Oh oui, bien après. Et puis, Stefan ne trahirait jamais James. Il est bien trop *professionnel* pour cela.

Hawk ne rata pas cette emphase et souleva un sourcil.

—Je croyais que c'était précisément pour cette raison qu'on l'avait engagé ?

—Eh bien, disons qu'il est… trop professionnel. Sa parole fait force de loi, et il défend sa réputation comme certaines femmes défendent leur honneur. De plus, il s'attend à ce que James travaille en permanence, comme lui. J'ai du mal à les faire manger à heures régulières. Vivement que la campagne se termine, nous pourrons tous reprendre une vie normale.

—Y a-t-il autre chose que vous pourriez nous apprendre ? demanda Hawk. Il se passe des choses anormales, ces derniers temps ?

—À part la disparition de mon jardin et la pluie de sang dans mon hall, non, je ne vois pas.

Hawk hocha la tête.

—Je vois ce que vous voulez dire.

Dannielle se leva.

—Eh bien, ce fut un plaisir de bavarder avec vous. Si vous voulez bien m'excuser, James m'attend.

Elle sortit dans un grand frou-frou d'étoffe, sans attendre leur congé. Quand la porte fut refermée, Hawk se tourna vers sa partenaire.

—Donc, Medley a une maîtresse Conservatrice. Cela pourrait avoir un rapport. Il pourrait y avoir chantage.

—Peut-être. Mais le détournement de fonds a commencé plusieurs mois avant qu'il la rencontre.

—Nous n'en savons rien. Ils se voyaient peut-être depuis des mois quand les serviteurs en ont entendu parler.

—Ça va encore être une affaire compliquée, hein ? se plaignit Fisher.

Stefan Medley était seul dans la bibliothèque et regardait sans le voir le mur tapissé de livres. Il aurait dû parler de son amour à Hawk et Fisher, mais il ne l'avait pas fait. Il ne pouvait s'y résoudre. Ils ne comprendraient pas.

L'amour était une nouvelle expérience pour Medley. Avant cela, il n'éprouvait de passion que pour son travail. Il avait admis qu'il ne possédait rien de ce qu'une femme désirait chez un homme. Il n'était pas vraiment beau, ses grâces sociales étaient maigres, et sa richesse plus encore. Quant à sa carrière… rien de très exaltant. Pourtant, il n'était pas très exigeant. Il voulait simplement ce que tous les autres tenaient pour acquis, et que lui n'avait jamais connu : l'affection d'un autre être humain, pour donner un sens à sa vie.

À présent qu'il avait quelqu'un… ou plutôt, à présent que quelqu'un l'avait trouvé…, il refusait de la perdre. Elle était tout ce qu'il avait, à part l'amitié de James. Medley tapa du poing sur son accoudoir. James avait cru en lui, avait fait de lui son bras droit, son ami, et lui faisait confiance plus qu'à quiconque. Et maintenant, voilà que Stefan gardait un secret qui pourrait détruire la campagne de James.

Mais c'était nécessaire. James ne comprendrait pas. De toutes les femmes dont il aurait pu s'éprendre, il avait fallu que ce soit elle… Si ce n'est bien sûr qu'il n'avait pas eu voix au chapitre. Les choses s'étaient simplement déroulées ainsi. Medley avait toujours pensé que l'amour, quand il apparaîtrait, le ferait de façon douce et romantique. En fait, il n'était pas tombé amoureux, on l'avait plutôt poussé. Du jour au lendemain, sa vie avait basculé.

Medley ne bougeait pas, mais son esprit courait à toute allure, cherchant une issue au piège qu'il s'était lui-même tendu. Il n'y en avait aucune. Tôt ou tard, il devrait choisir entre son ami et sa dame, et il ne pouvait se résoudre à cette perte. Ces deux aspects de sa nature le déchiraient.

— Ça me rappelle de plus en plus l'affaire Blackstone, dit Fisher. Il va se passer quelque chose de moche. On le sent tous et on ne peut rien y faire.

— Au moins à l'époque, on avait une poignée de suspects à éplucher, dit Hawk. Aujourd'hui, il n'y en a que deux : sa femme et son meilleur ami. En guise de terrible secret, la liaison entre Medley et une Conservatrice ne constitue pas vraiment un motif évident pour le meurtre et la trahison, hein ?

— Ne me regarde pas comme ça, dit Fisher. C'est toi, le cerveau du tandem. Moi, je m'occupe des problèmes quand ils se présentent. Les conspirations me donnent mal à la tête.

— Bon… Reste le majordome. Il sait peut-être quelque chose. Les serviteurs sont toujours au courant de tout.

Fisher eut un sourire amer.

— Mais voudra-t-il nous en parler ? À mon avis, Villiers est de l'ancienne école – fidèle jusqu'à la mort, et au-delà si nécessaire. Nous aurons de la chance s'il accepte de nous voir.

— Super, soupira Hawk. Tu as raison de penser positif, ça nous aide.

Ils se turent immédiatement en voyant la porte s'ouvrir. Le majordome s'inclina poliment devant eux, referma la porte et resta au garde-à-vous, attendant qu'on lui donne ses instructions. La raideur de son dos et son expression patiente mais sévère lui donnaient une dignité tout juste entamée par les touffes de cheveux blancs qui poussaient au-dessus de ses oreilles, seule pilosité de son crâne chauve. Il était habillé avec un soin délicat et n'aurait pas paru déplacé dans la demeure d'un lord.

Alors pourquoi travaillait-il pour un champion du peuple ?

— Asseyez-vous, l'invita Hawk.

— Je préférerais éviter, Monsieur, répondit Villiers en secouant la tête.

— Pourquoi cela ? demanda Fisher.

— Cela ne convient pas à mon rang, répondit Villiers. Madame.

— Depuis combien de temps êtes-vous le majordome de James Adamant ? demanda Hawk rapidement.

— Neuf ans, Monsieur. Avant cela, j'étais le majordome de son père. La famille Villiers sert la famille Adamant depuis trois générations.

— Même quand les temps étaient difficiles et que les Adamant avaient tout perdu ?

— Toutes les familles connaissent quelques déceptions de temps à autre.

— Que pensez-vous de la politique d'Adamant ?

— Il ne convient pas à mon rang d'en parler, Madame. J'ai

le devoir de servir maître Adamant, et les Villiers ont toujours fait leur devoir.

—Comment vous entendez-vous avec madame Adamant ? tenta Hawk.

—C'est une jeune dame excellente, d'une fort belle famille. Et elle soutient merveilleusement maître Adamant. Sa santé est un peu délicate, ces derniers temps, mais elle n'a jamais laissé cela interférer avec ses devoirs envers son mari ou sa maison. Madame Adamant est une jeune femme très déterminée.

—Sa santé ? Que lui arrive-t-il ?

—Je ne saurais dire, Madame.

—Que pensez-vous de Stefan Medley ? demanda Hawk.

—Maître Medley paraît tout à fait compétent dans son travail, Monsieur.

—Et sa vie privée ?

—Ne me regarde pas, répondit Villiers en se redressant légèrement. Je n'écoute pas les ragots et les désapprouve chez les serviteurs.

—Merci, Villiers. Ce sera tout.

—Merci, Monsieur.

Villiers s'inclina devant Hawk, adressa un signe de tête à Fisher et repartit, refermant la porte en silence derrière lui.

—Je n'ai jamais rencontré un majordome à qui un bon coup de pied au train ne ferait pas du bien, se plaignit Hawk.

—Eh oui, confirma Fisher. Tous des snobs. Même s'il savait quelque chose, il ne nous dirait rien. Ce ne serait pas *convenable.*

—Il n'y a peut-être rien à dire, relativisa Hawk. Peut-être tout cela fait-il partie d'un tissu de mensonges monté par les Conservateurs pour faire douter Adamant et saboter sa campagne.

—J'ai mal à la tête, grogna Fisher.

—Fais avec. La réponse n'est pas loin. Si on creuse assez profond… Ces créatures de sang étaient réelles. Que je sois damné si je laisse Adamant mourir comme j'ai laissé Blackstone se faire tuer. Je le sauverai, même si je dois tuer moi-même tous ses ennemis.

—Ah, *ça*, c'est du travail pour moi.

Tous ces bavardages n'avaient pas préparé Hawk et Fisher à la réalité de la vie d'un politicien en campagne. Adamant était parti en début de journée avec Medley et Dannielle, Hawk et Fisher, et une petite armée de militants, mercenaires et auteurs de discours. Hawk se sentait un peu insulté par la présence des mercenaires. Comme si Adamant estimait les deux gardes insuffisants pour assurer sa sécurité. Mais une fois tout ce petit monde dispersé dans la nature, la foule se fit si dense et si tumultueuse que seuls les mercenaires empêchaient qu'Adamant se fasse attaquer. Hawk et Fisher se contentèrent de marcher de chaque côté d'Adamant et de regarder méchamment ceux qui approchaient un peu trop près.

La matinée passa en un enchaînement de rues, de foules et de discours. Adamant allait de salle en salle, de meeting en intervention « spontanée », faisant des discours sans fin, poussant la foule à des paroxysmes de ferveur et les laissant avec la ferme intention au cœur de voter pour la Réforme. Avec un peu de chance, cette volonté durerait jusqu'au scrutin, le soir même. Les militants d'Adamant distribuaient des pièces à tous ceux qui avaient l'idée de tendre la main, et l'alcool coulait à flots. Ceux qui écrivaient les discours d'Adamant s'affairaient à des corrections perpétuelles pour coller à telle ou telle zone, rajoutant souvent des phrases griffonnées à la hâte juste avant que le candidat prenne la parole. Il parvenait toujours à les retenir, et ses interventions paraissaient toujours improvisées. Hawk était impressionné. Et pourtant, au-delà des discours d'orfèvre et de la façon dont la foule était encadrée, c'était la sincérité d'Adamant qui ressortait le plus. Adamant croyait en la Cause, et il faisait partager cette conviction. Du côté d'Eel Street, ils trouvèrent un propriétaire qui tentait de dicter leur vote à ses locataires, sous peine d'expulsion. Adamant fit une demi-heure de discours sur les maux de l'oppression et la vertu du scrutin secret. De son côté, discrètement, Fisher donna un coup de poing au propriétaire, sur la bouche. Pas très loin, sur Baker Street, Hardcastle avait installé un double magique d'Adamant, pour qu'il fasse des déclarations nuisant à l'image de son concurrent. Malheureusement pour lui, l'attention qu'on lui portait lui monta à la tête, et il ne repartit pas assez tôt. Les mercenaires d'Adamant se chargèrent des protecteurs du double, et Hawk et Fisher le rattrapèrent avant qu'il ait fait dix mètres. Adamant, sensationnel, improvisa sur le besoin d'interdire ces mauvais tours politiques. Hawk et Fisher, eux, plongèrent à tour de rôle le double dans un abreuvoir à chevaux jusqu'à ce qu'il avoue qui l'avait engagé.

Une bande d'hommes habillés comme des miséreux commença à suivre Adamant à la trace. Ils criaient des questions impertinentes et faisaient de leur mieux pour gêner. Mais Adamant ne dit rien. Hawk et Fisher se lassèrent plus rapidement, et Medley repéra le danger.

— Ce sont des journalistes, expliqua Medley. Je vous en supplie, ne les touchez pas.

— Nous ne frappons pas tous les gens qui nous déplaisent, démentit Fisher.

— Bien sûr que non, concéda Medley. Je disais cela au cas où. Écoutez, nous avons besoin de la presse. Les deux grands journaux sont peut-être écrits par et pour la haute société et la grande bourgeoisie, mais eux aussi votent, et ils ont beaucoup d'influence. Heureusement pour nous, Hardcastle a toujours détesté la presse et ne lui a jamais fait la moindre concession. Tout ce qui nous donnera une bonne image sera rapporté pour lui nuire. En outre, beaucoup de ces reporters sont indépendants, et ils font des articles pour les grands titres. Nous ne voulons vraiment pas nous les mettre à dos.

Adamant finit son discours sur l'ouverture d'un hôpital gratuit pour les pauvres et les nécessiteux, et la foule applaudit à tout rompre. Adamant inaugura officiellement l'hôpital, coupa une longueur de ruban à laquelle Hawk ne voyait aucune utilité, puis se fit de nouveau applaudir. Un grand homme accompagné de deux brutes en armes fendit la foule jusqu'à la tribune et commença à insulter Adamant, très fort et très grossièrement. Intimidée par les hommes en armes, la foule le hua mais ne fit rien. Les mercenaires d'Adamant hésitaient à aller eux-mêmes au conflit, de peur de déclencher une panique. Hawk et Fisher se regardèrent et dégainèrent leur arme. En moins d'une minute, le fauteur de troubles se retrouva seul. Il paraissait bien moins imposant face à l'épée de Fisher.

— Si j'étais vous, commença Hawk, je partirais. Autrement, Fisher va vous montrer ce qui l'a rendue très célèbre. Et nous n'avons pas le temps de faire le ménage.

Le perturbateur regarda les deux cadavres à ses pieds, déglutit avec effort et se perdit dans la foule. On le laissa partir, afin de poser à Adamant quelques questions pendant qu'il était encore temps. Presque toutes concernaient les égouts, ou plutôt leur absence, mais dans l'ensemble la foule avait bon esprit. La déroute des hommes de Hardcastle avait mis tout le monde de bonne humeur. Adamant leur répondit clairement, de façon concise, avec juste assez d'esprit pour amuser la foule sans éteindre le feu qu'il tentait d'allumer dans leur cœur.

Hawk observa la scène, adossé à un mur. Tout paraissait calme. La foule était amicale, et rien n'indiquait qu'il y eût d'autres hommes de Hardcastle. Hawk hocha la tête, satisfait, et en profita pour se reposer. Cette sortie avait été éreintante, et il restait encore fort à faire. Il regarda autour de lui pour voir comment les autres tenaient le coup.

Fisher paraissait calme et concentrée, mais il en fallait beaucoup pour la déstabiliser. Adamant était dans son élément et paraissait radieux. Dannielle, en revanche, s'était assise sur une caisse retournée. Pâle, les traits tirés, la fatigue pesait sur ses épaules. Ses mains tremblaient. Hawk fronça les sourcils. D'après Villiers, elle était malade… Le capitaine décida de garder un œil sur elle. Si elle ne se remettait pas rapidement, il demanderait à Fisher de la ramener à la maison. Adamant n'avait pas besoin de soucis supplémentaires. Dannielle serait en sécurité avec Fisher et quelques mercenaires. Il chercha Medley du regard, pour lui dire ce qu'il comptait faire, et se sentit pris d'un frisson glacé. Aucune trace. Il se tourna rapidement vers Fisher, qui lui sourit.

— Ne t'inquiète pas. Il a juste fait un saut à l'auberge à côté pour un petit verre. Il sera revenu avant qu'on parte. Tu te fais vieux, Hawk, à rater des trucs comme ça.

— C'est clair…, répondit Hawk. Cette élection ne fait rien pour me calmer les nerfs.

L'auberge n'était pas reluisante, même pour les Hauteurs. Les lumières étaient assez tamisées pour que tout reste vague et indistinct. Les clients, eux-mêmes peu reluisants, préféraient cela. C'était le quartier qui voulait ça, et Medley s'en moquait. C'était là qu'il avait rencontré son amour pour la première fois, et ce serait toujours un endroit spécial pour lui. Il fit un signe au barman indifférent derrière le bar de bois taché et passa rapidement aux salles privées à l'arrière. Elle l'attendait, comme promis. De nouveau, le simple fait de la voir suffit à lui faire battre le cœur plus vite. Il s'assit à côté d'elle et prit les mains de la femme dans les siennes. Ils restèrent assis un long moment, à se regarder dans les yeux. Medley n'avait jamais été aussi heureux.

— Je ne peux pas rester très longtemps, finit-il par dire. Qu'y a-t-il de si important que j'aie dû venir ici aujourd'hui ? Tu sais que je suis toujours heureux de te retrouver, mais l'équipe d'Adamant est juste là, dehors…

Elle sourit et serra les mains de Medley un peu plus fort.

— Je sais, je suis désolée. Mais il fallait que je te voie. Je ne savais pas quand je pourrais de nouveau m'éclipser. Comment se passe la campagne ?

— Très bien. Écoute, je ne peux pas m'absenter longtemps, ou on va venir me chercher. Et il ne faut pas qu'on nous voie ensemble.

— Je sais. Personne ne comprendrait. On nous empêcherait de nous revoir.

— Je trouverai toujours un moyen, assura Medley. Je n'aime rien au monde tant que toi.

— Tu parles si bien.

— Je t'aime.

— Moi aussi je t'aime, répondit Roxanne.

Séparé de la foule par des mercenaires armés, Cameron Hardcastle arpentait les Hauteurs d'un pas sûr. Les passants applaudissaient parfois, mais on entendait peu de vivats. Les étendards dont il avait ordonné la mise en place étaient encore accrochés, inertes dans l'air immobile. Bien que ses gens aient distribué des drapeaux conservateurs par dizaines en avance, il n'en voyait que très peu dans la foule. Sans ses militants qui entonnaient les chants de campagne, le silence aurait été très gênant. Hardcastle sourit. Cela changerait bientôt. Cela changeait toujours, quand il se mettait à parler.

Jillian le suivait à pas pressés, les yeux baissés comme toujours. Hardcastle aurait préféré la laisser à la maison, mais ce n'était pas acceptable, d'un point de vue politique. Les Conservateurs mettaient l'accent sur un mariage solide et une famille stable. Il devait donc faire parader sa femme en public. C'est ce qu'on attendait de lui. Elle ne lui ferait pas honte. Elle n'oserait pas.

Le sorcier Wulf suivait à quelques pas, déguisé en mercenaire. Il ne pouvait pas se permettre d'être reconnu comme le sorcier de Hardcastle. D'abord, cela énerverait la foule. Les gens se méfiaient de la magie, avec raison. Ensuite, son soutien était illégal. Et enfin, il aurait fait une cible trop tentante. Nombre de personnes aimeraient lui régler son compte. Mais, pour la même raison, il ne pouvait pas laisser Hardcastle seul dans la rue. Le conseiller avait encore plus d'ennemis que lui. Aussi le grand sorcier Wulf parcourait-il les rues de Haven dans l'ombre, suant à grosses gouttes sous la cotte de mailles des mercenaires. Hardcastle ne pouvait pas faire un discours sans lui.

Le candidat conservateur était d'étonnamment bonne humeur. Ses discours s'étaient tous bien déroulés. D'après les premiers rapports, ses mercenaires remportaient presque toutes les rencontres avec ceux d'Adamant. Il atteignit l'estrade que son équipe avait préparée pour lui et monta les marches jusqu'à la scène. Jillian le suivit et se plaça à son côté en silence, souriant à la foule d'un air absent. La chanson de campagne s'acheva, et la foule le salua de quelques cris, sans jamais quitter les mercenaires du regard. Hardcastle leva les mains et obtint rapidement le silence. Il commença à parler, et l'attention de la foule se riva sur lui. Une vague d'euphorie et de dévotion les emporta. Bientôt, tous ponctuaient ses phrases de cris, d'applaudissements et de témoignages de soutien. Quand le discours se termina, la foule était entièrement acquise à sa cause. Qu'il le demande, et ils l'auraient suivi nus à la bataille. Hardcastle sourit à la foule en liesse, savourant l'emprise qu'il avait sur ces gens.

Il y eut une légère agitation d'un côté, tandis que quelqu'un se frayait un chemin jusqu'à lui. Hardcastle se crispa, puis se détendit un peu en reconnaissant Roxanne. Il lui fit signe de le rejoindre sur la plate-forme.

— Je commençais à me demander où vous étiez, dit-il sans cesser de sourire.

— Je m'occupais de nos affaires, répondit la jeune femme.

— Autant vous utiliser pendant que vous êtes là.

Hardcastle lui fit un signe de la tête, comme s'il s'était attendu à sa venue, et leva de nouveau les mains pour réclamer le calme. La foule se tut presque aussitôt.

— Mes amis, puis-je vous présenter notre dernière recrue, la célèbre guerrière Roxanne ! Je suis certain que vous connaissez tous sa réputation.

Il attendit un vivat qui ne vint pas. La foule s'agita, mal à l'aise.

— Oh, génial, fit une voix anonyme. Appelez la brigade du feu tout de suite, ce sera fait.

L'un des mercenaires s'avança pour faire taire l'insolent d'un coup de poing dans les reins, mais le mal était fait. L'humeur de la foule était gâchée. Précédée par sa réputation, Roxanne effrayait autant qu'elle impressionnait. Elle jaugea les spectateurs d'un sourcil hautain, mais eut l'intelligence de ne pas sourire. Wulf regarda autour de lui pour sentir l'humeur de la foule. Ce qu'il y vit ne l'enchanta guère. L'euphorie s'était envolée. Wulf haussa les épaules. Il y aurait d'autres occasions. Il s'approcha de la plate-forme et regarda Hardcastle.

— Je pense que nous ferions mieux de partir, Cameron. Et à l'avenir, il serait sage de garder Roxanne en coulisses.

Hardcastle eut un bref signe de la tête. Mais juste avant qu'il donne l'ordre du départ, la foule éclata. Soudain, tout le monde criait, hurlait ou donnait des coups de pied. Puis ce fut la débandade, la fuite généralisée, aveugle. Hardcastle regarda autour de lui sans comprendre, enragé et perplexe. Puis il vit les rats qui se déplaçaient dans la foule. Des centaines de rats, de toutes formes, de toutes tailles, beaucoup encore luisants de la fange des égouts. Ils allaient de-ci, de-là, enragés, mordant et griffant tout ce qui passait à leur portée. Hardcastle serra les poings et s'empourpra. Il n'y avait qu'une seule façon de réunir autant de rats au même moment : la magie. Un sorcier avait dû les téléporter dans la foule. Le sorcier d'Adamant...

Wulf lutta pour revenir jusqu'à la plate-forme.

— Il faut partir d'ici, Cameron ! Ils sont trop nombreux ! Je ne peux rien faire.

Hardcastle opina et fit signe aux mercenaires d'ouvrir un chemin dans ce chaos. Son courroux mettait à mal son sang-froid tandis qu'il quittait la plate-forme, suivi de Jillian et Roxanne. D'une façon ou d'une autre, Adamant paierait pour cet outrage... quel qu'en soit le prix.

Hardcastle arriva au lieu du meeting suivant pour trouver une foule déjà assemblée, captivée par une autre personne. Il fit arrêter son équipe et appela les officiers de ses mercenaires.

— Je croyais que vous aviez chassé les Réformateurs de cette zone.

— En effet, messire. Je ne comprends pas. Mes gens ont été très minutieux. J'ai laissé des soldats ici avec pour instruction stricte de ne permettre aucun autre orateur. Si vous voulez bien m'excuser, je vais aller voir ce qui se passe.

Il fit signe à une demi-douzaine de ses hommes. Ils tirèrent l'épée et le suivirent dans la foule. Wulf s'étira au côté de Hardcastle.

— Ça sent mauvais, Cameron. Très mauvais.

Le conseiller eut un sourire sinistre.

— Mes hommes vont s'en occuper.

— Je ne pense pas, répondit Wulf. Pas cette fois. Il y a un pouvoir à l'œuvre qui me déplaît beaucoup. C'est une magie ancienne. De la magie sauvage.

Hardcastle fronça les sourcils et se retourna vers son sorcier.

— De quoi parlez-vous, Wulf ?

Le sorcier regardait celui qui haranguait la foule, et Hardcastle suivit son regard à contrecœur. Il était grand et élancé, enveloppé d'une cape grise qui avait vu des jours meilleurs. Le candidat était trop éloigné pour qu'on entende ce qu'il avait à dire, mais l'impact était indéniable. Les auditeurs ne le quittaient pas des yeux. Et pourtant, il n'y avait pas les cris et les applaudissements que Hardcastle générait avec ses propres discours. La foule respectait presque un silence de mort, tant elle était fascinée par l'orateur. Hardcastle se rendit compte que les mercenaires qu'il avait envoyés n'étaient pas encore revenus. Il regarda autour de lui, mais sans les apercevoir. Roxanne dégaina son épée en un long murmure d'acier.

— Ils sont partis depuis trop longtemps, dit-elle tout bas. Vous voulez que j'aille les chercher ?

— Pas toute seule, répondit Hardcastle. Jillian, tu restes ici avec les autres. Wulf, Roxanne, suivez-moi. Nous allons voir d'un peu plus près ce... phénomène.

Il fit signe à deux de ses mercenaires, qui lui ouvrirent un chemin. D'autres encadraient Hardcastle et ses deux compagnons. Personne dans la foule ne leur prêtait la moindre attention. Leur regard ne quittait jamais la silhouette sur la plate-forme. Ma *plate-forme*, pensa Hardcastle avec rancœur. Toujours aucun signe des mercenaires disparus.

— Il est le Seigneur des Golfes, déclara le Voile Gris, les yeux écarquillés et fixes, son visage plein d'une stupeur froide et horrible. Il m'a doté d'un pouvoir inimaginable, et il en fera de même pour vous. Venez à lui, servez-le, et il vous fera maîtres parmi les hommes. Il est ancien, magnifique, plus vieux que l'humanité elle-même. Et son époque est revenue.

Hardcastle fronça les sourcils et regarda autour de lui. La silhouette grise ne disait rien de nouveau, et dans la rue des Dieux personne ne se serait arrêté pour l'écouter. Alors pourquoi tout le monde était-il si captivé ? Pourquoi personne ne s'agitait-il ? Il donna des instructions au mercenaire le plus proche, qui opina et traversa rapidement la foule, transmettant ces instructions aux autres. Bientôt, le silence fut rompu par des sifflets et des insultes, et la masse commença à se manifester.

Le Voile Gris se tourna lentement face à ceux qui le raillaient, et la voix de certains mercenaires retomba. Le Voile cessa de parler et leva les mains. Le jour se fit soudain plus sombre. Hardcastle leva les yeux et vit que le ciel était lourd de nuages menaçants qui masquaient la lumière et faisaient frissonner la foule. Il fronça les sourcils, hésitant. Le ciel était pourtant dégagé un instant plus tôt. Il reporta son attention sur la silhouette grise juste à temps pour voir un éclair frapper ses mains tendues. Une lueur bleue crépita autour de ses doigts, puis la foudre frappa chacun des mercenaires qui s'étaient moqués de lui. La foule cria et s'écarta quand les mercenaires prirent feu et tombèrent au sol, morts. L'odeur de chair brûlée saturait l'air, mais chacun resta sur place au lieu de s'éparpiller, tenu encore par la volonté du Voile Gris. Il baissa lentement les mains, et le ciel s'éclaircit de nouveau.

Le Voile sourit à Hardcastle et le regarda d'un air troublant.

— Que voulez-vous que je fasse d'autre ? Dois-je faire tomber la pluie, déclencher un ouragan ? Remplir vos poumons d'eau ou faire bouillir le sang dans vos veines ? À moins que je guérisse les malades et que je fasse se relever les morts ? Je peux faire tout cela, et plus encore. Le Seigneur des Golfes m'a donné un pouvoir bien supérieur à vos petits rêves étriqués.

— Vous voulez que je le tue ? demanda Roxanne.

— Vous n'arriveriez pas à trois mètres de lui, cracha Wulf. Cameron, laissez-moi m'occuper de lui.

— Allez-y, décida Hardcastle. Détruisez-le. Personne ne peut tuer mes hommes en toute impunité.

— Je n'aurais pas plus de chance que Roxanne, dit Wulf. Je vous l'ai dit, il possède la magie sauvage.

— Alors, que pouvons-nous faire ?

— Si nous avons de la chance, nous pouvons conclure un marché.

Wulf traversa la foule silencieuse et approcha de l'estrade. Le Voile Gris et lui discutèrent un petit moment, puis Wulf s'inclina devant lui et revint vers Hardcastle et Roxanne. Sa pâleur était manifeste, ainsi que les perles de sueur à son front.

— Eh bien ? demanda Hardcastle.

— Il accepte de nous rencontrer en privé, dit Wulf. Je pense que nous pourrons nous entendre.

— Mais qui est-ce ? Et son Seigneur des Golfes, là, qu'est-ce que c'est ? Jamais entendu parler.

— Rien d'étonnant à cela. C'est un nom très ancien. Vous le connaissez sans doute mieux sous le nom d'Abomination.

Hardcastle lui lança un regard noir.

— L'Abomination a été détruite. Tous les enfants le savent. Son temple de la rue des Dieux est abandonné depuis des siècles.

— Apparemment, il est de retour. Pas aussi puissant qu'avant, sans cela il ne passerait pas d'accord avec nous.

Hardcastle opina, de retour en terrain connu.

— Bon, que veut-il ?

— C'est de cela que nous allons parler. (Wulf adressa à Hardcastle un regard intense.) Cameron, il faut qu'il passe de notre côté. À tout prix. Avec son pouvoir, il pourrait nous apporter l'élection sur un plateau.

— Et si le prix est trop élevé ? intervint Roxanne.

— Aucun prix n'est trop élevé, trancha Hardcastle.

5

Arlequin et autres Êtres

Dans sa tenue en damier noir et blanc, avec un visage de clown blanc et un domino, Arlequin danse dans la rue des Dieux. Nul n'a jamais vu ses yeux, et il n'a pas d'ombre. Il danse avec une grâce splendide, magnifique, pirouettant avec élégance au son d'une musique qu'il est le seul à entendre. Sans jamais s'arrêter.

Le matin, le midi, la nuit, Arlequin danse dans la rue des Dieux.

On a tous besoin de croire en quelque chose. Pour se rassurer, pour croire que quelqu'un tient à nous. On en a tant besoin qu'on est prêt à abandonner tout et n'importe quoi juste pour cette promesse. On peut payer en or, en services, en souffrance, ou avec tout ce qui a la moindre valeur marchande. Voilà pourquoi la religion est un marché si florissant à Haven.

Juste au centre de la ville, au cœur du quartier où les loyers sont les plus chers, s'étend la rue des Dieux. Des dizaines d'églises et de temples se côtoient et s'ignorent cordialement. Puis on trouve les maisons de rencontre plus petites, plus intimes, pour les tenants de croyances plus confidentielles ou controversées, qui généralement font affaire en liquide. Enfin, il y a les prêcheurs des rues. Personne ne sait d'où ils viennent, ni où ils vont, mais ils sont des centaines chaque jour à répandre la bonne parole à tous ceux qui veulent bien écouter.

Il n'y a jamais de problème dans la rue des Dieux. D'abord, les

Êtres ne le toléreraient pas. Et puis, cela nuit aux affaires. Les gens de Haven croient fermement au droit au profit.

Ou au prophète.

Hawk et Fisher regardaient autour d'eux avec curiosité tandis qu'ils accompagnaient Adamant dans la rue des Dieux. Ils ne connaissaient pas très bien cette partie de Haven, mais suffisamment pour se méfier. Tout pouvait arriver, dans la rue des Dieux. Hawk se demanda une nouvelle fois s'ils avaient eu raison de laisser les mercenaires en arrière, comme Adamant l'avait décidé. Il avait aussi laissé les *militants* en arrière. À part ses gardes du corps, seuls l'accompagnaient Dannielle et Medley.

« Nous venons demander une faveur, avait dit Adamant. Cela signifie que nous sommes ici en demandeurs, pas à la tête d'une petite armée. »

« Et puis, avait repris Medley, nous venons faire affaire. Pas besoin de témoins. »

La rue elle-même était complètement chaotique. Les différents temples et églises étaient de taille, de forme et de style variables. Plusieurs siècles de modes architecturales étaient érigés côte à côte. Les prêcheurs lançaient leurs vociférations au milieu des sons de cloches, de cymbales et des cris d'animaux. Les voix s'élevaient de partout en prières et en suppliques. La rue se poursuivait aussi loin que Hawk pouvait voir. Troublé, vaguement inquiet, il se rendit compte qu'elle était beaucoup plus grande que sur les cartes officielles. Il s'en étonna auprès de Medley, qui haussa les épaules.

— À tout moment, la rue est assez longue pour accueillir ceux qui doivent s'y trouver. Avec la magie, la sorcellerie et les Êtres de Pouvoir qui sont tous assemblés ici, pas étonnant que les choses soient un peu étranges.

— On peut dire ça comme ça, souffla Fisher.

Elle regardait un prêcheur s'enfoncer des clous de métal dans les chairs. Il ne montrait aucun signe de douleur, et ses blessures ne saignaient pas. Un autre s'aspergea de naphte et s'immola. Il attendit que les flammes s'éteignent avant de recommencer.

— Ignorez-les, conseilla Adamant. Ce sont de simples exhibitionnistes. Par ici, il faut plus que du spectacle pour impressionner les gens. Quelles sont les dernières nouvelles, Stefan ?

Medley rassembla quelques notes et documents rapportés par des messagers et relatifs aux progrès de la journée.

— Pour l'instant, ça va. Les mercenaires de Hardcastle flanquent la pâtée aux nôtres chaque fois qu'ils se rencontrent, mais ils ne peuvent pas être partout à la fois. Les sondages principaux nous placent à égalité avec Hardcastle, ce qui est assez encourageant puisque la campagne commence tout juste. Nous pourrions même gagner du terrain d'ici ce soir. Attendez que l'alcool se dissipe et que les votants aient dépensé l'argent qu'il leur a distribué. On verra combien de votes Conservateurs lui restent acquis.

» Mortice ne s'est pas ennuyé. Apparemment, il a interrompu plusieurs réunions conservatrices en téléportant des rats dans la foule. Son sens de l'humour ne s'est pas arrangé depuis sa mort. Quant aux autres candidats… Le général Longarm a fait quelques discours assez efficaces, et il se taille une belle popularité parmi les gens d'armes de la ville. Megan O'Brien n'arrive à rien. Même ses amis commerçants ne pensent pas qu'il pourra gagner. Et lord Arthur Sinclair a été aperçu en train de faire une fête de tous les diables à *L'Auberge du Cougar blessé*, complètement imbibé. Rien d'étonnant.

Ils marchèrent un moment en silence. Dans la rue des Dieux, l'heure changeait d'un endroit à l'autre. Ils marchaient parfois de jour, et parfois à la lumière de la lune. Une fois, il neigea très brièvement, il plut des grenouilles, et les étoiles dans le ciel furent plus brillantes que le soleil. Des gargouilles versaient des larmes de sang, et les statues bougeaient sur leur piédestal. Hawk vit un squelette retenu par des fils de cuivre se taper la tête contre un mur, encore et encore, et une nuée d'oiseaux de feu suivit le groupe, chantant dans un langage que Hawk ne reconnaissait pas. Adamant regardait toujours droit devant lui, ignorant tout ce qui ne se tenait pas sur son chemin. Au bout d'un moment, Hawk et Fisher apprirent à faire de même.

— Combien y a-t-il de Dieux ici ? finit par demander Fisher.

— Personne ne le sait, répondit Medley. Le nombre change en permanence. Tout le monde peut y trouver son bonheur.

— En qui croyez-vous ? demanda Hawk à Adamant.

— On m'a élevé en orthodoxe. La confrérie de l'acier. J'imagine que je suis encore de leurs fidèles. Cela plaît à ma nature pragmatique. Contrairement aux autres religions, ils ne passent pas leur temps à quémander des donations.

— Eh oui, confirma Medley. On paie son tribut une fois par an, on va aux réunions une fois par mois, et on a la paix. Mais c'est une bonne église. On peut se faire de très bons contacts, dans la confrérie.

— Parlez-m'en davantage, dit Hawk. Isobel et moi n'avons pas eu beaucoup de contacts avec eux dans la ville, et ils ne sont pas très connus dans les Terres du Nord, là où nous avons grandi.

— C'est assez simple, expliqua Adamant. Une part de mystique pour une part de militaire. Le tout fondé sur la foi dans le combattant. Au départ, c'était une religion de guerriers, mais elle a élargi son appel. On y adore l'acier trempé en tant qu'arme sous toutes ses formes, et l'on enseigne que tous les hommes peuvent être égaux, une fois qu'ils ont appris à se battre. C'est une religion très orientée vers la vie pratique.

— Exact, dit Medley. Et si on obtient leur soutien, tous les gens d'armes des Hauteurs voteront pour nous.

— J'aurais cru que Hardcastle les intéresserait davantage, s'étonna Fisher.

— En temps normal, oui, reconnut Adamant. Mais par chance, Hardcastle n'a pas payé son tribut depuis des années. En plus, il a eu l'audace de lever un impôt spécial sur la confrérie dans son territoire. Pour ne rien arranger, la confrérie se déchire depuis peu pour savoir à quel point elle devrait s'impliquer dans la politique. La nouvelle mouvance militante a déjà un siège au Conseil avec le général Longarm, aux Fonds. Nous allons voir le haut commandant de la secte orthodoxe pour tenter d'obtenir son soutien dans le cadre de leur lutte contre les militants.

— Super, soupira Fisher. C'est tout ce qu'il nous fallait, d'autres complications.

Adamant regarda Hawk.

—Et vous, capitaine? En quoi croyez-vous?

—L'argent, la bière fraîche, et une hache au tranchant affûté. (Hawk garda le silence un moment avant d'ajouter.) J'ai été élevé en chrétien, mais c'était il y a bien longtemps.

—En chrétien? (Le sourcil de Dannielle se souleva.) Enfin, il faut de tout pour faire un monde.

—Qui venons-nous voir, exactement? demanda Fisher pour changer de sujet.

—Très peu d'Êtres ont accepté de nous parler, dit Adamant. La plupart refusent de s'impliquer dans les affaires civiles de Haven.

—Pourquoi cela? s'enquit Hawk.

—Parce que, si l'un d'eux s'impliquait, tous les autres le suivraient, et nous aurions vite une guerre de Dieux sur les mains. Personne n'en a envie, les Dieux encore moins que nous. Ils ont une bonne affaire qui tourne bien, et personne ne veut faire de vilain. Mais quelques Dieux se sont pris au jeu discret de l'influence indirecte. L'astuce, c'est de les aborder avant Hardcastle. Je pense que nous allons commencer par la Pierre qui Parle.

La Pierre qui Parle était un gros rocher de granite usé par le temps et les années. Des acolytes en robes simples le gardaient, l'épée tirée tant qu'Adamant et son groupe furent présents. Après tout ce qu'il avait vu sur la rue des Dieux, Hawk était franchement déçu. Il fit de son mieux pour ressentir une atmosphère sacrée ou mystique, mais la Pierre ressemblait à un bête caillou. Adamant parla à la Pierre un long moment, mais, si celle-ci répondit, Hawk ne l'entendit pas. Le candidat, ni content ni mécontent, ne leur dit pas si sa visite lui avait rapporté quoi que ce soit.

La Madone des Martyrs avait mauvaise réputation. Son église était en retrait, un peu à l'écart dans la rue des Dieux, sans aucune enseigne pour annoncer ce qu'elle était. Les gens qui avaient besoin d'elle la trouvaient toujours. Les fidèles se pressaient en masse, sans discontinuer, à la porte de l'église. Les perdus, les solitaires, les trahis et les martyrisés. Ils venaient voir la Madone le cœur lourd, et elle leur donnait ce qu'ils désiraient. La fin de la douleur. Après leur mort, ils revenaient pour la servir, aussi longtemps qu'elle le désirait.

Certains voyaient en elle une déesse, d'autres une démone. Dans la rue des Dieux, la différence était parfois ténue.

La Madone elle-même était une femme agréable mais ordinaire, habillée de robes criardes. Elle avait un plateau de friandises bouillies peu engageantes, et en suça une à grand bruit tout le temps qu'ils furent devant elle. Elle n'en proposa à personne, et Hawk s'en réjouit. Des hommes et des femmes morts traversaient parfois sa chambre pour remplir une tâche ou une autre. Leur visage était toujours vide, incolore, mais Hawk crut plusieurs fois repérer une souffrance, l'écho de quelque damnation, dans leur regard. Il garda la main près de sa hache et l'œil sur la sortie la plus proche.

Adamant et la Madone conclurent un accord. Elle retirerait son soutien aux frères DeWitt, et Adamant permettrait à la Madone d'accéder aux hôpitaux des Hauteurs. Ce n'était pas aussi terrible qu'il y paraissait. Par sa nature, la Madone ne pouvait prendre que ceux qui s'offraient librement à elle. Et tous les hôpitaux comptaient des personnes prêtes à accueillir avec joie la délivrance de la mort. Malgré cela… Hawk étudia Adamant, pensif. Il l'avait toujours soupçonné d'être prêt à tout. Il croisa le regard de Medley en sortant, mais ce dernier se contenta de hausser les épaules.

Deux anciennes divinités tutélaires de Haven, la Belle Dame du Rocher et la Soror Marium, la Sœur de la Mer, refusèrent de les accueillir. Adamant en fut fort déçu, mais laissa tout de même une offrande à chacune, au cas où.

Le Pendu fut poli mais ne promit rien. Le Charognard Larmoyant demanda un prix trop élevé, et la réponse de la Violette Rampante ne voulait rien dire. Et ainsi de suite dans toute la rue des Dieux. Même les quelques Êtres qui laissaient Adamant approcher s'intéressaient rarement à ses problèmes. Adamant restait calme et poli, et Hawk demeurait vigilant. Si les Êtres étaient généralement dérangeants, leurs adorateurs lui faisaient franchement peur. Ils avaient tous le même regard plat et fixe des fanatiques.

Enfin, quand ils furent passés voir tous les autres cultes, Adamant s'arrêta devant la confrérie de l'acier, dont le quartier général tenait moins de l'église que de la caserne. Les sculptures sur bois et sur pierre n'étaient dépassées que de quelques siècles, ce qui donnait à l'ensemble un air presque moderne, en comparaison du reste de la rue. Des gardes armés patrouillaient devant l'édifice, mais cédèrent le passage en reconnaissant Adamant. Hawk le regarda.

— Vous êtes plus qu'un visiteur parmi d'autres, ici, non ?

— J'ai déjà eu affaire avec la confrérie. Comme tous les politiciens.

Un homme couturé de cicatrices en cotte de mailles étincelante les escorta le long de plusieurs couloirs jusqu'à une bibliothèque de taille impressionnante. Fisher posa la main sur le fauteuil le plus confortable et s'y laissa tomber, étendant les jambes avec un soupir de satisfaction. Hawk était tenté de faire de même. Il avait si mal aux pieds… Mais son instinct lui criait de rester sur le qui-vive. Tous les hommes qu'il avait croisés pour l'instant étaient armés, et capables de se servir de leur arme, à première vue. Si par un hasard quelconque Hardcastle avait conclu un accord avec la confrérie, la sortie s'annonçait difficile. Il s'assit sur l'accoudoir du fauteuil de Fisher et posa sur Adamant un regard calme.

— Très bien, messire Adamant. Qui attendons-nous ?

— Jeremiah Rukker, le commandant des lieux. C'est un type bien. Et ouvert.

— Que pense-t-il de la Réforme ?

— Il s'en moque totalement. Officiellement, la confrérie est au-dessus de la politique. En vérité, ils sont prêts à travailler pour n'importe qui, si cela reste discret et rentable. Et la confrérie est très dure en affaires.

— Parlez-moi un peu plus de la confrérie, demanda Fisher. Quelle influence possède-t-elle à Haven ?

— Plus que vous ne le croyez, expliqua Medley. En essence, n'importe quel homme capable de manier l'épée ou la hache peut devenir membre. Une fois accepté, un combattant peut apprendre des arts et des tactiques préservés depuis des siècles, et faire partie d'une secte mystique qui ne doit loyauté qu'à elle-même. Un frère de l'acier sera prêt à défier n'importe quelle loi, n'importe quel monarque ou n'importe quelle religion – si la confrérie le demande.

— Et il y a des frères partout, glissa Adamant. Au Conseil, dans la Garde, et dans tous les partis politiques.

— Comment pouvez-vous en être sûr ? demanda Hawk en fronçant les sourcils.

— Nous sommes à Haven, vous savez… Rien ne reste secret très longtemps, précisa Adamant en soutenant le regard de Hawk. D'après mes sources, la confrérie s'est infiltrée dans tous les Bas Royaumes, et jusque chez les conseillers du roi. Pour l'instant, ils ont évité la purge en se déclarant impartiaux. Les nouveaux militants pourraient changer tout cela.

— Alors que faisons-nous ici ? Pourquoi la confrérie orthodoxe voudrait-elle passer un accord avec la Réforme ? (Le visage de Hawk s'éclaira tandis que la compréhension se faisait jour en lui.) Bien sûr ! Le plus important pour eux, c'est de faire en sorte que les militants perdent cette élection. Dans les Hauteurs, cela signifie qu'ils doivent seconder Hardcastle ou vous. Et ils savent qu'on ne peut pas faire confiance à Hardcastle. Je crois que je commence à comprendre la politique.

— La politique n'est pas faite que de cynisme, corrigea une voix profonde et sonnante derrière lui.

Hawk se retourna, la main déjà sur sa hache. Un grand homme à la musculature impressionnante, âgé d'une quarantaine d'années, lui souriait depuis la porte de la bibliothèque. Il marqua une pause pour s'assurer que tout le monde l'avait bien vu, puis s'avança vers le centre de la pièce. Sa cotte de mailles réfléchissait la lueur des lampes. La garde d'une épée longue dépassait de son épaule gauche, la pointe frôlant le sol. Ses cheveux d'un noir de jais encadraient un visage classique, un peu trop parfait pour être beau. Il n'y avait dans son regard aucune trace du large sourire qu'il arborait. Dans l'ensemble, il ressemblait davantage à un politicien qu'Adamant – du genre dont Hawk se méfierait jusqu'à ce qu'ils soient à bonne distance. Le garde eut un signe de tête prudent pour le commandant, qui sourit brièvement dans sa direction avant de s'incliner devant Adamant.

— Jeremiah Rukker, de nouveau à votre service, messire Adamant. Il est toujours plaisant de vous voir en ces lieux. Pourquoi ne pas me présenter vos compagnons ?

— Bien sûr, commandant. Voici mon épouse, Dannielle. Vous connaissez mon conseiller. Ces deux gardes sont les capitaines Hawk et Fisher. Vous avez peut-être entendu parler d'eux.

— Oui, confirma Rukker. En effet.

Hawk souleva un sourcil en entendant le ton glacial de Rukker.

— Auriez-vous des doléances à mon égard, commandant ?

— Au vôtre, non, répondit Rukker en choisissant ses mots. Votre réputation de guerrier vous a précédé. Mais votre femme prétend aussi au rang de guerrier, et cela est inacceptable.

Fisher se leva d'un mouvement félin pour se tenir au côté de Hawk, la main négligemment posée sur le pommeau de son épée. Rukker se redressa de toute sa taille et la foudroya d'un regard glacé.

— Les femmes n'utilisent pas d'arme, dit-il simplement. Cela ne leur convient pas. Elles ne connaissent pas la gloire de l'acier.

— C'est une belle épée que vous avez là, répondit Fisher avec désinvolture. Vous savez vraiment vous en servir ?

— Isobel…

— Ne t'inquiète pas, je ne lui ferai pas trop mal. Mais je vais lui couper un peu les crocs. Allons, Rukker, qu'en dites-vous ? La victoire au meilleur en cinq rounds, et je vous donne deux points d'avance. Juste pour équilibrer nos chances.

Adamant la fixa, puis se tourna vers Hawk.

— Capitaine, si cela ne vous fait rien…

— Ne me mêlez pas à cela, dit Hawk. C'est une grande fille. Depuis longtemps. Et puis, si Rukker est assez bête pour la défier, il mérite tout ce qui lui arrivera. Si j'étais vous, j'appellerais un docteur. Et j'irais chercher une serpillière.

Rukker continua de toiser Fisher. L'effet était un peu gâché par le fait qu'il devait lever la tête pour cela.

— Un frère de l'acier ne combat pas les femmes, répondit-il avec froideur. Ce serait ridicule.

— Ben voyons, railla Fisher.

Elle se détourna et alla se rasseoir. Rukker l'ignora et inclina la tête vers Hawk.

— J'ai cru comprendre que vous avez travaillé avec le légendaire Adam Stalker sur votre dernière affaire, capitaine Hawk. C'était un grand homme. Sa mort fut une grande perte pour nous tous.

— Ça, il nous manque beaucoup, dit Hawk. Faisait-il partie de la confrérie ?

— Comme tous les grands héros. Vous pourriez vous porter candidat, un jour. Votre talent et votre réputation feraient de vous un membre apprécié.

— Merci, mais je ne suis pas du genre à suivre les groupes.

— Ne nous rejetez pas tant à la légère, capitaine. Nous avons beaucoup de choses à vous offrir. (Rukker fixa Hawk d'un regard ardent, et sa voix se fit plus forte, plus prenante.) La confrérie se consacre à la gloire de l'acier, ce symbole qui unit l'humanité, qui lui permet d'imposer l'ordre à un univers sauvage et indifférent. L'acier nous permet de maîtriser le monde, de nous maîtriser nous-mêmes. En apprenant à contrôler nos corps et nos armes, nous apprenons à contrôler notre esprit. Notre destin.

» Pensez à tout ce que nous pourrions vous apprendre, capitaine. Toutes les manœuvres, toutes les astuces, tout l'art du combat sont ici, quelque part, dans nos livres ou nos instructeurs. Nos combattants sont invincibles, nos guerriers pourraient conseiller des rois. Nous sommes l'avenir. Nous déciderons de ce que le monde deviendra.

— Merci, répondit Hawk. Mais j'ai déjà assez de problèmes avec le présent. Et puis, Isobel et moi formons une équipe. Nous travaillons ensemble. Toujours.

— Et voilà pourquoi vous ne serez jamais qu'un garde. Quel dommage. Vous pourriez aller loin, Hawk, sans cette femme.

Hawk sourit soudain.

— Commandant, je vous ai pardonné beaucoup de choses parce que nous sommes ici en tant qu'invités d'Adamant, mais si vous insultez mon épouse encore une fois, je vous ferai très mal. Pis encore, je laisserai peut-être Isobel s'en charger. À présent, je vous en prie, réglez vos affaires avec Adamant.

Rukker rougit violemment et sa main se leva vers la garde de son épée. Hawk et Fisher étaient tous deux sur pied, face à lui, arme tirée et levée, avant même que la main du commandant se referme sur sa garde. Adamant s'interposa en hâte.

— Il suffit ! Hawk, Fisher, rangez vos armes, c'est un ordre. Je suis navré, commandant. Nous avons eu une matinée épuisante, et nos nerfs sont pour le moins mis à mal.

Rukker opina d'un mouvement raide et écarta la main de son épée. De vives taches de couleur brûlaient sur ses pommettes, mais il parla d'une voix parfaitement calme.

— Bien sûr, James. Je comprends tout à fait. Et si nous parlions affaires, à présent ? Que puis-je faire pour vous ?

— Les mercenaires de Hardcastle sont en train de saccager ma campagne, expliqua Adamant. Mes militants tiennent bon pour le moment, mais ça ne durera pas, sans hommes en armes pour les aider. J'ai besoin de votre aide, Jeremiah. J'ai besoin de vos hommes.

Rukker plissa les lèvres, pensif.

— La confrérie est neutre, James. Vous le savez bien. Nous sommes au-dessus de la politique. Cela nous est nécessaire.

— Les militants n'ont pas la même optique.

— Ce sont des imbéciles. Notre liberté est garantie par notre refus de l'implication. Si nous survivons, c'est parce que notre puissance nous rend utiles mais pas encore dangereux. Nous ne pourrions pas avoir de poids politique propre, James. Nous avons travaillé ensemble par le passé, quand nous nous trouvions sur le même chemin, mais toute alliance ouverte avec votre Cause est impensable.

— Vous ne pouvez plus vous permettre de rester à l'écart. La faction du général Longarm paraît très populaire. Une alliance avec Hardcastle créerait une équipe imbattable. Et Hardcastle est suffisamment dérangé par leur succès et le mien pour accepter une telle alliance.

— C'est un argument intéressant, James. Mais insuffisant. Aussi ambitieux qu'il soit, Longarm n'est pas assez bête pour croire les promesses de Hardcastle.

— Qui a dit qu'il y croirait ? Pour le moment, ils ont besoin l'un de l'autre. Mais toutes sortes d'événements pourraient se produire après l'élection. Après tout, les forces qui permettent à Hardcastle de conserver son poste se retrouveraient sous le contrôle de Longarm… Mais peu importe, Jeremiah. Pouvez-vous vous permettre de parier que Longarm ne s'alliera pas avec Hardcastle ?

— Non, répondit Rukker. Non, je ne peux pas. Très bien, James. Il faut que je consulte le haut commandant, mais je suis à peu près certain qu'il acceptera. Nous ne pouvons pas laisser Longarm remporter cette élection. Vous aurez vos hommes dans quelques heures. Et nous pourrons sans doute rappeler la plupart des mercenaires de Hardcastle. Une grande proportion appartient à la confrérie. Vous avez notre soutien, James. J'espère que vous ne me ferez pas regretter cette décision.

Dans la rue des Dieux, trois horloges différentes indiquaient quinze heures, alors qu'il était à peine midi. Au vu des excès précédents de la rue, Hawk était heureux qu'il n'y ait rien de plus étrange à voir. Il regarda prudemment autour de lui, puis s'arrêta en voyant de l'agitation un peu plus loin. Fisher remarqua sa réaction, et sa main se posa sur son épée.

— Un problème, Hawk ?

— On dirait. Va voir.

À mi-chemin, sur l'autre trottoir, une très grande femme vêtue de jaune vif et de cuir élimé frappait une demi-douzaine de bonnes sœurs du couvent de la Dame étincelante. Les nonnes étaient armées de bâtons de bois et de chaînes d'acier, mais la femme ne faisait qu'une bouchée d'elles, à mains nues.

— Mais qui est-ce ? demanda Hawk.

— C'est Roxanne, répondit Medley. Je suis étonné que vous n'ayez pas entendu parler d'elle.

Il sourcilla quand Roxanne souleva une des bonnes sœurs et la lança tête la première contre un mur voisin.

— Ainsi c'est elle, la fameuse Roxanne. Je m'attendais à ce qu'elle soit plus grande, s'étonna Hawk.

— Il y a une bonne prime pour sa mort, rappela Fisher.

— Avec sa réputation, j'espère bien. Je n'irais pas la combattre sans prime.

— C'est sans doute du chiqué. Personne ne peut être si bon que ça.

— Tu paries ? demanda Hawk en voyant Roxanne donner un coup de tête à une bonne sœur et un coup de poing à une autre.

— D'accord, concéda Fisher. Qui commence ?

— Pile ou face ?

Fisher chercha une pièce dans sa bourse.

— Attendez ! fit Dannielle. Regardez.

Hawk et Fisher levèrent la tête juste à temps pour voir deux autres personnes écarter de force Roxanne de ses dernières victimes, juste quand elle se mettait en train. Elle se dégagea facilement, mais ne fit pas mine d'attaquer. Hawk siffla en se rendant compte que l'un des deux pacificateurs était le conseiller Hardcastle. Il identifia l'autre homme, pour avoir entendu parler de lui, comme le sorcier Wulf. Hawk les étudia un moment, étonné par la cotte de mailles que portait le sorcier.

— Voilà qui est intéressant, dit Adamant. Je ne savais pas que Roxanne travaillait pour Hardcastle.

— Plus pour très longtemps, le rassura Hawk. Elle va bientôt se faire arrêter.

— Je préférerais que vous évitiez, intervint Medley. Nous ne voulons pas attirer l'attention sur nous. Officiellement, nous n'avons rien à faire ici. S'il devenait de notoriété publique, notre accord avec la confrérie deviendrait caduc. D'ailleurs, nous ferions bien de partir avant que Hardcastle nous repère. N'est-ce pas, James ?

— Je le crains, concéda Adamant. Si c'est une question d'argent, capitaine Hawk...

— Pas du tout, répondit le garde. Elle est recherchée pour une dizaine de mandats, généralement pour meurtre ou incendie volontaire, mais elle peut attendre. Jusqu'à nouvel ordre, ma priorité reste votre protection. Allons-y.

Fisher accepta à contrecœur et le groupe s'éloigna rapidement, en restant dans l'ombre.

— Cela vaut sans doute aussi bien, reprit Medley. Il paraît que Roxanne est invincible avec une épée.

— Pff, je pourrais la vaincre sans problème, lança Fisher.

— Je n'en doute pas, concéda Adamant. Après l'élection.

— Eh bien, nous voilà avec une perspective d'avenir, se réjouit Hawk.

Roxanne se sentait presque chez elle dans la rue des Dieux. Ses réalités changeantes correspondaient à sa propre nature mercuriale. Bien sûr, ce n'était pas le cas de tout le monde. Jillian par exemple en avait été si terrorisée que même les menaces de Hardcastle n'avaient pu la convaincre de les accompagner. Il avait dû la renvoyer chez elle, avec tous ses militants et ses mercenaires. Le Voile Gris avait insisté sur ce point. Apparemment, son Dieu n'aimait pas marchander en public. Roxanne surveillait le Voile de près. Elle ne lui faisait pas confiance. Pas du tout.

Le Voile les fit passer devant des églises et des temples décorés de lutins, de gargouilles et de démons. Rien de tout cela ne paraissait particulièrement sain. Le Voile dépassa tous ces lieux de culte, et Roxanne eut une moue déçue. Ils finirent par arriver au temple de l'Abomination, et le Voile sourit de manière sardonique en remarquant leur réaction. Ce n'était qu'un bâtiment de pierre nue, sans fenêtres. La maçonnerie était fissurée et entaillée par de longues années d'abandon. Mais ce bâtiment mettait tout de même Roxanne très mal à l'aise.

Le Voile invita ses invités à entrer. Hardcastle et Wulf regardèrent la porte de bois un peu de guingois dans son encadrement, puis jetèrent un œil à Roxanne. Elle leur fit un grand sourire, tira l'épée et s'avança pour ouvrir la porte d'un coup de pied. Au dernier moment, le battant se rabattit de son propre chef. Roxanne attendit un instant, mais rien ni personne ne bougeait dans la pénombre. Sous le regard moqueur du Voile, Roxanne entra d'un pas crâne.

Une faible lueur pourpre irradiait d'une façon étrange depuis l'autel de pierre fendu. La salle se perdait dans la distance, et le plafond la dominait d'une hauteur incroyable. La jeune femme s'avança, l'épée en avant. L'ombre eut un mouvement pesant, mais rien n'en sortit. Roxanne était déçue. Alertée par de petits bruits de pas derrière, elle fit volte-face, mais ce n'était que le Voile qui menait Hardcastle et Wulf à l'intérieur. Roxanne les attendit.

Hardcastle jeta un coup d'œil autour de lui et s'efforça de paraître indifférent.

— Bon, finit-il par grogner. Nous sommes arrivés. Maintenant, dites-moi ce que je fais dans ce temple abandonné, alors que je pourrais parler à des Êtres puissants.

— Du calme, Cameron, souffla Wulf. Vous ne savez pas à quoi vous avez affaire.

— Et vous, le savez-vous ? demanda le Voile.

— Je pense, oui. Vous êtes l'un des Êtres fluctuants, n'est-ce pas ?

Le Voile eut un rire ravi. Ce n'était pas très agréable. Les échos parurent ne jamais vouloir mourir.

— Et qu'est-ce que c'est, un Être fluctuant ? demanda Roxanne.

— Une abstraction qui prend forme, expliqua Wulf. Un concept enveloppé de chair et d'os. Ils ont un pouvoir inimaginable, car leur naissance est une affaire de magie sauvage, et, une fois lancés dans le monde des hommes, ils ne sont pas faciles à renvoyer.

Roxanne fronça les sourcils devant la maigre silhouette en gris devant elle.

— Vous voulez dire que c'est un Dieu ?

Le Voile rit, mais, quand il parla, sa voix était légèrement différente, comme si sa bouche servait à un autre.

— Le Seigneur des Golfes dort depuis des siècles, et il lui faudra quelque temps avant de se manifester physiquement dans ce monde. Pour le moment, il a besoin d'un hôte pour arpenter le monde des hommes.

Hardcastle avait froncé les sourcils, mécontent.

— Quel genre de Dieu êtes-vous ?

La lumière autour d'eux s'assombrit un peu, comme un coucher de soleil cédant enfin le pas à la nuit. Çà et là dans le noir, de petites étincelles apparurent pour prendre forme humaine. Bientôt, c'étaient des centaines de spectres qui arpentaient la grande salle, propageant une lueur pâle. Tous horriblement émaciés et fripés, réduits par une faim dévorante à de simples squelettes encore couverts de chair, au ventre distendu et aux yeux béants et torturés, ils semblaient errer, mais à la recherche de quoi ? De nouveaux spectres continuaient d'apparaître, jusqu'à remplir la salle tout entière. Puis, sans prévenir, ils se jetèrent les uns sur les autres, déchirant la chair fantomatique avec un appétit impitoyable. Ils s'entre-dévorèrent avec une rapidité incroyable, hurlant en silence devant l'horreur de ce qu'ils faisaient. Mais les os brisés et les chairs déchirées ne satisfaisaient pas leur faim.

— J'ai eu beaucoup de noms, mais une seule nature, répondit l'Être qui parlait avec la voix du Voile. Appelez-moi Faim. Appelez-moi Famine.

Les fantômes avaient disparu, et le temple de l'Abomination avait retrouvé son calme, son silence.

— Le Seigneur des Golfes possède plus de pouvoir que vous ne pouvez l'imaginer, dit le Voile. On me chasse à chaque fois, et je finis toujours par revenir. Servez-moi, et mon pouvoir sera le vôtre.

— Vous servir ? demanda Wulf. Comment ?

— Amenez-moi des fidèles. Plus j'aurai d'adorateurs, plus je serai puissant. Ils me nourriront de leur ferveur, et mon influence se répandra sur le pays, comme auparavant. Mon hôte doit être protégé. Je ne peux pas être détruit par les vivants ni les morts – ce don me fut fait à ma création – mais mon hôte reste… vulnérable.

— Pouvez-vous détruire mes ennemis ? demanda Hardcastle.

— Bien sûr.

— Alors considérez que nous sommes associés.

— Parfait, se réjouit le Seigneur des Golfes. Mais cet hôte a fait tout ce qu'il pouvait. Son pouvoir suffisait à me faire revenir, pas à me sustenter. En gage de bonne foi, vous me fournirez un nouvel hôte.

— Prenez-moi, proposa Wulf. Laissez-moi partager votre pouvoir. J'ai assez de sorcellerie pour vous contenir jusqu'à ce que nous trouvions un nouvel hôte.

Le Voile le regarda, puis sourit.

— Très bien, sorcier. Si tel est votre souhait.

Hardcastle regarda Wulf, étonné.

— Vous êtes sûr de savoir ce que vous faites ?

— Bien sûr que oui, murmura Wulf. Ne dites rien.

Le Voile Gris eut un grand sourire, qui continua de s'élargir jusqu'à ce que sa bouche se déchire, arrachant les joues et ouvrant le visage sur les os et les muscles. Le visage glissa comme un masque, et les muscles tombèrent en poussière. Les yeux s'enfoncèrent dans leurs orbites, ne laissant qu'un crâne hilare. De la poussière s'écoula de la robe grise, qui tomba au sol, vide. La mâchoire se décrocha du crâne en un rire muet, puis le crâne lui-même disparut, ne laissant qu'une robe grise et pleine de poussière. Un vent se leva de nulle part et dispersa ces vestiges.

Wulf leva une main mal assurée jusqu'à sa bouche et secoua la tête. Il avait les yeux distants, comme s'il écoutait une voix très lointaine. Hardcastle regarda Roxanne, puis Wulf.

— Je vais bien, Cameron, dit Wulf d'un ton très calme avant de baisser la main en souriant. Il n'était pas très intelligent, pour un Dieu. Il n'est pas réveillé depuis très longtemps et n'était pas aussi puissant qu'il voulait bien le dire. Je le tiens, bien à l'abri derrière mes protections. Et tout son pouvoir est à moi. Adamant ne le sait pas encore, mais l'élection est à vous, Cameron. Plus aucun sorcier ne peut me résister à présent. Allons-y.

La porte s'ouvrit à la volée. Hardcastle et Wulf repartirent dans la rue des Dieux. Roxanne regarda une dernière fois la grande salle vide et les suivit. Elle rengaina son épée, se demandant s'ils auraient bientôt le temps de dîner.

6

Vérité et conséquences

L'après-midi glissa lentement vers le soir tandis qu'Adamant menait son petit groupe dans les rues affairées des Hauteurs, de discours en harangues, défendant partout la Cause de la Réforme. La foule était plus nombreuse que jamais : tous les travailleurs s'étaient déversés dans les rues pour ce jour férié officieux. Les marchands itinérants, ayant fait une bonne journée et écoulé leurs marchandises, fermèrent leurs étals pour se joindre aux réjouissances. Les illusionnistes et les mimes faisaient leur numéro à chaque coin de rue, les denrées s'épuisaient dans les caves des aubergistes. Sur le ciel vespéral, les feux d'artifice continuaient de s'étaler.

Adamant finit par faire une pause, les badauds s'intéressant à présent plus à la fête qu'à la politique. Il mena ses militants et son escorte jusqu'à une section un peu plus prospère des Hauteurs. Venu chercher des soutiens personnels et financiers, il obtint des encouragements, des vœux de réussite et de vagues promesses. Quand on daignait même lui adresser la parole. Adamant refusa de se laisser décourager et continua avec un enthousiasme inébranlable.

En chemin, deux autres personnes se joignirent à sa petite troupe : Laurence Bearclaw et Joshua Kincaid.

Bearclaw était un homme grand que la cinquantaine menaçait. Ses épaules étaient larges, mais sa poitrine puissante avait commencé de se rapprocher de sa bedaine. Il avait acquis ses lettres de gloire en tuant un ours avec un couteau, et il portait encore les griffes de l'animal en collier pour le prouver. Ses cheveux longs ne restaient noirs que parce qu'il les teignait régulièrement. Il avait servi comme mercenaire dans une centaine de campagnes différentes, et il était toujours revenu avec la gloire et les trophées. Il se contrefichait de la Réforme, mais Adamant était un ami, et l'idée de défendre l'opposition lui plaisait assez.

Kincaid, un homme de taille moyenne, avait une dizaine d'années de moins. Ses cheveux blonds et ses yeux bleus paraissaient trop doux et délicats pour sa musculature pourtant fine. Il souriait peu, et était encore plus dangereux qu'il paraissait. Son accès à la gloire s'était fait pendant la terrible campagne des Crêtes brisées, au côté du légendaire Adam Stalker. Il était célèbre dans tout Haven, et modérément connu en dehors de la ville. Plusieurs gazettes et chansons racontaient ses exploits héroïques, tous écrits par Kincaid sous un nom d'emprunt. Comme son ami et compagnon d'armes Bearclaw, Kincaid n'avait pas vraiment d'opinion politique, mais sa dernière campagne militaire remontait à trop longtemps. Las de son inaction qui le faisait se sentir vieux, il s'était dit que la campagne lui fournirait peut-être l'inspiration pour une nouvelle gazette.

L'après-midi traîna en longueur et les fatigua tous. Adamant paraissait tout aussi plein d'entrain qu'en début de journée, mais une partie de son groupe avait du mal à suivre. Dannielle en particulier avait de plus en plus de difficultés à rester à sa hauteur. Elle disparaissait de temps à autre pour se reposer un instant avant de revenir pleine de vie. Medley, de moins en moins concentré, tentait de suivre tous les rapports de campagne reçus. Hawk et Fisher restaient à proximité d'Adamant, sans relâcher leur vigilance. En tant que gardes, ils avaient l'habitude des longues patrouilles, mais même eux finissaient par fatiguer. Quand Adamant rendit visite à quelques membres de la haute société qui habitaient en marge des Hauteurs, en une tentative désespérée pour récolter des fonds, les choses faillirent déraper. Le plus souvent, on refusait de leur ouvrir la porte. Le reste du temps, on les laissait entrer pour leur rire au nez ou les menacer avec subtilité. Mais Fisher avait tendance à se vexer quand on la prenait de haut. Plus précisément, elle avait tendance à s'énerver et à frapper les gens. Après un incident malheureux, Adamant décida qu'elle ferait mieux de les attendre dehors.

Mais même Adamant dut convenir qu'ils avaient fait tout leur possible. Le soir tombait, et le scrutin allait bientôt commencer. Il regarda la foule affairée une dernière fois, le regard perdu en considérations générales, puis il sourit et secoua la tête avant de ramener tout son monde au quartier général.

De retour dans l'étude d'Adamant, Hawk et Fisher se laissèrent tomber sur les chaises les plus proches et posèrent les pieds sur son bureau. Ils regardèrent avec beaucoup d'intérêt Adamant consulter les rapports et planifier sa stratégie future. Medley, de plus en plus agité et impatient, peinait à lui prêter attention. Dannielle avait déjà disparu à l'étage pour se reposer. Hawk ne la comprenait que trop bien. Il aurait avec joie passé les prochains mois sur sa chaise sans rien faire. Il eut un petit sourire. Il savait depuis longtemps qu'il aurait fait un excellent officier.

Bearclaw et Kincaid étaient partis se remplir la panse aux cuisines. Le majordome Villiers apportait rapports et messages à Adamant avec une expression dédaigneuse. Sans doute se considérait-il au-dessus de ces tâches. Hawk et Fisher se servirent un verre de vin, Medley finit par donner un semblant d'ordre à tous les rapports, et Adamant s'assit dans son fauteuil. Il foudroya Hawk et Fisher du regard jusqu'à ce qu'ils enlèvent leurs bottes de son bureau, puis se tourna vers Medley.

— D'abord, les bonnes nouvelles. La confrérie de l'acier est descendue en force dans les rues. Avec nos hommes, ils ont taillé les mercenaires de Hardcastle en pièces. La criminalité a baissé de soixante pour cent dans les rues, pour la même raison.

» Megan O'Brien, le marchand d'épices, a promis son argent et son soutien à Hardcastle en échange de faveurs à venir. Pas de surprise.

» Lord Arthur Sinclair, avec son programme Pas de Taxe sur l'Alcool, a été aperçu ivre mort et inconscient au milieu d'une fête gigantesque qui couvrait tout un pâté de maisons. La Garde a isolé la zone et monté des barricades. De toute façon, Sinclair est officiellement hors course. Enfin, il le sera dès que quelqu'un l'aura réveillé assez longtemps pour qu'on le lui dise.

» Le candidat mystère appelé le Voile Gris a disparu. Personne ne l'a vu depuis midi. Il a dû se retirer en silence pour sauver la face.

» Et maintenant, les mauvaises nouvelles. Hardcastle a mené campagne avec autant d'entrain que nous, voire plus. Ses discours se sont tous très bien passés, et ses militants ont distribué alcool et argent comme s'ils leur brûlaient les mains. Il a fait la tournée des gens influents et a glané beaucoup de soutiens. La haute société ne l'aime guère, mais elle a trop peur de James Adamant. On dirait aussi que Hardcastle s'est attiré un soutien très fort dans la rue des Dieux. Mortice ne sait pas vraiment qui ou quoi, mais son sorcier utilise toutes sortes de tours très puissants qu'il ne connaissait pas auparavant. Il n'est pas encore à même de percer les défenses de Mortice, mais il est trop puissant pour que nous puissions l'attaquer. Donc, au point de vue magie, nous en sommes au point mort pour l'instant.

» Le reste des mauvaises nouvelles concerne le général Longarm. (Medley marqua une pause pour boire une gorgée de vin avant de reprendre :) Ses militants et lui sont étonnamment populaires. Aucun doute, ses hommes d'armes ont pratiqué l'intimidation, avec ou sans subtilité selon les cas. Mais on dirait que Longarm bénéficie d'un important soutien populaire. Les gens réagissent bien au thème du pouvoir politique soutenu par le pouvoir militaire. Il a aussi juré d'accepter tout homme possédant une épée dans le chapitre militant de la confrérie après son élection. Nombre de gens ont envie de profiter des portes que cela pourrait leur ouvrir, et pas seulement à Haven.

Medley vérifia ses papiers pour s'assurer qu'il n'avait rien oublié. Puis il les posa sur le bureau devant Adamant. Ce dernier fronça les sourcils.

— Que savons-nous sur le général Longarm, Stefan ?

— Un soldat solide et professionnel. Pas très imaginatif. Il avait des états de service assez bons dans l'armée des Bas Royaumes, avant de prendre sa retraite et de s'installer ici. Il est venu tard à la politique, et c'est sans doute pour cette raison qu'il prend tout très au sérieux. Il parle bien en public, tant qu'il s'en tient au texte préparé.

Cette proposition d'entrée garantie dans la confrérie paraît être une manœuvre assez désespérée. Il faudrait en parler à d'autres militants pour savoir si c'est une offre sincère ou juste une idée que Longarm a sortie d'un chapeau.

Adamant regarda Hawk et Fisher.

—Les militants ont déjà un siège au Conseil. Les Fonds. Que savez-vous de leur quartier depuis qu'ils ont pris le pouvoir ?

—Ce n'est pas vraiment notre secteur, commença Hawk. Mais j'en ai entendu parler. Depuis l'arrivée du conseiller Weaver, la criminalité a diminué de plus de moitié. Cela a beaucoup plu à la population. D'un autre côté, il paraît clair que les frères militants ont monté une garde clandestine dans les Fonds, et ça, c'est beaucoup moins populaire. Certes, ils ont réduit la violence dans les rues, mais ils ont aussi fait beaucoup de prosélytisme, et on ne s'élève pas impunément contre leurs convictions. Je n'ai pas de chiffres sur l'élection là-bas, mais je ne serais pas particulièrement étonné que Weaver perde son siège.

—Merci capitaine, dit Adamant. Cela pourrait peut-être me servir. La rhétorique de campagne est toujours meilleure quand elle repose sur la vérité.

La porte s'ouvrit à la volée et Dannielle entra, très reposée. Elle adressa un grand sourire à Hawk et Fisher, qui ne se levèrent pas.

—Allons, encore fatigués ? Ah, la Garde n'est plus ce qu'elle était. James, mon chéri, veux-tu bien venir parler à la cuisinière avec moi ? J'ai fait en sorte qu'elle accepte le menu choisi pour ce soir, mais elle n'arrête pas d'apporter des modifications.

—Bien sûr, Danny, répondit Adamant.

Il fit un signe de tête aux trois occupants de l'étude et suivit le babil de sa femme jusque vers les cuisines. Hawk regarda Fisher.

—Je ne sais pas d'où elle tire toute son énergie, mais j'en prendrais bien un peu.

Hardcastle et son équipe sillonnaient les Hauteurs sans faiblir, s'arrêtant pour des discours, des poignées de main et des démonstrations de soutien populaire. La populace avait passé presque toute la journée à boire et s'agitait de plus en plus. Ramenée à l'ordre par l'arrivée de Roxanne et de ses mercenaires, elle assistait aux interventions dans le calme. Tant que Hardcastle parlait, la foule écoutait, enthousiaste et fascinée. Le candidat conservateur était satisfait de ce répit. Adamant avait réussi à monter une armée pour contre-attaquer. Hardcastle avait perdu presque tous les avantages acquis, et les zones qui auraient dû être à lui chantaient à présent la gloire de la Réforme et jetaient des pierres aux hommes de Hardcastle.

Le conseiller s'efforçait de garder son sang-froid. Il ne devait pas se laisser distraire. Il lui fallait continuer sa campagne, parler aux gens importants. Des gens de rang et d'influence. Adamant rampait au milieu du peuple pour avoir les votes, mais c'étaient la haute société et les maisons marchandes qui contrôlaient vraiment Haven. C'était là qu'on pouvait trouver le vrai pouvoir. Quand ces gens-là parlaient, on les écoutait – si on avait deux sous de jugeote. Hardcastle alla donc de maison en maison, frappant aux portes et toisant les serviteurs. Mais partout, ce n'étaient que vagues promesses et fausses excuses. Apparemment, la violence dans les rues dérangeait tout ce beau monde. Hardcastle fulminait. C'étaient les mêmes qui criaient un peu plus tôt leur indignation face aux changements proposés par la Réforme.

L'après-midi touchait rapidement à sa fin, et Hardcastle se dirigea vers la dernière adresse de sa liste. Son dernier ami, son dernier espoir.

Il se tenait devant la porte de Tobias et attendait impatiemment qu'on vienne répondre à son coup de sonnette. Cela prenait longtemps. Roxanne se curait un ongle avec une dague très effilée, et Wulf était perdu dans ses rêves de pouvoir. Hardcastle observa ses militants et ses mercenaires, qui se tenaient en groupe à manigancer leurs rébellions. Il leur fit signe de se disperser dans la rue. Adamant ne reculerait sans doute pas devant une attaque surprise, s'il pensait la réussir sans se faire prendre. Hardcastle l'aurait fait, à sa place. Et puis, il n'avait pas besoin d'une armée pour rendre visite à un ami. Si on lui répondait…

La maison de Geoffrey Tobias correspondait bien à sa réputation d'avarice. Cet homme comptait parmi les six plus riches de Haven, mais il vivait dans une simple bâtisse de deux étages, plus deux sous-sols, dans un des quartiers les plus mornes des Hauteurs. La peinture des murs était défraîchie depuis des années, et les fenêtres étaient masquées de volets de bois verrouillés alors qu'il faisait encore jour. Tobias craignait toujours les voleurs et agresseurs qui en voudraient à son pécule. Hardcastle haussa les épaules. Il avait sans doute raison. Un avare vivant seul et sans protection faisait une cible tentante. Mais bien sûr, il était bien protégé. Hardcastle était convaincu que la maison regorgeait de sorts défensifs.

Tobias avait toujours fait attention à l'argent, mais, depuis qu'il avait perdu son siège au Conseil, il avait reporté toute son attention sur ses affaires financières. Cet ancien meneur des Conservateurs était devenu un reclus, amer et solitaire. Il refusait de voir quiconque si ce n'était pas absolument nécessaire, et même alors seulement sur rendez-vous. Mais il accepterait de recevoir Hardcastle. Ils étaient amis, et surtout, celui-ci pouvait proposer à Tobias quelque chose qui lui plairait : un siège au Conseil…

En échange d'une contribution conséquente à l'effort de campagne, bien sûr.

La porte finit par s'entrouvrir, et Tobias les regarda d'un air acerbe. Il salua Hardcastle avec un grognement et ouvrit la porte tout à fait. C'était un petit homme gris, à la peau pâle et aux cheveux plats qui pendaient sur ses épaules. Ses vêtements étaient sales et largement démodés. Il fallait ignorer la crasse et les plis dont ils étaient striés pour voir combien ils avaient été délicats par le passé. Son visage tout en angles arborait une moue méprisante sous deux yeux froids et sages. Tobias regarda Hardcastle un long moment avant de renifler.

— Bonjour, Cameron. J'aurais dû me douter que tu viendrais gratter à ma porte, avec l'élection qui approche. Ces gens-là sont avec toi ?

— Oui, Geoffrey, répondit Hardcastle d'un ton patient. Je me porte garant d'eux.

Tobias renifla de nouveau.

— Ils restent dehors. Tous. Je ne veux pas d'eux chez moi.

Il s'effaça pour laisser passer Hardcastle, puis claqua la porte derrière lui. La petite entrée était sombre, oppressante, et sentait l'humidité. Le plâtre des murs était craquelé, et le plancher était nu. Tobias conduisit Hardcastle vers le bout du couloir, ouvrit une porte et lui fit signe d'entrer. Ce que fit le candidat, se retrouvant dans une pièce confortable et bien éclairée. Les murs étaient lambrissés d'un bois poli, et le tapis de sol était on ne peut plus moelleux. Un grand fauteuil rembourré près de la cheminée voisinait avec une délicate table de bois chargée de papiers et d'un élégant service à thé en argent. Tobias grogna d'amusement devant la surprise de Hardcastle.

—Je suis peut-être excentrique, Cameron, mais je ne suis pas fou. J'ai abandonné la vanité et les apparences, mais j'apprécie toujours le confort.

Il s'assit soigneusement dans le fauteuil et fit signe à Hardcastle de tirer le seul autre siège face à lui. Ils se regardèrent un moment en silence.

—Ça fait un moment, Geoffrey.

—Deux ans, au moins, dit Tobias. J'ai été assez occupé, tu sais comment c'est.

—C'est ce qu'on m'a dit. Il paraît que tu as doublé ta fortune depuis que tu as quitté le Conseil.

—Quitté ? Je n'ai rien quitté du tout, et tu le sais bien ! J'en ai été *chassé*, par ce sale petit réformateur de Blackstone ! Il leur avait promis le soleil et la lune, et ils l'ont cru. Pour le bien que ça leur a fait ! Blackstone est mort, et son successeur ne pourrait pas gagner d'argent même si sa vie en dépendait. Attends un peu que les Combles aient besoin de fonds pour équilibrer leur budget. On verra à quelle vitesse ils viendront me demander de les sauver.

Sa voix avait pris du volume, et à la fin de sa tirade il criait presque. Il s'arrêta, la gorge serrée, et toussa quelques instants.

—Tu devrais prendre plus soin de toi, dit Hardcastle. Tu te négliges.

—C'est une façon de voir, bien sûr.

Il y avait quelques taches de sang autour de la bouche de Tobias. Il se tamponna les lèvres avec un mouchoir plié et regarda les taches écarlates avec indifférence avant de le ranger.

—Que veux-tu de moi, Cameron ? Je n'ai plus aucune influence.

—Cela pourrait changer, dit Hardcastle. Avec un peu de persuasion, je pense que je peux te faire mandater officiellement par les Conservateurs pour la prochaine élection dans les Combles. Soutien total, tout le toutim. Bien sûr, une grande contribution aux finances des Conservateurs aiderait à faire pencher la balance. Ainsi va le monde.

—Oh, je sais très bien comment va le monde, Cameron, gloussa Tobias. Je regrette de te décevoir, mais je ne pense plus aux Combles. Je m'énerve encore en me rappelant la façon dont on m'a traité... Mais je n'y retournerai jamais, même s'ils me suppliaient à genoux. Mon titre de conseiller a toujours été plus important pour ma pauvre Maria que pour moi. Elle me manque, tu sais...

Hardcastle parut perplexe un moment, et Tobias gloussa de nouveau.

—Pas habitué à être pris au dépourvu, hein, Cameron ? Tu es entouré de conseillers depuis trop longtemps. On ne peut pas faire confiance aux conseillers. Ils ne disent que ce qu'ils croient que tu veux entendre.

—J'ai besoin d'eux, tempéra Hardcastle. Je ne peux pas tout faire moi-même. Et mes amis n'ont pas toujours été là quand j'avais besoin d'eux.

—Tu n'as jamais eu besoin de moi, corrigea Tobias. Tu n'as jamais eu besoin de personne. Et moi aussi, j'avais des problèmes.

—Pourquoi ne m'as-tu pas dit que tu allais mourir ? Je serais venu te voir depuis longtemps.

—Je vis comme ça me chante, Cameron. Depuis toujours. Je ne me repose sur personne. Ne t'inquiète pas, tu auras ta contribution. Dis à mes avocats ce qu'il te faut, et je m'arrangerai pour que tu l'aies. Achète de nouveaux mercenaires. Achète tout ce qu'il te faudra pour écraser cette vermine réformatrice. Fais-leur payer ce qu'ils m'ont fait.

—Je te le promets, Geoffrey. Je te le promets. Y a-t-il quoi que ce soit que je puisse faire pour toi ?

—Oui. Laisse-moi en paix. Au revoir, Cameron. Ne claque pas la porte en partant.

À Brimstone Hall, Jillian Hardcastle était assise sur le lit, le dos appuyé contre la tête de lit, les genoux serrés contre la poitrine. Son mari avait fini par rentrer. Elle l'entendait à l'étage inférieur, en train de parler à des gens. *Ses* gens : aucun n'était à elle. Elle n'avait pas d'amis, personne ne venait la voir, elle n'avait même pas le droit d'avoir un domestique à elle. Elle n'avait que son mari, le grand Cameron Hardcastle.

Elle regarda ses bras nus, et les bleus clairement visibles malgré les couches de maquillage. Il faudrait qu'elle mette des gants longs avant de descendre. Son dos lui faisait encore mal, mais c'était plus supportable à présent. Au moins, cette fois, il n'y avait pas de sang dans son urine.

Elle pensait souvent à partir, mais où aller ? Où qu'elle aille, Cameron la retrouverait. Il avait des gens partout. Elle pourrait se tuer, à défaut. Elle y pensait parfois, mais ne trouvait jamais le courage. Cameron avait sapé sa volonté à coups de poing.

Elle entendit des pas sur le palier, et la peur la traversa comme une eau glacée. Cameron venait la chercher, elle le savait. Elle regarda fixement la porte de sa chambre, respirant à peine. La tension lui nouait l'estomac. Les pas approchèrent, puis dépassèrent la porte vers l'extrémité du couloir. Ce n'était pas Cameron. Rien qu'un des serviteurs.

Elle devrait accueillir Cameron. C'était ce qu'il voudrait. Si elle ne descendait pas, il viendrait la chercher, et il serait très en colère. Mais elle ne pouvait encore s'y résoudre. Elle irait dans une minute et le saluerait de la voix polie et monotone qu'il exigeait. Elle descendrait. Dans une minute. Ou deux.

Hardcastle se laissa tomber dans son fauteuil préféré, jeta un regard à son étude chaude et confortable, et soupira d'aise. La journée avait été très longue, et il n'était plus aussi jeune qu'avant. Il se tourna pour ordonner à Jillian de lui apporter un verre et fronça les sourcils. Personne. Il faudrait rappeler à son épouse que sa place était à ses côtés, pour exécuter ses ordres. Il faudrait qu'il lui en parle, tout à l'heure.

Il se leva, ignorant les protestations de son dos, et se versa un grand verre. Il l'avait bien mérité. On frappa quelques coups timides à la porte. Quand il eut grogné son assentiment, Wulf et Roxanne entrèrent. Le candidat se laissa tomber sur sa chaise, remarquant que ses deux visiteurs ne paraissaient pas particulièrement fatigués. Roxanne était nonchalamment appuyée contre la cheminée, les bras croisés, attendant de nouveaux ordres. Hardcastle se dit qu'il ne faudrait pas proposer à la jeune femme une chambre pour la nuit. Ils se réveilleraient sans doute en sursaut au milieu d'un véritable brasier. Au garde-à-vous devant lui, Wulf attendait de faire son rapport sur la journée. Qu'il attende. Cela lui ferait du bien de se rappeler son rang. Hardcastle savoura son vin sans se presser, puis fit un signe de tête au sorcier.

La plupart des rapports étaient directs. Tous les candidats mineurs s'étaient retirés. Cela simplifiait les choses. Inutile à présent de les écraser ou les faire tuer. Le général Longarm continuait de poser un problème, mais ce n'était qu'un soldat en retraite pris de folie des grandeurs. Avec tous les mercenaires qui s'affrontaient dans les rues en ce moment, les soldats n'étaient pas très populaires.

Restait le problème Adamant. La confrérie de l'acier s'était déclarée en sa faveur et était descendue dans la rue pour mettre le nez dans ce qui ne la regardait pas. Hardcastle sourcilla. Il le ferait savoir aux gens concernés pour qu'ils les musellent.

Wulf continua, se rengorgeant de son propre professionnalisme, et Hardcastle attendit. Il avait une question à poser, mais n'interrompit pas le sorcier. Il ne voulait pas que l'homme puisse se cacher derrière un autre sujet. Wulf finit par se taire, et Hardcastle le regarda droit dans les yeux.

— Vous avez dit que vous aviez à présent un véritable pouvoir, Wulf. Suffisant pour briser les défenses d'Adamant et le détruire ainsi que son nouveau sorcier. Pourquoi sont-ils encore en vie ?

Wulf croisa le regard de Hardcastle sans broncher.

— Il me faudra du temps avant d'utiliser ce pouvoir sans risque. Pour le moment, je me concentre encore sur les protections qui empêchent l'Abomination de sortir de l'endroit où je l'ai mise.

Nous avons eu de la chance de le rencontrer si tôt après son éveil. S'il s'échappait maintenant, il nous détruirait, avec tout Haven et une bonne partie des Bas Royaumes. Nous parlons d'un Être fluctuant, Cameron, pas d'un démon de bas étage. Nous ne pouvons risquer qu'une telle chose se libère.

—Alors que dois-je faire pour Adamant ?

—Rien, pour l'instant. Attendons de voir comment le scrutin se déroule. Nous aurons tout le temps d'intervenir directement si cela se révèle nécessaire.

Hardcastle le regarda.

—Cela ne me suffit pas, sorcier. Roxanne, d'après mes sources, Longarm compte attaquer Adamant ce soir. Je veux que vous utilisiez votre contact dans son équipe pour entrer dans la maison d'Adamant. Restez cachée jusqu'à l'attaque. Puis profitez de la confusion générale pour tuer Adamant. Et votre contact, tant que vous y êtes. C'est bien clair ?

—Bien sûr, répondit Roxanne. Je vais *enfin* pouvoir m'amuser.

Elle sourit à Hardcastle, qui dut détourner le regard. Rares étaient ceux qui pouvaient voir Roxanne sourire sans crainte. Même quand elle était dans leur camp.

Le banquet dans la demeure d'Adamant était une affaire bruyante. Les invités étaient si nombreux que la grande salle de réception suffisait à peine. La grande table disparaissait presque sous les plats et les vins, il n'y avait plus une place libre. Le grand chandelier et des dizaines d'appliques murales déversaient un déluge de lumière sur les invités et leurs conversations enthousiastes. C'était une fête de victoire, à toutes fins utiles. Personne ne doutait de l'issue de l'élection. Cette nuit serait celle de la Réforme. Ils le savaient. Ils le sentaient, dans l'air et dans les rues.

Adamant était à la place d'honneur, bien entendu, entre Dannielle et Medley. L'épouse était en train de faire manger à Adamant quelque chose qui dégoulinait de sauce, et qu'elle tenait à pleines mains. Tous deux paraissaient fort amusés que la moitié de la sauce se retrouve sur le menton du futur conseiller. Medley s'occupait à goûter plusieurs vins, pour voir lequel était le plus dévastateur. Côte à côte, Bearclaw et Kincaid se remémoraient d'anciennes batailles, utilisant les couverts et accessoires de table pour marquer la position des troupes. Le reste des invités, les fidèles d'Adamant, était enfin récompensé des services rendus. Les serviteurs allaient et venaient, apportant toujours plus de plats et d'accompagnements. Un peu en retrait, le goûteur d'Adamant grignotait une salade du bout des dents. Il avait renoncé à suivre les autres. Entre les jambes des convives, une dizaine de chiens se repaissaient des os et des miettes lancés par les invités attendris.

Hawk et Fisher aussi étaient là. Puisqu'ils étaient encore en service, ils mangeraient plus tard, en cuisine. S'ils avaient de la chance. Après tout, la Réforme avait ses limites. Hawk était fataliste à ce sujet. D'ailleurs, il préférait n'avoir aucune distraction, pour rester à l'affût. Et garder un œil sur Fisher, bien plus susceptible. Pour le moment, elle regardait une cuisse de poulet arrachée *in extremis* à un chien. Celui-ci avait failli défendre ses droits, mais un seul regard de la jeune femme l'en avait dissuadé.

— Tu ne vas pas vraiment manger ça, quand même ? demanda Hawk.

— Bien sûr que si. J'ai faim. (Elle rongea la cuisse pendant quelques instants, puis la pointa vers la table de banquet.) Regarde-les, tous, là, à s'empiffrer. Il n'y en a pas un seul qui ait travaillé autant que nous aujourd'hui. J'espère qu'ils auront tous des gaz.

— Ne le prends pas comme ça, la consola Hawk. Adamant nous aurait invités à sa table s'il le pouvait, mais cela n'améliorerait pas beaucoup son image. La Cause est très bonne pour les réformes politiques, mais la structure sociale a encore de belles années devant elle.

— J'aimerais bien lui réformer la structure, moi, murmura Fisher. De préférence à la masse.

— Ce n'est pas comme si on nous avait mis au coin, insista Hawk. Adamant a au moins vingt ou trente mercenaires dans la maisonnée. Et ils montent tous la garde sans manger.

— Nous, ce n'est pas pareil, s'entêta Fisher.

— Peut-être… Eh… Mais où va Medley ?

Hawk et Fisher regardèrent l'homme présenter ses excuses à

Adamant et quitter la table. Il paraissait très pressé, et courait presque en arrivant à la porte.

— Le poisson doit passer de travers, avança Hawk.

— Pour le romantisme, tu repasseras, le gronda Fisher avec un regard tendre. À présent qu'on n'a plus besoin de lui ici, il va sans doute voir sa mystérieuse amante. Je me demande si nous aurons l'occasion de la rencontrer.

— J'en doute. Eh… Et maintenant c'est Dannielle qui s'en va…

Hawk et Fisher regardèrent l'épouse du candidat s'excuser et quitter la table.

— Peut-être le poisson n'est-il vraiment pas frais, osa Fisher.

— Je ne sais pas…, commença Hawk. Elle a eu une forme en dents de scie toute la journée. Peut-être sa maladie commence-t-elle à la rattraper.

— Ou alors, elle part à la suite de Medley pour essayer d'apercevoir sa maîtresse.

— Soit ça, soit quelqu'un leur a glissé du poison…

Les deux gardes se regardèrent.

— Non, finit par décider Hawk. Ils ont mangé la même chose que les autres, et de toute façon Mortice surveille le banquet de près.

Fisher haussa les épaules.

— Bah ! On finira sans doute par avoir le fin mot de l'histoire. C'est souvent le cas.

— Ça, c'était avant qu'on se mêle de politique.

— C'est vrai.

Ils regardèrent les autres manger un moment. L'estomac de Hawk grondait.

— Il y a un problème, dit soudain Fisher.

— Comment ça ?

— Les hommes d'Adamant sont censés nous faire un rapport de sécurité de façon régulière, mais cela fait presque trente minutes que personne n'est venu.

— C'est vrai. (Hawk se mordilla la lèvre inférieure.) Va te poster près d'Adamant d'un pas décontracté. Je vais jeter un œil derrière la porte. Si ça se trouve, les gars se la coulent douce simplement parce que le pire est derrière nous. Mais…

— Comme tu dis, *mais*…

Elle se dirigea vers Adamant sans en avoir l'air pendant que Hawk s'approchait de la porte principale. Aucune raison d'affoler tout le monde pour rien. La salle de banquet, au cœur de la maison, ne possédait que deux portes. La plus éloignée menait droit aux cuisines. Hawk l'avait vérifié plus tôt. Le passage était trop étroit et tortueux pour y faire passer un groupe d'assaut. La porte principale donnait sur un couloir qui traversait presque toute la maison, avec quelques angles. Hawk fronça les sourcils. Il n'aimait pas la tournure que prenaient ses pensées. Une force d'attaque aurait dû passer outre les mercenaires et les charmes de protection de Mortice. Il aurait bien entendu quelque chose… À moins que les attaquants soient très, très bons. Hawk s'arrêta avant la porte et tendit l'oreille, mais les invités faisaient trop de raffut. Pourquoi Medley et Dannielle avaient-ils justement choisi ce moment pour disparaître ? Il tendit la main et la retint en voyant la poignée de porte se mettre à tourner de son propre chef, très lentement. Hawk recula de quelques pas.

La porte s'ouvrit à la volée et une dizaine d'hommes armés entrèrent dans la pièce. Ils portaient tous des masques. Hawk cria un avertissement à Fisher et tira sa hache. Les invités crièrent et se bousculèrent pour se relever. Fisher s'interposa entre Adamant et les attaquants, l'épée levée. Bearclaw et Kincaid cherchèrent des armes autour d'eux. Ni l'un ni l'autre n'avait gardé son épée à table, par politesse envers Adamant. Bearclaw prit un lourd chandelier d'argent et le brandit d'un air très professionnel. Kincaid brisa une bouteille contre le mur avec aisance.

Les attaquants se déversèrent autour de Hawk comme de l'eau contourne un rocher. Il tint bon et abattit deux hommes. Bearclaw chargea droit devant, évitant habilement un coup d'épée retors, et étendit un homme d'un seul coup. Il enjamba prestement le corps pour s'attaquer à un autre intrus, Kincaid suivant pour garder les arrières de son compagnon avec sa bouteille brisée. Deux épéistes le prirent pour une cible facile. Kincaid leur sourit et égorgea le premier avant d'aveugler le second. Lâchant son tesson, il s'empara d'une épée abandonnée par ses agresseurs. Le sang gicla dans l'air quand il s'avança parmi les ennemis en déroute, enchaînant assauts et parades.

Trois hommes parvinrent à dépasser Hawk et les deux guerriers pour foncer sur Adamant. Accueilli par Fisher, le premier tomba presque immédiatement, les mains crispées sur son ventre ouvert. Le deuxième força la capitaine à reculer avec un ouragan d'estocs et de tailles. Le troisième se tourna vers Adamant. Fisher tenta de se débarrasser de son attaquant pour protéger le candidat, mais il était trop bon pour se laisser tuer si facilement. Fisher tailla, para et fit semblant de trébucher. Persuadé que la chance lui souriait, l'homme masqué s'avança, et l'épée de Fisher le perça de part en part. Elle dégagea sa lame et se tourna juste à temps pour voir Adamant jeter une soupière au visage de son agresseur, lui brûlant les yeux. L'intrus lâcha son épée pour porter les mains à son visage, et Adamant lui décocha un coup de pied aux parties. Une fois l'homme à genoux, Adamant ramassa son épée et chercha du regard un autre adversaire.

Hawk abattit deux hommes de plus, la large tête de sa hache traversant la cotte de mailles cachée sous leur tunique comme si elle n'était pas là. Bearclaw et Kincaid combattaient dos à dos, et les deux derniers attaquants furent terrassés dans une pluie d'acier et de sang. Un silence soudain tomba sur la salle à manger, rompu seulement par la respiration des défenseurs qui reprenait un rythme moins affolé. Quelques invités laissaient échapper des murmures surpris ou fascinés. Bearclaw banda une sale coupure à l'épaule avec un mouchoir douteux qu'il avait sorti de sa manche.

— Je dois me faire vieux, Joshua. Il fut un temps, ils ne m'auraient même pas approché.

— Bah ! Il faut dire que le chandelier n'a jamais été ton arme de prédilection. Prends une épée, et on va aller voir s'il en reste dans la maison.

Les invités ne trouvèrent pas l'idée très rassurante, et Adamant s'avança très vite pour leur parler.

— Tout va bien, mes amis, le pire est passé. Restez où vous êtes, si vous le voulez bien, pendant que j'envoie mes hommes s'assurer que la maison est sans danger. (Il s'avança vers Bearclaw et Kincaid et leur parla à voix basse.) Joshua, Laurence, allez voir ce qui est arrivé à mes gardes et venez me prévenir quand la maison sera à nouveau sûre. Danny et Stefan sont partis juste avant l'attaque. Voyez s'ils vont bien.

Les deux guerriers hochèrent la tête et quittèrent les lieux épée en main. Hawk voulait partir avec eux, mais ce n'était pas possible. Il fallait qu'il se concentre sur la sécurité d'Adamant. Il rejoignit Fisher et s'assura qu'elle n'avait rien. Ils admirèrent le chaos qu'ils avaient aidé à causer et se sourirent. Adamant s'approcha et les remercia d'un signe de la tête.

—On ne dirait peut-être pas, dit-il d'un ton calme, mais cela reste un désastre. Je me pose tout un tas de mauvaises questions, mais surtout, comment ont-ils pu entrer ? Les protections de Mortice sont censées repousser toute personne que je n'accepte pas personnellement. Et pourquoi les informateurs de Medley ne l'ont-ils pas prévenu qu'il y aurait une attaque ?

—Ce n'est pas un problème, le rassura Hawk. Nous les avons arrêtés. Vous avez une idée de qui ils sont ?

—Sans doute une attaque de dernière minute lancée par Hardcastle. Voyons cela.

Ils examinèrent rapidement les cadavres, enlevant les masques et étudiant les visages. Hawk et Fisher n'en reconnaissaient aucun, mais Adamant resta à genoux à côté d'un homme gris. Un homme au visage dur et couturé de cicatrices, qui ne s'était en rien détendu dans la mort. Hawk et Fisher le rejoignirent.

—Le général Longarm en personne, soupira Adamant. Il a toujours pris la politique trop au sérieux.

—Continuons de regarder, conseilla Fisher. Avec beaucoup de chance, nous trouverons peut-être Hardcastle, aussi.

Adamant sourit malgré lui et se retourna d'un bloc quand la porte s'ouvrit. Kincaid entra. Il alla droit vers Adamant, qui se leva.

—Nous avons un léger problème, James. Pas avec la maison. Ça, ça va. On dirait qu'il y avait cinquante assaillants. Tes hommes ont réglé leur compte aux autres avant qu'ils arrivent jusqu'ici. Personne n'a rien entendu à cause du banquet. On a quelques blessés, et encore plus de morts. C'étaient des professionnels.

—Des frères de l'acier militants, précisa Hawk.

Kincaid hocha la tête, guère impressionné.

—Eh bien, ils ne militeront plus pour grand-chose, à présent.

—Alors où est le problème ? insista Fisher.

—Je pense que tu ferais bien de venir voir par toi-même, James. C'est Dannielle.

Kincaid avait baissé la tête avant de terminer sa phrase. Le visage du candidat perdit toute couleur, comme si quelqu'un venait de le frapper au ventre.

—Est-elle gravement blessée ?

—Je pense que tu ferais mieux d'aller voir par toi-même, James.

—Vous n'irez nulle part sans nous, prévint Hawk.

—Allons-y, décida Adamant avec un signe de tête impatient.

Kincaid les mena dans le couloir. Il y avait du sang et des cadavres partout. Préoccupé comme il l'était, Adamant n'avait pas le temps d'être écœuré en voyant tous les hommes qui étaient morts pour lui. Il enjambait les corps avec soin, hochant la tête de-ci, de-là en apercevant un visage connu. Puis il s'agenouilla devant un homme. Le majordome, Villiers. Il avait reçu une dizaine de blessures avant de mourir, et il tenait encore une épée brisée.

—Il n'a jamais cru à la Réforme, expliqua Adamant. Mais il est resté avec moi, parce que j'étais de la famille. Il ne nous a jamais quittés, même quand nous étions au plus bas. Il m'a protégé quand j'étais enfant. Et qu'est-ce qu'il y a gagné ? Une mauvaise mort dans une maison où il aurait dû être à l'abri.

Il se releva et fit signe à Kincaid de continuer. Ils suivirent le couloir. Quand Adamant reprit la parole, sa voix était ferme.

—Tu n'as pas parlé de Stefan ? Il va bien ?

—Oh, très bien. Il s'est enfermé dans ton étude avec sa copine. Je pense qu'il ne sait pas du tout ce qui s'est passé. Il m'a crié de partir quand j'ai frappé à la porte.

Adamant hocha la tête, sans vraiment écouter. Kincaid les mena à l'étage. Son visage était fixe, tiré. *Elle doit être morte*, se dit Hawk. *Sinon, il l'aurait dit.* Ils se dirigeaient vers la chambre du couple. Bearclaw attendait devant la porte. Il y avait de la pitié dans le regard qu'il lança à Adamant. De la pitié, et autre chose, que Hawk ne reconnaissait pas. Bearclaw ouvrit la porte de la chambre, et tout le monde recula de quelques pas pour laisser Adamant passer devant.

Dans la chambre, Dannielle était assise sur le lit. Son visage était rouge, et elle évita le regard d'Adamant. Kincaid ramassa une petite boîte à priser en argent et la tendit à Adamant. Il la regarda un moment sans comprendre, puis l'ouvrit. Elle contenait une petite quantité de poudre gris-blanc.

— De la cocaïne, l'informa Bearclaw. Nous l'avons trouvée qui se servait pendant que nous fouillions l'étage.

— Oh, merveilleux, dit Fisher. Ça va avoir un bel effet quand ça se saura.

— Ça ne va pas se savoir. Pas tant que les élections ne seront pas terminées. (Adamant regarda Dannielle, et sa bouche se serra.) Comment as-tu pu, Dannielle ? Comment as-tu pu me faire ça ?

— Oh, alors ça, c'est tout toi, James. Peu importe la raison pour laquelle je me drogue. Tout ce qui t'importe, c'est ta précieuse réputation. (Dannielle le foudroya du regard, la voix aiguë et amère.) Je prise de la poudre depuis que tu as commencé ta campagne pour les Hauteurs. Trois mois, et c'est maintenant que tu t'en rends compte. C'est de ta faute, de toute façon. Tu ne me consacres plus une minute. Il n'y en a que pour cette campagne, dans ta conversation, dans tes pensées, dans tes rêves, même ! J'ai essayé de le supporter, de m'impliquer par amour pour toi, mais tu ne remarquais même pas que j'étais là.

» Tout le monde n'est pas aussi fort que toi, James. Tu étais plein d'énergie, dès le départ, inspiré par ta Cause, investissant tout ton être dans cette campagne. Et nous, nous étions là, à courir après toi, à essayer de te suivre. Je n'avais plus de forces. J'étais fatiguée en permanence, je me sentais seule et déprimée. Alors j'ai commencé à en prendre un peu, de temps en temps, pour me donner un coup de fouet. Je me sentais humaine, j'avais la force de rester avec toi. Mais la campagne n'en finissait pas, et j'étais de plus en plus fatiguée, et il y avait de plus en plus à faire pour ta sale Cause. Et j'avais besoin de plus en plus de poudre pour traverser la journée. Il a même fallu que je détourne de l'argent de tes coffres pour me la payer.

— Pourquoi ne m'as-tu rien dit ? demanda Adamant.

Il se rendit compte qu'il tenait encore la boîte à tabac et la reposa sur la commode. Il essuya ses doigts sur sa manche, comme s'ils étaient sales.

— Quand aurais-je pu t'en parler ? Nous n'avons pas eu un moment à nous depuis des mois.

Adamant voulut répliquer, mais se reprit. Sa voix était froide, basse, et très mesurée.

— Tu as peut-être raison, Danny. Je ne sais pas. Nous en reparlerons. En attendant, il va falloir que je trouve un moyen de garder le secret. Beaucoup de gens comptent sur moi pour gagner cette élection, et je ne les décevrai pas. Si cette affaire s'ébruite, je suis fini. Je me suis fait beaucoup d'ennemis en m'opposant au commerce de la drogue. Un scandale comme celui-ci serait trop beau, ils me détruiraient. Qui d'autre est au courant ? Qui était ton fournisseur ?

Dannielle eut un sourire de triomphe.

— Lucien Sykes.

— Quoi ?

— La drogue entre par les quais, et il prélève sa part. À ton avis, d'où venait tout l'argent qu'il versait à ta campagne ?

Adamant se détourna et ferma les yeux un instant. Personne ne dit mot. Puis il se tourna vers Hawk.

— Dans tout ceci, qu'est-ce que vous serez forcé de répéter à vos supérieurs ?

— Pas tout. Dans le cadre de ma mission envers vous, je peux me taire au sujet de votre femme. Mais Sykes, c'est autre chose. On ne peut pas ignorer une personne dans sa position. De toute façon, cela peut attendre après l'élection.

— Merci, dit Adamant, soulagé. C'est tout ce que je vous demande. Danny, reprends-toi et descends m'aider avec les invités. Il y a des blessés.

— Je peux garder ma poudre ?

— Tu en as besoin ?

— Oui.

— Alors garde-la.

Adamant se retourna et quitta la pièce, suivi par les autres.

— Il va falloir que je fasse un communiqué sur l'attaque, dit Adamant en redescendant. Pour faire savoir à mes militants que je vais bien. Les rumeurs vont vite à Haven, surtout quand il s'agit de mauvaises nouvelles. Je ferais mieux de parler à Stefan. Il doit encore être dans mon étude avec sa bonne amie. J'avais promis que personne ne les dérangerait tant qu'ils y seraient, mais il ne m'en voudra pas, étant donné les circonstances.

Il les mena jusqu'à son étude et frappa quelques coups brefs à la porte.

— Stefan, c'est James. J'ai besoin de te parler. Il se passe quelque chose.

Il attendit un moment. Pas de réponse. Adamant eut un léger sourire, sortit sa clé et déverrouilla la porte. Il frappa de nouveau et poussa le battant. Medley et Roxanne étaient assis côte à côte. D'abord, personne ne bougea. Puis Roxanne saisit son ceinturon et dégaina.

— Va-t'en, Stefan, ils vont nous tuer tous les deux !

Elle se lança sur Adamant, l'épée brandie, puis s'arrêta quand Hawk et Fisher s'interposèrent. Medley se leva et resta où il était, figé par l'expression horrifiée d'Adamant. Roxanne empoigna un tison ardent et l'appliqua sur une tenture. Les flammes léchèrent le mur. Elle saisit le bras de Medley et le poussa vers l'autre porte. Hawk et Fisher avancèrent sur eux tandis que Bearclaw et Kincaid s'efforçaient d'étouffer les flammes avant qu'elles s'étendent. Adamant resta sur place, perdu.

Roxanne reculait pas à pas devant Hawk et Fisher, son épée se balançant devant elle pour repousser les gardes. Elle affichait un grand sourire, et ses yeux promettaient la mort. Elle regarda par-dessus son épaule juste assez longtemps pour s'assurer que Medley était sorti. Après un moment d'hésitation, elle fit demi-tour et se mit également à courir. Hawk et Fisher se lancèrent à leur poursuite, mais elle leur claqua la porte au nez et la verrouilla. Hawk leva sa hache pour enfoncer la porte, puis retint son geste. Il avait pour mission de protéger Adamant, pas de courir après des traîtres. Medley et Roxanne attendraient une journée de plus. Il rangea sa hache, et Fisher rengaina son épée un instant plus tard. Kincaid et Bearclaw avaient arraché la tapisserie et terminaient d'étouffer les flammes sous leurs pieds. Dans l'embrasure de la porte, Adamant restait figé, le regard dans le vide. Hawk jeta un coup d'œil à Fisher, qui haussa les épaules, incertaine. Il s'avança vers le candidat, qui se reprit. Il dut déglutir deux ou trois fois avant de pouvoir parler.

— Ma femme prend des drogues fournies par un de mes principaux financiers. Mes invités ont été attaqués dans ma propre salle à manger, et la plupart de mes soldats sont morts. Et à présent, j'apprends que mon meilleur ami est un traître depuis le début. Je ne savais pas que la politique pouvait coûter aussi cher.

Adamant eut du mal à reprendre son souffle, et Hawk le crut sur le point d'éclater en sanglots. Mais le moment passa, et il retrouva ses forces. Son visage se durcit, et il reprit la parole d'une voix tendue mais calme.

— Pas un mot de tout ceci à qui que ce soit. Mes militants ne doivent pas savoir à quel point nous avons été trahis. Tout sera révélé après l'élection, mais cela n'aura plus aucune importance, quel que soit le résultat. Retournons au banquet, rassurons mes invités et ne disons rien de tout cela.

» Mais que je gagne ou que je perde, Stefan Medley est un homme mort.

Medley suivit Roxanne dans les rues noires de monde, rendu docile par l'hébétement. C'était un horrible cauchemar dont il ne parvenait pas à se réveiller. À un moment, il profitait avec bonheur d'un moment volé avec Roxanne. L'instant d'après, il était en fuite, menacé de mort. Il ne savait pas où il allait. Roxanne avait pris la tête dès qu'ils avaient quitté la maison. Il n'arrivait pas à se concentrer sur quoi que ce soit. Il ne voyait que le sentiment d'être trahi qui s'était peint sur le visage d'Adamant. Roxanne le fit passer par des rues de plus en plus étroites et sordides, jusqu'à ce qu'ils arrivent à *La Tête de Mouton*, une petite taverne tranquille où ils s'étaient déjà retrouvés.

Le barman les ignora complètement, comme toujours. C'était l'une des raisons de leur choix. Roxanne prit sa clef et le précéda jusqu'à leur chambre habituelle à l'étage. Pour la première fois, ils purent s'asseoir et se regarder.

— L'un dans l'autre, la journée aura été intéressante, fit Roxanne. Quel dommage que je n'aie pas pu tuer Hawk et Fisher. Enfin, ce sera pour une autre fois.

— C'est tout ce que tu trouves à dire ? Ma vie est en miettes, ma réputation ne vaut plus rien, et tu ne penses qu'à affronter des gardes ? Il faut qu'on quitte Haven, Roxanne. James ne fera rien contre nous tant que l'élection ne sera pas jouée. Mais dès qu'elle sera finie, il enverra tous ses hommes à nos trousses. Sa fierté l'y obligera. Et tu peux être sûre qu'il ne leur demandera pas de nous ramener vivants.

— Nous pouvons aller voir Hardcastle, proposa Roxanne. Il nous aidera, ne serait-ce que pour faire enrager Adamant.

— Non, pas Hardcastle, refusa Medley. Avec le mal que je lui ai fait par le passé, il sera trop heureux de pouvoir se venger. Écoute, Roxanne, c'est une chance pour nous. Abandonnons tout cela, recommençons à zéro !

— Mais je n'ai pas envie de partir ! protesta Roxanne. Et encore moins de fuir. J'aime bien travailler pour Hardcastle. La paie est bonne, et le travail est intéressant. Je reste.

Medley la regarda un long moment.

— Pourquoi me fais-tu ça, Roxanne ?

— Qu'est-ce que je fais ?

— Je t'aime, Roxanne, mais je ne peux pas aller voir Hardcastle. Si tu m'aimes, ne me demande pas ça.

Roxanne regarda le plancher, puis releva les yeux vers lui.

— Désolée, Stefan, mais, comme je t'ai dit, je travaille pour Hardcastle. Tu n'étais qu'une mission parmi d'autres. Son sorcier m'a envoyée vers toi pour essayer d'atteindre Adamant. Tu m'as dit tout un tas de choses utiles sans même t'en rendre compte. C'était très agréable, mais la mascarade est finie, le jeu s'arrête. Tu as perdu. Je suis désolée de te presser, Stefan, mais il faut que je parte.

Elle se leva, et Medley se dressa devant la porte.

— Alors ce n'étaient que des mensonges. Tout ce que tu m'as dit. J'ai trahi mon meilleur ami, j'ai traîné mon honneur dans la boue pour toi. Et maintenant, tu me dis que c'était pour rien ? Je n'y crois pas, Roxanne. Je ne peux pas y croire.

Elle haussa les épaules.

— Ne prends pas ça personnellement. C'est le boulot, c'est tout. Sans rancune ?

Medley se rassit, comme si ses jambes ne pouvaient plus le porter.

— Non. Sans rancune, Roxanne.

Elle lui fit un petit sourire et sortit en refermant doucement la porte. Medley regarda la porte, écoutant les pas qui s'éloignaient dans l'escalier.

7
Choix désespérés

Toutes les horloges de Haven sonnèrent les huit heures du soir, et le scrutin fut enfin ouvert. Des bureaux de vote aux couleurs vives furent érigés aux coins de rues annoncées, dans le temps qu'il fallut pour que l'heure sonne. Créés et alimentés par le cercle de sorciers du Conseil, ils étaient aussi incorruptibles qu'on peut l'être à Haven. Une fois un vote enregistré et placé dans la boîte de métal, il aurait fallu les sorcelleries les plus puissantes pour le modifier. Il y avait des vérifications d'empreintes digitales pour s'assurer de l'identité de chacun et pour repousser les simulacres ou homoncules. Les politiciens de Haven sont créatifs quand il s'agit de corrompre ou de tricher.

Les affaires des auberges et des maisons closes se portaient toujours aussi bien, même si l'alcool gratuit était épuisé depuis longtemps. Parmi les fêtards, ceux qui avaient commencé le plus tôt dans la journée faisaient une sieste sur le sol des tavernes ou sur les tables, pour se remettre, sans se soucier du fait qu'ils rataient la raison même de leurs réjouissances. Les paris allaient encore bon train, avec des cotes très variables, nourries par les rumeurs et autres spéculations. Le peuple était dans la rue, habillé en dimanche. Une élection, c'était une occasion, une chance de voir et d'être vu. Les pickpockets et tire-laine faisaient presque leur chiffre d'affaires de l'année. Les baladins se seraient battus pour trouver une bonne place, chantant les derniers morceaux sur les deux grands candidats et glissant parfois un couplet demandé par un passant. Il y avait des illusionnistes, des jongleurs et des échassiers. Et bien sûr, un grand nombre de prêcheurs de rue, profitant pleinement de cette aubaine, toujours en quête d'une foule qui pourrait éventuellement rester assez longtemps pour recevoir un prêche.

Le scrutin commença, et Haven fit son choix.

Roxanne se renfonça dans son fauteuil et étendit langoureusement les jambes tandis que Hardcastle lui versait un verre de son meilleur vin. Il souriait de toutes ses dents, et c'était parfaitement sincère. Cela ne lui allait pas du tout. Wulf et Jillian se tenaient en retrait, silencieux.

— Tu as très bien joué, Roxanne, dit Hardcastle en se versant à lui-même un grand verre. Sans Medley, l'organisation d'Adamant va s'effondrer, et il va perdre tous ses avantages. Quelques petits coups au bon endroit, et tout ce qu'il a construit va s'écrouler autour de lui. Quel dommage que tu n'aies pas pu le tuer. Mais c'est aussi bien. Je veux qu'il souffre, d'abord.

» Il ne suffira pas de tuer Adamant. Plus maintenant. D'abord, je veux le vaincre. Je veux l'humilier. Lui mettre le nez dans le fait que ses geignards de Réformateurs ne sont pas de taille pour un Conservateur. Je ne veux pas qu'il meure, je veux qu'il soit brisé.

Roxanne haussa les épaules, sans se mouiller, et prit une gorgée de vin. Elle avait profité du laïus pour regarder Wulf et Jillian Hardcastle. Ils paraissaient plutôt fatigués. Jillian avait la bouche tuméfiée et se tenait bizarrement, comme pour soulager une douleur. Wulf semblait épuisé, usé. Ses yeux hallucinés étaient cernés de noir. Il paraissait préoccupé par une voix que lui seul pouvait entendre. Roxanne se rendit compte que Hardcastle avait cessé de parler et ramena vite son attention sur lui.

— Bon, dit-elle d'un ton neutre. Et maintenant ?

— Il faut isoler Adamant encore davantage, dit Hardcastle. Nous l'avons privé de son conseiller. Sur qui peut-il s'appuyer à présent ? Les deux gardes, Hawk et Fisher. Ils ont agi depuis le début comme s'ils étaient à la solde d'Adamant, malgré leur prétendue impartialité. Une fois qu'ils seront éliminés, Adamant devrait tomber en morceaux.

Roxanne opina.

— Je peux éliminer n'importe lequel tout seul, mais les deux en même temps, ce sera délicat, dit-elle avant de sourire. Mais ça pourrait être rigolo.

— Je ne veux pas les tuer, dit Hardcastle, catégorique. Je veux qu'ils se fassent enlever. Ils sont bien trop souvent intervenus dans ma vie. Maintenant, ils vont payer. Ils me supplieront de les tuer avant que j'en aie fini avec eux.

— Je ne peux pas vous promettre de prendre les deux en vie, prévint Roxanne. Un, peut-être, mais pas les deux.

— Je m'attendais à ce que tu me dises ça, admit Hardcastle. Alors je me suis arrangé pour que tu aies de l'aide.

Il tira sur la cordelette à côté de son bureau. Après une courte attente, Pike et Da Silva entrèrent. Roxanne les observa depuis son fauteuil.

Grand et musclé, la vingtaine un peu dépassée, Pike avait un visage ouvert et un sourire vicieux. Il bougeait bien et portait sa cotte de mailles comme si elle ne pesait rien. C'était un type familier. On en trouvait des dizaines comme lui dans n'importe quelle école de gladiateurs. Da Silva était petit et râblé, avec une poitrine large et les bras hypertrophiés d'un lutteur. Il avait quelques années de plus que Pike, et cela se voyait. Son visage était lourd, osseux. Il aurait déjà paru brutal sans le rictus perpétuel qui lui déformait les traits. Outre une épée, il portait un casse-tête de chêne massif lesté de plomb à chaque bout, et long d'un mètre vingt.

Indépendamment, ils faisaient de bons mercenaires. Ensemble, ils s'étaient bâti une réputation presque comparable à celle de Roxanne. Elle les foudroya du regard puis se tourna vers Hardcastle.

— Vous n'avez pas besoin d'eux. Et moi, alors, je compte pour quoi ?

— Je veux que Hawk et Fisher soient pris vivants, rappela Hardcastle. La seule façon de faire cela sans perdre tous mes mercenaires est de s'assurer l'avantage du nombre. Pike et Da Silva dirigent une troupe de cinquante mercenaires. Vous allez les mener contre les hommes d'Adamant. Wulf vous fournira une protection magique. Tout est-il bien clair ?

Roxanne haussa les épaules.

— C'est vous le patron, Hardcastle. Que ferons-nous quand nous les aurons capturés ?

— J'ai préparé un endroit pour eux. Pike et Da Silva connaissent l'emplacement. Adamant et ses militants devraient sortir d'ici une demi-heure. Suivez-les, choisissez bien l'endroit et faites le travail. Je ne veux pas d'excuse, cette fois. Et j'insiste, il faut les prendre vivants. J'ai tellement de projets pour eux…

James Adamant emmena ses militants dans les Hauteurs, déterminé à faire autant de discours que possible pendant que le scrutin était ouvert. Personne n'avait rien dit, mais ces événements avaient fait douter Adamant de sa popularité, après tant d'incidents. C'est donc avec la fatigue au cœur et au corps qu'ils le suivirent dans les rues une dernière fois. Adamant les précédait tous, bien en vue, Dannielle à son côté. Hawk et Fisher suivaient de près. Les militants d'Adamant s'étaient dispersés et étaient rentrés chez eux après la débâcle du festin. Il ne restait qu'une demi-douzaine de mercenaires pour accompagner Adamant dans son baroud. Bearclaw et Kincaid fermaient la marche. On était loin de la nuée enthousiaste et confiante qui l'avait suivi quelques heures plus tôt. Mais beaucoup de péripéties s'étaient succédé.

Adamant passait de rue en rue à un pas que les autres avaient du mal à suivre, comme s'il essayait de laisser derrière lui ses souvenirs les plus récents pour redevenir le politicien confiant et insouciant du début de journée. Hawk et Fisher suivaient, arme en main, restant à la hauteur du candidat. Ils craignaient une tentative d'assassinat de dernière minute. Hawk gardait également Dannielle à l'œil. Il aurait préféré la laisser en arrière, mais elle avait insisté pour les accompagner. Le problème, c'est qu'elle avait raison. Sa présence aiderait à gagner des voix, et son absence aurait soulevé des questions qu'Adamant préférait éviter. Elle avait jeté le reste de sa poudre au feu avant de partir. Adamant s'était contenté d'un hochement de tête raide et s'était détourné. Ils marchaient bras dessus, bras dessous et souriaient à la foule, mais ils n'avaient pas échangé cinq mots depuis leur départ de la maison.

Hawk soupira. Comme s'il n'avait pas assez de sujets d'inquiétude comme ça. Medley avait disparu avec la célèbre Roxanne, mais il était trop tôt pour savoir ce qu'il avait pu apprendre à Hardcastle. Le pire, c'était les dégâts qu'il avait infligés à Adamant. Ce dernier lui vouait une confiance absolue et l'avait laissé planifier toute sa campagne. À présent, Medley était parti, et Adamant ne savait plus à qui faire confiance.

En outre, il avait découvert qu'il ne pouvait plus se fier à Mortice non plus. Les hommes de Longarm n'auraient jamais dû entrer dans la maison, mais l'esprit du défunt avait dû s'égarer une fois de plus, et ses protections avaient failli. Il avait promis que cela n'arriverait plus, et Adamant avait fait semblant de le croire. Mais aucun des deux n'était dupe.

Adamant fit un autre discours à un coin de rue, et comme toujours la foule l'écouta. Même à présent, avec tout ce qui était arrivé, Adamant pouvait encore gagner le cœur des gens par ses paroles. Peut-être parce qu'il croyait encore en sa Cause, même s'il doutait de lui-même. L'intervention commença assez bien. La foule réagissait avec enthousiasme et applaudissait aux bons endroits. Bearclaw et Kincaid se déplaçaient tranquillement au milieu des autres, s'assurant que personne ne présentait le moindre danger. Hawk et Fisher, fatigués, s'appuyèrent contre un mur, inutiles. Puis les vivats de la foule se transformèrent en cris quand une cinquantaine de mercenaires surgirent d'une ruelle, armes en main.

Ils fendirent la foule en déroute, sans se soucier de faire ou non des blessés. Bearclaw et Kincaid dégainèrent et encaissèrent côte à côte la première vague de mercenaires. Bearclaw abattait son épée à deux mains, fauchant ses adversaires comme un blé trop mur. Kincaid sautait et dansait sur place, sa lame filant et tranchant comme un mirage d'acier. Mais ils n'étaient que deux, et le gros de la troupe les dépassa sans même ralentir. Les deux guerriers furent rapidement encerclés et se mirent dos à dos pour continuer de combattre. Les six mercenaires d'Adamant voulurent former un dernier carré mais furent rapidement écrasés. Hawk et Fisher s'avancèrent entre leurs attaquants et le couple Adamant. Ils attendirent, armes brandies.

Le premier mercenaire à les atteindre fut pour Fisher, supposant à tort qu'elle ferait une cible facile. Elle para facilement le coup, lui trancha la gorge d'un retour du poignet, et avait repositionné sa garde avant que le suivant l'atteigne. Hawk lança un cri de guerre du Nord et abattit sa hache en petits arcs de cercles cruels et vifs, tuant les mercenaires un par un autour de lui. Bientôt, la rue fut un chaudron bouillonnant d'hommes en furie et d'acier étincelant. L'air était moucheté de sang. Adamant avait tiré l'épée et tenait ses adversaires en respect, mais il avait une formation de duelliste, et non de combattant. Il avait du mal à tenir sa position. Dannielle se tenait derrière lui, la main crispée sur une dague qu'il lui avait donnée, espérant qu'elle aurait la force de s'en servir s'il le fallait.

Hawk et Fisher se battaient côte à côte, et les assaillants tombaient devant eux, incapables de rivaliser avec leur colère et leur adresse. Bearclaw et Kincaid luttaient seuls, séparés par les mercenaires, saignant en une dizaine de blessures mais refusant de capituler. Les cadavres s'empilaient autour d'eux. Puis Roxanne sortit de nulle part, riant à gorge déployée quand son épée se planta dans la jambe de Kincaid. Il ouvrit la bouche sans un bruit avant de s'écrouler, incapable de porter son poids. Il mit un genou à terre, l'épée toujours brandie. Roxanne le dépassa, tout sourire, allant droit sur Hawk et Fisher. Pike et Da Silva arrivaient derrière elle. L'épée de Pike se dressa pour parer un coup de Bearclaw, et son gourdin s'abattit sur le flanc du tueur d'ours. Les côtes brisées par l'impact, Bearclaw cracha du sang et tomba en avant. Les mercenaires se pressèrent autour des deux blessés, et leurs épées s'abattirent. Ce fut un massacre.

Roxanne se fraya un chemin au milieu des guerriers et se jeta sur Fisher. La jeune femme voulut tenir tête mais dut céder du terrain sous la force et la vitesse de l'attaque. Hawk entreprit de la rejoindre, mais Pike et Da Silva furent sur lui. Pike monopolisait l'attention de sa hache, tandis que l'autre tournait autour des combattants, cherchant l'occasion de frapper.

Roxanne frappait et parait, toujours en riant, et pas à pas Fisher fut acculée au mur. La fuite n'était plus possible. Fisher était une escrimeuse hors pair, mais Roxanne était une experte, sa force était surhumaine, et elle ne paraissait jamais se fatiguer.

Le désespoir donna à Fisher de nouvelles forces, et elle put enfoncer sa défense le temps de lui faire une longue estafilade au côté. Roxanne ne broncha pas. Sa riposte ramena Fisher contre le mur. Épuisée par la journée, elle lutta farouchement pour repousser les assauts de Roxanne. Puis un mercenaire se glissa dans son angle mort et l'assomma du pommeau de son épée. Fisher tomba à genoux, l'épée toujours en main. Le sang coulait sur son visage depuis la plaie qui venait de s'ouvrir.

Hawk vit son épouse tomber et hurla sa fureur de ne pouvoir la rejoindre. Il frappa Pike, et le mercenaire dut reculer. La lourde hache traversa les défenses de l'homme et le projeta à terre. Hawk s'avança pour le coup de grâce, et le casse-tête de Da Silva s'abattit d'un coup dans son flanc. Le capitaine vacilla, le souffle coupé, et grogna face à ses adversaires. Lèvres retroussées, dents serrées, il les attendait.

Adamant faisait toujours des moulinets, repoussant les mercenaires. Ces derniers paraissaient davantage chercher à le distraire qu'à l'attaquer. Quelle qu'en soit la raison, cela ne les empêchait pas de le mettre à mal. Il saignait abondamment d'une dizaine de plaies. Dannielle cria derrière lui et il se retourna pour la voir aux prises avec un mercenaire ricanant. Adamant le transperça de sa lame et fit volte-face vers ses adversaires. Leur attitude changea d'un coup avec la mort de leur compagnon, et pour la première fois ils attaquèrent avec ferveur. Les épées paraissaient pleuvoir vers lui de toute part, et Adamant comprit qu'il ne tiendrait plus que quelques instants. L'un des combattants écarta la garde du candidat et se fendit. Dannielle se jeta sur sa lame avec un cri. Transpercée de part en part, elle s'y cramponna des deux mains en tombant à terre. Adamant hurla et empala le mercenaire sur son épée. Deux autres prirent sa place, le visage déterminé. Adamant leva la tête et cria vers le ciel nocturne.

— Sois maudit, Mortice ! Tu avais promis de la protéger ! Aide-nous !

Les mercenaires suspendirent leur attaque, comme surpris, puis vomirent violemment du sang. Ils s'écroulèrent, pris de convulsions. Adamant regarda autour de lui et vit les mercenaires tomber l'un après l'autre, vomissant en longs spasmes douloureux. En quelques instants,

Hawk et Adamant furent les deux derniers debout, entourés par les morts et les mourants. Adamant leur tourna le dos et s'agenouilla près de Dannielle. Étendue à ses pieds, elle avait les deux mains sur la blessure à son flanc. Il lui prit la main, et elle la serra de toutes ses forces. Son souffle était court, rapide, et son visage couvert de sueur.

—J'ai encore tout raté, n'est-ce pas ? dit-elle à bout de souffle.

—Tais-toi, lui dit tendrement Adamant. Il faut qu'on te trouve un docteur.

—C'est un peu tard pour ça, James, répondit-elle en secouant la tête. Je regrette.

—Quoi donc ?

—Tout.

—Tu n'as rien à regretter, Danny. Rien du tout. À présent, tais-toi et garde tes forces.

Dannielle eut un hoquet soudain et plaqua les mains à son côté. Le cœur d'Adamant suspendit ses battements, quand il vit qu'elle souriait.

—Je n'ai plus mal ! Que se passe-t-il, James ?

—*Je fais mon travail, c'est tout,* dit Mortice dans leur tête. *La blessure est guérie. Mais vous feriez bien de rentrer aussi vite que vous pouvez. Vous êtes juste à la limite. Je ne sais pas combien de temps encore je vais pouvoir vous protéger...*

Sa voix s'estompa et disparut. Adamant aida Dannielle à se lever et regarda autour de lui. Hawk passait rapidement les cadavres en revue.

—Où sont Bearclaw et Kincaid ? demanda Adamant d'une voix rauque.

—Morts, répondit Hawk.

—Et le capitaine Fisher ?

—Prisonnière. Roxanne et ses deux amis devaient avoir leurs propres défenses magiques.

Adamant passa la main sur sa tête endolorie.

—Je suis désolé. Tant de morts par ma faute.

—Ne soyez pas idiot. Il n'y a qu'un seul responsable pour tout ceci, et c'est Hardcastle. Isobel n'est pas morte. Elle était vivante quand ils l'ont emportée. À présent, je vais aller la délivrer. Dannielle et vous pourrez-vous rentrer sans moi ?

—Je pense. Mortice nous protège de nouveau.

—Parfait. Rentrez et restez chez vous jusqu'à l'annonce des résultats. Je vais retrouver Isobel, et ensuite j'irai rendre visite à Hardcastle. Il n'est plus question de politique. C'est une affaire personnelle.

Assis sur le lit sale de sa petite chambre obscure, Stefan Medley contemplait le vide. Il n'avait pas bougé depuis le départ de Roxanne. Il se demandait quoi faire, mais ne parvenait pas à se concentrer. Son univers s'était écroulé en quelques instants. Il se retrouvait tout seul dans une petite taverne miteuse où il n'aurait pour rien au monde accepté de mettre les pieds.

Quand il y était venu avec Roxanne, ce n'était pas si grave. Ils n'avaient d'yeux que l'un pour l'autre. À présent, il voyait comme le cadre était misérable. Comme lui. Il massa ses tempes endolories et tenta de réfléchir. Il ne serait plus jamais en sécurité à Haven. Adamant penserait forcément qu'il s'était vendu à l'ennemi. Adamant était un duelliste hors pair. Si lui n'avait pas le cœur de tuer un ami – et rien n'était moins sûr –, il y en aurait beaucoup dans la Réforme pour ne pas partager ses scrupules envers les traîtres.

Un traître. C'était un mot dur, mais c'était bien de ça qu'il s'agissait.

Hardcastle aussi se lancerait à ses trousses dès qu'il apprendrait son refus de trahir. Il l'avait trop souvent insulté et mis en défaite. La rancune de Hardcastle était bien connue.

Medley fronça les sourcils. Comment quitter Haven, avec tant d'ennemis à ses trousses ? Et en y réfléchissant bien, il n'était pas certain de vouloir partir. C'était un cloaque, certes, mais Haven était *sa* ville, depuis toujours. Tous les gens qu'il connaissait, tous ceux qu'il aimait, étaient là.

Mais tout cela appartenait au passé. À cette vie qu'il avait abandonnée pour l'amour d'une femme qu'il indifférait. Ses amis le renieraient. Sa carrière était brisée. Son avenir… Medley soupira et se prit la tête à deux mains. Il aurait aimé pleurer, mais n'en avait même pas la force.

Il n'y avait pas eu beaucoup de femmes dans sa vie. Des filles, toujours, cela faisait partie de la vie sociale. Mais il n'avait jamais eu le temps, et sa seule passion était la politique, qui plus est le mauvais côté de la politique. Les jeunes créatures, avec leurs jeux et leurs rires et leur âme simple et heureuse, allaient à d'autres hommes. Et Medley se retrouvait seul. Quelques femmes avaient vu en lui un associé potentiel. Le mariage était encore la meilleure façon d'acquérir des biens et un rang social à Haven, et la famille de Medley avait toujours été aisée. Parfois, il s'était senti si seul qu'il avait failli accepter l'un ou l'autre des arrangements conclus pour lui par sa famille. Mais il s'arrêtait toujours à la dernière minute. Il avait sa fierté. Il ne pouvait pas y renoncer. Il n'avait que ça.

Roxanne était différente. Ce n'était pas une fleur de la petite aristocratie, poudrée, parfumée et décérébrée. Aucune trace des calculs froids d'une femme qui cherche un mari comme on fait un investissement. Elle était intelligente et sauvage, drôle et libre. Rien qu'en étant avec elle, il se sentait comme jamais auparavant. Il pouvait lui parler, lui dire des choses qu'il n'avait jamais dites à personne. Il n'avait jamais été si heureux qu'au cours de ces rares moments partagés.

Maintenant, il se rendait compte comme il avait été idiot. Il aurait dû savoir qu'une telle légende vivante ne pourrait pas s'intéresser à un anonyme. Avec sa beauté et sa renommée, Roxanne pouvait avoir n'importe quel homme. Un autre héros, une légende de son acabit. Pas un petit politicien dans une ville qui en regorgeait. Comment avait-il pu croire en ses sentiments ?

Personne n'en avait jamais eu pour lui. Pas vraiment. Pas comme un homme avec une femme. Il n'avait jamais compris à quel point sa vie était vide et solitaire avant qu'elle fasse son apparition. Avec elle, il se sentait vivant pour la première fois.

Et à présent, sans elle, il était pire que seul.

Seul. Il n'avait jamais remarqué à quel point ce mot qui rebondissait sous son crâne pouvait sonner comme une condamnation. Sa carrière était finie. On ne lui ferait plus jamais confiance, à présent qu'il avait trahi son ami et collègue en pleine élection. Ses amis le repousseraient, et il avait trop souvent contrarié sa famille pour croire qu'il trouverait le moindre secours de ce côté-là.

Il ne lui restait aucun espoir. L'espoir est réservé à ceux qui ont un futur.

Mais il pouvait encore faire une chose. Une dernière chose pour trouver le repos, la paix. Et peut-être alors ses amis comprendraient-ils à quel point il regrettait.

Medley tira le couteau de sa botte. C'était une lame courte, d'à peine quinze centimètres de long, mais solide et effilée. Cela suffirait. Assis sur le bord du lit, il regarda le fil d'acier et réfléchit à ce qu'il s'apprêtait à faire. Ce serait son dernier acte important, il ne voulait pas le rater. Il posa le couteau à côté de lui sur le lit et remonta ses manches. La chair de ses bras paraissait très pâle, et très vulnérable. Il contempla ses bras un moment, fasciné par les veines bleues et les petits poils, comme s'il ne les avait encore jamais vus. Il reprit le couteau et essuya par automatisme la lame contre son pantalon. Il se rendit compte de ce qu'il faisait et s'arrêta. Comme si cela avait encore la moindre importance.

Il pressa le couteau contre son poignet droit, puis s'arrêta parce que ses mains tremblaient trop. Son souffle était paniqué, convulsif, et il avait la chair de poule. Il se concentra, prit son courage à deux mains et se calma. La lumière brillait à la lueur de la lampe. Il enfonça le couteau dans sa peau, qui s'écarta aisément sous la pression. Le sang monta, et il se mordit la lèvre tant la douleur était forte. Il serra les dents et s'ouvrit le poignet. La souffrance était abjecte, et il grogna. Il sentait les tendons claquer sous la lame. Le sang gicla dans l'air. Il saisit rapidement le couteau de la main gauche avant que toute sensation ait déserté ses doigts, et se trancha les veines du poignet droit. Son bras faiblit, et il dut s'y reprendre à deux fois avant d'être certain que cela suffirait.

Le couteau lui échappa et tomba au sol. Il pleurait. Les larmes et la morve lui coulaient sur le visage tandis qu'il luttait pour reprendre sa respiration. Le sang jaillissait avec une vitesse étonnante, et il fut pris de vertiges. Il s'étendit sur le lit, fermant les yeux pour repousser la douleur insoutenable qui lui remontait jusqu'aux coudes. Il n'aurait jamais pensé que ce serait si terrible. Il serrait les dents malgré les sanglots qui le secouaient. Il ne devait pas faire de bruit. Si on l'entendait, quelqu'un pourrait venir le secourir.

Il se sentait malade. Il n'arrêtait pas de pleurer. Il ne pensait pas que cela se passerait ainsi. Mais il n'était pas surpris. Pas vraiment. Il aurait dû se douter que même sa mort serait sans dignité. Il voyait ses doigts se refermer, pris de spasmes, mais ne les sentait plus. Le sang continuait d'affluer. Il trempait les draps autour de ses bras. Tant de sang.

Il regarda le plafond, puis ferma les yeux une dernière fois.

Je t'aimais, Roxanne. Je t'aimais vraiment.

Les ténèbres se refermèrent autour de lui.

8
Sauvetages

Roxanne était furieuse, et les mercenaires gardaient leurs distances. Pike et Da Silva avaient disparu dès leur arrivée à la cachette de Hardcastle. Officiellement pour enfermer Fisher, mais surtout pour sortir des pattes de Roxanne le temps qu'elle se calme et qu'elle lâche son épée. Les vingt mercenaires que Hardcastle avait dépêchés pour garder l'abri n'étaient pas très vifs, et ils finirent par subir le gros du courroux de Roxanne. Ils restaient aussi loin d'elle que possible, hochaient ou secouaient la tête chaque fois que cela paraissait indiqué. Surtout, ils essayaient de se fondre dans les murs. Roxanne faisait les cent pas, grognant et marmonnant. Elle n'avait jamais été si en colère. Le pire, c'est qu'elle ne savait pas vraiment ce qui la mettait dans cet état.

En partie parce qu'elle avait été vaincue par le sorcier d'Adamant. Si elle n'avait pas insisté pour que Wulf lui donne une protection magique complète, ainsi qu'à Da Silva et Pike, ils seraient morts en même temps que leurs hommes. Roxanne avait horreur de perdre des hommes. Elle prenait ça comme un affront personnel.

Une partie de sa colère venait du fait que Hawk leur avait échappé. Elle avait promis de les prendre tous les deux, et elle détestait ne pas tenir parole. Les légendes ne pouvaient pas se permettre d'échouer. Sans quoi elles arrêtaient d'être des légendes.

Mais le gros de sa colère venait de la façon dont ils avaient capturé Fisher. Elle s'était fait une joie de croiser le fer avec le capitaine Fisher depuis son arrivée à Haven, et finalement quelqu'un avait assommé le garde pendant qu'elle avait le dos tourné. Ce n'était pas une façon de vaincre un mythe. Roxanne se sentait mesquine d'avoir gagné de cette façon. Ce coup bas la rabaissait au rang de n'importe quel spadassin. Et pour ne rien arranger, elle n'avait même pas eu le droit de tuer Fisher proprement. Hardcastle avait bien ordonné qu'on la garde en vie pour pouvoir l'interroger. Roxanne n'était pas idiote, ce n'était qu'un prétexte pour la torturer.

Les mercenaires évitaient son regard tandis qu'elle arpentait leur planque miteuse. Un incendie en sursis dans une rangée d'appartements miteux. Cela ressemblait bien à Hardcastle et à ses opérations : mesquin et désagréable. Tout cela avait laissé à Roxanne un goût amer. C'était une guerrière, et ce genre de combat fourbe et politique ne lui convenait pas du tout. Il lui était déjà arrivé de torturer et de tuer, elle avait apprécié de voir le sang couler, mais c'était dans le feu du combat, quand le sort des hommes était décidé par le courage et l'acier, pas avec des petites manigances et des complots politiques. Si quelqu'un avait accusé Roxanne d'être honorable, elle lui aurait ri au nez. Mais ça… toute cette histoire puait la honte.

Elle se demanda en passant ce que Medley aurait pensé de tout cela, puis chassa fermement cette réflexion.

Elle arrêta de marcher et prit plusieurs grandes inspirations. Elle se calma un peu, écarta la main de son épée. Les mercenaires commencèrent à respirer un peu plus librement et s'éloignèrent de la porte. Pike et Da Silva choisirent ce moment pour revenir. Roxanne leur lança un regard glacial.

— Alors ?

— Elle dort comme un bébé, dit Pike. Mais nous lui avons attaché les pieds et les mains, au cas où.

Roxanne opina.

— Je vais aller jeter un œil, puis je vais faire mon rapport à Hardcastle. Il voudra savoir ce qui s'est passé. Vous, vous restez ici.

Pike et Da Silva hochèrent la tête et regardèrent Roxanne disparaître dans la pièce voisine. Ils attendirent que la porte se referme puis échangèrent un regard.

— Elle va craquer, dit Da Silva, très calme.

— Si ce n'était pas totalement absurde, je me dirais qu'elle a des scrupules, renchérit Pike. Enfin, Hardcastle savait qu'il y avait un risque à utiliser Roxanne pour de la politique. Tout le monde sait qu'elle est folle. Sur un champ de bataille, ça ne dérange pas, mais elle en sait trop pour qu'on la laisse partir.

— Alors on peut… se passer d'elle ?

— Personne n'est indispensable, en politique. Surtout pas elle. C'est officiel, je le tiens de Hardcastle.

— C'est toi ou c'est moi qui la tue ?

Pike sourit.

— Je ne pensais pas lui proposer un duel. Dans ma tête, on glisse un poison rapide dans son vin, on attend qu'elle s'écroule, puis on lui coupe la tête. Elle nous rapporterait un bon prix dans les Bas Royaumes.

— Ça me paraît bien, accepta Da Silva.

Juste derrière le battant, Roxanne écoutait la conversation. Elle avait toujours eu l'ouïe fine. Elle savait que Pike et Da Silva manigançaient quelque chose, mais les ordres devaient venir de Hardcastle. Eux n'oseraient jamais prendre une décision pareille. Le Conservateur l'avait vendue à deux assassins à la petite semaine. Elle avait envie de charger dans la pièce voisine, dégainer et les abattre tous les deux. Mais même elle n'était pas assez folle pour s'attaquer à vingt-deux hommes en armes dans un lieu aussi exigu. Elle n'avait pas gagné sa réputation en étant stupide. Il fallait qu'elle sorte d'ici très vite, et qu'elle réfléchisse.

Elle ouvrit la porte à la volée, revint d'un pas décidé dans la première pièce et fit semblant de ne pas remarquer le silence soudain.

— Je vais voir Hardcastle. Gardez Fisher à l'œil, mais ne lui faites rien. Hardcastle voudra se réserver ce privilège.

Elle eut un signe de tête pour Pike et Da Silva et prit la porte avant qu'ils puissent trouver une raison de l'arrêter. Son dos était électrique, à l'affût du moindre signe indiquant que quelqu'un tirait le fer. Rien. Elle était dehors et regarda la porte derrière elle, presque déçue. Elle descendit la rue pour se perdre dans la foule.

Elle ne savait toujours pas ce qu'elle devait faire. Elle n'allait pas continuer de travailler pour Hardcastle, mais elle ne pouvait pas non plus simplement partir. Si elle désertait en plein contrat, sa réputation serait finie. Roxanne se moquait bien de ce qu'on pensait d'elle. Mais au niveau professionnel, c'était autre chose. Si on commençait à raconter qu'elle n'honorait pas ses promesses, plus personne ne l'engagerait.

Les gens avaient déjà assez peur de l'aborder comme ça.

Mais si elle laissait Hardcastle la menacer impunément, ce serait encore plus dommageable. Elle marchait, les sourcils froncés, et les gens se pressaient pour s'écarter de son chemin. À force de réfléchir, elle avait mal à la tête. Elle avait besoin de parler à quelqu'un. Quelqu'un à qui elle pourrait faire confiance. Mais elle n'avait jamais fait confiance à personne. À part Stefan Medley…

Cette pensée la surprit, tout comme la douce chaleur dont elle se sentit traversée en pensant à le revoir. Stefan était un type bien, pour un politicien. Il comprenait des choses comme l'honnêteté et l'honneur. C'était décidé, elle retournait le voir. Il lui en voulait sans doute encore, mais ils trouveraient une solution. Elle se dirigea vers la taverne où elle l'avait quitté. Quelqu'un pourrait sans doute lui dire où il était parti.

La taverne était pleine de clients. La fumée alourdissait l'air, et la foule au bar chantait un hymne de la Réforme, avec plus d'entrain que d'exactitude. Roxanne se fraya un chemin jusqu'au bar à coups de coude. Elle appela le barman. Trop occupé à prendre des commandes, il fit semblant de ne pas l'entendre. Roxanne se pencha, le saisit par la chemise et le tira jusqu'à elle. Tout près. Le barman voulut protester, puis comprit de qui il s'agissait et pâlit.

— Stefan Medley, commença Roxanne, la voix lourde de menace. L'homme avec qui je suis venue. Où est-il allé après mon départ ?

— Nulle part, balbutia le barman. Il est encore là.

Surprise, Roxanne libéra le barman et s'écarta. Pourquoi Stefan était-il encore là ? Il devait bien savoir que les Réformateurs seraient sur ses talons, et qu'il ne leur faudrait pas longtemps pour entendre parler de cet endroit. Medley avait toujours été très prudent pour leurs rendez-vous ici, mais Roxanne avait délibérément laissé autant d'indices que possible. Cela faisait partie de son travail. Elle secoua la tête. Plus vite elle parlerait à Stefan et partirait d'ici, mieux ce serait. Elle monta les marches deux par deux. Stefan allait l'aider, il saurait quoi faire. Comme toujours.

La porte de leur chambre était verrouillée. Roxanne regarda autour d'elle, frappa deux fois et attendit, impatiente. Il n'y avait aucun bruit dans la chambre. Elle frappa de nouveau et appela. Toujours pas de réponse. Roxanne était perplexe. Il devait être là. La porte était encore verrouillée. Est-ce qu'il faisait la tête ? Ça ne lui ressemblait pas. Peut-être qu'il dormait. Elle frappa de nouveau et l'appela aussi fort qu'elle osait. Toujours rien. Roxanne commença à avoir un mauvais pressentiment. Il y avait un problème. Les Réformateurs l'avaient peut-être déjà retrouvé…

Elle tira l'épée et donna un grand coup du plat de sa semelle. La porte trembla mais tint bon. Roxanne jura et recommença. Le verrou céda et le battant s'ouvrit vers l'intérieur. La chambre était plongée dans le noir et silencieuse. Roxanne entra et se déporta tout de suite sur le côté, pour ne pas rester dos à la lumière. Elle resta dans le noir, l'épée tendue, mais il ne lui fallut que quelques instants pour s'assurer que personne ne l'attendait en embuscade dans la chambre. Elle rengaina son arme et alluma une lampe.

La lumière inonda la pièce, et Roxanne ne vit d'abord que du sang. Il y en avait sur les draps, et même par terre, deux flaques. En partie coagulé. Roxanne s'avança et chercha le pouls au cou de Medley. Il était là, lent et faible, mais sa peau était d'un froid glacial. Elle pensa que les Réformateurs l'avaient retrouvé, puis elle vit ses bras et les vilaines plaies à ses poignets. Le souffle lui manqua quand elle comprit ce qu'il avait fait, et pourquoi. Elle se retourna et quitta la pièce en courant.

Elle se précipita dans la salle du bar, écarta les fêtards et agrippa le barman.

— Il me faut un guérisseur ! Tout de suite !

— Il y a une sorcière du Nord au premier. Elle s'appelle Vienna. Elle connaît un truc ou deux. Ou alors je peux appeler quelqu'un…

— Non ! Si vous parlez de ça à qui que ce soit, je vous étripe ! Où est-elle ?

— Chambre neuf. Juste au coin après l'escalier. Vous ne pouvez pas la rater.

Roxanne lâcha le barman et remonta l'escalier. Il ne lui fallut pas longtemps pour trouver la chambre neuf, mais elle eut l'impression que des heures s'écoulaient. Elle martela la porte du poing jusqu'à ce qu'elle s'entrouvre. Un œil soupçonneux se braqua sur elle.

— Qui est-ce ? Que voulez-vous ?

— Il me faut un guérisseur.

— Je ne fais pas dans les avortements.

Roxanne ouvrit la porte d'un coup de pied, saisit la robe de la femme et la plaqua contre le mur. Celle-ci lutta faiblement, ses pieds battant plusieurs centimètres au-dessus du sol. Elle voulut appeler à l'aide, et Roxanne mit son visage à quelques millimètres de celui de la sorcière, qui devint très calme et cessa de lutter.

— Un de mes amis est blessé, dit Roxanne. Mourant. Sauvez-le, ou je vous tuerai très lentement. Au travail !

Elle reposa Vienna et lui fit monter l'escalier jusqu'à la chambre de Medley. Vienna regarda le sang et fit mine de partir, puis s'arrêta en voyant le regard de Roxanne. La sorcière était une pauvre petite chose fragile dans une robe verte plutôt laide. Roxanne aurait dû s'en vouloir de lui forcer la main et de la menacer ainsi, mais c'était différent. Stefan occupait toutes ses pensées, mourant seul dans une chambre sale à cause d'elle. Elle désigna Medley, et Vienna se retourna pour examiner ses poignets.

— Pff, c'est vilain, fit la sorcière. Mais vous avez de la chance, guerrière. Il s'y est très mal pris. La coupe est perpendiculaire aux veines. S'il avait coupé en suivant la veine, le sang n'aurait pas pu coaguler pour boucher les plaies. Enfin, il a perdu beaucoup de sang…

— Vous pouvez le sauver ?

— Je pense. Un simple sort de soins sur les poignets, un autre pour accélérer la production de sang…

Elle commença à réciter une série de détails techniques que Roxanne ne comprit pas, mais celle-ci laissa la sorcière finir sa liste, incapable de se concentrer sur autre chose que le profond soulagement qu'elle ressentait. Il n'allait pas mourir. Il n'allait pas mourir à cause d'elle. Elle eut un mouvement de tête sec pour Vienna, et la sorcière commença ses formules. Les rites étaient simples, assez désagréables, mais très efficaces. La chair déchirée des poignets se referma, et la couleur revint peu à peu aux joues de Medley. Son souffle se fit plus régulier, plus profond.

— C'est tout ce que je peux faire, finit par dire Vienna. Qu'il se repose quelques jours, et il sera comme neuf. À vous de le garder en vie. Les coupures de ses poignets étaient profondes. Il ne plaisantait pas.

— Oui, dit Roxanne. Je sais. (Elle défit les ficelles de sa bourse et la jeta à la sorcière, sans regarder combien il y avait.) Pas un mot à qui que ce soit.

La sorcière hocha la tête et partit rapidement, laissant Roxanne qui n'avait pas quitté l'homme du regard.

Roxanne s'assit sur le lit, ignorant le sang qui trempa son pantalon. Medley paraissait épuisé, comme s'il venait de traverser une longue fièvre. Elle lui posa la main sur le front un moment. Sa peau était fraîche et sèche.

— Qu'est-ce que je vais te dire, Stefan ? demanda-t-elle à ses paupières closes. Je n'aurais jamais cru faire une chose pareille. Tu n'étais qu'une mission, pour moi, mais… je t'aimais bien, Stefan. Pourquoi as-tu fait cela ?

— Pourquoi ne pas le faire ? répondit Medley, la voix rauque.

Il se lécha les lèvres et déglutit avec peine. Roxanne remplit un verre d'eau du pichet sur la table et tint le verre pendant qu'il buvait. Il parvint à prendre quelques gorgées, et elle reposa le verre. Medley leva les bras, regardant ses poignets guéris. Il eut un sourire amer et laissa retomber ses bras.

— Tu n'aurais pas dû prendre cette peine, Roxanne. Il va falloir que je recommence.

— Tu n'as pas intérêt, prévint Roxanne. Je ne pourrais pas le supporter une seconde fois. Ce serait trop dur. Pourquoi as-tu fait cela, Stefan ?

— Il faut une raison, pour vivre, on ne peut pas juste continuer par habitude. Pendant un temps, j'ai eu la politique, et, quand cela m'a fatigué, j'ai trouvé Adamant. Il avait besoin de moi, je me sentais important et nécessaire. Nous sommes devenus amis. Mais même là, au mieux, je vivais la vie d'un autre. J'en suivais un autre.

» Quand je t'ai rencontrée, tu as donné un sens à ma vie. J'étais tellement heureux. Tu étais tout ce qui m'avait manqué. Avec toi, je me sentais essentiel, je me sentais exister, et pas seulement dans l'ombre de quelqu'un d'autre. Et après, tu m'as quitté en disant que tout cela n'était qu'un mensonge. Je ne peux pas redevenir ce que j'étais avant, Roxanne. Je préférerais mourir. Je t'aime, et, si ce que nous vivions n'était qu'un mensonge, alors je préfère ce mensonge à la réalité. Quitte à mourir pour le conserver.

— Personne n'a jamais ressenti ça pour moi, dit Roxanne. Il va falloir que j'y réfléchisse. Mais je te promets que je resterai avec toi aussi longtemps que tu auras besoin de moi. Je ne sais pas pourquoi, mais toi aussi, tu es important pour moi.

Medley la regarda un long moment.

— Si tu joues avec moi ou si tu cherches à me soutirer d'autres renseignements, je m'en moque. Dis-moi ce que tu veux savoir, et je te le dirai. Mais ne fais pas semblant d'avoir des sentiments pour moi. Je t'en prie. Ce serait trop dur de vivre cela une seconde fois.

— Oublie tout cela, dit Roxanne. Hardcastle peut aller se faire voir. Les choses vont changer, à présent.

— Je t'aime. Et toi, que ressens-tu pour moi ?

— Si je savais…, répondit Roxanne.

Hawk était fatigué, il avait mal aux bras et au dos : trop d'effort, pas assez de repos. Il venait de passer une heure dans la moitié des bouges des Hauteurs, à la recherche de renseignements sur Fisher. Personne ne savait quoi que ce soit, même quand il insistait très lourdement. Ils disaient peut-être la vérité. Et il ne restait qu'un seul endroit où se rendre. Brimstone Hall. La maison de Hardcastle.

Il se tenait devant les grandes portes de fer et regardait derrière les deux gardes nerveux. L'ancienne demeure paraissait presque déserte.

Seules quelques fenêtres étaient éclairées. Il y trouverait sans doute ce qu'il cherchait : un indice pour se mettre sur la bonne voie.

Les deux gardes armés échangèrent un regard incertain. Ils reconnaissaient Hawk et savaient de quoi il était capable. Ils avaient bien vu le sang frais qui gouttait de la hache dans sa main droite. Hawk les ignorait, concentré sur la maison. Hardcastle et ses militants devaient être dans les rues. Donc, il n'aurait sans doute face à lui qu'une équipe réduite. Avec beaucoup de chance, il trouverait peut-être Isobel dans l'une des caves. Il se souvenait de son visage pendant que les assaillants l'emmenaient. Inconscient, couvert de sang. La rage froide et sourde qui l'habitait retrouva toute sa force. Il se tourna vers les gardes, qui s'agitèrent, mal à l'aise.

— Ouvrez les portes, ordonna Hawk.

— Hardcastle n'est pas là, répondit l'un des hommes. Tout le monde est sorti.

— Je trouverai bien quelqu'un à qui parler.

— Je ne pense pas, capitaine Hawk. Nous avons des ordres. Vous n'avez pas le droit d'entrer, sous quelque prétexte que ce soit. En ce qui vous concerne, tout le monde est sorti, et ça n'est pas près de changer.

— Ouvrez les portes.

— Fichez le camp, répondit l'autre. Vous n'avez rien à faire ici.

Hawk le frappa bien en dessous de la ceinture. Le garde se plia en deux et tomba au sol en se tortillant. L'autre garde recula précipitamment. Hawk ouvrit les portes, enjamba l'homme à terre et entra dans la propriété de Brimstone Hall. Le garde qui était encore debout regarda Hawk dans les yeux et courut vers la maison. Le capitaine le suivit en marchant d'un bon pas. Aucune raison de se presser. Personne ne pourrait partir.

Il entendit approcher des pattes à coussinets et se retourna face à trois gros chiens qui le chargeaient en silence. Hawk les étudia avec prudence. Les chiens de Hardcastle avaient une réputation de tueurs, de mangeurs d'hommes, mais Hawk les trouvait très ordinaires. Il prit un sac à sa ceinture, l'ouvrit, retint sa respiration et lança la poudre en l'air devant les chiens. Ces derniers s'arrêtèrent et reniflèrent l'air avec méfiance. Puis ils s'assirent avec un grand sourire idiot et satisfait.

Hawk attendit un moment pour s'assurer que la poudre avait fait son travail, puis les dépassa avec prudence. Deux des animaux l'ignorèrent complètement, et le troisième roula sur le dos pour se faire caresser le ventre. Hawk eut un léger sourire. Il savait bien que le deuxième sachet de poudre trouvé dans la chambre de Dannielle lui servirait à quelque chose.

Il se dirigea vers la maison. Tout paraissait calme. Il avait presque atteint la porte d'entrée quand elle s'ouvrit à la volée devant lui. Cinq hommes en armes, en cotte de mailles complète, lui bloquèrent le passage. Hawk leur sourit, puis dressa sa hache ensanglantée pour qu'ils la voient.

— Où est-elle ? demanda-t-il doucement. Où Hardcastle retient-il ma femme ?

— Je ne sais pas de quoi vous parlez, dit le plus avancé des cinq. Je m'appelle Brond. Je parle au nom de Hardcastle en son absence, et il ne veut pas vous parler. Vous feriez bien de partir. Vous vous êtes déjà attiré de graves ennuis.

— Dernière chance. Où est ma femme ?

— Vous aimeriez bien le savoir, hein ? dit Brond. (Il se détourna à demi et parla aux autres hommes.) Mettez-le dehors. Sans douceur. Montrez-lui ce qui se passe quand on dérange ses supérieurs.

Hawk abattit sa hache sur le flanc de Brond. La lourde tête d'acier déchira la cotte de mailles et les côtes. Brond regarda la hache un instant, incapable de croire à ce qui lui arrivait. Puis il tomba à genoux, crachant du sang. Hawk dégagea son arme et les quatre autres gardes l'attaquèrent. Le premier chuta en criant dans un jaillissement de sang et de boyaux après que Hawk lui eut ouvert le ventre à la hache.

Les trois autres voulurent cerner le garde, mais sa hache n'arrêtait pas de danser, les maintenant à distance. Ils ne cessaient de feinter, d'avancer et de reculer, comme des chiens harcelant un ours. Hawk leur lança un sourire froid, calculant ses chances. Les gardes étaient bons, mais il était meilleur. Il pouvait les vaincre. C'était juste une question de temps. Puis quatre autres hommes en armes sortirent de la maison, et Hawk sut qu'il était en sale posture. Si Fisher avait été là pour l'aider, il les aurait affrontés sans hésiter. Seul, ce serait beaucoup plus dangereux. Mais il n'allait pas abandonner. Fisher avait besoin de lui. Et puis il avait fait face à pire opposition, en son temps. Il raffermit sa prise sur sa hache et se jeta sur l'adversaire le plus proche.

Puis soudain il y eut une autre personne, combattant à son côté. Grande, fine et mortelle. Deux gardes tombèrent sous sa lame en quelques secondes, Hawk en terrassa un troisième, et les autres prirent la fuite. Abaissant sa hache, Hawk se tourna vers Roxanne. Ils se regardèrent un long moment sans rien dire, puis la jeune femme baissa son épée.

— Bon, commença Hawk. Qu'est-ce que c'est que cette histoire ?

— Nous venons vous aider, expliqua Medley en approchant avec prudence. Nous savons où se trouve votre femme. Nous pouvons vous y conduire.

— Et pourquoi devrais-je vous faire confiance ? demanda Hawk. Vous travaillez pour Hardcastle.

— Plus maintenant, le détrompa Roxanne. Il a rompu son contrat avec moi.

— Et moi, je n'ai jamais travaillé pour lui.

— De toute façon, reprit Roxanne, sans nous, vous n'avez aucune chance de la sauver.

— C'est une bonne raison, dit en souriant le capitaine de la Garde.

Il hésita, puis rangea sa hache. Roxanne rengaina son épée, puis ils repartirent tous les trois jusqu'à la grille de la propriété. Ils devaient marcher lentement, pour que Medley puisse les suivre. Hawk le regarda avec plus d'attention.

— Vous n'avez pas l'air en forme, Medley. Vous êtes vraiment en état ?

— Il a été malade, expliqua Roxanne. Mais il va mieux.

Hawk les étudia tous les deux, puis se désintéressa de la question. Il devait y avoir autre chose, mais ça pouvait attendre.

— Comment m'avez-vous trouvé ? finit-il par demander.

— Vous avez passé une heure à tailler dans le vif de la pègre des Hauteurs, répondit Medley avec un sourire. Il nous suffisait de suivre les traces de sang.

— Vous ne m'avez pas dit ce que vous avez à gagner dans cette histoire.

— L'abandon de toutes les charges contre nous, annonça Medley. Un casier vierge.

— Très bien, répondit Hawk. Si vous m'aidez à sauver Isobel, je tiendrai parole. Mais si je me dis à un moment que vous essayez de me piéger, je vous tue tous les deux. C'est d'accord ?

— Comment pourrions-nous refuser ? demanda Medley.

— C'est d'accord, dit Roxanne.

Pike était coincé dans la cachette depuis plus d'une heure, et il n'y avait plus de bière. Impossible d'envoyer quelqu'un en chercher, parce qu'ils ne devaient pas attirer l'attention. Il se balança sur sa chaise, jusqu'à ce que le dossier repose contre le mur. Pensif, il considéra la porte verrouillée qui le séparait de la belle et arrogante Isobel Fisher. Quoique plus si arrogante, à présent. Pike sourit et posa la main sur les clés à sa ceinture. Les ordres de Hardcastle étaient très clairs, il devait la livrer en vie. Mais personne n'avait précisé intacte…

Pike regarda autour de lui. Six de ses hommes jouaient aux dés et se disputaient sur les paris. Deux réparaient leur cotte de mailles. Les derniers montaient la garde, postés un peu partout. Dans l'ensemble, c'était une cachette assez sûre, et personne ne lui en voudrait de faire une petite pause. Il appela Da Silva discrètement. Le mercenaire quitta la partie de dés pour venir le voir.

— J'espère que tu ne me déranges pas pour rien, j'étais en train de gagner.

— Tu pourras tricher une autre fois. J'ai un jeu plus agréable en tête.

Da Silva regarda la porte verrouillée et fronça les sourcils.

— Je me demandais combien de temps il te faudrait pour que ça te démange. Pas question, Pike. C'est le capitaine Fisher. On ne peut pas prendre de risques avec elle.

— Allons, dit Pike. Ce n'est qu'une femme. À nous deux, on ne craint rien. Alors, ça te dit ?

— Si tu es partant, je te suis. (Da Silva sourit.) Qui passe en premier ?

— Pile ou face.

— On prend une pièce à toi ou à moi ?

— À moi.

Pike sortit un mark d'argent de sa bourse et le tendit à Da Silva, qui en examina soigneusement les deux faces avant de le rendre. Pike lança la pièce et la rattrapa d'un geste vif. Da Silva paria face et jura quand Pike montra la pile. Le gagnant sourit et rangea sa pièce. Da Silva jeta un coup d'œil aux autres mercenaires.

— Et les autres ? demanda-t-il tout bas.

— Quoi, les autres ? Ils n'ont qu'à se trouver une femme tout seuls.

Da Silva regarda la porte verrouillée et se passa la langue sur les lèvres, pensif.

— Il va falloir être très prudents, Pike. À la première occasion, elle nous tranchera la gorge avec nos propres couteaux.

— Alors on ne lui laissera pas une seule chance. Tu as fini de t'inquiéter, oui ? Un, elle s'est déjà bien fait dérouiller. Ça a dû la calmer un peu. Deux, je lui ai attaché les mains et les pieds pendant qu'elle était inconsciente, tu te souviens ? Elle ne peut pas nous faire grand mal. Alors je lui détache les pieds, et tu la tiens pendant que je lui fais du bien. Après, on échange. Ça te va ?

— Ça marche, répondit Da Silva avec un grand sourire. Tu penses toujours à partager avec tes amis, Pike.

Ils se dirigèrent d'un pas décidé vers la porte verrouillée. Quelques mercenaires regardèrent dans leur direction, mais personne ne dit mot. Pike déverrouilla la porte et décrocha une lampe du mur. Il sourit en direction de Da Silva, puis ils allèrent voir le capitaine Fisher.

Il n'y avait ni fenêtre ni autre lumière dans la pièce, et Fisher plissa les yeux devant cette luminosité soudaine. Elle était réveillée depuis un moment. Combien de temps exactement ? Impossible de le savoir, seule dans le noir. Elle avait un mal de crâne incroyable et s'estimait heureuse de n'avoir pas de traumatisme crânien. La position dans laquelle on l'avait attachée lui donnait des crampes dans les bras et lui avait engourdi les mains. Ses chevilles étaient également entravées, et elle ne voyait son épée nulle part. Tout bien considéré, ce n'était pas la joie.

Les deux hommes refermèrent la porte avec soin. Elle s'efforça de s'asseoir, et lut leurs intentions dans leur regard. Une horreur soudaine s'empara d'elle, et elle dut serrer la mâchoire pour ne pas claquer des dents. Elle avait affronté la mort, elle avait perdu le compte de ses blessures et de ses cicatrices… Mais ça, c'était différent. Elle avait déjà réfléchi au viol, sans doute comme toutes les femmes. Mais elle n'avait jamais vraiment pensé que cela pourrait lui arriver. Pas à elle, la capitaine de la Garde, Fisher. La guerrière. Elle était trop forte, trop douée avec une épée, trop déterminée à se protéger pour que cela puisse devenir réel. Mais à présent son épée avait disparu, elle était à bout de forces, et sa détermination ne suffirait pas à la protéger… Elle tenta de contrôler la panique qui montait en elle. Il fallait qu'elle garde toute sa tête pour trouver une chance de leur échapper. Elle pourrait peut-être, au moins, se venger.

Pike posa la lampe dans une niche dans le haut du mur. Il sentait le regard de Fisher posé sur lui. Il s'avança vers elle sans hâte. Elle avait le regard calme, mais les yeux un peu trop écarquillés. Il sourit, s'agenouilla à côté d'elle et posa une main sur sa cuisse. Malgré elle, Fisher voulut reculer.

—Aucune raison de vous inquiéter, capitaine, commença Pike en lui pinçant la cuisse, tout juste assez pour qu'elle sente sa force. Mon ami et moi n'allons pas vous faire mal, tant que vous serez sage. Non. Soyez gentille, coopérative, faites-nous du bien, et vous n'aurez pas mal. Bien sûr, si vous décidez de faire votre désagréable, mon ami Da Silva connaît quelques tours fort fâcheux avec un couteau. Pas vrai, Da Silva ?

—Ouaip.

Da Silva rit en voyant le regard de Fisher se poser sur lui et se détourner aussitôt.

—Je suis capitaine de la Garde, dit Fisher. S'il m'arrive quoi que ce soit, vous aurez de gros ennuis.

—Ça, c'est à l'extérieur, répondit Pike. Ici, ça ne compte pas. Ici, il n'y a que vous et nous.

— Mon mari va me retrouver. Vous avez entendu parler de Hawk, non ?

— Bien sûr. On l'attend. Il est bon, mais nous aussi. Et nous sommes beaucoup plus nombreux.

Fisher sentit ses pensées s'emballer. Sa voix avait un écho de vérité et de confiance, et cela l'effraya plus que tout. Ils n'en avaient pas qu'après elle. Ils voulaient Hawk, aussi.

— Très bien, finit-elle par dire, d'une voix moins posée qu'elle l'aurait voulu. Je ne vais pas me défendre. Mais… ne me faites pas de mal. Pourquoi vous ne me détachez pas ? Je pourrais être plus… coopérative, comme ça.

Pike la gifla vivement, et Fisher entendit ses oreilles bourdonner. Elle sentait le sang couler de sa lèvre ouverte. Elle serra les dents pour repousser la douleur et le vertige. Elle avait connu pire, mais ce genre de violence froide et désinvolte lui était inconnu. Et d'autant plus intimidant à présent qu'elle était sans défense.

— Ça, c'est pour nous avoir pris pour des imbéciles, dit Pike. Si je vous détache les mains, je suis mort. Je ne vais pas vous faire ce plaisir, capitaine.

Il sortit un couteau de sa botte, et Fisher se tendit. Mais il ne s'en servit que pour lui détacher les chevilles. Da Silva s'avança vivement pour la maintenir en place, pendant que Pike rangeait son couteau. Le cœur de Fisher battit plus vite, et sa respiration se fit irrégulière. Pike posa une main sur son sein et la fit tomber en arrière. Il commença à lui défaire son pantalon. La capitaine voulut se rasseoir, comme si cela pouvait par miracle repousser l'inévitable. Pike rit. Il se pencha en avant, la saisit par les cheveux et approcha son visage pour l'embrasser.

Fisher lui mordit la lèvre inférieure de toutes ses forces. Ses dents se rejoignirent, et elle rejeta la tête en arrière, emportant presque toute la lèvre de Pike avec elle. Le sang gicla, et Pike resta un moment interdit, abasourdi par la douleur et le choc. Fisher recracha la lèvre et envoya un coup de tête vers l'homme. Le choc s'accompagna d'un son mat d'os brisé, et Pike bascula sur Da Silva, le projetant à terre. Fisher se remit sur ses pieds pendant que Da Silva se hissait à genoux. D'un grand coup de pied dans les parties, la capitaine le mit hors d'état de nuire. Pike tomba à terre tête la première, les mains serrées autour de la douleur ignoble entre ses cuisses. Pike roulait d'un côté et de l'autre sur le sol, les deux mains contre son visage. La douleur lui occupait tout l'esprit. Fisher lui décocha un bon coup de pied dans la tête pour qu'il arrête de bouger.

Elle entendit un mouvement derrière elle et se retourna d'un bloc. Da Silva s'était accroupi, encore tourmenté par la douleur, mais il avait sorti son couteau. Son regard trahissait une colère froide. Fisher recula, et Da Silva la suivit. Il feinta vers elle avec le couteau, mais elle comprit ses intentions. Elle passa sous sa feinte, dans sa garde, pendant qu'il était déséquilibré, et le frappa au genou. Da Silva tomba en avant, sa jambe cédant sous le choc. Frappant vers le haut, le genou de Fisher le toucha au menton. L'homme tomba au sol, inerte.

Fisher s'appuya contre le mur de pierre froide. Elle tremblait, sa tête lui faisait si mal qu'elle pouvait à peine penser. Mais ce n'était pas le moment de se reposer. Si les autres mercenaires avaient entendu le combat, ils pourraient décider de jeter un œil. Et elle n'était pas en condition de se mesurer à quelqu'un d'autre. Elle prit une grande inspiration et la bloqua, jusqu'à ce que ses tremblements se calment un peu. Elle se mit à genoux et chercha à tâtons le couteau de Da Silva. Elle n'avait plus qu'à trancher les liens de ses poignets, à l'aveugle puisqu'ils étaient dans son dos. Puis elle trouverait un plan pour se sortir d'ici sans avoir à combattre les mercenaires qui attendaient dans la pièce à côté. Avec un sourire amer, Fisher se concentra. *D'abord, trancher les liens, et pas mes bras. Une chose à la fois.*

La rue étroite était presque entièrement plongée dans l'obscurité, avec un seul réverbère pour éclairer les maisons décrépites. À l'écart des fêtes et défilés, rien ne dérangeait le silence de la rue. Dans l'ombre, Hawk et Roxanne tirèrent leur arme tandis que Medley surveillait la cachette. Les volets étaient tous fermés, et rien ne laissait deviner le moindre occupant. Hawk étudia la maison un moment, puis fronça les sourcils.

— Vous êtes certains que c'est le bon endroit ? Où sont les veilleurs ?

— Il y a des judas et des points d'observation cachés dans la maison, répondit Roxanne, très calme. Hardcastle a déjà utilisé cet endroit. Il y a au moins vingt hommes armés à l'intérieur, qui attendent que vous veniez sauver le capitaine Fisher.

— Nous devrions peut-être demander des renforts, proposa Medley.

— Nous n'avons pas le temps, trancha Hawk. Chaque minute qu'Isobel passe là-dedans la met en danger. Je veux la sortir de là *tout de suite.*

— Très bien, céda Medley. Quel est votre plan ?

Roxanne sourit, avec une ombre familière dans les yeux.

— Un plan ? Pour quoi faire ? On entre en force, on abat les gardes et tous ceux qui nous empêcheront de sauver le capitaine Fisher.

Hawk et Medley se regardèrent. Roxanne était une guerrière sans égale, sauf en ce qui concernait la subtilité.

— On ne peut pas se risquer à attaquer de front, tempéra Hawk. Ils pourraient tuer Isobel au premier signe de sauvetage. Il nous faut une sorte de diversion, quelque chose qui attirerait leur attention.

— Je pourrais mettre le feu à quelque chose, proposa Roxanne.

— J'aimerais autant que tu évites, intervint Medley. Toute la rue s'embraserait. Allume un incendie ici, et on perd la moitié des Hauteurs.

— J'ai une meilleure idée, dit Hawk. Puisque de toute façon ils vont nous voir arriver, autant leur montrer quelque chose qu'ils ne trouveront pas menaçant. On va frapper à la porte, je n'aurai pas d'arme et Roxanne me pointera son épée dans le dos. Medley pourra porter ma hache. Tout le monde se dira que vous m'avez capturé. Une fois à l'intérieur, on étudie la situation, et on choisit le bon moment. Avec un peu de chance, ils voudront m'enfermer avec Fisher. Alors on attendra qu'ils ouvrent la bonne porte, Medley me passera ma hache et, là, on tue tout ce qui bouge. Des questions ?

Roxanne regardait Hawk, fascinée.

— Vous êtes prêt à me faire confiance sans arme, alors que j'aurai mon épée dans votre dos ?

— Bien sûr. Si vous tentez quoi que ce soit, je vous prends votre épée et je vous la fais manger.

— C'est qu'il en serait capable, dit Roxanne à Medley.

— Allez, on y va, dit celui-ci. Avant que je sois pris d'une attaque de réflexion et que je comprenne à quel point tout ça est dangereux.

Fisher se dégagea les poignets et secoua les mains pour y rétablir la circulation. Elle avait de vilaines coupures sur les bras, mais elle les ignora. Le sang revint dans ses mains, et elle grimaça en sentant la douleur qui l'accompagnait. Elle s'approcha en silence de la porte et tendit l'oreille. Pour l'instant, personne ne paraissait s'étonner que Pike et Da Silva ne soient pas revenus. Combien de temps lui restait-il ? Elle sortit l'épée du fourreau de Pike. C'était une bonne lame.

Elle eut un regard pour les deux hommes à terre. Ils l'auraient violée, violentée puis livrée à Hardcastle pour une mort lente et douloureuse. Si elle en sortait vivante, elle pourrait les faire envoyer dans les mines pour le restant de leurs jours. On ne s'attaque pas impunément à la Garde. Mais Hardcastle pourrait toujours acheter le juge et faire libérer Pike et Da Silva. Elle ne pouvait pas le permettre. Tant qu'ils seraient libres, elle ne se sentirait jamais plus en sécurité.

Elle s'agenouilla à côté de Pike et posa le fil de l'épée sur sa gorge. Elle pouvait le faire. Personne ne saurait jamais rien. Elle resta un long moment assise, puis écarta l'épée et se releva. Elle ne pouvait pas tuer un homme de sang-froid. Pas même lui. Elle était de la Garde. Dans la Garde, on applique la loi. On ne se faisait pas justice soi-même.

Elle tourna le dos à Pike et Da Silva, s'approcha de la porte et l'entrebâilla de deux centimètres. Elle ne savait pas combien il y avait de mercenaires dans la pièce, mais les voix étouffées paraissaient assez nombreuses. Il faudrait qu'elle ouvre la porte à la volée et qu'elle se jette sur l'entrée. Ça pourrait marcher. Si elle avait de la chance. Elle écarta un peu plus le battant, puis se figea quand on frappa à la porte d'entrée.

Hawk regardait calmement autour de lui, comme s'il ne sentait pas la pointe de la lame de Roxanne dans son dos. S'il s'était trompé, il allait au-devant de graves ennuis. Il y avait douze mercenaires dans la pièce, certains armés, d'autres pas. D'après Roxanne, il y en avait d'autres à l'étage. En tout, une vingtaine d'hommes. Soit dix contre un. Hawk sourit. Il avait vu pire, en son temps. L'un d'eux s'avança vers lui. Le mercenaire de base : grand, musclé, cotte de mailles, une épée dans un fourreau usé, et une tête à savoir s'en servir. Il eut un petit signe de tête pour Roxanne, puis regarda Hawk de pied en cap.

— Alors c'est ça, le fameux capitaine Hawk... Entrez, capitaine. Ne soyons pas à cheval sur le décorum, ajouta-t-il avec un rire léger. Vous savez, capitaine, Hardcastle meurt d'envie de vous voir. Et vous, vous mourrez, c'est tout.

— Où est ma femme ?

Le mercenaire frappa Hawk au visage. Celui-ci l'avait vu venir, mais ne put pas accompagner le coup. La tête lui sonnait, et il se sentit vaciller un moment.

— Vous parlerez quand on vous le dira, capitaine. Je vois qu'il va falloir vous apprendre les bonnes manières avant de vous laisser rencontrer le conseiller Hardcastle. Mais ne vous inquiétez pas pour votre femme. Nous ne l'avons pas oubliée. Pendant que nous parlons, deux de nos hommes sont en train de la divertir. Je suis sûr qu'ils s'occupent bien d'elle.

Il éclata de rire, et Hawk lui envoya son genou dans les parties. Le mercenaire se plia de douleur, comme s'il s'inclinait devant Hawk qui le frappa à la nuque pour l'envoyer au tapis. Les autres mercenaires se mirent sur pied et saisirent leurs armes.

Hawk prit sa hache des mains de Medley, cria à Roxanne de surveiller ses arrières et s'avança vers le premier homme sans attendre sa complice. Hawk leva sa hache et l'enfonça presque tout entière dans l'épaule du mercenaire, traversant la cotte de mailles. La force du choc fit tomber l'homme à terre. Hawk posa le pied contre sa poitrine et dégagea sa lame. Le sang dessina en l'air un arc de cercle quand le capitaine se tourna face à un nouvel ennemi. La mort du deuxième mercenaire, de la main de Roxanne, fut saluée par le claquement de l'acier contre l'acier.

Puis la porte de l'autre pièce s'ouvrit d'un bloc, et Fisher chargea, épée en main. Le sourire de Hawk s'élargit. Dire qu'il s'était inquiété pour elle ! Il aurait dû se douter qu'elle serait saine et sauve. Un peu étonnée de voir que Roxanne combattait au côté de son mari, elle le rejoignit malgré les mercenaires.

Hawk maniait sa hache à deux mains, et le sang éclaboussait le plancher sale. La lourde lame d'acier déviait aisément les épées plus légères. Fisher se battait à côté de lui, son épée floue tant elle la faisait danser de parade en attaque. Roxanne riait et dansait, taillant en pièces ses anciens collègues avec une joie malade. Conscient de ses limites, Medley restait à l'écart.

Un mercenaire barbu finit par interrompre Hawk dans sa progression, sa lourde épée longue rivalisant presque avec la hache du capitaine. Ils furent un moment nez à nez, leurs lames se bloquant l'une l'autre. Les muscles jouaient sur les épaules du mercenaire, et Hawk se rendit compte qu'il ne pourrait pas résister très longtemps. Alors, il lui cracha dans l'œil. Le mercenaire recula la tête et perdit l'équilibre. Hawk écarta l'épée et lui planta sa hache dans la poitrine.

Fisher luttait pied à pied avec un grand mercenaire élancé qui lui rendait coup pour coup. Elle savait qu'elle ne pourrait pas tenir à ce rythme-là. Elle était moins forte que lui et encore fatiguée de tout ce qu'elle avait subi. Elle capta son regard, s'avança et planta son talon dans le pied droit de son adversaire. Les os se brisèrent. La douleur soudaine fit perdre à l'homme toute couleur et toute force. Fisher écarta son épée et lui coupa la gorge d'un mouvement de retour. Le mercenaire lâcha son arme pour se tenir la gorge à deux mains, comme s'il pouvait endiguer le flot terrible. Il tombait déjà à genoux quand Fisher se tournait vers un autre adversaire.

Roxanne faisait virevolter son épée en grands arcs de cercle, et les mercenaires reculaient devant elle. La joie se lisait dans ses yeux écarquillés, et elle riait en sentant sa lame trancher les chairs. Elle s'abandonnait à ce qu'elle faisait le mieux au monde, ce qu'elle était née pour accomplir. Elle se déplaçait au milieu de ses anciens compagnons sans pitié ni compassion, et aucun ne pouvait lui résister. Elle les tuait avec professionnalisme, avec style, et le sang chantait sous son crâne.

Soudain, les mercenaires prirent la fuite, alors qu'ils étaient encore en supériorité numérique. Pike et Da Silva auraient sans doute pu les rallier, mais, sans leurs chefs, les mercenaires n'avaient pas le courage d'affronter trois légendes en même temps.

Hawk parcourut du regard la pièce vide et baissa sa hache, déçu. Il avait beaucoup de rage à évacuer. Il se tourna vers Fisher avec un grand sourire, et sa colère se fit soudain froide et vengeresse en voyant ce qu'on lui avait fait. Elle avait la bouche tuméfiée, du sang avait coulé sur sa joue depuis une méchante coupure au crâne. Il la prit dans ses bras et la serra, et elle lui rendit son étreinte comme si elle ne voulait plus jamais le lâcher. Medley finit par toussoter poliment, et les deux capitaines se séparèrent. Fisher regarda Medley, puis Roxanne.

— Ils sont avec nous, expliqua Hawk. Je t'expliquerai, c'est compliqué.

Fisher haussa les épaules.

— Lui est politicien, elle mercenaire. Tous pareils. Espérons qu'Adamant aura le cœur à leur pardonner. Il y a deux autres mercenaires dans la pièce à côté. Assommés pour le compte. On les emmène. Je vais porter plainte.

Hawk entendit un ton étrange dans sa voix.

— Tout va bien, ma belle ?

— Bien sûr, répondit-elle. Maintenant, tout va bien.

9

Vainqueurs et perdants

L'élection touchait à sa fin, et Hardcastle donnait une fête de victoire dans sa salle de bal. Les militants étaient venus par centaines profiter de son hospitalité et fêter une nouvelle victoire conservatrice dans les Hauteurs. Hardcastle regarda la foule et sourit gracieusement à ses favoris. Les gens venaient le féliciter et lui rappeler poliment tout ce qu'ils avaient fait pour lui. Hardcastle leur adressait à tous un sourire, un hochement de tête, mais il avait l'esprit ailleurs. On devait presque avoir fini de voter, à présent. Mais pour l'instant il n'avait aucun écho des résultats. Personne ne lui avait dit quoi que ce soit, et Wulf s'était enfermé dans sa chambre. Bien sûr, il allait gagner. Comme toujours. Mais cette absence de nouvelles l'inquiétait.

Aucune nouvelle non plus de Hawk et Fisher. Pourtant, ils étaient soit prisonniers, soit morts, à présent. Pas de message de Pike ou de Da Silva, et Roxanne avait disparu depuis des heures. Hardcastle fit la moue. Il y avait un problème. Mais il lui restait une source d'informations. Il fit signe à un des serviteurs et l'envoya chercher le sorcier Wulf. Après une hésitation, un coup d'œil à l'expression de son maître convainquit le serviteur que rien ne servirait de protester. Il s'inclina et quitta la salle de bal.

Hardcastle regarda autour de lui, et sa moue s'accentua. La fête battait son plein, mais le ton paraissait décalé. Les rires étaient trop forts, les sourires forcés, et çà et là il y avait des zones de silence, de conversations presque furtives. Les musiciens jouaient, mais personne ne dansait. Hardcastle fronça les sourcils. S'il ne leur donnait pas rapidement de bonnes nouvelles, ils allaient craquer. Où qu'il regardât, il voyait des visages inquiets voire désespérés. Ses invités ressemblaient de plus en plus à des animaux sauvages réunis à l'approche de l'orage.

Wulf entra dans la salle, et un silence soudain se répandit. Les musiciens s'interrompirent. La foule s'écartait devant le sorcier emmitouflé dans sa longue cape noire. Il s'arrêta devant Hardcastle, et la tête encapuchonnée s'inclina légèrement. Un frisson soudain parcourut Hardcastle, comme une prémonition horrible, et il fit de son mieux pour ne rien en montrer. Il sourit à Wulf et fit signe aux musiciens de reprendre leur jeu. Ils obéirent, les discussions se ranimèrent peu à peu.

Hardcastle jeta un coup d'œil à sa femme, debout en silence à côté de lui, comme toujours. Elle fixait le sol, impassible. Hardcastle lui dit de reculer de quelques pas, ce qu'elle fit sans lever le nez. Hardcastle avait le regard fixé sur Wulf. Il devait discuter avec son sorcier, et il ne voulait pas de témoin. Pas même Jillian.

— Bon, Wulf, que se passe-t-il ? Vous êtes cloîtré dans votre chambre depuis que nous sommes rentrés de la rue des Dieux. Qu'est-ce qui vous arrive ?

— C'est l'Être, répondit Wulf d'une voix basse et atone. L'Abomination. Le Seigneur des Golfes. Je n'avais pas compris. Je ne pouvais pas comprendre ce qu'il était, ce qu'il signifiait…

— Reprenez-vous, mon vieux. Je veux des renseignements. Je dois savoir ce qui se passe dans la ville. Quels sont les résultats ? Que mijote Adamant ? Pourquoi mes hommes n'ont-ils pas fait leur rapport ? Bon sang, utilisez votre magie et dites-moi ce qui se passe !

— Je n'ose pas. Il est trop fort. Je le sens qui grandit.

Hardcastle le foudroya du regard.

— Vous m'aviez dit que vous pourriez le contrôler. Vous m'aviez dit qu'avec cet Être en vous, vous seriez si puissant que personne ne pourrait nous résister !

— Vous ne comprenez pas, répondit Wulf. Le Seigneur des Golfes n'est pas un démon ou un élémentaire que je pourrais soumettre par magie. L'Abomination est un Être fluctuant. Un aspect de la réalité qui prend corps et forme par la perception des hommes. Un concept incarné. Il n'est pas réel au sens où nous l'entendons. Il y a des entités qui vivent en dehors de ce monde, dans les espaces entre les espaces, et elles ont faim de choses étranges et horribles. Je croyais pouvoir le contrôler pendant qu'il était encore faible et confus, après ce long sommeil, mais il est trop puissant. Je le sens dans mon esprit, qui attaque mes défenses. Il va sortir, Cameron…

— Nous en parlerons plus tard, coupa Hardcastle. Pour le moment, reprenez-vous. Vous êtes censé être un sorcier de premier ordre. On ne dirait pas ! Il me faut des renseignements, Wulf. J'ai besoin de savoir ce qui se passe dans les rues. Localisez mes hommes et dites-moi ce qui se passe dans l'élection. C'est un ordre !

Wulf resta un long moment sans bouger, la tête penchée, et Hardcastle commençait à se dire que le sorcier allait le défier. Mais Wulf finit par hocher la tête et commença à parler, d'une voix à peine assez forte pour qu'il l'entende par-dessus les bavardages nerveux des invités.

— Les mercenaires que vous avez envoyés après les capitaines Hawk et Fisher sont soit morts, soit en fuite. Leurs chefs, Pike et Da Silva, sont aux arrêts. Ils ont accepté de témoigner contre vous en échange de sentences moins lourdes. Le vote est presque clos. Adamant gagne.

Hardcastle restait figé. Au début, il ne ressentit que de la surprise, de l'incrédulité. Mais la colère, froide et perverse, les remplaça bientôt. Comment osaient-ils ? Comment osaient-ils se retourner contre lui et voter pour Adamant ? Ils avaient oublié qui dirigeait vraiment les Hauteurs. Mais il allait le leur rappeler. Il allait donner aux Réformateurs une leçon qu'ils n'oublieraient pas de sitôt. Il fixa Wulf et parla d'une voix lente, calme et très dangereuse.

— Vous êtes à moi, Wulf. Lié par des serments scellés dans le sang.

— Oui, Cameron. Je suis à vos ordres.

— Alors utilisez votre grand pouvoir. Allez chez Adamant et tuez-le. Tuez-le et tous ceux qui se trouveront dans sa maison.

— Ça… ça ne serait pas très sage, Cameron. Vous avez besoin de moi ici. Sans ma magie pour magnifier et agrandir votre présence, vous ne pourrez plus contrôler vos militants avec vos discours.

— Je faisais des discours bien avant que votre magie me soutienne. Je m'occupe des militants. Ils feront ce que je leur dirai, comme toujours. Vous avez vos ordres, Wulf. Tuez Adamant, et tous ceux qui l'accompagnent. Obéissez-moi.

— Cameron… Pitié… L'Abomination…

— Obéissez !

Wulf recula la tête et cria. Cet horrible son perçant imposa le silence à la foule en quelques secondes. Sa capuche retomba, dévoilant ce qui restait de son visage. Toute la chair était partie, dévorée par une horrible faim intérieure. Il n'y avait qu'un crâne ricanant, à peine recouvert d'une peau tendue comme un parchemin. Ses yeux avaient disparu eux aussi, les orbites vides et sanglantes. Il se souleva dans les airs, hurlant toujours, son corps parcouru de sursauts étranges. Son corps ne paraissait plus tout à fait humain.

Il disparut, et l'air combla cette absence avec un petit claquement. Quelqu'un dans la foule eut un rire nerveux, et les bavardages reprirent encore plus fort, comme si le volume de leurs voix pouvait occulter ce qu'ils venaient de voir. Hardcastle sourit. Quand Adamant et ses hommes seraient morts, il faudrait organiser une autre élection dans les Hauteurs, sans adversaire cette fois. On parlerait, bien sûr, mais personne ne pourrait rien prouver. Et redevenu conseiller, il ferait payer aux électeurs l'audace qu'ils avaient eue de s'opposer à lui.

Medley hésita devant l'étude d'Adamant. Roxanne l'encouragea d'un signe de tête. Hawk et Fisher se tenaient quelques pas en arrière, à une distance prudente. Medley se réjouissait de leur compagnie, mais, s'il devait faire la paix avec Adamant, ce serait seul à seul. Il frappa à la porte, et une voix familière lui dit d'entrer. Ce fut l'une des choses les plus difficiles de la vie de Medley.

Adamant était assis derrière son bureau, Dannielle debout à son côté. Ils paraissaient tous les deux fatigués. Medley remarquait certaines de leurs rides pour la première fois. Adamant fit signe à

Medley de s'asseoir sur la chaise devant le bureau. Roxanne s'appuya au chambranle de la porte, les pouces passés dans son ceinturon, le regard alerte. Hawk et Fisher restèrent dans le couloir. Le silence, presque palpable, emplissait la pièce, lourd de mots que personne ne voulait prononcer, mais qu'on ne pouvait ignorer.

Hawk finit par toussoter poliment, et tout le monde le regarda.

— Avec votre permission, messire Adamant, Isobel et moi allons jeter un œil dans la maison pour nous assurer qu'il n'y a aucun danger.

— Bien sûr, capitaine. Je vous appellerai si j'ai besoin de vous.

La voix d'Adamant était calme comme à son habitude, mais son regard ne quittait pas Medley. Hawk et Fisher s'éloignèrent, refermant la porte derrière eux.

— La maison paraît très silencieuse, commença Medley. Qu'est devenue la fête de la victoire ?

— Je l'ai annulée, répondit Adamant. Elle me paraissait déplacée, après toutes ces morts.

Medley sourcilla.

— J'aurais dû deviner l'attaque de Longarm. Mes informateurs m'avaient donné assez d'indices. Mais captivé par Roxanne, je n'ai pas compris à temps. Je regrette, James. Combien de tes hommes ont-ils été blessés ?

— Quatorze. Et vingt-sept morts. Heureusement, aucun des invités n'a été touché. (Il regarda Roxanne.) Alors c'est elle, ta mystérieuse petite amie ?

— Oui, dit Medley. N'est-elle pas superbe ?

Adamant sourit.

— J'imagine que c'est une façon de voir. La dernière fois que je l'ai vue, elle abattait mes hommes sans la moindre pitié.

Roxanne croisa son regard sans inquiétude.

— C'est mon travail. Je suis douée.

— Vous avez tué Kincaid et Bearclaw. C'étaient des gens bien.

— Ils m'auraient tuée à la première occasion. C'est comme ça qu'on fait de la politique dans cette ville. Vous le savez.

— Oui, dit Adamant. Le meurtre et la trahison ont toujours été populaires à Haven.

— Pour ce que ça change, Stefan ne vous a pas trahi. J'avais pour mission de lui soutirer des renseignements, et il était tellement amoureux qu'il n'a rien remarqué. Il m'a dit tout un tas de choses sans s'en rendre compte, et j'ai tout répété à Hardcastle.

— Et lui, il sait que vous êtes là ?

— Non. Je ne travaille plus pour lui.

— Pourquoi cela ?

— Il a rompu notre contrat.

Dannielle regarda Roxanne et Medley tour à tour.

— C'est la seule raison ? Et maintenant, Stefan et vous… ?

— Je ne sais pas, répondit Roxanne en haussant les épaules. Pour l'instant, on prend les choses au jour le jour, en voyant comment ça se passe.

Adamant se pencha en avant et fixa Medley.

— Que viens-tu faire ici, Stefan ? Que veux-tu ? Mon pardon ? Que je te rende ton poste ?

— Je n'en sais rien, concéda Medley. Je regrette de t'avoir nui, et je regrette que des gens soient morts, mais rien de tout cela n'était dans mes intentions. J'aimais Roxanne, et rien d'autre n'avait d'importance.

— Que ressens-tu pour elle, à présent ? demanda Dannielle. En sachant ce qu'elle est ? Ce qu'elle a fait ? Tu lui pardonnes ?

— Bien sûr, répondit Medley. Je l'aime, malgré tout. Ne pouvez-vous pas le comprendre ?

Adamant regarda Dannielle et tendit la main vers elle.

— Si. Je comprends très bien.

Hawk et Fisher parcoururent la maison d'un pas nerveux. Les pièces paraissaient étranges, désertes. Le silence avait une texture propre. Ils passaient de salle en salle sans trouver le moindre signe de vie. Les hommes d'Adamant étaient soit morts, soit évacués. Les invités étaient depuis longtemps rentrés chez eux. Plus rien ne rappelait l'assaut de Longarm, à part quelques taches de sang çà et là et le contenu de la bibliothèque au rez-de-chaussée.

Hawk les trouva un peu par accident. Il poussa la porte de la bibliothèque en redescendant le couloir. Il s'arrêta net en apercevant les cadavres. Vingt-sept en tout. Hawk les compta deux fois, pour être sûr. Tous les hommes d'Adamant tués dans l'assaut. Ils avaient été empilés comme des bûches, face à face, bras et jambes bien disposés. Hawk se sentait quelque peu irrité de cette vision. Ces hommes étaient morts pour Adamant. Ils méritaient un dernier repos plus digne que cela.

— *Et ils l'auront*, le rassura la voix de Mortice sous son crâne. *Mais les choses ont été un peu compliquées, par ici. J'ai fait de mon mieux.*

Hawk regarda Fisher et vit qu'elle l'avait entendu également.

— Alors vous êtes encore là, sorcier.

— *Bien sûr. Où voulez-vous que j'aille ?*

— Qu'est-il arrivé aux cadavres des coupables ? Longarm et ses partisans ?

— *Je m'en suis débarrassé.*

Hawk décida de ne pas demander de détails. Il ne voulait pas savoir.

— *Retournez auprès d'Adamant*, dit soudain Mortice. *Il va avoir besoin de vous.*

Hawk et Fisher se lancèrent un regard.

— Pourquoi ? demanda Fisher. Qu'y a-t-il ?

— *Quelque chose approche.*

— Quoi ? Qu'est-ce qui approche ?

— *Quelque chose approche.*

Hawk tira sa hache et Fisher son épée, puis ils retournèrent dans le hall en courant. La porte de l'étude était grande ouverte. Tout paraissait calme. Hawk cria le nom de Mortice, sans résultat. Adamant sortit de l'étude, le visage sévère.

— Vous aussi, vous l'avez entendu ?

— Oui. Nous ferions mieux de sortir d'ici, Adamant. J'ai un mauvais pressentiment.

Adamant opina et fit signe à Dannielle de les rejoindre. Elle le fit, suivie de Medley et Roxanne. Cette dernière avait son épée en main et souriait. Hawk détourna le regard.

— *C'est arrivé.*

Hawk alla rapidement jusqu'à la porte d'entrée et l'ouvrit pour regarder au-dehors. Dans les dernières lueurs du soir, il vit un homme vêtu de la tenue noire des sorciers se diriger vers la maison. Sur son passage, la vie s'éteignait et la terre se transformait en poussière qui s'envolait au vent. Le pouvoir du sorcier pesait lourd sur le soir, comme la tension avant l'orage. Hawk referma la porte et se tourna face aux autres.

—Nous avons un problème. Wulf est là, et il n'a pas l'air très arrangeant. Mortice, peux-tu te charger de lui ? Mortice ? Mortice ! (Il n'y eut pas de réponse. Hawk jura dans sa barbe.) Bon. On part d'ici. Isobel, tu les fais passer par-derrière. Je vous suis dès que je peux.

—Pourquoi tu ne viens pas ? demanda Fisher.

—Il faut que quelqu'un le ralentisse. À présent, filez. On n'a pas beaucoup de temps.

—Je ne peux pas te laisser.

—Tu n'as pas le choix. Notre travail est de garder Adamant en vie, quoi qu'il arrive. On a perdu le dernier homme qu'on protégeait. Je ne veux pas que ça recommence.

Fisher opina et emmena les autres. Hawk se tourna vers la porte et mit les verrous. Il pensa pousser des meubles pour les appuyer contre la porte, mais se dit que ça ne ferait pas grande différence.

—Mortice ? Si vous m'écoutez, sorcier, un peu d'aide me ferait beaucoup de bien.

Il y eut un violent craquement, et Hawk regarda la porte. Elle s'était fendue de haut en bas. Sous les yeux du garde, le bois pourrit et tomba en lambeaux. Les fragments se détachaient des gonds qui rouillaient à vue d'œil, et là, dans l'encadrement, se tenait ce qui restait de Wulf. Son visage était presque entièrement fait d'os, et ses dents jaunies par l'âge. Mais il avançait toujours, vivait et respirait. Son existence était poussée par un autre être, affamé. Hawk saisit sa hache et s'éloigna du nouveau venu. Derrière lui, des voix et des bruits de combats lui apprirent que les autres n'étaient pas allés très loin. Il prit le risque de jeter un coup d'œil par-dessus son épaule, et son cœur manqua un battement quand il vit les morts sortir en rangs de la bibliothèque.

Fisher avait à peine atteint le bout du hall quand la porte de la bibliothèque s'était ouverte pour laisser sortir le premier mort. C'était l'un des gardes d'Adamant. Ses blessures béantes ne saignaient pas, et nulle émotion ne se lisait sur son visage. Mais ses yeux voyaient clair, et sa main tenait l'épée avec fermeté. Un autre zombie sortit de la pièce à sa suite, puis un autre, et encore un. Fisher et Roxanne se tenaient entre les morts et les vivants, l'épée brandie, reculant pas à pas pour se laisser la place de combattre. Et les morts continuaient de sortir de la pièce, arme en main.

Roxanne s'avança et abattit son épée d'un coup, tranchant net le cou d'un des zombies. La tête roula au sol, la bouche s'ouvrant et se fermant en silence. Le cadavre décapité continua d'avancer, frappant l'air de son épée. Roxanne s'écarta et frappa le corps. Celui-ci accusa le coup, mais refusa de tomber. Son épée virevolta avec une rapidité imprévue, et Roxanne dut reculer d'un pas. Fisher se rangea à son côté et frappa le zombie à la jambe. Il trébucha, mit un genou à terre, mais ne lâcha pas son arme. Puis les autres cadavres furent sur elles, et tout ne fut que voltige d'acier autour de l'armée des morts ambulants.

Quand Hawk dressa sa hache pour frapper le sorcier, une force invisible la lui arracha des mains. L'arme rebondit dans le hall, et Hawk courut à sa suite. Il se savait dépassé par les événements. Il ramassa sa hache et attaqua l'un des zombies par-derrière, lui tranchant la colonne vertébrale. Il tomba au sol et tenta de ramper. Hawk sauta par-dessus et passa entre les morts avec sa hache, les faisant tomber sous la force de son attaque. Medley choisit ce moment pour se glisser à côté de Roxanne, l'épée tendue devant lui.

—Il faut que tu fasses sortir Adamant d'ici, dit-il rapidement. C'est lui le plus important. Les gardes et moi pourrons retenir ces choses le temps que tu prennes de l'avance.

—Mais, et toi ?

—Je ne suis pas important.

—Tu l'es pour moi, répondit la jeune femme en continuant de combattre.

Adamant avait tiré son épée et Dannielle sa dague, mais, même avec leur aide, le petit groupe se faisait inlassablement repousser vers l'entrée où le sorcier attendait. Aucune blessure n'empêchait les morts de poursuivre l'assaut, épée en main, même s'il leur fallait pour cela ramper sur le sol. Adamant décrivait de courts moulinets efficaces, alors qu'il connaissait les visages pressés devant lui. Ils avaient été ses hommes, assermentés à son service. Certains étaient même des amis. Ils étaient morts pour s'être ralliés à son camp, et maintenant il devait les tuer de nouveau.

— *Préparez-vous*, dit soudain Mortice dans la tête de Hawk. *Je vais utiliser ma magie pour annuler celle de Wulf. Quand je vous donnerai le signal, il faudra le tuer. Et vite. Il est devenu très puissant. Je ne pourrai le tenir que quelques instants. Si je n'étais pas déjà mort, je pense que j'aurais peur. Je n'aurais jamais cru voir reparaître l'Abomination. Maintenant, Hawk ! Allez-y !*

Hawk ramena son bras en arrière et lança sa hache de toutes ses forces. Elle traversa le hall et s'enfouit dans le crâne de Wulf. Le sorcier recula d'un pas sous le choc, puis mit un genou à terre. Il pencha lentement la tête, comme si le poids de la hache l'entraînait vers le bas. Les zombies se figèrent sur place, puis s'écroulèrent sans bouger. Wulf tomba face contre terre et resta immobile.

Hawk hésita un moment, incapable de croire que tout était fini, puis s'avança jusqu'au cadavre du sorcier. Il posa le pied sur son crâne, se baissa et dégagea la lame. En voyant son arme, il fut certain que le sorcier était mort. Personne n'aurait pu survivre à une telle blessure.

Puis le cadavre commença à tressauter. Hawk recula précipitamment. Le corps de Wulf tremblait, les bras et jambes battant en tous sens. La robe noire se tendit et craqua, la silhouette humaine se déchira comme une chrysalide immonde. Et de ce corps ravagé émergea l'Abomination, tirant sa substance du sorcier mort pour se composer un corps plus proche de sa véritable nature. Elle remplissait le hall, sa tête osseuse frôlant le plafond. Son visage était tout en bouche et en dents, et ses muscles luisaient d'humidité autour des os difformes. Ses bras tors s'achevaient par des griffes de trente centimètres. Elle se tenait comme un homme, mais n'avait rien d'humain.

Elle était affamée.

— *Libre*, dit une voix horrible. *Libre...*

— Je pense que nous avons un problème, glissa Hawk.

— C'est bien possible, reconnut Fisher. Que tout le monde recule. On pourra peut-être le prendre de vitesse.

— Pas question. Je vais le tuer, annonça Roxanne.

L'Abomination s'avança, se rapprochant d'eux à une vitesse incroyable. Le petit groupe se prépara au choc. L'Être passa au milieu d'eux avec une force horrible, ignorant leurs coups et écartant ses assaillants comme autant de fétus de paille. L'Abomination s'était échappée, et ils n'y pouvaient rien.

Dans la buanderie, la trappe s'ouvrit soudain, si violemment qu'elle brisa ses gonds. Dans les ténèbres de la cave, la liche Mortice gravit l'escalier jusque dans la lumière. Autour de sa carcasse flétrie, le pouvoir ondulait dans l'air comme une vague de chaleur. Il s'avançait vers la porte, son corps glacé baigné de vapeur dans la chaleur de la buanderie.

Hawk et Fisher combattaient côte à côte, immobilisant l'Abomination par la seule énergie de leurs attaques. Leurs lames frappaient l'Être sans cesse, sans lui infliger le moindre dégât. Les armes rebondissaient sur sa peau comme si elle était d'acier. Roxanne se jetait encore et encore sur l'Abomination, hurlant de rage et de frustration. Adamant et Medley protégeaient Dannielle de leur mieux, mais tous savaient l'Être invincible. Bientôt, il se fatiguerait de ce jeu et laisserait sa faim s'exprimer. Alors, tout l'acier du monde ne suffirait pas à les sauver. Pourtant, ils continuaient de se battre. Il n'y avait rien d'autre à faire.

L'Abomination se retourna soudain, ignorant ses assaillants pour regarder l'autre bout de l'entrée. Mortice souriait, sa peau craquant comme un parchemin vieilli. Le Seigneur des Golfes pencha son horrible tête de côté, et une voix brûla dans leurs esprits à tous comme un fer rouge plongeant dans la chair.

— *Tu ne peux pas les sauver. Je suis libre. J'arpente de nouveau le monde. Ni les vivants ni les morts ne peuvent m'arrêter. Ce fut promis lors de ma création.*

— Je ne suis ni vivant ni mort, dit Mortice. Je suis tout cela à la fois. Au revoir, James.

Il prononça un Mot de Pouvoir, et un feu surnaturel le consuma. L'Abomination hurla et fit mine de s'enfuir. Mortice, d'un geste du bras, projeta une boule de feu qui engloutit l'Être. Celui-ci tomba au sol, déchirant ses propres chairs en s'efforçant d'éteindre les flammes. Mortice traversa la salle d'un pas mal assuré, déjà à moitié consumé par les flammes, et prit l'Être dans ses bras embrasés. Il y eut un éclat de lumière aveuglant et un cri. Quand ce dernier eut fini de s'éteindre, ils étaient tous les deux partis, et l'entrée avait retrouvé son calme.

Hawk et Fisher échangèrent un regard et rengainèrent leur arme, imités par Adamant et Medley. Roxanne fit les cent pas dans le hall, regardant autour d'elle d'un air mauvais. Seulement alors put-elle se résoudre à ranger son épée. Adamant regarda d'un air sombre la grande marque de brûlure, seul vestige de la destruction de Mortice et de l'Abomination.

—Repose, mon ami, dit-il tout bas. Peut-être trouveras-tu enfin la paix.

Quelqu'un toussa poliment derrière eux, et tous se retournèrent, armes brandies de nouveau. Le messager du Conseil se tenait dans l'embrasure de la porte, et il déglutit péniblement en voyant les lames levées vers lui.

—Je peux revenir plus tard, si…

—Pardonnez-moi, dit Adamant en baissant son arme. Nous avons eu une journée assez fatigante. Que puis-je faire pour vous ?

—J'apporte les salutations du Conseil, dit le messager, heureux de revenir à un registre plus familier. L'élection est finie, et vous avez gagné. Félicitations. Je peux m'en aller ?

Adamant hocha la tête avec un sourire, et le messager disparut à toute allure. Adamant se tourna vers les autres.

—J'avais toujours cru que l'instant serait plus marquant. Ce moment m'a coûté beaucoup, en amis comme en morts. Et maintenant, je me demande si cela en valait la peine.

—Bien sûr que oui, dit Medley. Tu n'as pas mené cette élection pour toi-même. Tu te présentais pour les pauvres, les craintifs, les faibles. Ceux qui ne peuvent pas se défendre seuls. Ils croyaient en toi. Vas-tu les abandonner ?

—Non, tu as raison, Stefan, répondit Adamant en secouant la tête. La bataille est finie, mais la guerre continue.

Hawk et Fisher se regardèrent.

— Je me demande si Hardcastle aussi a reçu un message, dit Hawk.

— Si c'est le cas, répondit Fisher avec un sourire, j'espère que le messager court vite.

À Brimstone Hall, le silence était assourdissant. Le messager avait remis le résultat des élections sur un rouleau de parchemin, s'assurant donc une bonne avance quand la tempête éclaterait. Hardcastle regardait ces quelques phrases sans y croire. Il n'avait pas besoin de le lire à voix haute. Son expression suffisait. Les gens reposèrent leur assiette, leur verre, et partirent les uns après les autres.

Hardcastle sortit de sa stupeur, s'avança et commença à parler d'une voix forte, qui portait. Il allait les reconquérir. Comme toujours. Mais cette fois, la foule réagit à son mélange habituel de vantardises et d'insultes avec des regards mornes et une colère ouverte. Quelqu'un cria une insulte. Un autre lança quelque chose sur Hardcastle. En quelques instants, la foule se mit en colère. Des bousculades et des bagarres éclatèrent. Oublié dans ce déferlement de récriminations et de vieilles rancœurs, Hardcastle cessa de parler et regarda autour de lui avec horreur. On ne l'écoutait pas. Il avait perdu l'élection. Pour les Conservateurs, cela signifiait qu'il n'était plus personne.

Il n'entendit pas le doux murmure de l'acier contre le cuir quand Jillian tira le couteau de son fourreau dissimulé. Mais il sentit la lame se planter dans son dos. Encore. Et encore. Et encore...

10
Marchandages

Adamant donnait une autre fête de victoire, et tout le gratin s'y trouvait. Il n'était pas vraiment d'humeur à cela, mais ses supérieurs avaient insisté. À présent que la Réforme contrôlait les Hauteurs, elle avait le contrôle du Conseil pour la première fois de l'histoire. Tant qu'elle ménageait les indépendants, bien entendu.

La fête remplissait la grande salle à manger et débordait dans les pièces avoisinantes. Il y avait un buffet gigantesque, et une dizaine de punchs différents, tous très alcoolisés. Le bruit était assourdissant. Tous les acteurs de la vie politique, aussi bien réformistes que conservateurs, étaient venus rencontrer le nouveau conseiller et briguer un poste ou un autre. La confrérie de l'acier avait envoyé une petite armée de gardes pour assurer la sécurité, ce dont Hawk et Fisher étaient reconnaissants. Ils pouvaient enfin se détendre et boire sérieusement. Dure journée.

Adamant et Dannielle se tenaient côte à côte, bras dessus bras dessous, et souriaient à tout le monde. Ils paraissaient tout à fait réconciliés. Bien sûr, ce n'était peut-être qu'un arrangement pour la galerie. Pour sa part, Hawk ne le pensait pas. Il avait bien vu comment Dannielle avait fait rempart de son corps quand Roxanne avait attaqué son mari. Sans la magie de Mortice, elle serait morte dans la rue, et ils le savaient tous les deux. Hawk sourit dans sa barbe. Ils resteraient ensemble.

Et en parlant de Roxanne… Hawk laissa son regard flotter sur la foule, elle était là, dominant tout le monde de sa taille, un bras passé autour des épaules de Medley. Chacun passait au large, mais elle semblait décidée à bien se tenir. Officiellement, Hawk était censé l'arrêter, mais il n'avait pas l'humeur à cela. Medley et elle quitteraient Haven dès le lendemain matin, et cela lui conviendrait parfaitement. Si ses supérieurs n'étaient pas contents, ils n'avaient qu'à la poursuivre eux-mêmes. Il enverrait des fleurs à leur enterrement.

Il regarda Fisher, debout à côté de lui et perdue dans ses propres pensées. Il lui adressa un sourire tendre.

— Eh bien, Isobel, que penses-tu de la démocratie en action, à présent que tu l'as fréquentée de près ?

— Pour moi, ça ressemblait à n'importe quelle autre forme de politique, répondit-elle avec un haussement d'épaules. Corruption, scandale, et un ou deux hommes honnêtes. Je sais, Hawk, tu voudrais que je sois tout excitée parce que la Réforme a gagné. Mais regarde autour de toi. Les hommes importants des deux camps sont déjà en train de marchander.

— Oui, Isobel, mais la différence vient de ce que les hommes de la Réforme marchandent. Ils font le bien des autres, et pas forcément le leur.

Fisher rit et le prit par le bras.

— Peut-être. Entre-temps, estimons-nous heureux. Adamant est encore en vie, et nous aussi. Et Haven a survécu à une nouvelle élection sans tomber dans la guerre civile.

— Oui. Pas mal pour une journée de travail, finalement.

Ils rirent et burent ensemble, pendant que tout autour d'eux, les bavardages des invités façonnaient l'avenir.

Le Tueur de Dieux

Les aventures de Hawk & Fisher – livre trois

Traduit de l'anglais (Grande-Bretagne) par Cédric Perdereau

Prologue

Ils vont et ils viennent.

Il est des Êtres dans la rue des Dieux. Plus et moins qu'humains, ils inspirent l'adoration et la vénération, la peur et l'émerveillement, ainsi que des rêves de pouvoir infini. Ils existaient bien avant que l'homme bâtisse la rue des Dieux, et existeront bien après qu'elle aura été réduite à l'état de gravats et de souvenirs. Certains disent que les Êtres sont des distillats d'autres réalités. Des concepts abstraits qui prennent forme et vie grâce aux peurs et aux souhaits des humains, ou simplement par l'action du temps. Ou alors que ce sont de simples créatures surnaturelles, des intrus venus d'autres plans d'existence. Personne n'en sait rien. Ils sont réels et irréels, les deux à la fois et rien de tout cela. Ce sont des Êtres de Pouvoir, et la rue des Dieux n'appartient qu'à eux.

Ils vont et ils viennent.

1
Un tueur en liberté

L'hiver était arrivé tôt dans la ville portuaire de Haven, annoncé par des vents mordants apportant de la neige et des pluies glaciales, escortées par un froid cruel. D'épaisses couvertures de neige pesaient sur les toits et les murs de la ville ; les maçonneries étaient emperlées par l'éclat du givre. Les premiers piétons de la journée luttaient pour se frayer un chemin dans la neige fondue et boueuse qui couvrait la rue, glissant, dérapant et s'insultant les uns les autres de leurs lèvres engourdies. Le vent froid traversait les fourrures les plus épaisses, et les gerçures menaçaient la moindre chair exposée. L'hiver s'installait sur Haven et affûtait sa lame de givre sur les plus lents et les infirmes.

En ce matin tout juste naissant, le soleil n'était guère plus qu'une promesse sanglante contre la nuit sans étoiles. Les lampadaires luisaient dans les ténèbres, îlots de lumière ambrée dans une noirceur sans fond. Des lanternes rougeâtres étaient accrochées aux chevaux et aux attelages, autant de charbons ardents dansant dans la nuit. Et, pataugeant dans le froid et la nuit, avançaient les capitaines Hawk et Fisher. Mari et femme, capitaines de la Garde. Devant eux, quelque part dans les rues et ruelles étroites du Nord, un homme était étendu, mort. On en ignorait encore la cause. Apparemment, les constables n'avaient pas encore retrouvé tous les morceaux.

Le meurtre n'était pas une nouveauté dans le Nord. Toutes les villes ont un côté obscur, cruel, et Haven ne faisait pas exception.

C'était une cité sombre, la pomme pourrie dans le tonneau des Bas Royaumes, mais le meurtre et la corruption fleurissaient ouvertement dans le Nord, alimentés par l'avarice, la haine et la misère les plus abjectes. On y mourait tous les jours, pour des raisons de passion, de désespoir ou pour affaires. Quoi qu'il en soit, ce dernier d'une série de meurtres avait secoué les plus endurcis des habitants du quartier. Donc, la Garde envoyait Hawk et Fisher. Il en fallait beaucoup pour les secouer.

Hawk était grand, brun et plus tout à fait aussi séduisant qu'autrefois. Un bandeau de soie noire dissimulait son œil droit, et une série de vieilles cicatrices couraient sur le même côté, leur tracé pâle se détachant sur sa peau bronzée. Il portait une longue veste fourrée, un pantalon et la lourde pèlerine noire de la Garde. Il était tout en hauteur, noueux plutôt que musclé, et sa taille commençait à s'alourdir. Ses cheveux noirs mi-longs, qui lui arrivaient aux épaules, étaient retenus par une barrette d'argent. Il venait juste d'avoir trente ans, mais déjà quelques mèches grises striaient sa chevelure. Au premier abord, il ressemblait à n'importe quel spadassin ayant déjà laissé ses plus belles années derrière lui. Mais peu de gens s'en tenaient à leur première impression le concernant. Il y avait quelque chose en lui, dans ce visage couturé et cet unique œil froid. Quand il était dans les parages, les gens faisaient attention, prenaient garde à parler d'une voix calme et égale. Sur sa hanche droite, il portait une hache à manche court au lieu d'une épée : une arme qu'il maniait avec une précision diabolique. Ses cinq années passées au sein de la Garde lui avaient fourni de nombreuses occasions de s'entraîner.

Isobel Fisher marchait à ses côtés, reproduisant son allure et sa posture avec le naturel né d'un long partenariat. Elle était grande – un mètre quatre-vingts au moins –, d'une allure longiligne, et ses longs cheveux blonds lui tombaient jusqu'à la taille en une tresse épaisse, lestée à son extrémité par une boule d'acier poli. Elle avait entre vingt-cinq et trente ans, et était plus jolie que belle. La dureté osseuse de son visage contrastait avec le bleu intense de ses yeux et la sensualité de ses lèvres pleines. Quelque chose dans son passé avait éliminé en elle toute faiblesse humaine, et cela se voyait. Comme

Hawk, elle portait l'uniforme d'hiver réglementaire, avec une épée pendue à sa hanche gauche. Sa main reposait confortablement sur le pommeau.

Une fine brume pesait sur la rue, que les sorciers du climat essayaient de dissiper depuis des heures. Tandis qu'il marchait, le froid s'insinuait sans relâche dans les os de Hawk, et il tapait des pieds dans la neige fondue pour essayer de leur rendre quelque chaleur. Ses poings gantés étaient serrés, mais cela ne servait pas à grand-chose. Hawk avait horreur du froid, de la façon dont toute sa chaleur, toute sa vie, paraissaient absorbées par l'extérieur. Et surtout, il avait horreur de se retrouver dans le noir et le froid à une heure aussi matinale. Mais c'était la partie de la journée qui payait le mieux, et Fisher et lui avaient besoin d'argent, alors… Hawk haussa les épaules et essaya de resserrer sa cape pour qu'elle le protège mieux. Il ne supportait pas de porter une cape. Ce vêtement le dérangeait toujours dans les combats. Mais affronter l'hiver sans cape serait aussi intelligent que de se baigner nu dans un fleuve à alligators. On y risquait des parties importantes de son anatomie. Donc, Hawk portait sa cape et se plaignait beaucoup. Haussant de nouveau les épaules, il tira discrètement sur l'ourlet.

—Arrête de tripoter cette cape, dit Fisher sans le regarder. Elle est très bien comme ça.

—Eh bien, moi, je ne trouve pas, répondit-il en reniflant. De toute façon, c'est censé se réchauffer un peu plus tard. Si la brume se lève, je laisserai peut-être ma cape quelque part pour la reprendre en fin de journée.

—Pas question. Tu sais que tu attrapes tout ce qui passe quand il fait froid, et cette fois je refuse de te servir d'infirmière. Quelques degrés de fièvre, et tu te crois à l'article de la mort.

Hawk regarda droit devant lui, comme s'il n'avait rien entendu.

—Où est le cadavre que nous sommes censés regarder, au fait ?

—Silver Street. Par là, sur la gauche. Ça avait l'air assez sale, hein. Tu penses que ça ressemblera aux autres ?

—J'espère. Je serais ennuyé s'il y avait plusieurs fous homicides dans notre secteur.

— Je déteste les fous, renchérit Fisher. Ils ne respectent pas les règles. On pourrait devenir fou simplement en essayant de comprendre leurs motivations.

Hawk eut un léger sourire, très éphémère. Si le cadavre était aussi moche que les précédents, ça promettait. Un constable de la Garde avait découvert le premier près du Crochet du Diable, accroché à un lampadaire avec ses propres intestins. Le deuxième corps avait été éparpillé sur tout Hawthorne Alley. Le tueur s'était montré plutôt créatif avec la troisième victime, sur Lower Eel Street. On lui avait cloué les mains au mur. La tête avait été abandonnée dans un abreuvoir. Aucune trace des organes génitaux.

Hawk et Fisher s'engagèrent dans Silver Street et trouvèrent une foule déjà massée malgré la jeunesse du jour. Rien de tel qu'un bon meurtre pour faire sortir les gens. Hawk se demanda ce que tous ces badauds faisaient dehors à cette heure, mais à quoi bon leur poser la question ? Le Nord ne dormait jamais. Il y avait toujours quelqu'un qui voulait faire des affaires, et quelqu'un d'autre qui comptait le gruger.

Hawk et Fisher se frayèrent un chemin dans la foule à coups d'épaule. Certains réagirent vivement à cette bousculade, faisant vite silence en reconnaissant les deux gardes. Tout le monde dans le Nord connaissait Hawk et Fisher. Hawk s'arrêta brièvement devant la large ligne de poudre de craie bleue que le docteur de la Garde avait tracée au sol pour empêcher la foule d'approcher, puis prit une profonde inspiration et l'enjamba. Son insigne, le torque d'argent à son poignet, le protégeait contre ce périmètre magique, mais il n'en était pas moins nerveux. Il avait fait l'erreur de franchir la ligne un jour qu'il avait oublié son torque, et les terribles crampes musculaires l'avaient tenu presque une heure. Ce qui expliquait que la foule se soit pressée jusqu'à la ligne, mais ne fasse aucun geste pour la franchir. Ainsi, le théâtre du crime restait intact et le docteur avait la place de travailler.

Un constable de la Garde se tenait non loin, mais à distance respectable du corps.

Sa cape et sa tunique rouges paraissaient presque sanglantes sur la neige blanche. Il salua Hawk et Fisher d'un signe de la tête. Le docteur, accroupi dans la neige tachée de sang à côté du corps, salua les deux capitaines d'une façon identique et se redressa pour leur parler. C'était un petit homme délicat, au visage pâle, aux grands yeux, et aux mains particulièrement habiles. Sa cape d'office était trop grande, comme si elle n'avait pas été faite pour lui, mais il arborait la même assurance calme que tous les médecins paraissaient avoir adoptée avant d'obtenir leur diplôme.

—Content de vous voir, capitaine Hawk, capitaine Fisher. Je suis le Dr Jaeger. Je n'ai pas eu vraiment le temps d'examiner le cadavre pour l'instant, mais je peux vous dire que le tueur n'a pas utilisé d'arme. Il a tout fait à mains nues.

Hawk regarda le résultat et dut faire un effort pour rester impassible. Les bras avaient été arrachés. Le torse était ouvert de la gorge à l'aine, les organes internes dispersés sur la neige. Les jambes avaient été brisées à plusieurs endroits. Des éclats d'os transperçaient les chairs. Il n'y avait aucune trace de la tête.

—Dents de l'Enfer! (Hawk essaya d'imaginer la force brute qu'il fallait pour détruire un corps de cette façon. Une pensée dérangeante traversa son esprit.) Docteur, est-ce que ce pourrait être l'œuvre d'un être non humain? Un loup-garou, un vampire, une goule?

Jaeger secoua la tête avec fermeté.

—Aucune évidence de drain de sang. Vous voyez vous-même la quantité qu'il y a autour du cadavre. Aucune marque de crocs ou de griffes pour indiquer un métamorphe. Et à part la tête disparue, tout le reste est là. Aucun signe qu'on a dévoré quoi que ce soit. Non, capitaine, *a priori*, il s'agit d'un maniaque tout à fait ordinaire, avec un très sale caractère.

—Super, souffla Fisher. Vraiment parfait. Combien de temps avant que le sorcier légiste arrive?

—Mystère là aussi, répondit Jaeger en haussant les épaules. On l'a contacté, mais vous savez aussi bien que moi qu'il déteste être sorti de son petit lit douillet à une heure aussi matinale.

—D'accord, reprit Hawk. Nous ne pouvons pas attendre. La piste va refroidir. Autant utiliser votre magie pour commencer, docteur. Qu'est-ce que vous pouvez faire?

— Pas grand-chose, reconnut Jaeger. Quand il arrivera, le sorcier légiste pourra recréer toute la scène du meurtre pour nous montrer exactement ce qui s'est passé. Moi, je peux simplement vous donner un aperçu du visage du tueur.

— C'est mieux que ce qu'on avait sur les trois derniers meurtres, répondit Hawk.

— On a eu de la chance avec celui-ci. La mort a dû se produire il y a moins d'une demi-heure. Les chances de divination sur les visages sont excellentes.

— Attendez un peu, dit Fisher. Je croyais que vous aviez besoin de la tête pour cela, pour voir le visage du tueur dans les yeux de la victime ?

Jaeger eut un sourire condescendant.

— La sorcellerie médicale a beaucoup progressé depuis ces vieilles superstitions, capitaine Fisher.

Il s'agenouilla de nouveau près du cadavre, sourcilla quand la neige ensanglantée tacha ses vêtements et se pencha sur le corps. Les doigts de sa main gauche dessinèrent un motif complexe, et il murmura une phrase brève et gutturale. Le sang jaillit soudain du cou de la victime, se déversant en un flot continu pour former une large flaque. Jaeger eut un geste brusque, et le sang s'arrêta de couler. La flaque fut balayée par quelques ridules, comme s'il y avait quelque chose sous la surface. Hawk et Fisher observaient, fascinés, et ils virent un visage émerger du sang. Les traits étaient durs, sombres, et assez reconnaissables. Hawk et Fisher se penchèrent et étudièrent le visage en détail, pour le fixer dans leur mémoire. L'image disparut soudain, et redevint une simple flaque de liquide rougeâtre. Hawk et Fisher se redressèrent, imités par Jaeger. Hawk le remercia d'un mouvement de tête.

— Vous pouvez faire autre chose pour nous ?

— Pas vraiment. D'après la disposition des taches de sang, je ne pense pas que la victime ait eu l'occasion de se débattre. Ce qui suggère que la plupart des mutilations, voire toutes, ont eu lieu *post mortem*.

— Cause du décès ? demanda Fisher.

Jaeger haussa les épaules.

— On a le choix. N'importe laquelle de ces blessures aurait suffi à le tuer.

Hawk convoqua d'un geste le constable de la Garde. C'était un homme massif et brun, d'une quarantaine d'années, arborant l'étoile des vingt ans de service. Il avait l'expression calme et résignée des gardes aguerris qui avaient déjà tout vu et ne s'étaient jamais laissé impressionner. Il eut un coup d'œil pour le cadavre en approchant, mais son visage ne trahit aucun sentiment.

— Constable Roberts, à votre service, capitaine Hawk, capitaine Fisher.

— Qui a découvert le corps ? demanda Hawk.

— Deux jeunes qui revenaient d'une fête. Des familles marchandes. Ils ont coupé par le Nord pour faire les bravaches et ils ont trouvé de quoi se faire des souvenirs. Ils sont dans la maison en face, devant une tasse de thé. C'est bon contre les chocs, le thé. Mon partenaire est avec eux.

— Ils ont vu quelque chose, à part le cadavre ?

— Apparemment non, capitaine.

— On ferait quand même bien de leur parler. Voyez si vous pouvez faire circuler la foule. Le sorcier légiste ne devrait pas tarder et il a horreur de travailler en public.

Le constable opina du chef, et les deux capitaines se dirigèrent vers la maison qu'il avait indiquée, contournant autant que possible les taches de sang.

— Tu sais, avança Fisher, c'est ce genre de truc qui me donne sérieusement envie de changer de boulot. On se croit à l'abri, on pense qu'on a vu les pires choses que le Nord puisse engendrer, et on se retrouve avec une affaire comme celle-là. Comment un être humain peut-il faire subir ça à un autre ?

Hawk eut envie de hausser les épaules, mais se retint. C'était une question sérieuse.

— La drogue, la passion, la possession. Ou la folie, pure et simple. Il y a toutes sortes de gens dans le Nord, sur la bonne ou sur la mauvaise pente. Si un homme renferme une âme noire, le Nord la révélera. Ne le prends pas contre toi, Isobel. On a déjà vu pire. Concentre-toi sur les indices qui nous aideront à coincer ce salaud.

Le jeune couple qui avait trouvé le cadavre était encore dans la maison. Assis là où on les avait installés, ils étaient trop choqués pour exiger qu'on les laisse partir. Leurs vêtements les marquaient bien comme appartenant à la classe marchande, mais ils semblaient plutôt peu fortunés. Ils paraissaient tout à fait déplacés dans cette cuisine sombre et enfumée, où une lavandière les couvait en s'affairant. Un autre constable de la Garde était assis confortablement près du feu, l'œil sur les deux jeunes gens. Il portait l'étoile des dix ans de service. À en juger par sa mine, il avait dû les passer presque toutes derrière un bureau. Il eut un salut poli de la tête pour Hawk et Fisher, mais ne fit aucun geste pour se lever. Le garçon paraissait à peine âgé de vingt ans, et la fille faisait une ou deux années de moins. Hawk tira une chaise face à eux et adressa ses questions au garçon. La fille dormait à moitié sur sa chaise, épuisée par le choc.

—Je suis le capitaine Hawk, de la Garde. Voici ma partenaire, le capitaine Fisher. Comment t'appelles-tu, mon garçon?

—Fairfax, monsieur. Calvin Fairfax.

—D'accord, Calvin. Raconte-nous comment tu as trouvé le corps.

Fairfax déglutit une fois et acquiesça, la nuque raide.

—Nous descendions Wool Street, Belinda et moi, quand nous avons entendu quelque chose. Un bruit de pas, comme si quelqu'un s'enfuyait. Et là, Belinda a vu des traces de sang par terre, en direction de la rue d'après. Elle ne voulait pas s'en mêler, mais je me disais qu'il fallait au moins jeter un œil, au cas où quelqu'un serait blessé ou aurait besoin d'aide. Nous nous sommes un peu avancés, et c'est là que nous avons vu le corps.

—Tu as remarqué quelqu'un d'autre dans Silver Street?

—Non. Il n'y avait personne d'autre. Belinda a crié, mais personne n'est venu nous aider. Quelques personnes ont regardé par leur fenêtre, mais elles ne voulaient pas intervenir. Les constables de la Garde ont fini par l'entendre et ils sont venus voir ce qui se passait.

Fisher hocha la tête d'un air entendu.

—À quelle heure ça s'est passé?

—Vers trois heures. J'avais entendu le clocher sonner peu de temps auparavant. Les constables se sont occupés de tout quand ils ont vu le corps. Nous attendons ici depuis. Nous pouvons partir, s'il vous plaît ? Nous sommes très en retard. Nos parents vont s'inquiéter.

— Dans un instant, répondit Hawk. Le sorcier légiste voudra sans doute vous poser quelques questions quand il aura fini, mais après ça vous pourrez partir. Vous devrez faire une déposition pour la Cour du Coroner, mais ça peut attendre. Et à l'avenir, ne vous aventurez plus dans le Nord. Ce n'est pas un endroit où l'on peut se promener en toute sécurité. Surtout à cette heure de la nuit.

— Ne vous inquiétez pas, dit Fairfax avec sincérité. Je ne veux plus jamais revoir cet endroit. Nous ne serions jamais venus jusqu'ici si Luther ne nous avait pas mis au défi de passer devant la maison Bode, de toute façon.

Les oreilles de Hawk se dressèrent. La maison Bode. Ça lui disait bien quelque chose, mais quoi ?

— Qu'est-ce qu'elle a de si spécial ?

— Elle est hantée, paraît-il, répondit Fairfax en haussant les épaules. Les gens ont vu des choses, entendu des choses… On se disait que ce serait amusant… Amusant, vraiment…

Il grimaça, très éprouvé. Hawk lui parla un moment d'une voix rassurante, puis Fisher et lui quittèrent la maison. L'air froid du matin paraissait encore plus mordant après la tiédeur confortable de la cuisine.

— La maison Bode…, marmonna Hawk, pensif. J'ai déjà entendu ce nom.

— J'espère bien, rétorqua Fisher. Ça fait trois nuits qu'on nous en parle pendant les briefings. Certains signes indiqueraient que la maison est hantée. Les voisins se plaignent de bruits et de lumières étranges, et personne n'a vu l'habitant des lieux depuis des jours. Puisque Bode est alchimiste et sorcier, personne ne s'inquiète trop pour le moment. Mais les voisins sont troublés, ça ne fait aucun doute.

— Je ne comprends pas comment tu fais pour retenir tout ça, soupira Hawk. J'ai déjà du mal à tenir debout au début de notre ronde. Je ne me réveille qu'au bout d'une heure dans les rues…

— Tu crois que je n'ai pas remarqué ?

— Où est la maison Bode ?

—Juste au coin de la rue.

—À ton avis, c'est une coïncidence? demanda Hawk en s'arrêtant.

—Peut-être.

—Les coïncidences, ça n'existe pas. Je pense que nous ferions mieux d'y jeter un œil, au cas où.

—Ça pourrait être une bonne idée de discuter avec le constable Roberts, d'abord, proposa Fisher. C'est son secteur, il pourrait savoir quelque chose d'utile.

Hawk la regarda, approbateur.

—Tu es en forme, aujourd'hui, ma belle.

Fisher sourit.

—Il faut bien qu'un de nous deux le soit.

En l'occurrence, le constable Roberts ne leur fut pas d'une grande utilité.

—Je ne peux rien vous dire de certain sur la maison, capitaines. J'ai entendu deux ou trois choses, mais il y a toujours des rumeurs sur la maison d'un sorcier. Bode est assez calme. Il vit tout seul et se mêle de ce qui le regarde. Ça fait un bout de temps que personne ne l'a vu, mais ça n'a rien d'inhabituel. Il part souvent en voyage. Puisque personne n'a été blessé ou mis en danger, je ne me suis occupé de rien. Bode n'apprécierait pas que je fourre mon nez dans ses affaires, et je ne veux pas me mettre un sorcier à dos sans raison.

Hawk serra les lèvres pour se contraindre au silence. À Haven, on pensait d'abord à soi, même dans la Garde. *Surtout* dans la Garde.

—D'accord, constable. Je pense que nous allons jeter un œil. Restez ici jusqu'à l'arrivée du sorcier légiste. Et soyez prudent. Le tueur pourrait encore rôder dans les parages.

Roberts leur expliqua en détail comment se rendre chez Bode, puis Fisher et Hawk fendirent la foule clairsemée avant de s'engager dans la rue. Ce n'était pas loin. Le sorcier habitait dans une maison au bout d'une rangée de logements assez bien entretenus. Pas très impressionnants, mais plutôt élégants pour le quartier. Les volets étaient tous fermés, et aucune lumière ne filtrait par les interstices. Hawk s'imprégna de l'atmosphère de la maison pour déterminer si un quelconque malaise l'étreignait, mais soit il n'y avait rien, soit le froid l'avait totalement insensibilisé. Il enleva son gant droit et glissa la main sous sa chemise pour saisir l'amulette d'os qu'il portait sur une chaîne d'argent. Équipement standard des gardes, elle détectait la présence de toute magie à proximité. Il la serra entre les doigts, mais le petit morceau d'os était froid et inerte. Selon l'amulette, il n'y avait aucune magie dans les parages. Ce qui était pour le moins inhabituel. La maison d'un sorcier aurait dû déborder de sorts de protection. Il retira sa main et remit rapidement son gant, pliant ses doigts gourds pour en chasser le froid.

— Tu as la Pierre de Suppression ? demanda-t-il tout bas.

— Je me disais bien que tu finirais par y venir, dit Fisher. Tu meurs d'envie de l'essayer, hein ?

Hawk haussa les épaules, innocent. La Pierre de Suppression était la dernière idée du cercle de sorciers du Conseil. Elle ne faisait pas encore partie de l'équipement standard, mais quelques gardes s'étaient portés volontaires pour l'essayer. Pour survivre aux rues de Haven, un garde avait besoin de toute l'aide possible. En théorie, la Pierre de Suppression pouvait annuler toute magie dans sa zone d'influence. En pratique, la portée était très limitée. Elle faisait long feu une fois sur deux, et on ne connaissait pas tous ses effets secondaires. Hawk avait hâte de l'essayer. Il adorait les nouveaux gadgets.

Donc, Fisher avait insisté pour la garder.

— Grand gamin, marmonna-t-elle.

Hawk sourit, s'avança jusqu'à la porte d'entrée qu'il étudia avec attention. Elle paraissait tout à fait ordinaire. Elle était ornée d'un heurtoir assez élégant, mais Hawk n'y toucha pas. Sans doute piégé. Les sorciers étaient assez méfiants. Il s'agenouilla soudain, l'œil attiré par un détail. Quelqu'un avait utilisé le racloir à bottes récemment. Il portait des traces de boue et de neige fondue, et quelques taches de sang. Hawk sourit et se redressa. Tôt ou tard, tout le monde faisait une erreur. Il suffisait d'être assez attentif pour la repérer. Il jeta un coup d'œil à Fisher, qui opina du chef. Vu. Ils tirèrent tous les deux leur arme. Hawk frappa à la porte deux fois du pommeau de sa hache. Le son mat et puissant résonna dans le silence. Pas de réponse.

— Bon, souffla Hawk. En cas de doute, être direct.

Il leva sa hache pour l'abattre sur la porte, mais Fisher l'arrêta.

— Attends, Hawk. Nous nous trompons peut-être. Si par hasard le sorcier est chez lui et qu'il met du temps à répondre, il ne sera pas très content qu'on enfonce sa porte. Et si ce n'est pas lui qui se trouve à l'intérieur, pourquoi prévenir l'intrus de notre arrivée ? J'ai une meilleure idée.

Elle mit la main dans une poche dissimulée et en tira quelques outils de crochetage. Elle se pencha sur la serrure, la trifouilla quelques secondes d'une main experte, puis entrebâilla la porte. Hawk avait l'air impressionné.

— Tu t'es entraînée.

— La preuve que ça peut toujours servir, expliqua Fisher avec un sourire.

Hawk poussa la porte sur une entrée sombre et vide. Fisher et lui, armes brandies, attendirent avant d'entrer et d'étudier les lieux.

— Il doit bien y avoir un sort de sécurité pour écarter les intrus, dit Fisher. C'est la norme chez les utilisateurs de magie.

— Alors autant se servir de la Pierre, dit Hawk. Elle est là pour ça.

— Pas si vite. Si j'étais un sorcier, je mettrais une alarme sur mes sorts de sécurité pour qu'elle se déclenche si quelqu'un les perturbait.

Hawk fronça les sourcils.

— D'après le constable, Bode est un sorcier assez médiocre. Une chose comme ça exigerait une magie plus sophistiquée.

— Essaie encore l'amulette.

Hawk serra rapidement l'amulette d'os entre ses doigts, toujours en vain. Pour elle, il n'y avait aucune magie dans les parages. Hawk secoua la tête, impatient.

— On perd notre temps. On entre. Tout de suite.

— Ça me va.

— Après toi.

— Mon héros…

Ils s'avancèrent lentement dans l'entrée sombre, côte à côte, et s'arrêtèrent juste après le seuil. Rien. Hawk trouva une lampe dans une niche sur le mur et l'alluma. La pâle lueur dorée révéla un couloir long et étroit, ouvert mais pas particulièrement engageant. Les murs étaient nus, les planchers bruts. Il y avait une porte sur leur droite, fermée, et un escalier droit devant eux au bout de l'entrée. Fisher s'avança rapidement vers la porte, tendit l'oreille un moment, puis la poussa doucement. Hawk se prépara, hache brandie. Fisher termina d'ouvrir la porte du bout du pied et entra rapidement dans la pièce, épée tendue devant elle. Hawk la suivit d'un pas vif, levant la lampe pour éclairer toute la pièce. Personne. Tout paraissait normal. Des meubles, un tapis, des tableaux et des tapisseries sur les murs. Rien de cher, mais le tout confortable. Les deux gardes retournèrent dans l'entrée, refermant la porte en silence derrière eux. Ils se dirigèrent vers l'escalier.

—Il y a un problème, souffla Hawk. D'après l'amulette, il n'y a toujours pas de magie, alors que cette maison devrait en être saturée. Au moins, il devrait y avoir des sorts défensifs dans tous les sens. L'espionnage industriel, c'est courant entre sorciers. Il y a toujours quelqu'un qui cherche à vous voler vos secrets.

Ils gravirent l'escalier, faisant parfois grincer les marches sous leur poids. Le bruit paraissait démesuré dans le calme ambiant. La lumière de la lampe dansait devant eux, sans vraiment percer les ténèbres. Le palier débouchait sur un couloir étroit bordé de trois portes fermées. Hawk et Fisher restèrent côte à côte, l'oreille tendue, mais seul le bruit de leur respiration perturbait le silence. Hawk huma l'air.

—Tu sens quelque chose, Isobel ?

—Oui... quelque chose... Mais je ne sais pas trop quoi, ni d'où ça vient...

La porte la plus proche s'ouvrit soudain à la volée, rebondissant contre le mur dans un fracas assourdissant. Hawk et Fisher se mirent rapidement en garde, côte à côte. Hawk crut d'abord voir une sorte d'animal, et il lui fallut un moment pour se rendre compte qu'il s'agissait d'un petit homme, aux muscles hypertrophiés, enveloppé de fourrures. Il était couvert de peaux de bêtes sombres, grasses, pleines de crasse et de sang séché. Il avait du sang sur le visage et sur les mains. Il souriait si largement que ses joues tendues étaient complètement déformées. Malgré cela, Hawk n'eut aucun mal à reconnaître le visage que le Dr Jaeger avait fait apparaître dans la flaque de sang. Le tueur tenait quelque chose dans la main droite, et Hawk y risqua un œil. Une tête tranchée, tenue par les cheveux. Hawk se concentra sur le visage du tueur. Le sourire contre nature ne vacillait pas, les yeux restaient fixes, féroces. Malgré son attitude sauvage et menaçante, il n'esquissa aucun geste d'attaque. Drogue ? Possession ? Folie ? Hawk raffermit sa prise sur sa hache. Il se rappela ce que cet individu avait fait au cadavre sur Silver Street, à mains nues.

— Nous sommes des capitaines de la Garde, déclara-t-il d'un ton égal. Vous êtes en état d'arrestation.

— Vous ne pouvez pas m'arrêter, répondit le tueur d'une voix voilée et impatiente. Je suis l'Homme sombre.

Il tenta de frapper Hawk avec la tête tranchée, et le capitaine s'écarta instinctivement. La tête s'écrasa contre le mur et rebondit, laissant une traînée sanglante. Fisher s'avança, l'épée devant elle. L'Homme sombre écarta la lame du plat de la main et frappa avec la tête coupée. La capitaine se pencha et l'Homme sombre rentra précipitamment dans la pièce d'où il était sorti. Hawk et Fisher s'élancèrent à sa suite, mais la pièce était vide. Fisher jura.

— Comment a-t-il fait ? On ne l'a perdu de vue que quelques secondes.

— La maison doit être pleine de panneaux coulissants et de passages secrets, suggéra Hawk. Il pourrait être n'importe où dans le bâtiment.

— Ou dehors.

— Non, je ne crois pas. On a vu son visage. Il doit nous faire taire. Il reviendra. D'ici là, fouillons un peu les autres pièces. Nous trouverons peut-être un indice pour comprendre ce qui se passe.

— Optimiste, répondit Fisher.

La pièce dans laquelle ils se trouvaient était une petite chambre confortable. Les draps avaient été rejetés, dévoilant un lit vide. Il était froid, vaguement humide au toucher et, comme tous les autres meubles, couvert d'une fine pellicule de poussière. Hawk et Fisher fouinèrent quelques minutes, mais ne trouvèrent rien. Ils retournèrent dans le couloir, gardant leur arme en main.

La pièce suivante était une sorte de laboratoire. Il y avait des instruments et des tubes de verre, des bols en terre cuite et des flacons de produits chimiques empilés. La pièce avait l'air en ordre, mais là aussi la poussière avait eu le temps de se déposer. Au fond de la pièce était installé un bureau ordinaire, dont les deux tiroirs étaient fermés. Fisher les ouvrit. Ils ne contenaient que quelques papiers, couverts d'équations complexes qui n'avaient de sens pour aucun des gardes. Hawk les rangea, puis s'arrêta pour humer l'air de nouveau. L'odeur paraissait plus forte, et il avait la désagréable impression de savoir ce qu'elle annonçait.

La troisième et dernière pièce était une étude. Petite, compacte et ordonnée. Des étagères sur tout un pan de mur, regorgeant de volumes de toutes tailles reliés en cuir. Il y avait un gros bureau fonctionnel au plateau couvert de papiers épars. L'odeur de mort et de pourriture était très forte. Posé mollement sur la chaise, un cadavre portait encore la tenue noire des sorciers. Il était mort depuis un moment. Sa tête était penchée en avant, le menton contre la poitrine.

—Eh bien, au moins nous savons ce qui est arrivé au sorcier Bode, annonça Fisher. Et aussi pourquoi il n'y a plus de magie dans la maison. Ses sorts de protection ont dû disparaître quand il est mort.

—Je ne pense pas, répondit Hawk. Les sorts de protection ne fonctionnent pas comme ça.

—Ce n'étaient sans doute pas de très bons sorts. Ils n'ont pas empêché le tueur d'entrer.

—Oui, soupira Hawk. C'est plutôt intéressant, je trouve.

—Alors, comment est-il mort?

—Bonne question, répondit Hawk. Il n'y a pas de blessure apparente.

Il posa sa lampe sur le bureau, saisit les cheveux du sorcier à pleine main et bascula la tête en arrière. Quand il vit les traits de Bode, il faillit la laisser retomber. Le sorcier avait le même visage que l'Homme sombre.

—Ce n'est pas possible, s'étonna Fisher. Ça ne peut pas être lui. Cet homme est mort depuis des jours.

Hawk acquiesça silencieusement et laissa la tête retomber.

—Alors contre quoi on vient de se battre ? Un fantôme ?

Il commença à s'essuyer les doigts sur sa cape, puis s'arrêta en se rendant compte de ce qu'il venait de dire. Un instant, ils échangèrent un regard.

—On nous a bien dit que cette maison était hantée…

—Les fantômes essaient rarement d'enfoncer le crâne des gens avec une tête tranchée, assura Hawk. Surtout si ce n'est pas la leur. Et ils sont rarement bâtis comme des haltérophiles.

Il regarda de nouveau le cadavre et fut saisi d'une idée.

—Du calme, Isobel. Ce n'est pas du tout l'Homme sombre. Il n'a pas la même carrure. Celui-ci est taillé comme un moineau. J'ai vu des putes de Leech Street plus musclées que lui.

—Mais le visage est bien le même. Ce sont peut-être des frères. Des jumeaux.

—Trop simple, trop évident, soupira Hawk en fronçant les sourcils. Rien n'est jamais facile avec les utilisateurs de magie.

Il se pencha en avant. Faisant de son mieux pour ignorer l'odeur, il examina le corps avec minutie pour trouver la cause du décès. Ça ne lui demanda pas beaucoup de temps. Il y avait une étroite blessure au niveau du sternum. Quelqu'un avait planté un poignard dans le cœur de Bode. Hawk rajusta les vêtements du sorcier et fronça les sourcils, pensif. Un seul coup, droit dans le cœur. Très professionnel. Ou très chanceux. Mais de toute façon, comment le tueur avait-il pu s'approcher aussi près pour frapper ? Même un sorcier de bas étage comme Bode aurait pu invoquer une magie assez puissante pour se charger d'un assassin ordinaire. Le tueur avait dû contourner les défenses magiques de la maison, mais Bode avait certainement d'autres défenses, sans quoi un rival l'aurait éliminé depuis longtemps. La sorcellerie était un milieu où la compétition était acharnée. Surtout dans le Nord.

Bode connaissait peut-être son tueur. Peut-être l'avait-il fait entrer lui-même. Ça expliquerait beaucoup de choses. Par exemple, pourquoi le sorcier était mort sagement à son bureau.

—Hawk, dit soudain Fisher. Je pense que tu devrais jeter un coup d'œil à ça…

Hawk se retourna. Fisher avait étudié les papiers sur le bureau, et elle parcourait une dizaine de feuilles, les sourcils froncés par la concentration. Il la rejoignit.

— C'est surtout des trucs ordinaires, commença-t-elle. Des rapports d'expériences, des pense-bêtes, des dates, des adresses, ce genre de choses. Mais ça… c'est autre chose…

Hawk écouta attentivement tandis que Fisher lisait les pages à haute voix. Apparemment, Bode était contraint de s'absenter durant de longues périodes afin d'acquérir certains composants pour ses expériences. Donc, il laissait sa maison sans protection, à part les quelques sorts qu'il avait pu installer. Bode était plus doué pour l'alchimie que pour la magie, et il savait que ses défenses ne repousseraient pas un sorcier vraiment déterminé. Étant plus qu'un peu paranoïaque en ce qui concernait son travail, il avait beaucoup réfléchi à la meilleure façon de protéger sa maison pendant ses absences. Il avait bien pensé à un familier, mais cela l'aurait amené à fréquenter des Êtres très désagréables, et tous bien trop puissants pour lui. Donc, il s'était créé son propre familier. Il avait utilisé ses connaissances de sorcellerie et d'alchimie pour puiser en lui-même toute la haine, la rage et la violence possibles, et les placer dans un homoncule. Une réplique de lui-même créée par magie. L'Homme sombre. Le familier était lié à la maison et ne pouvait pas en sortir sans la permission de Bode. Il faisait un excellent chien de garde.

Fisher arrêta sa lecture et regarda Hawk.

— Tu avais raison, le Nord fait vraiment ressortir le pire des gens.

— Effectivement, ça explique beaucoup de choses. L'Homme sombre devait être sorti quand on a assassiné Bode, et depuis il est libre. Il déteste et il tue parce que c'est pour cette fonction qu'on l'a conçu. Et maintenant, il n'y a plus personne pour l'arrêter.

— Il va falloir le tuer, Hawk, dit Fisher. Nous ne pouvons pas raisonner avec une chose pareille.

— D'abord, il va falloir le trouver. Ou attendre qu'il nous trouve. Bon sang, qu'est-ce qu'un sorcier à la petite semaine comme Bode avait dans la tête ? Les homoncules sont totalement illégaux.

— Eh, on est à Haven…, lui rappela Fisher.

— Mais ce genre de truc, c'est grave, même pour le Nord. La

création d'un homoncule, c'est la peine de mort assurée. Ça fait des siècles qu'on interdit même la recherche dans le domaine de la création d'homoncules. Dans certains endroits, on pend et on écartèle encore les gens juste parce qu'ils ont des livres sur le sujet.

— Qu'est-ce que ça a de si important ? demanda Fisher, interloquée.

— Comme beaucoup d'autres choses, c'est en rapport avec l'héritage et les lignées. Comment garder une famille pure si on se retrouve avec Dieu sait combien de répliques exactes de soi-même dans la nature ? Les homoncules tournent en ridicule les lois sur l'héritage. En plus, il est toujours possible d'assassiner une personne importante pour la faire remplacer par un homoncule. Sans parler de la facilité avec laquelle un sorcier pourrait créer sa propre armée d'homoncules pour la louer au premier qui a une dent contre le gouvernement.

— Tu as fait des recherches, toi, on dirait…

— Ça ne te ferait pas de mal de passer un peu de temps dans la bibliothèque de la Garde. Tu serais surprise par le genre de choses qu'on y trouve…

— On peut revenir au meurtre de Bode ? demanda Fisher. Ces notes ne parlent pas seulement de ses recherches, tu sais. J'ai gardé le meilleur pour la fin. Regarde plutôt ça.

Elle tendit à Hawk une liasse de lettres prises sur le bureau. Il les parcourut rapidement, son front se plissant un peu plus à chaque page. Quelqu'un avait engagé Bode pour enquêter sur quelque chose en rapport avec la rue des Dieux. Les détails étaient volontairement vagues, comme si l'auteur de ces missives n'avait rien voulu coucher sur le papier. Le sorcier et lui devaient savoir de quoi il retournait, de toute façon.

— Quoi que Bode ait découvert, quelqu'un ne voulait pas que ça se sache, avança Fisher.

— C'est de la folie. Qu'est-ce qu'un sorcier de bas étage comme Bode faisait dans la rue des Dieux ? Il n'aurait jamais dû s'en approcher. Il se serait fait bouffer tout cru. Littéralement, dans certains cas. (Hawk secoua lentement la tête.) Je commence à avoir un très mauvais pressentiment sur cette affaire, Isobel.

— Tu dis toujours ça au début d'une affaire, Hawk.

— Et en général, j'ai raison.

— Juste parce qu'on est à Haven.

La porte derrière elle s'ouvrit avec fracas, et l'Homme sombre s'encadra dans l'entrée. Hawk et Fisher firent volte-face pour l'affronter, arme brandie. La main de l'Homme sombre décolla, et la tête tranchée fendit l'air pour frapper Hawk au front. Le garde entraperçut les yeux fixes et la bouche béante avant de vaciller en arrière, aveuglé de douleur, l'esprit embrumé. Fisher s'avança rapidement pour s'interposer entre l'Homme sombre et son mari. Elle donna un coup de pied à la tête, qui roula sur le plancher. L'Homme sombre chargea, et Fisher frappa d'estoc avec son épée. Il esquiva la lame avec une rapidité inhumaine, se glissa dans sa garde et saisit la femme par le bras. L'assaillant ne remarqua même pas les coups de poing que la capitaine lui donnait. Il la projeta contre le mur avec une facilité écœurante, lui coupant le souffle. Elle commença à glisser le long du mur, mais l'Homme sombre la saisit par la gorge d'une main et la souleva dans les airs. Elle battait des pieds, plusieurs pouces au-dessus du sol. L'homoncule souriait toujours. Alors Hawk s'avança, la hache brandie à deux mains avant de l'enfoncer dans le flanc de leur assaillant.

Les côtes se brisèrent sous le choc, et l'Homme sombre vacilla sur le côté, laissant Fisher tomber à terre. Hawk dégagea sa lame d'une torsion du poignet, et le sang fendit l'air. L'Homme sombre et lui se tenaient face à face, chacun jaugeant la condition de l'autre. L'homoncule saignait abondamment, mais sa blessure ne paraissait pas l'affaiblir. Hawk avait un gros bleu qui fleurissait à son front, et ses mains n'étaient pas aussi fermes qu'il l'aurait voulu. Le sourire de l'Homme sombre s'élargit encore quand il se jeta sur Hawk, les mains tendues comme des griffes vers sa gorge. Hawk enfonça sa hache dans la poitrine de l'Homme sombre, qui ne s'arrêta pas.

Puis il se figea soudain, son visage perdant toute sa haine et sa sauvagerie, remplacées par une sorte de surprise. Il se tourna lentement vers Fisher, appuyée contre le mur, puis il tomba face contre terre et ne bougea plus. Hawk regarda son épouse. La Pierre de Suppression luisait vivement entre ses doigts comme une étoile en miniature. Hawk lui sourit.

— Je t'avais bien dit qu'elle serait utile.

Il se pencha sur l'Homme sombre et dégagea son arme. Fisher le rejoignit, et ils s'appuyèrent l'un contre l'autre un instant.

— J'aurais dû y penser plus tôt, regretta Fisher. Puisque c'était un homoncule, c'était une créature fabriquée par la magie. La Pierre de Suppression l'a privé de sa magie, et il ne restait rien pour le soutenir.

Hawk opina.

— Il va falloir que je fasse plus attention pendant les briefings du matin.

2

Brigade des Dieux

Hawk et Fisher avaient acheté un petit déjeuner tardif à un étal quand le son d'un gong leur emplit l'esprit, suivi de la voix sèche et acide du sorcier chargé des communications pour la Garde. Hawk faillit s'étrangler avec sa saucisse et Fisher se brûla la langue avec la moutarde.

— *Capitaines Hawk et Fisher, vous êtes attendus au rapport à la Division divine dans la rue des Dieux. Vos ordres vous y attendent. Vous devez seconder la Division jusqu'à nouvel ordre. Fin du message.*

La voix rude disparut bientôt de leur esprit. Hawk recracha sa bouchée de saucisse et secoua la tête avec emphase.

— S'il n'arrête pas d'utiliser ce satané gong, je vais aller le voir pour le lui coller à un endroit très douloureux.

— D'après ce qu'on m'a dit, ajouta Fisher avec un reniflement, il faudrait faire la queue. Forcément, il faut que ça arrive maintenant, en pleine affaire de meurtre. La Division divine… Qu'est-ce que la Brigade des Dieux nous veut ?

— Va savoir. Peut-être qu'un Dieu commence à perdre les pédales et qu'il va falloir aller lui expliquer la vie.

— J'espère que tu ne vas pas te mettre à parler comme ça dans la rue des Dieux, Hawk, soupira Fisher en le regardant. Sinon, je te serais reconnaissante de bien vouloir rester loin de moi. Apparemment, les Dieux ont rarement le sens de l'humour. Ou alors il est assez cruel. Après tout, nous parlons d'Êtres qui ont tendance à faire pleuvoir la foudre sur les hérétiques, et à répandre des fléaux purulents quand la quête est moins lucrative que la semaine précédente…

— Tu t'inquiètes trop.

— Souvent à cause de toi, remarqua Fisher.

La rue des Dieux se trouve au centre de Haven, juste au milieu du quartier le plus cher. Des centaines de religions cohabitent dans la rue, promettant l'espoir et la rédemption, la destruction et la perdition, et tout ce que les gens veulent entendre pour ne plus penser à la nuit qui attend au terme de la vie. Tout le monde a besoin de croire en quelque chose, et, quoi qu'on cherche, on est à peu près sûr de le trouver dans la rue des Dieux. Des églises et des temples en tout genre s'y côtoient… Chaque bâtiment affirme la gloire de sa divinité particulière et ignore tous les autres avec ostentation. Où que l'on regarde, un grand prêtre affirme connaître la vérité de l'existence tout entière, et accepte de la partager avec ses fidèles en échange d'offrandes et de tributs réguliers. La religion est une grosse industrie, à Haven.

D'après les cartes officielles de la ville, la rue des Dieux fait exactement un demi-mile de long. En fait, la rue est aussi longue que nécessaire pour que tout le monde puisse y trouver sa place. Il est possible de commencer à marcher depuis une extrémité de la rue, de continuer toute la journée, et pour autant de ne pas atteindre l'autre extrémité avant la nuit. Et il y a bien entendu les petites ruelles perpendiculaires, absentes de toute carte, où les plus déterminés pourront trouver les religions et fois controversées, dont l'existence même est souvent niée à la lumière du jour. Certaines portes mènent vers des mystères, des merveilles ou des cauchemars, et peu se trouvent deux fois à la même place…

La réalité est souvent élastique dans la rue des Dieux.

La Division divine, plus souvent appelée Brigade des Dieux, a pour mission de maintenir l'ordre dans la rue. Le conseil municipal nomme ses membres, paie leur solde et s'efforce d'oublier leur existence. Cette rue rend tout le monde nerveux. En général, les choses sont calmes. La majorité des Êtres préfèrent croire qu'ils sont les seuls à y vivre et n'admettent même pas l'existence d'autres églises. Mais il y a toujours des petites querelles, des vendettas, les natures humaine et inhumaine étant ce qu'elles sont. La Brigade des Dieux est là pour essayer d'étouffer les confrontations avant qu'elles aient lieu, quand c'est possible. Parfois, ça ne l'est pas, et c'est là que la Brigade gagne ses primes.

— Tu as déjà travaillé avec la Brigade, non ? demanda Hawk à Fisher tandis qu'ils marchaient dans la neige fondue.

Le soleil avait commencé sa lente ascension dans le ciel, et les rues glacées étaient pleines de gens bien emmitouflés qui allaient au travail ou en revenaient.

— Brièvement, confirma Fisher. C'était pendant que tu travaillais sur cette affaire de loup-garou, celle où le jeune Hightower est mort. Je travaillais avec cinq autres gardes sur l'affaire du Lingot Brisé, et nous avons passé quelques jours à la Brigade. Il ne s'est pas passé grand-chose.

— C'était comment ?

— Tous des coincés, si je me rappelle bien.

— À part ça ? Donne-moi quelques détails, Isobel. Que ça nous plaise ou non, on va travailler avec eux, et j'aimerais savoir où je mets les pieds.

Fisher réfléchit, le visage fermé.

— La Brigade est toujours composée de trois personnes : un sorcier, un mystique et un guerrier. Les individus vont et viennent, mais la composition reste toujours la même. Le Conseil est si content d'avoir trouvé un équilibre qui fonctionne qu'il ne veut plus en changer. Ce groupe particulier est en place depuis quatre ans. Ils ont de bons états de service.

» Le sorcier s'appelle Tombe. Joyeux, non ? Il est un peu plus âgé que nous, calme, réfléchi, puissant comme pas possible, et tellement gentil que c'en est répugnant. L'un de ces personnages qui se font une fierté de ne jamais hausser le ton. Un pigeon pourrait lui faire sur la tête qu'il ne demanderait pas de mouchoir. Il aura sans doute un ulcère avant quarante ans.

» La mystique s'appelle Rowan. Elle est jeune, assez agréable, mais folle comme un rat de brasserie. Elle est à fond dans les signes, les présages et les remèdes d'herboriste. Elle m'avait donné une tisane pour mon rhume de cerveau, et j'ai eu la colique pendant deux jours. Elle a le don, et quelques pouvoirs magiques mineurs, mais elle gagne surtout sa croûte en comprenant comment pensent les différents Êtres. Il paraît qu'elle est très forte pour ça. Sans doute parce qu'elle est aussi bizarre qu'eux.

» Le guerrier, c'est Charles Buchan. Tu as dû entendre parler de lui. Le plus grand duelliste, intrigant et séducteur de l'histoire de cette ville. La quarantaine un peu passée, beau, audacieux et débonnaire – à peu près aussi modeste qu'un paon. Il s'attire des ennuis depuis toujours et s'en sort aussi bien par l'épée que par la parole. Mais il n'aurait jamais dû se faufiler dans la chambre et le lit de la maîtresse du roi le soir où celui-ci venait la voir.

» Apparemment, on lui a laissé un choix simple : une carrière dans la Garde ou un séjour à vie dans les geôles. Comment il a fini dans la Brigade des Dieux, je ne sais pas, mais il semble aussi à son aise qu'un politicien dans les pots-de-vin.

— Et c'est ce groupe-là qu'on va rejoindre ? soupira Hawk. Super. Vraiment, super. Je sens que cette affectation va être insupportable ! Moi qui voulais travailler sur l'affaire du sorcier mort. Pourquoi est-ce qu'à chaque fois qu'un travail dangereux ou désagréable se présente, c'est nous qui nous retrouvons dessus ?

— Parce qu'on est les meilleurs, répondit Fisher. Et parce qu'on est trop honnêtes. On devait sans doute s'approcher un peu trop d'un sujet sensible, et quelqu'un a voulu nous dégager du chemin quelques jours.

— Quelqu'un parmi nos propres supérieurs de la Garde ?

— Sans doute. Rien d'étonnant pour Haven.

Hawk grogna quelque chose d'indistinct.

Ils arrivèrent dans la rue des Dieux, sortant d'un coup de l'hiver pour entrer dans l'été. La neige avait subitement disparu à l'entrée de la rue, et l'air était sec et chaud. Un beau soleil de midi brillait au-dessus d'eux, au milieu d'un ciel bleu et dégagé. Hawk regarda Fisher, mais aucun des deux ne parla. La rue des Dieux avait son propre rythme et suivait ses propres règles. Quelles qu'elles soient.

Hawk et Fisher descendirent la rue, regardant droit devant eux. Ils étaient déjà venus, au cours de leur affaire précédente, et ils savaient combien il était facile de se laisser distraire. Des foules de prêtres et de fidèles s'affairaient de toutes parts en commissions inconnues, et l'air était lourd de la clameur des différents prêcheurs, dispensant les bonnes paroles à tous ceux qui voulaient les écouter. Une ombre immense plongea un instant la rue dans les ténèbres tandis qu'une chose incroyablement massive la survolait. Hawk ne leva pas les yeux. Quoi que ce fût, il ne voulait pas le savoir. L'ombre se retira, et le grand soleil refit son apparition. Hawk commençait à suer sérieusement sous sa cape et sa fourrure.

Une sorte de crapaud de taille humaine était accroupi à un coin de rue et chantait doucement avec une voix de jeune fille. Le bol de mendiant devant lui était rempli de morceaux de viande sanguinolente. Une créature élancée et insectoïde avec trop de pattes remonta le long d'un immeuble, serrant un chat mort contre son thorax. Un enfant aux yeux anciens s'enfonçait des épingles de métal dans le bras, riant d'une façon obscène. Un prêcheur entrait en lévitation entre quatre-vingt-dix centimètres et un mètre vingt au-dessus du sol, la tête rejetée en arrière, un air d'extase sur le visage. Seuls les touristes s'arrêtaient. Il fallait plus que du simple exhibitionnisme pour attirer une congrégation sur la rue des Dieux.

Le quartier général de la Brigade était un petit édifice carré de deux étages, rencogné dans l'une des nombreuses ruelles calmes de la rue des Dieux. Hawk frappa deux fois à la porte discrète, puis Fisher et lui attendirent patiemment sous le porche, gardant un œil attentif sur les alentours au cas où. La ruelle étroite paraissait calme, mais Hawk ne croyait rien de ce qu'il voyait dans les parages. La porte finit par s'ouvrir sur un petit homme chauve d'un peu plus de trente ans, habillé en noir comme tout sorcier qui se respecte. Il sourit aux deux gardes comme un oncle bienveillant, et Hawk déduisit rapidement que ce petit homme agréable devait être le sorcier Tombe.

— Capitaine Fisher, très chère. Que ça me fait plaisir de vous revoir. Et vous devez être le capitaine Hawk. Ravi. Entrez, je vous en prie. Nous vous attendions.

Il fit passer les deux gardes par un couloir et s'arrêta dans un vestibule petit mais confortablement meublé. Il s'affaira autour d'eux tandis qu'ils s'asseyaient, continuant son plaisant babil. Hawk accueillait tout cela avec méfiance. Tombe avait peut-être envie de se présenter comme un parent affectueux, mais de bonnes intentions et une personnalité charmante ne suffisaient jamais à devenir un sorcier de premier ordre. Il fallait de longues années de travail monomaniaque, et plus qu'une pincée de détermination sans faille. Hawk sourit poliment aux plaisanteries de Tombe et prit la résolution de ne jamais lui tourner le dos. Il ne faisait pas confiance aux gens qui souriaient trop. Tombe finit par sortir un décanteur en verre délicat et ouvragé et versa trois généreux verres de sherry. Hawk prit le sien et y trempa les lèvres avec prudence. Il savait que Fisher adorait cette liqueur, mais lui la trouvait bien trop sirupeuse. Tombe arrêta un moment de parler pour savourer sa boisson, et Hawk saisit l'occasion de cette pause pour parler à son tour.

— Pardonnez-moi, monsieur Tombe, mais vous pourriez peut-être nous dire ce que nous faisons ici. En général, quand la Brigade des Dieux a besoin d'aide, elle appelle l'équipe de Magie et Tactique Spéciale. À quoi pourront vous servir deux gardes ordinaires ?

Tombe se mordilla la lèvre inférieure et se montra soudain fuyant.

— Si cela ne vous fait rien, capitaine Hawk, je pense que nous devrions attendre mes deux collègues. Ils n'en ont pas pour longtemps. La situation est… plutôt compliquée.

La porte s'ouvrit à la volée, et Hawk et Fisher se retournèrent, surpris, pour voir entrer une jeune femme bien en chair qui claqua la porte derrière elle. Elle les fixa un instant, le nez en l'air et les mains sur les hanches. Elle était petite, à peine plus d'un mètre cinquante, ce qui la faisait paraître encore plus lourde qu'elle ne l'était. Son visage rond et plaisant était plissé dans un froncement sévère. Ses cheveux bruns étaient coupés court comme un casque, et ses sourcils épais intensifiaient sa sévérité. La robe sombre et informe qu'elle portait aurait mieux convenu à une femme âgée. Elle ne pouvait pas avoir beaucoup plus de vingt ans, mais elle en paraissait dix de plus, au bas mot.

— Qu'est-ce qu'ils font là ? cracha-t-elle en fixant son regard sur le sorcier Tombe. Je t'ai dit que je ne voulais pas les voir ici.

— C'est le Conseil qui les envoie, répondit Tombe apparemment sans se formaliser de son regard noir. Ils ont l'air de penser qu'un peu d'aide nous ferait du bien.

La femme renifla avec dédain.

— Si nous ne pouvons pas régler cette affaire malgré toute notre expérience, je ne vois pas comment deux gros bras de la Garde pourront nous aider.

— Ça suffit, Rowan, trancha Tombe d'un ton qui fit taire la mystique.

Hawk étudia Tombe avec attention par-dessus son verre de sherry. Apparemment, le sorcier avait une profondeur cachée. Hawk se préparait tout juste à une nouvelle gorgée de sherry quand la porte s'ouvrit une nouvelle fois pour laisser passer un homme grand et musculeux, les épaules rejetées en arrière, le port fier. Hawk n'eut pas besoin de Fisher pour savoir qu'il s'agissait du fameux Charles Buchan.

Il était beau, d'une façon très sombre et brute, coiffé de boucles blondes et courtes, le regard d'un bleu acier. Ses bras croisés et sa poitrine dévoilaient cette perfection dans le dessin des muscles qui ne s'acquiert qu'en soulevant de la fonte. Il devait avoir la quarantaine, mais son physique superbe lui faisait paraître dix ans de moins. Vêtu à la dernière mode, il n'avait rien de ridicule. Bel exploit si l'on considère que cette mode se composait de pantalons moulants avec un gilet matelassé au col cheminée. En fait, si les pantalons avaient été un tant soit peu plus ajustés, Hawk aurait envisagé d'arrêter l'homme pour atteinte à la pudeur. Les vêtements de Buchan étaient de couleur vive, mais pas criards pour autant. La distinction était si infime, en fait, que l'effet devait être intentionnel. Hawk ne put s'empêcher de remarquer que la tenue était faite avec soin, laissant beaucoup de liberté aux épaules et à la poitrine. Charles Buchan aimait peut-être avoir l'air tiré à quatre épingles et être au goût du jour, mais il ne voulait pas que cela gêne ses devoirs de guerrier.

Hawk coula un regard vers Fisher pour voir ce qu'elle en pensait et fut agacé de constater qu'elle étudiait Buchan avec un léger sourire.

Les sourcils de Hawk commençaient tout juste à se froncer que Buchan s'avança et les accueillit avec une bonne humeur évidente, lui assénant une tape à peine trop forte sur l'épaule. Hawk sursauta malgré lui. Buchan se tourna vers Fisher qui lui tendit la main. Il la prit, la porta à ses lèvres et l'effleura d'un baisemain expert, les yeux rivés sur ceux de la capitaine. L'étonnement de Hawk s'accentua. Fisher ne laissait jamais quiconque lui faire de baisemain. Buchan lâcha la main de la jeune femme avec un regret charmant et se redressa de toute sa taille, rejetant les épaules pour bien exhiber ses pectoraux puissants, son ventre plat.

— Voilà donc la célèbre et fine équipe, Hawk et Fisher. J'ai beaucoup entendu parler de vous, toujours en bien. Content que vous nous aidiez sur cette affaire. Je suis sûr que ce sera fascinant de travailler à vos côtés. Mais j'ai peur que vous n'ayez pas grand-chose à faire. Je n'ai aucun doute que cette question sera vite réglée. Enfin, nous trouverons quelque chose pour vous occuper pendant votre séjour parmi nous.

Il avait une voix profonde, sonnante et autoritaire.

Pas étonnant, se dit Hawk avec humeur. *Il doit fumer la pipe et casser les noix avec les mains. Un diable avec les femmes et un meneur d'hommes. Encore quelques minutes, et je suis sûr que je pourrais détester ce type.*

— Tout à fait, dit Tombe. Si tu n'y vois pas d'objection, Charles, j'aimerais profiter de cette occasion pour expliquer à nos nouveaux amis la raison de leur présence.

— Bien sûr, dit Buchan. Fais comme si je n'étais pas là, nous t'écoutons.

Il s'adossa au chambranle de la porte, sortit une pipe de sa poche et commença à la curer, chantonnant *in petto.* Il y eut une pause pendant laquelle tout le monde fixa Tombe. Ce dernier fronça légèrement les sourcils, comme s'il se demandait par où commencer…

— Nous nous retrouvons dans une situation assez inhabituelle, capitaine Hawk, capitaine Fisher. Mes associés et moi avons travaillé sur bien des affaires étranges depuis que nous sommes dans la Brigade, mais je dois dire que nous n'avons jamais rencontré un cas comme celui-ci. Pour parler franchement, quelque chose tue les Dieux de Haven.

Hawk et Fisher échangèrent un regard.

— Continuez, l'encouragea Hawk.

— Nous avons déjà perdu trois Êtres, annonça Tombe. Le Seigneur d'Épouvante, l'Homme séparé et le Traqueur de Carmadine. Nous ne savons ni comment ni pourquoi ils sont morts, mais ils ont été entièrement anéantis tous les trois. Si nous ne trouvons pas rapidement une explication, les Dieux vont paniquer, et la rue pourrait bien se transformer en champ de bataille. Il y a beaucoup de vieilles rancœurs entre les Dieux, et il ne faudrait pas grand-chose pour qu'ils s'entre-déchirent.

— Je ne pensais pas que les Dieux pouvaient mourir, s'étonna Fisher.

— Appelez-les des Êtres, si ça peut vous aider, répondit la mystique Rowan. Si vous comptez nous aider, il va falloir comprendre comment la rue des Dieux fonctionne. Il y a toutes sortes de religions, ici – certaines nouvelles, certaines anciennes, et d'autres qui ne sont que des modes. La plupart reposent sur des entités surnaturelles qui ont rassemblé une congrégation par des démonstrations de pouvoir et des promesses de richesse matérielle. Chacun veut être dans le camp des vainqueurs, avoir un protecteur puissant qui veille sur soi. Et puis il y a les prêcheurs humains dont les enseignements ont engendré une religion. Leurs Églises sont celles qui durent le plus longtemps, en général. Les idées sont beaucoup plus puissantes et résistantes qu'un Être magique avec un problème d'ego.

» Les religions vont et viennent, et nous essayons de maintenir la paix. Certaines sont étranges, d'autres belles, et d'autres encore complètement incompréhensibles. Les gens croient des choses incroyables s'ils sont assez effrayés ou désespérés. Nous ne favorisons personne. Nous faisons simplement en sorte que les querelles et les rancœurs ne s'enveniment pas et que les problèmes ne débordent jamais de la rue des Dieux.

— Comment faites-vous ? demanda Hawk.

Le sorcier Tombe sourit.

— En parlant, en discutant, en montant telle faction contre telle autre, et avec beaucoup d'improvisation. Si les choses commencent à dégénérer, nous appelons le groupe d'intervention. Si ça ne marche pas, nous nous tournons vers la Pierre d'Exorcisme. C'est une version beaucoup plus puissante de la Pierre de Suppression que le Conseil expérimente. La Pierre d'Exorcisme supprime toute la magie d'une zone, quelle que soit sa puissance, et elle peut même bannir un Être de ce plan d'existence.

— Bannir ? Vous voulez dire détruire ? demanda Fisher.

— Nous n'en savons rien, reconnut le sorcier avec un haussement d'épaules. Ils disparaissent et ne reviennent pas. Ça nous va. Nous utilisons la Pierre le moins possible. Seulement quand toute la ville est en danger. Si les Êtres décidaient que nous sommes une menace pour eux, ils s'allieraient pour nous détruire, et la Pierre n'y changerait rien.

— C'est comme ça que les Dieux meurent en ce moment ? demanda Hawk. Quelqu'un a trouvé une autre Pierre d'Exorcisme ?

— C'est impossible, affirma Rowan. Il n'y a qu'une seule Pierre. Personne ne sait de quand elle date, ni comment on l'a créée. Si par hasard il y en avait une autre, nous serions au courant. Tous les utilisateurs de magie à plusieurs centaines de lieues à la ronde le sauraient. Le pouvoir nécessaire rayonnerait comme un fanal dans leur œil intérieur. Personne, nous trois exceptés, n'a accès à la Pierre d'Exorcisme, et aucun d'entre nous ne peut l'utiliser à mauvais escient. Quand nous avons rejoint la Brigade des Dieux, le Conseil nous a mis sous le coup d'un geas, un sort de compulsion, pour nous empêcher d'utiliser la Pierre en dehors de ce que dicte notre devoir.

— Et pourtant, les Dieux meurent, tempéra Buchan. Leurs corps sont détruits, leur présence dispersée. Nous avons essayé d'enquêter, mais nous n'avons aucune expérience dans ce domaine. Nous n'arrivons à rien. Nous ne savons même pas quoi chercher. Pour l'instant, les adorateurs des Dieux sont encore sous le choc. Trop médusés pour faire quoi que ce soit d'autre que prier pour le retour de leur Dieu. Mais quand ils verront que ça ne marche pas, ils vont s'énerver et chercher des boucs émissaires.

— Et comme si cela ne suffisait pas, reprit Tombe, d'autres Êtres commencent à s'agiter. Ces trois morts inexpliquées leur inspirent la crainte, la vulnérabilité. Ce n'est qu'une question de temps : ils vont bientôt décider de prendre les affaires en main. Nous pourrions nous retrouver avec une guerre des Dieux dans la rue. Je ne pense pas que Haven y survivrait. Je ne sais même pas si les Bas Royaumes y survivraient.

— Donc, nous avons demandé l'aide du Conseil, expliqua Buchan. Et ils vous ont envoyés à nous.

— Les fameux Hawk et Fisher, souffla Rowan d'une voix brûlante. Deux brutes en uniforme. Je connais tout de votre réputation. Vous êtes les gardes les plus violents de tout Haven. Vous ne vous souciez pas de savoir qui vous blessez. Personne ne sait combien de gens vous avez tués.

— Vous devriez aller dans le Nord, suggéra Hawk. Cela vous ouvrirait peut-être les yeux sur certaines choses. Les habitants ne croient pas aux discussions argumentées ou à la diplomatie. Ils penchent plus pour le poison dans le vin ou la dague dans le dos. Ou les deux. Nous avons le taux de meurtres le plus élevé, la violence la plus généralisée et le taux de criminalité le plus important de tout Haven. Nous sommes simplement à la hauteur de ce qu'on nous demande. C'est tout ce qui intéresse le Conseil.

— Peut-être, tempéra Tombe avec prudence. Mais je pense qu'il est juste de vous prévenir que nous ne tolérerons pas ce genre d'approche brutale. De plus, vous n'y gagneriez que la mort. Avec tous ceux qui auraient le malheur de se tenir à vos côtés. J'insiste pour que vous suiviez mes ordres à tout moment tant que vous serez dans la Brigade. Est-ce bien clair ?

— Bien sûr, assura Fisher.

— Cela va de soi, ajouta Hawk.

Tombe les regarda tous deux avec méfiance. Il s'attendait à devoir argumenter, et leur promesse d'obéissance si facilement obtenue l'inquiétait. Ça ne leur ressemblait pas. Il serra les lèvres et décida de laisser courir pour l'instant.

— Nous devons discuter d'une dernière chose, reprit-il lentement. Quelle religion suivez-vous ? En quoi croyez-vous ?

— La mort et les impôts, répondit Fisher du tac au tac. Tout le reste est négociable.

— Isobel et moi avons tous deux été élevés en chrétiens, expliqua Hawk rapidement pour empêcher Tombe de lancer une repartie. J'ai vu beaucoup de ténèbres depuis, mais je crois encore en cette lumière.

— La chrétienté, s'étonna Tombe. La vieille religion. Vous devez donc venir des pays du Nord, à l'origine ? Oui, c'est bien ce que je pensais. J'ai peur que votre religion ne soit que peu pratiquée dans les Bas Royaumes, même si beaucoup de ses termes survivent dans notre langage. Il faudra absolument que nous prenions le temps d'en discuter un jour.

— Les chrétiens…, railla Rowan. Je croyais que vous tendiez vers la paix et l'amour… Tendre l'autre joue, tout ça…

— Nous ne sommes pas très orthodoxes, reconnut Hawk.

— Eh bien, rappelez-vous que vous n'êtes ici que parce qu'on vous tolère, conclut Rowan en reniflant. Avec tous les gardes que nous aurions pu avoir, on nous envoie un couple de chrétiens.

— Apparemment, vous avez un ami au Conseil, interrompit Buchan.

— Le conseiller Adamant, pour être exact, dit Tombe. J'ai cru comprendre que vous vous étiez fort bien comportés pendant l'élection. Mais je ne vois pas pourquoi cela le pousse à croire que vous serez qualifiés pour travailler dans la rue des Dieux.

— Nous avons combattu un Dieu pour lui, expliqua Hawk. L'Abomination, le Seigneur des Golfes. Nous avons aidé à le tuer.

Un silence envahit soudain la pièce. Les trois membres de la Brigade des Dieux regardèrent Hawk et Fisher avec un semblant de respect.

— C'était vous ? demanda Buchan.

— Nous avons eu de l'aide, tempéra Hawk.

Fisher sentit sa bouche se tordre.

— Je n'y crois pas, déclara Rowan.

Hawk la regarda avec calme.

— C'est votre problème, ma fille. (Il se détourna pour regarder Tombe et Buchan.) Fisher et moi ne sommes pas tout à fait des étrangers dans la rue des Dieux. Nous sommes déjà venus. Et si nous n'avons pas beaucoup d'expérience avec les Êtres, nous savons retrouver des assassins. C'est notre métier. Et nous sommes très bons.

Rowan voulut lancer une réplique cinglante, mais s'interrompit et regarda Tombe.

— Des gens se rassemblent dans la rue. On dirait qu'ils sont en colère, troublés. Je n'aime pas ça, Tombe.

Le sorcier opina sans mot dire, l'air sombre.

— Je les vois, Rowan. Deux grosses factions qui convergent. Bon sang. Il va y avoir une nouvelle émeute. Charles, Rowan, rassemblez votre équipement. Hawk et Fisher, venez avec moi. Vous allez voir ce qui se produit quand les règles sont enfreintes dans la rue des Dieux. L'expérience devrait vous intéresser. Si vous y survivez.

Dans la rue des Dieux, tout paraissait différent. Il y avait une tension indéfinie dans l'air, et les bâtiments serrés les uns contre les autres semblaient sinistres et oppressants. Hawk et Fisher se pressaient au côté de la Brigade des Dieux, l'arme tirée et prête à servir. Tombe marchait devant d'un pas assuré, sa robe noire de sorcier flottant avec un effet impressionnant autour de son corps étriqué. Il souriait, arborant un air détendu.

Rowan avançait à côté de lui, pressant le pas pour rester à sa hauteur. Elle portait une sacoche ventrue sur une épaule, et son visage avait un air de détermination digne d'un bulldog. À des lieues de l'apparence calme de Tombe, elle paraissait plus forte, plus décidée, presque élémentaire dans son énergie. Charles Buchan allait d'un pas bonhomme derrière eux, ses longues jambes arrivant sans peine à soutenir la cadence des autres. Il portait une veste de mailles polies, et une épée longue à la hanche. Il marchait d'un air calme et serein, et, si son visage était souriant et aimable, ses yeux restaient très froids.

Hawk gardait l'œil sur la Brigade tandis que celle-ci descendait la rue des Dieux. Malgré tout leur professionnalisme, il voyait la tension monter en eux. Il se demanda si lui-même avait raison d'être à ce point détendu. Après tout, ils étaient sur leur terrain.

S'ils s'inquiétaient, il devait y avoir une bonne raison. La rue elle-même paraissait de plus en plus nerveuse. Les passants étaient moins nombreux, et ils allaient chacun leur chemin d'un pas pressé, les yeux et la tête baissés. Les prêcheurs de rue promettaient toujours la mort et la destruction universelle. Un clown maquillé avec des lames de rasoir dans les yeux chantait tristement l'amour et la perte. Deux ombres que rien ne projetait s'entre-déchiraient comme des animaux enragés. Un grand bâtiment anguleux commença à fondre et à couler comme de la cire chaude, pendant que ses gargouilles criaient de douleur.

Hawk pressa le pas et se rangea à côté du sorcier Tombe.

— Pardonnez-moi, monsieur Tombe, mais si ma partenaire et moi nous dirigeons vers une situation dangereuse, je pense que nous avons le droit de savoir ce qui nous attend.

— Bien sûr, dit Tombe. Vous devez nous pardonner, capitaine, mais je crains que nous n'ayons pas l'habitude de travailler avec des étrangers. Rowan et moi avons tous les deux la Vue, la capacité de voir et de sentir des choses à distance. On dirait qu'une rivalité de longue date entre deux religions a fini par dégénérer en combat ouvert dans la rue. Vu ce qui se passe, si nous n'y mettons pas rapidement fin, les Êtres eux-mêmes pourraient être tentés d'intervenir. En temps normal, les choses ne dérapent pas aussi rapidement, mais avec trois Dieux morts et l'assassin encore en liberté, les tempéraments s'échauffent vite.

— Attendez un peu, dit Hawk. Si c'est si grave que ça, pourquoi on n'appelle pas le groupe d'intervention ?

— Oh, non. Ce n'est qu'une émeute. Nous devrions pouvoir y arriver.

— Ça fera une belle épitaphe, murmura Fisher derrière eux.

Hawk adressa un regard appuyé à Tombe, mais le sorcier paraissait tout à fait sérieux.

— Bon, reprit Hawk. Donnez-moi quelques détails. Vous avez parlé de deux religions. Lesquelles ?

— Celles de deux Êtres mineurs, expliqua le sorcier. Aucun n'est particulièrement important ou puissant, mais ils ont des congrégations anciennes. Les fidèles de Crépuscule le dévoreur sont des nihilistes on ne peut plus classiques. Tout est mal et horrible, le monde va être détruit, et seuls les fidèles seront sauvés et transportés vers un monde meilleur. Je ne peux rien prouver, mais je suis à peu près certain que Crépuscule lui-même est maniaco-dépressif.

» L'autre Être, c'est la Chrysalide. Un énorme cocon de plus de six mètres de long. Il paraît qu'il fait des miracles de temps en temps, mais je n'en ai jamais vu. Les fidèles de la Chrysalide croient qu'un jour le cocon s'ouvrira et que leur Dieu en sortira dans toute sa splendeur pour éliminer le mal qui ravage le monde. Que le monde ait envie d'être nettoyé ou non. Les fidèles surveillent le cocon depuis plus de quatre cents ans, mais pour l'instant ça ne donne rien.

» Le plus intéressant, c'est que chaque religion est la Némésis particulière de l'autre. Chaque Dieu doit avoir son Démon, même si je n'ai jamais trop compris pourquoi. Ça doit être bon pour les affaires. Enfin, en temps normal, les deux groupes se contentent de sermons enflammés, d'insultes voilées dans la rue et de quelques rixes quand les tavernes ont fermé. Mais, en l'état actuel des choses, plus rien ne se déroule normalement. La rue des Dieux est comme une forêt pendant la sécheresse. Une seule étincelle pourrait tout embraser.

Hawk opina.

— Soit ça, soit ils ont appris que Hawk et Fisher arrivaient, et ils voulaient nous accueillir en fanfare.

Rowan murmura quelque chose d'indistinct. Ça n'avait pas l'air très gentil.

Ils entendirent l'émeute avant même de la voir. Devant eux s'élevait un rugissement de voix, un cri de rage et de haine assombri par la détermination animale qu'on ne trouve que dans les foules furieuses. Hawk recula d'un pas pour marcher aux côtés de Fisher. S'ils devaient combattre, il voulait avoir dans son dos une personne à qui il faisait confiance. Le rugissement grandit et gagna en sauvagerie tandis qu'ils approchaient d'un angle droit. D'après les cartes officielles, la rue des Dieux était parfaitement droite, mais, pour cela comme pour tant d'autres choses, la rue des Dieux faisait ce qu'elle voulait. Ils tournèrent à l'angle, et l'émeute s'étala devant eux.

Une centaine d'hommes et de femmes allaient et venaient dans la rue, la bouche déformée par une grimace de colère, les yeux sauvages, furieux. Ils criaient, hurlaient, agitaient le poing et regardaient dans toutes les directions. Certains avaient des gourdins, des bâtons ou des chaînes en acier, et d'autres brandissaient des briques ou des pierres. Il y avait déjà du sang sur les pavés, et plusieurs personnes allongées par terre immobiles, écrasées ou abandonnées par la foule. L'odeur de violence, près d'éclater à tout moment, alourdissait l'air.

Hawk s'arrêta bien avant et étudia la situation avec soin. Ça n'aurait pas pu être pire. La rue à cet endroit était longue et étroite, avec très peu de sorties. Même s'il parvenait à convaincre la foule de se disperser, ce serait difficile de la diviser en petits groupes plus facilement maîtrisables. C'était une chose de disperser une foule, mais l'essentiel était qu'elle n'aille pas se rassembler de nouveau ailleurs. Et pour cela, il fallait que les gens puissent partir. Et puis, il y avait tous les spectateurs. Ça aussi, c'était inquiétant. Plusieurs centaines de personnes, qui remplissaient tout le reste de la rue. Ces gens devaient appartenir à d'autres religions et se réjouir que deux de leurs rivaux s'apprêtent à en découdre. Même les prêcheurs de rue avaient abandonné leurs sermons et prenaient des paris auprès des spectateurs.

Tombe s'était arrêté non loin et regardait la foule avec les yeux étrécis, les lèvres serrées. Rowan s'agenouilla à côté de lui, fouillant dans sa besace. Hawk s'approcha pour jeter un œil, puis recula vivement devant le regard que la jeune femme lui lança. Buchan était à proximité, les bras croisés sur son plastron de mailles, couvrant la foule d'un regard majestueux. Il avait l'air d'attendre un ordre pour s'avancer et taper aveuglément jusqu'à ce que tout le monde ait entendu raison. Hawk lança un coup d'œil à Fisher et fut soulagé de constater que ce numéro ne l'impressionnait pas. Elle surprit son regard, en comprit la raison et lui fit un grand sourire. Hawk se détourna comme s'il n'avait rien vu. Il prit sa hache en main et vit l'humeur de la foule s'assombrir encore. C'était le territoire de la Brigade des Dieux, et il ne voulait pas les déranger, mais il fallait agir, et vite, ou il y aurait des crânes ouverts sur les pavés, et il faudrait une petite armée pour contenir l'émeute.

Rowan tira deux petites baguettes de cuivre de sa sacoche et les planta dans le sol. Elles s'enfoncèrent comme dans de la boue humide. La mystique dessina ensuite un cercle protecteur autour de Tombe et elle, avec de la poudre de craie bleue. Hawk fronça les sourcils en se rendant compte que Fisher, Buchan et lui n'étaient pas inclus dans la protection. Quoi que Rowan et Tombe soient en train de préparer, il espéra qu'ils penseraient à l'orienter dans la bonne direction. La mystique et le sorcier marquèrent alors une pause pour discuter. Hawk s'approcha un peu de Buchan, qui étudiait toujours la foule en silence.

— Qui gagne, monsieur Buchan ?

— Difficile à dire. D'un point de vue stratégique, c'est un vrai foutoir. Chacun pour soi, et le Diable pour les moins chanceux. Littéralement, j'imagine, de leur point de vue.

— Comment faites-vous pour différencier les deux camps ?

— Les robes bleues sont avec la Chrysalide et les grises avec Crépuscule.

— Et on va les disperser ou pas ? demanda Fisher en les rejoignant. J'ai du mal à rester là sans rien faire. C'est mauvais pour ma réputation.

— Mieux vaut ne pas s'en mêler trop tôt, prévint Buchan. Qu'ils lâchent un peu de pression entre eux, d'abord.

— Vous voulez dire qu'on va laisser des innocents mourir ? demanda Fisher en prenant une expression inquiétante.

— Ça vaut mieux, répondit Buchan en lui souriant. Vous êtes nouvelle dans la rue, ma chère. Nous savons ce que nous faisons.

Il se rendit compte que Fisher le regardait toujours avec la même expression et haussa les épaules, mal à l'aise.

— J'imagine que vous avez une meilleure idée ?

— Une émeute est une émeute. Hawk et moi en avons réglé quelques-unes, depuis le temps. Vous êtes peut-être un expert sur votre territoire, monsieur Buchan, mais nous ne sommes pas tout à fait des amateurs dans le nôtre.

— Eh bien, si nous ne pouvons pas contrôler celle-ci, vous aurez sans doute l'occasion de nous prouver votre adresse, répondit Buchan avec froideur.

Tombe et Rowan se redressèrent soudain d'un seul mouvement et levèrent les bras pour invoquer. La mystique commença à chanter une étrange mélodie atonale qui fendit le vacarme comme une lance. Les combats s'arrêtèrent, et les gens cessèrent de crier, vacillant sur leurs pieds et se tenant la tête. Tombe prononça un Mot de Pouvoir, et la foule se sépara soudain en deux, les robes bleues et les robes grises divisées par une force invisible qui les laissa pantelantes de part et d'autre de la rue. Hawk se dandina d'un pied sur l'autre et secoua la tête pour s'éclaircir les idées. La magie n'avait fait que l'effleurer, mais il imaginait ce que devaient ressentir les victimes.

Rowan se tut, et la rue des Dieux redevint soudain calme. Les émeutiers se lâchèrent la tête et regardèrent autour d'eux d'un air incertain. Ils repérèrent la Brigade des Dieux et un murmure de rébellion gronda, coupé net par l'avancée de Buchan. Celui-ci se posta au milieu de la rue, bientôt encadré par Hawk et Fisher, qui avaient échangé un regard. Quoi qu'il se passe ensuite, ils étaient décidés à ne pas le rater. Buchan se posta entre les deux foules, regarda à droite et à gauche, puis fit un signe impérieux. Après un moment, deux hommes s'avancèrent, un de chaque côté. Chacun portait la couleur de sa faction, mais leurs robes étaient plus délicates, plus élégantes. À leur expression et leur port, et à la quantité de bijoux qu'ils portaient, Hawk décida qu'il devait s'agir des grands prêtres de Crépuscule et de la Chrysalide. Ils s'arrêtèrent devant Buchan et s'inclinèrent très légèrement devant lui, chacun prenant garde d'ignorer son rival.

— Bon, dit Buchan. Qui a commencé, cette fois-ci ?

Hawk pensa un instant que chaque prêtre allait désigner l'autre du doigt, comme deux enfants qui se chamaillent dans la cour. Mais les deux grands prêtres se redressèrent de toute leur taille et foudroyèrent Buchan du regard.

— Monsieur Field, monsieur Stoner, reprit Buchan en regardant la robe grise, la robe bleue et de nouveau la grise. J'attends votre réponse.

— Crépuscule le dévoreur a été insulté, annonça Field d'un ton neutre.

— Crépuscule insulte la Chrysalide par son existence même ! cracha Stoner.

— Blasphémateur !

— Hérétique !

— Menteur !

— Imposteur !

— Assez ! interrompit Buchan, en posant la main sur la garde de son épée.

Les deux prêtres se turent à contrecœur et tournèrent leur regard noir vers Buchan. Hawk fronça légèrement les sourcils. Les grands prêtres étaient tendus, mais pas intimidés. Leurs fidèles les regardaient, et aucun ne voulait être le premier à renoncer.

— Je veux que vous retourniez tous les deux à vos ouailles et que vous les fassiez rentrer chez elles, ordonna Buchan. Vous connaissez les règles. Ce genre de perturbation, c'est mauvais pour les affaires.

— Au diable vos règles et au diable la Brigade des Dieux, cracha Field. Lancez vos sorts et soyez maudits. Le seigneur Crépuscule protégera ses enfants.

— Votre sorcier et votre mystique peuvent chanter leurs sorts jusqu'à en perdre la voix, renchérit Stoner. Vous ne nous prendrez plus par surprise. Nous avons des sorciers, nous aussi.

Field opina sans sourciller.

— Vous n'avez plus le pouvoir, Buchan. Les Dieux meurent, et vous n'avez rien fait. Dorénavant, nous nous défendrons nous-mêmes.

Buchan resta planté là, abasourdi par ce défi évident, et le silence qui suivit s'éternisa.

Hawk regarda Fisher.

— Tu prends le bleu et moi le gris.

Hawk s'avança face au grand prêtre de Crépuscule le dévoreur, hache en main. Field le regarda avec méfiance, mais ne recula pas. Hawk eut un sourire déplaisant.

— Je suis Hawk, capitaine de la Garde. Voici ma partenaire, le capitaine Fisher. Vous avez peut-être entendu parler de nous. Tout est vrai. À présent, faites partir vos fidèles ou je vous tranche les genoux.

Ce fut au tour de Field de rester interdit, mais il se reprit plus vite que Buchan.

— Si vous me touchez, garde, mes fidèles vous tailleront en pièces.

— Peut-être, reconnut Hawk. Mais ça ne vous ramènera pas.

— Vous bluffez.

— Vous êtes sûr ?

Field croisa le regard déterminé de Hawk et perdit une partie de sa confiance. Un vent froid lui caressa la nuque quand il comprit que le capitaine pensait chaque mot qu'il avait prononcé. Il jeta un coup d'œil à Stoner, qui regardait Fisher comme un rat hypnotisé par un serpent. Field reporta son attention sur Hawk et hocha lentement la tête. Il se retourna vers ses fidèles, sans faire le moindre mouvement brusque qui aurait pu contrarier le garde. Parlant calmement et lentement, il dit à ses disciples que l'heure d'une confrontation directe n'était pas encore venue et qu'ils devraient rentrer chez eux pour demander conseil au Dieu. Pas très loin, Stoner passait le même message aux siens. Les foules signifièrent leur désaccord par un bruit étouffé, mais finirent par obtempérer. Field et Stoner se retournèrent pour faire face aux deux gardes, indécis.

— Très élégant, dit Hawk. À présent, fichez le camp. Et si ça recommence, nous saurons que vous êtes responsables et nous viendrons vous rendre visite.

— C'est ça, commenta Fisher.

Les deux grands prêtres partirent avec la maigre dignité qu'il leur restait. Hawk se tourna vers Buchan.

— Une émeute reste une émeute, monsieur Buchan. Il suffit de séparer les chefs et de saper leur autorité.

— Vous avez eu de la chance, répondit Buchan d'une voix crispée. De vrais fanatiques auraient préféré mourir que de se rendre.

— Mais ce n'étaient pas de vrais fanatiques, dit Hawk. Ça se voyait.

— Et qu'est-ce que vous auriez fait devant de vrais fous de Dieu ?

Hawk sourit de toutes ses dents.

— J'aurais couru à toutes jambes en appelant le groupe d'intervention. Je ne suis pas fou.

— C'est ça, commenta Fisher.

3

Dieux, Démons et autres Êtres

Le sorcier Tombe mena Hawk et Fisher dans la rue des Dieux, et la foule s'ouvrit devant eux pour leur laisser le passage. Des regards curieux accompagnaient le passage des gardes, mais personne ne voulait trop s'approcher. La nouvelle de leur arrivée dans la rue des Dieux les avait précédés. Hawk et Fisher avaient toujours un signe de tête poli pour les rares courageux qui osaient les saluer, et ils gardaient l'œil ouvert pour repérer les visages inamicaux. L'altercation avec les grands prêtres ne les avait pas rendus très populaires. Et pour une raison qu'il n'arrivait pas vraiment à saisir, Hawk se sentait plus perturbé que d'habitude par son environnement. La rue des Dieux avait beaucoup changé depuis sa dernière visite. Les édifices étaient plus serrés, comme pour se réconforter et se soutenir. Les quelques créatures et manifestations visibles avaient un air dangereux, menaçant. Même les prêcheurs paraissaient plus nerveux, plus véhéments dans leurs annonces de destruction et de damnation. La rue était sombre, froide, davantage repliée sur elle-même. Comme si elle ne savait plus à qui se fier. Hawk étudia Fisher pour voir si elle remarquait ces changements et vit qu'elle gardait la main sur le pommeau de son épée. Fisher aimait être prête à toute éventualité.

La dernière fois qu'ils étaient venus dans la rue des Dieux, Hawk et Fisher servaient de gardes du corps au candidat politique James Adamant tandis qu'il s'efforçait de rallier à sa cause les Êtres sympathiques. Et le fait qu'Adamant était à présent le *conseiller*

Adamant ne prouvait rien. Ni dans un sens, ni dans l'autre. Mais bien que la rue des Dieux ait été un lieu étrange, avec ses créatures, ses illusions et sa réalité bancale, Hawk la sentait aujourd'hui plus amère, davantage sur la défensive. Presque sur ses gardes… Hawk fronça les sourcils. Même les Dieux pouvaient avoir peur, apparemment, quand un tueur de Dieux était en liberté.

Hawk grimaça et laissa sa main retomber sur sa hache. Il se sentait de plus en plus en terrain inconnu. Il avait affronté des choses étranges, au cours de sa vie, mais son expérience à Haven concernait avant tout des tueurs humains, avec leurs passions, leurs haines et leurs complots quotidiens. Il savait s'occuper d'eux. Mais, pour le meilleur ou pour le pire, il se retrouvait avec la Brigade des Dieux, jusqu'à ce qu'il trouve le tueur ou que ses supérieurs l'affectent de nouveau ailleurs. Il faudrait qu'il s'habitue à cette rue, voilà tout. Il avait vu pire.

Un groupe de moines venait en sens inverse, en balançant leurs bras avec une précision toute militaire. Leur robe lâche pendait autour d'eux et ils avaient relevé leur capuche pour masquer leur visage. Tombe s'écartant pour les laisser passer, Hawk et Fisher firent de même. Tout pouvait être dangereux dans la rue des Dieux, et il valait mieux être prudent. Tombe attendit qu'ils soient passés puis reprit son chemin. Hawk et Fisher le suivirent.

Ils allaient examiner les églises des trois Êtres assassinés. Rowan ne les accompagnait pas, parce qu'elle ne se sentait pas bien. Apparemment, elle avait été très malade récemment, et elle était restée un moment alitée, à se traiter avec ses propres remèdes d'herboriste. Hawk espérait simplement que ce n'était pas contagieux. Et Buchan était parti régler des affaires personnelles. On ne lui avait pas demandé lesquelles. Buchan étant ce qu'il était, personne ne voulait le savoir. Ce qui leur laissait Tombe pour guide.

Le premier meurtre avait eu lieu dans un grand bâtiment massif juste au milieu de la rue. Les murs étaient faits de grands blocs de pierre, chacun de la taille d'un homme. L'église faisait trois étages de haut, avec d'étroites fentes tenant lieu de fenêtres. Il n'y avait qu'une seule porte en chêne et renforcée de grandes barres de fer. Hawk scruta l'édifice tandis que Tombe luttait avec son trousseau de clés. L'endroit ressemblait plus à une forteresse qu'à une église. Donc, cette religion devait avoir des ennemis, au moins dans son esprit. Et il fallait reconnaître que l'adoration du Seigneur d'Épouvante n'était pas une religion très populaire. Le sacrifice humain n'était pas interdit dans la rue des Dieux, tant que cela ne mettait pas les touristes en danger, mais il était mal vu. Tombe finit par trouver la bonne clé et ouvrit le gros verrou fixé à la porte. Il poussa le battant du bout des doigts et ce dernier s'ouvrit sans bruit sur ses gonds. Hawk étudia en silence cette ouverture sombre.

—Il n'y a personne ici, capitaine Hawk, le rassura Tombe. Après qu'on a découvert le meurtre, j'ai placé des charmes de protection pour écarter les vandales et les chasseurs de souvenirs, et ils sont encore en place. Personne n'est venu depuis mon départ. Suivez-moi, je vous prie.

Tombe entra avec assurance dans la pénombre. Hawk et Fisher s'engagèrent à sa suite, sans écarter la main de leur arme. Une vive lueur bleutée apparut autour du sorcier, repoussant les ténèbres et éclairant l'entrée. Elle était sinistre et oppressante, sans ornement ni décoration. Tombe leur laissa quelques instants pour observer les lieux, puis il les mena vers une porte au bout du couloir. La porte d'entrée claqua derrière eux. Hawk sursauta, mais ne voulut pas donner à Tombe la satisfaction de regarder en arrière. La deuxième porte s'ouvrit sur un escalier de bois brut, qui descendait dans le noir.

—Attention aux marches, les prévint Tombe. Certaines sont glissantes, et il n'y a pas de rampe.

Ils suivirent l'escalier dans l'obscurité totale un long moment. Hawk essaya de compter les marches, mais finit par s'y perdre. Le temps qu'ils arrivent en bas, Hawk comprit qu'ils devaient être bien loin sous la ville, dans les fondations rocheuses. Tombe eut un geste vif de la main gauche, et la lueur bleutée se fit plus vive, éclairant une zone plus vaste. Hawk et Fisher regardèrent autour d'eux avec inquiétude. L'escalier les avait menés à une grande salle de pierre de plusieurs mètres de diamètre. Les murs étaient bruts, inachevés, mais les arêtes laissées par les outils d'origine avaient presque été lissées par l'air et l'humidité, depuis toutes ces années que la caverne avait été taillée dans la pierre vive.

Des stalactites et stalagmites surgissaient du plafond et du sol. Outre des mares d'eau sombre et d'épaisses couches de moisissure sur les murs, des toiles d'araignées s'étendaient partout, elles couvraient les murs et pendaient en lambeaux entre deux stalactites ou stalagmites. Fisher toucha un fil du bout du doigt, et il s'étira de façon étonnante avant de craquer. Elle grimaça et s'essuya la main sur sa cape. Le silence était total, et le moindre écho paraissait s'attarder exagérément avant de se dissoudre en murmures. Au milieu de la caverne, les toiles s'étaient épaissies pour former un grand hamac au-dessus de leur tête, accroché aux stalactites les plus épaisses. Il était en lambeaux, mais il en restait assez pour suggérer l'immensité de la silhouette qui y avait autrefois reposé.

— Il est des Dieux de toutes tailles, de toutes formes, dit Tombe d'une voix douce. Ils peuvent être humains ou inhumains, les deux à la fois ou ni l'un ni l'autre. Les gens ne paraissent pas s'en soucier, du moment qu'ils promettent les bonnes choses.

— Vous ne nous avez pas dit où va votre foi, monsieur Tombe, remarqua Fisher.

— Je ne suis plus sûr de croire en quoi que ce soit, ma chère, répondit le sorcier avec un sourire. C'est un risque, quand on travaille dans la rue des Dieux. On est forcé de douter de trop de choses. À moins que cela ne rende cynique, simplement. Nous avons tous besoin de Dieux. Ils nous apportent le réconfort, l'espoir et le pardon. Et surtout, ils nous rassurent. Nous avons tous peur de mourir, peur de partir seuls dans le noir. Nous avons besoin de croire en quelque chose qui nous serait supérieur pour donner un sens et un but à notre vie.

— Qu'est devenu le corps ? demanda Hawk. J'imagine que l'Être avait un corps ?

— Oh oui, capitaine Hawk. Il est par ici. Ce qu'il en reste.

Tombe les mena encore plus loin dans cette triste caverne, vers ce que Hawk avait pris pour un rocher particulièrement grand. C'était en fait un grand tas d'objets tranchants, sombres et brillants, maintenus en place par des filaments de toile. Il fallut à Hawk un moment avant de comprendre ce qu'il regardait. Mais certaines formes finirent par s'assembler dans sa tête, et ses lèvres se retroussèrent de dégoût. À voir les segments de carapace et les nombreuses pattes articulées, le Seigneur d'Épouvante avait été plus insecte qu'autre chose. La pile de morceaux brisés s'élevait sur plus de trois mètres et devait faire autant de large. L'Être lui-même avait dû être énorme. Hawk frissonna malgré lui. Il n'aimait pas beaucoup les insectes.

— Était-il en morceaux comme cela quand vous l'avez trouvé ? finit-il par demander.

— Plus ou moins, répondit Tombe. Les morceaux étaient éparpillés sur le sol de la salle. Ce qui a tué cet Être a déchiré son corps comme du papier. Ses adorateurs… ont fait le ménage.

— Donc, le tueur doit être très fort, conclut Fisher en réfléchissant tout haut, le regard braqué sur la pile devant elle. Ce… démembrement a-t-il eu lieu pendant que l'Être était vivant ou après ?

— Je l'ignore, reconnut Tombe. Je n'y avais pas pensé. Comment pourrait-on le savoir ?

— À la quantité de sang. Il arrête de couler quand on meurt. Donc, s'il n'y a pas beaucoup d'éclaboussures de sang autour d'un corps démembré, on peut sans prendre trop de risques supposer qu'il était mort au moment des faits. C'est le genre de chose qu'on apprend dans le Nord.

— Je vois. Très intéressant. Mais pas très utile dans le cas présent, j'en ai peur. Le Seigneur d'Épouvante n'avait pas de sang. Son corps était creux.

Hawk et Fisher échangèrent un regard.

— Cette affaire est de plus en plus intéressante, soupira Fisher.

— Avons-nous le moindre indice quant au motif? demanda Hawk. Le Seigneur d'Épouvante avait-il des ennemis particuliers, des rivaux ? Quelqu'un qui pourrait profiter de sa mort ?

Tombe secoua la tête.

— Il n'y avait aucun conflit ou vendetta, à notre connaissance. Le Seigneur d'Épouvante n'était pas dans la rue depuis assez longtemps pour s'être attiré ce genre d'hostilité.

— Très bien, reprit Hawk avec patience. Essayons autre chose. On sait quand le meurtre a eu lieu ?

— Au petit matin, il y a neuf jours. Le grand prêtre est venu s'entretenir avec son Dieu d'un quelconque sujet que les nihilistes peuvent trouver important, et il a trouvé son Dieu éparpillé par terre.

— On pourra l'interroger ? s'enquit Fisher.

— Difficilement. Le grand prêtre et tous les fidèles sont morts. Suicide. Typique, pour des nihilistes.

— Super. Pas de témoin du meurtre, aucun indice sur la scène du crime, et personne à interroger. Je ne suis sur cette affaire que depuis quelques heures, et ça me fait déjà tourner en bourrique. Rien n'a de sens dans cette affaire. Déjà, comment le tueur a-t-il pu descendre ? J'imagine que l'église était bien gardée ?

— Oh, oui ! Plus d'une centaine de gardes armés, fournis par la confrérie de l'acier. Personne n'a rien vu.

— Je déteste cette affaire.

— Nous sommes dans la rue des Dieux, capitaine Fisher. Les règles normales de la logique ne s'appliquent pas, ici.

Hawk regarda les éclats de chitine qu'on adorait auparavant comme un Dieu, secoua lentement la tête et leur tourna le dos.

— Nous n'apprendrons rien d'utile ici. J'appelle les sorciers légistes pour voir ce qu'ils pourront trouver. (Il s'arrêta en voyant Tombe secouer la tête.) Bon, qu'y a-t-il ?

— Je ne pense pas que les Dieux autoriseront ce genre de sorcellerie investigatrice sur leur territoire. Après tout, ils doivent rester mystérieux.

— Même si cela pouvait nous aider à trouver un moyen de les protéger ?

— Même.

— Bon sang. Dans ce cas, on va faire ça à l'ancienne. Emmenez-nous sur le lieu du crime suivant, Tombe. En espérant qu'il nous fournira plus d'informations que celui-ci.

À première vue, c'était une maison comme les autres. Deux étages, un toit d'ardoise, une bonne maçonnerie. Les carreaux et les cuivres venaient d'être nettoyés. Elle était aussi déplacée dans la rue des Dieux qu'un agneau dans une meute de loups. Tombe frappa poliment à la porte, et il y eut une longue attente.

— Vous êtes sûr que c'est ici ? demanda Fisher. On dirait une maison marchande tout ce qu'il y a de plus typique. Si on rajoutait un racloir à bottes rococo et un marteau de porte en forme de tête de lion, ce serait parfait. Quel genre de Dieu pourrait vivre ici ?

— L'Homme séparé, répondit Tombe. Et il ne vit plus ici. Il a été tué il y a six jours. Un peu de respect, capitaine, je vous prie.

Ils attendirent encore. Les gens passaient dans la rue des Dieux, menant leurs affaires dans la chaleur d'un après-midi d'été, mais tous avaient un sourire pour les gens qui attendaient devant ce petit pavillon. Fisher se mit à foudroyer du regard tous ceux qui les regardaient.

— Vous êtes certain qu'il y a quelqu'un ? demanda Hawk.

— Il y a un gardien, répondit Tombe. Sœur Anna. Je l'ai contactée un peu plus tôt dans la journée et elle m'a promis qu'elle serait là.

En entendant des verrous glisser dans leur logement, ils se retournèrent tous vers la porte. Elle s'ouvrit enfin sur une femme d'une bonne quarantaine d'années, au visage ordinaire. Elle était bien habillée mais sans excès, dans un style qui n'était plus à la mode depuis au moins dix ans. Elle semblait épuisée et accablée par la vie. Après un bref sourire pour Hawk et Fisher, elle s'inclina devant Tombe.

— Le bonjour, messire sorcier. Capitaines. Je regrette d'avoir mis tant de temps, mais tous les autres sont partis, et je dois tout faire moi-même. Entrez, je vous en prie.

Elle recula, et Tombe précéda les deux gardes dans l'entrée. C'était exactement le couloir étroit et sombre auquel Hawk s'attendait, avec des lames de parquet brut et des murs tendus de laine blanche. Mais tout était propre et ordonné, et les meubles simples reluisaient d'avoir été lustrés récemment. Sœur Anna referma la porte et fit glisser quatre lourds verrous. Elle surprit Hawk en train de la regarder et sourit d'un air embarrassé.

— Notre Dieu est mort depuis à peine une semaine, et déjà les vautours se rassemblent dans la rue. Si monsieur Tombe n'avait pas placé des charmes de protection tout autour de la maison à sa première visite, ils auraient démoli l'endroit pour dérober des Objets de Pouvoir et tout ce qu'ils auraient pu trouver de précieux. Encore que tout cela soit rare, ici. Nous n'avons jamais été un ordre riche ou puissant. Nous avions notre Dieu et ses enseignements, voilà tout. Cela nous suffisait. En l'état, le souvenir des protections repousse la plupart des pillards, et les verrous dissuadent les autres. Par ici, je vous prie.

Elle les conduisit dans un petit boudoir agréable et attendit qu'ils soient confortablement installés avant de partir à la cuisine leur chercher du thé. Hawk glissa la main sous sa chemise et trouva l'amulette d'os suspendue à son cou. Elle restait inerte. S'il restait la moindre magie dans cette maison, elle était si faible que l'amulette ne la sentait pas. Hawk retira sa main et regarda autour de lui. La pièce était bien aménagée, mais sans rien de spécial. Les tasses et soucoupes avaient été posées sur la table, avec le lait et le sucre, et quelques napperons en dentelle de papier. Hawk regarda Tombe.

— Qu'est-ce que c'est que tout ça, monsieur le sorcier ?

— On trouve de tout dans la rue des Dieux, capitaine Hawk, commença Tombe avec un léger sourire. Permettez que je vous narre l'histoire de l'Homme séparé. Elle est très intéressante. Sa vie fut calme jusqu'à sa vingt-quatrième année. Confortable et sans intérêt à part pour lui-même. C'était un petit employé d'une société d'expédition. Un peu soporifique, mais de bonnes perspectives d'avenir. Puis ce fut le miracle. Pour des raisons que nous ne comprenons pas encore, il décida de se rendre dans la rue des Dieux. Et pendant qu'il s'y trouvait, il se mit à accomplir des merveilles et à prophétiser. Il arpenta la rue pendant vingt-quatre heures, entouré de pouvoir et réalisant des miracles. Puis… quelque chose se produisit. Ses fidèles appelèrent cela le dernier miracle. Il entra en lévitation et ne bougea plus. Il s'était d'une façon ou d'une autre séparé du temps. Figé en un seul moment d'éternité. Sans bouger, sans changer, sans jamais vieillir. Rien ne pouvait l'atteindre, ou le blesser, ou l'affecter d'une quelconque façon.

— Mais pourquoi construire une maison pareille dans la rue des Dieux ? s'étonna Hawk. Pourquoi pas une église, un temple, comme tout le monde ?

— C'était sa maison, expliqua sœur Anna. Enfin, nous avons fait de notre mieux pour la reproduire. Nous l'avons construite autour de lui, pièce par pièce. Nous voulions qu'il se sente chez lui à son retour.

Elle posa le plateau sur la table, souleva la théière de porcelaine et la passoire à thé en argent, et servit tout le monde. Enfin, elle s'assit face aux visiteurs. Pendant un moment, ils ne firent rien d'autre que siroter leur thé. Hawk étudia la religieuse par-dessus le rebord de sa tasse. Les épaules voûtées, le regard flou, elle avait de profondes rides, des yeux bouffis et irrités, comme si elle avait pleuré. *État de choc à retardement*, se dit Hawk. *Plus on le repousse, plus il fait mal quand il arrive.* Mais le sorcier paraissait prêt à le laisser poser ses questions. Hawk regarda sœur Anna et s'éclaircit la gorge.

— Quand avez-vous découvert la mort de votre Dieu ? demanda-t-il en s'efforçant de ne pas avoir l'air trop officiel.

— À quatre heures du matin, il y a six jours, répondit la sœur d'une voix posée. Il y avait toujours quelqu'un avec lui pour qu'il ne soit pas seul quand il finirait par revenir. Frère John était de service. Il s'est endormi. Il ne sait pas pourquoi. Cela ne lui ressemble pas. Quand il s'est réveillé, le Dieu n'était plus à côté de l'autel que nous lui avons bâti. Il était tombé au sol, recroquevillé, un poignard dans le cœur. Il y avait du sang partout. Frère John a donné l'alerte, mais il n'y avait aucune trace du tueur. Nous ne savons toujours pas comment il a pu entrer ou sortir.

— Pourrons-nous parler à ce frère John ?

— J'ai bien peur que non. Il a pris du poison un peu plus tard, le même jour. Ce ne fut pas le seul. Nous avons tous perdu pied au début.

— Je comprends.

— Non, capitaine, corrigea sœur Anna en le regardant bien en face. Depuis vingt-deux ans, nous consacrons notre vie à l'Homme séparé, nous l'attendons, et nous avons découvert que c'était un mensonge. Ce n'était pas un Dieu. Les Dieux ne saignent pas, ne meurent pas. Ce n'était qu'un homme. Un homme doué de pouvoirs, peut-être, mais rien de plus. Il ne reste plus que moi. Les autres sont tous partis. Certains se sont tués. D'autres sont retournés chez eux, vers des familles qu'ils avaient abandonnées pour leur Dieu. Ou ils sont partis à la recherche d'un nouveau Dieu à adorer. Ou sont devenus fous. Ils se sont tous détournés, à mesure que les jours passaient après la mort de notre Dieu.

Le silence s'installa.

— Le corps est encore là ? finit par demander Fisher.

— Oh oui. Personne ne voulait le déplacer. Nous ne voulions même pas le toucher.

Elle les mena à l'étage par un escalier étroit et les fit entrer dans une chambre petite mais confortable. L'Homme séparé était étendu à terre, recroquevillé autour du couteau qui l'avait tué. Du sang séché autour du cadavre, mais aucune trace de lutte. Hawk s'agenouilla à côté du défunt. Une seule blessure. Pas de coupures sur les bras ou les mains, qui suggéreraient qu'il s'était défendu. La garde du poignard était assez ordinaire. On pouvait en acheter partout à Haven. Le visage du mort était paisible. Hawk se releva et secoua la tête.

— Nous ne trouverons rien ici. Enfin, rien que je puisse voir. Sœur Anna, vous opposeriez-vous à la venue de nos sorciers légistes ?

— Non. Faites ce que vous voulez, capitaine. Cela n'a pas vraiment d'importance.

— Pourquoi êtes-vous restée ? demanda Fisher. Tout le monde est parti, sauf vous. Qu'est-ce qui vous retient ici ?

Sœur Anna regarda le cadavre et sourit.

— J'étais ici, dans la rue des Dieux, il y a vingt-deux ans, quand tout a commencé. Je ne faisais que passer, mais il m'a souri, et je l'ai écouté prêcher. Il était magnifique. Je l'ai accompagné, et dès lors j'ai toujours été à ses côtés. Après qu'on nous l'a pris, qu'il a été séparé du temps, je suis venue habiter ici et j'ai attendu qu'il me revienne. Comment pourrais-je le quitter ? Peu m'importait que ce soit un homme ou un Dieu. Je suis restée parce que je l'aime, depuis ce premier jour.

L'église du Traqueur de Carmadine n'était qu'une porte dans le mur. D'un côté, il y avait une petite chapelle agréable, consacrée à la

Dame Claire, couverte de fleurs, de vignes et de couleurs pastel. De l'autre côté, un temple ouvert, aérien, consacré à l'Homme de Janvier. La porte elle-même ne payait pas de mine. Elle faisait un mètre quatre-vingts de haut et quatre-vingt-dix centimètres de large. La peinture s'écaillait, le bois se fendait. Elle était fermée par un gros cadenas en acier décoloré. D'après l'expérience de Hawk, c'était le genre de porte installée sur les entrepôts des quais spécialisés dans des biens dont personne n'avouerait avoir envie. Il l'étudia un long moment, conscient que Tombe l'observait et guettait son commentaire. Apparemment, Tombe s'attendait à ce qu'il s'énerve de nouveau. Mais il refusait de lui faire ce plaisir.

— Très bien, commença Hawk. C'est une porte. On frappe ou on entre ?

— Je ferais mieux de passer devant, dit Tombe. Les Traqueurs n'apprécient pas les visiteurs impromptus, avec ou sans investiture du Conseil.

— Attendez un peu, dit Fisher. Si le Traqueur de Carmadine a été assassiné, pourquoi ses fidèles sont-ils encore dans les parages ?

— Ils attendent qu'il revienne d'entre les morts. Avec tout le respect que je vous dois, capitaine Fisher, capitaine Hawk, je pense que nous devrions écourter cette visite au maximum. Et ne pas nous écarter du sujet. Le Traqueur de Carmadine était un Dieu très déplaisant, et son ordre l'est plus encore. Si ses disciples prennent ombrage de notre présence, je ne suis pas certain que nous sortions tous vivants de leur repaire.

— Ne vous inquiétez pas, dit Hawk. Nous avons roulé notre bosse. Il en faut beaucoup pour nous mettre mal à l'aise.

Tombe le regarda un moment, puis se tourna vers la porte. Il eut un geste vers le verrou, qui s'ouvrit avec un déclic. Il poussa la porte, révélant une lumière verdâtre. Tombe s'avança. Hawk fit mine de le suivre, puis s'arrêta quand l'odeur lui parvint. La lumière verte parut prendre un aspect plus sinistre encore, rappelant à Hawk les feux follets qui dansaient sur les cairns récemment érigés. Il prit son courage à deux mains et suivit Tombe dans la lumière. Fisher lui emboîta le pas, la main sur son épée.

La porte claqua derrière eux. Ils se retrouvèrent dans un long couloir de brique qui descendait, seulement éclairé par la lueur glauque qui émanait de partout et de nulle part. Le tunnel était juste assez grand pour que Fisher s'y tienne debout, et large d'à peine un mètre vingt. La brique craquelée s'effritait sous l'action combinée du temps et du manque d'entretien. Le sol était couvert de flaques d'eau noire et fétide. La mousse et les champignons fleurissaient à même la brique. L'odeur de mort et de putréfaction était presque insupportable. Au loin, une cloche sonnait avec la régularité implacable d'un grand cœur de métal.

— Qu'est-ce que c'est que cet endroit ? marmonna Fisher en fixant le bout du tunnel.

— Nous sommes dans le domaine des Traqueurs, répondit Tombe assez bas. Une bulle dimensionnelle attachée à notre réalité, mais tout de même extérieure. Suivez-moi.

Tombe mena les deux gardes dans un interminable labyrinthe d'étroits tunnels de brique qui tournaient et bifurquaient et revenaient en arrière. La cloche sonnait toujours au loin, mais ne paraissait jamais se rapprocher. La moisissure dégouttait du plafond et dégoulinait sur les murs en coulées soudaines. Hawk surveillait leur chemin, mais malgré cela le premier prêtre le prit par surprise. La petite silhouette fripée était assise en tailleur dans une niche taillée dans le mur. Il était vieux, flétri, pâle comme un cadavre et tout à fait nu. Les os saillaient sous la chair. Son souffle était lent, faible, et ses yeux fermés. Une chaîne en acier décoloré partait d'un lourd anneau enchâssé dans le mur et s'achevait sur un grand crochet d'acier, enfoncé dans l'épaule du prêtre. L'extrémité du croc sortait de la chair juste sous l'aisselle. À voir comment la blessure avait cicatrisé autour de la pointe acérée, le crochet devait être là depuis longtemps.

Tombe et les deux gardes avancèrent en essayant de faire le moins de bruit possible, mais les paupières du prêtre s'ouvrirent tout de même à leur passage. Hawk se figea, la main sur la hache. Le prêtre n'avait pas d'yeux, rien que des orbites vides, mais il tourna tout de même la tête pour faire face à Hawk. Il sourit lentement, découvrant des dents limées en pointe avant de refermer les paupières. Hawk eut un mouvement de tête pour Fisher et Tombe, et ils repartirent. Ils passèrent de temps à autre devant d'autres prêtres, immobiles dans leurs niches. Aucun ne bougea ni ne parla, mais tous les regardèrent passer de leurs orbites vides.

Enfin ils émergèrent dans une grande salle pleine d'échos, vide à part un grand trône d'airain au centre. Sur le trône, étendue, gisait la dépouille du Traqueur de Carmadine. Hawk avança lentement, gardant l'œil sur les autres tunnels qui partaient de la pièce. Il s'arrêta devant le trône et fronça le nez. Les os décolorés étaient tenus ensemble par des lambeaux de muscles putrides, et le crâne ricanant était presque dénudé. Le Traqueur de Carmadine était laid dans la mort et avait dû être encore pire de son vivant. Il avait dû mesurer au moins deux mètres quarante, avec une poitrine large et une tête plate. Les bras et les jambes étaient trop longs, et bien plus épais que ceux d'un homme. Il avait des griffes acérées aux mains et aux pieds, et des crocs longs et pointus. Hawk tenta d'imaginer à quoi cette chose ressemblait de son vivant. Il en eut presque le souffle coupé.

— Le Traqueur était un Dieu plutôt sanglant, dit Tombe tout bas, comme s'il avait craint de réveiller quelque chose. Sa religion tournait autour du sacrifice rituel, de la mutilation et du cannibalisme. Faisons vite, capitaine Hawk. L'endroit n'est pas sûr. Et les choses ne s'arrangeront pas quand les Traqueurs se rendront compte que leur Dieu ne va pas revenir à la vie.

— Très bien, commençons par le début. Comment le Traqueur a-t-il été tué ?

— Apparemment, il est mort de vieillesse en une nuit voici trois jours. D'après les archives de la ville, le Traqueur avait au moins sept cents ans. À voir le cadavre, je dirais que son corps a fini par s'en souvenir.

— Donc le tueur a utilisé la magie, avança Fisher.

— Soit ça, soit un Objet de Pouvoir. On en trouve, dans la rue des Dieux.

Hawk jeta un coup d'œil rapide à la pièce vide, mais aucun indice ne lui sauta aux yeux.

— Y a-t-il quelqu'un à qui nous pourrions parler pour savoir comment le tueur a pu entrer et sortir ?

—Personne n'acceptera de nous parler, ici, capitaine Hawk. Nous sommes des infidèles.

—Alors fichons le camp. Cet endroit ressemble trop à un piège à mon goût.

Tombe opina et se dirigea rapidement vers l'entrée du tunnel qui les avait menés ici. Fisher suivit, l'épée en main. Hawk sortit de la pièce à reculons, ne quittant pas le Dieu mort du regard. Il avait l'impression qu'à n'importe quel instant, le corps parcheminé pourrait lever sa tête osseuse et le regarder... Il le fixa jusqu'à ce qu'un coude du tunnel lui bouche la vue. Il se retourna et suivit Tombe et Fisher d'un pas vif. La grande cloche continuait de sonner, sa lente réverbération annonçant le sang et la perdition.

Tombe les conduisit en confiance dans le labyrinthe de brique, puis s'arrêta soudain et se mordit la lèvre. Hawk fronça les sourcils. S'il se rappelait bien, ils n'étaient qu'à mi-chemin de la porte qui s'ouvrait sur la rue des Dieux. Tombe était parfaitement immobile, le regard vague et perdu au loin. Hawk regarda autour de lui. Le tunnel s'étirait dans deux directions, vide et silencieux, baigné de la même lumière verte et maladive.

—Quelque chose approche, dit doucement Tombe.

Hawk tira sa hache et Fisher raffermit sa prise sur son épée.

—Quel genre de chose ?

—Un groupe d'hommes. Un gros groupe. Une vingtaine, peut-être. Tous armés. Apparemment, les adorateurs du Traqueur de Carmadine ne veulent pas que nous partions. (Tombe frissonna soudain et son regard s'éclaircit.) Je me trompe peut-être, mais je pense qu'ils veulent nous sacrifier à leur Dieu dans l'espoir que cela le ramènera.

—Très bien, dit Hawk. Vous êtes sorcier. Faites quelque chose.

—C'est plus compliqué que cela.

—J'étais sûre qu'il dirait cela, remarqua Fisher avec une grimace.

—Je peux faire certaines choses, dit le sorcier. Mais dans cette dimension, il me faudra du temps pour les préparer. Il va falloir que vous les reteniez un moment.

Hawk et Fisher se regardèrent.

— Les retenir, soupira Hawk.

— Vingt hommes, ajouta Fisher.

— Des fanatiques religieux, armés jusqu'aux dents.

— Facile.

Les deux gardes se turent. Dans l'ombre d'un couloir perpendiculaire, quelqu'un se déplaçait en essayant de faire le moins de bruit possible. Mais, dans ce silence, le moindre son portait. Hawk et Fisher se rangèrent côte à côte, arme brandie. Tombe leur jeta un coup d'œil puis commença à murmurer. Le premier des Traqueurs chargea depuis l'autre tunnel, et Hawk se prépara au choc. Il était grand et musclé, avec un large sourire et des yeux fixes. Il portait une robe noire flottante et brandissait un cimeterre à l'air redoutable. Il se jeta sur Hawk, la lame incurvée tendue vers la gorge du garde. Hawk dévia facilement l'arme et en retour ficha sa lame dans le visage de l'attaquant. Le Traqueur tomba à genoux, couvert de sang, puis s'écroula quand Hawk retira sa hache.

D'autres Traqueurs débouchèrent du tunnel, les yeux fous. Les épées et les haches brillaient dans la lueur verte irréelle. Hawk et Fisher se lancèrent sur leurs attaquants. La marée de Traqueurs fut endiguée sous l'impact. Hawk abattait sa hache en arcs de cercle courts et précis, et les Traqueurs tombaient, morts ou peu s'en fallait. Fisher piétinait et frappait d'estoc à son côté, repoussant quelques assaillants assez rapides pour lancer leurs propres attaques. Le sang éclaboussait les murs et formait des flaques.

L'étroitesse du tunnel empêchait les Traqueurs d'attaquer en même temps. Hawk et Fisher étaient bien assez efficaces pour leur tenir tête. Malgré cela, la haine et la ferveur des fanatiques les faisaient avancer par-dessus les cadavres, et pied à pied Hawk et Fisher reculaient, Tombe perdu dans ses murmures quelques pas derrière eux.

Hawk maniait sa hache à deux mains, s'efforçant de dégager un espace de sécurité, mais les assaillants revenaient trop vite. Où qu'il regarde, des épées s'avançaient, des yeux le foudroyaient partout, des dents pointues lui souriaient. Fisher éventra un Traqueur d'un coup bref et sans fioritures, et se tourna face à un nouvel attaquant alors que le premier tombait encore. Elle sursauta de surprise quand le mourant lui saisit les jambes et essaya de l'entraîner à sa suite. Elle para par réflexe un coup d'épée et voulut écarter l'homme à terre d'un coup de pied. Il s'accrochait avec la détermination d'un mort. Le sang trempait les jambes de la jeune femme. La panique commençait à poindre quand Hawk se rendit compte du problème et trancha le cou du Traqueur à terre d'un coup de hache. Il tomba, inerte, et Fisher se dégagea. Tout cela n'avait pris que quelques instants, mais le front de Fisher était baigné de sueur quand elle repartit au combat.

Je dois me faire vieille pour me faire avoir comme ça, pensa-t-elle, amère. *À dix contre une, je n'avais jamais eu de problème. Je devrais peut-être changer de métier pendant que je le peux.*

Elle abattit un Traqueur, en éventra un deuxième et aveugla un troisième. Le sang mouchetait l'air, et elle eut un sourire mauvais.

Et puis non. Je m'ennuierais au bout d'une semaine.

Le Traqueur devant elle s'arrêta soudain, la bouche béante d'étonnement, et sa tête explosa. Du sang et de la cervelle éclaboussèrent les murs et le plafond au moment où Fisher recula, interdite. Il y eut une série de claquements secs et, en quelques instants, le sol fut couvert de cadavres décapités. Hawk et Fisher baissèrent leur arme, se regardèrent puis se tournèrent vers Tombe.

— Pardon d'avoir pris tant de temps, dit le sorcier, très calme. Mais ce genre de sort est assez délicat à calculer. On ne peut pas placer la virgule n'importe où.

Il s'interrompit, la tête penchée, écoutant quelque chose audible de lui seul.

— Je pense qu'il serait sage de continuer. D'autres Traqueurs arrivent. Plus que je ne pourrai en éliminer, je le crains.

— Alors qu'est-ce qu'on fait encore là ? lâcha Hawk. Courez !

Il poussa Tombe devant lui, et tous trois reprirent leur course dans les tunnels de brique vers l'extérieur. Ils n'en étaient pas bien loin quand un bruit de pas rapides retentit derrière eux. Hawk et Fisher accélérèrent, faisant presser Tombe. Il les menait dans le labyrinthe avec une assurance sans faille, et soudain ils franchirent la porte qui menait dans la rue des Dieux, aveuglés par l'éclatant soleil d'été. Tombe se retourna, eut un geste brusque et la porte disparut, laissant un mur vide derrière elle.

— Ça devrait les retenir un moment. Le temps de nous éloigner, par exemple. J'espère que vous avez trouvé cette visite utile ?

— Tout à fait, répondit Hawk dont l'essoufflement disparaissait rapidement. Rien de tel que de se faire poursuivre par une armée de fanatiques meurtriers pour se remettre en forme.

— Tant mieux. Parce que j'ai peur de devoir vous quitter, à présent. D'autres obligations m'attendent, vous savez. (Il sortit un morceau de papier plié de sa poche et le tendit à Hawk.) Voici une liste des Êtres qui pourraient accepter de vous parler. Il serait bon que vous ayez un aperçu de la situation d'ensemble dans la rue des Dieux pour le moment. À part ça, je ne sais vraiment pas quoi vous suggérer d'autre. Poursuivre les assassins, ce n'est pas tout à fait dans mes cordes.

— On se débrouillera, assura Fisher. Nous sommes des capitaines de la Garde. Nous n'avons pas besoin qu'on nous tienne la main. Pas vrai, Hawk ?

— Tout à fait.

— Ravi de vous l'entendre dire, répondit Tombe. Si vous avez de nouveau besoin de moi ou d'un membre quelconque de la Brigade, demandez autour de vous. Il y a toujours quelqu'un qui sait où nous sommes. Ça fait partie de notre travail, d'être vus. Bonne journée.

Il s'inclina poliment devant les deux gardes et partit d'un pas calculé pour empêcher toute discussion. Hawk regarda Fisher.

— Il sait quelque chose. Et il ne veut pas qu'on lui pose de questions. Je me demande quoi.

— Dans la rue des Dieux, commenta Fisher en haussant les épaules, ça peut englober beaucoup de choses.

Charles Buchan était assis sur le bord de sa chaise et attendait impatiemment qu'on lui amène Annette. Officiellement, les Sœurs de Joie étaient considérées comme une religion. Elles avaient même l'un des établissements les plus imposants de la rue des Dieux, mais en fait leur antichambre ne ressemblait à rien tant qu'à celle d'une maison close de luxe. Ce qui n'était pas très loin de la vérité, à bien y réfléchir.

Les Sœurs de Joie étaient une vieille religion établie. Plus vieille que Haven, disait-on parfois. Elle était implantée dans tous les Bas Royaumes, à la plus grande rage des religions aussi anciennes mais plus conservatrices, et qui n'y pouvaient rien. Les sœurs avaient commencé comme prostituées sacrées pour une déesse de la fertilité à présent oubliée, sans doute assez proche de la Dame Claire, et avaient évolué par leur découverte de la magie tantrique. Elles étaient devenues plus puissantes. Et aussi plus sinistres.

La magie tantrique repose sur le sexe, ou plutôt sur la sexualité. Pour simplifier, les Sœurs de Joie puisaient le pouvoir et la vitalité des gens par le sexe, pompant leur force vive. Cette énergie volée leur donnait une espérance de vie fort accrue et faisait d'elles de puissantes magiciennes, mais seulement tant que ce niveau d'énergie était maintenu. Elles avaient besoin de beaucoup de personnes pour entretenir leur pouvoir et leur longévité. La nature humaine étant ce qu'elle est, les sœurs ne manquaient jamais de visiteurs. Ou de victimes, selon la façon de voir les choses.

La magie tantrique ne faisait pas à proprement parler partie de la Haute Magie, prenant ses racines uniquement dans la magie sauvage, plus ancienne et moins respectable. C'est pourquoi la plupart des sorciers modernes refusaient d'y toucher. L'autre raison, c'est que les femmes étaient bien plus douées pour la magie tantrique que les hommes, et la Haute Magie était un domaine purement masculin. Donc, la Haute Magie était socialement acceptable, à l'inverse de la magie tantrique. Les Sœurs de Joie s'en fichaient comme d'une guigne. Elles vivaient à leur façon, comme toujours, depuis toujours. Leur porte était toujours ouverte, jour et nuit, pour ceux qui venaient par besoin ou désespoir. Les sœurs offraient souvent le soin, le confort et l'affection, et en échange liaient ceux qui venaient les voir en une toile serrée de dépendance et d'obligation. Certains disaient qu'elles étaient pires qu'une drogue et que ceux qui tombaient sous leur influence étaient à peine plus que des esclaves. Personne ne le disait trop fort, ni publiquement, bien entendu. Cela n'aurait pas été prudent.

Buchan se leva et commença de faire les cent pas. On lui amènerait bientôt Annette.

Le salon était d'un luxe presque indécent. Un tapis épais couvrait le sol, et les murs disparaissaient derrière une profusion de tableaux et de tentures, pour la plupart obscènes. Les parfums adoucissaient l'air. Il y avait des fauteuils et des causeuses confortables, et des tables délicates proposaient des vins, des spiritueux et des cordiaux, ainsi que toutes sortes de drogues ou de potions. Rien n'était interdit, ici, et tout était gratuit. Au début. Les Sœurs de Joie avaient amassé une fortune colossale au fil des siècles, et recevaient encore de très généreuses donations de la part de leurs clients reconnaissants. Personne ne parlait jamais de chantage, bien entendu. Cela n'aurait pas été prudent.

Avec un certain effort, Buchan arrêta d'arpenter le tapis. C'était un signe de faiblesse qu'il ne pouvait pas se permettre. Il regarda une nouvelle fois l'horloge cerclée de bronze sur le manteau de cheminée et fronça les sourcils. Il ne pourrait pas rester très longtemps : Tombe ou Rowan finirait par se demander où il se trouvait. Et par poser des questions. Ainsi que Hawk et Fisher. Il devrait faire attention avec les deux gardes. Ils avaient la réputation de dénicher les secrets et d'aller au fond des choses. Buchan prenait toujours garde de se déguiser quand il rendait visite aux Sœurs de Joie, mais aucun déguisement n'était parfait, surtout dans la rue des Dieux. Malgré cela, seuls les membres de la haute société connaissaient vraiment son rapport avec les sœurs, et même ceux-là ne savaient pas tout. Et puis, les chances que l'aristocratie de la ville daigne aborder de tels sujets avec Hawk et Fisher étaient assez maigres.

La haute société ne parlait jamais d'un de ses membres avec des étrangers. Même après l'avoir répudié.

Il eut un léger sourire. Il n'y a pas si longtemps, il possédait une certaine importance dans leurs rangs. C'était un membre influent et très demandé. Personne ne se souciait de sa réputation, à l'époque. Cela leur donnait juste une bonne source de ragots. La haute société se nourrit de racontars. Mais même les plus sybaritiques et débauchés n'avaient pas accepté qu'il fréquente les Sœurs de Joie. Les sœurs étaient la lie, le tabou entier. D'abord, ses amis essayèrent de lui parler, puis même ses ennemis s'en mêlèrent. Sa famille lui interdit de retourner voir les sœurs, sous peine de le déshériter. Mais rien n'aurait pu le dissuader d'y revenir, encore et toujours, et il ne pouvait pas leur dire pourquoi. Au final, la haute société s'était détournée de lui, et sa famille lui avait coupé les vivres.

Il s'en moquait, en fin de compte. Il avait une nouvelle vie dans la Brigade des Dieux, et il avait son Annette.

La porte s'ouvrit, et elle entra. Il eut le souffle coupé en la voyant, comme toujours, et il resta un moment sans rien faire, la dévorant des yeux. Elle était grande, fine, gracieuse et si belle. De longs cheveux blonds bouclaient autour de ses épaules, et elle avait les yeux aussi bleus que ceux de Buchan. Elle lui sourit, de ce sourire particulier qu'elle n'avait que pour lui, et se jeta dans ses bras tendus.

Tombe gravit lentement l'escalier qui menait à la chambre de Rowan, une tasse de thé fumante posée sur le plateau d'argent qui flottait à son côté. Le sorcier s'inquiétait pour Rowan. Elle tombait souvent malade, ces derniers mois, et pourtant refusait qu'on fasse venir un médecin. Elle ne croyait pas aux docteurs et préférait se traiter elle-même avec ses mixtures infâmes. Tombe ignorait ce qu'elle y mettait, mais chaque fois que Rowan préparait ses décoctions dans la cuisine, la cuisinière menaçait de démissionner. Ayant senti les effluves à plus d'une reprise, Tombe la comprenait. Si l'odeur avait été plus forte, on aurait pu l'utiliser pour décaper les murs. La bouche de Tombe se tordit, mais il était trop inquiet pour sourire. Rowan prenait ces horreurs depuis des semaines, et son état ne s'améliorait pas. Si cela continuait, il ferait venir un docteur, quoi qu'elle dise. Il ne voulait plus la voir aussi lasse et mal en point.

Il monta les dernières marches en silence et s'arrêta devant la porte de Rowan. Il frappa poliment et foudroya le plateau du regard quand il fit mine de trembler. Faute de réponse, Tombe frappa de nouveau. Il regarda vaguement autour de lui en attendant. Rowan répondait rarement du premier coup. Elle tenait à son intimité et évitait souvent toute compagnie. Rowan n'avait jamais été vraiment sociable. Tombe soupira et passa son poids sur l'autre jambe.

La maison était tout à fait silencieuse. Buchan était sorti, et c'était le jour de congé des domestiques. Tombe était membre de la Brigade des Dieux depuis près de onze ans, et il connaissait bien la maison et ses humeurs. Mais, ces derniers temps, le calme paraissait presque sinistre. Un silence fait de non-dits et de trop de secrets. Évidemment, la maison avait l'habitude des secrets. Personne ne venait à la Brigade des Dieux avec un passé immaculé. Ce qui expliquait sans doute pourquoi si peu y restaient. Tout le monde ne pouvait pas supporter les réalités excentriques de la rue des Dieux. Tombe avait vu défiler les guerriers et les mystiques. Il espérait que Rowan resterait. Elle était particulière. Il frappa de nouveau, un peu plus fort.

— Rowan ? C'est moi, Tombe. Je me disais qu'une petite tasse de thé te ferait du bien. Je peux entrer ?

Toujours rien. Tombe ouvrit la porte et entra en silence, le plateau flottant de façon indécise derrière lui. Rowan était profondément endormie. Elle paraissait petite et d'une fragilité inquiétante dans son grand lit. Rowan s'étira lentement sans se réveiller, puis s'immobilisa. Elle avait dérangé les draps dans son sommeil, comme un enfant agité, et Tombe les arrangea en quelques gestes. Il recula, parcourut la pièce du regard avant de regarder Rowan de nouveau. Elle paraissait dormir paisiblement pour l'instant. Il ne pouvait rien faire de plus. Il n'avait donc aucune raison de rester.

Il s'assit sur la chaise à côté du lit. La pièce était la copie conforme de la sienne, mais Rowan l'avait davantage personnalisée, depuis le peu de temps qu'elle était là, que lui en onze ans. Aux murs, il y avait des peintures à l'huile qu'elle avait réalisées elle-même. Elles démontraient un bon potentiel. Un jouet d'enfant tout doux au sourire cousu était posé par terre à côté du lit. Rowan aimait l'emporter avec elle au lit quand les autres partaient pour une affaire et qu'elle se sentait abandonnée dans la maison. Tombe la comprenait. Parfois, lui aussi avait besoin de se raccrocher à quelque chose la nuit. Le tapis au sol était une acquisition récente. Tombe l'avait accompagnée dans les marchés un après-midi, pour essayer de trouver exactement la teinte qui s'accorderait à ses draps.

Rowan s'étira de nouveau dans son sommeil, et Tombe la

regarda rapidement, mais elle ne s'éveilla pas. Il resta donc un moment à la contempler. Il aimait cela. Il aurait pu rester là tout le jour et toute la nuit, à veiller sur elle, à prendre soin d'elle. À l'aimer. Il eut un maigre sourire. Il n'avait jamais utilisé le mot « aimer » auparavant, à part dans ses pensées. Il lui avait dit un jour ce qu'il ressentait pour elle, après une heure à tourner autour du pot pour se donner du courage. Au moins, elle n'avait pas ri. Elle lui avait simplement dit qu'elle ne ressentait rien pour lui, comme si cela aurait dû suffire à clore le sujet. Tombe eut un sourire las. Si seulement c'était aussi simple. Il n'avait pas demandé à tomber amoureux d'elle. Elle n'était pas particulièrement belle ou intelligente. Mais elle lui avait volé son cœur, il n'y pouvait rien.

Il se remit debout à regret. Rowan pouvait se réveiller à tout moment, et autant ne pas se trouver là. Il ne voulait pas la contrarier. Il quitta la pièce en silence et referma la porte derrière lui. Il redescendit l'escalier, les sourcils vaguement froncés tandis qu'il se demandait quoi faire. Il y avait beaucoup de paperasseries à régler, mais ça n'avait rien de nouveau. Ça pouvait bien attendre un peu. Il se dit qu'il pourrait descendre la rue, parler aux gens, essayer de sentir la façon dont le lieu réagissait à l'arrivée de Hawk et Fisher.

Ou il pouvait aller voir le Bel Inconnu.

Il s'arrêta au pied de l'escalier. Il ne pouvait pas y aller maintenant. C'était bien trop dangereux, avec Hawk et Fisher dans la rue. Ils ne comprendraient pas. Mais cela faisait déjà trop longtemps qu'il n'y était pas allé. Il regarda le haut de l'escalier. Rowan n'aurait pas de problème. Les charmes de protection autour de la maison éviteraient qu'elle soit dérangée. Et si elle voulait quelque chose, elle n'aurait qu'à appeler pour que Tombe l'entende où qu'il soit. Elle le savait.

Il traversa l'entrée d'un pas précipité, attrapa sa cape au crochet et s'en enveloppa. Il rabattit la capuche pour que l'ombre lui couvre le visage. Il aurait pu utiliser un sort de déguisement, mais il y avait trop d'endroits dans la rue des Dieux où la magie n'était pas fiable.

Et il ne devait pas prendre de risques inutiles…

Le sorcier Tombe ouvrit la porte et partit dans la rue des Dieux.

Hawk et Fisher parcoururent la rue des Dieux en tous sens, suivant la liste donnée par Tombe. Les heures passaient, mais le soleil au-dessus de leur tête ne bougeait pas. Il était midi dans la rue des Dieux, et cela durait depuis plusieurs jours. Des acolytes en robes passaient autour d'eux, pressés par des missions inconnues, la tête penchée en signe de respect et d'humilité, et pour éviter de voir les temples et les églises plus splendides que les leurs. Les prêcheurs de rue entraient encore dans des rages hystériques, s'invectivaient les uns les autres, mais personne à part les touristes ne leur prêtait attention. Hawk et Fisher posaient leurs questions, obtenaient quelques informations auprès des Êtres que Tombe leur avait conseillé de rencontrer, et faisaient de leur mieux pour ignorer les merveilles et les horreurs qui encombraient la rue des Dieux.

Les Nocturnes étaient une ancienne secte nécromancienne, moins populaire qu'autrefois. Leur grand prêtre rencontra Hawk et Fisher dans l'Ossuaire, la cathédrale d'os. Des motifs d'os polis s'entrecroisaient pour en former le sol, les murs et les plafonds. Certains étaient à l'évidence humains. D'autres étaient si gros et difformes que Hawk préférait ne pas penser aux créatures à qui on avait pu les prendre. L'air sentait le musc et la cannelle, et d'étranges lumières clignotaient parfois aux fenêtres. Tout le temps qu'ils y restèrent, Hawk sentit qu'une chose horrible et indicible rôdait juste en dehors de son champ de vision, attendant patiemment qu'il baisse sa garde. Sa main ne fut jamais bien loin de sa hache.

Les Nocturnes étaient aveugles, les paupières cousues, mais tous se déplaçaient et parlaient avec une certitude étrange, presque déstabilisante. Hawk faisait de son mieux pour ignorer les picotements à la base de sa nuque et il demanda à voir l'Être anonyme que les Nocturnes adoraient. Le grand prêtre secoua lentement la tête. Seuls les fidèles pouvaient voir leur Dieu, et cette vision était si resplendissante qu'elle brûlait les yeux de tous ceux qui la contemplaient. Hawk insista, mais le grand prêtre resta inflexible. Il n'accepta même pas de lui poser des questions au nom des gardes. Personne ne savait quoi que ce soit sur les Dieux morts. Personne ne savait quoi que ce soit sur quoi que ce soit.

Hawk et Fisher allèrent de temple en église, d'église en salle commune, et le message était toujours le même. Le Pendu fut poli, mais ne leur apprit rien. Chère Corruption ne fut même pas polie. Le Seigneur de la Nouvelle Chair refusa même de les recevoir.

Et ainsi de suite dans toute la rue des Dieux, jusqu'à arriver enfin à la Légion du Primordiable. L'église de la Légion était un grand édifice de spires, de dômes et de tours crénelées. Il y avait des vitraux magnifiques, des drapeaux et des bannières de dizaines de teintes différentes. À un autre moment, Hawk aurait pu être impressionné, mais, à ce moment précis, il ne pouvait plus penser qu'à ses pieds douloureux. La journée avait été longue.

Mais les prêtres de la Légion étaient franchement dérangeants. Tous avaient un œil étrange incrusté quelque part dans leur chair. Il était gros et rouge, avec une pupille noire verticale. Tous ces yeux brillaient dans les mains, les fronts ou les poitrines. Dans quelques cas, il avait remplacé l'un des yeux du prêtre et se retrouvait saillant dans cette orbite trop petite, fixant le monde d'un air rageur. D'après la légende, la Légion était l'intermédiaire par lequel un Être ancien d'un autre plan d'existence pouvait observer le monde des hommes.

Le grand prêtre paraissait tout à fait réjoui de parler à Hawk et Fisher, mais ne pouvait pas faire grand-chose pour les aider. Après le meurtre de trois Êtres, les rumeurs allaient bon train, mais personne ne savait quoi que ce soit de certain. Les gens avaient peur. Certains Êtres aussi. Tout le monde cherchait un coupable. Quelqu'un à accuser, à châtier. Personne n'avait encore parlé de guerre des Dieux, mais chacun y pensait.

Hawk et Fisher discutèrent un moment avec le grand prêtre, évitant de regarder l'œil pourpre qui observait sans ciller depuis son front. Cela ne donna pas grand-chose jusqu'à la fin, quand le grand prêtre se pencha soudain sur son trône pour fixer Hawk de son regard dérangeant.

— Dites-moi, capitaine. Avez-vous déjà entendu parler du Club des Damnés ?

— Non, répondit Hawk avec prudence. Cela ne me dit rien.

Il eut un regard pour Fisher, qui secoua la tête.

Le grand prêtre se renfonça dans son trône avec une expression hermétique sous son troisième œil luisant.

—Demandez à Charles Buchan. Il sait, lui.

Et il ne voulut rien dire de plus. En quelques instants, les deux gardes furent de retour dans la rue des Dieux, guère plus avancés qu'au début. Il était toujours midi, et l'air était trop chaud. Hawk et Fisher décidèrent en même temps que le mieux, pour les aider à avoir une vision d'ensemble, serait un bon verre bien corsé. Ou deux. En conséquence, ils se rendirent vers le temple le plus proche de l'Ordre du malt et commandèrent une libation rituelle dans un grand verre. Avec leur consommation, ils s'installèrent dans un recoin à l'écart, à l'arrière du temple, où les lumières étaient agréablement tamisées. Hawk étira ses jambes avec un soupir de contentement et posa ses pieds endoloris sur une chaise voisine. Fisher enleva l'une de ses bottes pour se masser les orteils. Il est des moments trop doux pour être interrompus, mais les capitaines finirent par reporter leur attention sur la boisson et sur le sujet qui les occupait.

—Bon, fit Hawk. Voyons ce qu'on a appris. Trois Êtres sont morts. Puisqu'ils sont morts, je pense qu'on peut les appeler des Êtres plutôt que des Dieux. Le Seigneur d'Épouvante est mort il y a neuf jours. Son corps avait été réduit en morceaux. L'Homme séparé a été poignardé il y a six jours. Et le Traqueur de Carmadine aurait vieilli d'un coup il y a trois jours. Pas besoin d'être un génie pour voir le cycle, hein ?

—Un meurtre tous les trois jours, répondit Fisher. Avec un autre prévu pour aujourd'hui, si le calendrier est respecté.

—Exactement, dit Hawk. Et nous ne pouvons rien faire pour l'empêcher. Nous n'avons pas assez de renseignements, et personne ne veut nous parler.

—Pourquoi la rue des Dieux serait-elle différente du reste de Haven ? demanda Fisher avec un sourire.

—Dans n'importe quelle autre partie de la ville, se lamenta Hawk avec un reniflement dégoûté, je pourrais persuader quelqu'un de nous parler. Mais la mystique avait raison. La force brute ne nous servira à rien, ici. Si je commence à flanquer ma hache dans la tête d'un

Être, je me retrouverai sans doute à gober des mouches sur un champ de nénuphars. L'intimidation est hors de question. Il ne nous reste que la diplomatie.

—Je te laisse faire, dit Fisher. Ça ne me réussit pas, moi.

—J'avais remarqué. Qu'est-ce qu'on sait sur le tueur ? Il va et il vient comme il veut, même quand les temples sont gardés par des fanatiques bien armés. Donc, soit il est invisible, ce qui accuserait un sorcier, soit c'est un maître du déguisement. Ou quelqu'un qu'on s'attend à voir, qu'on ne considère pas comme une menace.

» Apparemment, chaque Être est mort d'une façon différente, et, pour autant que nous le sachions, aucun n'avait de rapport avec les autres. Alors comment le tueur choisit-il ses victimes ? Au hasard. Bon sang, Isobel, je ne sais même pas par où commencer, dans cette histoire.

—N'abandonne pas si vite. Écoute, le tueur doit être incroyablement fort et capable de passer sans se faire voir. Alors pourquoi pas un tueur surnaturel, comme un vampire ? Il pourrait passer devant les gardes en se transformant en brume ou en chauve-souris, et il serait bien assez fort pour briser le Seigneur d'Épouvante. Ça expliquerait même pourquoi tous les meurtres ont eu lieu aux petites heures du matin.

Hawk réfléchit.

—C'est une possibilité, ma belle, mais je doute que les Êtres n'aient pas de protection spécifique pour empêcher un prédateur surnaturel d'entrer. Tout le monde en a, et eux ont clairement les moyens. Non, Isobel, je pense que c'est plus une question de magie.

—Tu veux parler d'un sorcier ?

—Peut-être. Un sort d'invisibilité lui permettrait de passer les protections, et ensuite il pourrait employer la magie pour déchirer le Seigneur d'Épouvante et faire mourir le Traqueur de vieillesse.

—Mais alors pourquoi poignarder l'Homme séparé ?

—Pour nous égarer ?

—Ça me donne mal à la tête, dit Fisher.

Elle prit une grande gorgée de son verre et fronça les sourcils aussi fort qu'elle se concentra.

— Attends un peu… Et l'inverse ? On peut aussi relier les meurtres par une absence de magie. Les protections n'empêchent pas le tueur d'entrer. La magie qui anime le Traqueur est brisée. Ainsi que celle qui séparait l'Homme séparé du temps. Et peut-être la magie seule faisait-elle vivre le Seigneur d'Épouvante. Il était vide, tu te souviens ? Alors nous cherchons peut-être un sorcier ou un homme en possession d'un Objet de Pouvoir, qui peut dissiper la magie et rendre les Êtres vulnérables.

— Un Objet de Pouvoir qui dissipe la magie…, répéta Hawk. La Pierre d'Exorcisme ?

— Oh, flûte ! dit Fisher. La Brigade des Dieux en tueurs de Dieux ? Arrête un peu, Hawk.

— Ce sont les seuls à pouvoir utiliser la Pierre d'Exorcisme.

— Mais le Conseil les a placés sous un charme pour qu'ils ne puissent pas l'employer à mauvais escient !

Hawk eut un sourire amer.

— Si c'était une affaire facile, on n'aurait pas besoin de nous pour la résoudre. C'est forcément un membre de la Brigade des Dieux, Isobel. C'est la seule théorie qui coïncide avec tous les éléments. Le tueur a dû trouver un moyen de passer outre le geas.

— On ne pourra accuser personne sans un tombereau de preuves, signala Fisher. Ces gens ont des amis très haut placés. Littéralement, parfois. Bon sang, Hawk, nous sommes censés travailler avec eux. Comment allons-nous leur cacher quelque chose comme ça ?

— Très soigneusement, répondit Hawk. Celui d'entre eux qui est le tueur a déjà détruit trois Êtres. Je ne pense pas qu'il ou elle hésiterait à éliminer deux gardes qui s'approchent trop de la vérité.

Ils gardèrent le silence un instant.

— Alors qu'est-ce qu'on fait ?

— On avise au fur et à mesure, répondit Hawk. Pour commencer, je pense que nous allons discuter avec Charles Buchan, et voir ce qu'il sait de ce Club des Damnés.

— C'est le seul membre de la Brigade des Dieux dont on nous a parlé, dit Fisher, pensive.

— Oui. Intéressant, non ? Mais peut-être un peu trop évident. À moins que ce soit exactement ce qu'on veut nous faire croire…

Fisher grogna et secoua la tête, la main tendue vers son verre.

Hawk et Fisher quittèrent le temple de l'Ordre du malt et découvrirent que la nuit était tombée sans prévenir. Les ténèbres se resserraient, trouées par quelques lampadaires qui, çà et là, faisaient de leur mieux pour repousser la nuit et creuser quelques mares de lumière. Le ciel d'encre était incrusté d'étoiles étrangères, constellations inconnues sans aucune ressemblance avec celles de Haven. Il n'y avait pas de lune, et l'air avait une qualité fiévreuse, agitée. La rue des Dieux était presque déserte. Les prêcheurs de rue avaient disparu, et seules quelques silhouettes encapuchonnées s'affairaient encore auprès de leurs éternels devoirs. Hawk eut un froncement de sourcils mécontent. La rue des Dieux n'était jamais si calme, même de nuit. Mais avec un tueur de Dieux dans les parages, les gens évitaient tout risque inutile.

Les gardes retournèrent vers le quartier général de la Brigade des Dieux. Pour une fois, l'horloge interne de Hawk était d'accord avec l'heure de la rue. Il se préparait mentalement à un bon petit souper. Quel genre de cuisinière la Brigade pouvait-elle avoir ? En général, c'était lui qui cuisinait à la maison. Fisher n'avait aucune patience.

Ils venaient de passer une ruelle étroite qui bifurquait quand un appel à l'aide étouffé retentit. Ils se retournèrent d'un bloc mais ne se ruèrent pas en avant. Dans le Nord, un appel à l'aide dans l'ombre pouvait aussi bien être un piège. Un lampadaire unique brillait au bout de la ruelle, projetant plus d'ombres que de lumière. Aucun signe de la personne qui avait crié. Hawk regarda Fisher, et elle haussa les épaules. C'était peut-être un véritable cri de détresse. Hawk opina et s'avança prudemment dans la ruelle. En silence, Fisher l'accompagna, la lueur ambre du lampadaire se reflétant sur son épée.

Hawk arborait un air tendu, presque énervé, tandis qu'ils suivaient cette ruelle, attentifs au moindre mouvement. Les maisons de chaque côté demeuraient noires et muettes, sans aucune lumière aux fenêtres. Un bruit de grattement brisa le silence devant les deux gardes qui se figèrent, fouillant la nuit du regard. Rien. Le silence était si profond qu'il paraissait vivant. Fisher tapa doucement sur le bras de Hawk pour attirer son attention, indiquant du menton la structure devant eux, à droite. Une fenêtre était tout juste entrouverte. Aucune lumière ne luisait à l'intérieur. Fisher s'avança lentement et s'adossa, à côté du volet, qu'elle écarta du bout de son épée tendue. Elle attendit un instant et, voyant qu'il n'y avait aucune réaction, elle s'écarta du mur pour jeter un œil dans la pièce. Elle ne voyait rien dans les ténèbres et il n'y avait aucun bruit. Après un regard à Hawk, elle haussa les épaules.

Alors qu'elle allait repartir, la fenêtre s'ouvrit d'un coup sous la poussée d'une silhouette sombre. Des bras puissants saisirent Fisher par-derrière et la tirèrent à l'intérieur. Hawk se lança en avant, mais Fisher avait déjà disparu à l'intérieur. Prenant une inspiration, il se hissa par la fenêtre en un mouvement rapide et sans grâce.

Il retomba au sol en un roulé-boulé et se jeta sur le côté. Accroupi en position défensive, il tendit sa hache et s'immobilisa. Il ne voyait rien et n'entendait que son souffle à peine contrôlé. L'assaillant avait peut-être déjà fui, mais Hawk n'y croyait pas. Tout cela ressemblait trop à une embuscade bien préparée. Tandis qu'il commençait à se demander pourquoi, il écarta toute pensée de son esprit. Peu importait. Il voulait simplement savoir où était Fisher.

Il se mordit la lèvre, furieux. Il ne pouvait pas rester sur place. Les yeux de l'assaillant étaient forcément plus habitués à l'obscurité que les siens. Il était peut-être déjà en train de s'approcher derrière lui. Cette idée suffit à décider Hawk. Se déplaçant rapidement mais avec prudence, il posa sa hache par terre, à portée de main, et sortit une boîte d'allumettes. Tirant une seule allumette, il l'appuya contre le côté de la boîte et hésita. Il devrait l'allumer du premier coup. Sinon, le bruit suffirait à révéler sa position et son geste. Il ferait une cible facile. Hawk prit une grande inspiration, souffla et gratta l'allumette.

La lumière s'éleva du bout de sa main, éclairant la pièce. Fisher avait un genou en terre, de l'autre côté de la pièce. Une silhouette encapuchonnée se tenait au-dessus d'elle, poignard en main. Hawk lâcha l'allumette et saisit sa hache.

— Isobel ! À terre !

Fisher se lança sans hésiter et, dans le court instant qui précéda la chute et l'extinction de l'allumette, Hawk visa et lança sa hache de toutes ses forces. Les ténèbres emplirent la pièce. Hawk retrouva à tâtons sa boîte d'allumettes et en gratta vite une autre. La lumière revint. La silhouette était étendue sur le dos, la hache plantée dans la poitrine. Fisher était accroupie en position défensive, pas très loin, indemne, l'épée tendue. Hawk poussa un long soupir de soulagement. Il sortit le morceau de bougie qu'il gardait pour les urgences, l'alluma et le posa au sol avant de rejoindre Fisher.

— Tout va bien, ma belle ?

— Quelques coupures, des égratignures. C'est tout. Ma cape m'a protégée du reste.

Hawk hocha la tête, soulagé, et se pencha sur le corps pour récupérer son arme. Il saisit la poignée, et le corps s'anima.

Il se souleva du sol, la main tendue vers la gorge de Hawk.

Celui-ci recula de quelques pas, manquant tomber et s'efforçant de libérer son arme. Mais la lame était bien enfoncée dans la poitrine de la silhouette. De lourdes et puissantes mains se resserrèrent sur le cou de Hawk.

Fisher se glissa derrière l'assaillant, les lèvres retroussées de rage, et son épée étincela une fois dans la lumière de la bougie, décrivant un arc de cercle avant de s'enfoncer dans le cou. Hawk tira sur les mains autour de son cou et les sentit se relâcher. Fisher retira son arme dans une grande gerbe de sang et frappa encore, grognant sous l'effort. Le sang jaillit de nouveau quand l'épée décolla à moitié la tête de la créature. Hawk se libéra, et toute force parut déserter son adversaire, qui tomba au sol, immobile. Hawk donna plusieurs coups de pied au corps, par prudence, et tira sur sa hache. Fisher s'agenouilla pour soulever la capuche de leur attaquant. Quand elle ôta sa main, elle était pleine de sang, mais ce n'est pas ce qui la fit hoqueter. Malgré la chiche lumière, Hawk et elle reconnurent parfaitement le visage de leur agresseur.

C'était l'Homme sombre. Le double du sorcier Bode.

— Bon sang, lâcha Hawk. Combien de fois va-t-il falloir le tuer pour qu'il comprenne ?

— Ce n'est pas le même homme…, dit doucement Fisher. La carrure est différente. Moins musculeuse. Ce qui suggère que Bode ne s'était pas arrêté à un seul double…

— Donc, on ne sait pas combien d'autres copies il peut y avoir à nos trousses… à nous guetter…

— Super, dit Fisher. On avait bien besoin de ça. Encore des complications.

4

Enfer et damnation

— Le Club des Damnés ? s'étonna Charles Buchan. Bien sûr que j'en ai entendu parler. Mais je ne vois pas pourquoi vous me posez cette question.

— Ne vous inquiétez pas, dit Hawk. Dites-nous simplement ce que vous savez.

La Brigade des Dieux et les deux gardes étaient réunis dans l'étude de leur quartier général, faisant le point sur leur journée. Tombe en particulier avait l'air intéressé par les réactions de Hawk et Fisher aux différents Êtres qu'ils avaient vus et leur demandait toujours plus de détails. Rowan paraissait s'en désintéresser totalement et se frottait le front, comme accablée par un mal de crâne persistant. Elle avait passé presque toute la journée au lit, avec apparemment peu d'amélioration. Buchan semblait calme et tout à fait imbu de lui-même, comme toujours. L'estomac de Hawk grondait. Plus vite ils en auraient fini, plus vite ils pourraient manger.

— Le Club des Damnés est la dernière tocade des jeunes de la haute société, expliqua Buchan, décontracté. Ils s'habillent de costumes étranges, prennent les drogues à la mode et essaient d'invoquer quelque chose depuis les Golfes pour lui vendre leur âme, en échange de miracles et de pouvoirs. C'est inoffensif.

— On ne dirait pas, s'étonna Fisher. Et s'ils y arrivaient ?

— Impossible, répondit Buchan. Il faut plus que quelques chansons et mauvaises intentions pour invoquer un Démon. Non, capitaine, ce n'est que du théâtre, rien de plus. Une façon de se défouler et d'embêter leurs parents en même temps. S'ils avaient l'air de parvenir à invoquer quoi que ce soit, ils s'enfuiraient à toutes jambes ou s'évanouiraient.

—Quoi qu'il en soit, ça reste illégal, trancha Hawk. Toute sorte de rite religieux ou de cérémonie est expressément interdit en dehors de la rue des Dieux. C'est la seule façon de garder le contrôle, dans ce genre de choses. Pourquoi n'avez-vous pas mentionné le Club des Damnés au Conseil ?

—Nous l'avons fait, informa Rowan d'une voix trop lasse pour être aussi mordante que d'habitude. Nous en avons parlé au Conseil, qui en a parlé à la Garde, et vos supérieurs ont soigneusement rangé le rapport pour l'ignorer. Le Club des Damnés est tenu par la haute société pour la haute société, et la Garde sait qu'il vaut mieux ne pas s'en mêler. La haute société se fiche de la loi. Elle a raison, elle l'a achetée.

—Pas toujours, rappela Fisher en regardant Hawk. Je pense que nous devrions intervenir, Hawk.

Le capitaine haussa les sourcils.

—Ce n'est pas tout à fait notre domaine, Isobel. Notre autorité se limite à la rue des Dieux, pour l'instant.

—Allons, Hawk, insista la jeune femme. Ça ne te paraît pas un peu étonnant comme coïncidence que, peu après le début des rituels de la haute société, les Êtres commencent à mourir ? Il doit y avoir un lien. Sinon, pourquoi le prêtre nous en aurait-il parlé ?

Hawk regarda Buchan.

—Elle n'a pas tort.

—Ils refuseront de vous parler, dit Buchan. La haute société refuse toujours de parler à ceux qui n'en font pas partie.

—Si, ils accepteront. Isobel et moi parlons très fort, et nous n'aimons pas qu'on nous ignore.

Buchan soupira.

—En ce cas, je ferais bien de vous accompagner. Je parle la langue de la haute société. Je les empêcherai peut-être de vous tuer. Ou *vice versa*.

La haute société donnait une fête.

Rien d'exceptionnel à cela. La vie des aristocrates, dans quelque ville que ce soit, tourne autour des fêtes, de la politique et de la poursuite du plaisir. Pas nécessairement dans cet ordre. Mais celle-ci paraissait quelque peu particulière, et Hawk et Fisher étaient déterminés à s'y rendre. D'après Buchan, le Club des Damnés serait réuni à cette fête.

Ils traversèrent tout le Haut Tory, la partie de Haven réservée exclusivement à la haute société. Tandis que Hawk et Fisher regardaient autour d'eux d'un air intéressé, remarquant les maisons et les manoirs magnifiques, Charles Buchan leur faisait un commentaire sur la haute société et sa place dans la vie de Haven. Les gardes savaient presque tout cela mais le laissaient parler. Ils pourraient toujours apprendre quelque chose à propos de Buchan, si ce n'était de la haute société.

Celle-ci comptait exactement cent familles, jamais plus. À elles cent, elles formaient un petit État à part dans la cité État de Haven. La seule façon d'y appartenir était d'y naître ou d'épouser l'un de ses membres. La richesse personnelle ne suffisait pas. Un homme pouvait être pauvre comme un rat et pourtant mépriser le plus riche des marchands, s'il venait de la bonne famille. La richesse de l'aristocratie était principalement héritée, bien qu'une partie vienne encore de rentes et autres mannes. La haute société détenait presque tout Haven et les terres environnantes. Bien entendu, s'ils avaient investi dans les affaires de Haven, les membres de la haute société auraient pu être bien plus riches, mais cela ne se faisait pas. Le commerce était réservé aux classes marchandes inférieures. En théorie, la haute société était subordonnée au Conseil élu de la ville, qui représentait le roi et le Parlement, mais en réalité ces deux camps prenaient garde de ne pas trop se maltraiter.

Hawk laissait Buchan parler, l'écoutant au mieux d'une oreille. Il avait d'autres soucis. La fête où ils allaient s'inviter de force était organisée par le seigneur Louis Hightower, et cela pourrait occasionner quelques complications. L'actuel seigneur Hightower avait hérité de son domaine après les décès tragiques de son père et de son frère aîné. Ces deux hommes avaient connu une mort violente au cours d'enquêtes pour meurtres menées par Hawk. Cela dit, personne ne lui reprochait ces décès. Officiellement, on l'avait dégagé de tout soupçon de négligence. Restait à voir ce que le seigneur Louis Hightower en pensait. La haute société avait ses propres idées quant à la justice et la vengeance. Officiellement, la Garde était exempte du Code Duello, ou de toute autre forme de vengeance, mais ce n'était qu'officiel. Pour cela, comme pour tant d'autres choses, la haute société se conduisait à sa guise.

L'air froid de l'hiver était mordant et vivifiant à la fois, après la chaleur estivale de la rue des Dieux. Hawk frappait rageusement du pied la neige boueuse qui couvrait la rue et le trottoir. Le Conseil devait faire répandre du gros sel sur la chaussée aux premiers signes de l'hiver, mais il attendait toujours trop longtemps, avec l'excuse de ne pas vouloir gaspiller l'argent par une trop grande précipitation. Ainsi, cette année comme toutes les autres, un salage qui aurait pu se faire en une heure ou deux prendrait deux ou trois jours pendant lesquels les affaires seraient ralenties voire arrêtées dans toute la ville. Comme d'habitude.

La demeure Hightower s'élevait devant eux, dominant ses environs au bout de Royal Row. C'était une longue bâtisse de deux étages, impressionnante, érigée dans la meilleure pierre locale, et ses grandes et larges fenêtres inondaient la rue de lumière. Un haut mur de pierre entourait la luxueuse propriété, surmonté de pointes d'acier et de tessons de verre. Quatre gens d'armes en mailles d'acier gardaient les hautes portes de fer. Ils semblaient très professionnels. Hawk ralentit le pas et posa la main sur l'épaule de Buchan pour interrompre son monologue.

—On dirait qu'ils attendent du vilain, dit-il calmement en indiquant les gens d'armes du menton. Les mesures de sécurité de la haute société sont rarement si flagrantes. Et vous pouvez être certain que, s'il y a quatre hommes en armes bien en évidence, il y en a beaucoup d'autres dans la demeure. Vous êtes sûr de vous, Buchan ? Je m'en voudrais d'entrer de force pour me rendre compte ensuite que j'ai frappé à la mauvaise porte.

—Ce ne serait pas la première fois, gloussa Fisher.

— C'est bien ici, les rassura Buchan. J'ai encore quelques contacts dans la haute société. C'est bien ici que le Club des Damnés se réunit ce soir. Et capitaine, je vous en prie, pas de violence. La Brigade des Dieux doit préserver sa réputation. Et puis, nous ne devrions avoir aucun mal à entrer : j'ai obtenu des invitations pour nous trois.

— Quel dommage, soupira Fisher. J'avais bien envie de me dérouiller les bras. Rien de tel que de botter l'arrière-train de deux ou trois insolents pour me mettre de bonne humeur.

Buchan lui lança un rapide regard. Elle n'avait pas l'air de plaisanter.

— Je vous en prie, capitaine Fisher. Promettez-moi de ne tuer personne.

— Ne vous inquiétez pas, nous allons nous tenir comme jamais, promit Hawk. Nous nous contenterons de poser des questions, d'obtenir des réponses, et nous partirons. N'est-ce pas Isobel ?

— Tu te fais vieux, Hawk, lâcha Fisher.

— Je ne sais même pas ce que nous faisons ici, dit Buchan. Le Club des Damnés est techniquement illégal, d'accord, mais aucune cour de justice à Haven n'acceptera de condamner un membre de la haute société pour un crime aussi bénin.

— Vous avez sans doute raison, convint Hawk. Pour ma part, je me moque pas mal du Club des Damnés lui-même. Mais si ce prêtre nous a orientés vers eux, il devait avoir une raison. C'était peut-être juste de la jalousie professionnelle, mais je ne le pense pas. Quelque part, il y a un lien entre le Club et les meurtres de Dieux, et je veux le découvrir.

Les gens d'armes à la porte eurent un regard méfiant en voyant les invitations enluminées de Buchan et les firent passer parmi eux de main en main avant d'ouvrir les portes, à contrecœur, et de s'écarter. Buchan récupéra les invitations pendant que Hawk et Fisher entraient dans la propriété comme s'ils étaient chez eux. Buchan eut un sourire poli pour les gens d'armes, puis se pressa à la suite des gardes qui s'engageaient sur l'allée de graviers vers la demeure des Hightower.

— Pas par la grande porte, dit-il rapidement. Les gens d'armes ont peut-être été trompés par l'invitation, mais personne d'autre ne se laissera avoir. La moindre personne d'autorité qui verra vos capes de la Garde nous claquera la porte au nez. Seuls les membres de la haute société et leurs serviteurs personnels ont le droit de pénétrer dans une demeure de la haute société. Notre unique chance de nous glisser dans cette réception est de passer incognito par l'entrée des serviteurs, à l'arrière. Une fois à l'intérieur, tout le monde supposera que vous portez un déguisement d'assez mauvais goût.

Hawk et Fisher échangèrent un regard et Buchan sentit son cœur manquer un battement.

— Nous n'allons pas entrer par-derrière, répondit Hawk avec fermeté. Nous sommes des capitaines de la Garde. Nous entrons par la grande porte. Toujours. N'est-ce pas, Isobel ?

— Ouais, Hawk, reconnut Fisher en souriant. Et il en cuira au premier qui me la claquera au nez.

Les deux gardes repartirent d'un pas déterminé vers la porte, la main sur la garde de leur arme. Buchan regretta brièvement, mais intensément, de ne pas être ailleurs, n'importe où, et les suivit.

Hawk tira sur le cordon de la sonnette et frappa fermement à la porte. Fisher donna quelques coups de pied pour faire bonne mesure. Après un bref instant, la lourde porte de chêne s'ouvrit sur un grand majordome, très digne, en habit de soirée un peu vieillot comme le voulait la coutume. Il avait les cheveux gris, très soignés, et ses sourcils très broussailleux se froncèrent en guise de sévère réprobation quand il vit les deux gardes.

— Oui ? fit-il avec dédain, les commissures des lèvres affaissées comme s'il avait mordu dans un citron particulièrement acide.

— Nous venons pour la soirée, annonça Hawk d'un ton dégagé. Montrez-lui vos invitations, Buchan.

Buchan les tendit rapidement. Le majordome ne les regarda même pas avant de répondre.

— Il doit y avoir une erreur… monsieur. Cette réunion est réservée aux jeunes hommes et femmes de la haute société. Vous n'avez aucune raison d'être ici… monsieur.

— Ma partenaire et moi sommes capitaines de la Garde, dit Hawk. Nos raisons sont officielles.

Le majordome eut un petit geste, et deux gens d'armes apparurent derrière lui, épée au clair. Le majordome eut un léger sourire, les yeux froids et emplis de morgue.

—Vous oubliez votre rang, capitaine. Vos petites règles et lois n'ont aucun poids ici, parmi l'élite. Vos seigneurs et maîtres. À présent, veuillez quitter ces lieux. Immédiatement.

—Vous ne voulez pas vous montrer raisonnable, n'est-ce pas ? demanda Hawk.

—Partez tout de suite, répéta le majordome, ou je demande aux hommes de lâcher les chiens.

Hawk le frappa d'un geste vif, sous la ceinture, attendit un moment tandis que l'homme se pliait en deux, puis l'étendit d'un coup de poing. Le temps que les deux gens d'armes réagissent, Hawk avait tiré sa hache et Fisher son épée, et les deux gardes avaient enjambé le majordome inconscient pour entrer dans la demeure. Les gens d'armes les regardèrent, puis regardèrent Charles Buchan, le plus célèbre duelliste de tout Haven, et rengainèrent leur épée.

—On ne me paie pas assez pour ça, expliqua l'un d'eux d'un ton neutre, appuyé par le hochement de tête de son collègue. La fête est par là.

Hawk et Fisher leur adressèrent un sourire poli et partirent calmement dans la direction indiquée. Buchan enjamba le majordome et les suivit.

—Vous m'aviez promis de bien vous tenir, rappela-t-il d'un souffle.

—Nous n'avons tué personne pour l'instant, le rassura Fisher.

Buchan avait l'impression horrible qu'elle ne plaisantait pas.

Un serviteur en redingote plutôt criarde sortit de nulle part et, supposant sans doute qu'ils étaient invités, les mena dans la salle de bal. D'autres serviteurs, chargés de plateaux de nourriture et de vin, allaient et venaient dans les grands couloirs. Hawk prit peu à peu conscience d'une grande clameur devant eux, le bruit de centaines de voix parlant, riant et discutant. Le raffut augmentait à mesure qu'ils approchaient, toujours précédés du serviteur, d'une grande double porte. Puis ils furent engloutis dans le bruit quand la vague déferla par les portes ouvertes. Hawk, Fisher et Buchan restèrent côte à côte dans l'embrasure, le temps de s'habituer au vacarme de la haute société se divertissant.

Des centaines de jeunes gens, sur leur trente et un, étaient massés dans la grande salle de bal. Il y avait toutes sortes de modes et d'habits, du ridicule au grotesque. Cela n'étonnait pas Hawk. La jeune aristocratie avait toujours eu le goût du mauvais goût. Le concept même d'une mode élitiste consiste à choisir des vêtements que personne ne porte. Et pourtant, il n'y avait pas que des jeunes. Il y avait aussi un certain nombre d'hommes et de femmes plus âgés. L'attrait du Club des Damnés semblait donc affecter une plus large portion de la haute société que Hawk l'aurait pensé. Il se renfrogna davantage en apercevant certaines des tenues les plus sinistres : cuirs coupés de façon irrégulière, fourrures aux teintures étranges, bracelets et colliers de cuir, ornés de clous ou de pointes. Une femme à la beauté fascinante, habillée de haillons noirs, portait un serpent vivant enroulé sur les épaules.

Un groupe de musiciens jouait bruyamment sur la galerie, mais personne ne dansait. Ils n'étaient pas venus pour cela. Hawk se détourna des invités et regarda la salle. Il avait connu des terrains de défilé plus petits. Le plafond était si haut qu'il en devenait oppressant. Trois énormes chandeliers de cuivre poli et de verre taillé portant des milliers de bougies illuminaient la scène en contrebas. Hawk les regarda, mal à l'aise. Ils devaient peser une demi-tonne chacun, et les épaisses cordes utilisées pour les soulever et les maintenir en place avaient l'air presque fragiles en comparaison. Hawk décida de les garder à l'œil. Il ne faisait pas confiance aux chandeliers. Ils lui avaient toujours paru dangereux.

Il remarqua le serviteur encore derrière eux, attendant qu'on le congédie. Hawk lui adressa un bref hochement de tête, et l'homme s'inclina avant de partir. Buchan regarda cela sans rien dire. Hawk et Fisher l'avaient surpris par leur aisance avec les domestiques. En règle générale, cela ne s'apprenait que si on naissait avec des domestiques. La plupart des gens se laissaient intimider par les serviteurs. Pas Hawk et Fisher. Bien sûr, il y avait une explication simple. Si tout ce décorum n'impressionnait pas Hawk et Fisher, c'est que *rien* ne les impressionnait.

Buchan parcourut la salle de bal du regard. Cela faisait longtemps qu'on ne l'avait pas accueilli ici. Presque malgré lui, son esprit revint à sa dernière visite chez les Hightower. Le seigneur Roderik Hightower était parti pour l'une de ses chasses au loup-garou, et Louis était encore à l'armée. Mais dame Hightower était là pour parler au nom de la famille. Les Hightower et les Buchan étaient amis depuis des générations, mais cela n'avait pas empêché dame Hightower de l'informer avec froideur qu'à moins de mettre fin à sa relation avec les Sœurs de Joie, il devrait se considérer banni de la haute société. Buchan n'avait rien dit. Il ne pouvait rien dire.

« Vous êtes un idiot, avait dit dame Hightower. Vous avez de bons amis, une position, de la richesse, un avenir prometteur en politique, et tous les avantages que votre famille vous a donnés. Et vous jetez tout au caniveau pour ces femmes. Vous me dégoûtez. Sortez. »

Il était resté là, en silence et, quand elle avait eu fini, il avait hoché la tête une fois, poliment, avant de partir. Depuis, il n'avait pas approché du quartier. Et voilà qu'il était de retour, au milieu de tous ces visages et de ces sons familiers. Il ne s'était pas rendu compte combien cela lui manquait. Il sortit de sa rêverie, soudain conscient que Hawk lui parlait.

— Nous ferions mieux de nous séparer, suggéra le capitaine. Ainsi, nous pourrons couvrir plus de terrain, et avec un peu de chance nous nous ferons moins remarquer.

— Ça me va, accepta Fisher. Qu'est-ce qu'on cherche, exactement ?

— Va savoir. Un lien entre le Club des Damnés et les meurtres de Dieux. Il pourrait s'agir de n'importe quoi. Une personne, un endroit, une croyance... N'importe quoi.

Fisher eut un froncement de sourcils pensif.

— Buchan, ces gens... ils adorent les ténèbres, non ?

— Pour simplifier, oui.

— Ils essaient de passer des marchés avec elles. De leur donner des choses en échange du pouvoir.

— Oui, capitaine.

— Ils iraient jusqu'à leur sacrifier des gens ?

Buchan hésita.

— Je ne sais pas. Certains le pourraient, s'ils pensaient pouvoir le faire impunément.

— Et il n'y a qu'un pas, entre un sacrifice humain et un sacrifice divin, poursuivit Hawk. S'ils ont déjà passé un marché avec les ténèbres et qu'elles leur ont donné le pouvoir de tuer des Êtres...

— Alors nous pourrions nous attirer beaucoup d'ennuis..., conclut Fisher.

— Comme toujours. Bon, on commence. Choisissez une direction et démarrez. Soyez discrets, mais n'hésitez pas à poser des questions précises. Je ne partirai pas sans avoir de réponses. Oh, Isobel... essayons d'éviter le seigneur Hightower, d'accord ?

Elle opina, et Hawk se glissa dans la foule, laissant le flux et le reflux des gens le mener où il voulait. Où qu'il regarde, les visages étaient rouges, les yeux trop brillants, le rire forcé et fragile. Le sentiment d'attente était presque étouffant. Et pourtant, s'il n'avait pas su ce que faisait le Club des Damnés, il aurait été facile de confondre cela avec n'importe quelle autre fête. La plupart des invités étaient très jeunes, la moitié à peine sortis de l'adolescence. Faisant la fête de tout leur cœur, tirant autant de joie que possible de leur vie avant d'être contraints de la mettre au service de leur famille. Il n'y avait que peu de choix pour la haute société. Pour les hommes, c'était l'armée ou la politique, pour les femmes, c'était le mariage et les enfants. C'était peut-être pour cette raison qu'on avait fondé le Club des Damnés. Une quête de plaisir et de pouvoir sans en payer le prix. Ou en tout cas, sans prix en lequel ils croyaient.

Hawk savait qu'ils avaient tort. Personne ne pouvait croiser les ténèbres sans en garder la trace. Les cicatrices de son visage le lancèrent brièvement au souvenir de la douleur.

Il s'enfonça encore un peu dans la foule. Des centaines de gens remplissaient la grande salle de bal d'un mur à l'autre, mais cela ne lui faisait rien. Il avait vu des réunions plus importantes, à son époque. Et plus il faisait attention, plus il remarquait la nervosité qui sous-tendait cette fête. Les rires étaient trop forts, trop soudains. La bonne humeur ne trompait personne. La plupart des membres de la haute société buvaient comme des éponges, mais personne ne paraissait soûl. Hawk fronça les sourcils. Comme si chacun essayait de se donner du courage pour quelque chose. Quelque chose d'effrayant… et de dangereux.

Buchan errait sans but dans la foule, à la recherche de visages familiers. La plupart étaient trop jeunes pour se souvenir de lui et de sa disgrâce, mais apparemment d'autres se rappelaient très bien. Ils se détournaient ou regardaient ailleurs. Personne ne voulait lui parler. Ce ne serait pas prudent. Sa honte pourrait les contaminer. Buchan saisit un verre de vin sur le plateau d'un serviteur qui passait et y but goulûment. Bon cru. Bien meilleur que la piquette qu'il buvait d'habitude.

Avant de venir ici, il ne s'était pas rendu compte de tout ce qu'il avait abandonné, et combien cela lui manquait. Toute la nourriture, le vin, le confort. La sécurité, savoir que l'on avait *sa place*. Hawk et Fisher méprisaient peut-être la haute société, mais ils ne pouvaient pas comprendre ce que l'on ressentait quand on en faisait partie. C'était la famille, les amis et les amants, et plus que cela. Ils partageaient votre vie, dès le berceau. Pendant les bons et les mauvais jours, et les jours vides. Ils vous séduisaient, vous abritaient, vous aimaient, vous haïssaient, vous protégeaient du monde extérieur. Ils vous faisaient une place dans un tout plus grand que vous. C'était réconfortant, rassurant, de voir les mêmes visages autour de soi, des gens qui vous comprenaient parfois mieux que vous ne vous compreniez vous-même. Il ne s'était pas rendu compte combien tout cela lui manquait et combien il avait de choses à regretter.

La Brigade des Dieux était sa nouvelle famille, mais cela ne remplaçait pas ce qu'il avait abandonné. Tombe était assez amical, mais rien d'autre ne l'intéressait que la magie et ses livres, et il était bien trop sobre. Le sorcier voulait bien faire, mais la Brigade des Dieux était toute sa vie, et rien d'autre n'importait pour lui. Et Rowan était une plaie. Elle passait tout son temps le nez dans de vieux bouquins, à remplir la maison de puanteurs chimiques. Il avait essayé de la faire parler de ses théories, de ses croyances, mais la plupart du temps elle répondait par des grognements et des monosyllabes. Lors des rares occasions où elle s'était abaissée à lui expliquer quelque chose, il n'avait rien compris, malgré toute sa coûteuse éducation. Il comprenait simplement que Rowan ne croyait en rien ou presque, et mourait d'envie de croire en quelque chose. À tel point que toute sa vie était accaparée par cette quête.

Buchan regarda autour de lui. Cela faisait longtemps qu'il n'avait pas réfléchi à ce dont sa chère Annette l'avait privé. Et bien qu'il l'aimât plus que tout au monde, il lui en voulait parfois à cause de ce que cet amour lui avait coûté. Il écarta cette pensée et traversa la foule faite de dos et de visages tournés.

Hawk finit par apercevoir un visage familier et s'approcha d'un pas nonchalant. Lord Arthur Sinclair était bien éméché, comme toujours. La dernière fois que Hawk l'avait croisé, c'était avec Fisher, en faisant le ménage après les élections. Sinclair s'y était présenté, à la tête du parti Pas de Taxe sur l'Alcool, aussi appelé « Qui veut faire la Fête ». Il n'avait jamais eu la moindre chance de victoire, mais ça ne l'avait pas empêché de commencer les réjouissances bien avant l'annonce des résultats. Il avait fallu deux jours avant qu'il soit assez sobre pour demander qui avait gagné.

Sinclair était un petit homme rond, d'une trentaine d'années, avec des cheveux blonds clairsemés et des yeux bleus incertains. Il souriait beaucoup, à rien en particulier, et avait souvent un verre de n'importe quoi à la main. C'était un troisième fils et, en temps normal, il n'aurait jamais dû hériter des biens de la famille. Il n'avait aucun talent, aucun don, aucune aptitude et aucun intérêt pour quoi que ce soit d'autre que la fête. Ses amis le trouvaient agréable et inoffensif. Toujours prêt à chanter, plaisanter ou boire. Sa famille le traitait généralement pis que pendre et faisait comme s'il n'existait pas. Il n'avait aucun amour-propre et aucune chance d'en acquérir un jour. Mais le jour où son père et ses deux frères étaient morts à la même bataille, le titre et les terres lui étaient revenus, ainsi que la fortune familiale plutôt conséquente. Sa mère était morte peu après, le cœur brisé disait-on parfois, et il s'était retrouvé seul. Cela faisait près de cinq ans qu'il était lord Sinclair, et il avait passé le plus clair de ce temps à se tuer par l'alcool, faute d'avoir mieux à faire.

Hawk approcha de Sinclair et le salua d'un hochement de tête familier. Sinclair sourit en retour. Il avait l'habitude que les gens le traitent en ami, même s'il ne les reconnaissait pas ou ne se les rappelait pas. Personne n'est plus populaire qu'un ivrogne fortuné.

— Belle fête, commença Hawk.

— Merveilleuse, confirma Sinclair. Ce cher Louis ne mégote jamais sur ces choses-là. Vous voulez un verre ?

Hawk opina et Sinclair lui servit une bonne dose de champagne rosé d'une bouteille posée dans un seau voisin. Hawk y trempa les lèvres et se retint de faire la grimace. Beaucoup trop sucré à son goût, mais c'était typique de la haute société. Avec leur penchant pour le sucre dans toute chose, c'était à se demander comment ils pouvaient encore avoir des dents.

— Alors, quand est-ce que les affaires sérieuses commencent ? demanda Hawk en essayant de ne pas avoir l'air trop vague.

— Bientôt. Je vous connais ?

— Nous nous sommes rencontrés, il y a quelque temps.

— Cela ne me renseigne pas beaucoup, je le crains. (Sinclair eut un sourire triste, puis vida son verre et le remplit de nouveau.) Vous êtes arrivé récemment, n'est-ce pas ?

— Exact. Je viens pour le Club des Damnés.

— Comme nous tous. Ma petite marotte a fait bien des adeptes. Je ne me doutais pas qu'elle serait si populaire.

— C'était donc votre idée, au départ ?

— Tout à fait. La seule bonne idée que j'aie jamais eue. Vous aimeriez que je vous en dise plus ? J'aime tellement en parler, et tous les autres connaissent l'histoire. Vous me connaissez, bien sûr. Comme tout le monde. La génération de mes parents ne se lasse pas de me présenter comme le mauvais exemple. Et peu me chaut. Je n'ai jamais voulu devenir chef de famille. J'étais très heureux avec mes fêtes et mes poèmes. J'écrivais de la poésie, le saviez-vous ? Certains textes étaient assez acceptables. Mais c'est fini, tout ça. Je ne voyais pas à quoi cela servait. Quand tout le monde est mort et que je me suis retrouvé tout seul, je ne voyais plus d'utilité à quoi que ce fût. D'accord, ils n'étaient pas toujours très gentils avec moi, mais c'était ma famille, et il y en avait toujours un près de moi, pour faire en sorte que je ne me fasse pas trop mal. Ils me manquent.

» Je ne crois plus en grand-chose, mais je continue de chercher. Il doit y avoir quelque chose. Quelque chose de *vrai*, à part le hasard. Mais parfois, je crois qu'il n'y a rien. En fait, je le pense souvent, mais quelques verres aident à relativiser. J'ai essayé la religion un moment. J'espérais vraiment avoir trouvé ma voie. Mais il y avait tant de religions, et je n'arrivais pas à choisir. Elles ne pouvaient pas toutes avoir raison, pourtant elles paraissaient tellement sûres d'elles. Moi qui n'ai jamais été sûr de rien… Et puis j'ai rencontré ce type dans la rue des Dieux. Incroyable, vraiment. Bode, il s'appelait. C'est lui qui m'a donné l'idée du Club. Il était très intéressé par le pouvoir qu'on pouvait tirer des ténèbres qu'on a en soi. Évidemment, l'idée s'est un peu délayée depuis que tout le monde s'intéresse au Club…

» J'aimais bien Bode, il était de bonne compagnie. Un peu trop intelligent, bien entendu, mais c'est courant chez les sorciers. Il avait une copine très intense, pleine de sarcasmes et d'idées révolutionnaires. J'ai été vraiment embêté en apprenant qu'on l'avait tué il n'y a pas longtemps.

Il vida son verre et regarda une autre bouteille dans le seau à glace. Les pensées de Hawk filaient à toute allure. Il était venu à la recherche d'un lien entre le Club des Damnés et les meurtres des Dieux, et voilà qu'il tombait sur un lien avec une affaire tout à fait à part. Sinclair avait dû rencontrer Bode pendant que le sorcier menait sa mission dans la rue des Dieux. Mais qui était cette petite amie que Sinclair avait rencontrée ? Hawk fronça les sourcils quand une autre pensée remplaça la précédente. Avec l'apparition du deuxième Homme sombre dans la rue des Dieux, peut-être ces deux affaires n'étaient-elles pas si distinctes. Peut-être tout était-il lié.

Hawk venait de décider d'en demander plus à Sinclair quand quelqu'un lui asséna un grand coup sur l'épaule, par-derrière. Il se retourna et se retrouva face à trois membres de la haute société, imposants et très ouvertement menaçants. Tous plus grands que lui, ils avaient l'air de s'entraîner régulièrement avec des poids. Lourds.

— Vous ne sentez pas quelque chose ? demanda le chef du groupe, très fort et en reniflant l'air. Je reconnaîtrais cette puanteur entre mille. Ça sent la Garde. Mais qu'est-ce qu'un sale petit garde ferait dans une soirée privée ? Une soirée privée de la haute société ?

— Je suis ici pour affaires officielles, dit Hawk en prenant garde de ne pas élever le ton.

À l'évidence, les trois mastodontes cherchaient les ennuis. Ailleurs, il aurait exaucé leurs vœux. Mais pas ici. La salle de bal était pleine de centaines de leurs amis, tous de la haute société. Ils pourraient l'estropier ou le tuer, et cela ne le mènerait nulle part. Et il n'oserait pas lever le petit doigt pour se défendre. On pouvait, en de très rares circonstances, arrêter un membre de la haute société, voire le faire juger, mais il fallait quand même prendre des gants. La haute société n'avait pas ce problème. Au mieux, ils le rosseraient et l'enverraient à l'hôpital, juste pour s'amuser. Il préférait ne pas penser à ce qu'ils pourraient faire à Fisher.

— Une enquête officielle, reprit le porte-parole du groupe. Vous entendez ça ? Ça ne vous fait pas trembler, les amis ? Je me moque de votre enquête, capitaine. Comme tout le monde ici. Nous n'avons pas à nous y intéresser. Nous sommes chez nous. Et vous n'êtes pas le bienvenu. C'est bien clair ?

Hawk voulut répondre, quand le meneur le gifla sur la bouche. Il vit le coup venir et put l'accompagner, mais il recula malgré lui. Sa joue rougit sous le coup, et un filet de sang coula de sa lèvre fendue.

— Il va falloir parler plus fort, capitaine. Je ne vous entendrai pas, si vous continuez de murmurer.

Hawk eut un sourire soudain, et le filet de sang s'épaissit. Le meneur des trois aristocrates hésita. Le sourire du garde était froid, déplaisant, et beaucoup trop confiant. Il regarda autour de lui pour voir si ses deux amis étaient encore là. Il retrouva vite son assurance. Le garde n'oserait pas tenter quoi que ce fût. Au premier signe de violence, tout le monde se jetterait sur lui. Il ouvrit la bouche pour le lui dire, mais la main du garde se projeta en avant et saisit la boucle de ceinture du jeune homme. Le garde l'empoigna bien, puis tordit la ceinture et remonta la main. La voix du meneur disparut quand sa gorge se serra. Les larmes jaillirent tandis que l'entrejambe de son pantalon comprimait ses parties. Il voulut se mettre sur la pointe des pieds pour soulager la douleur, mais put à peine reprendre son souffle. Il voulut faire lâcher prise au garde, mais les muscles d'acier étaient inébranlables. Le garde tordit de nouveau la ceinture, lui écrasant encore un peu l'entrecuisse, et une nouvelle vague de douleur lui envahit le ventre, à la limite de la nausée.

Hawk approcha son visage couturé tout près de celui du meneur de la haute société.

— Ne parlez jamais comme ça à un garde. Ni aujourd'hui ni jamais. C'est bien compris ?

Le meneur opina et essaya de parler pour répondre. Hawk tordit encore, et le jeune homme pâlit.

— *C'est bien compris ?*

Le meneur hocha la tête de façon frénétique et Hawk le lâcha. Il s'écroula dans les bras tendus de ses amis, qui avaient l'air aussi perturbés et effrayés que lui. Hawk les regarda tour à tour de son unique œil froid.

— Faites sortir votre ami d'ici, dit-il calmement. Je ne veux plus vous voir. C'est clair ?

Ils opinèrent rapidement d'un mouvement de tête et, fuyant à moitié et tirant leur ami derrière eux, s'éclipsèrent. Hawk les regarda partir. Le plus important, dans ce genre de situation, c'était d'éliminer le meneur, au plus vite, si possible de façon spectaculaire. Ce qu'on lui faisait importait moins que ce qu'on paraissait prêt à lui faire. Reprendre le contrôle de la situation. Les faire suer. Leur faire peur. C'était le genre de chose qu'on apprenait à Haven. Il regarda autour de lui d'un air dégagé, mais l'incident s'était produit si vite que personne ne paraissait l'avoir remarqué. Il se retourna vers Sinclair, qui l'étudiait d'un air pensif.

— Vous savez, c'était très impressionnant. J'aimerais savoir faire ce genre de chose.

— Vous pourriez apprendre, suggéra Hawk.

— Non, je ne pense pas. Ça demande sans doute beaucoup d'efforts, et puis de l'entraînement, de la discipline, du travail. Ça ne me ressemble pas beaucoup. Vous savez que vous avez du sang sur le menton ?

Hawk sortit son mouchoir et s'essuya méticuleusement la bouche et le menton.

— Il faut savoir se défendre. Ça empêche les mouches de se poser.

— Comme je vous l'ai dit, ça ne me ressemble pas, répondit Sinclair avec un sourire. Peu importe. Vous comprenez, je ne compte pas. Pour qui que ce soit. Ça a toujours été comme ça et ça ne risque pas de changer. Il y a un problème, capitaine ?

— Non. Vous me rappelez juste quelqu'un que j'ai connu. Qui pensait la même chose.

— Que lui est-il arrivé ?

Hawk regarda Fisher, de l'autre côté de la pièce.

— Il a rencontré quelqu'un qui croyait en lui.

Fisher paraissait très populaire. De jeunes hommes se pressaient autour d'elle, la bombardant de boissons, de douceurs et de sourires, et redoublant d'efforts pour capter son attention. Les jeunes coqs et les fines lames étaient toujours à l'affût des nouveaux minois, et plus ils étaient exotiques plus ils leur plaisaient. À côté des poupées de porcelaine maquillées avec soin de la haute société, la grande blonde musclée de la Garde paraissait très exotique. Les membres féminins de l'assistance hésitèrent entre l'ignorer et la foudroyer du regard quand elle avait le dos tourné.

Fisher n'appréciait pas vraiment la haute société, individuellement ou en groupe. Plus d'argent qu'ils ne pouvaient en dépenser, et rien pour donner un sens à leur vie à part la ronde éternelle des liaisons, des duels et des vendettas familiales. Ceux qui avaient du cran entraient dans l'armée ; et les autres restaient à l'arrière et venaient à ces fêtes. Donc, ils rejoignaient le Club des Damnés. Leur vie était si vide qu'ils n'avaient plus qu'à jouer à être méchants pour choquer les autres ou au moins leurs parents.

Fisher asséna sans scrupule ses questions orientées, mais les jeunes hommes lui apportèrent peu de réponses. Ils étaient trop occupés à se ridiculiser en essayant de l'impressionner. Après un moment, ils finirent par l'agacer, et, quand ils se révélèrent incapables de comprendre qu'elle préférait rester seule, elle se demanda si elle devait en assommer un ou deux pour être plus claire. Elle avait tout juste choisi sa première cible quand une voix assurée et forte s'éleva, faisant vite taire et détaler les plus jeunes.

Fisher regarda son sauveur des pieds à la tête. Il était un peu plus grand qu'elle, avec une silhouette d'une grande élégance, et habillé de vêtements sombres et bien coupés. Il avait moins de trente ans, et une beauté sombre et traditionnelle. Mais la suffisance qu'il affichait déplut immédiatement à Fisher.

— Seigneur Graham Brunel, à votre service, dit-il d'un ton sirupeux. J'espère que ces garçons ne vous dérangeaient pas trop. Le Club est devenu si populaire à présent que nous laissons entrer n'importe qui. Il faudra que j'en parle à Louis. Puis-je connaître votre nom, très chère ?

— Isobel, répondit Fisher. C'est la première fois que je viens ici.

— Oui, c'est bien ce que je me disais. Je suis sûr que je me serais rappelé une beauté aussi racée que la vôtre si nous nous étions déjà rencontrés. C'est une cape de la Garde, que vous portez, n'est-ce pas ? C'est une vraie ?

— Oh oui, tout à fait.

— Vous devez absolument me raconter comment vous l'avez obtenue. Ce doit être une histoire fascinante.

— Vous seriez étonné de constater à quel point, répondit Fisher. Cela fait longtemps que vous êtes dans le Club des Damnés ?

— J'y suis presque depuis le début, ma chère. C'est Arthur Sinclair qui a eu l'idée en premier, béni soit son cerveau confit par l'alcool, mais c'est Louis Hightower et moi-même qui avons fait du Club ce qu'il est.

— Vous avez des résultats ? demanda Fisher.

— Vous allez être surprise, mais nous approchons d'une chose très puissante, Isobel. Je le sens. Quelque chose de si horrible et magnifique qu'il va déchirer cette assommante petite ville. Mais il n'y a pas lieu de vous inquiéter, très chère. Je vous le promets. Restez près de moi, et je vous protégerai.

— C'est très gentil de votre part, mais je suis déjà escortée.

— Laissez-le. Vous êtes avec moi, maintenant.

Fisher lui sourit.

— Vous êtes très fier de vous, hein ?

— Je vous demande pardon ? s'étonna Brunel, perplexe.

— Vous n'avez rien fait, n'est-ce pas Brunel ? Tout ce temps dans le Club, et vous n'avez pas invoqué un seul Démon, contacté une puissance ni même fait trembler les lumières ? (Elle s'arrêta pour laisser Brunel rougir et chercher une réponse en balbutiant.) C'est bien ce que je pensais. Ce Club des Damnés, quand on y réfléchit bien, ce n'est qu'un jeu. Une excuse pour s'habiller, trop boire et vous amuser en criant de peur. Rien que des gosses. Je pense que je ne vais pas rester.

Brunel tendit la main et la saisit par le bras.

— Oh, mais je dois vraiment insister, très chère. Vous avez posé beaucoup de questions, mais vous ne nous avez rien dit sur vous-même. Je pense qu'il serait temps de me dire qui vous êtes vraiment.

Fisher leva lentement le bras malgré la poigne de l'homme et lui montra le torque d'argent à son poignet.

— Isobel Fisher, capitaine de la Garde. À présent, lâchez-moi ou je vous brise les doigts.

Le visage de Brunel devint soudain dur et laid, tout charme envolé. Ses doigts s'enfoncèrent dans le biceps de Fisher pour lui faire mal.

— Une espionne. Une sale espionne du Conseil. Vous n'irez nulle part, capitaine. Vous pourriez être utile au Club des Damnés. Certains se sont demandé s'il ne faudrait pas essayer un sacrifice humain. Nous comptions prendre un serviteur, quelqu'un qui ne manquerait à personne, mais vous conviendrez autant. Personne ne vous regrettera. Personne ne doit savoir que vous êtes ici, n'est-ce pas ?

Fisher lui sourit.

— Je pense que tout ceci a assez duré.

Elle tendit sa main libre et l'abattit sur l'épaule de l'homme. Son pouce trouva le nerf exposé derrière la clavicule, et elle appuya fort. Le visage de Brunel se tordit quand la douleur le frappa. Il desserra sa prise. Après s'être dégagée, elle amena son visage très près de celui de l'aristocrate. Brunel voulut s'écarter, mais la douleur le paralysait.

— Pas de sacrifice humain, Brunel. Ni ce soir ni une autre fois. La Garde va vous surveiller de près, à partir de maintenant. Et si nous avons ne serait-ce que l'impression que vous pensez faire un sacrifice humain, nous reviendrons en force pour vous emmener jusqu'au dernier. Nous vous avons laissés en liberté parce que vous êtes inoffensifs. Continuez comme ça ou je vous garantis que vous passerez le reste de votre vie à vous promener dans la cour des geôles de la ville. Compris ?

Elle le lâcha et il recula d'un pas, serrant son épaule de l'autre main. Il voulut la foudroyer du regard, mais ne put la fixer dans les yeux. Il se retourna et disparut dans la foule en un instant. *Quelle perte de temps*, pensa Fisher. *Nous n'allons pas trouver notre tueur de Dieux ici*. Elle chercha Hawk du regard.

Buchan s'aventura dans la foule des visages détournés, se sentant un peu comme le fantôme du festin. La nouvelle de son arrivée était passée rapidement d'un convive à l'autre. Les dos se tournaient à son approche, et les murmures naissaient et mouraient sur son passage. La haute société, jeune ou vieille, aimait se croire au-delà des discours moraux et restrictions mesquines, mais en fait leurs affaires de débauche respectaient encore des codes très stricts. Malgré toute la liberté apportée par la richesse et l'influence, il restait des choses qui ne se faisaient pas. Et quand on touchait à la famille ou à l'héritage, la haute société était très conservatrice. Les femmes et les enfants étaient importants. Ils assuraient la continuité des précieuses lignées, sans lesquelles les cent familles disparaîtraient. Ainsi, qu'un fils unique, le dernier de sa lignée, se détourne du mariage et rende des visites régulières aux Sœurs de Joie était tout bonnement inacceptable.

Il y eut un mouvement dans la foule sur sa gauche, et Buchan se retourna, un peu étonné, en voyant quelqu'un approcher. Il se dit qu'on allait lui demander de partir, mais, en voyant la foule s'écarter, il reconnut l'hôte de la soirée, le seigneur Louis Hightower. Buchan sourcilla mentalement, mais son visage resta impassible.

Le seigneur Hightower était de taille moyenne et plutôt râblé, un peu comme feu son père. En tant que deuxième fils, il coulait une vie paisible et plutôt réussie dans l'armée quand son père et sa mère étaient morts la même nuit, victimes de la malédiction d'un loup-garou. Son frère aîné avait péri quelques mois plus tôt. Il démissionna donc de son poste et rentra chez lui pour devenir le seigneur Hightower, l'un des meneurs de la haute société et organisateur principal du Club des Damnés. Buchan et lui avaient le même âge et avaient autrefois été amis. Buchan attendit que Hightower arrive jusqu'à lui et s'inclina poliment. Il s'attendait à tout ou presque. Sauf au soupir triste et exaspéré avec lequel Hightower l'accueillit.

— Que diable fais-tu ici, Charles ? Je n'aurais jamais cru que ces âneries du Club des Damnés seraient à ton goût.

— En effet, répondit Buchan. Mais il pourrait y avoir un lien avec une affaire sur laquelle je travaille pour la Brigade. Et pourquoi dis-tu que ce sont des âneries ? Je croyais que tu étais un des initiateurs du Club des Damnés ?

— C'est distrayant, répondit Hightower en haussant les épaules. Et intéressant, parfois. Mais je ne perds pas la tête comme d'autres dont je pourrais parler. J'aurais dû savoir qu'il faudrait quelque chose comme ça pour te faire revenir. Cela faisait longtemps, Charles, trop longtemps.

Hightower regarda son ancien ami dans les yeux. Buchan sourit.

— Tout le monde n'est pas du même avis que toi, Louis. Je ne vais pas où je ne suis pas le bienvenu. Il me reste assez de fierté pour cela.

— Tu as toujours été le bienvenu chez moi, Charles. Tu le sais.

— Oui. Mais ma présence chez toi ne te fera aucun bien. Les gens vont se mettre à jaser.

— Si ça les amuse. Tu penses que je me soucie plus de ma réputation que de mes amis ?

— Tu as une position à conserver, à présent, insista Buchan. Tu n'es plus un fils cadet, tu es *le* Hightower. Le chef de famille. Tu as des responsabilités envers eux, à présent. Et envers la pauvre femme que tu te décideras à épouser. Tu ne devrais même pas me parler, en fait.

— En tant que chef de famille, j'ai une certaine autorité. Les gens murmureront peut-être, mais ils ne diront rien. Pas en public. Je suis content de te revoir, Charles. J'ai vu ta mère la semaine dernière. Elle a bonne mine. Tes parents refusent toujours de te parler ?

— Pour ce que j'en sais. Cela fait longtemps que je ne suis pas retourné chez moi. En ce qui les concerne, je n'existe pas. Et ça vaut peut-être mieux.

— Tu vas toujours…

— Chez les Sœurs de Joie ? Oui.

— Elles te détruiront, Charles. Elles détruisent toutes leurs victimes, au final. (Hightower vit l'expression de Buchan et leva une main en signe d'apaisement.) Très bien, je sais. Tu ne veux pas en parler. Et je ne peux pas te poser de questions sur cette affaire, parce que tu refuseras d'en parler aussi. Il y a autre chose dont tu pourrais parler ?

— J'ai été désolé d'apprendre la nouvelle, pour tes parents, Louis. Cela a dû te faire un choc.

— Oui, en effet. Le plus amusant, c'est que je m'attendais depuis un moment à la mort de mon père. Il paraissait vieux et fatigué depuis le meurtre de Paul. Tu n'avais jamais rencontré mon frère, n'est-ce pas ? C'était quelqu'un de bien. Père pensait que le soleil se levait grâce à lui. La mort de Paul lui a fait beaucoup de mal.

» La retraite lui pesait énormément, aussi. Il ne savait pas comment occuper son temps après avoir quitté l'armée. Il a bien touché à la politique un moment, mais… Je n'étais pas en ville quand maman et lui sont morts. J'étais en manœuvres. Ils me manquent. Chaque jour, il se passe quelque chose qui me fait penser : *« Je ferais bien de demander à papa »*, ou : *« Je me demande ce que maman en dirait. »* Et après je me souviens, et le monde me paraît un peu plus froid. Ils me manquent, Charles. Ils me manquent vraiment.

— Tu devrais te marier, répondit Buchan d'un ton très ferme. Ce n'est pas bien, un grand endroit comme celui-là pour simplement toi et tes domestiques. Trouve-toi une femme et remplis chaque pièce de marmots. Ça te fera un bien fou.

Hightower rit.

— On dirait le reste de la famille. Ils meurent d'envie de me voir marié et installé. J'ai toujours dit que je me marierais par amour, Charles, et pas par devoir. Tu peux me comprendre, n'est-ce pas ?

— Oui. Je comprends.

Ils restèrent ensemble un instant, désireux de discuter davantage, mais ne sachant pas trop comment. Ils avaient à peu près épuisé les rares choses qu'ils avaient encore en commun, et le reste de leur vie était séparé par un fossé qu'aucun ne pouvait franchir.

— Bon, finit par dire Hightower. Tu peux me parler un peu de cette affaire de la Brigade des Dieux qui t'amène ici ?

— Tu as entendu parler des meurtres de Dieux, j'imagine ? Eh bien, mes associés ont trouvé une piste qui suggère un lien entre le Club des Damnés et ces meurtres.

— Je ne vois pas comment. C'est une vaste fumisterie, rien d'autre. Une excuse pour faire la fête, comme tout le reste. Les rituels sont amusants, mais personne ne s'attend vraiment à en tirer quoi que ce soit. Enfin, presque personne. Il y a toujours un ou deux imbéciles. Mais la plupart ne viennent que pour embêter leur famille. Un signe de rébellion, sans risque.

— Pourquoi t'es-tu impliqué ? demanda Buchan. Je n'aurais pas cru que c'était ton genre.

— Ça ne l'est pas. Mais il y a beaucoup de charmantes jeunes femmes intéressées, alors…

— J'aurais dû m'en douter, rit Buchan. Est-il vrai que la plupart de vos rituels soient menés nus ?

— Plusieurs, oui, confirma Hightower avec un rictus carnassier. Et ce n'est pas la seule chose dans nos rituels que les familles désapprouveraient.

Ils rirent ensemble, puis la double porte s'ouvrit à la volée et un silence soudain tomba sur l'assemblée lorsque tous les membres se tournèrent dans la même direction.

L'Homme sombre se tenait dans l'embrasure. Le sang éclaboussait ses fourrures informes et coulait des deux extrémités du long bâton de bois qu'il tenait entre les mains. Il souriait, ses yeux fixes et sauvages. Il parcourut lentement la salle bondée du regard, et la haute société recula devant ces yeux impressionnants. La mort et la violence enveloppaient l'homme comme un linceul. Dans le silence qui accompagna son arrivée, on entendit des voix gémir et crier de douleur depuis le couloir. Hawk et Fisher fendirent la foule vers lui, arme en main.

Un homme d'armes apparut derrière l'Homme sombre. Blessé, saignant déjà abondamment, il ne s'en jeta pas moins sur lui pour l'étrangler. Ils chancelèrent un moment, puis l'Homme sombre se retourna soudain et projeta l'homme par-dessus son épaule. Il heurta le sol avec un bruit sourd et resta immobile. L'Homme sombre leva son bâton et le fit redescendre en un arc de cercle, frappant sa victime encore et encore. Le sang gicla, les os se brisèrent. Le corps inerte tressautait à chaque impact, même après la mort de l'homme.

Il y eut des cris et des gémissements étouffés devant cette horreur, et quelques-uns des hommes les plus courageux s'avancèrent. Hawk leur cria de rester en arrière. L'Homme sombre leva lentement la tête et sourit à ceux qui s'approchaient de lui. Il avait du sang sur le visage, mais ce n'était pas le sien. La poignée d'hommes ralentit et ils échangèrent des regards incertains.

— Bon sang, restez où vous êtes ! cria Hawk d'une voix qui fendit les murmures. Il est trop dangereux. Je suis un garde. Ma partenaire et moi allons nous occuper de lui.

La haute société s'éloigna bientôt des gardes. L'Homme sombre souriait toujours autant et il se jeta sur ceux qui le séparaient encore de ses victimes. Il en frappa un de son bâton, se moquant de savoir qui, et les hommes et les femmes tombèrent sur le plancher ciré, le crâne fendu ou les côtes enfoncées. L'assemblée recommença de crier et, dans la panique générale, chacun poussa son voisin en tentant de s'éloigner. L'Homme sombre se dirigeait vers Hawk et Fisher. Quelques hommes se lancèrent sur le tueur, mais il s'en débarrassa aisément, sans même sentir leurs poings. L'un d'eux saisit la jambe du tueur depuis le sol. Sans baisser les yeux, l'Homme sombre se dégagea et lui écrasa la poitrine. L'homme resta étendu au sol et l'Homme sombre reprit son chemin. Le reste des invités recula. Les choses auraient été différentes s'ils avaient eu des armes. Mais porter des armes dans la maison d'un ami, cela ne se faisait pas. Donc, tout le monde avait laissé son épée à la porte.

Hawk et Fisher finirent enfin par rejoindre l'Homme sombre, et son sourire s'agrandit encore. Il se lança en avant, abattant son bâton en un puissant arc de cercle horizontal. Fisher passa en dessous et embrocha l'Homme sombre, sa lame grinçant contre les côtes. Il ne perdit pas son sourire et la frappa au bras avec son bâton. Fisher ne sentait plus sa main et elle dut reculer, laissant son épée fichée dans la poitrine de la créature. Le sang coulait sur ses flancs, mais il ne paraissait rien remarquer, le regard braqué sur la femme qui reculait.

Hawk s'avança et abattit sa hache depuis le côté aveugle du tueur. L'Homme sombre se retourna au dernier moment et para avec son bâton. Sous l'impact, Hawk faillit lâcher son arme. Les deux hommes se tournaient autour, cherchant une ouverture. Soudain Hawk sentit un frisson le parcourir, en se rendant compte que l'Homme sombre se battait mieux maintenant qu'à leur première rencontre. Comme s'il apprenait à chaque combat, à chaque nouvelle mort... Comme si chaque Homme sombre était le même homme.

Qu'est-ce que je combats, exactement ?

Il ajusta mal le coup de hache suivant, et le bout du bâton le frappa juste au-dessus de l'oreille. Le monde chavira autour de lui, et l'Homme sombre poussa son avantage. Hawk recula rapidement, se cramponnant à sa hache essentiellement par pur instinct. L'Homme sombre abattit son bâton et Hawk l'évita au dernier moment. Il vacilla, déséquilibré, et leva les yeux à l'instant même où le bâton revenait lui fendre le crâne comme un œuf. Il n'eut même pas le temps de fermer les yeux.

Tout à coup Fisher surgit derrière l'assaillant et frappa les deux jambes de l'homme d'un coup de couteau, l'estropiant. Il tomba en avant à quatre pattes lorsque ses jambes cédèrent, les muscles à moitié tranchés. Il ne fit aucun bruit, même quand Fisher saisit son épée et la dégagea. Au lieu de cela, il ramena lentement ses pieds sous lui, l'un après l'autre, et se releva, le bâton toujours en main. Fisher recula. Hawk le regarda, médusé. Ce n'était pas possible, avec une blessure pareille. Les muscles des jambes devaient se déchirer... La douleur devait être atroce.

L'Homme sombre s'approcha de Fisher, un pas à la fois. Le sang dégoulinait sur ses jambes. Il souriait toujours. Hawk regarda autour de lui pour trouver l'inspiration. Il vit une lourde corde attachée à un montant du mur. Suivant la corde des yeux, il se rendit compte qu'elle soutenait l'un des gros chandeliers. Il ne lui fallut qu'un instant pour voir que l'Homme sombre se tenait presque sous le chandelier. Encore quelques pas…

— Isobel ! Ne recule pas. Laisse-le venir.

Fisher lui lança un regard, puis adopta une position de défense là où elle se trouvait, faisant de son mieux pour épargner son bras blessé.

J'espère que tu as une bonne raison, Hawk, parce que je ne peux pas l'arrêter toute seule. Il n'est pas humain.

L'Homme sombre avança d'un pas traînant, laissant un sillage de sang derrière lui. L'assemblée se taisait, les yeux écarquillés. C'était une chose de rejoindre le Club des Damnés pour se donner des frissons, mais c'en était une autre de se retrouver face à face avec le sang, la souffrance et la mort dans un endroit aussi petit. L'Homme sombre avançait, son sourire de plus en plus large. Fisher se prépara et Hawk coupa la corde.

L'Homme sombre eut à peine le temps de voir une ombre s'élargir autour de lui et de lever les yeux. Puis une demi-tonne de cuivre poli et de verre taillé le cloua au sol. Le bruit de la chute n'en finit pas de résonner. Il resta immobile, et personne ne parla. Puis la créature leva lentement les mains pour repousser le chandelier. Celui-ci se souleva de quelques centimètres et retomba. Le sang jaillit de la bouche de l'Homme sombre qui tomba en avant pour ne plus se relever. Hawk s'avança, leva sa hache et frappa de toutes ses forces. Il y eut quelques cris choqués dans l'assistance en voyant le sang bouillonner et la tête se détacher, mais Hawk ne les entendit qu'à peine. Il ne voulait courir aucun risque.

Buchan rejoignit enfin Hawk et Fisher.

— Beau combat. Vous auriez pu le faire durer assez longtemps pour que je me joigne à vous. L'un de vous sait de qui il s'agit ? Et ce qu'il voulait ?

— Il nous suivait, je pense, dit Hawk. C'est en rapport avec une affaire de meurtre sur laquelle nous travaillions avant de rejoindre la Brigade des Dieux.

— Je vois. Vous voulez l'expliquer à tous ces gens, ou je m'en charge ?

— Je pense qu'il vaut mieux ne rien en dire du tout, jugea Fisher. Hawk, fichons le camp d'ici. La Garde régulière sera bientôt là. Qu'elle se débrouille.

— Tous ces gens blessés à cause de nous…, soupira Hawk en regardant autour de lui.

— Nous n'en savons rien. Allez, viens.

Hawk acquiesça silencieusement et laissa Buchan les mener hors de la salle. Derrière eux, la haute société s'était rapprochée du cadavre de l'Homme sombre et lui donnait de grands coups de pied. Hawk se retourna une fois puis se détourna. Buchan avait un sourire sombre.

— Au moins, Hawk, reconnaissez que la haute société s'y entend pour organiser une fête. On ne sait jamais ce qui va se passer.

5

Des secrets au grand jour

Raide, Rowan se redressa dans le lit et grogna. Elle avait mal partout et un goût ignoble dans la bouche. Elle se sentait plus fatiguée maintenant qu'en allant se coucher. Elle tendit un bras lourd vers sa table basse et prit la tasse de potion qu'elle s'était préparée un peu plus tôt. Elle avala une petite gorgée et s'adossa à la tête de lit avec un regard écœuré pour le liquide vert dans la tasse. L'ajout de menthe pour donner du goût avait été une grave erreur. Ça devait mal réagir avec un des ingrédients. En même temps, ça ne pouvait pas être pire que le goût qu'elle avait en bouche. Elle leva la tasse avec détermination pendant qu'elle se sentait encore le courage de la boire. Le goût était encore plus désagréable que la douleur et la fatigue, et elle s'autorisa quelques grimaces atroces. Elle se figea en remarquant la tasse de thé sur le plateau d'argent. Sa bouche se serra en une ligne blanche. Tombe était encore entré dans sa chambre. Elle devait faire quelque chose à ce sujet.

Rowan commença à se sentir un peu mieux quand la potion fit son effet. Elle repoussa les draps et s'assit sur le bord du lit. Prenant la tasse de thé, elle la regarda un moment et y trempa les lèvres. Il était fort et sucré, et une douce chaleur l'envahit. On pouvait dire, tout ce qu'on voulait sur Tombe – et elle voyait beaucoup de choses à dire tournant surtout autour du mot « énervant » –, mais il préparait le thé comme personne. Enfin, il allait quand même falloir faire quelque chose. Elle lui avait dit très clairement qu'elle ne ressentait rien pour lui et qu'elle apprécierait qu'il trouve quelqu'un d'autre à harceler. Mais il paraissait décidé à ne pas comprendre. Elle devrait peut-être essayer quelque chose de plus direct. Le frapper, peut-être. Elle ne voulait pas vraiment être désagréable, mais ce serait sans doute mieux pour lui, à long terme. Ce n'était pas juste, en tout cas, de le laisser espérer comme ça…

Elle eut un sourire amer en buvant le thé. Non pas qu'elle ait le temps de se compliquer encore la vie. Mais s'il fallait vraiment que quelqu'un soit amoureux d'elle, pourquoi pas Buchan ? Bon, d'accord, il avait quelques années de plus qu'elle, mais il avait un corps incroyable. Il avait plus d'expérience que Tombe, plus d'élégance. Il aurait pu comprendre la situation. Ils auraient eu une relation merveilleuse, simple, qui les aurait distraits et se serait achevée sans larmes ni tourmente. Mais non. Le superbe, débonnaire et royal Charles Buchan ne se donnait pas la peine de regarder une petite grosse comme elle. Il devait se préserver pour ces sales putes des Sœurs de Joie. Elle soupira. Quel dommage de gâcher un si bel homme… Enfin, c'était comme ça. Rien n'était ce qu'on croyait, on ne pouvait se fier à personne, et il n'y avait aucune raison d'avoir foi en quoi que ce soit à moins de pouvoir le tenir dans sa main et vérifier si cela avait des défauts. C'était une philosophie dure, mais cela valait mieux que rien.

Elle regarda l'horloge posée sur le manteau de cheminée. Buchan rentrerait bientôt du Club des Damnés avec les deux gardes. Elle fronça les sourcils, pensant à Hawk et Fisher. Ils allaient causer des ennuis, ça lui avait tout de suite paru évident. Ils ne comprenaient pas ce qui se passait dans la rue des Dieux, mais ça ne les empêcherait pas de charger droit devant sans rien voir. Ils essaieraient de tout résoudre par la force brute. C'étaient des imbéciles, mais des imbéciles dangereux. Elle bâilla soudain et s'étira langoureusement. Elle regarda son lit chaud et confortable… Rien qu'une demi-heure de plus… ce serait si bon…

Un bruit de pas dans l'escalier la fit se crisper. Sa tête était encore trop embrumée pour voir de qui il s'agissait. Les pas montaient tranquillement et s'arrêtèrent devant sa porte. Il y eut une longue pause puis un coup hésitant. Rowan se détendit et soupira en silence. Elle connaissait cette façon de frapper.

— Entre, Tombe.

Le sorcier entra, lui lança un regard rapide pour connaître son état de santé, puis lui sourit.

— Je voulais juste venir voir si tu étais debout. Les autres vont bientôt rentrer.

— Oui, je sais. Je me sens beaucoup mieux, merci.

— Très bien. Ça me fait plaisir.

— Tombe ?

— Oui, Rowan ?

— Tu pourrais fermer la porte ? Il y a un courant d'air…

— Oh, oui. Bien sûr.

Il repoussa la porte, se retourna et lui fit de nouveau un sourire éclatant. Rowan se rendit compte qu'elle tenait encore la tasse de thé et la reposa sur le plateau.

— Merci de m'avoir encore apporté du thé. C'était très gentil de ta part.

— Je t'en prie.

Le sorcier sourit encore et hocha la tête, content.

Comme un chiot qui veut qu'on le caresse et qu'on le flatte parce qu'il vient de réussir un tour, se dit Rowan, déjà lasse. *Comment un sorcier de premier ordre comme Tombe peut-il être un tel idiot en ce qui concerne les femmes ? Ce n'est vraiment pas le moment. Vraiment pas.*

Le sourire de Tombe s'évanouit lentement et il se dandina sur place, hésitant.

— Tu sais, Rowan, je m'inquiète vraiment pour toi.

— Ah oui ? Pourquoi ?

— Eh bien, ce n'est pas la première fois que tu es malade comme ça, hein ?

— Tu n'as aucune raison de t'inquiéter. Ça ira. Je sais ce que je fais.

Tombe se redressa pour se donner le courage d'argumenter.

— Je sais que tu as une grande foi dans tes potions, Rowan, mais je me sentirais beaucoup mieux si tu me laissais appeler un médecin, juste pour t'examiner et s'assurer que ce n'est rien de grave.

— Je n'ai pas besoin de docteur, trancha Rowan en le foudroyant du regard. Combien de fois devrai-je te le dire ? Ma santé et la façon dont je l'entretiens ne te regardent pas.

— Mais je m'inquiète pour toi.

— Arrête. Il n'y a aucune raison que tu t'en soucies à ce point. Ce n'est pas parce que je fais partie de la Brigade des Dieux que tu as le droit de me couver comme ça. Nous sommes collègues, Tombe, et rien d'autre. C'est clair ?

— Oui, Rowan, très clair, opina Tombe.

— Bon, ne boude pas. Combien de temps avant que les gardes rentrent avec Buchan ?

Toute expression déserta Tombe tandis qu'il utilisait la Vue.

— Ils arrivent à la porte d'entrée. Je ferais bien de descendre les accueillir. Si tu es certaine d'aller bien…

— Très bien.

— Alors à tout à l'heure.

Il se retourna et sortit avant qu'elle puisse ajouter quoi que ce soit. Rowan poussa un soupir de soulagement violent mais silencieux. Elle savait qu'il ne fallait pas être si dure avec lui. Mais cette tête de chiot l'énervait tellement… Toujours à lui rendre des petits services pour qu'elle lui dise quelque chose de gentil… Elle sortit de son lit, enleva sa chemise de nuit et chercha ses vêtements. Elle avait hâte d'entendre Hawk et Fisher lui raconter ce qui s'était passé au Club des Damnés.

Tout le monde avait repris sa place préférée dans le petit salon. Tombe distribuait de longs verres étroits de son sherry sirupeux, et tous, à part Hawk, acceptèrent le vin avec un sourire. Hawk se renfonça dans son fauteuil et essaya de ne pas se sentir trop sauvage. Il y eut un moment de calme tandis que chacun goûtait sa boisson.

— Commençons par le Club des Damnés, finit par dire Rowan. Qu'en avez-vous pensé, capitaine Hawk ?

— Des amateurs qui jouent avec la magie et ont peur du noir, répondit Hawk sans ambages. Inoffensifs, sauf peut-être pour eux-mêmes.

— Mais avez-vous trouvé le moindre rapport avec les assassinats de Dieux ?

Tombe était assis au bord de sa chaise comme s'il avait peur de rater une syllabe. Ce fut Fisher qui répondit.

—Pas vraiment. Mais nous avons trouvé quelque chose d'intéressant. Avant d'être rattachés à vous, Hawk et moi enquêtions sur le meurtre d'un sorcier appelé Bode. (La jeune femme ne manqua rien de la surprise rapidement contrôlée de Rowan et Buchan, mais continua comme si elle n'avait rien vu.) Nous n'avons pas eu le temps de découvrir qui l'avait tué, mais nous avions appris que quelqu'un l'avait engagé pour mener une mission secrète dans la rue des Dieux.

—Et l'a-t-il accomplie ? demanda Tombe.

—Nous l'ignorons. Nous n'avons rien trouvé qui le rattache directement aux meurtres des Dieux, mais nous avons découvert que Bode avait fait des expériences avec les homoncules. Des doubles physiques créés par magie.

—Oui, oui, s'impatienta Rowan. Nous savons tous ce qu'est un homoncule.

Fisher regarda méchamment Rowan, qui n'en fut pas particulièrement affectée, puis reprit la parole.

—Bode a investi l'une de ces répliques de toute sa rage et sa haine, et lui a donné pour mission de protéger sa maison contre les intrus. Il l'appelait l'Homme sombre. Il était gros, musclé et très violent. Il a tué quatre personnes, à notre connaissance, avant que Hawk et moi l'éliminions.

—C'est très intéressant, tout cela, interrompit Rowan, mais quel rapport avec le Club des Damnés ? Ou les Dieux morts ?

Fisher regarda Hawk pour voir s'il aimerait continuer l'histoire, mais il cherchait un récipient où il pourrait vider discrètement son verre de sherry. Fisher soupira et continua.

—En revenant de notre enquête sur les lieux des trois meurtres divins, nous avons été attaqués par un deuxième Homme sombre. Nous l'avons tué. Un troisième Homme sombre a essayé de nous tuer au Club des Damnés. Celui-là aussi est mort.

Personne ne dit mot et le silence s'éternisa. Tombe paraissait très concentré.

—Vous avez remarqué des différences entre ces trois homoncules ?

— Oui, répondit Fisher. Ils sont de plus en plus difficiles à tuer.

— Ce n'est pas tout, intervint Hawk en reposant son verre vide. Ils sont tous particulièrement forts, mais leur développement musculaire était différent à chaque fois. Ça ne pouvait pas être le même corps. Et pourtant, à chaque fois, l'Homme sombre a été plus difficile à éliminer. Comme s'il apprenait de ses erreurs passées. Je pense qu'il y a un seul esprit qui contrôle tous les homoncules, ou qui saute d'un corps à l'autre. Et il pourrait très bien y avoir d'autres Hommes sombres qui attendent de nous voir passer.

Les membres de la Brigade des Dieux échangèrent des regards.

— Vous pouvez nous apprendre quelque chose sur ce sorcier Bode ? demanda Rowan.

— Eh bien, dit Hawk. À part qu'il avait une mission mystérieuse dans la rue des Dieux au moment où les Dieux ont commencé à disparaître, il a donné l'idée à Arthur Sinclair de fonder le Club des Damnés. Il a été actif, hein ? L'un de vous le connaissait ?

— Je l'ai rencontré une fois ou deux, admit Buchan. Dans la rue des Dieux. Il était plutôt agréable, mais je ne sais pas ce qu'il faisait dans les parages. Cela fait quelque temps que je ne l'ai pas vu.

— C'était avant ou après que les Dieux ont commencé à mourir ?

— Avant, il me semble.

— Vous avez déjà rencontré sa petite amie ?

— J'ignorais qu'il en avait une. C'est important ?

— Allez savoir, soupira Hawk. Quelqu'un d'autre ici connaissait Bode ?

— Je l'ai rencontré aussi, à l'occasion, informa Rowan. Il posait des questions sur la rue, alors je suis allée le voir pour savoir ce qu'il préparait. On a de tout, par ici, et c'est toujours bien d'être prudent. Il était un peu vague sur ce qu'il faisait dans la rue, mais ça n'a rien d'inhabituel. Il paraissait inoffensif, alors je lui ai fichu la paix.

— Quel genre de questions posait-il ?

— Des questions sur les Dieux, répondit Rowan avec un haussement d'épaules. Leurs pouvoirs, leur histoire, ce genre de choses. Les questions classiques des touristes. Et je n'ai pas vu son amie non plus.

Hawk resta un moment assis pour se donner le temps de digérer tout cela. Bode devenait un lien important dans cette affaire, mais il ne savait pas grand-chose sur lui. Il devrait peut-être contacter les gardes chargés du meurtre de Bode pour qu'ils lui envoient les papiers découverts chez lui. Ils lui apporteraient peut-être plus de lumière sur le sorcier…

— Si tous les homoncules ont un même esprit, annonça Tombe, la question capitale est de savoir qui les contrôle.

— Eh bien, Bode, je pense, suggéra Rowan. Après tout, les Hommes sombres sont tous des versions de son corps. Il savait peut-être qu'il allait mourir et il a transféré son âme dans un des homoncules. Ainsi, il serait libre de poursuivre sa mission. Quelle qu'elle soit.

— Un suicide ? La cause de la mort était un coup de poignard en plein cœur ! Si c'est un suicide, où est l'arme ?

— Bonne question, dit Buchan. Mais si ce n'est pas Bode, qui est-ce ?

— Sans doute l'anonyme qui lui avait donné sa mission, expliqua Hawk. Qui que ce soit, il ou elle ne voulait pas être vu en personne dans la rue des Dieux. Ce qui suggère que quelqu'un devait le connaître et aurait pu le reconnaître.

— Ou *la* reconnaître. Tu te souviens de la petite amie ? Ça pourrait être notre anonyme, qui émergerait brièvement de l'ombre pour donner ses ordres à Bode.

— Ça devient compliqué, dit Buchan. Si nous supposons que les Hommes sombres ne sont pas vraiment Bode, pourquoi en ont-ils après Hawk et Fisher ?

— Parce que nous sommes dangereux, répondit Hawk. Nous nous rapprochons de la vérité, et l'Homme sombre le sait.

— Attendez un peu, nous avons oublié quelque chose, intervint Tombe. Si j'ai bien compris, vous avez dit que le sorcier Bode a été tué chez lui ? Pourquoi sa magie ne l'a-t-elle pas protégé ?

— Bonne question, dit Hawk. Nous l'ignorons. Quand nous sommes arrivés, il n'y avait pas la moindre trace de magie dans la maison. Pas de piège, pas de protection, rien.

— C'est de la folie, commenta Tombe. Même après sa mort, les charmes de protection auraient dû être là. Il faut en général qu'un autre sorcier les détruise. Bon sang, tous les sorciers ont des protections. On ne peut pas travailler sans cela.

— Bon, dit Hawk, certes, c'est de la folie. Ça ne m'étonne pas. Toute cette affaire est folle.

— Mais on dirait de plus en plus que tout cela concerne la même affaire.

— Il semblerait, dit Buchan, que nous n'arriverons à rien tant que nous ne saurons pas ce que Bode faisait dans la rue. C'est la clé de tout, on dirait.

— Apparemment, reconnut Tombe. Auquel cas, il est heureux que j'aie demandé à une de mes connaissances de venir ici ce soir. Je me disais que Hawk et Fisher devraient le rencontrer. Il connaît beaucoup de choses sur la rue des Dieux. On raconte qu'il sait tout ce qui se passe dans la rue, souvent avant même que ça se produise.

— Oh non, soupira Buchan. Dis-moi que ce n'est pas vrai. Tu n'as pas appelé cet ami-*là*, quand même ? Pas Lacey ?

— Sale petite fouine, marmonna Rowan.

— Il a son utilité, rétorqua Tombe en se tournant vers Hawk et Fisher avec un sourire d'excuse. Afin de faire notre travail dans la rue des Dieux, nous devons être constamment au courant de ce qui se passe. Étant donné la nature de ce secteur, la tâche peut être assez difficile. Rowan et moi avons tous les deux la Vue, mais il y a une limite à ce que nous pouvons apprendre en un temps donné. Donc, nous sommes forcés de dépendre de diverses sources fiables pour nos renseignements.

— C'est ça, ricana Buchan. La moitié de notre budget part en pots-de-vin.

— Pour Lacey, en majorité.

— Il a toujours été très utile, rappela Tombe. Il a sa propre organisation d'informateurs et de… colporteurs. Ils lui rapportent toutes les nouvelles, rumeurs et histoires, et lui fait les associations. Il a prédit plus de tendances, de contrats, d'hérésies et de conspirations que tous nos autres informateurs.

— C'est aussi un sale petit étron repoussant, et il me donne des frissons, dit Rowan.

— Nous connaissons ce genre de personne, admit Hawk. Nous aussi, nous utilisons des informateurs.

— Combien les payez-vous ? demanda Buchan.

— Isobel les laisse vivre, répondit Hawk avec un sourire. Cela paraît leur convenir à merveille.

— Quoi qu'il en soit, reprit Tombe, notre Lacey attend dans l'entrée. Avec votre permission, je vais lui demander de se joindre à nous.

Il parcourut la pièce du regard, attendant les objections. Personne ne parla. Buchan s'en moquait, et Rowan boudait. Tombe eut un geste rapide de la main gauche, et la porte du salon s'ouvrit d'elle-même.

— Entrez, Lacey, mon ami ! dit Tombe d'une voix forte.

Il y eut une pause, puis une large silhouette massive s'encadra dans l'embrasure, arborant un sourire agaçant. Il était d'une taille imposante, mais sa masse lui donnait l'air plus petit. Il se déplaçait lentement, mais avec une grâce étonnante, et toute son attitude suggérait que la violence ne lui était pas inconnue quand cela se révélait nécessaire. Il avait un visage rond et vide, souligné par ses petits yeux noirs et son sourire constant. Fisher n'aimait pas le sourire. Il avait l'air préparé. Ses cheveux étaient bruns et gras, aplatis avec la raie au milieu. Rien qu'en le regardant, on savait qu'on pouvait lui faire toute confiance du moment qu'on payait. Mais aussi qu'il disparaîtrait si votre argent se tarissait. Après ces réflexions, le sourire devenait pire encore. Son hypocrisie usait les nerfs comme des ongles sur un tableau noir. L'un dans l'autre, Lacey était le genre d'homme à qui on ne serrait pas la main, de peur que sa personnalité soit contagieuse.

— Mon cher Tombe, quel plaisir de vous revoir. Vous avez l'air aussi en forme que toujours. Et vos charmants associés, Buchan et Rowan. Deux de mes collaborateurs préférés. (Sa voix était exactement ce à quoi on s'attendait, douce, sifflante et grasseyante. Le genre de son qu'un crapaud ferait en essayant de vous vendre un cheval à trois pattes.) Je suis toujours heureux de vous rendre service, mes amis. Mais je vois que vous avez des invités. Et des capitaines de notre illustre Garde, en plus. Me ferez-vous l'honneur de me dire votre nom, monsieur, madame ?

— Capitaine Hawk et capitaine Fisher, répondit Hawk. Nous sommes ici pour raisons officielles.

Il arriva quelque chose au visage de Lacey. Il ne sourcilla pas ni ne cessa de sourire. Mais ses yeux furent soudain froids et méfiants. Il paraissait avoir envie de regarder où était la porte, sans oser se détourner. Apparemment, même dans la rue des Dieux, les gens avaient entendu parler de Hawk et Fisher.

— Les fameux capitaines Hawk et Fisher. C'est un grand honneur de faire votre connaissance. Que puis-je faire pour vous ?

— Nous avons besoin de renseignements, expliqua Rowan. Il y a peu, un sorcier du nom de Bode est venu dans la rue pour poser des questions sur les Dieux. Que pouvez-vous nous dire sur lui ?

Lacey eut un sourire de chérubin décrépit, se posa sur la seule chaise libre et croisa les doigts sur son vaste estomac.

— Bode. Oui. Je connais ce nom.

Il s'arrêta un instant pour mieux disposer sa masse. La chaise émit un grincement de protestation, et il sourit d'un air agréable, puis se mit à parler sans la moindre hésitation, comme s'il avait simplement attendu la permission de réciter une histoire déjà préparée. Pour ce que Hawk en savait, c'était peut-être le cas.

— Bode était un sorcier de bas étage, expliqua Lacey. Surtout intéressé par l'alchimie et la production d'homoncules. C'est un centre d'intérêt coûteux, et il le finançait par sa connaissance approfondie des pilules et des potions. Il était bien connu dans son domaine, mais ne serait jamais devenu important. Il n'avait pas la motivation nécessaire, ni la détermination. Il le savait, mais cela ne paraissait pas le déranger. Il n'était pas ambitieux, voilà tout.

» Sa première apparition dans la rue des Dieux remonte à tout juste un mois. Il posait des questions sur les pouvoirs et l'historique des Dieux. D'où ils venaient, quels attributs ils possédaient, pourquoi les gens les adoraient – les choses habituelles pour les touristes. Mais à la différence des touristes, il ne se satisfaisait pas des réponses habituelles. Il demandait toujours plus de détails, refusait de se laisser décourager, même quand on lui signifiait que ses questions n'étaient pas appréciées par les Êtres en question. Il demandait simplement les réponses avec encore plus d'insistance, malgré quelques mises en garde très spécifiques. Il était soit très courageux soit très bête, ou n'avait aucun instinct de survie.

» Il est mort très récemment, chez lui dans le Nord. Les récits de la manière dont il est mort semblent assez confus, mais tous s'accordent à dire que les capitaines Hawk et Fisher y étaient mêlés. En tant qu'officiers chargés de l'enquête.

Lacey se renfonça sur sa chaise, souriant comme s'il était très satisfait de lui. Il y eut une longue pause tandis que tout le monde digérait ces renseignements.

— Est-ce que quelqu'un avait remarqué quoi que ce soit… d'étrange à propos de Bode ? demanda Hawk avec prudence.

— Eh bien, à part ce que je vous ai déjà dit, il y avait quelques petites choses intéressantes. Plusieurs fois, dans la rue des Dieux, Bode fut reconnu par de vieux amis, qui allèrent le voir pour lui parler comme les vieux amis le font souvent. Il semblerait que Bode ait été très discourtois avec eux. Il refusait de parler de ses affaires ou même de ce qu'il faisait dans la rue des Dieux. Parfois, il fit même semblant de ne pas les connaître, ce qui ne lui ressemblait pas. Il pensait peut-être agir incognito, mais il ne faisait aucun effort pour se déguiser.

— Quelqu'un a-t-il déjà vu Bode avec une apparence… différente ? demanda Fisher. Plus grand, plus musclé ?

Lacey la regarda d'un air suspicieux.

— Intéressante question, capitaine. Il est vrai que, depuis la mort de Bode, certaines sources jusque-là fiables ont affirmé l'avoir vu en train de déambuler dans la rue des Dieux avec une apparence… quelque peu différente. Vous pourriez peut-être m'éclairer à ce sujet, capitaine ?

— Pas pour l'instant, répondit Fisher. D'après certains rapports, Bode retrouvait parfois sa petite amie dans la rue des Dieux. Que pouvez-vous nous dire sur elle ?

— Malheureusement, je n'ai appris que peu de chose sur elle, capitaine. Elle n'est apparue qu'en trois occasions, et toujours cachée sous une cape et une capuche. À la dernière occasion, deux de mes associés ont essayé de la regarder de plus près. Ils sont morts tous les deux, dans la rue.

— De quoi sont-ils morts ? demanda Hawk en se penchant en avant.

— De causes naturelles, capitaine. Une crise cardiaque. Enfin, deux crises cardiaques, simultanées.

— De la sorcellerie, dit Fisher.

Lacey hocha la tête en signe d'accord, mais n'ajouta rien.

— Donc, résuma Rowan, nous avons un sorcier et une sorcière dans la rue des Dieux, qui posent des questions sur les Êtres. Des questions auxquelles ces Êtres ne veulent pas répondre. C'est peut-être pour cette raison que les Êtres sont morts. Parce qu'ils ne voulaient pas répondre aux questions.

— Ou parce qu'ils ont répondu, proposa Buchan.

— Je ne suis pas certaine de vous suivre, dit Fisher en le regardant.

— Moi non plus, dit Buchan. Ce qui m'inquiète, c'est la façon dont les Êtres sont morts. Il faut beaucoup de force pour vaincre un Être sur son propre territoire. Il faudrait un sorcier du niveau du Grand mage. Et si quelqu'un comme ça se promenait dans la rue des Dieux, nous serions tous au courant.

— Oublions Bode un instant, dit Tombe. Lacey, quelle est la situation actuelle, dans la rue ? Comment les Êtres réagissent-ils à ces meurtres ?

— Mal, mon cher ami. Il y a beaucoup d'agitation dans la rue, dans les temples comme en dehors. À leur façon, les Êtres sont tout à fait effrayés. Ils ont tous une tendance à la paranoïa, même dans les meilleures conditions, mais à présent ils cherchent activement un ennemi à accuser. Quelqu'un à attaquer. Les vieilles rivalités sont exacerbées. Les vieilles haines redeviennent vivaces. Tout le monde sait que vous faites de votre mieux, mais les Dieux ne sont pas connus pour leur patience. Je crains que ce soit une question de temps avant qu'un Dieu ou un autre décide de prendre les choses en main et frappe le premier. Et nous savons tous où cela nous mènerait.

— Vous voulez parler d'une guerre des Dieux.

— Oui, j'en ai bien peur. À moins d'agir rapidement, de faire quelque chose de marquant, les choses vont très vite empirer dans la rue. En l'état, nous attendons tous l'étincelle inévitable qui va déclencher ce terrible cataclysme.

Il y eut une nouvelle pause.

— J'ai l'impression tenace qu'on passe à côté de quelque chose, dit Buchan. Quelque chose de si proche que c'est l'arbre qui nous cache la forêt. Lacey, connaissez-vous un lien quelconque entre les trois Êtres morts ?

Pour la première fois, Lacey eut l'air un peu mal à l'aise, mais son sourire ne flancha pas.

— Eh bien, il y a une… coïncidence, mes amis, mais ce n'est sans doute rien de plus que cela…

— Nous déciderons nous-mêmes de ce qui est important, trancha Rowan. De quoi s'agit-il ?

Lacey prit son courage à deux mains.

— Chacun des Êtres morts a reçu une visite de la Division divine, pour raisons officielles, peu de temps avant de mourir.

Hawk regarda vivement Tombe.

— C'est vrai ?

— Eh bien, oui. Mais nous rendons tout le temps visite à des Êtres. Cela fait partie de notre travail. Nous en avons tellement vu ces derniers temps que je n'avais pas remarqué que les trois morts étaient du nombre.

— Mais c'est un lien, dit Fisher.

Puis la voix du sorcier chargé des communications pour la Garde retentit dans le crâne de Hawk et Fisher.

— *Émeute dans la rue des Dieux ! Émeute dans la rue des Dieux ! Tout le personnel disponible doit se rendre immédiatement à la rue des Dieux. Cet ordre supplante tous les ordres et priorités précédents jusqu'à nouvel ordre.*

Hawk et Fisher se levèrent d'un bond, la main instinctivement posée sur leur arme. La Brigade des Dieux aussi était sur pied, tout aussi surprise. Ils avaient reçu le message, eux aussi. Lacey se leva d'un air hésitant.

— Mes amis, que se passe-t-il ? Qu'y a-t-il ?

— On dirait que votre renseignement est arrivé un peu trop tard cette fois, dit Rowan. Quelqu'un vient de tirer le premier coup de canon de la guerre des Dieux.

Elle sortit en courant, suivie de Tombe. Lacey fit mine de s'approcher de Buchan puis hésita.

— Pardonnez-moi d'insister, mes amis, mais au sujet de mes honoraires…

— On s'en occupera plus tard, trancha Hawk. Buchan…

— Mais…

— J'ai dit plus tard !

Hawk foudroya Lacey du regard, et l'informateur recula vivement. Hawk se tourna de nouveau vers Buchan, qui était toujours sous le choc.

— Je pense que nous devrions y aller, monsieur Buchan. L'émeute ne va pas nous attendre toute la journée.

— Bien sûr. Pardonnez-moi. Je n'avais jamais pensé que cela pourrait arriver pour de bon, c'est tout. Cela fait près de soixante-dix ans qu'il n'y a pas eu de véritable émeute dans cette rue.

— Soixante et onze, corrigea Lacey sans que personne ne lui prête attention.

— Nous sommes chez vous, dit Hawk à Buchan. Que suggérez-vous ?

— Priez, répondit Buchan. Et tâchez de choisir le bon Dieu.

Hawk entendit l'émeute bien avant de la voir. Des cris de rage, d'horreur et d'angoisse se mêlaient en une cacophonie qui imprégnait l'air nocturne. La rue des Dieux paraissait étrangement décalée, comme si les différentes réalités qui la composaient n'étaient plus alignées. Les églises apparaissaient et disparaissaient, et les portes changeaient de forme. Des lumières surnaturelles brillaient dans le ciel sans étoiles, étalées sur la nuit comme des pigments sur la palette d'un dément. Une vibration montait dans le sol, comme le lent battement de cœur d'une chose énorme et ensevelie.

Hawk et Fisher couraient dans la rue, arme en main. Ils couraient depuis quelque temps maintenant, mais le bruit de l'émeute ne paraissait pas se rapprocher. La rue pouvait être comme ça, mais pour l'instant cela n'améliorait pas l'état de nerfs de Hawk. Il respirait profondément pour faire entrer plus d'air dans ses poumons et espérait qu'il trouverait bientôt son second souffle. Fisher aussi paraissait avoir du mal, et elle courait en général bien mieux que lui. Buchan, en revanche, les suivait sans peine, comme s'il couvrait ce genre de distance tous les jours avant le petit déjeuner, sans que ça lui fasse le moindre mal. Avec son physique, ce n'était pas impossible. Hawk essaya de continuer de penser à cela, mais son esprit insistait pour le ramener à ce qui tenait lieu de réalité dans cette partie de la ville. Le sorcier chargé des communications pour la Garde n'avait pas été très précis quant aux événements, mais il n'aurait pas envoyé une alerte générale comme celle-là si ses supérieurs n'avaient pas été sûrs qu'un problème particulièrement délicat se préparait.

Il se demanda un instant où Tombe et Rowan pouvaient être. Ils avaient disparu avant même que Hawk quitte le quartier général de la Brigade, mais il n'avait vu aucun signe d'eux dans la rue. Ils connaissaient peut-être un raccourci. Ils étaient peut-être arrivés à l'émeute et avaient déjà réglé la situation. *Oui, c'est ça*, se dit Hawk avec amertume. *Et pendant que j'y suis, je voudrais une fortune en pierres précieuses.* Le grondement constant se faisait de plus en plus fort, plus violent et plus déplaisant à chaque pas. Hawk franchit un coude de la rue, qui n'y était pas à son dernier passage, et s'arrêta en dérapant, Fisher et Buchan le percutant aussitôt. Ils avaient trouvé l'émeute.

Des centaines voire des milliers de prêtres et acolytes aux robes chamarrées avaient envahi la rue, combattant sauvagement avec des épées, des bouteilles brisées ou leurs poings. Partout, on voyait des mains et des visages en sang, et des corps immobiles piétinés par la foule qui ne s'en rendait même pas compte. On donnait enfin libre cours aux vieilles haines, les vendettas ancestrales arrivaient enfin à leur issue logique. Des éclairs aveuglants illuminaient les églises, et le ciel était saturé de magie incontrôlée. Une poignée de gardes était arrivée avant Hawk et Fisher et se battait dos à dos en bordure de la foule, trop occupée à survivre pour faire quoi que ce soit au sujet de l'émeute. La rue était aux mains des fanatiques, et ils se souciaient peu de savoir qui ils tuaient. Une dizaine de prêtres en robe verte déferlèrent sur un constable de la Garde et le firent tomber, l'entourèrent et le rouèrent de coups de pied.

Hawk et Fisher s'approchèrent pour le secourir. Quelles que soient les circonstances, les gardes se serraient les coudes. Il le fallait bien. Personne d'autre ne lèverait le petit doigt pour eux. La hache de Hawk s'abattit à plusieurs reprises, des coups serrés faisant voler le sang. Les prêtres se dispersèrent et Fisher abattit ceux qui ne filaient pas assez vite. Personne n'avait le droit d'attaquer un garde impunément. Sans quoi ce serait devenu une habitude. Les autres prêtres se fondirent dans la foule, et Buchan monta la garde pendant que Hawk et Fisher remettaient le constable sur ses pieds et le menaient à l'abri sous une porte cochère. Il avait du sang sur le visage et ses jambes tremblaient, mais il paraissait plus ou moins sain et sauf. Il les remercia d'un signe de tête et s'efforça de rassembler ses pensées.

— Vous êtes là depuis longtemps ? demanda Hawk.

— Ça doit faire moins de quinze ou vingt minutes, dit le constable à bout de souffle. Mais on dirait que ça fait une éternité. C'est bien ma chance d'avoir été si près de la rue des Dieux le jour où il y a une émeute.

— Vous savez ce qui l'a provoquée ? demanda Fisher.

— Apparemment, un autre Dieu a été assassiné, répondit le constable.

Il essuya le sang qui lui coulait dans les yeux. Buchan lui passa un mouchoir d'un blanc irréprochable, et le constable l'appuya avec reconnaissance contre son front.

— Le Seigneur de la Nouvelle Chair est mort. Quelqu'un lui a arraché ses deux cœurs. Le grand prêtre a trouvé le cadavre il y a une heure. Il n'a pas fallu longtemps pour que la nouvelle se répande. On ne sait pas qui a déclenché l'émeute. Ça pourrait être n'importe qui.

— Les détails ne sont pas urgents, le rassura Fisher. Combien d'autres gardes sont déjà là ?

— Il y en avait dix-sept. Nous sommes tous arrivés à peu près au même moment, mais la foule nous a séparés. J'espère qu'on va bientôt avoir des renforts. Les Êtres sont fous de rage et de peur. Il ne faudra pas longtemps avant que l'un ou l'autre décide de prendre les choses en main. Et vous imaginez bien que, si un Dieu se lance dans le bain, tous les autres vont le suivre. Où est la Brigade des Dieux, bon sang ? Ils sont censés empêcher que des trucs comme ça se produisent !

— Ils ne sont pas loin, répondit Hawk en évitant bien de regarder Buchan. Nous devons juste essayer de contrôler la situation le temps qu'ils agissent. Quelqu'un a demandé un groupe d'intervention ?

Le garde eut un sourire amer.

— C'est la première chose qu'on a faite en arrivant ici. Mais d'après le sorcier chargé des communications, ils sont occupés par une urgence de l'autre côté de la ville. Classique. Ils ne sont jamais là quand on a besoin d'eux. C'est ici qu'ils devraient être ! On ne va pas s'en tirer !

— Du calme. Nous ne sommes que des gardes, pas des héros. Personne ne nous demande de tout régler. On va juste faire de notre mieux. (Fisher s'interrompit pour désigner un groupe de gardes qui arrivaient en courant.) Eh ! Rejoignez ceux-là et expliquez-leur la situation. On va faire ce qu'on peut par ici. Allez !

Le constable opina et alla se placer devant les nouveaux venus. Hawk et Fisher regardèrent l'émeute qui grossissait puis se tournèrent vers Buchan.

— Si ça dépendait de moi, dit Hawk, je les laisserais faire. Avec un peu de chance, les fanatiques s'entre-tueraient et la rue des Dieux serait un peu plus calme. Mais malheureusement le constable a raison. Si on ne les disperse pas, les Dieux vont s'en mêler. Et si ça arrive, je n'ai pas envie de traîner dans le coin pour voir qui gagne. Je vais demander, emprunter ou voler une paire de chevaux, et vous pourrez nous dire au revoir pendant que nous partirons vers l'horizon le plus proche.

Buchan regarda Fisher.

— Il le ferait, hein ?

— Non. Il n'est pas assez raisonnable. Il a toujours trop pensé à son devoir. Et puisque je ne veux pas partir sans lui, on dirait que nous allons rester jusqu'au bout. (Elle regarda la foule frénétique et secoua la tête.) J'ai vu des *armées* qui étaient moins nombreuses. C'est vous l'expert, Buchan. Comment peut-on gérer ça ?

— Il faut dégager la rue, annonça Buchan. Ne vous inquiétez pas pour les Dieux. Tombe et Rowan s'en chargeront si besoin est. Nous, nous sommes responsables des émeutiers.

— Faire déguerpir tout le monde ? Comme ça ? demanda Hawk, incrédule.

— Ce n'est pas très difficile. Il suffit de faire en sorte qu'ils aient plus peur de nous que d'autre chose. Ils ont peut-être l'air dangereux, mais la plupart ne sont pas armés, et ceux qui le sont n'ont sans doute pas beaucoup d'expérience du combat. Quoi qu'il en soit, ils ne sont pas de taille contre des professionnels comme nous.

Hawk ne le lâchait pas des yeux.

— Donc, on se lance dans le combat et on tue tout ce qui bouge. C'est bien ça ?

— À peu près. Et faites attention à vous. L'émeute est un crime capital, et ils le savent. Ils n'hésiteront pas à vous tuer s'ils en ont l'occasion. Ne faites pas l'erreur de croire qu'ils vont écouter la voix de la raison. Ils sont au-delà de ça. Faites ce que vous avez à faire, et vous vous inquiéterez plus tard du nombre de victimes.

Il s'avança sans se presser vers l'émeute, et son épée scintilla. Des corps tombèrent à terre et ne se relevèrent pas.

— Le pire, c'est qu'il a raison, dit Hawk. J'ai vraiment ce travail en horreur, quelquefois.

— Si on n'arrête pas cette émeute, des centaines de gens vont mourir, le rassura Fisher. Voire des milliers. Qu'est-ce que quelques vies par rapport à toutes celles qu'on va sauver ?

— Je sais bien. Mais ça ne m'aide pas. Je suis entré dans la Garde pour aider les gens, pas pour les massacrer. Allez, ma belle. On y va.

Fisher acquiesça et ils fendirent ensemble la foule pour commencer le carnage. Ils travaillaient dos à dos, les lames ne s'arrêtant pas un instant, et le sang éclaboussait leur cape. Des robes de toutes les formes et couleurs affluaient devant Hawk. Les fanatiques se mêlaient en un tourbillon de visages enragés et de poings tendus. Quelques-uns avaient des épées. D'autres, des gourdins ou des chaînes. Aucun n'avait la moindre chance contre Hawk et Fisher. Hawk maniait sa hache en longs arrondis brutaux, et les corps jonchaient le sol autour de lui.

Fisher défendait les arrières de son mari, sa lame si rapide qu'elle en devenait floue au milieu des corps qui tombaient en criant. La foule commença à reculer autour d'eux, et quelques émeutiers prirent la fuite plutôt que d'affronter ces deux gardes au visage sinistre.

D'autres gardes affluèrent de toutes les directions, venus de toute la ville, et bientôt le sol pavé fut glissant de sang et d'entrailles. Un contingent en armure envoyé par la confrérie de l'acier arriva pour en découdre et ramener l'ordre. La foule changea de tonalité, la peur remplaçant la rage. La masse commença à s'effriter sous l'assaut de tant de guerriers déterminés. Les prêtres et les acolytes jetèrent leurs armes et coururent se réfugier dans leurs temples. Des morts et des blessés étaient étendus dans toute la rue, et pour l'instant personne ne s'en occupait. Quelques-uns étaient des gardes. Une poignée de sorciers de la Garde apparut sur les lieux, et peu à peu les réalités changeantes redevinrent ce qu'elles étaient habituellement dans la rue des Dieux.

Hawk baissa lentement sa hache et regarda autour de lui, à bout de souffle. La rue se vidait à toute allure, et un silence lourd pesait sur la nuit. Des gardes au visage épuisé séparaient les émeutiers blessés des morts et finissaient le travail. Comme Buchan l'avait dit, une émeute est un crime capital. Hawk se détourna et s'assit dos à un mur. Il avait ses limites, et tant pis pour ce que disait la loi. Fisher s'assit à son côté et posa la tête sur son épaule.

—On n'est pas assez payés pour tout ça, dit-elle sans articuler.

—Aucun salaire ne serait suffisant pour ça.

—Alors pourquoi le fait-on ?

—Parce qu'il faut bien que quelqu'un protège les innocents et venge les victimes. C'est une question d'honneur. Et de devoir.

—Cet argument me paraît de moins en moins convaincant.

—Au moins, le pire est passé, répondit Hawk en hochant la tête.

Un cri métallique assourdissant et inhumain déchira le silence. Hawk et Fisher se remirent immédiatement sur leurs pieds et regardèrent autour d'eux juste à temps pour voir une chose énorme et redoutable sortir par la porte d'un temple bien trop petite pour la laisser passer. La pierre et le bois volèrent dans toutes les directions quand l'Être émergea dans la rue des Dieux. Il faisait au moins neuf mètres de haut, assemblage de fragments de métal reliés par des lambeaux de tissus et des filaments de chair putréfiée. Des plaques de peau sombre et décolorée dévoilaient des os brisés et des mécanismes de métal aux liens obscurs. Des éléments de métal et de cristal crevaient la peau déchirée, leurs bords acérés frottant les uns contre les autres tandis que l'Être se dressait de toute sa taille. Un feu écarlate rugissait dans ses entrailles et brillait au fond de ses orbites osseuses.

Il avait des bras fins et couverts de pointes, des mains griffues qui brillaient d'une lueur propre. Des chaînes d'argent brisées pendaient à ses poignets. Ses mâchoires d'acier claquèrent comme un piège à loup. Une longue queue hérissée de pointes d'os fouettait l'espace derrière lui. L'Être rejeta sa grande tête plate en arrière et hurla son défi à la nuit. Il était sorti, et rien ne pourrait l'arrêter. Il cria de nouveau, un hurlement aigu et métallique qui fit frissonner Hawk. Ce son n'avait rien d'humain, de près ou de loin. Cette créature n'aurait jamais dû vivre et n'était d'ailleurs pas vivante au sens habituel. Mais, dans la rue des Dieux, elle avait pu sortir, et même ceux qui lui adressaient des prières ne pouvaient espérer la contrôler.

Elle baissa sa tête massive et regarda les gardes et les frères de l'acier devant elle. Il y avait près de trois cents hommes en armes face à l'Être, et Hawk sut avec une certitude écœurante que ça ne suffirait pas. L'énorme créature s'élança, et ses griffes acérées déchirèrent une dizaine d'hommes. D'autres moururent en hurlant tandis que la créature bondissait en tous sens, écrasant les hommes sous sa masse. Les épées et les haches tranchaient sans effet la peau rapiécée de l'Être. Sa longue mâchoire se referma et trancha un homme en deux. Le sang gouttait de la gueule d'acier, comme une salive bouillonnante. Les gardes et la confrérie reculèrent, ne résistant à la panique que par la seule force de leur entraînement. Les quelques sorciers de la Garde rugirent et chantèrent, mais leur magie se brisait sans effet sur l'Être déchaîné dont l'existence même défiait les lois de la réalité.

— D'où sort ce machin ? demanda Fisher.

Hawk et elle observaient la créature depuis l'abri d'une porte située dans l'ombre.

—Ça doit être un Dieu, je pense.

—Tu veux dire qu'il y a des gens assez malades pour adorer ça?

—Nous sommes à Haven, Isobel. Ils sont prêts à adorer n'importe quoi. Et si un Dieu est sorti, il ne faudra pas longtemps pour que d'autres sortent à leur tour. Je pense qu'il est temps d'opérer une retraite stratégique.

Fisher lui jeta un rapide coup d'œil.

—On ne s'en ira pas, Hawk. Nous sommes la Brigade des Dieux, maintenant. Et puisque le reste de la Brigade semble avoir disparu, ce truc est de notre ressort. Il faut l'arrêter maintenant, avant qu'il passe dans une partie plus peuplée de la ville.

—Je déteste que tu aies raison, admit Hawk. D'accord. Tu prends à gauche, je passe à droite. On tourne autour de ce truc jusqu'à trouver un machin à trancher, genre tendon. Ça devrait au moins le mettre à notre hauteur.

—Et si ça ne marche pas?

—On prie très fort pour que Tombe et Rowan soient en train de rappliquer au lieu de faire ce que je voudrais faire et de se cacher dans une cave.

—Tu t'inquiètes trop, Hawk. Après tout, on a vu pire, non?

Ils échangèrent un sourire et se séparèrent, passant en silence d'ombre en ombre pour contourner cette aberration. L'Être se souleva de toute sa taille et regarda les gardes et les frères de l'acier à ses pieds. Il hurla de nouveau, le son inhumain rebondissant dans la nuit, si fort que c'était presque douloureux. Hawk sortit de l'ombre derrière l'Être, raffermissant sa prise sur sa hache. De près, la chair morte sentait la pourriture et l'huile brûlée. La jambe de l'Être était plus haute que Hawk, et au moins deux fois plus large. Des plaques de métal coulissaient les unes contre les autres, et les muscles évoquaient des cordes élimées qui se pliaient et se déchiraient à chaque mouvement. Des câbles d'acier se tendaient et vibraient, couverts de veines éclatées. Hawk regarda la hache dans sa main et secoua lentement la tête.

C'est sans doute une très mauvaise idée.

Il saisit sa hache à deux mains et l'abattit de toutes ses forces sur un câble de la jambe gauche. La lourde hache trancha net et se coinça entre deux parties mobiles de la jambe. L'Être émit un hurlement assourdissant. Hawk tira sur sa hache, mais elle était bien coincée. L'Être souleva la jambe, et Hawk fut emporté dans les airs, encore cramponné à sa hache. Le pied s'abattit lourdement, fissurant les pavés et éjectant Hawk. Il resta un instant sur le dos, sonné, puis roula rapidement sur lui-même. Le pied griffu s'écrasa au sol à l'endroit où il s'était trouvé. Hawk se remit debout tant bien que mal et vit sa hache dans le pied, juste sous son nez. Il la saisit fermement à deux mains, tira, et faillit partir à la renverse quand elle se dégagea. L'impact du pied l'avait décoincée.

Super, pensa Hawk en se déplaçant rapidement pour rester derrière l'Être. *Et maintenant? J'ai tranché le câble et ça ne l'a même pas ralenti.*

Il aperçut un mouvement à la périphérie de sa vision et se retourna, hache dressée. Il se détendit un peu en reconnaissant Fisher. Il eut à peine le temps d'un petit signe de tête qu'ils durent se jeter au sol pour éviter une grande griffe qui siffla au-dessus d'eux. Ils roulèrent sur eux-mêmes et commencèrent tout de suite à courir avant que l'Être se retourne pour leur faire face. Ils partirent dans des directions opposées pour le perturber, mais la grande créature ne marqua qu'une faible hésitation avant de poursuivre Fisher. Hawk jura dans sa barbe et, courant après la créature, lui donna un coup de hache dans la jambe pour attirer son attention. La grande gueule plate se pencha vers lui, pleine de crocs de trente centimètres de long d'acier ensanglanté. Hawk se jeta entre les pieds de la créature et fila dans la rue à la suite de Fisher. L'Être poussa un nouveau hurlement et les poursuivit.

Les deux gardes bifurquèrent dans une allée étroite, et l'Être s'arrêta pesamment à l'entrée, sans trop savoir comment les atteindre. Hawk et Fisher reculèrent dans l'allée sans quitter la créature du regard. Puis elle tourna lentement la tête, comme si elle sentait une menace plus grande à proximité. La créature regarda dans la rue puis fit face au nouveau danger. Hawk et Fisher observaient en silence depuis l'abri des ombres.

Tombe et Rowan se tenaient côte à côte au milieu de la rue des Dieux, face à l'Être déchaîné. Tous les autres avaient disparu. Il ne restait que les morts, éparpillés sur les pavés comme autant de tas de vêtements ensanglantés. L'Être fixa Tombe et Rowan de ses yeux incandescents, puis avança lentement vers eux. Rowan leva la main. Une petite pierre précieuse bleue brilla dans la paume, sa lumière azur filtrant entre les doigts. La Pierre d'Exorcisme. Rowan prononça un seul Mot de Pouvoir, et en un instant, qui parut durer une éternité, le monde changea.

La réalité se tordit, vibrant comme une corde de harpe, et l'Être déchaîné ne fut soudain plus là. Il y eut une détonation sèche quand l'air se précipita pour combler le vide ainsi créé. Et en un instant tout fut fini. L'air nocturne avait retrouvé son silence, et la rue des Dieux était de nouveau calme. Tombe et Rowan se détournèrent quand les gardes et les frères de l'acier reparurent tous dans la rue et allèrent des uns aux autres, faisant de leur mieux pour aider les blessés. La Pierre d'Exorcisme avait disparu dans l'une des poches de Rowan.

Hawk et Fisher s'adossèrent au mur à l'entrée de la ruelle, les yeux fermés, laissant leurs muscles endoloris se détendre peu à peu. Une fatigue si intense qu'on aurait dit qu'une douleur traversait le corps de Hawk tiraillait ses muscles comme un mendiant demandant attention avec insistance.

— Alors c'est ça, la Pierre d'Exorcisme, finit-il par dire.

— Oui. Impressionnant, reconnut Fisher. Et j'aime bien la couleur.

— Au moins, ça devrait calmer un peu le jeu. Les Êtres et leurs prêtres y réfléchiront à deux fois avant de recommencer.

— Ne parie pas là-dessus. C'est trop raisonnable, trop logique. Rien dans cette saleté de rue n'est jamais logique.

— Pas faux.

Ils retournèrent dans la rue des Dieux pour aider les blessés. Tombe les salua avec un sourire, mais Rowan et lui étaient trop occupés pour se détourner. Buchan sortit d'un groupe de gardes pour attirer l'attention de Hawk et Fisher et les rejoindre d'un bon pas. Hawk aperçut le visage de Buchan, son port, et son cœur se serra. Quoi qu'il ait à dire, Hawk savait par instinct que ce ne serait pas une bonne nouvelle. Buchan s'arrêta devant Hawk et Fisher et leur adressa un petit signe de la tête. Il avait du sang sur les mains, sur les vêtements. Ce n'était pas le sien.

—Quoi que vous vouliez, la réponse est non, lâcha Hawk. Je me moque que quelqu'un essaie de détruire la rue des Dieux. Je pourrais même l'applaudir. Isobel et moi sommes épuisés. Nous travaillons trop, depuis trop longtemps, et nous n'avons pas assez dormi. C'est dangereux. Il est trop facile de faire une erreur quand on est fatigué. Donc, Isobel et moi allons vous laisser un instant pour rentrer chez nous et dormir. Quoi que vous vouliez, ça attendra.

—Exactement, ajouta Fisher.

—Le sommeil peut attendre. Pas ce que j'ai à vous dire. Je parlais justement à l'un des sorciers de la Garde. Il y a quelque chose de mauvais qui s'accumule dans la demeure Hightower. Quelque chose de très mauvais. Tombe et Rowan ne peuvent pas y aller, ils ont trop à faire ici. Ce qui fait qu'il ne reste que nous.

—Vous êtes sourd ? demanda Hawk. Nous n'irons nulle part. Isobel tient à peine debout, et je ne vaux guère mieux. Si le Club des Damnés se brûle les doigts, c'est de sa faute.

—C'est une affaire pour la Brigade des Dieux, cracha Buchan. Nous ne pouvons pas tourner le dos à des gens simplement parce que nous ne les aimons pas.

—Ah non ? Vous allez avoir une surprise. Isobel n'est pas en état…

—Oh, et flûte ! Allons-y ! siffla Fisher. Le temps qu'on ait fini de discuter avec Buchan, on pourrait déjà être couchés. Et puis, je n'ai pas la force de discuter.

—Très bien, rétorqua Buchan. Ce n'est qu'à un kilomètre cinq cents environ. Nous pouvons y être en dix minutes si nous nous dépêchons. Vous n'êtes pas bien, dans la Brigade des Dieux ? On ne s'ennuie pas, hein ?

Il partit d'un bon pas dans la rue des Dieux, et Hawk et Fisher le suivirent en traînant les pieds.

— S'il n'arrête pas d'être de si bonne humeur, gronda Hawk, je vais moi-même lui faire un double nœud aux jambes.

— Je veux bien t'aider, dit Fisher.

Ils rattrapèrent Buchan, marmonnant d'un air contrarié. Dans l'ombre d'une ruelle perpendiculaire, l'Homme sombre les regarda partir, mais ne montra aucune intention de les suivre.

6

Besoins, désirs et autres mobiles

Le temps qu'ils arrivent près de la demeure Hightower, Hawk avait trouvé son second souffle et ne se sentait que modérément brisé. L'air froid et mordant de la nuit paraissait vivifiant après la chaleur humide et étouffante de la rue des Dieux. Cela l'aida à s'éclaircir les idées. Pourtant, ce fut Buchan qui remarqua le premier ce qui semblait clocher. Il s'arrêta bien avant les grandes portes de fer et regarda autour de lui d'un air perplexe. Hawk et Fisher l'imitèrent, en posant instinctivement la main sur leur arme.

— Que se passe-t-il ?

— C'est trop calme. Et il n'y a personne à la porte. Où sont tous les gens d'armes ? Ils ne partiraient pas en laissant les portes sans défense. (Il leva la main et poussa un vantail, qui s'ouvrit sans résistance.) Pas même fermé. Il a dû se passer quelque chose d'inattendu. Un appel à l'aide d'urgence, peut-être. Et les gens d'armes sont allés voir… et ne sont jamais revenus. Et il y a autre chose… Une vibration dans l'air…

Buchan regardait autour de lui, tous les sens en alerte. Hawk acquiesça. Il le sentait lui aussi, un picotement sur la peau, un grattement contre ses nerfs. Une pression vague, comme la tension dans l'air qui annonce l'approche de l'orage.

— De la magie, dit-il d'un ton neutre. Le Club des Damnés a fini par trouver un rituel qui fonctionne.

Il prit sa hache en main, puis franchit les portes de la propriété d'un pas prudent. La seule lumière provenait de la demi-lune dans le ciel et des grandes fenêtres éclairées de la demeure. Tout était calme et silencieux. Pas le moindre signe de gens d'armes où que ce soit. Hawk avançait lentement, Fisher et Buchan sur ses talons, épée brandie. Ils marchaient sur la pelouse, évitant le chemin de graviers. Trop bruyant. La bâtisse les dominait de toute sa hauteur, découpée contre le ciel nocturne.

Arrivé à mi-chemin de la porte, Hawk trouva deux des chiens de garde. Ils étaient étendus sur l'herbe, immobiles et silencieux, deux ombres dans les ténèbres. Le capitaine s'agenouilla à côté d'eux et en poussa un du bout des doigts. Le corps roula légèrement d'un côté sur l'autre avant de s'immobiliser de nouveau. Les deux chiens étaient morts. Il les palpa rapidement. Aucune trace de blessure, rien n'indiquait comment on les avait tués. Comme s'ils s'étaient couchés là et que la vie les avait désertés.

— Capitaine Fisher, souffla Buchan. Vous avez toujours votre Pierre de Suppression ?

— Bien sûr. Pourquoi ?

— Activez-la. Tout de suite. Et le capitaine Hawk et vous-même feriez bien de rester proches l'un de l'autre, pour que la pierre vous protège de la magie ambiante.

— Et vous ? demanda Hawk.

— J'ai ma propre pierre, répondit Buchan. Allez, en route. Il s'est passé quelque chose de terrible dans la maison, et je crains que nous arrivions trop tard pour empêcher quoi que ce soit.

Fisher et lui murmurèrent quelques mots devant leur Pierre de Suppression, puis les trois guerriers avancèrent dans l'obscurité, le regard braqué sur la maison. Il n'y avait toujours pas le moindre signe de mouvement derrière les fenêtres éclairées. Hawk fut le premier à atteindre la porte d'entrée. Elle était ouverte, légèrement entrebâillée. Il la poussa du bout du pied. Le battant pivota et s'arrêta comme s'il avait frappé un obstacle. Le garde glissa la tête par l'interstice et regarda ce qui bloquait. Comme il s'y attendait, c'était un cadavre : celui d'un des gens d'armes. Hawk s'agenouilla rapidement pour chercher le pouls. L'homme était vivant, mais tout juste. Il avait la peau froide, d'une pâleur mortelle, son pouls était lent et sa respiration faible. Hawk leva les yeux et regarda dans le vestibule. D'autres gens d'armes étaient étendus et immobiles sur toute la longueur de l'entrée. Le capitaine entra, suivi de Fisher et Buchan.

— Il y a eu une urgence, répéta Buchan tout bas. Quelqu'un a appelé à l'aide. Les gens d'armes ont accouru depuis le jardin et l'intérieur de la maison. Et ils ne sont pas allés plus loin. Ce que le Club des Damnés a invoqué ne voulait pas qu'on le dérange.

— Mais comment ont-ils pu appeler quelque chose ? demanda Fisher. Ce n'étaient que des amateurs. Vous l'avez dit vous-même.

— On a dû les aider.

— Quel genre d'aide ? demanda Hawk, les sourcils froncés.

— Bonne question. Allons voir.

Buchan prit la tête et guida Hawk et Fisher sans hésiter dans le dédale de couloirs qui menaient à la salle de bal. Le silence était total, rompu seulement par leurs pas légers. Ils trouvèrent des serviteurs çà et là, étendus là où ils avaient chuté, terrassés par le même sommeil mortel. Hawk regardait toujours autour de lui, la peau hérissée par l'anticipation d'une attaque qui ne venait jamais. L'adrénaline avait dissipé toute sa fatigue.

Ils finirent par arriver à la double porte fermée de la salle de bal. Buchan allait l'ouvrir, mais Hawk l'arrêta d'une main pour l'inviter à la prudence. Il regarda autour de lui, puis s'avança et colla l'oreille contre le battant de droite. Il n'entendait rien. Soit le bois était trop épais, soit il n'y avait rien à entendre. Saisissant les deux poignées de porte, il les écarta en douceur d'un centimètre ou deux puis recula. Il s'assura qu'il avait bien sa hache en main, lança un bref regard à Fisher et Buchan et ouvrit les portes d'un coup de pied. D'un même pas, les trois guerriers s'encadrèrent dans l'embrasure, arme dressée.

Les membres de la haute société étaient étendus sur le sol ciré de la salle de bal, chacun vêtu de ses plus beaux atours. On aurait dit autant de papillons brisés. Ils étaient seuls ou en groupe, là où ils se tenaient quand la magie les avait frappés. La plupart étaient éveillés mais incapables de bouger. Certains gémissaient doucement, autant d'horreur que de douleur. Tous paraissaient flétris, anciens, vieillis au-delà de leur âge, retenus sur le seuil même de la mort tandis que leur vie leur échappait peu à peu. Les plus proches du cercle de craie bleue paraissaient presque momifiés. Et là, au milieu de la salle de bal, dans le cercle bleu, se tenait la chose que le Club des Damnés avait rappelée depuis les Golfes. Elle les regarda depuis l'autre côté de la salle et leur adressa un sourire charmant.

— Ha ! Des visiteurs ! Comme c'est plaisant !

L'Être avait une voix douce et agréable. Il mesurait environ un mètre quatre-vingts, était entièrement nu et d'une musculature esthétique réservée aux statues. Son visage était d'une beauté classique et vierge des ravages du temps, si parfait qu'il en était inhumain. Une sensualité brute brûlait autour de lui comme une flamme invisible, attirante et repoussante par son arrogance insouciante, comme du miel amer ou l'odeur d'une blessure couverte par un parfum. C'était l'incarnation parfaite du masculin, empreint d'une vitalité sauvage.

— Qu'est-il arrivé aux invités ? demanda Hawk.

— La créature qu'ils ont invoquée depuis les Golfes leur pompe leur vie, expliqua Buchan. Leur mort la rendra encore plus puissante. Même un sorcier de bas niveau aurait su qu'il fallait poser des protections pour empêcher cela. Mais ce n'étaient que des amateurs, et ils ne savaient pas. Au moins, ils ont eu l'intelligence de tracer un cercle de restriction. Ça devrait la retenir un moment.

— Combien de temps ? demanda Hawk sans quitter la silhouette du regard.

— Le temps qu'il lui faudra pour vider ceux qui l'ont invoquée. Après cela, elle sera assez puissante pour briser le cercle, et nous ne pourrons pas l'arrêter.

— Et la Pierre d'Exorcisme ?

— Cette créature sera partie depuis longtemps quand on aura apporté la Pierre, et tous les invités seront morts.

— Magnifique, grogna Hawk. Superbe.

Il s'avança jusqu'au bord du cercle de craie. La créature le regardait sans ciller, arborant toujours le même sourire parfait. Hawk plongea le regard dans ses yeux noirs et n'y vit aucun humour, ni aucune autre émotion reconnaissable.

— Qui êtes-vous ? demanda-t-il. Qu'êtes-vous ?

— Je suis ce qu'ils voulaient, répondit la chose dans le cercle. Je suis toute la noirceur de leur âme, toutes les haines cachées, leurs désirs enfin libérés et incarnés en moi. Je suis fort, beau et parfait parce qu'ils me voulaient ainsi. Ou parce que c'est ainsi qu'ils se voient, au tréfonds de leur cœur. Peu importe, vraiment. Ils m'ont donné la vie, qu'ils l'aient voulu ou non, et ils vont continuer jusqu'à leur mort. Alors, quand j'aurai reçu tout mon pouvoir, je sortirai et j'irai dans la ville. Un nouvel Être, dans toute sa gloire. Un nouveau Dieu pour la rue des Dieux. Et les hommes m'adoreront comme ils le font depuis toujours, sous un nom ou un autre, par le sang et la souffrance et toute la noirceur secrète de leur âme. Je serai heureux dans cette rue. Cette ville a été construite pour moi.

— J'ai déjà rencontré des Êtres comme vous, dit Hawk. Vous n'êtes qu'un Homme sombre pris de folie des grandeurs, voilà tout.

— Je vous montrerai le sang et l'horreur, dit la créature d'un ton aimable. Je briserai votre corps et votre esprit, et vous me louerez avant de mourir. Vous ne comprenez pas ce que je suis. Ce que je suis vraiment. Je suis tout ce qui vous a jamais fait peur, chaque instinct noir que vous avez voulu cacher, vos pires cauchemars faits chair, sang et os.

— Vous êtes également coincé dans ce cercle, dit Fisher en s'avançant au côté de Hawk. Et si vous aviez le moindre pouvoir à utiliser contre nous, vous l'auriez déjà fait. Vous ne quitterez pas ce cercle. Vous n'irez nulle part. Nous y veillerons.

— Tant de courage, dit la créature. Et tant de folie. Vous n'êtes rien par rapport à moi.

— Il ne se prend pas pour de la gnognotte, hein ? dit Fisher avec un sourire. Voyons s'il apprécie de manger un mètre d'acier.

— Non ! cria Buchan en rejoignant rapidement les deux gardes au bord du cercle. N'essayez pas, capitaine. Vous ne pouvez pas l'atteindre d'ici, et, une fois dans le cercle, votre Pierre de Suppression ne suffirait pas à vous protéger. La créature vous viderait de votre vie comme les autres.

— Pas de problème.

Fisher rengaina son épée, sortit un couteau de lancer de sa botte gauche, visa et le jeta d'un mouvement fluide. La main de la créature remonta, effectua un mouvement trop rapide pour l'œil et saisit le couteau en plein vol. Elle le laissa tomber au sol et sourit à Fisher. Cette dernière cligna des yeux et se tourna vers Buchan.

— D'accord, nous avons un problème. Combien de temps pensez-vous qu'il lui faudra pour pouvoir sortir du cercle ?

— Pas très longtemps. La moitié des convives sont déjà aux portes de la mort. Quoi que nous fassions, il faut le faire vite.

— Attendez un peu, dit Hawk. La Pierre d'Exorcisme pourrait nous débarrasser de cette créature, non ? Et la Pierre de Suppression ? Elles fonctionnent sur le même principe, il me semble ?

Buchan fronça les sourcils.

— Oui, mais elle n'est pas assez puissante. Il faudrait que la Pierre de Suppression soit à moins de trente centimètres de la créature et, même là, le résultat ne serait pas garanti. Si cela ne fonctionnait pas, la créature vous pomperait votre vie ou vous déchirerait en deux pour s'amuser.

— Si on attend qu'elle se libère, nous sommes morts de toute façon, rappela Hawk. Écoutez, si vous avez une meilleure idée, dites-le-nous. Je ne suis pas tout à fait emballé par l'idée d'entrer dans ce satané cercle si ce n'est pas nécessaire.

— Il y a... une alternative..., commença Buchan en se tournant vers les invités. La créature tire son pouvoir de la force vitale des invités. S'ils mouraient tous avant que la créature ait obtenu tout son pouvoir, elle resterait piégée dans le cercle.

— On ne peut pas tous les tuer ! cria Hawk.

— Vous croyez que j'aime cette idée ? cracha Buchan. J'ai grandi avec ces gens. Ce sont mes amis !

— Il n'en est pas question.

— Si, dit une voix douce parmi les convives. Tuez-nous. Tuez-nous, par pitié. Nous ne voulons pas vivre ainsi.

Ils trouvèrent le seigneur Louis Hightower assis contre le mur. Sa chair était pâle, bouffie et très ridée, tendue contre l'os, et Buchan ne le reconnut qu'à ses habits. Sa bouche n'était qu'une fente décolorée, et son souffle soulevait à peine sa poitrine. Et pourtant, il luttait encore de toutes ses forces pour parler quand Buchan s'agenouilla à côté de lui.

—Si nous mourons, le choc tuera cette chose. Elle est liée à nous.

—Louis…

—Fais-le, Charles! Par pitié! Je ne supporterai pas de vivre comme ça.

—Non! Si nous tuons cette créature pendant qu'elle est dans le cercle, il y a de bonnes chances que vous récupériez votre vie. Le lien marche dans les deux sens. Enfin, je pense. (Hawk s'agenouilla à côté de la silhouette momifiée.) Essayons d'abord de vous sauver. J'ai déjà perdu deux Hightower, je ne veux pas en perdre un troisième.

Hightower le regarda, et sa bouche se tordit en ce qui aurait pu être un sourire.

—Très bien, capitaine. Allez-y. Mais cette fois, réussissez.

Hawk fit un hochement de tête, la nuque raide, puis se redressa et revint au bord du cercle. Fisher et Buchan le suivirent.

—J'imagine donc que vous avez un plan, dit Buchan.

—Je ne parierais pas là-dessus, coupa Fisher. Hawk a toujours été un spécialiste de l'improvisation.

—Eh bien, en fait, je comptais arracher le cœur de la créature et mettre la Pierre de Suppression à la place. En espérant que cela lui gâcherait sa journée.

—Ça me va, accepta Fisher. Tu attaques par la gauche et moi par la droite.

—C'est de la folie, dit Buchan. De la folie pure et simple. Dépêchons-nous avant d'être terrassés par un accès de bon sens.

Les trois guerriers se répartirent autour du cercle, arme en main. La créature leur sourit d'un air chaleureux et ouvrit les bras, comme pour les accueillir. Hawk hésita un moment devant la ligne de craie, puis se ressaisit et la franchit. Les années le frappèrent comme une masse, manquant le faire tomber à genoux. Il sentit ses articulations se raidir, ses muscles se dessécher à mesure que la vie était arrachée à son corps pour nourrir la créature. Sa hache se faisait de plus en plus lourde, et il lui fallut solliciter toute sa force pour rester droit, la tête haute. Il entendit des hoquets de surprise, de douleur et d'horreur quand Buchan et Fisher entrèrent dans le cercle, mais il ne tourna pas la tête. Il ne voulait pas voir ce qui leur arrivait. Il ne voulait pas penser à ce que lui subissait. Il souleva sa hache et se lança sur la créature souriante.

Elle esquiva facilement le coup et envoya Hawk bouler d'un revers de la main. Il retomba lourdement, le souffle coupé, et ne trouva pas tout de suite la force de se relever. Il serra les dents et se redressa, vacillant sous l'effort. Fisher et Buchan découpaient la créature avec leur épée, mais la chose levait simplement les bras pour se protéger, et les lames rebondissaient comme si elles frappaient le métal et non la chair. La créature n'avait même pas d'ecchymoses sur les bras.

Fisher était une vieille femme, aux cheveux blancs et au visage ridé. Buchan était tordu et voûté par l'âge, à peine capable de tenir son épée. Hawk lutta contre un accès de panique. Leurs armes ne servaient à rien contre la créature, mais ils n'avaient rien d'autre. À part la Pierre de Suppression. *Il faut amener la Pierre près de lui.* C'était tout ce que Buchan avait dit. *Aussi près que possible ou ça ne marchera pas.* Hawk fronça les sourcils. Il savait ce qu'il aimerait faire à la créature avec la Pierre. Dans le doute, mieux vaut aller à l'essentiel. Il attendit un moment pendant que Buchan et Fisher reprenaient leurs dernières forces et se lançaient sur la créature, puis il posa sa hache à terre et s'élança. La créature le vit arriver, mais, puisqu'il avait les mains vides, elle se concentra sur ses assaillants armés. Hawk se glissa derrière la chose, prit une profonde inspiration et se lança sur elle, lui enroulant un bras autour de la gorge. La créature essaya de l'attraper pour le jeter au sol, mais ne put pas tout à fait l'atteindre. Hawk se cramponnait avec ses dernières forces, obligeant l'Être à rejeter la tête en arrière.

— Isobel ! croassa-t-il ! Prends la Pierre et fais-la-lui avaler !

Fisher lâcha son épée et sortit la Pierre de sa poche. Buchan sauta en avant pour saisir les bras de la créature. Fisher lui prit le menton, l'abaissa de force et enfonça la Pierre dans la bouche. Puis elle la força à la refermer et lui tint les mâchoires serrées de toutes ses forces. La créature se débattit et parvint à déloger Hawk. Buchan lui lâcha les bras, recula d'un pas et lui donna un coup de poing dans la gorge. Sous le choc, la créature s'étrangla, déglutit malgré elle, puis poussa un cri atroce. Il y eut une petite explosion très localisée, puis Hawk, Fisher et Buchan se retrouvèrent seuls dans le cercle.

Hawk cligna des yeux, ébloui, puis regarda Fisher et sourit de soulagement. Elle était de nouveau elle-même, les années envolées avec la créature qui les lui avait infligées. Ils s'étreignirent un instant, puis se séparèrent doucement pour regarder autour d'eux. Il y eut un murmure croissant de voix tandis que la haute société se rendait compte qu'elle aussi avait retrouvé sa jeunesse. Buchan allait déjà de l'un à l'autre, souriant de toutes ses dents et recevant de grandes claques dans le dos. Fisher remarqua que son épée, son poignard et la Pierre de Suppression gisaient sur le sol au bord du cercle et se pencha pour les ramasser.

— C'était l'une de tes meilleures idées, Hawk, finit-elle par dire en rengainant son épée. Où penses-tu que cette créature soit allée ?

— Elle est retournée là d'où elle venait, j'imagine, avança Hawk en haussant les épaules. Et bon débarras.

Le bruit dans la salle de bal s'était changé en un rugissement, les invités essayant de comprendre ce qui s'était passé, et surtout qui était responsable. Le seigneur Hightower serra fermement la main de Buchan puis s'approcha des deux gardes. Il les salua tous les deux de la tête, puis s'inclina poliment.

— Je voulais simplement vous adresser mes remerciements et mes félicitations. Je ferai en sorte que vous soyez tous les deux décorés. Entrer dans ce cercle pour affronter la créature était la chose la plus courageuse qu'il m'ait jamais été donné de voir.

— Merci, mon seigneur. C'est notre travail.

— Je n'ai pas eu l'occasion de vous parler lors de votre dernière visite. Je voulais vous assurer, votre partenaire et vous, que je ne vous tiens aucunement responsables de la mort de mon père ou de mon frère Paul. J'ai mené mon enquête avec la plus grande diligence, et vous n'avez aucun reproche à vous faire. Ce n'était pas votre faute.

— Merci, dit Hawk. Je suis heureux que vous pensiez cela. Je n'ai jamais eu vraiment l'occasion de connaître votre père, mais j'aimais beaucoup votre frère. C'était un homme avec qui il faisait bon travailler.

— En parlant de reproches, intervint Buchan en les rejoignant, comment diable avez-vous fait pour invoquer cette créature ?

— Le seigneur Brunel a fait l'acquisition d'un vieux grimoire et nous a convaincus que certains rituels pourraient être adaptés à nos besoins. Oui, je sais. Nous n'aurions jamais dû. Mais nous pensions que nous ne risquions rien si nous restions en dehors du cercle.

— Ha, eh bien, voyons, allez-y, dites que tout est ma faute ! (La voix de Brunel provenait de non loin, et le petit groupe se retourna pour le voir s'avancer vers eux.) Vous ne me ferez pas porter toute la responsabilité de ceci. Nous avons débattu pour savoir s'il fallait ou non utiliser ce rituel, et tout le monde a accepté. Y compris vous, Hightower. Ce n'est pas ma faute si tout s'est passé de travers.

— Nous en parlerons plus tard, dit Buchan. D'ici là, je pense que je ferais mieux de mettre ce grimoire à l'abri. Mes collègues de la Brigade des Dieux voudront sans doute y jeter un œil.

La main de Brunel s'abaissa pour se poser sur une bosse rectangulaire sous son gilet.

— Je ne vous donnerai rien du tout. Ce grimoire m'appartient. Si je vous le donne, je ne le reverrai jamais. Je connais les gens comme vous. Vous le garderiez pour vous-même. Mais vous ne l'aurez pas. Il y a du pouvoir dans ce livre, et il appartient à l'élite. Certes, les choses sont allées un peu loin cette fois, mais…

— *Cette fois ?* s'étonna Buchan. Vous ne comptez tout de même pas réessayer ?

— Pourquoi pas ? La prochaine fois, nous ne commettrons pas d'erreur. Vous ne pouvez pas nous arrêter. Nous formons la haute société, et pas vous – plus maintenant. Ce que nous faisons nous regarde et ne vous concerne en rien. Vous n'êtes plus des nôtres, Buchan. Et votre bel héroïsme de ce soir n'y change rien. Vous n'êtes toujours qu'un sale petit client des sœurs et nous ne voulons pas de vous ici.

Fisher s'avança rapidement, assomma Brunel d'un coup de poing et lui prit le grimoire. Elle regarda la foule des spectateurs autour d'elle.

— Des objections ?

Personne ne répondit, et la plupart se détournèrent pour éviter de croiser son regard. Fisher leur tourna le dos et tendit le grimoire à Buchan.

— Il faut savoir parler à ces gens. Nous pouvons partir, à présent ?

Buchan et Hightower échangèrent un bref sourire, puis s'inclinèrent formellement l'un devant l'autre. Buchan quitta la salle par la double porte, suivi de Hawk et Fisher. Hawk se retourna pour fermer les deux battants et se retrouva face aux invités. Il venait de leur sauver la vie, mais il ne lisait dans leurs yeux que le mépris, voire la haine. Ils avaient été sauvés par un inférieur social, qui n'avait même pas la décence de s'en excuser. Hawk leur sourit, cligna de l'œil et referma la porte sur leur muette réprobation.

Hawk, Fisher et Buchan retournèrent au quartier général de la Brigade des Dieux pour trouver Rowan et Tombe assis, repliés sur eux-mêmes et brisés, dans le salon. Apparemment, le nettoyage de la rue des Dieux avait été une tâche de titans et n'était pas encore fini. Ils avaient fait de leur mieux. Les Êtres restaient dans leur église ou leur temple, et les fidèles léchaient leurs blessures, préparant de nouveaux méfaits. Tout était calme pour l'instant, mais c'était une paix trompeuse, et tout le monde le savait. On n'attendait que la mort d'un prochain Être pour assister à l'éclatement d'une guerre des Dieux dans la rue des Dieux. Et même la Pierre d'Exorcisme ne suffirait pas à l'arrêter. Tombe avait envoyé un message urgent au cercle de sorciers du Conseil pour les mettre au courant de la situation et leur demander aide et soutien. Comme toujours, le cercle était divisé en différentes factions et était le théâtre de manigances, et il ne répondrait sans doute pas avant qu'il soit trop tard.

—Je ne sais pas pourquoi tout cela me rend si amer, soupira Tombe. Après tout, nous sommes à Haven.

La bouche de Rowan se tordit, une ébauche de sourire peut-être. Elle n'avait pas l'air fatiguée, mais tout bonnement épuisée. Son visage était pâle, relâché, ses yeux cernés.

—Vous vous sentez bien, dame Rowan ? demanda Hawk avec délicatesse.

—Très bien. J'ai besoin de repos, c'est tout.

Sa voix était plate, tendue, et l'effort qu'elle avait fait pour parler était évident. Tombe s'éclaircit la gorge, indécis.

—Rowan, je pense que nous serions tous plus heureux si tu nous laissais appeler un médecin, juste pour t'examiner...

—Combien de fois va-t-il falloir que je le répète ? cracha Rowan.

Sa colère aviva deux taches rouges sur ses joues, mais le reste de son visage resta aussi terne et impassible, comme si les muscles étaient trop fatigués pour réagir.

— Je n'ai pas besoin d'un médecin. Je n'ai pas besoin qu'on me pouponne, et surtout je n'ai pas besoin que tu passes ton temps à me tourner autour. Pourquoi vous ne me laissez pas tous tranquille ?

Il y eut un silence tendu, puis Buchan se leva lentement de sa chaise.

— Tombe, viens avec moi, on va piller la cuisine et voir ce qu'on peut trouver. Vous, je ne sais pas, mais moi, je meurs de faim. Évidemment, il a fallu que notre pire journée depuis des mois ait lieu le jour où les domestiques sont de congé.

Tombe opina du chef sans le regarder et les deux hommes sortirent du bureau. Buchan referma la porte, et Hawk et Fisher échangèrent un regard.

— Je ne voudrais pas insister, dame Rowan, s'obstina Hawk, mais, s'il y a un problème grave vous concernant, nous devons le connaître. Les choses vont empirer à grande vitesse, et nous devons savoir si nous pourrons compter sur vous.

Rowan bougea sur sa chaise, épuisée.

— Oui, sans doute. Et ce serait tellement bon de pouvoir en parler à quelqu'un. Mais vous devez me jurer de ne rien dire à Buchan ou à Tombe. Surtout à Tombe. (Elle regarda Hawk et Fisher tour à tour, les fixant de son regard perçant jusqu'à ce qu'ils acceptent d'un hochement de tête.) J'ai un cancer. Il est bien établi, très développé, et on n'y peut rien. J'ai longtemps pensé qu'avec mes connaissances des potions je pourrais me guérir seule. Le temps que je me rende compte de mon erreur, il était trop tard. Il s'était trop développé pour que l'alchimie y puisse quoi que ce soit. J'ai parlé à des experts. Certains sorts pourraient fonctionner, mais je n'ai pas assez d'argent. Il me reste environ un mois à vivre. Peut-être un peu plus.

» Vous ne devez rien dire à Tombe. Ça le perturberait beaucoup. Il n'a pas le pouvoir de me guérir, et ce cher idiot se ruinerait en essayant de trouver l'argent pour me soigner. Il vaut mieux qu'il ne sache rien.

— Mais tout de même... L'un des Êtres doit pouvoir faire quelque chose..., s'étonna Fisher. Enfin, ils accomplissent des miracles. Non ?

— Je pensais la même chose, dit Rowan. Mais si j'ai appris quelque chose ici, c'est qu'il n'y a pas de Dieux dans la rue des Dieux. J'ai cherché autant que je le pouvais, dans l'espoir d'en trouver ne serait-ce qu'un seul. Mais je n'ai trouvé que des Êtres surnaturels qui ne portent pas la Brigade des Dieux dans leur cœur.

Elle s'interrompit quand la porte s'ouvrit. Tombe et Buchan entrèrent, chargés de plateaux de nourriture froide. Pour différentes raisons, personne n'eut grand-chose à dire pendant le repas. Rowan mangea du bout des dents, déplaça quelques aliments dans son assiette avant de la poser pour aller se coucher, demandant à ce qu'on ne la dérange pas. Tout le monde acquiesça en silence, et Tombe lui souhaita une bonne nuit. Elle quitta la pièce sans répondre, refermant la porte derrière elle. Les autres finirent leur assiette et restèrent un moment silencieux, perdus dans leurs pensées.

— N'en veuillez pas à Rowan, finit par dire Tombe à Hawk et Fisher. Elle est comme ça. Elle ira mieux quand elle se sera reposée.

— Bien sûr, fit Hawk. Nous comprenons.

— Et maintenant, si vous voulez bien m'excuser, je dois ressortir.

Tombe posa son assiette vide et se leva.

— Déjà ? s'étonna Fisher. Nous avons à peine fini de calmer cette émeute et de nettoyer les erreurs du Club des Damnés. Qu'y a-t-il d'autre à faire ?

Tombe sourit.

— Rien qui doive vous inquiéter, capitaine. Une petite affaire personnelle à régler, il ne faudra pas longtemps. Nous nous verrons plus tard.

Il adressa un signe de tête à l'assistance et partit. La porte n'était pas encore refermée lorsque Buchan se leva.

— J'ai peur de devoir vous quitter moi aussi. Tombe n'est pas le seul qui a dû mettre sa vie personnelle entre parenthèses, ces derniers temps. Je reviendrai dans une heure ou deux. Si vous devez sortir vous aussi, ne vous inquiétez pas pour Rowan. Il y a des défenses tout autour de la maison, pour la protéger et prévenir Tombe en cas de souci. Et maintenant, il faut que je parte.

Et il partit. Hawk et Fisher échangèrent un regard.

— Je suis Tombe, proposa Hawk, et toi, tu t'occupes de Buchan. D'accord ?

— D'accord, accepta Fisher. Il y a trop de secrets par ici à mon goût. Tu sais, ce sont sans doute les deux pires excuses que j'aie entendues de ma vie.

— J'ai l'impression qu'ils sont tous les deux très tendus, dit Hawk. Et je ne pense pas qu'il s'agisse uniquement des troubles dans la rue des Dieux. Ils comptaient sans doute sortir bien plus tôt, mais se sont laissé distraire par l'émeute et le Club des Damnés. Bon. Ils ont eu tout le temps de prendre de l'avance. Allons-y.

Ils se levèrent et sortirent d'un pas rapide. Hawk aperçut l'une des longues capes à capuche de Tombe, accrochée à une patère, et la mit à la place de sa propre cape de garde trop reconnaissable. Avec la capuche rabattue, il ressemblait à n'importe quel prêtre. Il regarda Fisher.

— Tu devrais peut-être te déguiser aussi.

Fisher secoua la tête.

— Les blondes musclées d'un mètre quatre-vingts ont tendance à être remarquées dans une foule, quoi qu'elles portent. Je serai prudente, voilà tout. Il fait sombre, et, tant que je resterai loin de lui et dans l'ombre, tout devrait bien se passer. Je te retrouve dans deux heures à la taverne du *Chien Mort*. À notre place habituelle. Ça te va ?

— Super. Peut-être allons-nous enfin avoir une piste dans cette affaire et trouver un mobile raisonnable. Au rythme où vont les choses, j'accepterais même un mobile déraisonnable. Allez, en route, avant qu'ils nous sèment.

Hawk n'eut aucun mal à trouver Tombe. Le sorcier suivait la rue des Dieux d'un pas qui menaçait toujours de se transformer en course. En voyant son expression contrariée, les gens s'écartaient rapidement de son chemin. Hawk le suivit de loin, sans même essayer de rester discret. Même aussi tard, on trouvait bon nombre de prêtres, d'acolytes et de fidèles dans la rue. L'émeute n'avait que brièvement interrompu la bonne marche des choses. Le garde n'était qu'une silhouette encapuchonnée parmi tant d'autres. De toute façon, Tombe ne l'aurait pas remarqué. Il se frayait un chemin dans la foule à coups d'épaule, totalement indifférent aux réactions hostiles et aux insultes que cela lui valait. Il paraissait plus préoccupé par sa destination. Hawk avait parié là-dessus. Si Tombe soupçonnait seulement qu'il était suivi, il aurait sans doute un bon nombre de sorts pour régler la situation. Et peu seraient plaisants.

Tombe avançait toujours, ignorant les manifestations qui hantaient les trottoirs et les ruelles. Hawk faisait de son mieux pour en faire autant, mais il fut momentanément distrait quand un acolyte surgit devant lui en robe rouge bon marché pour lui demander sa bénédiction. Le capitaine posa une main sur son crâne rasé et murmura quelque chose sur la joie, la paix et la fraternité avant de repartir à la suite de Tombe, espérant de tout son cœur qu'il n'avait pas invoqué un Être voisin par erreur. Il fallait faire attention à ce que l'on disait, dans la rue des Dieux. On ne savait jamais qui pouvait écouter.

Il suivit Tombe dans la section la moins fortunée de la rue des Dieux, où les allées et ruelles tortueuses abritaient les Êtres et les croyances tombés en désaffection. Hawk se laissa distancer quand Tombe approcha d'une porte usée et anonyme sise dans un mur blanc sale. Le sorcier sortit une lourde clé d'acier d'une poche dissimulée et déverrouilla le grand cadenas d'acier. La porte grinça en s'ouvrant, et il disparut à l'intérieur en refermant derrière lui.

Hawk se posta rapidement dans une embrasure de porte, dans l'ombre, d'où il pouvait surveiller la rue au cas où le sorcier ressortirait de manière inopinée. De longs moments passèrent. Personne ne se déplaçait dans la ruelle. Hawk se mordit la lèvre, pensif. Que fabriquait Tombe ? Ça ne pouvait pas être illégal : le sorcier n'avait fait aucun effort pour se déguiser. Mais que pouvait-il y avoir de si important pour que Tombe s'y rendît à cette heure de la nuit, épuisé par les événements depuis l'émeute ? Hawk quitta sa cachette et s'approcha lentement de la porte. Il tendit l'oreille, mais tout semblait silencieux à l'intérieur. Il appuya sur la poignée et souleva un sourcil en voyant le battant céder facilement sous sa main. Hawk se figea en entendant le grincement, mais personne ne vint voir de quoi il retournait. Il se glissa à l'intérieur et referma avec délicatesse.

L'entrée étroite était éclairée par une lampe unique fixée au mur. Tombe avait dû l'allumer en entrant, ce qui suggérait que le sorcier serait le seul occupant des lieux. Les murs étaient de bois nu. Ils avaient peut-être été polis ou cirés, autrefois, mais il n'y avait plus qu'une épaisse couche de poussière sur les surfaces ternes. Quoi que soit cet endroit, cela faisait longtemps qu'il n'était plus habité. Aucune porte ne s'ouvrait dans cette entrée. Hawk la suivit jusqu'à un angle droit, où se trouvait l'ouverture d'un long couloir débouchant sur un escalier qui s'enfonçait dans les ténèbres. Hawk fronça les sourcils devant cette ombre sans fond et chercha le bout de chandelle et les allumettes qu'il gardait pour les urgences. Ses doigts fouillèrent un instant la toile rêche avant de se rappeler qu'il portait une cape de Tombe, et non la sienne. Il jura dans sa barbe et retourna dans l'entrée pour prendre la lampe.

L'escalier paraissait bien moins menaçant à la lumière, mais il hésita malgré tout sur la première marche. Suivre un sorcier dans l'inconnu n'était jamais une bonne idée. Il pourrait bien y avoir un gardien magique ou un piège au pied de l'escalier. La Pierre de Suppression le protégerait peut-être… si elle n'était pas dans la poche de Fisher. Hawk secoua la tête et tira sa hache. Il avait déjà affronté des sorciers, sans rien d'autre que de l'acier trempé. Il n'allait pas laisser ses nerfs le terrasser.

Il descendit lentement dans le noir, la lampe dans une main et la hache dans l'autre, l'oreille tendue pour percevoir le moindre bruit en contrebas. Les murs étaient taillés dans une pierre brute et rugueuse qui s'effritait là où elle n'était pas couverte de moisissures. Qu'est-ce que Tombe pouvait bien fabriquer dans un endroit pareil ? Ça ne pouvait pas être ordinaire, ni innocent, sans quoi il aurait dit où il allait. Puisqu'il ne l'avait pas fait, Tombe ne voulait pas s'expliquer ou ne pouvait pas le faire. Hawk n'aimait pas les secrets. Surtout quand ils l'obligeaient à avancer dans l'obscurité totale au milieu d'une enquête pour meurtre. L'escalier se terminait sur une simple porte en bois, légèrement entrebâillée. Une lumière filtrait autour du battant. Hawk resta sur la dernière marche et se mordilla la lèvre. Il semblait passer beaucoup de temps à surveiller des portes sinistres, ces derniers temps, et aucune ne l'avait mené vers des endroits agréables. Il serra sa hache, prit une profonde inspiration et souffla, puis ouvrit la porte d'un coup de pied.

— Entrez, capitaine Hawk, dit Tombe. Je vous attendais.

Le sorcier était assis sur un tabouret de bois ordinaire, quelques mètres devant la porte. La pièce était une caverne de roche d'environ six mètres de haut, et presque autant de large. Une pâle lumière bleue brillait sur les veines métalliques de la roche. Il n'y avait personne d'autre que le sorcier. Hawk resta dans l'embrasure de la porte, à regarder autour de lui. Il devait bien y avoir quelqu'un d'autre. Tombe ne serait pas venu jusqu'ici pour rester tout seul dans une caverne.

— Depuis combien de temps savez-vous que je suis là ? demanda Hawk en gardant une voix calme et détendue.

— Assez longtemps, capitaine. Je ferais un bien piètre sorcier si je ne savais pas quand on m'espionne, non ? Ne vous inquiétez pas. Je ne vous en veux pas. J'aurais sans doute fait la même chose à votre place. Sans doute. J'aime beaucoup votre cape, au fait. Elle vous va très bien.

— Tombe, qu'est-ce que vous faites là ?

— C'est assez difficile à expliquer, capitaine. Mais si vous arrêtez de rôder dans l'ombre et que vous venez me rejoindre, je ferai de mon mieux pour vous l'expliquer.

Hawk tira à pile ou face dans sa tête, haussa les épaules et entra dans la pièce. Autant se décider, puisqu'il n'apprendrait rien autrement. Dès qu'il eut franchi le seuil, la Présence l'envahit comme une vague. Elle remplissait la caverne. Une vaste Présence, implacable et pourtant tout à fait intangible. Elle ne ressemblait à rien d'autre qu'elle-même. Une entité vivante sans existence physique, mais si réelle que Hawk sentait presque le battement de son cœur contre sa peau. Il regarda Tombe d'un air interrogateur, et le sorcier eut un léger sourire.

— Le Bel Inconnu. Il était adoré comme un Dieu, autrefois, dans un autre lieu. Ma famille a donné des générations de prêtres. Mais nous sommes bien loin de chez nous, ce Dieu et moi. Il semblerait que je sois le dernier de ma lignée, et quand le Bel Inconnu a découvert qu'il était mourant, il n'avait personne d'autre que moi.

— Mourant ? s'étonna Hawk. Comment un Dieu peut-il mourir ? Il n'a même pas de corps !

— Les choses ne sont jamais aussi simples, Hawk. Surtout ici, dans la rue des Dieux. Il y a un temps pour tout, un début et une fin à tout ce qui existe. Le Bel Inconnu était autrefois un Être majeur, adoré par des millions d'individus. Aujourd'hui, il est presque entièrement oublié, simple anecdote obscure dans les histoires des ordres. Il n'a plus de fidèles, plus de prêtres. Il est venu mourir ici, Hawk, disparaître dans le calme et retourner au néant d'où il a jailli, pour rejoindre l'au-delà des Dieux. Je passe avec lui tout le temps que je peux et je ne sais jamais d'un jour sur l'autre s'il sera encore là la fois suivante.

— Mais pourquoi tant de secrets ?

— Aucun membre de la Division divine n'a le droit d'adorer un Dieu, soupira Tombe. La religion et la foi nous sont interdites. Sans cela, les Êtres de la rue ne pourraient pas respecter notre jugement et y obéir. Ils penseraient que nous cherchons à en favoriser certains. Mais je ne peux pas abandonner le Bel Inconnu. Personne ne devrait être forcé de plonger seul dans les ténèbres. Mais s'il venait à se savoir que je passe du temps ici, je devrais quitter la Brigade des Dieux. Et je ne le veux pas. Je lui ai consacré ma vie. Avant mon arrivée, c'était une farce. Personne ne la prenait au sérieux, les Êtres moins que toute autre personne. J'ai changé tout cela. J'ai fait de la Brigade une puissance avec laquelle il faut compter. La rue des Dieux a connu près de dix ans de paix… jusqu'au début des meurtres de Dieux. Allez-vous me dénoncer, capitaine Hawk ?

Le sorcier Tombe le fixait avec insistance. Hawk regarda autour de lui, sentant la Présence battre dans l'air comme les ailes d'un oiseau mourant. Il secoua la tête.

— Il n'y a rien à dire, Tombe. Rien à voir avec l'affaire sur laquelle je travaille. À plus tard.

Il se détourna du sorcier et de son Dieu, et sortit des ténèbres pour retourner à la vie animée de la rue des Dieux.

Fisher suivit Buchan dans la rue encombrée, écartant parfois d'un coup de coude les gens qui lui bouchaient la vue. Personne ne se plaignit. Même dans la rue des Dieux, les gens connaissaient le capitaine Fisher. Elle prenait garde de rester bien en arrière, mais Buchan, épuisé, ne paraissait pas s'inquiéter. Fisher le voyait à sa démarche, la façon dont il redressait la tête avec trop de raideur. Mais malgré cela, personne ne venait l'ennuyer. Ils connaissaient aussi la réputation de Buchan.

Buchan, suivi à bonne distance par Fisher, remontait la rue dans l'habituelle foule de prêtres et de fidèles. Émeute ou pas, les affaires continuaient dans la rue des Dieux. De temps en temps, des gens saluaient Buchan, certains avec hypocrisie et d'autres sans, mais il répondait à tous d'un geste de la main et d'un hochement de tête soucieux. Quelques personnes parurent sur le point d'interpeller Fisher, mais elle les foudroya du regard jusqu'à ce qu'ils changent d'avis.

Au bout d'un moment, elle commença de se rendre compte que Buchan se rendait dans la partie huppée de la rue des Dieux. Les églises se faisaient plus riches, plus décorées, de véritables œuvres d'art. Les adorateurs aussi paraissaient plus élégants, plus distingués. La plupart semblaient d'ailleurs scandalisés de voir Fisher parmi eux. La capitaine les toisa tous sans distinction. Buchan finit par s'arrêter devant l'un des édifices les plus modestes. Il faisait trois étages, avec des moulures rococo et des fenêtres en fer forgé. La bâtisse n'avait aucun signe distinctif, comme si ce n'était qu'un endroit de passage. Le genre de résidence temporaire populaire appréciée par ceux qui progressaient ou qui régressaient dans le monde. Les propriétaires se moquaient de savoir qui logeait, pourvu que ce soit réglé d'avance, en espèces.

Buchan sortit une clé et déverrouilla la porte d'entrée. Il entra et referma derrière lui. Fisher fronça les sourcils. Qu'est-ce que Buchan venait faire dans un endroit pareil ? Elle hésita un moment, sans trop savoir quoi faire. C'était généralement Hawk qui filait les gens. Elle ne pouvait pas entrer et poser des questions sur Buchan. Il ne devait pas savoir qu'elle l'avait suivi. Elle fronça les sourcils. Il ne serait pas non plus très utile de rester plantée là devant la porte. On la remarquerait.

Elle contourna l'édifice et s'engagea dans une ruelle qui pourrait la mener vers une entrée de service. Elle pourrait peut-être se glisser par là et trouver du petit personnel à qui arracher des réponses. Fisher préférait toujours l'approche directe.

Elle remonta rapidement la ruelle, restant dans l'ombre quand elle y pensait, tourna et soupira de soulagement en apercevant l'arrière de la demeure. Il n'avait pas l'air aussi impressionnant que la façade, avec sa peinture dépareillée et sa cour sale. À en juger par l'odeur, les égouts ne devaient pas très bien fonctionner. Il y avait bien une entrée de service, purement fonctionnelle, pour les serviteurs et les artisans. Fisher s'en approcha et s'arrêta quand l'huis s'ouvrit. S'accroupissant en hâte derrière une pile de caisses, elle observa avec intérêt la silhouette voûtée et furtive qui referma la porte. L'individu portait une cape déchirée, la capuche rabattue, mais depuis sa cachette Fisher voyait très bien son visage. C'était Buchan. Il regarda autour de lui, tira encore sur la capuche, puis repartit d'un pas pressé vers la rue.

Fisher eut un grand sourire et le laissa prendre un peu d'avance. Buchan tramait bien quelque chose. Où pouvait-il se rendre, pour ne pas vouloir qu'on le reconnaisse ? Buchan était connu et accepté à peu près partout, si ce n'est dans la haute société. Fisher émergea de derrière les caisses et arriva dans la rue juste à temps pour le voir s'éloigner sans précipitation. Il faisait tellement confiance à son déguisement qu'il ne prenait même pas la peine de regarder derrière lui. Fisher resta malgré tout loin en retrait, au cas où. Elle commençait à se sentir à l'aise dans la filature.

Buchan lui fit traverser le quartier riche de la rue des Dieux, où les magnifiques demeures rivalisaient de splendeur et d'opulence affichée. Il les dépassa toutes sans un regard, jusqu'à ce qu'il arrive à la plus superbe et la plus ostentatoire de toutes. Elle était large comme trois églises et haute de quatre étages, ce qui était inouï. Fisher ne voulait même pas penser au prix que les propriétaires devaient payer en sorts de protection contre les vents violents. De grandes fenêtres donnaient sur la rue. La façade était décorée d'inscriptions d'or et d'argent en abondance, et d'assez d'arabesques pour occuper des familles de sculpteurs pendant des générations. Elle comptait une seule porte, centrale, faite d'une grande plaque de chêne poli, avec un lourd marteau en airain. Gravé dans la pierre, au-dessus de la porte, trônait un symbole complexe, connu et méprisé dans tous les Bas Royaumes. Buchan frappa deux coups et attendit. Même depuis l'autre côté de la rue, Fisher lisait son impatience. La porte s'ouvrit et Buchan disparut rapidement à l'intérieur. Fisher se mordit la lèvre inférieure, perdue dans ses pensées tandis que la porte se refermait. D'une certaine façon, elle était très déçue. On ne s'attendait pas à ce qu'un homme comme le légendaire Charles Buchan file en douce chez les fameuses Sœurs de Joie.

Fisher n'appréciait pas les sœurs. Elles étaient dangereuses. Comme une rose aux épines vénéneuses. Au cours de son service au sein de la Garde, Fisher avait vu des hommes pris au piège des sœurs, trahis par leur propre faiblesse. Ils perdaient toute force, toute dignité, oubliant tout sauf l'objet de leur obsession. Ils abandonnaient leur travail, se séparaient de leur famille et vendaient tout ce qu'ils pouvaient trouver pour faire un don aux sœurs. Et quand enfin les sœurs les vidaient, les épuisaient, quel soulagement ce devait être pour tout le monde…

Fisher croisa les bras et s'adossa au mur d'une église, regardant d'un air pensif la maison des Sœurs de Joie. Qu'est-ce que Buchan fichait là-dedans ? Ça ne ressemblait pas à ce grand romantique dont elle avait tant entendu parler. Bien entendu, si quelqu'un était bien placé pour savoir que les gens n'étaient pas ce qu'ils prétendaient être, c'était bien elle. Mais tout de même… il y avait peut-être autre chose en jeu. Une chose… plus profonde. Fisher s'écarta du mur et décroisa les bras. Quoi que Buchan soit en train de faire, elle voulait en avoir le cœur net. Il y avait trop de secrets dans cette affaire. Elle s'assura que son épée coulissait librement dans son fourreau, alla jusqu'à la porte des sœurs et frappa fort. Il y eut une longue pause. Des passants regardèrent Fisher de toutes sortes de façons. Fisher les toisa tous sans distinction.

La porte finit par s'ouvrir de quelques centimètres. Fisher appuya son épaule contre le battant et l'écarta tout à fait. Elle dépassa la sœur ébaubie qu'elle avait fait tomber et regarda autour d'elle. Il y avait une élégance discrète à cette entrée, avec ses meubles fins et son tapis moelleux. Un chandelier ornementé, verre et cristal, était suspendu au plafond, et l'air sentait la rose. C'était en fait très impressionnant mais d'une façon très discrète. Fisher avait déjà vu des manoirs moins raffinés. Jusqu'à ce qu'on remarque les fresques obscènes sur les murs. Fisher n'avait jamais rien vu de tel. Elle se sentit rougir et se détourna rapidement. La sœur avait recouvré sa contenance et elle saisit cette opportunité pour s'incliner avec respect devant Fisher. Elle était très belle, avec un air ouvert et sain qui ne devait rien au maquillage. Ses cheveux roux étaient bouclés, et son visage évoquait un cœur. Sa longue robe légère était d'un blanc immaculé et moulait son corps sublime à tous les endroits nécessaires. Elle devait avoir à peine vingt ans. Fisher se sentit à la fois négligée et empâtée par comparaison, ce qui ne fit rien pour arranger son humeur.

La sœur s'inclina de nouveau, dévoilant un certain décolleté, et adressa un grand sourire à Fisher.

— Bienvenue dans la maison du plaisir et du contentement, capitaine. Que pouvons-nous faire pour vous ?

— Je cherche Buchan, dit simplement Fisher. Où est-il ?

La sœur secoua la tête sans cesser de sourire.

— Nous garantissons à tous ceux qui viennent ici un anonymat complet, capitaine. Dans cette maison, nos donateurs sont libres d'adopter le nom ou le caractère qu'ils désirent. Nous offrons le confort et l'intimité à tous ceux qui viennent nous voir. Quelle que soit la raison pour laquelle vous cherchez cet homme, cela devra attendre qu'il ait quitté ces murs.

Fisher fronça les sourcils. Elle savait reconnaître un discours récité.

— Très bien, s'il faut insister… (Elle tendit la main, agrippa la robe de la sœur et l'attira à quelques centimètres de son visage.) Je suis le capitaine Fisher, de la Garde. Je viens pour raisons officielles et je veux voir Charles Buchan immédiatement. Et si vous ou quelqu'un d'autre m'en empêche, je le fais rebondir contre le mur le plus proche jusqu'à ce qu'il saigne par les oreilles. Compris ?

La sœur ne sourcilla pas une seule fois. Elle croisa le regard de Fisher et, quand elle parla, sa voix était douce et assurée.

— Tuez-moi si vous le désirez. Mes sœurs me vengeront. Il ne m'appartient pas de révéler les secrets de cette maison, et je préfère mourir que les trahir. Aucune sœur ici ne vous dira quoi que ce soit, capitaine. Nous refusons de trahir ceux qui nous font confiance.

Fisher jura et lâcha la sœur. Elle se sentait un peu honteuse, comme si elle avait malmené un enfant. Elle n'avait aucun doute que la sœur avait dit la vérité. Sa voix et son visage étaient empreints de la certitude absolue des fanatiques. Ou de ceux qui sont sous l'influence d'un geas. Ou les deux. Elle soupira et s'écarta de la sœur. En cas de doute, être direct.

— Buchan ! rugit-elle de toutes ses forces. Charles Buchan ! Je sais que vous êtes ici. Venez me parler ou j'irai dans la rue dire à tout un chacun que vous êtes ici. À votre avis, que deviendra votre réputation dans la Brigade des Dieux quand on saura que vous servez les sœurs ? Buchan ! Venez me parler !

Il y eut un long silence, puis une deuxième sœur sortit d'une porte dérobée. Elle portait la même robe blanche et était tout aussi belle, d'une façon plus froide et aristocratique. Mais son âge se rapprochait de celui de Fisher, et, bien qu'elle lui sourie et s'incline avec respect, ses yeux étaient froids et durs.

— Les menaces sont inutiles, capitaine. La personne que vous cherchez a déjà accepté de vous recevoir. Alors que nous lui avons assuré que ce n'était pas nécessaire. Et capitaine… s'il n'avait pas accepté de vous voir, vous n'auriez pas fait un pas de plus dans cette maison. Nous avons des sorts pour assurer notre tranquillité. Des sorts très déplaisants. À présent, si vous voulez bien me suivre, je vous prie…

Fisher adressa à la sœur un de ses regards les plus noirs, juste pour lui signifier qui commandait vraiment, puis la suivit dans une série d'escaliers et de couloirs, jusqu'à une porte simple et anonyme au deuxième étage. La sœur s'inclina profondément et la laissa là. Fisher frappa une fois et entra sans attendre de réponse. La pièce était luxueuse sans être surchargée, et les meubles avaient le charme discret de la richesse héritée. Fisher se demanda un instant quel âge pouvait avoir l'établissement des sœurs, puis reporta son attention sur Charles Buchan. Il se tenait, raide, à côté d'une chaise où était assise une jeune femme, une blonde pâle et fine d'à peine vingt ans. *C'est tout?* pensa Fisher. *Tous ces secrets parce qu'il fréquente une fille assez jeune pour être la sienne?* Et pourtant... cette scène ne collait pas. Elle se retourna pour fermer la porte, histoire de se donner un moment de réflexion. L'attitude de Buchan. Voilà où était le problème. Dès qu'elle fut de nouveau face à eux, elle sut. Buchan ne trahissait aucune honte, aucune indignation, aucune passion torride pour cette fille. Il avait l'air de vouloir la protéger, comme si tout ce qui comptait était de protéger la sœur contre Fisher. S'il se souciait le moins du monde qu'on le démasque, il le cachait très bien. Il croisa sans fléchir le regard de la garde.

—Capitaine Fisher. J'aurais dû savoir que vous nous perceriez à jour, à un moment ou un autre.

Fisher haussa les épaules.

—Je n'aime pas les secrets. Je me vexe quand les gens me cachent des choses. Surtout quand cela affecte une affaire sur laquelle nous sommes censés travailler ensemble.

—Il n'y a aucun lien entre ceci et les meurtres des Dieux, capitaine. Je vous en donne ma parole. Annette, j'aimerais te présenter le capitaine Fisher, l'une de mes collègues de la Brigade des Dieux. Capitaine, voici Annette, ma fille.

Annette sourit à Fisher, qui resta interdite.

—Pourquoi ne pas nous asseoir? suggéra Buchan. Cela va demander quelques explications.

—Oui, reconnut Fisher. Je crois bien.

Buchan tira une chaise à côté d'Annette, et Fisher s'assit sur une autre, face à eux. Buchan prit une profonde inspiration et entra dans le vif du sujet.

—La mère d'Annette était une dame d'une famille rivale. Les chefs de nos familles ne se parlaient pas, et il y avait même eu quelques duels. Rien d'inhabituel, mais la situation était très tendue, et le moment ne pouvait pas être plus mal choisi pour notre amour. Mais nous étions jeunes et sots, et nous nous moquions de tout sauf l'un de l'autre. Nous allions nous enfuir pour nous marier en secret. Nous avions même l'espoir naïf que notre mariage unirait de nouveau nos familles.

» Mais elle est tombée enceinte. Sa famille l'a appris, et, puisqu'elle refusait de dire qui était le père, on l'envoya loger chez des parents hors de la ville jusqu'à ce que tout soit fini. Elle mourut en donnant le jour à Annette. Sa famille laissa croire que l'enfant était mort lui aussi. Ils n'avaient aucune envie d'élever quelque bâtard de basse extraction, et ils le confièrent à l'orphelinat de la ville.

» Je suis devenu fou en apprenant la mort de mon aimée. J'aurais fait n'importe quoi pour retrouver le sourire ou au moins le goût de vivre. Ou remplir mes journées. Je courais les jupons sans relâche, essayant de trouver quelqu'un pour combler ma perte. J'ai fini par aller trop loin, et je me suis retrouvé dans la Brigade des Dieux. Le travail était intéressant, et ça passait le temps. Puis je suis venu ici, pour des raisons officielles pour la Brigade, et j'ai trouvé Annette. Elle ressemblait trait pour trait à sa mère. J'ai enquêté sur son passé et j'ai compris qui elle était. Après de longs atermoiements, j'ai décidé de venir me présenter.

» Elle m'est plus précieuse que tout. Malgré toutes mes liaisons, Annette est mon seul enfant. Nous discutons pendant des heures.

» Mais malgré tous mes efforts, on a su que je venais ici, au moins au sein de la haute société. Et je ne pouvais pas expliquer pourquoi. Un jour, Annette choisira peut-être de quitter cet endroit pour prendre sa vraie place dans la haute société. Personne ne devra jamais savoir qu'elle a vécu ici. Ils peuvent être terriblement vieux jeu sur certaines choses. Alors j'ai décidé de laisser croire aux gens ce qu'ils voulaient au sujet de mes visites chez les Sœurs de Joie. Ma famille et mes amis m'ont abandonné, et mes pairs m'ont tourné le dos. Mais le secret d'Annette est bien gardé. Le reste… vous le connaissez déjà.

— Cette histoire est tellement folle qu'elle ne peut qu'être vraie, dit Fisher en secouant la tête.

— Accepterez-vous de garder notre secret ? demanda Buchan. Pour elle, sinon pour moi ?

— Bien sûr. Il faudra que je le dise à Hawk, mais je ne vois pas pourquoi cela irait plus loin. (Elle regarda Annette.) Êtes-vous heureuse, ici, mon enfant ? Vraiment heureuse ? Si les sœurs ont la moindre emprise sur vous, je peux m'en charger. Personne ne serait assez bête pour se mettre Hawk et moi à dos. Si vous voulez partir, il vous suffira d'un mot. Je vous escorterai moi-même au-dehors, sur-le-champ.

Annette sourit et secoua la tête.

— Merci, capitaine, mais je suis tout à fait heureuse ici. Comme je le répète sans cesse à mon père, je n'ai pas été forcée de me joindre aux sœurs, on ne m'a pas lavé la cervelle. Aucun geas ne me retient ici, et, si je voulais partir, je pourrais le faire à n'importe quel instant. La consœurie est une vocation, et j'y crois fermement. Combien d'autres religions connaissez-vous qui se consacrent uniquement à faire le bonheur des gens ? Peut-être un jour penserai-je différemment, mais même alors je ne crois pas que j'entrerai dans la haute société. D'après ce que l'on m'en a dit, je doute que nous nous entendions. Entre-temps, mon père et moi sommes ensemble. Personne ne m'avait jamais dit qui était mon père. Et jamais je n'aurais rêvé qu'il s'agisse du légendaire Charles Buchan.

L'intéressé s'agita sur sa chaise.

— Tu ne devrais pas trop faire attention à ces histoires, Annette.

— Pourquoi ? Ne sont-elles pas vraies ?

— Eh bien, si. La plupart. Mais j'ai changé, à présent que je t'ai retrouvée.

— Changé ? Toi ? s'étonna Annette en soulevant un sourcil.

— En partie changé, admit Buchan en souriant.

Le père et la fille rirent doucement ensemble. Fisher se releva, se sentant de trop, et leur souhaita une bonne nuit. Ils lui adressèrent un rapide sourire et un geste de la main. Fisher leur sourit en retour et les laissa l'un à l'autre.

La taverne du *Chien Mort* était un bouge louche dans le Nord, pas très loin de la rue des Dieux. L'air y était enfumé, la sciure au sol n'avait pas été changée depuis des semaines. La seule raison pour laquelle les boissons n'étaient pas coupées d'eau est que les clients auraient lynché le patron s'il s'y était risqué. Hawk et Fisher utilisaient souvent *Le Chien Mort* comme point de chute. C'était le genre d'endroit où chacun s'occupait de ses affaires et demandait aux autres d'en faire autant. Le contraire aurait été risqué. La présence de Hawk et Fisher ne chassait pas les autres habitués. Ils faisaient simplement attention à parler moins fort et gardaient un œil sur la sortie la plus proche. Les capitaines aimaient *Le Chien Mort* parce qu'ils étaient au calme, et que personne ne venait les déranger. C'était assez exceptionnel, dans le Nord.

Hawk avait l'œil vissé sur sa bière, il poussa un soupir de frustration et s'affaissa sur son siège.

— Bon sang, Isobel, cette affaire n'avance pas. Où qu'on regarde, on se retrouve à tourner en rond.

Fisher prit une gorgée de bière respectable et secoua la tête.

— N'abandonne pas, Hawk. On se rapproche, je le sens. Écoute, on sait comment les Dieux ont été tués. Quelqu'un a employé la Pierre d'Exorcisme. Donc, ce doit être un membre de la Brigade des Dieux. Tu as vu que, quand on a évoqué la mort de Bode et l'absence de magie chez lui, personne ne nous a parlé de la Pierre d'Exorcisme comme arme possible du crime ? C'est important, non ? Il suffit de trouver un moyen pour passer de trois suspects à un seul.

— Ce n'est pas aussi simple, Isobel, et tu le sais. D'abord, le Conseil les a tous mis sous le coup d'un geas qui les empêche d'utiliser la pierre pour un délit. Si ce sort de compulsion s'était brisé, le Conseil l'aurait tout de suite su. Et ensuite, il n'y a toujours pas de mobile pour les meurtres. Qu'est-ce qu'ils ont à gagner en tuant un Dieu ?

Ils se turent un moment, perdus dans leur bière.

— Bon, récapitulons une fois de plus, point par point, proposa Hawk. La seule chose qu'ils ont en commun, c'est qu'ils ont tous des secrets. Buchan a une fille qui est une Sœur de Joie. Tombe enfreint les règles de la Brigade en adorant le Bel Inconnu. Et Rowan meurt d'un cancer et ne veut pas que les autres le sachent. Les secrets font souvent de bons mobiles. Les gens sont prêts à tout pour les cacher.

» Donc, imaginons que les Dieux morts aient entendu parler de la fille de Buchan. Les prêtres parlent entre eux, même ceux qui sont censés être ennemis. Ils sont dans la même branche, après tout. Ça aurait pu se savoir. Et si les Dieux morts avaient essayé d'utiliser ce savoir pour faire du chantage à Buchan, pour qu'il ferme les yeux de temps à autre ? Ce serait très pratique, pour un Dieu, d'avoir un membre de la Brigade dans sa poche.

— C'est une belle idée, mais je doute que ce soit Buchan. Pour aller et venir sans être vu par les fidèles, le tueur devait avoir accès à une certaine magie. Et ce n'est pas le cas de Buchan. Il a revêtu un déguisement ordinaire quand il est allé voir sa fille, tu te rappelles ? Et puis, s'il avait de la magie, il l'aurait dirigée contre cette créature au Club des Damnés, n'est-ce pas ?

— Pas forcément. Il aurait pu essayer de nous berner en n'utilisant aucune magie devant nous. Il savait peut-être que tu le filais.

Fisher renifla.

— Déjà, s'il avait su que je le suivais, il ne m'aurait pas conduite chez les sœurs. Ensuite, je ne pense pas vraiment que Buchan soit assez intelligent pour tout ça. Il est connu pour bien des choses, mais pas pour sa subtilité. Je pense que nous ferions mieux de regarder du côté de Tombe. À présent, il a un mobile qui tient la route. Si le Conseil entendait parler de son Dieu personnel, il se ferait renvoyer de la Brigade, et Tombe y a investi beaucoup de temps et d'efforts. Il verrait peut-être cette menace contre lui comme une menace contre la Brigade, à traiter en conséquence. Donc, si un autre Être avait découvert cela et comptait le dénoncer… Eh, j'ai une autre idée… Et si les meurtres des Dieux étaient une sorte de sacrifice au Dieu de Tombe ? Pour le renforcer ?

— Pourquoi pas ? reconnut Hawk en réfléchissant. Tombe a bien assez de magie pour entrer et sortir sans qu'on le voie de ces églises.

— Et il connaissait bien son chemin, quand il nous a fait visiter les lieux des meurtres.

— Non. On ne peut pas l'accuser simplement pour cette raison. D'après l'informateur Lacey, toute la Brigade des Dieux s'était rendue chez les Êtres morts.

— D'accord, dit Fisher. Oublions cela. Mais le reste tient debout.

— Ça n'explique toujours pas comment il a rompu le geas sans que le cercle des sorciers du Conseil l'apprenne. En théorie, c'est impossible.

Fisher opina à regret.

— D'accord, oublions Tombe un instant et penchons-nous sur Rowan. Elle a assez de sorcellerie pour se déplacer sans être vue, et elle ne porte pas les Dieux dans son cœur.

— C'est vrai, dit Hawk. Mais quel est son mobile ?

— La vengeance, proposa Fisher. Elle est mourante et elle veut tuer le plus possible de ces Dieux qu'elle méprise avant de mourir.

— C'est un peu tiré par les cheveux, non ?

Fisher haussa les épaules. Ils burent encore, leur froncement de sourcils s'accentuant tandis qu'ils luttaient pour résoudre ce casse-tête. Les gens autour d'eux remarquèrent ces signes de danger et finirent leur verre en silence avant de partir.

— Je ne sais pas trop, reprit Hawk. Quel que soit le mobile pour le membre de la Brigade des Dieux, je bute toujours sur le geas. Soit l'un d'eux a trouvé un moyen de contourner le sort de compulsion, ce qui est censé être impossible, soit c'est quelqu'un d'autre. C'est peut-être bien le sorcier Bode, finalement, avec les Hommes sombres en guise d'armes. Tu te souviens, deux des Dieux ont été démembrés, ce qui indiquerait une force physique incroyable.

— Tu tiens peut-être une bonne idée, dit Fisher avec lenteur. Mais as-tu remarqué que l'Homme sombre ne nous attaque que quand la Brigade des Dieux n'est pas là ?

Ils se regardèrent un instant.

— Tu suggères qu'un membre de la Brigade des Dieux serait l'esprit qui anime les Hommes sombres ? finit par demander Hawk.

— Pourquoi pas ? Ça collerait ! (Fisher se pencha en avant, impatiente.) Voilà comment un membre de la Brigade peut utiliser la Pierre d'Exorcisme ! Les geas ont été placés sur une personne en particulier, mais, une fois que cette personne est dans un autre corps – un homoncule de l'Homme sombre –, il ou elle devient quelqu'un d'autre, libre d'employer la Pierre d'Exorcisme sans contrainte !

— Tu as raison, reconnut Hawk. C'est tout à fait plausible. Je pense qu'on avance, là. Et ça veut dire qu'on peut éliminer Buchan. Il était là quand l'Homme sombre nous a attaqués au Club des Damnés. Et de toute façon, il n'a pas les pouvoirs magiques nécessaires pour se transférer d'un corps à un autre. Tu sais, tout cela me paraît beaucoup plus sensé, à présent. Disons que notre assassin de la Brigade des Dieux serait le même qui a engagé Bode. C'est pour cette raison que Bode ne reconnaissait pas toujours ses amis dans la rue des Dieux ! Quelqu'un d'autre se servait d'une copie de Bode, à l'époque ! Le corps de Bode aurait pu poser des questions qu'un membre de la Brigade des Dieux n'aurait pas pu poser sans s'attirer des soupçons. Celui qui a donné sa mission à Bode n'engageait pas seulement une personne, mais aussi son corps ! Par les crocs de l'enfer, c'est machiavélique !

— Ne t'excite pas trop, le tempéra Fisher. Nous n'avons toujours pas de mobile. Essayons une autre approche. Qu'est-ce que Bode, ou la personne dans le corps de Bode, cherchait dans la rue des Dieux ?

— Des façons d'atteindre les Êtres ?

— Non. Il sait déjà tout à ce sujet, grâce à la Brigade des Dieux. (Fisher fronça les sourcils, puis trempa ses doigts dans la bière renversée sur la table.) Bode ou celui qui était dans son double posait des questions sur les Dieux eux-mêmes. Leur histoire, leurs pouvoirs, leur nature. Et ce sont les réponses qui ont condamné les Dieux.

— Mais qu'ont-elles de si important, ces questions ? Tous les touristes de la rue posent les mêmes.

— Et ils se retrouvent avec des réponses pour touristes. Mais un sorcier, un membre de la Brigade des Dieux, aurait sans doute une réponse plus significative… (Fisher se redressa d'un coup.) Hawk, je crois que j'ai compris ! Tu te souviens, l'Être qui a été poignardé, l'Homme séparé ? Sa prêtresse, sœur Anna, était vraiment écœurée parce qu'elle avait perdu sa vie à adorer une chose qui n'était pas vraiment un Dieu ! Je ne sais pas pour le dernier, mais les deux autres morts ont perdu la vie quand la Pierre d'Exorcisme les a privés de toute magie. Le Seigneur d'Épouvante est tombé en morceaux, et le Traqueur de Carmadine est mort de vieillesse. C'est ça que Bode et son employeur cherchaient dans la rue des Dieux ! La preuve qu'un Être n'était pas un Dieu, mais juste une créature surnaturelle avec des pouvoirs magiques et des adorateurs.

— Pas tout à fait. Réfléchis à l'envers, dit Hawk tout de go. Ils ne cherchaient pas des Êtres parmi les Dieux. Ils essayaient de trouver un seul véritable Dieu parmi les Êtres et tuaient ceux qui ne passaient pas le test.

— Mais pourquoi Tombe ou Rowan seraient-ils si déterminés à trouver un vrai Dieu ? (Les yeux de Fisher s'écarquillèrent soudain.) Parce que l'un d'eux avait besoin d'un remède miracle. C'est Rowan. Forcément ! Tout se tient. Les meurtres n'ont commencé qu'après son arrivée dans la Brigade. Elle est allée voir Bode quand ses potions n'ont plus suffi à contrôler le cancer, sans doute dans l'espoir qu'il pourrait l'aider. Après tout, c'était un alchimiste, en plus d'un sorcier. Il n'avait pas de remède, mais il avait les Hommes sombres. Et c'était exactement ce qu'elle voulait pour enquêter sur les Êtres. Elle devait être désespérée. Elle ne pouvait pas poser ces questions elle-même dans la rue, donc elle a demandé à Bode de le faire pour elle, et elle le faisait parfois toute seule avec l'un des homoncules. Chaque fois qu'elle croyait avoir trouvé un vrai Dieu, elle allait le voir et le suppliait de faire un miracle pour la guérir. S'ils ne voulaient pas ou ne pouvaient pas l'aider, elle les détruisait, avec la Pierre d'Exorcisme et la force de l'Homme sombre. Sans doute pour se venger du temps qu'elle avait perdu.

— Pas étonnant qu'elle ait passé tant de temps au lit, dit Hawk. Son esprit devait être en vadrouille, à nous attaquer dans le corps d'un Homme sombre. Mais pourquoi a-t-elle tué Bode ?

Fisher haussa les épaules.

— Peut-être avait-il appris pour les meurtres des Dieux et voulait-il tout arrêter. Elle ne pouvait pas le laisser faire. Elle l'a tué de la même façon qu'elle a tué les Êtres. Elle a vraiment dû paniquer en voyant les deux gardes qui enquêtaient sur le meurtre de Bode la rejoindre dans la Brigade des Dieux. C'est pour cela qu'elle a voulu se débarrasser de nous à notre arrivée. Et c'est pourquoi elle nous a attaqués plusieurs fois *via* l'Homme sombre. Nous étions tout près de la vérité depuis le début, sans le savoir... Mais dans ce cas, pourquoi nous avoir dit qu'elle avait un cancer ?

— Sans doute pour nous attendrir. Et en espérant que cela nous détournerait de nos soupçons sur elle. Ça a failli marcher. On ne s'attend pas à ce qu'une mourante soit une meurtrière. Nous devons retourner à la Brigade pour tirer tout cela au clair avec elle.

— Pourquoi se presser ? Elle ne va pas s'enfuir, faible comme elle est.

— Ah bon ? Qu'est-ce qui l'empêcherait de quitter son corps mourant et de vivre dans un corps sain d'Homme sombre ?

— Une femme vivant dans un corps d'homme ? (Fisher fronça les sourcils.) C'est limite indécent…

— Si ça se trouve, c'est merveilleux, tu n'en sais rien. Allons-y. Je ne serais pas surpris que Rowan ait encore quelques tours dans sa manche. Et nous ne pouvons pas nous permettre un autre meurtre.

7
Le retour de l'Homme sombre

La rue des Dieux était d'un calme inhabituel. L'émeute avait apparemment allégé l'atmosphère, et la plupart des gens pansaient leurs blessures et attendaient de voir dans quelle direction tournait le vent. Les gardes et les sorciers arpentaient la rue pour maintenir l'ordre, aidés par des contingents en armure de la confrérie de l'acier. Mais dans les ruelles, dans les lieux sombres et oubliés de la rue des Dieux, on fomentait des plans et on complotait. La guerre des Dieux était imminente, n'attendant plus qu'une étincelle mortelle pour être déclarée. Cette impatience emplissait l'air comme l'odeur du sang versé. La guerre était crainte et désirée à parts égales, tandis que l'Homme et le Dieu se jaugeaient du regard, se demandant comment les choses pourraient être meilleures ou pires. Le changement avait fait irruption dans la rue des Dieux, et, quoi qu'il arrive, plus rien ne serait jamais comme avant. Quatre Êtres avaient été démystifiés, révélés à tous comme les simples mortels qu'ils étaient, et aucun Dieu ne pouvait plus se sentir tout à fait à l'abri.

Hawk et Fisher revinrent péniblement jusqu'au quartier général de la Brigade des Dieux, suivant le chemin le plus court possible. Hawk bâillait sans discontinuer, trop fatigué pour même mettre la main devant sa bouche. La rue des Dieux ayant un horaire plus qu'excentrique, il avait perdu toute notion du temps, mais cela faisait bien longtemps qu'il n'avait pas dormi. Ses pieds pesaient comme du plomb, ses jambes lui faisaient mal, et son dos le torturait. *Tu te fais vieux, Hawk*. Il eut un sourire amer. La fatigue le rendait toujours maussade. Mais plus tôt Fisher et lui auraient bouclé cette affaire, mieux ce serait. Plus on est fatigué, plus on court le risque de faire des erreurs. Et une erreur, dans une affaire pareille, pouvait être fatale.

Les rares personnes encore dans la rue laissaient à Hawk et Fisher beaucoup de place. Le récit de leur victoire contre l'Être échappé s'était ébruité, et les prêtres et adorateurs se tenaient à carreau quand les deux gardes arrivaient. Même les prêcheurs de rue baissaient un peu le ton, le temps qu'ils passent.

Le quartier général finit par apparaître devant eux, et Hawk se détendit un peu. Ce petit édifice banal, avec sa vieille lampe allumée au-dessus de la porte, paraissait tout à fait confortable. Ils y étaient presque. Ils en avaient presque terminé. Il ne leur restait qu'à aller voir Rowan. Avec tout ce qu'ils savaient, elle craquerait. Comme tous les coupables, quand on les tenait. Certains paraissaient même soulagés qu'on les emmène à la geôle, comme si la poursuite les avait autant fatigués que les gardes. Et quoi qu'il en soit, Rowan ne devrait pas être trop dangereuse. Au final, sans la Pierre d'Exorcisme, ce n'était qu'une petite magicienne avec une bonne connaissance des potions. Protégés par la Pierre de Suppression, ils ne devraient courir aucun risque. Tant qu'ils ne buvaient rien de ce qu'elle leur proposerait. Une idée soudaine frappa Hawk, et il s'arrêta, l'esprit en pleine effervescence. Fisher s'arrêta aussi et le regarda.

— Qu'y a-t-il ?

— Je viens de penser à quelque chose. Nous pensons que Rowan transférait son esprit dans l'Homme sombre, puis utilisait la Pierre d'Exorcisme pour tuer les Êtres, c'est ça ?

— Oui.

— Mais si la Pierre d'Exorcisme bannit toute magie de la zone, elle devrait aussi affecter l'homoncule que Rowan investit de sa présence. Après tout, c'est de cette façon qu'on a vaincu le premier, non ? Tu as brandi la Pierre de Suppression, et il est tombé comme un sac. Donc, si Rowan employait la Pierre d'Exorcisme, elle détruirait aussi l'Homme sombre dans lequel elle se trouve et reviendrait dans son propre corps. Ce qui réduit toute notre théorie en poussière !

— Pas de panique, dit Fisher. La Pierre ne fonctionne pas comme ça. Elle n'est pas censée affecter *tout ce qu'il y a* dans la zone. Sinon, elle s'affecterait elle-même et se détruirait. Elle a des sécurités comme notre Pierre de Suppression pour éviter qu'elle s'affecte elle-même ou la personne qui la porte. C'est logique, après tout. Si tu avais fait attention pendant les briefings du matin, quand on nous a donné les Pierres de Suppression, tu le saurais.

— Désolé. Tu sais que je ne suis pas très doué pour les détails techniques.

— Et tu te plains que je ne te laisse pas porter la Pierre de Suppression…

— Bon. Pas besoin d'enfoncer le clou. Autre chose dont je devrais me souvenir à propos de la Pierre ?

— Oui…, dit Fisher. Contrairement à la Pierre d'Exorcisme, nos Pierres n'ont qu'une puissance limitée et nous avons beaucoup sollicité la nôtre, ces derniers temps. Et avant que tu me poses la question, non, on ne peut pas savoir s'il lui reste beaucoup d'énergie. Ce sont des prototypes, tu te souviens ?

— Super, soupira Hawk en regardant sa partenaire. Merveilleux. Si nous allons arrêter Rowan et que la Pierre ne nous protège pas, on va avoir de gros ennuis. Si nous ne possédons pas de magie pour contrer la sienne, elle pourra simplement transférer son esprit dans le corps d'un Homme sombre et disparaître.

— Alors il faut espérer qu'il restera assez de magie pour la retenir.

— Cette affaire dégénère d'instant en instant. (Hawk réfléchit un moment.) Bon. Et si l'on demandait à l'un des autres d'utiliser la Pierre d'Exorcisme ? Cela devrait l'empêcher de quitter son corps, non ?

— Oui. À qui demande-t-on ?

— Buchan. On ne peut pas faire confiance à Tombe. Il est trop proche de Rowan.

Ils continuèrent d'avancer, les sourcils froncés. Les gens autour d'eux passaient encore plus au large qu'à l'habitude. Les deux gardes arrivèrent devant la porte du quartier général de la Brigade, et Hawk frappa du poing. Ce n'était pas la façon la plus civilisée de frapper, mais il ne se sentait pas d'humeur polie. Il y eut une longue pause, puis Buchan leur ouvrit, épée en main. Il se détendit un peu en voyant de qui il s'agissait, rengaina son épée et les salua de la tête.

— Je me demandais ce qui vous était arrivé. Officiellement, nous sommes encore en état d'urgence, mais les choses se calment, on dirait. La rue n'est pas très agitée, et la Garde et la confrérie sont sorties en force pour s'assurer que cela continue.

— Fantastique. Les autres sont tous là ?

— Bien sûr. Tombe et Rowan discutent à l'étage. Vous voulez que je les appelle ?

— Pas tout de suite, répondit Hawk. Je pense que nous devrions discuter, tous les trois. Dans le salon. Nous serons mieux.

Buchan le regarda, puis Fisher, le visage froid mais calme. Il opina et les mena au salon. Fisher referma la porte derrière eux et s'y adossa pour qu'on ne les interrompe pas avant qu'ils aient fini. Et puis, elle ne voulait pas que Buchan puisse quitter la pièce. Ce qu'ils allaient lui apprendre ne lui plairait pas. Fisher le comprenait. Il est toujours difficile de découvrir qu'une personne à qui on fait confiance, aux côtés de qui on a combattu, est un traître. Buchan regarda les deux gardes d'un air neutre mais ferme.

— C'est au sujet d'Annette, n'est-ce pas ?

— Non, répondit Hawk. Votre secret est bien à l'abri avec nous. Il n'a aucun rapport avec notre enquête. Nous avons besoin de vous parler, monsieur Buchan. Nous savons qui a tué tous ces Dieux.

— Vraiment ? Qui est-ce ? (Buchan les regarda tour à tour.) Vous avez besoin de mon aide pour l'arrêter ? C'est cela ?

— D'une certaine façon, oui, admit Fisher. Mais asseyez-vous, Buchan. Ce que nous avons à dire ne va pas vous plaire.

Buchan fronça les sourcils, hésitant.

— De quoi s'agit-il ?

— C'est Rowan, annonça Hawk. C'est elle qui a tué les Dieux. Elle a tué les quatre Êtres, et aussi le sorcier Bode. Sans doute parce qu'il n'était pas d'accord avec ses projets.

Le visage de Buchan resta tout à fait inerte un moment. Puis il secoua la tête comme pour chasser cette idée et rit tout haut.

— Vous êtes fous. Vous avez tous les deux perdu la tête. Ça ne peut pas être elle ! Elle est avec nous. Dans la Brigade des Dieux. Depuis quatre ans. Et puis, elle est malade. Ça ne pourrait pas être elle.

— C'est bien elle, assura Hawk. Mais elle ne va pas se rendre volontairement. Il pourrait y avoir du vilain. Votre aide serait bienvenue.

— Vous avez des preuves ? Tangibles, je veux dire ?

— Quelques-unes. Suffisamment. Acceptez-vous de nous aider ?

— Je n'ai pas vraiment le choix, n'est-ce pas ? dit Buchan. Sans cela, vous direz tout sur Annette et moi, n'est-ce pas ?

— Non, répondit Fisher. Nous ne fonctionnons pas de cette manière. Votre secret est à l'abri, quoi que vous décidiez. Mais votre aide nous serait vraiment précieuse.

— Vous aviez raison, dit Buchan. Ça ne me plaît pas. Que voulez-vous que je fasse ?

— D'abord, expliqua Hawk, montez dire à Rowan et Tombe que nous sommes revenus et que nous voulons leur parler. S'ils demandent de quoi, dites que vous n'en savez rien. Attendez qu'ils soient descendus, et, pendant que nous bavarderons, allez chercher la Pierre d'Exorcisme et activez-la. Avec un peu de chance, notre Pierre de Suppression suffira à la retenir, mais je me sentirais mieux si nous avions cette deuxième protection.

— Pas de violence, exigea Buchan. Je ne tolérerai aucune violence. Rowan a fait du bon travail avec la Brigade. Elle m'a même sauvé la vie, un jour. Elle mérite mieux que cela.

— Elle n'a pas eu tant de délicatesse. Combien de gardes sont morts pendant l'émeute, à votre avis ? L'émeute qu'elle a contribué à causer ?

— Ça suffit, Isobel. Il le sait bien.

Buchan se détourna et partit vers la porte. Il l'ouvrit et sortit dans le couloir avant de se retourner vers Hawk et Fisher.

— J'espère pour vous que vous avez raison. Sans cela, si ce n'est qu'une théorie…, je vous ferai briser. Rowan est de la Brigade. On se serre les coudes.

Il referma la porte derrière lui, se retenant à peine de la claquer. Hawk et Fisher se regardèrent, puis s'approchèrent des bouteilles rangées dans un coin. Ils avaient tous les deux besoin d'un bon verre ou deux.

— Il ne plaisante pas, tu sais, dit Fisher.

— Bien sûr. Ça pourrait facilement tourner au vilain, ma belle. Quand Buchan a parlé de preuves, je me suis rendu compte à quel point notre théorie est fragile. Nous avons un mobile, un moyen, une occasion, nous pouvons montrer comment on *peut* le faire, mais ce sera difficile de prouver quoi que ce soit au tribunal.

— C'est un peu tard pour reculer. Nous ne pouvons plus revenir en arrière. Il faut lui parler maintenant. Si un Être de plus venait à mourir, toute la rue des Dieux partirait en fumée. Peut-être au sens propre. Il va falloir affronter Rowan avec ce que nous avons, et espérer qu'elle va baisser les bras et avouer.

— Et sans cela ? Si elle nous rit au nez et nous traite de fous ?

— Alors je jurerai que c'était ton idée et que je n'avais rien à voir là-dedans.

— Ah, merci, dit Hawk. Qu'est-ce que je ferais sans toi ?

Rowan et Tombe se tenaient face à face dans la chambre de Rowan. L'occupante des lieux était dans une colère noire, son visage rouge, mais Tombe tenait bon.

— Tu peux me répéter ça, Tombe ? J'ai dû mal entendre…

— J'ai utilisé un sort médical sur toi pour examiner tout ton corps. Je m'inquiétais pour toi. Et apparemment, j'avais raison. Tu es malade, Rowan, très malade. Et ça n'est pas nouveau. Ton corps est rongé par le cancer. Je suis même stupéfait que tu puisses rester aussi active. Au moins, tes potions doivent être très efficaces contre la douleur. (Sa voix se brisa et sa résolution avec.) Pourquoi ne m'en as-tu pas parlé, Rowan ? Tu ne pouvais pas me faire confiance ?

— Je ne t'ai rien dit, répondit Rowan, parce que je voulais éviter une scène comme celle-ci. Combien de fois devrai-je te le répéter, Tombe ? Ça ne te regarde pas. Tes sentiments ne m'intéressent pas, et ton intérêt envers moi est agaçant, quand il n'est pas carrément malvenu. Je ne veux pas que tu m'approches. Bon sang, Tombe, fiche le camp de ma vie et laisse-moi tranquille !

— Je ne peux pas. Tu es mourante, Rowan. Tu dois le savoir. Ton état est si avancé qu'aucune sorcellerie ne pourra plus te sauver. Les guérisseurs ne sont pas des faiseurs de miracles. Pourquoi ne m'as-tu rien dit plus tôt ? J'aurais pu t'aider...

— Je ne veux pas de ton aide ! Je n'ai pas besoin de ton aide !

— Au moins, laisse-moi le dire à Buchan. Nous pourrons nous occuper de la Brigade des Dieux tout seuls pendant un temps. Tu dois te reposer, faire doucement. Nous prendrons soin de toi.

— Ça te plairait, hein ? Tu aimes tellement te préoccuper de moi. Eh bien, je n'ai plus le temps pour ces âneries. J'ai des choses à faire, et il ne me reste plus beaucoup de temps pour cela.

Tombe la regarda sans comprendre.

— Des choses ? Quelles choses ? Que peut-il y avoir de plus important que ceci ? Nous parlons de ta vie, Rowan ! Si tu te reposes, il pourrait te rester des mois à vivre. Je peux faire ou essayer certaines choses. Si tu ne te reposes pas, tu seras morte dans quelques semaines.

— Quelques semaines ? (Rowan détourna le regard.) Je ne m'étais pas rendu compte que c'était si proche. Tu en es certain ?

— Oui. Je regrette, Rowan. Mon examen a été très minutieux, il n'y a aucun doute. Je t'en prie, laisse-moi t'aider.

— Non, répondit-elle en relevant le menton pour le regarder droit dans les yeux. J'ai choisi ma voie, et je vais m'y tenir.

— Et si tu te trompes ?

— Alors je me trompe ! répondit Rowan avec un sourire soudain. Fais-moi confiance, Tombe. Quoi qu'il arrive, je ne mourrai pas.

— Rowan, tu dois ouvrir les yeux. Tu ne peux pas te voiler la face...

— Oh, la ferme ! Fiche le camp, Tombe. Trouve autre chose à faire, au lieu de me harceler. J'ai à réfléchir.

On frappa à la porte, d'une main polie mais ferme. Rowan passa devant Tombe sans le regarder, ouvrit la porte et foudroya Buchan du regard.

— Qu'est-ce que tu veux ?

— Hawk et Fisher sont rentrés. Ils attendent dans le salon et ils veulent nous parler tout de suite. Apparemment, ils ont progressé dans l'affaire des meurtres de Dieux.

— Progressé ? Comment cela ? demanda Rowan.

— Ils ne m'ont pas donné de détails. Mais ils avaient l'air très tendus.

— J'espère que c'est important, soupira Rowan en descendant. J'ai des choses à faire.

Tombe et Buchan la suivirent, chacun perdu dans ses pensées.

Rowan entra dans le salon d'un pas furieux et se jeta dans son fauteuil préféré. Hawk et Fisher étaient debout côte à côte, le visage d'une impassibilité toute professionnelle, la main posée sur leur boucle de ceinture. Rowan les étudia tour à tour.

— Buchan a dit que vous aviez progressé. Qu'est-ce que vous avez appris ?

— La vérité, répondit Hawk. Il nous a fallu du temps, mais nous avons fini par réussir. Nous savons qui a assassiné les Dieux.

Tombe entra dans la pièce juste à temps pour entendre ces paroles et se radoucit un peu.

— Quelle bonne nouvelle, capitaine. Quand pourrons-nous arrêter le coupable ?

— Je pense que vous feriez mieux de vous asseoir, monsieur Tombe, dit Fisher. Cette nouvelle ne va pas vous faire plaisir.

Le sourire de Tombe disparut. Il ne fit aucun geste pour s'asseoir et scruta attentivement leurs visages.

— Que voulez-vous dire ? Je ne comprends pas.

— Mais Rowan comprend très bien, commenta Hawk. N'est-ce pas, Rowan ?

La mystique croisa son regard sans sourciller.

— Je ne vois pas de quoi vous voulez parler, capitaine.

— Très bien. Au temps pour le tact. Rowan, vous êtes en état d'arrestation pour le meurtre de quatre Êtres et du sorcier Bode. Vous allez nous accompagner au quartier général de la Garde, où vous attendrez votre procès. Si vous désirez faire une confession, nous vous fournirons une plume et du papier.

Hawk jeta un regard à Tombe. Le sorcier le regardait fixement. Rowan n'avait pas du tout réagi, mais un léger sourire tordait les commissures de ses lèvres.

— Vous devez vraiment être à court d'idées, dit-elle calmement. Quelles preuves avez-vous ? Où sont vos indices ? J'ai le droit de savoir pourquoi on m'accuse.

— Ce sera fait plus tard, trancha Fisher.

— Nous allons en parler tout de suite, cria Rowan. J'appartiens à la Brigade des Dieux, et mes états de service sont bons. Nous avons des amis haut placés. Ils ne vous laisseront pas me faire porter le chapeau simplement parce que vous n'arrivez à rien et parce que la pression vous pousse à arrêter n'importe qui.

— C'est vrai, intervint Tombe. Je pense que vous êtes allés trop loin. Vous êtes devenus fous, tous les deux. Comment pourrait-il s'agir de Rowan ? Elle est très malade et elle était au lit quand les meurtres ont eu lieu ! Je comprends que l'on vous demande énormément dans cette affaire, mais je ne vais pas vous laisser faire…

— Assez ! (La voix de Hawk fit taire toutes les autres.) Il suffit, monsieur Tombe. Nous avons une tâche à remplir, et vous ne facilitez la vie à personne. Nous savons comment les meurtres ont été commis et nous savons pourquoi. Et si vos propres sentiments pour Rowan ne vous aveuglaient pas, vous l'auriez sans doute compris tout seul. Rowan, il est temps de partir. Voulez-vous emporter quelque chose ou dire quelque chose ?

— Je ne crois pas, dit Rowan.

— Vous ne l'emmènerez nulle part ! dit Tombe. Je vous l'ai dit, elle est malade. Elle n'est pas en état d'être enfermée dans une cellule crasseuse. Je vous l'interdis. S'il faut la détenir quelque part jusqu'à ce qu'elle soit acquittée, elle peut rester ici en résidence surveillée.

— Je crains que ce soit impossible, dit Fisher. Nous devons respecter la procédure.

— De toute façon, rien de tout cela n'a d'importance. Vous n'avez pas le pouvoir de me retenir où que ce soit.

— Rowan, ma chère, laisse-moi faire, l'interrompit Tombe.

— Oh, la ferme, Tombe.

Tombe la regarda bouche bée tandis qu'elle se levait sans se presser, adressant à Hawk et Fisher un sourire de défi. L'atmosphère de la pièce changea à cet instant, et tous le sentirent. Sans tirer d'arme ou bouger le moindre muscle, Rowan était soudain devenue dangereuse.

— Votre Pierre de Suppression ne m'arrêtera pas, capitaine Fisher. Elle vous protégera de ma magie, mais elle n'est pas assez puissante pour m'empêcher de partir dès que je le voudrai. J'aurais dû vous tuer tous les deux à votre arrivée, mais j'ai fait l'erreur de me fier aux apparences, et non à votre réputation. Je ne pensais vraiment pas que vous auriez assez de jugeote pour comprendre ce qui se passait. Quand j'ai compris que votre réputation n'était pas usurpée, il était trop tard pour vous attaquer directement. Ç'aurait été trop évident. Même Tombe aurait pu remarquer quelque chose. J'ai essayé d'utiliser l'Homme sombre contre vous, mais je ne pouvais pas égaler votre formation de guerriers.

— Rowan, de quoi parles-tu ? (Tombe était pâle, sous le choc, ses mains faisaient de petits gestes vagues, et son désespoir était manifeste.) Vous ne devez pas l'écouter, capitaine Hawk. Elle ne va pas bien, elle ne sait pas ce qu'elle dit…

— Si, assura Rowan d'un ton presque joyeux. Je suis coupable, Tombe. Coupable de ce dont on m'accuse, coupable de tout. J'ai tué Bode et les quatre Êtres, et je vais en tuer bien d'autres avant d'en avoir fini. Il n'y a pas de Dieux dans la rue des Dieux, et je les ferai tous payer d'avoir prétendu le contraire. J'avais besoin d'eux. J'avais besoin qu'ils soient réels et ils m'ont abandonnée. Je vais tous les tuer, qu'ils pourrissent. (Elle sourit à Hawk et Fisher, et son expression n'avait rien de jovial.) Vous voulez arrêter mon corps ? Très bien. Prenez-le. J'en ai tant d'autres, et celui-ci est presque inutilisable. De toute façon, j'aurais dû l'abandonner d'ici peu de temps. Vous m'avez simplement facilité la chose.

— J'ai bien peur que non, intervint Hawk. Je pensais bien que vous essaieriez de quitter votre corps pour entrer dans l'un de vos homoncules. Alors je suis allé voir Buchan. Il a la Pierre d'Exorcisme, Rowan. Jusqu'à ce que nous décidions le contraire, aucune magie ne fonctionnera autour de vous. Vous êtes coincée dans votre propre corps. Et vous y resterez jusqu'à votre procès.

— De quoi parlez-vous ? s'étonna Tombe. Il n'est rien arrivé à la magie dans cette pièce. Je le saurais.

Il fit un bref geste de la main, et une lampe s'alluma au mur. Le cœur de Hawk manqua un battement. Fisher et lui se regardèrent.

— Ça ne devrait pas être possible, dit Hawk. Isobel, va voir où est Buchan. Assure-toi qu'il a bien la Pierre.

— Ce ne sera pas nécessaire, trancha une voix lente et rauque depuis la porte.

Tout le monde sauf Rowan se retourna à temps pour voir l'Homme sombre jeter au sol le corps ensanglanté de Buchan. Il percuta lourdement le sol et ne bougea pas. La créature entra dans le salon, la Pierre d'Exorcisme serrée dans l'un de ses poings osseux. Deux autres Hommes sombres le suivirent dans la pièce. Ils portaient tous les mêmes fourrures informes, ils avaient la même musculature lourde, et le même sourire froid. Le sourire de Rowan.

— J'ai beaucoup appris depuis que j'ai commencé à travailler avec Bode, dit Rowan. Au début, j'avais du mal à manier un corps à la fois. Mais plus je me suis entraînée plus c'est devenu facile. À présent, il n'y a aucune limite au nombre d'homoncules que je peux manipuler en même temps.

Tombe s'était agenouillé à côté de Buchan et palpait ses blessures.

— Côtes fêlées, bras droit brisé, fracture du crâne. Sans doute un traumatisme. Comment as-tu pu faire cela, Rowan ? C'était ton ami.

— Il allait utiliser la Pierre contre moi, rappela Rowan. Heureusement, pour un célèbre duelliste, il a été très facile à prendre à revers.

— Nous devons l'emmener voir un docteur, Rowan. Je ne peux pas guérir des blessures aussi graves que celles-là. Il a besoin d'un spécialiste.

Rowan regarda Tombe sans émotion.

— Il aurait retourné la Pierre contre moi. (Elle se tourna de nouveau vers Hawk et Fisher.) Ne touchez pas à vos armes. Il me semblait bien que vous vous rapprochiez de la vérité. Je comptais que mes Hommes sombres vous prennent en embuscade si vous partiez d'ici, mais ceci me conviendra tout autant. À présent, tous mes ennemis sont réunis.

— Où avez-vous trouvé tous ces Hommes sombres ? demanda Fisher en cherchant à gagner du temps, mesurant la distance qui la séparait de la mystique.

— Je les ai hérités de Bode, répondit Rowan avec un sourire. Il était vraiment doué. Quand j'aurai eu l'occasion de mettre la main sur ses notes et de les étudier, je suis sûre que je pourrai produire des copies de mon propre corps, sans les défauts d'origine. Les Hommes sombres sont très bien, mais je me sens tout de même mieux dans ma propre peau !

— Buchan a besoin d'un médecin ! dit Tombe. Il pourrait mourir !

— Il ne m'a jamais aimée ! répondit Rowan. Il ne m'a même jamais regardée !

Tombe se leva lentement.

— Alors tout est vrai. Tout ce qu'ils ont dit. Et tu vas tuer tous ceux qui connaissent ton secret.

— Exactement, Tombe.

— Et moi ?

— Eh bien ?

Ils se regardèrent, et aucun ne voulait baisser les yeux. Hawk tira sa hache, visa et la lança d'un mouvement rapide pendant que Rowan était distraite. La hache fendit l'air et se planta entre les deux yeux de l'Homme sombre qui tenait la Pierre d'Exorcisme. Rowan hurla de douleur et de colère quand l'homoncule s'écroula au sol. La Pierre roula hors de ses doigts inertes. L'un des autres Hommes sombres esquissa un mouvement pour la ramasser, mais Fisher s'avança rapidement pour lui barrer le chemin. Elle lui sourit d'un air mauvais, épée tendue devant elle. La bouche de Rowan se crispa en un trait mince, et les deux Hommes sombres avancèrent, l'un vers Hawk et l'autre vers Fisher.

Hawk se jeta sur l'homoncule terrassé, posa un pied sur sa tête pour la maintenir et dégagea sa hache. Il se retourna juste à temps pour parer le coup d'épée d'un autre qui approchait. Les étincelles volaient à mesure que l'acier heurtait l'acier. Le garde était forcé de reculer, pas à pas, sous la force de l'attaque. L'Homme sombre avançait sans relâche, et le bras de Hawk commençait à fatiguer à force de bloquer ses coups. La hache n'était pas une arme défensive. Dans d'autres circonstances, il aurait sans doute pu retourner le sens du combat et contre-attaquer, mais le manque de sommeil commençait à le rattraper. Son dos heurta le mur, mettant fin à sa retraite. Trouvant quelque part de nouvelles forces, il abattit sa hache en un coup rapide et vicieux, que l'Homme sombre évita par un bond en arrière. Mais Hawk n'avait plus la vitesse nécessaire pour continuer l'assaut. Il s'écarta du mur, et l'Homme sombre fut de nouveau sur lui. Le garde aperçut la Pierre d'Exorcisme du coin de l'œil, tombée au sol, mais elle était trop loin. Et surtout, il n'aurait pas su l'activer. Il prit sa hache à deux mains et essaya de se dégager un certain espace vital.

Fisher attaqua son adversaire tête baissée, et les deux restaient pied à pied, leurs épées se heurtant et se séparant presque trop vite pour l'œil. Rowan ne connaissait pas grand-chose à l'escrime, mais, avec la force et les réflexes de l'Homme sombre, ce n'était pas nécessaire. Elle n'avait qu'à attaquer jusqu'à ce que Fisher n'en puisse plus. Elles savaient toutes les deux que ça ne prendrait pas très longtemps. Fisher était déjà épuisée par sa longue journée, et son assaillant était frais, en pleine forme. Fisher tenait bon, plus par fierté qu'autre chose, mais elle commençait à craindre l'issue du combat.

Tombe se planta devant Rowan. Le visage de la jeune femme était vide, mais ses muscles se contractaient parfois en accord avec ceux des Hommes sombres.

— Rowan, arrête. Pars pendant qu'il est encore temps.

— Pas maintenant, Tombe. Je suis occupée.

— Hawk et Fisher sont des gardes, des guerriers expérimentés. Ils vont finir par gagner. Et tant qu'ils auront la Pierre de Suppression, ta magie ne pourra pas leur nuire.

— On peut venir à bout d'une Pierre de Suppression. J'ai plus de magie que tu le penses.

— Je ne te laisserai pas leur faire de mal, Rowan.

La vie revint dans les yeux de Rowan, et ils se fixèrent sur le sorcier.

— Ne t'en mêle pas, Tombe. Ce ne serait pas très bon pour toi.

— Ta magie n'est pas de taille face à la mienne, et tu le sais. Il est encore temps d'arrêter tout cela, Rowan. Nous pourrions partir, Rowan. Avec les Hommes sombres et notre magie pour couvrir nos traces. Nous pourrions quitter Haven et recommencer ailleurs. Personne ne saurait tout ceci.

— Oui… Je pourrais faire ça. (Rowan s'approcha de lui, lui prit le menton et l'attira vers elle.) Tu abandonnerais tout pour moi ?

— Bien sûr, répondit Tombe. Je t'aime, Rowan.

— Je sais.

Elle enfonça sa dague dans le ventre de Tombe, tourna la lame puis remonta vivement. Les mains de Tombe se serrèrent sur les épaules de la mystique, puis se relâchèrent tandis qu'il glissait au sol. Il avait encore les yeux ouverts, regardant le plafond d'un air de reproche. Rowan lui tourna le dos et remit sa dague au fourreau caché dans sa manche.

Pendant ce temps, Hawk avait trouvé son second souffle. Il jugeait un peu vexant de se faire vaincre par une masse de muscles sans adresse, et cette colère lui avait permis de récupérer de nouvelles forces. Il s'arrangea pour bloquer l'épée de l'Homme sombre dans sa propre lame, et les deux hommes restèrent nez à nez, le regard plongé dans celui de l'autre. Sans détourner les yeux, Hawk écrasa le pied de la créature, sentit et entendit les os céder. La douleur envahit le visage de l'homoncule, et le bras qui tenait son épée faiblit. Hawk lui cracha dans l'œil, et l'Homme sombre recula instinctivement. Le capitaine profita de cette ouverture pour lui donner un bon coup de genou dans les parties. La créature se figea, lâchant son épée pendant que l'esprit de Rowan se débattait avec toute cette douleur. Hawk abattit sa hache en un coup latéral bien placé. La lame trancha la gorge de l'homoncule, décollant presque la tête du corps. Il tomba lourdement au sol, eut quelques soubresauts puis retomba dans une flaque de son propre sang.

Fisher s'éloigna soudain de son adversaire et courut vers Rowan. La mystique ouvrit la bouche pour commencer un sort, mais Fisher était déjà sur elle, la pointe de l'épée posée sur la gorge de la criminelle. Le dernier homoncule se figea.

— Lâchez son épée, Rowan, ou je vous jure que je vous tue sans attendre un procès équitable.

Rowan la foudroya du regard. Fisher accentua la pression de son épée. Une petite goutte de sang coula le long du cou de la mystique quand la pointe de la lame perça la peau. Hawk se glissa derrière le dernier Homme sombre et lui planta sa hache dans le crâne. La créature tomba. Rowan parut perdre une partie de ses forces, et ses épaules s'affaissèrent. Le garde dégagea sa lame et l'essuya sur les vêtements du cadavre. Il regarda Fisher pour vérifier qu'elle allait bien et hocha la tête, satisfait.

—J'espère qu'il n'y a plus de mauvaise surprise en réserve, Rowan. Isobel, garde-la à l'œil. Je vais aller examiner Buchan et Tombe.

Il s'agenouilla à côté du sorcier et grimaça devant la blessure atroce. Rowan l'avait presque éviscéré. Le sang s'était accumulé autour de Tombe et avait détrempé ses vêtements, mais il respirait, aussi incroyable que cela puisse paraître. Son souffle était faible, et ses yeux se déplacèrent pour croiser ceux de Hawk.

—Ne bougez pas, dit Hawk. Nous allons faire venir un docteur.

—Inutile, souffla Tombe. Je suis un sorcier. Je sais à quel point ma blessure est grave. J'imagine que vous avez vaincu les Hommes sombres ?

—Bien sûr.

—Rowan va bien ? Vous ne lui avez pas fait mal ?

—Elle va bien.

Tombe ferma les yeux. Hawk répéta plusieurs fois le nom du sorcier, mais ce dernier ne répondit pas. Tombe respirait si faiblement que Hawk s'attendait à ce qu'il émette son dernier souffle d'un instant à l'autre. Et pourtant, Tombe tenait bon. Le capitaine alla voir Buchan. Il était inconscient mais respirait normalement. Ses blessures étaient graves, mais pas mortelles. Hawk se releva pour rejoindre Fisher. Elle avait écarté la pointe de l'épée de la gorge de Rowan, mais gardait l'arme tendue, au cas où.

—Tombe va mourir, dit Hawk. Buchan est gravement blessé. Ils étaient vos collègues, Rowan. Vos amis. Ils se souciaient de vous. Cela ne signifie donc rien pour vous ?

—Je n'ai jamais voulu de leur amitié, répondit Rowan avec un sourire plus dédaigneux que joyeux. Tout ce que je voulais, c'est qu'on me laisse tranquille. Personne n'aime personne. On fait simplement semblant pour savoir ce que les autres veulent. Mais ça ne me trompe pas. Je m'occupe de moi-même. Et pas la peine de me regarder comme ça. Je ne suis pas différente des autres. C'est simplement que j'ose le dire sans me voiler la face.

» Vous ne pourrez pas me retenir, vous savez. Il y a d'autres Hommes sombres, éparpillés dans tout Haven. Bode les crée depuis des années, en vendant ses potions pour financer ses expériences. Il avait la mort en horreur. Il pensait pouvoir vivre à jamais, grâce à ses doubles. Mais je lui ai montré combien il se trompait. J'avais une meilleure idée pour employer ses copies. Et je vais continuer. Vous ne pourrez pas m'arrêter. La magie de votre Pierre de Suppression est en train de faiblir. Bientôt, elle sera froide et silencieuse, et je laisserai ce corps défectueux derrière moi pour renaître en tant qu'Homme sombre. Je me vengerai de la rue des Dieux, et vous ne pourrez rien faire pour m'en empêcher.

— Eux peut-être, mais moi si, dit une voix calme et basse.

Ils se retournèrent tous, surpris, et virent dans l'entrée un Homme sombre souriant, vêtu d'une robe grise bon marché et légèrement… différent. Il n'était pas du tout musclé, plutôt maigre, proche de la malnutrition, et son visage n'exprimait rien de la colère qu'arborait toujours Rowan, quel que soit son corps. Hawk regarda discrètement Rowan, qui paraissait aussi surprise que lui. Il reporta son attention sur l'Homme sombre. Si ce n'était pas elle qui contrôlait le corps, alors qui ?

— Impossible, dit Fisher. Ça ne peut pas être *lui*.

— Et si. Forcément, raisonna Hawk. C'est Bode.

— À votre service, capitaine, répondit le sorcier avec un sourire et une courbette.

— Tu es mort, cracha Rowan. Je t'ai tué, je t'ai regardé mourir.

— J'ai bien peur que non, répondit Bode en entrant dans le salon d'un pas détendu. Mais tu as essayé. Plutôt bien, même. Je ferais mieux de m'expliquer. Cette histoire est très intéressante, et je ne pourrai la raconter à personne d'autre. Et puis, cela fait quelques jours que je manque de compagnie. Je vous observe tous depuis ma mort, mais bien entendu je ne pouvais pas me permettre qu'on me reconnaisse. Alors je suis resté dans l'ombre, à attendre le bon moment.

» Je crains que tu aies fait une erreur simple mais compréhensible, ma chère Rowan. Quand tu m'as surpris chez moi avec la Pierre d'Exorcisme, tu ne t'es pas retrouvée face au véritable moi. Juste l'un de mes doubles. Cela faisait des mois que je n'avais pas vécu dans mon propre corps. Je le gardais dans un endroit protégé et vivais dans une série d'homoncules. Mes expériences étaient de plus en plus dangereuses, vois-tu. Et je ne voulais pas soumettre mon véritable corps à des risques inconsidérés. Alors quand tu as activé la Pierre d'Exorcisme dans ma demeure après notre petite dispute, tu as détruit les sorts que j'avais mis en place, y compris celui qui conservait mon esprit dans l'homoncule dont je me suis retrouvé éjecté, pour revenir dans mon corps. Tu n'as tué qu'une coquille vide.

» Tu l'aurais sans doute deviné toute seule si tu avais eu le temps d'étudier mes papiers, mais heureusement mon Homme sombre de garde est rentré de la course que je l'avais envoyé faire, et tu es partie assez précipitamment pour ne pas risquer qu'on te voie. Ce garde était un prototype assez grossier, malheureusement sujet à des crises de rage démentes, mais il avait une utilité indéniable. Tu m'as causé de graves ennuis, Rowan. Quand la Garde a découvert la nature de mes recherches, je n'ai eu d'autre choix que de faire le mort le temps de te retrouver. Il va être très difficile de m'établir une nouvelle identité et de tout recommencer. Et coûteux, aussi. Tout cela à cause de ton obsession pour la rue des Dieux. Je n'aurais jamais dû t'écouter. Mais... j'avais besoin de cet argent. C'est toujours mon problème.

» Enfin, ça ne me ressemble pas, de parler comme ça sans m'arrêter. Et dire que vous êtes tous trop polis pour m'interrompre ! C'est le problème, quand on est déclaré mort : on ne parle à personne, de peur d'être reconnu. Alors je vais aller droit au but. Je veux reprendre le contrôle de tous mes doubles et je veux me venger du tracas que tu m'as causé. J'ai bien peur que tu doives mourir, Rowan. C'est le seul moyen. Et bien sûr, je ne peux pas laisser de témoins... Enfin, je suis certain que vous comprenez. Rien de personnel, capitaine Hawk, capitaine Fisher.

— Ça y est, vous avez fini ? demanda Hawk d'un ton rien moins qu'aimable. Vous n'avez pas assez de magie pour nous affecter malgré la Pierre de Suppression, et pas autant de muscles que vos Hommes sombres. Alors vous pouvez prendre vos menaces et vous les carrer où je pense. Vous êtes en état d'arrestation pour des recherches illégales sur les homoncules.

Il y eut un bruit de frottement très faible derrière Hawk, et il se jeta instinctivement de côté. L'épée de l'Homme sombre mort le rata de justesse et s'enfonça dans le flanc de Rowan. La force du coup la projeta contre le mur, les mains serrées autour de l'épée. Son visage était empli de douleur et d'horreur. Elle regardait l'Homme sombre qui s'était relevé, mais elle ne trouvait pas la force de crier. L'homoncule dégagea son épée, coupant cruellement les mains de la mystique, et la lui planta droit dans le cœur. Elle glissa lentement le long du mur, laissant une traînée de sang derrière elle.

Hawk abattit sa hache dans le crâne de la créature. Le cadavre se tourna lentement vers lui, pas plus affecté que cela. Le garde dégagea sa lame. Les trois Hommes sombres se rapprochaient d'eux, ensanglantés suite à leurs nombreuses blessures, les yeux noirs et intelligents.

— Je suis allé beaucoup plus loin dans mes recherches que Rowan, dit Bode sur un ton décontracté. Et j'ai appris bien plus que ce que je lui ai dit dans la rue des Dieux. Je n'aurais jamais dû lui confier tout ça, mais elle avait l'air si intéressée... et cela faisait longtemps que je n'avais pas eu l'occasion de parler de mes progrès à quelqu'un... Évidemment, au final elle a décidé de tout garder pour elle-même. Donc, il fallait qu'elle se débarrasse de moi. J'aurais vraiment dû m'en douter... Enfin, je n'ai jamais été très doué pour juger les gens.

» Mais bon, elle est morte. Vraiment morte. L'une des choses que je ne lui ai jamais apprises est qu'on peut empêcher une personne de quitter son corps. Mais je sais le faire. Plus d'Homme sombre pour toi, ma chère Rowan.

Hawk écoutait d'une oreille l'homme parler, pendant qu'il se concentrait sur les copies. Elles avançaient lentement mais sûrement et tenaient leur épée d'une main confiante. Elles ne respiraient pas, et le sang ne coulait plus de leurs blessures. On ne pouvait pas douter du fait qu'elles étaient mortes, seulement animées par la volonté du sorcier. Hawk réfléchit rapidement, passant en revue toutes les possibilités. Il n'était pas en mesure d'atteindre la sortie et devrait donc combattre. Un zombie est peut-être immortel, mais on peut quand même l'arrêter. Le handicaper en lui coupant les bras et les jambes, ou lui trancher la tête. Hawk sourit. Bien sûr. Rien de plus facile. Mais puisqu'il n'avait pas d'autres choix... dans le doute, faire direct.

Il bondit et abattit sa hache sur l'Homme sombre le plus proche. Ses yeux ne cillèrent pas, mais il leva rapidement son épée pour parer le coup de hache. Le capitaine changea sa trajectoire au dernier moment et passa sous l'épée pour enfoncer sa hache dans le flanc de la créature. Les os se brisèrent quand la lame perfora la cage thoracique, déséquilibrant l'Homme sombre. Hawk dégagea sa hache et frappa sauvagement le cou de la créature, qui mit un genou en terre sous le choc. Un grand frisson traversa l'Homme sombre quand Hawk retira sa hache, mais un autre s'approchait déjà, et, bien que le garde se soit relevé rapidement, le zombie le suivit sans hésiter. Il lança une attaque complexe qui demanda à Hawk toute son adresse. Derrière lui, il entendait des chocs métalliques. Fisher affrontait le dernier Homme sombre. Et au sol, le premier commençait déjà à se relever.

Fisher murmura à plusieurs reprises les paroles d'activation de la Pierre de Suppression, en vain. Soit la Pierre était vidée, soit elle n'était pas assez puissante pour venir à bout de la magie de Bode. Elle fronça les sourcils et lança une attaque furieuse contre son adversaire, essayant de l'écarter pour pouvoir atteindre Bode. Mais le zombie resta sur place et para tous ses coups avec une efficacité inhumaine. La sueur coulait du visage de la femme, lui piquant les yeux, et sa respiration était laborieuse. La journée avait été très dure, très longue, et son second souffle était envolé depuis longtemps. Même si elle avait été en pleine forme, le zombie aurait été difficile à vaincre. En l'état, elle avait même du mal à lui résister. Il ne lui restait aucune botte secrète, en tout cas aucune qui fonctionnerait contre un mort, et elle commençait à ralentir. L'Homme sombre passa progressivement de la défense à l'attaque, et Fisher commença à céder du terrain.

Hawk et Fisher étaient dos à dos, maniant la hache et l'épée d'un bras lourd et d'un cœur plus lourd encore. Leur souffle leur brûlait la gorge, la sueur trempait leurs vêtements. Les coups de leurs adversaires se rapprochaient encore et toujours. Le sang volait dans l'air, et Hawk et Fisher étaient coupés à plusieurs endroits. Hawk rassembla ses dernières forces et se prépara à un dernier assaut pour dépasser l'Homme sombre et en vue de se jeter sur Bode. Ses chances n'étaient pas très grandes, mais tant pis. Il n'était pas très loin. Ça suffirait peut-être.

Puis une grande lumière monta, emplissant la pièce, et un par un les Hommes sombres ralentirent et tombèrent au sol. Hawk regarda rapidement autour de lui, essoufflé. Tombe avait rampé au sol, laissant une grande trace de sang derrière lui, et il était appuyé contre le mur, la Pierre d'Exorcisme en main. La Pierre brillait comme une étoile miniature, trop pour qu'on la regarde, bannissant toute magie de la pièce. Incrédule, Bode regarda Tombe qui lui souriait de toutes ses dents ensanglantées.

— Voilà pour Rowan, salaud. Hawk, tuez-le.

Bode regarda Hawk et leva les mains.

— Capitaine, je me rends.

— Mon œil, répondit Hawk avant de l'abattre d'un seul coup.

Bode mourut avec la même expression incrédule sur le visage.

— Bah ! souffla Fisher en abaissant son épée. De toute façon, il se serait enfui.

Ils rengainèrent leur arme et s'agenouillèrent à côté de Tombe. La Pierre d'Exorcisme lui échappa et roula au loin. Sa lumière vacilla et s'éteignit. Le visage de Tombe était d'une pâleur mortelle, le sang à ses lèvres écarlate sur sa peau blanche. Il regarda Rowan, étendue sans vie, et sa bouche articula quelques mots.

— Je l'aimais, vous savez. Je l'aimais vraiment.

Il ferma les yeux. Hawk chercha le pouls à son cou. Il était si faible qu'on le sentait à peine.

— Il est encore vivant ? demanda Fisher tout bas.

— Oui. Mais ne me demande pas comment. Tu ferais bien d'aller chercher un médecin. Je vais essayer d'installer Tombe et Buchan au mieux en t'attendant. (Il regarda Rowan, et sa bouche se durcit.) Tu penses qu'elle avait le moindre sentiment pour lui ?

— Je ne sais pas, avoua Fisher en se relevant. Peut-être, si les choses avaient été différentes.

— Ouais. Peut-être. Il méritait mieux qu'elle, termina-t-il en se détournant.

Puis une Présence vivante éclata dans la pièce, imprégnant tout de la lueur de son existence. La Présence faisait battre l'air comme un cœur gigantesque, comme les ailes d'un oiseau immense. Une tristesse profonde et désespérée saturait la pièce, une douleur insurmontable, jusqu'à ce que Hawk soit sur le point d'éclater en sanglots.

— Que se passe-t-il ? murmura Fisher, les yeux écarquillés pour repousser les larmes. Qu'est-ce que c'est ?

— Le Bel Inconnu, répondit Hawk tout bas. Le Dieu que Tombe adorait. Le Dieu mourant. Il est venu ici pour être avec son ami dans ses derniers moments. Pour qu'aucun des deux ne traverse seul les ténèbres.

Puis en un instant la Présence disparut, comme si elle n'avait jamais existé. La pièce parut retentir de l'écho de sa disparition. Hawk regarda Tombe et n'eut pas besoin de chercher son pouls pour savoir qu'il était mort, lui aussi.

Retombées

La rue des Dieux revint à la normale, ou en tout cas à ce qu'on considérait comme normal dans ses activités. Le ciel était d'un bleu lumineux et joyeux, et rappelait à Hawk les jours heureux de l'été. Tant qu'il ne le regardait pas de trop près. Les nuages immobiles et l'absence de soleil avaient tendance à briser l'illusion. Les prêtres et les adorateurs emplissaient la rue, s'affairant dans tous les sens et jouant leur rôle habituel dans le jeu éternel du salut et de la damnation. Ceux qui cherchaient la vérité côtoyaient les touristes émerveillés, tous interpellés par les prêcheurs et les vendeurs de rue. Les affaires avaient repris, pour les mortels comme pour les Êtres.

Les constables de la Garde et les frères de l'acier veillaient ensemble au coin des rues, gardant l'œil ouvert et échangeant des mensonges sur leur rôle dans les derniers événements. Les prêtres faisaient comme s'ils n'étaient pas là et se concentraient sur des tâches plus pressantes, comme mépriser leurs inférieurs ou ignorer ostensiblement les autres. La rue des Dieux présentait presque un air de carnaval, de fête de la vie, de chaos à peine évité. Finalement, personne n'avait vraiment voulu une guerre des Dieux. C'est mauvais pour les affaires.

Hawk et Fisher arpentaient la rue, prenant leur temps et profitant du spectacle, accompagnés par le seigneur Louis Hightower. Les gens qui reconnaissaient les deux gardes s'inclinaient avec respect et leur laissaient beaucoup de place. Hawk souriait de bonne grâce. Il avait l'impression de n'avoir jamais vu la rue des Dieux si calme, si sereine. Il y avait toujours la même agitation surnaturelle : un homme sans tête qui parcourait la rue à quatre pattes, un vol d'oiseaux qui décrivait dans le ciel un cercle sans fin, une femme qui riait, couverte de sang en ébullition, des charbons ardents à la place des yeux. Mais même ces phénomènes paraissaient se contenter d'être là, sans déranger personne.

— Je pense que je n'ai jamais vu la rue si calme, commenta le seigneur Hightower. Pourvu que ça dure.

— J'en doute, répondit Hawk. Les gens ont la mémoire courte, et, d'après ce qu'on m'a dit, les Êtres ne valent guère mieux. Sauf en ce qui concerne les rancœurs.

Hightower éclata de rire.

— Vous avez sans doute raison. Mais les Êtres se sont un peu calmés, à présent que le tueur de Dieux a été identifié et supprimé. Et les prêtres se tiennent tranquilles pour le moment. Votre tâche ici doit être terminée, j'imagine.

— Presque, répondit Fisher. Les sorciers de la Garde fouillent le reste de la ville pour trouver les derniers homoncules de Bode, au cas où, mais c'est tout. Nous restons simplement ici jusqu'à ce que le Conseil nomme une nouvelle Division divine. Buchan est le dernier survivant, et il lui faudra quelque temps avant de pouvoir reprendre du service.

— Tout à fait. Je suis allé voir Charles un peu plus tôt aujourd'hui. Il avait l'air très pâle, mais en bien meilleure forme. Incroyable ce qu'on peut faire avec des sorts, de nos jours. Et la charmante jeune fille qui lui servait d'infirmière paraissait très compétente.

— Elle prendra bien soin de lui, assura Hawk. Annette tient beaucoup à lui.

Ils avancèrent un moment sans parler, chacun attendant que l'autre continue. Hawk craqua le premier.

— Bon, seigneur Hightower. Que faites-vous ici ? Non pas que votre visite ne nous fasse pas plaisir, mais j'ai du mal à croire que ce soit le genre de lieu que vous choisissez en général pour votre promenade digestive.

— Je suis ici parce que le Conseil m'a nommé dans la future Brigade des Dieux, répondit Hightower avec un gloussement. J'avais déposé ma candidature depuis quelque temps déjà, quand je m'étais rendu compte à quel point ma vie me fatiguait. La demeure familiale n'a pas besoin de moi, je n'ai aucun intérêt pour la politique ou les intrigues amoureuses si chères à la haute société, et même le Club des Damnés commençait à paraître un peu infantile. Buchan paraissait très heureux dans la Brigade, alors je me suis proposé.

» Le Conseil m'a contacté la nuit dernière et m'a annoncé la bonne nouvelle. Je pense que cela montre surtout à quel point ils sont désespérés, mais ça m'arrange. J'ai hâte de voir qui ils choisiront comme sorcier et comme mystique. Enfin, entre-temps, on m'a donné la responsabilité de maintenir l'ordre dans la rue des Dieux. Pour cela, il va me falloir des gens avec qui travailler, des gens en qui je puisse avoir confiance et que les prêtres et les Êtres respecteront. J'ai besoin de vous, capitaine Hawk, capitaine Fisher. Qu'en dites-vous ?

— Bien sûr, répondit Hawk après un rapide coup d'œil à Fisher. Nous vous aiderons. Mais seulement jusqu'à ce que la Brigade soit formée. La rue des Dieux est très intéressante à visiter, mais je ne voudrais pas y travailler.

Aubin Imprimeur
LIGUGÉ, POITIERS

Achevé d'imprimer en juin 2007
N° d'impression L 71089
Dépôt légal, juillet 2007
Imprimé en France
94070-1